La hija de Cayetana

Novela

Carmen Posadas

La hija de Cayetana

ESPASA

El papel utilizado para la impresión de este libro es cien por cien libre de cloro y está calificado como **papel ecológico**.

Avinguda Diagonal, 662, 6.ª planta. 08034 Barcelona (España)
www.espasa.com
www.planetadelibros.com

Adaptación de la cubierta: Booket / Área Editorial Grupo Planeta
Imagen de la cubierta: Masgráfica
Grabado de la página I: «La Duquesa de Alba teniendo en sus brazos a María de la Luz», Goya / © Museo Nacional del Prado
Fotografía de la autora: © Carolina Roca
Primera edición en Colección Booket: marzo de 2018

Depósito legal: B. 1.431-2018
ISBN: 978-84-670-5189-6
Impresión y encuadernación: CPI (Barcelona)
Printed in Spain - Impreso en España

Biografía

Uruguaya de nacimiento, Carmen Posadas reside en Madrid desde 1965, aunque pasó largas temporadas en Moscú, Buenos Aires y Londres, ciudades en las que su padre desempeñó cargos diplomáticos. Comenzó escribiendo para niños y en 1984 ganó el Premio del Ministerio de Cultura al mejor libro infantil de ese año. Es autora, además, de ensayos, guiones de cine y televisión, relatos y varias novelas, entre las que destaca *Pequeñas infamias*, galardonada con el Premio Planeta de 1998, que recibió excelentes críticas en *The New York Times* y en *The Washington Post*. Sus libros han sido traducidos a veintitrés idiomas y se publican en más de cuarenta países. La acogida internacional, de lectores y de prensa especializada, ha sido inmejorable. En el año 2002 la revista *Newsweek* saludaba a Carmen Posadas como «una de las autoras latinoamericanas más destacadas de su generación». Su última novela, *El testigo invisible,* continúa la línea de éxito entre los lectores. Carmen Posadas también ha sido galardonada con el Premio Apel·les Mestres de literatura infantil y el Premio de Cultura que otorga la Comunidad de Madrid.

Para Martín y Mariana, «los mellis»,
mis nietos más pequeños y pelirrojos,
con un beso ¡grande!

Madrid, noviembre de 1788

—Déjame que la vea una vez más, Rafaela. Qué guapa es mi niña, por favor, no te la lleves. Y descuida, estoy perfectamente. Además, el doctor Bonells ha dicho que puedo tenerla un poco más conmigo. María de la Luz, ése será su nombre, el que mejor le va. ¿Pero has visto qué ojos? Parecen dos esmeraldas. Aunque será mejor que avisemos cuanto antes al padre Alfonso para que le eche las aguas bautismales. Llega el verano y uno nunca sabe con estos calores, acuérdate de lo que pasó cuando yo nací.

La madre se incorpora con dificultad y separa con dedos aún débiles los encajes del embozo de la criatura para cubrirla de besos.

—¿Dónde está el señor duque? ¿Le has dicho que ha llegado ya la niña?

Rafaela Velázquez la mira, pero no contesta. ¿Cuántos años hace que se conocen? No debía de ser mucho mayor que María Luz cuando la pusieron por primera vez en sus brazos y, desde entonces, siempre juntas. ¿Quién sino ella la consoló cuando estaba triste, rio sus alegrías, o riñó cuando no había más remedio? ¿Quién la vistió para su primer baile y le puso la mantilla el día de su boda? Nadie conoce a María del Pilar Teresa Cayetana de Silva y Álvarez de Toledo*, decimotercera duquesa de Alba, como Rafaela. Tana, así la llama desde pequeña porque siempre ha sido devota de san Cayetano y ella se deja, como le consiente todo lo demás porque es para ella como una madre. A la otra, a la de verdad, también la adoraba, pero María del Pilar Ana estuvo siempre demasiado ocupada. Con sus fiestas, sus admiradores, sus recitales de poesía o, si no, con sus reuniones en la Real Academia de San Fernando, de la que llegó a ser directora honoraria. Una auténtica *femme savante*, opinaba la gente, una digna hija del Siglo de las Luces, de esas que hablan de Newton, se admiran con Buffon y citan a Voltaire de memoria. Tonterías. Para Rafaela, María del Pilar de Silva-Bazán y Sarmiento no había sido más que una de tantas mujeres que viven para gustar a los hombres y hacen cualquier cosa para lograrlo, incluso fingirse sabias si es lo que se lleva. Tres veces se casó y tres veces enviudó antes de dejar este mundo con poco más de cuarenta años. «Pero al menos tuvo más suerte con los maridos que su hija», cavila Rafaela. A Tana, en cambio, la casaron siendo niña con José, uno de sus primos, para que no se perdiera el apellido familiar Álvarez de Toledo. Trece y diecisiete años tenían entonces, pero ni la sangre que comparten ni tres lustros de convivencia han conseguido unirlos. Él adora a Haydn, ella los fandangos, él es devoto de los ensayos de Rousseau, ella de los sainetes de don Ramón de la Cruz, a él le gusta el pianoforte y a ella las verónicas de Pepe-Hillo. Ni siquiera para tener un hijo se habían puesto de acuerdo. Hasta que empezó a ser demasiado tarde.

—¿Rafaela? Rafaela, mujer, que se te ha ido al cielo el santo. ¿Has oído lo que acabo de decirte? Llama a José.

El ama se mueve despacio. No porque se lo impidan sus sesenta y muchos años, sino porque no sabe qué demonios le va a decir al duque de Alba consorte. Habría sido preferible que es-

---

* Aunque ha pasado a la historia con el nombre de Cayetana, la duquesa de Alba se llamaba realmente así.

tuviera ausente cuando llegó la criatura. En la corte de Aranjuez, por ejemplo, como tantas otras veces, con esos afrancesados amigos suyos con los que comparte peluca empolvada y rapé. Sin embargo, en cuanto supo que su mujer guardaba cama, canceló sus citas. Tana siempre ha estado delicada de salud. «Ya desde que nació apuntaba modales», rezonga Rafaela. El agua del socorro tuvieron que darle nada más nacer de tan poquita cosa que era. Después vinieron aquellas fiebres que tuvo con siete años y el mal del riñón con nueve, eso por no mencionar varias caídas del caballo como la que le produjo, según diagnóstico del doctor Bonells, una seria desviación de columna. De aquellos polvos estos lodos, y desde entonces sufre crueles dolores de cabeza que la dejan postrada durante días. Y la jaqueca tuvo que coincidir justo ahora con la llegada de la criatura, qué fatalidad.

—Descansa, niña. Cierra los ojos, te hará bien. Mira, voy a ponerte a María Luz aquí, a tu vera, y así podéis dormir un ratito las dos juntas. ¿De veras quieres que mande avisar al señor duque? No sería mejor que...

Comienza a llorar la niña y Cayetana se incorpora sobresaltada. «Ea, ea, mi sol, no llores, mamá está aquí». Empieza a tararear una nana, pero, al mismo tiempo, hace un gesto inequívoco a Rafaela señalando la puerta:

—Anda, ve por él, cuanto antes la vea, mejor para todos.

* * *

José Álvarez de Toledo es un hombre de treinta y pocos años. Viste esa mañana, como tantas otras, a la inglesa. Levita color nuez, calzón corto y chaleco con tenues rayas azul pálido y gris. Las botas de montar indican que acaba de regresar de algún paseo tempranero, también lo sugiere así el pelo empolvado pero rebelde que ahora intenta domeñar con una mano antes de descorrer los cortinajes de la habitación para que entre la luz. «Así está mejor», dice, dirigiéndose a la pareja de galgos que le ha seguido hasta la biblioteca. No hay nadie más en la habitación. Ni secretarios, ni criados, ni siquiera un lacayo que le ayude con las cortinas. Trescientas dieciocho personas trajinan y se afanan en el palacio de Buenavista, en la madrileña plaza de Cibeles, pero conocen sus gustos y procuran no importunarle. Él prefiere la soledad, cuanto más completa mejor, es la única manera de pensar con método, dice. Se acerca a la mesa de su despacho. Ah, qué agradable sorpresa, dos cartas que parecen interesantes. Una del maestro Haydn, sin duda para contarle pormenores del estreno de su nueva sinfonía en los conciertos de la Loge Olympique, la otra, según constata después de ver el sello impreso en un muy original lacre verde, la remite Pierre-Augustin de Beaumarchais desde París. José sonríe. Han estado distanciados durante una larga temporada. Y es que, después de conseguir que las cortes de toda Europa se rindieran ante él y su magistral obra *El barbero de Sevilla,* a Beaumarchais le dio por apoyar públicamente a las pescaderas y a esos amenazantes desarrapados que, de un tiempo a esta parte, protestan en las calles de París por la carestía del pan. Alguien informó al rey de semejante ingratitud, pero su majestad no dijo nada. El bueno, el tolerante, el pacífico de Luis XVI; nunca ha tenido Francia un rey tan sensible a las necesidades de su pueblo. Así se lo ha hecho saber José a Beaumarchais en la larga carta que le mandó un par de semanas atrás. También le ha recordado que, como hijo de relojero que es, debería él saber mejor que nadie que hay ciertos peligrosos engranajes a los que es preferible no dar cuerda. «Seguro que ha recapacitado y he aquí su *mea culpa*», reflexiona José, comprobando que el sobre, profusamente perfumado, presagia noticias en ese sentido.

El duque se dispone a apartar con cuidado los faldones de su casaca antes de sentarse a abrir la correspondencia cuando en eso llaman a la puerta. Mira con disgusto en aquella dirección y, antes de que alcance a decir nada, la figura del ama se recorta ya bajo el dintel.

—Señor duque.

—Rafaela, se puede saber qué pasa, no te he dicho mil veces...

—Tana, la señora duquesa quiero decir, desea ver al señor.

—Dile que subiré más tarde, cuando me cambie para almorzar.

—Me temo que desea hablar con el señor duque ahora mismo. De la niñita, usted ya sabe.

Una vez en la habitación de Cayetana, José repara en que las cortinas están corridas y reinan allí la oscuridad y el espeso olor a cirios de un templo. Tan poco salubre, piensa con disgusto. El duque es devoto de la luz natural, del aire puro, de la vida al aire libre, pero, por supuesto, no dice nada. Es preferible acabar cuanto antes con la enojosa escena.

—Espero, querida, que estés mejor de tu jaqueca —comenta, más irónica que educadamente.

—Mírala, José, ¿no es preciosa nuestra niña?

A él no se le mueve un músculo. Por una vez —se dice—, la penumbra puede convertirse en su aliada. Sin embargo y por lo visto, su mujer no está dispuesta a concederle siquiera ese mínimo santuario. Acaba de ordenar que descorran todas las cortinas de la habitación mientras ella misma se ocupa de liberar a la criatura de toquillas y rebozos para que su marido pueda verla bien.

José Álvarez de Toledo, futuro duque de Medina Sidonia por derecho propio y duque de Alba por matrimonio, pierde entonces y por primera vez en años la compostura inglesa de la que se siente orgulloso:

—¡Carajo! ¿Pero te has vuelto loca o qué?

Sobre la almohada, la larga trenza de Cayetana se entrevera y confunde con el ensortijado pelo de su hija, oscuros ambos como noche sin luna. Pero ahí acaba todo parecido. La criatura que acuna su mujer aparenta tener unos tres meses de edad, de extremidades bien formadas, sus largos y elegantes dedos parecen dignos de una futura pianista. Tiene facciones regulares, nariz y orejas perfectas que parecen esculpidas a cincel, y unos sorprendentes ojos verdes que resplandecen como luciérnagas en una piel completamente negra. «Bueno, mulata para ser exactos», puntualiza José, que hasta en los momentos difíciles procura ser preciso en sus juicios. Prieta, parda, bruna, ¿cuál será el término correcto para su tono de piel? Quién sabe, pero desde luego no se va a poner a hacer cábalas en este momento.

—¿Se puede saber —atina a decir al fin mientras clava sus uñas en la palma de la mano intentando contenerse—... se puede saber qué farsa es ésta?

—¡Ha sido un regalo, señor! Un regalo del cielo.

Es Rafaela quien ha empezado a dar las explicaciones.

Cuenta entonces cómo, aquella misma mañana, de parte de Manuel Martínez, «... sí, ese empresario y director teatral a quien Madrid entero admira, todo un caballero», había traído un moisés con la criatura.

—Él sabe —continúa diciendo atropelladamente el ama— lo mucho que la señora duquesa ha deseado siempre un hijo. Han sido tantos años, tantos embarazos malogrados, ¿verdad que sí, mi niña...? Y dice ese señor que en cuanto la vio, tan rebonita y con estos ojos como dos faros, no se pudo resistir, enseguida pensó en nuestra Tana. Además, la criatura está completamente sana, señor, y se sabe bien quién es su madre. Una negra recién traída de Cuba por cierta noble dama cuyo marido murió durante la travesía. Dizque no puede mantener a ambas ahora que es viuda y por eso se ha decidido a vender a la niña. Puso un aviso en los diarios como es costumbre, y el señor Martínez, que ya andaba en busca de una prenda parecida, al verla tan graciosa decidió comprarla como un acto de misericordia. Una transacción completamente legal, señor duque, aquí están los papeles que lo atestiguan, venían dentro del moisés.

—Una negra, una niña negra —es todo lo que acierta a decir José.

—No —le corrige Cayetana, incorporándose en la cama para tenderle la criatura—. No una niña cualquiera, José, mi hija, nuestra hija de ahora en adelante.

Primera parte

Capítulo 1

Tormenta

Tres meses atrás

Parecía como si la tormenta y su tormento hubieran decidido confabularse en su contra. Con cada embate del vendaval, con cada ola que se estrellaba contra el casco de la nave, a Trinidad le crecían los dolores. La primera punzada la había sentido horas atrás, hacia las ocho de la mañana, pero entonces prefirió ignorarla. Era menester aprovechar que Lucila, su ama, había amanecido ese día con un nuevo achaque de lo que ella misma llamaba su mala salud de hierro, y eso le permitiría hablar a solas con Juan. Intercambiaron inteligencia durante el desayuno. Una mirada, un simple gesto les había bastado siempre para entenderse. «Cerca del castillo de popa, igual que ayer», así decían sus ojos. Nadie vio ni sospechó nada. Ni las dos beatas de Camagüey con las que sus amos compartían mesa en el comedor durante la travesía, ni tampoco aquel matrimonio tan estirado que embarcó con ellos en el puerto de La Habana. Aunque ahora que Trinidad hacía memoria, ella —una mujer de mediana edad y un pelo de un rojo demasiado violento para latitudes cubanas— sí había hecho un pequeño comentario la noche anterior. ¿Qué fue exactamente? Algo así como: «Dígame, señor García, Trinidad, la mulata joven que viaja con ustedes, es de esas esclavas que se crían en casa, no me diga que no». Como si supiera. Como si adivinara que Juan y ella tenían un vínculo que los unía desde la cuna. La madre de Juan había muerto de puerperales dos semanas después del parto y a la de Trinidad, que acababa de tenerla a ella un par de días antes, le tocó alimentar a los dos. Más tarde vinieron juegos infantiles, baños en el río, siestas en los platanales hasta que un día, sin que ninguno supiera muy bien cómo, tanta libertad clandestina se les había vuelto amor. «Se equivoca, señora —mintió Juan, como tantas otras veces—. No sé de qué me habla». Eran ya demasiadas las historias de abusos que se contaban con esclavas e hijos del amo como protagonistas como para dejar que aquella mujer pensara que la de ellos era una más. Tampoco había visto Juan la necesidad de contarle nada a su futura mujer cuando con diecisiete años él, treinta ella, a punto de quedarse para vestir santos, los casaron. Lucila era la heredera de la mayor plantación de Matanzas y él pertenecía a la más vieja (y arruinada) familia del lugar. La alianza ideal para que un día uno de sus hijos heredara posición y también fortuna. El destino quiso, sin embargo, que, once años más tarde, el único hijo engendrado por Juan creciese ahora en el vientre de Trinidad. ¿De cuánto tiempo estaría? Difícil saberlo. Nunca había sido regular en esas cosas, y luego, con los trajines de la partida, ni siquiera reparó en las sucesivas faltas. Tampoco más adelante, cuando otros indicios obvios empezaron a alertarla, su cuerpo pareció deformarse demasiado, de modo que para qué contarle a nadie, ni siquiera a su madre, un secreto que sólo Juan conocía. Bastaba con ponerse ropa más holgada (al fin y al cabo, nadie repara en cómo viste una esclava) hasta llegar al otro lado del océano. Con sus escalas y frecuentes tormentas, un viaje como aquél, le había explicado Juan, podía durar hasta cincuenta días. Entonces decidirían qué hacer, sería todo más fácil una vez llegados a Cádiz.

«Sólo una cosa te pido —le había dicho ella aquella misma mañana cuando se encontraron en el castillo de proa después del desayuno—. Que nuestro hijo sea libre». Él se lo había prometido y ella le creyó. ¿Por qué no? Juan no era el primero ni desde luego sería el último amo que daba libertad a uno de su sangre. Existían, Trinidad lo sabía, varios precedentes, tres incluso en plantaciones cercanas a la de los García.

Parecía todo tan fácil allí, solos los dos en cubierta, riendo con el viento a favor y la primera línea de la isla de Cabo Verde dibujándose ya en el horizonte, que a Trinidad le dio por soñar. Era gratis y, además, ella rara vez perdía la sonrisa. Pero había una razón adicional para hacerlo ahora. Poco antes de partir, había oído, al descuido, una conversación entre el hermano Pedro, el capellán de los García, y uno de los dos capataces ingleses que trabajaban para la familia. Robin, que así se llamaba aquel hombre, se burlaba de cierto suculento chisme que corría por los alrededores. Contaban que el viejo Eufrasio, uno de los ricos del lugar, al enviudar, no sólo había dado la libertad a un hijo habido con una de sus esclavas, sino que, por su setenta cumpleaños, planeaba casarse con ella. «Vaya chochera —rio Robin—. En Jamaica, en Barbados, en Carolina del Norte o cualquiera de nuestras colonias ese viejo pasaría la noche de bodas bebiendo agua con gusanos en la cárcel». «Muy cierto —le había replicado el fraile—. Ésa es la diferencia entre nosotros. Vuestras leyes no sólo prohíben los matrimonios, sino que castigan con dureza todo trato carnal con negros. Las nuestras, en cambio, están basadas en los preceptos de la Santa Madre Iglesia». «¿Y qué?», había preguntado despectivamente el capataz. «Pues que esta Santa Madre nuestra puede tener y desde luego tiene multitud de pecados —sonrió el fraile—, pero al menos reconoce como iguales a todas las criaturas de Dios, por eso en nuestras colonias ambas cosas están permitidas».

Y era tan infinito el horizonte, tan bella esa tierra cerca de la que navegaban, que a Trinidad le dio por soñar un rato más. Se le ocurrió entonces que, cuando desanduvieran esa misma ruta de vuelta a Cuba, todo podía ser distinto. Ama Lucila se había empeñado en ir a España un par de años para cambiar de aires y ver si mejoraba esa mala salud, que siempre invocaba, pero, tarde o temprano, tendrían que volver a casa. Tantas cosas podían ocurrir de aquí a entonces. A diferencia de ama Lucila, tan llena de achaques fingidos o verdaderos, Juan y ella eran sanos, jóvenes y tendrían un hijo en común. ¿Quién podía asegurar que el futuro estaba escrito o marcado a fuego de antemano? Nadie.

Apenas dos horas más tarde ni el horizonte infinito ni tampoco la costa de Cabo Verde continuaban en su lugar. O al menos eso parecía después de que un manto de niebla corriera sobre el mar convirtiendo el día en noche.

Uno, dos, tres, cuatro... Trinidad sabía desde niña que contando muy despacio desde el estallido de un relámpago hasta oír el sonido del trueno, se podía adivinar a cuántas millas de distancia estaba el ojo de la tormenta. Uno, dos... y ni falta le hizo llegar a tres para ponerse a rezar con todas sus fuerzas. Bastaba con ver las horrorizadas caras de los pasajeros que tenía en derredor. Muchos de ellos se habían congregado en el comedor principal porque desde allí, y en apariencia a resguardo, alcanzaban a ver cómo se iluminaba el océano a la luz, no sólo de los relámpagos, sino, sobre todo, de los rayos que asaeteaban un mar denso y oscuro como el plomo.

—¡Reducir paño! ¡Prepararse para tomar rizos! ¡Amurar a barlovento!

Las órdenes se sucedían sin que ninguna pareciera surtir efecto sobre la estabilidad de la nave, que cabeceaba chirriante, embarcando agua cada vez que la proa se hundía hasta arrancar espumarajos a las olas. Las beatas de Camagüey se abrazaban mientras que el matrimonio habanero prefería desgranar jaculatorias que otros pasajeros no tardaron en corear con similar fervor. ¿Y Juan? Trinidad se dijo que quizá hubiera bajado a los camarotes para asegurarse de que ama Lucila estaba bien y ayudarla a reunirse con los demás.

—Soy la señora de García, ¿alguien sabe dónde está mi marido? ¡No comprendo cómo se las arregla este hombre, nunca está conmigo cuando lo necesito!

Trinidad se volvió hacia la puerta al oír la voz áspera de su ama. Su figura alta y seca se abría camino entre los pasajeros.

—Yo me crucé con alguien en cubierta cuando arreciaba ya la tormenta —intervino un marinero—. Tal vez fuera él, apenas se veía nada a dos palmos. Le grité que volviera atrás, que se pusiera a cubierto, rediós, pero él porfió que su mujer estaba abajo y allá que se fue sin encomendarse a santos ni a diablos.

—¡Mentira! Yo subí en cuanto esta maldita nave empezó a menearse como una sonaja. Nos hubiéramos cruzado en el camino. Tuvo que ir en otra dirección, aunque ya me barrunto cuál...

—Serénese, señora. Seguramente su marido bajó y, al no encontrarla, ha preferido aguardar allí —la tranquilizó el contramaestre—. Es lo que haría cualquier persona sensata, no moverse de donde está.

—¿Y qué va a hacer usted al respecto? ¡Ordene que bajen por él ahora mismo!

—Nadie se moverá de aquí, es imposible dar un paso en cubierta —respondió el marino, empezando a perder la paciencia—. Pero descuide —añadió luego, más conciliador—. Las tormentas en esta zona del Atlántico son tan cortas como escandalosas. En un rato todo habrá pasado.

Desdiciendo sus palabras, un bandazo a babor y otro más violento a estribor logró que Lucila y el contramaestre acabaran una en brazos del otro.

—¡Apártese! ¡No me toque! Habrase visto tamaño descaro... Pero, Dios mío, nos hundiremos sin remedio. ¿Qué va a ser de mí?

—¡Mirad la que se nos viene encima!

Un muro de agua gris más alto que el palo de mesana se cernía desde estribor y el pánico se adueñó del pasaje.

—Virgen de la Caridad, yo no sé nadar.

—Ni yo tampoco.

—¿Y de qué sirve nadar si estamos lo menos a cinco millas de la costa?

—¡Maderas, maderas!

—¿De qué carajo habla usted?

—De esos troncos y maderos que hay apilados sobre la cubierta. ¿No se han fijado? Son una precaución obligada por si alguien cae al agua durante la travesía, o se produce, Dios no lo permita, un naufragio.

—¿Habrá suficientes para todos?

—¡Yo quiero el mío!

—¡Y yo!

—¡Vamos, salgamos a cubierta, mejor que se nos lleve una ola que ahogarnos aquí encerrados como ratas!

Varios pasajeros se precipitaron hacia la puerta, pero un nuevo y brutal bandazo se ocupó de derribarlos y echarlos a rodar como piezas de bolera. El barco, que acababa de arriscarse más que nunca, quedó esta vez en vilo durante unos segundos que se hicieron eternos para desplomarse después con una violencia tal que por los aires volaron sillas, taburetes, botellas, platos y todo lo que no estaba anclado al suelo.

Trinidad notó entonces un golpe en la cabeza que casi la derriba. El brazo metálico desprendido de uno de los candelabros del techo le había abierto una brecha en la frente. Pero ni siquiera le dio tiempo a llevarse la mano a la herida. Otra punzada más dolorosa la obligó a doblarse sobre sí misma. «Dios mío, no, ahora no, no puede ser, es demasiado pronto, ¿o quizá no lo sea tanto?». Si al menos supiera con certeza de cuántos meses era su embarazo...

«De siete lunas, muchacha, ni una menos», eso había sentenciado Celeste, la otra esclava que viajaba con los García, una negra vieja que se preciaba de entender de estos y de otros muchos entuertos. «Así que harás bien en vendarte el vientre un poco más si no quieres que el ama te muela a palos. Eso y rezar, chica, para que a la criatura no le dé por salir antes de que avistemos tierra», había añadido como pájaro de mal agüero. Pero al rato ya estaba fumando su vieja cachimba y riendo al tiempo que le echaba los caracoles para asegurar que no había cuidado, que la niña —«Porque será hembra, eso dalo por seguro, *m'hijita,* yo no me equivoco nunca»— tenía la bendición de Oshun, señora de las parturientas. «... Y si al nacer, va y saca los ojos tan verdes de alguien que yo sé —continuó mientras le señalaba el vientre con su humeante pipa—, puedes considerarte afortunada. De ese bendito color, muchacha, dependerán muchas cosas, acuérdate de lo que te digo».

Un grito de dolor le trepó garganta arriba y Trinidad se vio de pronto agradeciendo a Oshun, a todos los *orishás* —y también a la tormenta— la posibilidad que le daban de gritar y retorcerse sin que nadie sospechara el verdadero motivo. Durante quién sabe cuánto rato continuó así, tratando de acompasar sus quejidos a los lamentos de otros pasajeros cada vez que su vientre se contraía, al tiempo que rogaba a todos los dioses yorubas y cristianos que fuese, por favor, por caridad, sólo una falsa alarma. Si los *orishás* u otros santos la oyeron, sólo tuvieron a bien concederle un armisticio. Poco a poco, los chirridos del barco empezaron a dar paso a sonidos más sosegados, más rítmicos. No cesaron del todo los bandazos, pero por lo menos permitían ahora caminar y moverse por la nave.

... Dos, tres, cuatro, cinco, seis... igual que al principio del temporal Trinidad había calculado la distancia a la que estaba la tormenta por los segundos que separaban el relámpago del trueno, descubrió que también podía medir el tiempo que mediaba entre sus cada vez más frecuentes espasmos y aprovechar las treguas para intentar alcanzar primero la cubierta y, de ahí, poco a poco, dirigirse al sollado. Así llamaban los marineros a la gran estancia sin apenas ventilación que había en el fondo de la bodega donde dormían los esclavos. ¿Se habría refugiado alguno allí durante el temporal? Con que hubiera uno solo, podría pedirle que avisara a Celeste, ella sabría qué hacer.

... Veintitrés, veinticuatro, veinticinco... Acababa de salir a cubierta cuando se cruzó con la mujer de pelo rojo y Trinidad casi ríe al verla tan desmadejada y temblona como ella. «Con Dios, señora», alcanzó incluso a decirle mientras encaminaba sus pasos a estribor. Su idea era atravesar la cubierta, llegar desde el comedor en el que ahora se encontraba hasta la escala principal que había allá en proa, en el otro extremo de la nave, y bajar luego a las cubiertas inferiores... Cincuenta y ocho... cincuenta y nueve... sesenta... No lejos de donde está pero en la amura de babor, alcanza a oír a Lucila, que pregunta de nuevo por Juan, esta vez a un grupo de esclavos.

... Setenta y nueve... ochenta... ochenta y uno... Trinidad habría dado cualquier cosa por poder detenerse unos segundos y escuchar algo más de aquella conversación, tratar de averiguar dónde se encuentra Juan, pero... ciento dos, ciento tres, ciento cuatro... aún le resta bajar con tiento la escala principal agarrándose bien al pasamanos, recorrer toda la cubierta inferior donde se alinean los camarotes principales antes de llegar al fondo y bajar un segundo tramo de peldaños hasta alcanzar el sollado.

—¿Estás bien? ¿Te ayudo?

Trinidad nunca antes había visto a la pasajera que tiene ahora delante. Acababa de salir de uno de los camarotes de segunda clase. Rubia, ni muy joven ni muy vieja, su aspecto recuerda vagamente a un pájaro. No parece una criada, pero tampoco viste como las damas ricas que viajan con los García en los camarotes de primera.

—No me extraña que estés mareada como una cuba, ven, apóyate en mí —le dice a Trinidad mientras la coge por un brazo. Pero en ese momento un nuevo espasmo más fuerte que todos los demás la delata.

—¿Se puede saber qué te pasa, negra?

—Nada, señorita, por caridad se lo pido, no diga nada, estoy bien...

Capítulo 2
Lucila, viuda de García

Madrid, 4 de noviembre de 1788

Queridísimo padre:

En mi anterior carta, la que le envié recién desembarcada en Cádiz, apenas me dio el ánimo para contarle la noticia de mi terrible pérdida. Con el paso de las semanas, me he recuperado lo suficiente como para relatarle con más detalle todo lo acontecido tras ese aciago día del *Santiago Apóstol* en el que perdí a mi querido esposo, devorado por las aguas frente a las costas de Cabo Verde.

Contarle, pues, que, cuando amainó la tormenta que se llevó a mi Juan, hice lo indecible para que se organizara una expedición de búsqueda. Argüí que cómo era posible que nadie lo hubiera visto precipitarse al mar y que por qué el capitán, al ver el temporal que se avecinaba, no había previsto dejar algunos marineros de guardia en cubierta, o en su defecto, esclavos, por si sucedía una desgracia de esas características y podían así lanzarse éstos al rescate del desventurado. Exigí que interrogaran a los negros que «como son muchos y están en todas partes —dije—, posiblemente alguno haya visto u oído algo que pueda ser de utilidad». ¿Y sabe, padre, lo que me replicaron entonces? El contramaestre tuvo el cuajo de decir que si uno de aquellos negros hubiera visto caer un hombre al agua, nunca lo contaría, por miedo a que se pensara que había aprovechado la cólera del mar para acabar con alguien de nuestra raza. Que, todo lo más, un negro temeroso de Dios habría hecho lo mismo que un buen cristiano. Arrojar al mar uno de los troncos que se apilan en las cubiertas de todas las naves a modo de salva-almas para que el desdichado pudiera aferrarse a él y llegar a tierra. Sonseras, quimeras y buenas palabras, el caso es que nadie hizo nada y así su hija de usted se quedó sin marido.

Pero no acaba aquí mi mala estrella. Varios días más tarde, cuando avistamos al fin las costas de Cádiz, la señorita Camelia Durán, una muy distinguida dama de Camagüey, que junto a su hermana Margarita viajaba con nosotros con el propósito de conocer a su ilustre familia de Córdoba, me dijo que, a ambas, les había llegado un retazo de inteligencia que me concernía. Uno que alcanzó sus oídos a través de la sirvienta que las acompañaba. Esta persona, de humilde condición pero blanca y con cristianas intenciones, había oído, por lo visto, un comentario que se cuchicheaba entre la negrada. Hablaba de una criatura nacida durante la tormenta y, como quiera que ella había visto durante el temporal a una mulata que parecía en dicho trance, no tuvo más que sumar dos con dos.

¡Dios mío, qué difícil es narrar a un padre —y más aún a usted, que tan estricto es con todo lo que tiene que ver con el decoro— lo que, a continuación, no tengo más remedio que desvelar! El caso es que, con los circunloquios y eufemismos a los que obliga una buena cuna, las señoritas Durán me vinieron a decir que una de las negras que viajaba con Juan y conmigo, Trinidad de nombre, usted ya sabe a quién me refiero, la habrá visto en nuestra casa... Sí, esa mulata desfachatada que anda siempre riendo y cantando, como si esta vida no fuera un valle de lágrimas, bueno, pues esa misma, la muy ramera, resulta que dio a luz una cría cuya presencia los esclavos se confabularon para silenciar hasta llegar a puerto. Una niña del color del membrillo atarazado según las señoritas Durán. Y como quiera que a mí eso del membrillo me decía poco y nada, Camelia, la mayor de las damas, bajó la voz hasta convertirla en un suspiro para añadir la expresión «color café con leche», y luego, como hice como que no comprendía, la otra, Margarita, me cuchicheó directamente al oído: «Mulata y muy, pero que muy clarita». Como si supiera. Como si ella y su hermana hubieran adivinado lo que sé desde hace tiempo, pero finjo que no me entero. Porque dígame, padre, ¿qué ha de hacer una esposa decente cuando hace tiempo que se ha madrugado ya de que su marido prefiere las carnes de ébano a las de blanquísimo marfil, las caderas sinuosas a la cintura de avispa, el tosco percal a la más suave muselina? Usted es varón, por lo que no puedo esperar que comprenda lo que se sufre con las humillaciones que soportamos las esposas. Pero se acabó. Para mi mal —o, mejor aún, para mi bien—, ya no soy una esposa. Pertenezco ahora a la única estirpe de mujeres libres que el mundo y la buena sociedad acepta con todos los parabienes. La bendita condición de viuda. Y no le quepa la menor duda, padre, de que voy a hacer uso —¡y cómo!— de todas sus prerrogativas. Sépase por tanto que, desde que llegué a España, he empezado a ejercer como tal haciendo lo que era menester. Y no le digo más. El suelto de periódico que adjunto a estas líneas habla, creo, por sí mismo. Apareció el 7 de los corrientes y fue publicado en el conocido y reputado *El Correo de Madrid*.

VENTA DE ESCLAVOS.

UNA NEGRA se vende, recien parida, con abundante leche, escelente lavandera y planchadora, con principios de cocina, jóven, sana y sin tachas, y muy humilde: darán razon en la calle de O-Reilly nº 16, el portero. 6 30

UNA NEGRA se vende por no necesitarla su dueño, de nacion conga, como de 20 años, con su cria de 11 meses, sana y sin tachas, muy fiel y humilde, no ha conocido mas amo que el actual, es regular lavandera, planchadora y cocinera: en la calle del Baratillo casa nº 4 informarán. 31

VENTA DE ANIMALES.

SANGUIJUELAS de buen tamaño y sobresaliente calidad, se hallan de venta en la barbería plazuela de S. Juan de Dios, y tambien en la calle del Sol esquina á la de Compostela frente á la hojalatería, barbería de Reyes Satiesteban á peso doc., con la satisfaccion que pueden devolver las que no peguen por casualidad, pues con lo que garantizo lo buenas que son, y puesta por el mismo autor con la velocidad de 2 minutos, como lo tiene acreditado con las principales familias de esta capital, por 12 rs. doc. bien sean fuertes ó sencillos. 30-4

VENTA DE LIBROS.

LOS HIJOS DEL TIO TRONERA.

PARODIA DEL TROVADOR. Este chistosísimo sainete picaresco, en verso, original del célebre poeta D. Antonio García Gutierrez, y que fué tan aplaudido en el gran teatro de esta capital, se ha impreso con el mayor esmero, y se halla de venta á 2 rs. senc. en la librería de la Prensa y en la de D. Antonio Charlain, calle del Obispo número 114. 4-2.

Decirle también, padre, que, apenas cinco semanas después de aquel malhadado día del *Santiago Apóstol*, al que ya nunca elevaré mis preces, y tras pasar unas jornadas en Cádiz, ciudad que me ha parecido bella pero terriblemente húmeda, me he instalado aquí, en esta villa de Madrid, de clima serrano. Dicen que el verano es atroz y el invierno cruel, pero ambos son secos, por lo que espero resulte salutífero para mis maltrechos pulmones. Como viuda que soy y por tanto sin tener que dar cuentas a nadie, qué gran placer, empecé por alquilar varias habitaciones en la parte superior de una hermosa casa cerquita de una puerta que aquí llaman del Sol, gracias a la recomendación que me hicieron Camelia y Margarita Durán. Ellas me pusieron en contacto con otra de sus hermanas, de nombre Magnolia, propietaria de ésta. Señorita esta también dignísima (y sospecho que también dignísimamente arruinada, aunque haga lo imposible por no aparentarlo). Decirle por fin que el anuncio de venta que he adjuntado a estas letras obtuvo pronta y más que satisfactoria respuesta. Nada menos que por parte de Manuel Martínez, un director teatral muy conocido en esta villa y corte. Con él cerré ayer mismo la primera de las transacciones que me he propuesto, la de la mocosa bastarda que él se llevará en cuanto podamos destetarla, cinco o seis semanas, calculo yo. Tan rápida y conveniente ha sido su venta que creo que me lo voy a tomar como una señal de que vuelve a sonreírme la suerte. Tenía para mí que iba a costarme Dios y ayuda deshacerme de la currutaca. Al fin y al cabo, ¿quién quiere una negra tan pequeña que ha de alimentar y vestir hasta que pueda serle de utilidad? Sin embargo, Martínez me ha explicado algo que yo ni siquiera podía imaginar. Parece ser que, acá en la metrópoli y entre personas de calidad, tener un criado negro y vestirlo como un duque con su peluca y sus alamares, o un esclavo palafrenero al que disfrazar de Negus de Abisinia, o bien adoptar una niñita negra y llenarla de lazos y de bodoques es muy *dernier cri*. Expresión esta desconocida para su hija de usted, pero resulta que, en la villa y corte, quien no habla francés es un mindundi, de modo que, desde este mismo momento, forma ya parte de mi vocabulario. Resumiendo y para no aburrirle, querido papá, que ya sé lo mucho que deplora las cartas extensas y de caligrafía apretada, ignoro qué hará Martínez con su nueva adquisición cuando se la lleve. No lo veo yo en el papel de padre putativo de mulatitas, por muy graciosas que sean, pero cosas más raras se han visto. En realidad, qué quiere que le diga, nada de lo mencionado es de mi incumbencia. Bastante me está costando hacerme a los modos y modas de la buena sociedad de acá como para cuestionar sus extravagancias. En cuanto a la esclava adulta, me ha dicho Manolo (en efecto, Martínez y yo de vez en cuando nos llamamos ya por nuestros nombres de pila. Un hombre encantador y todo un caballero, pese a su profesión)... Manolo, pues, dice que le va a pasar el dato a sus amistades, que son muy variadas y heterogéneas. Es posible, opina él, que le interese incluso a alguno de los afamados actores o célebres actrices con los que trabaja. Al parecer, y según me ha platicado, en el mundo del teatro las gentes de color también están muy demandadas. Los varones son fuertes como mano de obra e infatigables como animales de carga mientras que las hembras tienen fama de ser hábiles peluqueras y muy mañosas con la aguja. Total, que unos y otras sirven lo mismo para un roto que para un descosido, dice Martínez. Ocurre además que el *dernier cri* se extiende también a la escena, de modo que, siempre según Manolo, en las compañías teatrales de postín como la suya no pocas veces se utilizan negros para entretener al público con sus bailes y primitivos cantos a modo de entremés. Algunos esclavos con especial talento incluso llegan a actuar en ciertos sainetes. O a tener su propio número teatral como lanzadores de cuchillos, acróbatas o nigromantes, llegando a adquirir tal fama que unos pocos logran, con el dinero que van apartando de aquí y de allá, comprar, al cabo de un tiempo, su libertad y hacerse ricos, imagínese qué dislate. En fin, y para concluir, el caso es que tengo vendida a la mocosa pero no aún a la madre, aunque confío hacerlo cuanto antes. Ver la cara de esa negra desagradecida y traidora cuando me sirve el almuerzo o la cena me recuerda demasiado mi terrible pérdida. Menos mal que ahora tengo a Martínez para que me distraiga. Hemos empezado a entablar una amistad cordial. Tanto que ha prometido llevarme a no mucho tardar al teatro para ver, en palco preferente por supuesto, la obra que ahora tienen en cartel y cuyo autor es nada menos que el gran Nicolás Fernández de Moratín. *La petimetra*, así se llama la pieza y el título, desde luego, no puede ser más afín al aspecto físico que quiero alcanzar en breve. Mundana, elegante, refinada, francesa, delicada... así ha comenzado a ser ya su hija de usted, requerida —tan casta como galantemente me apresuro a apostillar para que quede tranquilo al respecto— por el director de moda. Figúrese que Martínez incluso está empeñado en que participe como mecenas en su próxima producción escénica. Celeste, la otra negra, ésta sí fiel y eficaz, que tengo a mi servicio, dice que ella se barrunta que esa palabra, «mecenas» —que por supuesto no ha oído en su vida—, no es más que una linda forma de disimular esta otra: «sablazo». Pero qué sabrá una negra iletrada de las cosas del mundo. Para recibir, a veces no hay más remedio que dar, al menos un poquito y siempre con cuentagotas. ¿No le parece, padre? Y ahora sí, después de contarle lo bien que me va (tanto que se han disipado como por ensalmo todos mis viejos achaques), me despido. Martínez me visita hoy y he de hacerme la *toilette* como dicen acá. Y en Madrid, ninguna dama de mis posibles tarda menos de cuatro horas en ello, sobre todo, por la dificultad que entrañan los peinados. Ni se imagina padre lo que es, por ejemplo, que le elaboren a una sobre la cabeza un *hérisson* o *pouf* de cuatro palmos de altura, todo un prodigo de ondas y bucles en cascada. Una auténtica obra de arte mitad martirio, mitad tortícolis. Por suerte, la creación, una vez elaborada, dura hasta seis semanas con el consiguiente ahorro que eso supone. Según tengo entendido, para mantener convenientemente enhiesto y duro tal monumento capilar, se utiliza zumo de frutas y algo de melaza. Espero que tanta dulzonería no convierta mi *pouf* dentro de unos días en nido de piojos, chinches, cucarachas y hasta ratones. Pero no, claro que no. Cosas así no pasan en la metrópoli, de ninguna manera.

Le abraza y bendice su hija que lo es,

Lucila Manzanedo, viuda de García.

Capítulo 3

La llegada a Madrid

Trinidad decidió llamar Marina a su hija, en recuerdo de cómo y dónde se había producido su nacimiento y, a falta de fraile o cura, la víspera del día en que la iban a vender, ella misma le echó las aguas bautismales. Marina Amalalá Umbé, un nombre cristiano y otro yoruba, así se aseguraba la protección de los santos pero también la de los *orishás*. Aquella noche, en el altillo lleno de corrientes que, desde que habían llegado a Madrid, compartía con Celeste en casa de ama Lucila, Trinidad desplegó sobre la almohada de la niña un escapulario de la Virgen del Carmen, regalo de Juan que llevaba siempre al cuello, y también unas cuantas plumas y semillas de jagüey que atesoraba Celeste, y juntas elevaron sus oraciones.

—Y ahora a dormir —ordenó Celeste, sin necesidad de soplar la vela porque sólo con levantarla un poco ya se ocupaba de tal menester el aire que se colaba por mil rendijas—. Mañana toca tremendo madrugón. Ama Lucila ha vuelto a invitar al caballero ese que la ronda, esta vez a desayunar en la cama como hacen acá las señorongas.

—¿En la cama? —se extrañó Trinidad.

—Cosas de la metrópoli, chica. Según he podido enterarme amusgando la oreja, acá las damas de posibles tienen lo que llaman un «cortejo». O dicho para que lo entendamos tú y yo, *m'hijita*, un hombre consentido por el propio marido, que las lleva, las trae, juega con ellas a las cartas hasta que raya el día, e incluso tiene la prebenda de desayunar un día sí y el otro también en el dormitorio de la dama.

—¡Pero si ama Lucila no tiene marido!

—Pero sí cuartos, que es lo que realmente atrae y encandila a algunos como polillas a la luz.

—¿Y en qué consiste esa visita?

—También de eso se entera una escuchando tras las puertas. Resulta que llega el caballero y se le hace pasar a la alcoba. Allí, con cara de sueño y en bata o peinador, lo espera la dama de sus afectos con el desayuno dispuesto, cuanto más abundante y delicioso, mejor. Ahora, eso sí, sábete que todo es muy casto y decente, porque los cortejos son sólo eso, acompañantes de damas platudas.

—Pero, Celeste, tú has visto a nuestra ama recién levantada. ¿Cómo va a querer ella, por muy a la moda que esté, que nadie la vea así?

—Cómo se nota que no sabes nada de nada, muchacha, yo lo que me barrunto es que el ardid está en que todo parezca natural, casual, cuando en realidad es justo lo contrario. ¿Por qué crees que ha ordenado que nos levantemos a las cinco de la mañana? Aparte de hornear pan, colar café y cocinar pasteles y hasta buñuelos de viento, tendremos que prepararla para que tenga el inocente aire de recién arrebatada de los brazos de Morfeo.

—¿Quién es Morfeo?

—Y yo qué sé, muchacha, son cosas que las gentes dicen, no hagas preguntas necias. La cuestión es que, para adquirir el encantador y matinal aspecto de quien acaba de abrir un ojo, ama Lucila habrá de levantarse lo menos dos horas antes de que llegue su «cortejo», trapearse, acicalarse, ponerse un camisón relindo y así *preparaíta*, con el pelo un poco despeinado y bostezando graciosamente, va y se mete de nuevo en la cama. A continuación, llega el galán y los dos platican harto rato mientras dan cuenta de los buñuelos y de todo lo demás.

—Ese hombre, el cortejo, como tú le llamas, es el que ha comprado a mi niña, ¿verdad? —pregunta Trinidad, sin poder evitar que la voz se le quiebre.

—Mira, muchacha, de llorar ya nos ocuparemos mañana, que ahora hay que dormir *pa* estar fuertes y templadas. Te lo he dicho muchas veces, cada día tiene su afán.

Celeste a continuación había intentado coger a la niña para meterla en la cunita que le habían preparado con una cesta vieja y unos trapos, pero Trinidad se abrazó aún más a ella mientras que Marina, como si supiera, volvía la cabecita buscando su pecho caliente.

—Es nuestra última noche, Celeste...

La vieja rezonga. Le parece necia su actitud. ¿Cuántas veces había vivido ella una noche similar? Un varón y tres hembras le habían arrebatado al poco de nacer y así se lo dice a Trinidad.

—Pero yo aprendí rápido, chica. Después de que se llevaran al primero, a las otras decidí no darles un nombre.

—Eso es cruel. ¿Por qué, Celeste?

—¿Por qué va a ser, sonsa? Porque es más fácil dejar de pensar en un hijo al que no se puede llamar y llorar a solas por las noches. En cambio tú, mírate, te has empeñado en bautizarla y ahora esas pocas letricas te perseguirán la vida entera. «Marina», dirás pensando en su primera sonrisa o en para quién brillarán esos ojos tan verdes que, por suerte (o tal vez para su desgracia), ha heredado de su padre. Y no dejarás de buscarla, Marina de acá para allá, cuando lo sabio es el olvido.

El olvido es el único refugio de los esclavos, eso piensa Celeste, y así se lo ha dicho muchas veces a esa muchacha terca como mula, pero nada, ahí la tienes ante la ventana con su hija en brazos, amparándola con su cuerpo del frío que se cuela por las rendijas. «¿Qué piensas hacer ahora muchacha? ¿Ver cómo pasan una tras otra las horas, los minutos, mientras tú rezas para que nunca amanezca?».

Trinidad no piensa. Lo único que desea es sentir el calor de su niña, contar su respiración, sentirla piel con piel, amamantarla por última vez mientras atesora en su memoria aquel olor suyo mezcla de leche, canela y clavo. Eso, y estudiar la ciudad. La ciudad tan grande y desconocida que se extiende allá abajo. ¿En cuál de todas esas oscuras ventanas, en cuál de sus innumerables casas, grande o pequeña, humilde o principal, lejana o próxima, estará su hija mañana? ¿Qué mano mecerá su cuna y qué labios le cantarán una nana? Mientras estrecha a Marina contra su pecho, Trinidad se jura que, pase lo que pase, desde mañana mismo dedicará sus afanes a aprender una a una las calles, plazas y recovecos que ve extenderse a sus pies, porque ése es el primer y obligado paso para encontrar el paradero de su hija. Manuel Martínez, así se llama el hombre que la ha comprado. Quién sabe, tal vez en un descuido de ama Lucila mañana pueda hablar con él, suplicarle que le diga al menos dónde la lleva. ¿Para qué quiere un hombre como Martínez una esclava de tan pocos meses? Si al menos conociera la respuesta a esta pregunta y luego aprendiese a orientarse en aquella gran y desconocida telaraña de calles, paseos y plazas, podría acercarse a donde él vive, ver a la niña desde lejos, admirar cómo crece, mirarse en sus ojos verdes para recordar los de Juan.

Arriba, abajo, arriba, igual que el de un pajarito, así se agita el pecho de Marina dormida en sus brazos. Trinidad trata de acompasar su respiración a la de ella, lograr que sean una sola, unirse en un mismo aliento, y así se duerme, al fin, poco antes de que un campanario cercano dé las tres.

* * *

—¡No, no y no! Dios mío, pero ¿qué he hecho para merecer tanto castigo? ¿No te acabo de decir, Celeste, vieja torpe y sonsa, que vayas con mucho tiento para no deshacerme el peinado? Mira en lo que se ha convertido mi *pouf;* ahora parece un nido de sinsonte.

—Precisamente lo que tiene que ser, ama Lucila. ¿No dijo *usté* que tenía que aparentar muy despeinada?

—Despeinada, sí, pero no un espantapájaros, hay una pequeña diferencia. A ver si consigues recomponer estos horribles rizos con algo más de melaza como hace mi peluquero, y date prisa, el señor Martínez debe de estar al caer.

—¿Por qué no la peina la Triniá, *madame*? —De unos días a esta parte, ama Lucila se hacía llamar así por sus esclavas, por aquello del *dernier cri*—. Sí, *madame*. Voy a decirle que suba, siempre se ha dado buena maña con los peines, seguro que arregla este desaguisado.

—¿Crees que permitiría que esa esclava sucia y desagradecida me ponga la mano encima? Prefiero parecer un alma en pena antes que dejar que me toque siquiera. Trae para acá, lo arreglaré yo misma. ¡Santo Niño de Atocha, mis pobres pulmones! A ver si ahora, con tanta prisa y tanto julepe, me van a dar los vapores, qué poco oportuno sería. ¡Ya está aquí Martínez! Oigo la campanilla, rápido, Celeste, voy a meterme en la cama. ¿Qué tal me veo? Pásame ese espejo. Así, así, mejor un poco más despeinada...

De lo acontecido dentro de la habitación de *madame* y del desayuno con su cortejo, ni siquiera el fino oído de la negra Celeste puede dar cuenta. Después de haberlo preparado todo —la cama ordenadamente desordenada y su ocupante dentro acodada sobre un par de almohadas con puntillas y jadeando porque dice que se ha quedado sin aliento—, las dos esclavas se ocuparon de llevar el desayuno en grandes bandejas de plata.

Martínez había llegado ceñudo y con prisas. Impaciente, como si quisiera acabar pronto con un enojoso trámite. «Buenos días, Lucinda», saludó antes de que la dama le recordara, con coqueto reproche, que su nombre era Lucila. «Tonto, ven, siéntate en esa sillita junto a mi cama. ¿Quieres unos buñuelos de viento? A ver, Celeste, cierra la puerta y no nos importunes, ya te llamaré cuando el señor esté listo para partir».

Unos minutos, unos benditos minutos más. Diez, veinte, quizá hasta una hora es el tiempo que calcula Trinidad le queda para estar con Marina, para abrazarla y sentir su calor, para memorizar cada uno de sus gestos, de sus mohines, de sus movimientos. También para vestirla más linda que un sol y luego abrigarla, que acá los vientos parecen traicioneros.

Le puso primero una camisilla de franela regalo de Celeste y luego un faldón que había logrado confeccionar con el encaje de una vieja enagua. Peinó hacia atrás su pelo oscuro y por fin envolvió a la niña en una toquilla que le había tejido a ratos perdidos, larga y blanca, como espuma de mar. Después, se desprendió de aquel escapulario de la Virgen del Carmen que Juan le regalara antes de salir de Cuba y se lo puso a la niña.

—¿Salen ya? ¿Oyes algo?

—Sí, es la puerta, ya vienen.

Trinidad no logrará olvidar jamás el chasquido de aquel cerrojo que marcó el comienzo de su desgracia. Frío y chirriante, igual que el «buenos días» del hombre que ahora camina detrás de ama Lucila, con los botones de su oscura levita abrochados hasta el cuello como si hubieran resistido valientemente algún asedio. Y allí está también ella, la viuda de García, envuelta en el salto de cama de su ajuar de boda, ese que nunca usa, el que huele a alcanfor y moho.

—¿Pero qué hacen ahí, paradas como dos momias, esclavas atorrantas? ¿Dónde están sus modales? Saluden como se les ha enseñado. —Y Trinidad y Celeste hincan la rodilla en la reverencia de rigor.

—A ver, no perdamos tiempo, que don Manuel dice que anda apurado. Celeste, trae acá a la mocosa, acabemos ya con el asunto.

Trinidad se gira entonces hacia Martínez, un hombre alto, joven, vestido de negro como un seminarista. Sabe desde niña que los esclavos no pueden mirar a los señores a los ojos, pero ella necesita buscar en los del visitante el más ínfimo, el más fugaz destello de bondad, de piedad acaso, cualquier atisbo que le permita suponer que serviría de algo echarse a sus pies, bañárselos en lágrimas, suplicarle que la compre también a ella, que la lleve con él. ¿Qué más da la reacción del ama? Que le escupa como hizo al conocer la existencia de la niña, que la muela a bastonazos como tantas otras veces. Necesita intentarlo y se adelanta, y va hacia Martínez con los brazos extendidos, pero él la aparta sin mirarla siquiera.

—¿Dónde está tu cría, esclava?

A partir de aquí todo se vuelve borroso. Trinidad no sabe bien si fue el ama o quizá Celeste quien sacó a la niña del improvisado moisés para que Martínez pudiera examinarla. Tampoco sabe exactamente qué comentó aquel hombre al palpar los bracitos y piernas de Marina o mientras le estrujaba las mejillas para que abriese la boca y hurgar allí, con el experto y desapasionado dedo propio de un tratante de animales. Pero lo que jamás podrá olvidar, en cambio, es el final de la transacción. El momento en que Martínez hizo ademán de devolver a la niña a su moisés para llevársela en él y cómo ama Lucila se lo impidió.

—Espera un momento. Tú, Celeste, desviste a la currutaca.

—¿Qué...?

—Ya me has oído. Desnuda a esa cría de ramera, quítale todo lo que lleva encima, déjala como vino al mundo. Nada es suyo y nada ha de llevarse de esta casa.

—Ama Lucila, por caridad... —balbucea Trinidad e incluso alarga hacia ella una mano suplicante.

—¡No me toques, furcia! —retruca la viuda, dejándole señalados en la cara los cinco dedos de su odio.

Martínez empieza a revolverse incómodo. Una cosa es tomarse una jícara de chocolate, aguantar la cháchara de una viuda fea y rica e incluso darle un besito en la reseca mejilla (todo sea por el teatro y su financiación) y otra bien distinta, tener que presenciar melindres y enojosas escenas domésticas.

—Querida amiga —le dice—, ¿cómo me la voy a llevar sin ropa? Sea razonable, estamos en noviembre, no se da cuenta...

—Me parece que el que no se da cuenta eres tú, Martínez. —Y hay algo en la forma de pronunciar su apellido que alarma al empresario—. Se irá desnuda, he dicho.

Las lágrimas nublan sus ojos de tal modo que Trinidad apenas logra ver cómo ama Lucila le arranca a Marina la toquilla, la camisa y hasta los pañales y por fin y de un seco tirón el escapulario de Juan. Temblando de pies a cabeza, decide lanzarse sobre aquella figura grotesca y despeinada, pero Celeste se interpone entre las dos:

—No, así no.

Pasan unos minutos que parecen siglos hasta que Trinidad, secándose las lágrimas, da un paso en dirección al moisés. Recoge del suelo su escapulario y, después de ponérselo, eleva los brazos y, muy despacio, comienza a desatar la pañoleta multicolor de esclava que lleva siempre, la misma que ama Lucila permite que siga usando acá en la metrópoli porque piensa que da a sus negras domésticas un aire exótico muy *dernier cri*. Sin mirar a la viuda se aproxima al moisés.

—Tú, puta, ¿qué crees que haces, no te he dicho que...?

Pero Trinidad ni siquiera la oye. El pelo le cae suelto y espléndido sobre los hombros mientras envuelve en el turbante a su hija desnuda.

—Ya está, mi niña, así no pasarás tanto frío...

* * *

La llegada de la noche la encuentra en el mismo lugar que la víspera, frente a la ventana del altillo, los ojos secos, los brazos yermos, el pecho hinchado con la leche de Marina pero bañada al menos por una luna llena y espléndida que ilumina toda la ciudad. El aire es tan fétido como frío, y dos moscas verdes, que parecen no haberse enterado de que pronto será invierno, zumban a su alrededor, pero Trinidad ni siquiera se toma la molestia de espantarlas. Prefiere que nada la distraiga mientras trata de imaginar cuál de los infinitos tejados que alcanza a ver cobijará ahora el sueño de su hija. Del invisible hilo de Ariadna que el destino acaba de tejer entre Marina y ella Trinidad sólo conoce un cabo, el de Manuel Martínez. ¿Qué utilidad puede tener una niña tan pequeña para un hombre como él? ¿Para qué la quiere? A Trinidad se le ocurren un par de posibles razones, a cual más aterradora. De modo que lo mejor será no perder el tiempo, intentar seguir el rastro del empresario teatral antes de que la única hebra que puede ayudarla a devanar la madeja se enrede sin remedio con otras. ¿Y después? Bueno, después, Dios o los *orishás* dirán, cada día tiene su afán. ¿No era eso lo que siempre repetía Celeste?

Trinidad deja que la vista se le pierda una vez más por las serpenteantes calles de aquella ciudad grande y desconocida. El primer paso parece fácil. Debía vendarse bien el pecho para que no le doliera tanto, salir de puntillas de la habitación sin despertar a Celeste, bajar a la cocina y descorrer el gran cerrojo que ama Lucila había mandado instalar para proteger la casa. En ningún momento el ama había visto la necesidad de guardarse la llave como hacen otras señoras que no se fían de sus criados. ¿Para qué? ¿Adónde podían ir dos esclavas forasteras y sin amigos? Y si esa mulata puta se escapa, debía de haber pensado la viuda, tampoco sería una gran pérdida. Le hubiera gustado verla salir de la casa con las manos atadas a la espalda y detrás de su nuevo amo (elegido por ella entre todos los posibles compradores para que fuera el más indeseable). Pero tampoco le disgusta la idea de que huya. En Cuba marcan a fuego a los esclavos que se atreven a hacerlo, de modo que es de suponer que aquí en la metrópoli ocurriría otro tanto. No podía ir muy lejos, es difícil escabullirse y más aún en una ciudad en la que los negros son una extravagancia. Qué gran placer saber que le desfigurarían la cara sin que tuviera que tomarse la molestia de hacerlo ella misma.

Todo esto es lo que parecen zumbar con su vuelo aquellas dos moscas gruesas y verdes, pero Trinidad no les presta atención. Ya sabe lo que va a hacer, no se debe desaprovechar una noche de luna. ¿Y qué hará para orientarse? ¿Hacia dónde dirigir sus pasos? Sólo conoce un nombre que ha logrado retener de las conversaciones entre Martínez y ama Lucila y es el de su teatro. Príncipe, dice que lo llaman.

Trinidad se asoma una vez más a la ventana. El campanario de una iglesia vecina acaba de dar la una, pero los teatros, por lo general, suelen estar abiertos hasta muy tarde. Tal vez llegar hasta allí sea tan fácil como buscar el único establecimiento iluminado, piensa. Trinidad aprieta entonces contra su pecho duro y adolorido el escapulario de la Virgen del Carmen que una vez perteneció a Juan. Quiera la suerte que la Virgen más marinera la ayude ahora a orientarse entre la marea infinita de casas, calles y plazuelas. Ojalá.

Durante un buen rato la semipenumbra es su aliada. Eran tantas las veces que Juan y ella se habían entregado a su protección... Multitud las noches de luna llena como hoy en las que, saliendo cada uno por una puerta de la casa de los García, corrían a encontrarse en los galpones donde se guardaba la caña, el oro dulce que pronto se convertiría en ron. Y luego venía la divina borrachera de abrazarse allí a escondidas, tumbados sobre las hojas secas, tan cómplices ellas que apenas crujían bajo su peso mientras los dos se mareaban de besos con sabor a aguardiente.

—¿No podríamos vernos en otra parte? —le había dicho ella más de una vez—. Acá no soy capaz de pensar a derechas, todo me da vueltas, sólo con respirarlo, el ron me nubla las entendederas.

—¿Y qué más quieres, sonsa? Me gusta cuando pierdes por mí el sentido. Ven, dame la mano.

Eso es lo que piensa hacer también hoy, fingir que Juan está ahí para guiarla, nada puede salir mal si él está a su lado.

De pronto nota cómo le sube la leche endureciendo sus pezones. Dios mío, creía haberse vendado mejor, no contaba con aquella ola caliente y viscosa. ¿Dónde está, qué calle será ésta? Necesita más que nunca encontrar aquel famoso teatro Príncipe. Tal vez al verla en aquel estado, Martínez se apiade de ella y también de la niña. Quizá le permita ponérsela una vez más al pecho, tan sólo una...

* * *

—... No, querida, pruebe mejor esta leche chocolateada. ¿Ha tomado usted jamás algo así de delicioso? Yo no la puedo catar por esta mala salud que tengo, enseguida me ataca el hígado. Pero de vez en cuando tiro la chancleta, como decimos allá en Matanzas, y me permito un par de sorbos. No se puede ser virtuosa todo el tiempo, ¿no le parece? Chocolate a la taza con huevo, clavo y canela. Es una receta de mi madre, que en gloria se halle, pero la mano ejecutora es la de Celeste. No hay nada como la de una esclava vieja para dar fundamento a los dulces, ya lo sabrá usted, supongo, gracias a sus nobles hermanas Camelia y Margarita. ¿Ha recibido noticias suyas? ¿Están de nuevo camino de Camagüey?

Es la primera vez que la señorita Magnolia Durán acepta la invitación de su inquilina Lucila de García a merendar, pero vive Dios que no será la última. ¡Qué gloria de bizcochuelos, qué delicia de pastelillos, qué sinfonía de tartas y tartaletas! Eso por no mencionar la jícara de chocolate que ahora sorbe con la delicadeza de su esmerada educación hidalga, pero también con el éxtasis de quien hace añares que tiene que hacer milagros para parecer rica cuando es más pobre que una rata de sacristía. La viuda no es exactamente su vecina favorita, ni su *cup of tea*, como diría un inglés, pero con la vida como está, no es cuestión de desaprovechar la hospitalidad ajena. Cierto que la cubana es de las que cuando pegan la hebra no la sueltan en toda la tarde, pero, qué caramba, lo único que la situación requiere es escuchar sus quejas (porque quejarse se queja sin parar) y contestar con monosílabos. La situación ideal para ambas, realmente. Para Lucila porque es devota de monólogo y salmodia, y para ella, porque es muy poco elegante hablar con la boca llena y, con estos *éclairs* de café, con estos arrollados de mermelada de grosella y estos polvorones, en fin, qué quieren que les diga...

—Tome, querida, aún no ha probado las tartaletas, y yo tengo que contarle algo realmente increíble.

—*Cguente, cguente*... —farfulla Magnolia.

—En este valle de lágrimas, cuando no llueve, diluvia, según dicen en mi tierra, y vaya si es verdad. Ya conoce usted mi triste historia, ¿no es cierto?

—De pe a pa —se apresura a decir la señorita Magnolia, que lo sabe todo sobre la travesía del *Santiago Apóstol*. También de cómo su vecina quedó viuda por un golpe de mar e incluso está enterada de la venta de una bastarda de su marido (pormenor este último que no ha llegado a sus oídos por boca de Lucila, obvio es decirlo, sino porque es la comidilla del barrio). Según la versión de Lucila, lo que vendió fue «sólo» una cría de esclava: «Que ya sabe usted cómo son estas mulatas, se aparean con el primer negro que pasa y luego paren como conejas».

—... Pero se acabó —continúa la viuda—, ya me he librado de la cacasena y pronto haré otro tanto con la madre.

—¿Cómo es eso? —pregunta retóricamente Magnolia, a la que le interesa poco y nada lo que le están contando, pero necesita embarcar a su interlocutora en un largo parlamento que le permita distraer al menos un par de bollitos de leche y meterlos en la bolsa de croché que ha traído a tal efecto. Así mañana los podrá degustar a la hora del almuerzo en la soledad y el bendito silencio de su hogar, gloria pura—. Cuente, cuente usted...

—Pues figúrese que después de que yo, con cristiana responsabilidad, me asegurase de que la cría fuera a parar a las manos más honradas y decorosas, no se le ocurrió a esa negra desgraciada nada mejor que lanzarse a las calles en pos de su hija. ¿Se imagina el dislate? Hay que ser tonta de capirote para echarse a la calle sin rumbo y como alma en pena en una ciudad desconocida. ¿Adónde pensaba ir? Vaya usted a saber. Lo único que sé es que llegó adonde se merecía.

Aquí doña Lucila hace una pausa dramática esperando que su interlocutora inquiera dónde, pero la señorita Magnolia, para que no descubran cómo distrae bollitos de leche, no tiene más remedio que fingir que se ha atorado con azúcar glas, por lo que sólo alcanza a hacer un ruido interrogante que suena más o menos a:

—¿Eeeh?

—Exactamente ahí. ¿Cómo lo ha adivinado? Nada menos que con la hez, con lo peor de Madrid fue a dar esta atorranta, con un nido de rameras como ella.

La señorita Magnolia, que no volverá a cumplir los cincuenta, aunque sólo confiesa treinta y nueve, tiene muchas lagunas en sus saberes. Hay cosas que una dama soltera jamás inquiere. Pero eso no quiere decir que no desee que la ilustren respecto a ciertos pormenores siempre silenciados por la buena educación, y la ocasión no puede ser más perfecta. Ninguna de sus otras amigas, todas dignísimas y de inmejorable familia, soñaría siquiera con preguntarle nada sobre asuntos de esta naturaleza, pero ¿qué le impide interrogar a una viuda de vaya usted a saber qué pedigrí, sin conexiones de ningún tipo y recién llegada de ultramar?

—¿Nido de... rameras? —repite sin poder evitar un leve vibrato al pronunciar una palabra que nunca antes ha cruzado (ni volverá a cruzar) el umbral de sus labios.

—¡Y qué nido, amiga Magnolia! Según el alguacil que me ha devuelto a esa negra infame cargada de cadenas como se merece, bajo el puente de Segovia, allí donde ninguna alma decente se atreve a adentrarse después de la caída del sol, hay un tugurio de nombre La Casita en el que una madama se precia de pastorear a furcias de todas las nacionalidades. Turcas, sarracenas, negras de África, también de las Antillas y hasta filipinas, tengo entendido. Altas y bajas, viejas o muy niñas, prestas todas para satisfacer los caprichos y las perversiones más espeluznantes.

—¿Y cómo fue que su negra de usted acabó allí? —pregunta la señorita, tan interesada en la conversación que incluso ha dejado de sorber chocolate.

—Pues se metió en la ratonera ella solita. Cinco días con sus noches pasó en aquel tugurio de fornicación, y tengo para mí que no habría salido nunca de él si no fuera por las fiebres.

—¿A qué tipo de fiebres se refiere?

—A las que se producen al no ordeñar como es debido los pechos una madre recién parida.

—Dios mío —se escandaliza (levemente) la señorita Magnolia, que nunca ha oído de labios de nadie tal ristra de palabras prohibidas, pero está encantada con la peripecia—. ¿Y qué pasó, pues?

—Verá usted, según me explicó el alguacil, el caso es que ella andaba deambulando por ahí más perdida que Mandinga el día de Navidad cuando la encontró la madama. Se la llevó para su antro y al poco rato ya la tenía entre la lista de sus pupilas y en sitio preferente.

—Guapa sí es un rato y muy alegre también, siempre anda riendo, a pesar de sus penares —reconoce la señorita Magnolia, pero, al ver lo poco que le gusta el comentario a su inquilina, decide bajar el diapasón de sus adjetivos— ... monilla, digamos.

—Igual daría que fuese más fea y más lela que Abundio porque su valor para la madama venía por otro lado.

—Ah, sí, ¿cuál?

—Según me dijo también el alguacil, porque como comprenderá yo de rameras sé poco y nada, las putas con leche son muy solicitadas en los burdeles; tengo entendido que hay cola para gozar de sus servicios. Lo malo es que no resulta raro que se afiebren, sobre todo si el caballero es demasiado fogoso y muerde.

La señorita Magnolia bizquea con este retazo de información y luego se vuelve estrábica. Un ojo avizora las tartaletas mientras el otro naufraga en los turrones, pero no acierta a decir nada. Cuánto le gustaría vocalizar ese verbo salvaje: «morder», pero imposible, no le sale. En vez de eso, opta por hincarle un diente a un polvorón y es, entre una nube de canela y azúcar glas, como llega a conocer el resto de la historia.

—Para hacerle el cuento breve, amiga mía, resultó que la madama de aquel lugar de fornicio, prudente ella, para evitarse enredos, no fuera a morírsele la mulata furcia en su establecimiento acarreándole problemas con la clientela y no digamos con la autoridad, optó por dejarla donde la había encontrado, en la calle, bajo un soportal, que fue donde la descubrió la ronda hecha un ovillo, y más muerta que viva, pero aún con labia suficiente para contar un nuevo embuste.

—¿Cuál?

—Al preguntarle de dónde venía y quién era su amo, mintió la desfachatada asegurando pertenecer al maestro Manuel Martínez, del teatro Príncipe. ¿Qué pretendía la muy lerda con ese ardid? ¿Hacer que Martínez se responsabilizara de ella, ablandar su corazón, lograr que se la llevara con él y por tanto también con la cacasena? Si es así, pinchó en hueso. Mi «cortejo» —dice ahora doña Lucila enfatizando tanto el pronombre posesivo como el sustantivo para que su vecina vea cómo de *dernier cri* es su inquilina—, mi cortejo, insisto, que es de los míos y partidario de la ley y el orden como no puede ser menos, le indicó a la autoridad que no, que esa esclava no era de su propiedad, pero que conocía a su dueña. Resumiendo, querida —concluye la viuda de García temiendo que tal atracón de pasteles acabara con su única oyente—, que otra vez tengo a esa malaje en casa, bajo los cuidados de Celeste a la sopa boba y recuperándose de sus fiebres y desmanes, para que luego digan que una no es caritativa.

—Esta Celeste suya es un tesoro —interviene la señorita Magnolia, encantada de rendir tributo a la autora de tantas delicias—. ¿También entiende de pócimas y medicinas?

—Es de lo que más sabe. ¿Por qué cree que vengo cargando con una esclava tan vieja e inútil desde Cuba? Yo tengo la salud delicada y los médicos europeos no saben de la misa ni el oremus. Intentan curar con sanguijuelas, purgas o eméticos y se les muere la mitad de los pacientes. Negras como la mía, en cambio, conocen las propiedades de las hierbas, los secretos de las raíces, los mil y un misterios de los tubérculos y hacen pócimas y bebedizos que resucitan a los muertos.

—Habla usted más bien de hechizos, me temo.

—Bah, llámelos como quiera, el caso es que curan y en esta ocasión han conseguido arrancar a la maldita mulata esa de los mismísimos calderos de Pedro Botero. En resumen, querida, que le he permitido a Celeste que le salve la vida.

—Como era su cristiano deber. ¿Qué piensa hacer con ella ahora?

—Lo que siempre me he propuesto, venderla. Sacar por ella unos buenos cuartos y también en eso está siendo providencial Martínez. Me ha dicho que está interesado en su compra. No ahora, para qué quiere él una esclava enferma y esmirriada, sino un poco más adelante, cuando Celeste le recupere del todo la salud. Y ya me ocuparé yo de que sea lo antes posible. Un mes o dos, a lo sumo, no soporto la presencia de esa desgraciada. ¿Otro bollito de leche, querida? Me parece que un par de ellos asoman de su bolsa de croché, coja, coja con confianza, que no se diga que en esta casa no se hace honor a todas las obras de misericordia...

Capítulo 4

Una cajita de rapé

El palacio de Buenavista se alza en un pequeño promontorio a la izquierda de la recién inaugurada plaza de Cibeles y junto al no menos nuevo paseo del Prado. El edificio actual, aún sin terminar, lo mandó construir la duquesa de Alba después de demoler un par de edificaciones anteriores que no eran de su gusto. El palacio nuevo es obra de Juan Pedro Arnal, a quien se le encomendó realizar un proyecto de planta rectangular de dos pisos con un gran patio central en el estilo neoclásico imperante. La escalera principal está construida enteramente de caoba traída de las Indias, flanqueada a derecha e izquierda por cuadros de gran valor. Correggios, Van Dycks, unos cuantos Riberas... eso por no mencionar las obras maestras que cuelgan en los diversos salones que rodean todo el perímetro de la primera planta entre las que destacan *La Madonna de Alba,* de Rafael, y *La Venus del espejo,* de Velázquez. Es precisamente ante este cuadro que embellece el pequeño salón azul que hay a la izquierda de la escalera, donde José Álvarez de Toledo y sus galgos Pitt y George recorren en este mismo momento arriba y abajo la habitación. José consulta uno de los dos relojes de bolsillo que adornan su chaleco. Las nueve menos cuarto. ¿Dónde se ha visto que unos duques, por muy de Alba que sean, lleguen tarde a una recepción real? Menos aún —piensa José— en momento tan delicado en que la corte guarda luto por la muerte del infante Gabriel, gran amigo suyo por cierto, e hijo preferido de Carlos III. Qué caprichosa es la suerte, se dice ahora José. Los terribles calores del verano se saldaron sin apenas epidemias y fiebres en la villa de Madrid, pero, llegado el otoño, hasta la corte recibió la visita de la temible viruela. Si Gabriel le hubiera hecho caso. Si no se hubiese dejado convencer por cuentos de viejas que proclaman que la recién inventada vacuna entraña horribles peligros. Él, un hombre ilustrado, experto en lenguas y que tocaba el clavicémbalo mejor incluso que el maestro Soler. ¿Por qué diablos se había negado a inocularse? Pero si se sabe que hasta María Antonieta, la más frívola de las reinas, ha accedido a vacunarse ella, sus hijos y demás familiares. Y desde entonces, ni un caso se había producido en la corte francesa en los últimos cinco años. En cambio aquí en Madrid, ya ves, continúa cavilando José. Qué enfermedad tan cruel; se había llevado a su mujer, luego a un hijo de corta edad, y por fin al propio Gabriel. ¿Por qué tuvo la suerte que ensañarse con tan excelente familia? ¿No podían los mismos insalubres humores que acabaron con sus vidas haber crecido y multiplicado un poco más allá, en las cámaras de los príncipes de Asturias, Carlos y María Luisa por ejemplo? Sí. Apenas un centenar de varas hacia la izquierda y la historia hubiera sido otra. España se vería libre ahora de un heredero simplón cuyos únicos intereses eran la caza y montar y desmontar relojes y de una princesa ambiciosa con un apetito desmedido por los calzones y las braguetas no precisamente reales. ¿Serían ciertas las muchas historias de infidelidad con ella de protagonista que se contaban a todas horas? José acaricia filosóficamente el hocico de George antes de responderse que no. Difícilmente podían quedarle ganas de más ardores de cama a una mujer con un marido capaz de embarazarla quince veces en poco más de veinte años de casados.

La buena de María Luisa se ha dejado en los partos gran parte de su belleza y toda su dentadura. «Ni un diente le queda», filosofa José antes de decirse que bueno, que siendo como es la futura reina de España, seguramente habrá más de uno que vea atractivo incluso este pequeño defecto estético... Como Juan

Pignatelli, por ejemplo, el frívolo e insustancial hermanastro de Cayetana, que, según dicen, es quien más revolotea como una tonta y negra mariposa alrededor de la princesa de Asturias en estos momentos. Desde el primer día en que lo conoció, a José le disgustó la forma de ser de aquel hombre. Y así se lo dijo a Cayetana: «Me da igual que Juan sea hijastro de tu madre. Un lechuguino, un petimetre, un fatuo, eso es lo que es, preocupado sólo por que su peluca sea la más rizada y sus ojos los más lánguidos de la corte. ¿Por qué tenéis las mujeres tan mal gusto según y cuándo? Y no me vengas con la historia de que es sólo un hermano para ti, querida. No hay más que ver cómo te mira para adivinar que sus intenciones son todo menos fraternales. Lo único que me tranquiliza es que, igual que te mira a ti, mira a todas, incluida nuestra querida princesa de Asturias. No me extrañaría que uno de estos días el rey, que ya está viejo y supongo que cansado de las habladurías que corren con su nuera como protagonista, decida cortarle las alas a semejante pajarraco atolondrado».

Cayetana no le había hecho el menor caso. La siguiente vez que coincidieron con Pignatelli fue en un baile de disfraces y no desaprovechó la ocasión para flirtear furiosamente con él con la coartada, según dijo, de que en carnaval todo vale. «Quien con niños se acuesta, ya sabemos cómo amanece», fue el único comentario de José antes de ir, también él, a hacer cierto aquello del *carne-vale*. La hija del embajador de Gran Bretaña era adorablemente rubia, pecosa y además tocaba el arpa de modo encantador. ¿Apreciaría que él le confesara que había llamado George y Pitt a sus galgos favoritos en honor al rey y al primer ministro de su graciosa majestad británica? Claro que sí, los ingleses aman a los animales más que a las personas; lo consideraría un hermoso homenaje, una prueba de sensibilidad por su parte.

José piensa ahora en Georgina, que así se llama la dama en cuestión. ¿Acudirá esta noche a la recepción de palacio? Lo más probable es que sí y eso lo ayudará a olvidar otras contrariedades. La muerte de su buen amigo el infante Gabriel quizá no, es una punzada demasiado dolorosa. Pero la sonrisa de Georgina posiblemente logre amortiguar otras enojosas situaciones. La presencia de Pignatelli, por ejemplo. ¿Cómo se vestirá el pisaverde para la ocasión? ¿Con casaca y calzón de seda azul turquesa? ¿Verde Nilo, quizá con bordados en plata? El tipo aquel se quejaba mucho de su falta de caudales, pero se las arreglaba para ir siempre hecho un pincel. José toma nota mental de reparar, esa noche, en qué parte de su cara se habría colocado el lechuguino un lunar de terciopelo negro. La moda había degenerado tanto en los últimos tiempos que la costumbre, antes femenina, de mandar codificados mensajes a las posibles conquistas según y dónde se colocara la dama un falso lunar, ahora la habían adoptado también los hombres. *Algunos* hombres, puntualiza José, sólo los más insustanciales. Eso no impedía, naturalmente, que él conociese tan secreto lenguaje. Un lunar junto a la boca quiere decir «Estoy disponible». En la mejilla izquierda «No lo intentes»; uno junto al ojo izquierdo «Te espero esta noche». Bobadas de gente ociosa, le confía José a George y Pitt en voz alta. Ociosa y tan inculta que ignora que los lunares los puso de moda hace ya demasiados años una gran cortesana francesa para disimular los estragos causados por la viruela en su bello rostro. Este último pensamiento hace que el duque de Alba vuelva a entristecerse al recordar la muerte de su amigo el infante Gabriel. Cuentan que al rey, a Carlos III, se le escapó un «¡Pobre España!» junto al féretro de su hijo favorito, justo antes de tomar por el brazo a su otro hijo, a Carlos, príncipe de Asturias, y acercarse ambos a darle el último adiós.

José se revuelve ahora incómodo en el sillón inglés en el que se ha sentado hace unos minutos después de recorrer largamente el salón de *La Venus del espejo* seguido por sus galgos. ¿Qué hora es? Por Júpiter, las diez menos cinco, tardísimo incluso para Cayetana. ¿A qué viene tanto retraso? No va a tener más remedio que subir él mismo a buscarla, qué contrariedad.

* * *

—Más cerca, Rafaela, justo aquí, ¿ves? A la derecha del ojo izquierdo. Un único lunar en toda la cara, así ha de ser, y el resto ya puedes guardarlo en el mismo lugar en que lo encontraste. No. No me digas nada, que te conozco y no pienso hacerte caso. Es un juego, tonta, todas las damas lo hacen y no significa nada. A ver si te crees que me importa de verdad Juan Pignatelli. ¿Lo dices por esa cajita de oro y brillantes suya que le pedí que me regalara el otro día cuando vino a verme? Fue un trueque que hicimos. Un intercambio, él me dio su nueva cajita de rapé y yo le correspondí con una sortija con un diamante amarillo. No muy masculina, es cierto, pero a Juan todo le queda bien. Y aún no sabes lo mejor. Él no me lo quería decir, pero al final tuvo que confesar. La cajita en cuestión se la regaló la princesa de Asturias, que bebe los vientos por él últimamente. «Me la quedo», le dije, arrebatándosela del bolsillo. «Sólo así creeré que me quieres sólo a mí». Vamos, Rafaela, cuando me miras así no tengo más remedio que estar de acuerdo con todos esos que te llaman la Beata y doña Meapilas. Por san Cayetano y por María Santísima. ¿No te das cuenta? Es lo que se lleva ahora, liviandad, ligereza, lisura y, después de nosotros, el diluvio. *Après nous, le déluge*. Eso le dijo *madame* Pompadour a Luis XV mientras elegía (esto me lo invento yo, pero seguro que no voy muy descaminada) en qué parte de su cara se pondría aquella noche los lunares. Descuida, en España no habrá ningún diluvio, así que no pasa nada por divertirse un poco. ¿Qué mal puede haber en que dos hermanos (bueno, hermanastros, eso te lo concedo) rían juntos?

Rafaela no contesta. Sabe que la única manera de que Cayetana llegue a una hora prudente a la recepción real es no llevarle la contraria. Al verla así, cualquiera pensaría que no es sino otra de esas atolondradas mariposas que revolotean por la vida sin más interés que un vestido bonito o coleccionar cumplidos de un petimetre. *Farfalle* las llaman en sociedad, tontas polillas que tan fascinadas están por la luz de las candilejas que acaban abrasándose las alas. Tana no es así, o, mejor dicho, no lo es todo el tiempo. Sólo que ahora, rodeada de manicuras, sastras y peluqueras que alborotan a su alrededor, parece la reina de todas ellas.

—¿Qué te parece, Rafaela, crees que a Juan le gustará este peinado a «la Caramba»?

El ama observa la imagen de Tana reflejada en el espejo. Siempre ha tenido por innecesariamente provocador aquel estilo. No en vano se inventó en honor a una cómica. «Contenta estará —piensa la Beata— María Antonia Fernández, la Caramba, donde quiera que ahora vague su alma. Lleva ya unos cuantos años criando malvas y sin embargo reina aún en las cabezas de todas las damas de la corte con este peinado de bucles y rizos en cascada que incluye grandes y aparatosos lazos y cintas de colores».

El que le han hecho hoy a Tana es, dentro de lo que cabe, discreto. Apenas una lazada de *grosgrain* rojo en forma de escarapela anudada sobre su pelo suelto, rizado y muy negro. Menos le agrada al ama el vestido que ha elegido. La muselina es un tipo de tejido que se pega demasiado al cuerpo para su gusto. Estética neoclásica ha oído que la llaman. Algo así como si ahora, a las damas, les hubiera dado por disfrazarse de diosas griegas que, como todo el mundo sabe, iban medio... Hay palabras que jamás saldrán de la boca —ni siquiera en pensamientos— de la Beata, de modo que la omite. Mejor concentrarse en los zapatos. En eso Tana es conservadora y los elije menos vertiginosos que el resto de las damas. No tiene más remedio. La leve escoliosis que sufre desde niña hace que lleve un alza de pulgada y media en el pie derecho. Eso la obliga a no permanecer de pie largo rato, también a caminar con una suave cadencia que ella ha convertido en un rasgo encantador.

—Daría cualquier cosa por ver la cara que pondrá la fea de María Luisa de Parma si llega a enterarse de para qué sirve ahora su carísima cajita de rapé —dice Cayetana mientras abre la cajita en cuestión, esta vez en busca de un nuevo lunar con el que adornar su hombro izquierdo—. Tú qué crees, Rafaela,

¿tendrá algún significado especial si me lo pongo aquí, más cerca del antebrazo? Se me ocurre que voy a proponerle a Juan inventar otro código de lunares que sólo él y yo conozcamos. Mucho mejor hablar a través de lunares que a golpe de abanico como hace todo el mundo. ¿Qué sentido tiene utilizar un lenguaje que es ya universal? Ni te imaginas las cosas de las que se entera una mirando a un grupo de damas que esperan a que las saquen a bailar, por ejemplo. Venga abrir y cerrar, venga darse disimulados golpecitos en el muslo o en el antebrazo con sus abanicos como si el resto de los presentes estuviéramos en las Batuecas. ¿Qué hora es, Rafaela? ¡No me digas que las diez menos cuarto! Conociendo a José, quedan exactamente cinco minutos para que irrumpa por esa puerta diciendo que no me espera ni un segundo más. Entretenlo como sea, ¿quieres? Cuéntale el cuento más chino que se te ocurra, que aún me falta darle las buenas noches a mi niña. ¿Tú crees que estará dormidita? Siempre me espera con los ojos muy abiertos cuando llega la hora de su biberón.

Rafaela sigue a Tana hasta cierta habitación contigua a la que sólo se puede acceder a través de una puerta disimulada en el panelado de la pared. Atravesarla es tanto como deslizarse a otro mundo. Atrás quedan ahora las tres habitaciones de la duquesa de Alba que componen lo que llama su *boudoir*. Primero, el dormitorio en el que reina un ambiente veneciano; a continuación, una pequeña salita de estilo indefinido cuyo motivo más destacado es un secreter de palosanto en el que le gusta despachar su correspondencia; y por fin, el tocador, donde aún se afanan y revolotean peluqueros, costureras y las dos doncellas que la han ayudado a vestirse. Sin embargo, una vez franqueada aquella puerta escondida, ni siquiera sus voces son audibles al otro lado. De que así sea, como de todo lo demás que incumbe a su hija, se ha ocupado personalmente Cayetana de Alba.

La luz de la vela con la que se alumbra proyecta sobre las paredes a su paso las siluetas de un extraño ballet. Y esas sombras chinescas cuentan cómo el perfil de la duquesa de Alba vestida para cenar en palacio se desliza ahora sobre un fresco pintado en la pared en el que puede verse un intrincado bosque donde juegan al escondite duendes, magos y hadas. Tan bien se entrevera la sombra de la duquesa con el dibujo de aquellos personajes de leyenda que resulta imposible saber dónde terminan las barbas del mago Merlín y dónde empieza un peinado a la Caramba, dónde asoman las brumas de Avalón y dónde reina un blanco vestido de muselina. Sólo cuando Cayetana deja el candil sobre la mesita de noche para asomarse a la cuna de María Luz, ambos mundos se disipan para que la madre pregunte:

—¿Está despierta mi niña?

María Luz, que espera cada noche la visita, tiende hacia ella sus bracitos negros.

—Ven, tesoro, mamá ya está aquí.

—¡Cayetana! ¿Pero te das cuenta de qué hora es?

La voz de José acaba de colarse en el reino de Avalón, pero ni siquiera la alargada sombra que su dueño proyecta desde la puerta, logra que el hechizo se desvanezca. Al contrario. Las sombras de aquellos dos mundos se confunden y entreveran aún más mientras la madre da el biberón a su hija.

—Perdóname, José, ya estoy terminando, podemos irnos cuando quieras.

Capítulo 5

Prohibido enamorarse

—Llego tan tarde que con un poco de suerte me pierdo hasta el besamanos —comenta Cayetana a la duquesa de Osuna—. ¿No habría estado mal, no crees?

Las damas se han apartado un tanto del resto de los invitados, como tienen por costumbre hacer cada vez que se encuentran, para ponerse al tanto de las novedades lejos de oídos chismosos. María Josefa de la Soledad Pimentel y Téllez, duquesa de Osuna y también de Benavente, es once años mayor que Cayetana y con gustos diferentes a los suyos, pero son grandes amigas. Más aún, se llaman cómplices. Pepa es culta, afrancesada, reflexiva, moderada. Cayetana, castiza, irreflexiva y cualquier cosa menos moderada. Sin embargo, en vez de competir como hace el resto de las damas, han preferido sellar una pequeña alianza secreta que les permite intercambiar información interesante para ambas o hacer causa común cuando se tercia.

—¿Novedades en el frente? —inquiere Cayetana sin aguardar respuesta a su pregunta anterior—. ¿Qué podemos esperar hoy de la Parmesana?

La Parmesana es sólo uno de los motes con los que la corte ha rebautizado a María Luisa, princesa de Asturias, y a menos que se produzca un gran milagro, próxima reina de España. Otros epítetos menos amables que se utilizan *sotto voce* son Sabandija, Jezabel y hasta Madame Serpent, por su supuesta afición —muy italiana, les gusta añadir a sus detractores mientras se santiguan— a manejar venenos. No pocas lenguas comentan estos días, por ejemplo, que las inesperadas muertes del infante Gabriel, su mujer e hijo no se debieron tanto a la viruela como a una espléndida caja de frutas bañadas en chocolate, obsequio de su cuñada. Pero no es esta habladuría la que interesa ahora a las dos amigas, sino intercambiar información práctica sobre lo que puede pasar aquella noche. Las recepciones en palacio son famosamente aburridas. La ceremonia comienza con los invitados reunidos en la habitación adyacente a la sala del trono, donde hace un frío tal que taladra las casacas de terciopelo de los caballeros y no digamos las etéreas sedas de las damas. Después de cerca de dos horas de espera en las que no se ofrece a la concurrencia ni un mal tentempié, llega el momento del besamanos, que, dependiendo del número de convidados, puede durar otra hora u hora y media. Sólo entonces se abre el gran comedor de gala al que los elegantísimos pero ya del todo hambrientos invitados se precipitan a buscar cuanto antes sus asientos asignados con la esperanza de devorar algo, cualquier cosa, al menos alguna uva o cereza distraída de los bodegones decorativos que adornan la mesa. Por fin, la cena en sí —siempre que no haya discursos demasiado largos o el príncipe de Asturias se duerma en pleno ágape, cosa que ha ocurrido más de una vez y su augusto padre hubo de mandar que lo zarandearan— se alarga hasta bien entrada la madrugada.

—Espero que esta noche no hagas nada de lo que puedas arrepentirte más tarde —le dice la de Osuna a la de Alba con una sonrisa mitad cariñosa, mitad preocupada.

—No sé a qué te refieres, querida.

—A todo eso tan inquietante que me contaste ayer por carta con la princesa de Asturias, Juan Pignatelli y tú misma como protagonistas. Hay que ver cómo te gusta jugar con fuego, Tana. ¿Por qué tuviste que pedirle a Juan que te diera esa famosa cajita de rapé, obsequio de María Luisa, y luego regalarle a él a cambio no sé qué anillo muy querido por ti? ¿Te imaginas lo que puede pasar si todo este enredo se complica?

—Sigo sin entender qué me quieres decir —miente Cayetana divertida.

—Pues que conociendo a tu querido hermanastro, igual que no pudo resistir la tentación de contarte que anda en flirteos con la Parmesana y presumir del regalo que le ha dado, con toda seguridad hará otro tanto con el tuyo. ¿Cómo va a perder la ocasión? Menudas dos plumas para su sombrero. Requerido y regalado por las damas más envidiadas de este país. Incluso me estoy imaginando la escena entre María Luisa y él: «¿Dónde está tu cajita de rapé, caro mío?», preguntará ella en cuanto repare en que lleva un par de días sin lucir la prenda de afecto que le regaló. Y Pignatelli: «Bueno, alteza, en fin, yo... Cayetana de Alba se encaprichó de ella y no tuve más remedio que dársela». «¿Un obsequio *mío*? —retrucará Madame Serpent trepanándole con esos ojos de sílex que tiene—. ¿Le has dado a la de Alba un regalo que te he hecho *yo*?». Él argumentará que sois hermanos, blablá, que tu madre se casó con su padre al quedar viuda, blablá, y que lo suyo es puro amor fraterno, pero ella, que es mala pero no tonta, exigirá que te reclame de inmediato su obsequio.

—Y yo se lo daré encantada, descuida. Ya me he divertido bastante con mi pequeño juego.

—Mira, Tana, a mí no me puedes engañar. Este hombre te importa mucho más de lo que estás dispuesta a admitir; si no, no harías semejantes chiquilladas. Imagina que esta noche él, *motu proprio*, antes de que la Parmesana se entere y temiendo su reacción, te pide que le devuelvas su tonta cajita de rapé. Significaría que María Luisa ocupa en su vida un lugar más importante que tú, y eso no te va a gustar en absoluto. A ver qué se te ocurre hacer en ese caso. Te conozco, y miedo me da pensarlo.

—¡Es un juego, te digo, nada más que un entretenimiento! —se impacienta su amiga.

—Uno que puede tener complicaciones inesperadas, estamos hablando de la princesa de Asturias, no lo olvides. ¿Qué ha pasado con el anillo que tú le regalaste?

—Me prometió que lo usaría siempre y así ha sido. Verás cómo lo lleva también hoy.

—Supongo que por eso te has puesto ese lunar bajo el párpado izquierdo, para seguir con vuestro «entretenimiento».

—Por Dios, Pepa, hablas igual que mi ama, la Beata. ¿No has visto a todas estas damas que hay por aquí? Mira cómo se mueven, cómo se comportan, cómo se esponjan como palomas mientras aletean sus abanicos mandando mensajes a derecha e izquierda. No hay ni una sola que no lo haga. Nada hay más delicioso que el flirteo. Hasta tú juegas a él.

—Sí, querida, pero yo conozco las reglas para ganar siempre.

—¿Y cuáles son, si puede saberse?

—La primera y primordial, no enamorarse. La segunda —parafrasea Pepa con una sonrisa sabia— es no dejar que tu mano derecha sepa lo que hace tu izquierda...

—No me digas más, tenía que haberlo adivinado. ¿Estás leyendo la novela de la que todos hablan, la de ese libertino Choderlos de Laclos? Supongo que sabrás entonces, querida mía, que *Las amistades peligrosas* están prohibidas por la Iglesia. ¿No temes, tú que sabes tanto de Evangelios, que su lectura haga peligrar tu alma inmortal? —ríe Cayetana, pensando que ironizar un poco es la mejor manera de combatir el argumento de su amiga, pero ella, a su vez, sonríe con igual ironía.

—Que su obra esté en el *Index* no impide que, cuando Laclos escribe que la única manera de disfrutar del placer y la pasión es no enamorarse nunca, tenga más razón que un santo. He ahí la regla básica para no sufrir. Prohibido enamorarse. Y más aún de un Casanova, de un vizconde de Valmont de vía estrecha como tu hermanastro. Ése es mi consejo, Tana, y créeme que sé de lo que hablo. El amor es maravilloso, extraordinario, sublime, pero siempre que uno mande sobre él y no al revés.

—Agradezco que te preocupes por mi vida sentimental, pero en este caso no hay motivo, te aseguro que...

La frase queda inconclusa porque, en ese momento y con gran fanfarria, la música avisa de la apertura de las puertas de la sala del trono y todos los invitados se arremolinan en aquella dirección.

Cayetana nota entonces el suave roce de una mano sobre su brazo. Es José, que se sitúa a su lado para acceder juntos a la ceremonia. «Siempre tan sigiloso, tan silencioso», piensa Tana, que no le ha visto acercarse. ¿Habrá alcanzado a oír parte de su conversación con Pepa? «Un juego, lo mío con Juan no es más que un juego», se repite mientras acepta el brazo de su marido.

El primero de los grandes espejos de la sala del trono le devuelve, al pasar, una imagen que a su vez se multiplica en las lunas de otros muchos espejos, la réplica infinita de dos figuras. La de José, alto, distinguido, con peluca corta empolvada, calzón y casaca oscura sobre la que destaca una banda azul y su recién concedido Toisón de Oro al cuello. La de ella, de blanco y oro, con la espléndida melena rizada de la que está tan orgullosa suelta sobre la espalda. Qué buena pareja hacen. Lástima que sus ojos miren en direcciones opuestas. Él, hacia el trono en el que el rey Carlos III, flanqueado por su hijo Carlos y por la princesa de Asturias, se apresta a recibir los saludos de los primeros invitados, pero también lanzando de vez en cuando un muy poco disimulado vistazo a la derecha, hacia donde aguardan las delegaciones extranjeras y en especial a la de Gran Bretaña. ¿Estará por ahí Georgina? Bonita muchacha.

Mientras, los ojos de Cayetana buscan sólo a una persona, a Juan Pignatelli. Su *fratello,* como a él le gusta que lo llame, ese guapo tarambana con el que nunca la habrían dejado casarse, y casi mejor así. ¿Dónde está? Ah, por fin. Cuando lo descubre entre otros caballeros, alza una mano enguantada y se la lleva a la sien para dejar más a la vista su nuevo lunar de terciopelo. «Qué tediosa es la cola del besamanos —piensa—. Hay tanta gente esta noche que nos queda lo menos una hora más de estar aquí, de pie, pasando frío». Y mientras llega su turno, se entretiene en estudiar a los tres anfitriones principales. Primero, el rey. A sus setenta y dos años, Carlos III apenas es la sombra de sí mismo. Cayetana siente una punzada de lástima al comprobar cuánto ha cambiado desde la última vez que lo vio, apenas un par de semanas atrás, en el funeral del infante Gabriel. Al recordar este nombre, oprime con solidario afecto el brazo de su marido, también para él ha sido una dolorosa pérdida, eran inseparables. José agradece el gesto y ambos avanzan unos pasos más hacia el trono. Desde donde están ahora, alcanza a ver ya con detalle la cara del otro Carlos, la del príncipe de Asturias. También él despierta la ternura de Cayetana, pero por diferente motivo. Con traje de ceremonia de terciopelo tachonado de condecoraciones de diversos tamaños y formas, peluca con dos rizos, medias blancas hasta la rodilla y grandes zapatones con hebilla de plata, parece un palafrenero disfrazado de príncipe. «Tal vez hubiera sido más feliz con ese destino», se dice al observar cómo intenta atrapar la mirada de su mujer buscando en ella aprobación. ¿Y la Parmesana? Hay que reconocer que siempre ha tenido un porte distinguido a pesar de sus continuos embarazos. Esa noche lleva un vestido azul bordado en oro de falda amplia a la moda de Versalles y, tal como es costumbre en ella, los brazos, de los que está especialmente orgullosa, desnudos. Collares, diademas y pulseras la adornan profusamente, pero lo más llamativo está en su rostro, o más concretamente, entre sus labios. Si no fuera por la expresión de sorpresa de otros muchos invitados, Cayetana pensaría que está viendo visiones. María Luisa, en vez de apretar los labios como suele hacer habitualmente, sonríe esa noche dejando al descubierto una perfecta y blanquísima dentadura responsable, sin duda, del murmullo azorado de los presentes, lo que hace sonreír aún más si cabe a la princesa.

—Por san Jorge —se asombra el imperturbable embajador inglés—. ¿Alguien me puede explicar tal prodigio? —Cayetana no había reparado en que este caballero y su hija Georgina estaban tan cerca de ellos, a media vara de José. Nunca le ha gustado esa chica lánguida que mira tanto a su marido, pero no es momento de cábalas. Más que ocuparse de Georgina, le interesa que alguien responda a la pregunta de su padre, que es la misma que todos se hacen esa noche—. ¿Qué pasa con la dentadura de la Parmesana?

Hablar en la cola del besamanos real no es de buen tono, por eso, *finesse oblige*, todos lo hacen con disimulo y elegancia.

—Medina de Río Seco, querido embajador, retened este nombre y tal vez podáis dar un dato interesante a vuestra majestad el rey Jorge, que, por lo que sé, tampoco anda muy sobrado de molares, premolares e incisivos. —Es el viejo marqués de Viasgra quien habla, y al hacerlo muestra, también él, una dentadura deslumbrante.

—¡Zambomba, marqués! *Tu quoque?* —se maravilla, y en latín, el conde de Buenasletras—. ¿También tú has sido sujeto de tan extraordinario portento? ¿Qué ocurre en Medina de Río Seco? No sabía que hubiese allí un santo milagrero.

—Santo no sé, pero milagrero sí que es un rato —susurra Viasgra, encantado de causar tan silente pero sonado revuelo—. Antonio Saelices, así se llama y es un sacamuelas que ha inventado la Castañeta.

—¿Castañeta? —corean por lo bajini varios caballeros y damas, interesadísimos.

Ya nadie desea que la cola del besamanos prospere. No al menos hasta que Viasgra desvele el misterio de Río Seco. Pese a ello, los primeros de la fila, ajenos a esta esclarecedora conversación, continúan avanzando. A regañadientes, los demás no tienen más remedio que imitarlos, pero remolonean todo lo que pueden.

—Vamos, Viasgra, nos tenéis en ascuas. Contad de una vez en qué consiste el portento.

Viasgra explica entonces que el maestro Antonio Saelices ha hecho una contribución extraordinaria a la ciencia en general y a todos los desdentados de este mundo en particular, que son muchos. «La confección de un artilugio o dentadura postiza que, tras arrancar todos y cada uno de los dientes, se pega sobre las encías del paciente con el maravilloso resultado que aquí veis».

—Bah —comenta el embajador inglés entre despectivo y desilusionado—. No es gran novedad. Mi tía la duquesa de Devonshire tiene una, se la fabricaron en Sèvres con la más delicada porcelana. Sirve para presumir, pero desde luego no para masticar. Antes de comer, tía Dhalia suele dejarla flotando en un lavafrutas de plata y luego se la recoloca tras los postres. *Une petite cochonnerie* —añade el embajador, que es de los que piensa que las porquerías dichas en francés son menos.

—Precisamente ahí, querido amigo, es donde el maestro de Río Seco ha puesto su pica en Flandes —aclara Viasgra—. La Castañeta es distinta a todas las dentaduras postizas existentes hasta el momento porque sus dientes muerden, roen y hacen todo lo que es menester.

—¿Cómo, si puede saberse?

—Pues porque son dientes de verdad. Dientes humanos.

—¿Arrancados en vivo a alguna pobre persona? —se horrorizan varias damas.

—No, queridas mías —las tranquiliza Viasgra, obsequiándolas con todo el esplendor de su dentadura digna de un efebo de Leonardo da Vinci—. Son dientes de muerto. De muertos jóvenes, me apresuro a añadir. Se aprovechan sobre todo los de los soldados caídos en combate que se arrancan pronto y con diligencia, todo es muy higiénico, naturalmente.

Cayetana siente un escalofrío que le hace agradecer que la cola haya continuado su curso y llegue al fin el momento en que ella y su marido deben saludar a la familia real. Se inclina él primero, ella después, pero el anciano rey, al ver al gran amigo de su hijo Gabriel, se funde con José en un nada protocolario abrazo que se prolonga. Tanto que Cayetana decide seguir adelante con los saludos. «Alteza», le dice ahora al príncipe de Asturias de pie junto a su padre y éste le devuelve un cariñoso: «Siempre una alegría verte, Tanita», no en vano la conoce desde niña. Llega ahora el momento de tomar la diestra de María Luisa y hacerle la correspondiente reverencia. La dentadura de la dama refulge tanto o más que las joyas que adornan su pelo, su cuello, sus brazos. Cayetana se inclina para comenzar su *plongeon* y sólo entonces descubre que la mano que le tiende la Parmesana luce en el meñique, el más humilde, insignificante y, en el caso de la princesa, el más torcido de sus dedos, aquel anillo de brillantes que ella le regalara a Pignatelli en prenda de amor un par de días atrás. Es tal su sorpresa que casi pierde la compostura y, lo que es peor, la verticalidad. Tantos años de educación, tantos siglos de refinamiento y buena crianza corren por sus venas que a ellos recurre y se encomienda para que, al alzarse de la reverencia y enfrentarse una vez más con aquella mujer, su cara sea la más perfecta y sonriente de las máscaras. «Tranquila, aguanta, no digas nada, no *pienses*, Tana, no muevas un músculo», se dice y la invocación debe surtir efecto porque consigue mirar de frente a la Parmesana e incluso vocalizar un trivial: «Buenas noches, alteza». Son sus manos las que resultan imposibles de controlar. Tiemblan de tal modo que Cayetana opta por esconderlas entre los pliegues de su vestido. Es ya tarde. Los ojos de la Parmesana han reparado en ellas y se posan desdeñosos primero sobre la izquierda, luego la derecha, antes de alzarse hacia el rostro de Cayetana para regalarle la más triunfante sonrisa de aquellos blanquísimos dientes de muerto.

—Hola, querida, espero que pases una muy feliz noche.

Capítulo 6

Donde las dan, las toman

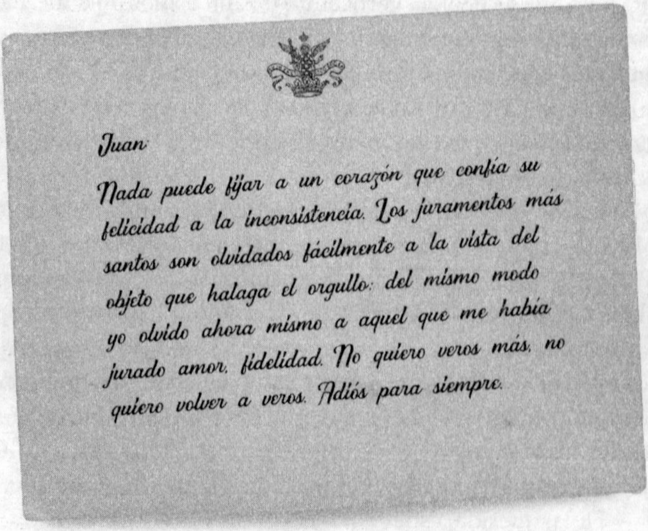
Juan:

Nada puede fijar a un corazón que confía su felicidad a la inconsistencia. Los juramentos más santos son olvidados fácilmente a la vista del objeto que halaga el orgullo: del mismo modo yo olvido ahora mismo a aquel que me había jurado amor, fidelidad. No quiero veros más, no quiero volver a veros. Adiós para siempre.

Escribió, selló y lacró aquella corta nota destinada a Juan Pignatelli la madrugada misma de la recepción real, en cuanto se vio de regreso al fin en Buenavista. Aún no comprendía cómo había logrado sobrellevar tan largas horas sin venirse abajo. Lágrimas de dolor y rabia la quemaban por dentro, pero ni una sola se permitió derramar. Al contrario, consiguió brillar más que nunca durante la cena y mantener una conversación chispeante con sus vecinos de mesa. Al menos en ese aspecto la suerte se había mostrado bondadosa. A la derecha le tocó el infante Antonio. Físicamente, este hijo de Carlos III era la réplica exacta del príncipe de Asturias, y en cuanto a luces, tampoco tenía nada que envidiar a su hermano mayor, de modo que a Cayetana no le costó esfuerzo entretenerle sin malgastar una energía que, en ese momento, le era preciosa. Su compañero de la izquierda requirió algo más de atención. Se trataba de un viejo embajador. Un hombre pomposo y fatuo al que, por suerte, logró encandilar con su excelente francés y, sobre todo, con el arma más eficaz de toda buena anfitriona: saber convertirse en una oreja perfecta. Una que recogiera con admiración (casi) genuina todos los comentarios, todas las fútiles confidencias y trasnochados requiebros de quien, como aquel caballero, gustaba de monologar sin tregua.

Ni una vez. Ni una sola dejó que sus ojos buscaran el extremo de la mesa donde, por protocolo, habían sentado a su hermanastro. Aun así, le dolió comprobar que él tampoco había intentado acercarse como solía hacer antes de que todos tomaran sus asientos para charlar e intercambiar con ella miradas y secretos lenguajes. Cayetana se llevó entonces la mano a la sien. Qué estúpida y patética le parecía ahora la presencia de aquel lunar de terciopelo que horas atrás con tanta ilusión se colocara riendo ante el espejo. Era mejor —se dijo— arrancárselo cuanto antes para evitar que alguien, con menos años y mejor vista que sus dos compañeros de mesa, lo confundieran con una insinuación. Se hizo daño al despegarlo de su piel, pero no le importó. Aquel escozor era apenas la pálida réplica de lo que la quemaba por dentro. Sólo al final de la velada, cuando José y ella se encontraban ya en la escalinata exterior de palacio esperando su carruaje, Juan se acercó a desearles buenas noches. ¿Qué era aquel extraño brillo que se adivinaba en sus ojos? ¿Remordimiento, contrición o tal vez sólo una tonta manera de decirle: «No pasa nada, puedo explicarlo, mañana te escribo»? Ella, que antes sólo con mirarle creía leer sus pensamientos, notaba ahora cómo todas las vías de comunicación, todos los invisibles puentes que juntos y desde su compartida adolescencia con tanto afán habían tendido no existían ya.

«Buenas noches, José, buenas noches, Tana», eso les había dicho antes de desaparecer a pie en dirección a la plaza Mayor y sumirse en las sombras.

El camino desde el Palacio Real a Buenavista lo hicieron José y ella en silencio. Después, él la había besado en la frente deseándole buenas noches y se despidieron. Ya en su gabinete, a través de la ventana y al otro lado del patio central que los separa, Cayetana puede ver la salita de estar de su marido iluminada como si tampoco él pudiera conciliar el sueño. Qué oscuro y amenazante es aquel palacio de noche. Las sombras se alargan y el tictac de más de diez relojes de distintos tamaños repartidos por otros tantos salones que se suceden a lo largo de todo el perímetro de la primera planta del edificio le recuerda lo lentas que se arrastran las horas. Cayetana piensa entonces en aquellos a los que ha amado y que la han dejado sola. Primero su padre cuando tenía apenas ocho años. Aún recuerda cómo Rafaela la había alzado hasta el inmenso féretro cuajado de flores obligándola a besar su mejilla, tan joven, tan helada. El segundo en abandonarla fue su abuelo. El viejo duque lo había sido todo para ella, padre, madre, confidente, maestro. Él fue quien le enseñó el orgullo de ser una Alba, pero pocos años más tarde la abandonaría también. Su madre, cuyo cariño intentó conquistar en vano, estaba siempre demasiado ocupada con sus amores y sucesivos matrimonios como para reparar en cuánto la adoraba hasta que un día también se fue; tenía cuarenta y cuatro años nada más. El resto de la familia no existía. Ni hermanos, ni parientes próximos, no tenía a nadie. Sólo a José.

Cayetana mira una vez más a través del patio rectangular que la separa de su marido, al otro lado del edificio. Su figura se recorta juiciosa inclinada levemente hacia delante como si leyera o pensara. Por un momento siente el infantil, el loco impulso de correr hasta allí, interrumpir sus cavilaciones, decirle: «José, tú y yo nunca hemos compartido amor. Es lo que nos corresponde por cuna, por linaje, por conveniencia, pero nos apreciamos o al menos nos respetamos. Sé por eso que no quieres que sufra. No tengo a nadie y no entiendo nada. Tú que eres hombre como él, como Juan, quiero decir, sabrás contestarme. ¿Por qué me ha hecho esto? ¿Por qué no le ha importado exponerme a la vergüenza de que esa mujer se ría de mí y delante de toda la corte además?».

Ésas y otras preguntas le gustaría hacerle a su marido, pero sabe bien cuál será su respuesta. La única, la sempiterna, la misma que los hombres han dado siempre a las mujeres cuando ven que cometen un error. La misma —se dice sonriendo con amarga ironía— que le debe de haber dado Adán a Eva después del famoso asunto de la manzana y la serpiente: «Querida, ya te lo dije».

Cayetana corre las cortinas, regresa al secreter en el que ha estado escribiendo minutos antes, dobla y guarda en un sobre la nota que mañana a primera hora hará llegar en mano a Juan Pignatelli. Acerca ahora una barra de lacre al candil y observa cómo caen sobre su envés gruesas e hirvientes lágrimas rojas. Una, dos, tres, antes de aplastarlas con su sello. Y es al ver el escudo de la familia y sobre todo su lema —*Tu in ea et ego pro ea,* «Tú en ella y yo por ella»— cuando se le ocurre la brillante idea. Ya no más lágrimas. Hay cosas mejores que hacer que lamentarse. Después de dejar el sobre en lugar bien visible, Tana se pone en pie y con el candil en la mano cruza la habitación. El resplandor de aquella única llama descubre e inmediatamente después devuelve a las sombras muchos objetos que le son queridos. Primero, el secreter de palosanto regalo de su abuelo en el que ha escrito la carta, luego un crucifijo, a continuación un bargueño con incrustaciones de marfil y por fin dos cuadros: una *Madonna* y más allá un pastorcillo obra de ese pintor tan hosco como talentoso que conoció no hace mucho en casa de la duquesa de Osuna y al que le gustaría pronto hacer un encargo más importante. Si tuviera tiempo, le dedicaría un mínimo pensamiento a él, a Francisco de Goya, pero las sombras del candil han engullido ya su cuadro y Tana debe seguir adelante. Pasa ahora frente a un diván de terciopelo verde, el mismo que, apenas un par de días atrás, fue testigo de risas y otras complicidades entre ella y Pignatelli. Vamos, sombras, devoradle también a él, que desaparezca cuanto antes. Llega al fin a una nueva puerta y ante ella se detiene apenas el tiempo suficiente para accionar su picaporte y entrar en la última de las habitaciones que componen la zona más privada del palacio, su tocador.

Una vez ahí, Cayetana de Alba se acerca a la ventana y mira una vez más hacia el otro lado del patio. Las luces en las habitaciones de José están ya apagadas. Mejor así. Seguro que desa–probaría lo que acaba de ocurrírsele. Pero qué importa. Ya nada importa. Lo único que cuenta es cierto pequeño objeto que había quedado horas atrás sobre la mesa de tocador después de maquillarse para la recepción real. ¿Dónde puede estar? Debe de haberlo guardado Rafaela en alguna gaveta, no, no, aquí está. Cayetana lo observa ahora a la luz del candil. La llama arranca de su superficie recamada de brillantes mil y un destellos que giran y bailotean sobre su cara como un calidoscopio. Abre con cuidado la cajita de rapé que una vez perteneció a María Luisa de Parma. La misma que Pignatelli le regaló a ella, según dijo, para demostrar cuánto la quería, y deja caer, uno a uno, todos los lunares que guarda su interior. Los hay grandes y más pequeños, en forma de corazón y también de estrella, de trébol y hasta de flecha, todos tan fatuos, tan inservibles ya. Deja la cajita sobre la mesa, vuelve a coger el candil en busca de algo más y muy pronto lo encuentra. Se trata de una pomada, de un ungüento perfumado que no hace mucho se hizo traer de Constantinopla. Es una pena, se dice, separarlo de su bello envase original, una urna de lapislázuli en miniatura, pero... A partir de ahora, aquella pomada tendrá nuevo receptáculo: la cajita de diamantes de Madame Serpent. Su aroma es penetrante y se extiende de inmediato por toda la habitación cuando Cayetana traslada el contenido de un recipiente a otro. Está compuesto de una mezcla de sándalo y cedro, de almizcle y azahar. La combinación perfecta para llevar a cabo una pequeña venganza. «Y ahora a dormir —se dice con una sonrisa—. Mañana será otro día y tengo tantas cosas que hacer...».

* * *

Gaston Ledoux tiene buenas razones para emperejilarse con especial esmero aquella mañana. Gaston Ledoux es el peluquero de moda. Por sus lábiles dedos —en los que no cabe ni un solo anillo más— pasan a diario las cabezas femeninas más importantes de la ciudad. La primera en su lista es, por supuesto, su alteza imperial. Gaston siempre ha llamado así a la princesa de Asturias, aunque el epíteto no sea del todo adecuado. Pero Gaston tiene sus propias ideas sobre lo que es elegante y lo que no. Sobre lo que está bien o mal hacer, decir, pensar, sentir.

Para él, venir a Madrid había supuesto un horrible revés de fortuna, pero no hubo más remedio. Se vio obligado a refugiarse aquí después de cierto contratiempo con la justicia francesa. Eso no impide que considere a su tierra de adopción como un país de salvajes, de *vrais barbares.* Por fortuna, la suerte le sonrió casi desde el principio, y ahora su clientela incluye los nombres más sonoros del Gotha local. Princesas, duquesas, vizcondesas, al igual que otras muchas señoras sin linaje alguno pero con buenos caudales que les permiten costear la pequeña fortuna que cuestan los *hérissons,* los *poufs*, los peinados a la Caramba y todas las creaciones capilares del maestro. Entre las damas a las que atiende, Gaston tiene sus preferidas (además de su alteza imperial, obviamente). La primera es la duquesa de Osuna, a la que admira por ponderada, culta, afrancesada. La segunda es la duquesa de Alba, a la que idolatra por exactamente lo contrario. Sólo hay un rasgo en la personalidad de esta última que él deplora y es su majismo. Porque, vamos a ver, al fin y al cabo, ¿qué es una maja?, se interroga Ledoux. Es una mujer del pueblo, iletrada, malencarada, chusca. Alguien que habla como si permanentemente estuviera representando una de esas horribles comedias de costumbres que aquí gustan tanto, ¿cómo se llaman? Oh, sí, sainetes. O peor aún, una pésima zarzuela. En cuanto a la forma de vestir de las majas, *bon Dieu, quelle pagaille!* No quiere ni pensar en esas faldas afaroladas cubiertas de madroños, tan cortas, que dejan al aire las canillas. ¿Y qué decir de esas chaquetas ceñidas y cuajadas de alamares y madroños, más madroños? En cuanto al pelo, *sauvage, absolument, sauvage.* Se peinan igual los majos que las majas, con redecillas de colores y ¡sí!, por toda la cabeza, *encore des madroños*. Absolutamente insoportable. ¿Por qué una dama distinguidísima como Cayetana de Alba habría de apuntarse a moda tan atroz e imitar a las manolas? Un compatriota de Gaston, *monsieur* Joss, que es ayo de los hijos de la duquesa de Osuna, le dijo una vez que se trata de una reacción castiza contra el refinamiento francés imperante en Europa, una forma de afianzar la españolidad frente al enciclopedismo, la cultura y el *savoir faire* del país vecino. «Amar la tierra en la que uno nació está muy bien, yo soy el primero en idolatrar la mía —se desespera *monsieur* Gaston—, ¿pero es realmente necesario que una duquesa hable como una lavandera? ¿Cómo se explica que le dé por codearse con cómicos, visitarlos en sus casas y (horror de horrores) representar con ellos comedias galantes en las que tan grande dama hace el papel pongamos que de tabernera o modistilla mientras el comicastro de turno la corteja e incluso la besa en escena? Cierto es que, en la corte de Versalles, a María Antonieta también le ha dado últimamente por disfrazarse y representar obras de teatro. Pero todos sabemos quién es la austriaca —deplora *monsieur* Gaston—. Una frívola, una insustancial, una locuela. A punto está de perder la cabeza, si no la ha perdido ya del todo», cavila con aire profético.

En fin, concluye el peluquero mientras se da el último golpe de peine ante el espejo de su casa. Con la clientela es mejor no amostazarse ni sulfurarse. Sobre todo en el caso de Cayetana. Han estado algo distanciados últimamente ella y él. A *madame* le disgustó que hiciera un comentario demasiado elogioso sobre su alteza imperial y, ya se sabe cómo son las damas, lo castigó prescindiendo de sus servicios durante cuatro larguísimos meses. ¡Pero ya está, ya pasó, lo ha vuelto a convocar! Esa misma mañana le había hecho llegar una esquela a tal efecto. Es obvio que no puede vivir sin él. «Su pelo necesita a Gaston», se dice mientras desliza una peinilla de nácar sobre su peluca empolvada. «¿Y cómo no me va a necesitar si nadie más que yo es capaz de domeñar esa pelambrera suya, frondosa, oscura, envidiable?», se maravilla. Sólo *madame* puede permitirse llevarla suelta como una gitana sujeta apenas con un lazo de *grosgrain* en lo alto de la coronilla. Sin embargo, nada es del todo casual, la naturalidad es menester trabajarla mucho. Hasta los peinados más desenfadados son fruto de larguísimas horas de preparación con tenacillas, rulos, bigudíes, andulines y horquillas.

«Por fin ha capitulado —concluye ahora el peluquero mientras se despide de su imagen en el espejo—. No puede vivir sin mis servicios. *J'arrive, J'arrive, chère duchesse!* Enseguida estoy con vos».

* * *

—... Ah, señor Gaston, cuánto tiempo sin verlo, pase, pase por aquí, lo estábamos esperando. Creo que no conoce a nuestra niña. María Luz es su gracia y llegó hace un mes. ¿Le importa cogerla una miaja? Sí, sólo mientras le abro la puerta. Mi pobre brazo derecho ya no es el que era, y anda muy adolorido. ¿Qué le parece el pelo de esta preciosidad de criatura? No ha mucho andar también ella requerirá de su arte con los peines y las tenacillas para que la hermoseen.

Después de abrir con una de las gruesas llaves que lleva colgadas siempre de la cintura la puerta que conduce a las habitaciones privadas de la duquesa, la Beata alza los brazos reclamando de nuevo la niña. A *monsieur* Gaston siempre le ha intrigado la precaución de la duquesa de mantener sus habitaciones cerradas con llave, pero esta vez tiene otros motivos de asombro superiores. Cierto es que la mocosa que acaba de mostrarle la Beata es una auténtica preciosidad de ojos muy verdes y pelo lustroso y rizado. Cierto que Gaston Ledoux no se sorprende de nada de lo que pueda ver en casa de su clientela («Soy un hombre de mundo —le gusta decir—, y nada *du grand monde* me es ajeno»). Pero cierto es también que el artículo posesivo «nuestra» que acaba de utilizar la Beata hace un momento le resulta fuera de lugar. ¿Qué quiere decir exactamente? ¿Será que la duquesa se ha apuntado a la moda de adoptar alguna huérfana, como hacen las grandes damas? Una moda francesa por cierto esta de los prohijamientos, muy elegante eso de hacerse cargo y proteger, por ejemplo, a la hija, o hijo de alguna amiga muerta temprana o trágicamente pero, *sacrebleu*, ¿será posible que la campechanía y el «majismo» de la duquesa lleguen al extremo de tener amigas o amigos *negros?*

—Aquí estás por fin, bribón, qué alegría verte. Ven, acércate, te he echado mucho en falta. ¿Qué te parece mi bebé?

Monsieur Gaston no sería el hombre sensible y refinado que es si no fuera capaz de admirar la escena que tiene delante. Cayetana, vestida sólo con un peinador, espléndida ante el espejo reclamándole a la Beata la criatura. Lleva esa mañana el pelo recogido sobre la nuca de un modo encantador que permite admirar la blancura de su largo cuello y sus hombros perfectos. Unas cejas negras, espesas, bien dibujadas, son otro de los rasgos que más admira un artista como Gaston en las damas. Eso por no mencionar sus ojos, chispeantes, traviesos, como si estuvieran siempre a punto de quién sabe qué pillería.

—Bueno, ¿y qué me dices? ¿Es o no una belleza? ¿Has visto alguna vez ojos como los de mi hija?

—Monísima, *madame la duchesse* —dice Gaston, deseando mentalmente que a su clienta no se le ocurra ponerle de nuevo en los brazos esa extraña criatura como tienen la pésima costumbre de hacer ciertas madres con sus retoños con objeto de que él le haga alguna cucamona o la acune. Pero no, claro que no. La duquesa es una gran dama y ésa, una costumbre de personas insignificantes. A la gente de mundo le importan un pito los niños. Muchos de ellos no cruzan más de dos palabras con sus hijos hasta que les brota acné o están listos para matrimoniar con quien la familia considere oportuno. No hay peligro de que le plante encima a la mocosa, aunque, mírala —se alarma Gaston—, parece que la niña le está tendiendo ahora mismo los brazos y le sonríe de un modo que, oh, *bon Dieu*, ¿pero qué pretende esta sucia negrita?

—¿Has visto, Gaston? Deben de haberle llamado la atención esa cantidad de anillos que llevas. No me extraña, brillas más que un candelabro de La Granja, toma, hombre, toma, cógela, te la voy a pasar un momentito.

—*Madame*. Yo nunca me atrevería... —comienza a decir Gaston cuando lo que piensa en realidad (y frenéticamente) es: «A ver si se me va a hacer pipí encima, la muy *salope*»—. No podría, no merezco tanto honor.

—Venga, no seas *pasmao*. ¿Nunca has tenido un rorro en brazos o qué?

«No de este color», iba a protestar Gaston, pero se corrige a tiempo y sólo dice:

—No últimamente, señora.

—Pues sujétala bien, no se te vaya a caer, que sólo tiene ocho meses. Mírala, qué salada, seguro que se ha creído que esa sortija grande con un pedrusco rojo que llevas es algo de comer.

—¡Está chupando mis rubíes! —se espeluzna el peluquero—. Parece que tiene hambre, qué monaaa.

Gaston aguanta impertérrito tanto derrame de interés, tanta inundación de curiosidad infantil, pero, por suerte para él, la niña pronto se desinteresa de sus alhajas, tiende los bracitos a su madre y ella la rescata llenándola de besos.

—Ven, tesoro, que pronto será la hora del paseo. Llévatela, Rafaela, ¿quieres? Pasaré a verla luego, cuando terminemos Gaston y yo.

¿De dónde habrá sacado la duquesa esta exótica criatura? A Gaston le encantaría saberlo. Sería un dato interesante a añadir al relato que ¡por supuesto! piensa hacer en cuanto salga de

Buenavista. Pero lo cierto es que no se atreve a preguntar. Mejor no dar el más mínimo paso en falso, se dice. No hacer ni decir nada que pueda propiciar que *madame la duchesse* lo borre por segunda vez de su lista. Es preferible comportarse de la manera más neutra y profesional. Mostrarse amable sin ser cobista, interesado que no inquisitivo, útil sin parecer (como desde luego es) insustituible.

—Una verdadera ninfa su pequeña... hija, *madame* —comenta mientras empieza a sacar de una bolsa de brocado los utensilios propios de su oficio—. No puedo ni imaginar cómo va a ser esta beldad cuando crezca ni qué dirá la gente al verla.

Gaston piensa que su comentario ha sido suficientemente aséptico pero a la vez incitante como para que la duquesa prodigue algún detalle más sobre la procedencia de la criatura. De dónde ha salido, por ejemplo. Pero se equivoca. Cayetana acaba de indicarle que vaya preparando sus enseres mientras ella se embarca en una agradable charla intrascendente.

Gaston hace otro tanto. El arte de la conversación es uno de sus puntos fuertes. Desde que comenzó en esto de la peluquería a la tierna edad de nueve años, pronto comprendió que parte fundamental de su profesión consistía no sólo en embellecer las cabezas, sino también en entretener los oídos de sus clientes. Con anécdotas, sucedidos, dimes y diretes lo más escandalosos posible que él suele administrar y manejar con igual destreza que rizadores, peines y cepillos.

«Ah, ¿pero cómo, *madame* —suele decir, por ejemplo—, no sabe lo que le ha ocurrido al pobre conde de Avefría? ¿Y el patinazo de la baronesa de Quijada? Terrible, terrible, resulta que...».

Y así, cepillo va y rumor viene, Gaston Ledoux había llegado a convertirse en el heraldo de todas las bancarrotas, en el trompeta de las mil y una infidelidades de la villa y corte.

—¿Has traído las tenacillas? —le interrumpe de pronto Cayetana cuando Gaston comenzaba a relatar quién sabe qué suculento sucedido—. Me gustaría que me trabajaras con ellas sobre todo la parte de atrás del cuello, ¿comprendes? Quiero que inventes para mí un peinado completamente nuevo. Tal vez el pelo recogido aquí, sí, un poco más arriba, ¿qué te parece? Sí, definitivamente, así es como lo quiero. Eso me permitirá usar por fin un extraordinario ungüento que acaban de regalarme y perfumarme con él la nuca como hacen las damas de Constantinopla. Ahora te lo enseño.

Cayetana saca entonces del cajón superior de su tocador la cajita de rapé de oro y brillantes que Gaston no puede por menos que admirar rendido.

—Qué espléndida, *madame*. Qué buen gusto el de usía; una pieza digna, como no puede ser de otro modo, de una duquesa.

—... O de una princesa —apunta crípticamente Cayetana—, de una reina incluso. ¿Te gusta? Dime la verdad, porque si te gusta, es tuya.

—¡*Madame* me abruma! Yo no podría, ni siquiera me atrevería a soñar con obsequio tan espléndido.

—Pamplinas, considérala un regalo de reencuentro entre nosotros.

—Es demasiado. *C'est trop!*

—Mira, en eso tienes razón. Vamos a hacer una cosa: el ungüento de Constantinopla me lo quedo yo, que es escaso y difícil de conseguir. Después de peinarme me darás un largo masaje con él en la espalda pero sobre todo en el cuello. ¿No dicen siempre los franceses que una nuca perfumada es del todo irresistible? Pues eso. El perfume para mí y la cajita de brillantes para ti. ¿Un trato justo, no crees?

Dos horas más tarde, un radiante Gaston Ledoux sale del palacio de Buenavista tarareando una vieja canción gascona mientras enfila calle Barquillo abajo en dirección a la Puerta de Sol. Qué hermosa le parece aquella fría mañana. Ni siquiera los gritos de ¡agua va! seguidos de su correspondiente lluvia maloliente de desperdicios líquidos logra alterar su paso. No ve el momento de enseñar al mundo entero lo que lleva en el bolsillo. Ya nunca se va a separar de tan hermoso testigo de su éxito social. Piensa llevar su extraordinaria cajita de diamantes a todas partes, incluso al Palacio Real, para que sus clientas —y por supuesto también, o mejor dicho sobre todo— su alteza imperial, la admiren. Gaston está deseando ver la cara que pondrá doña María Luisa cuando le enseñe regalo tan suntuoso y le confiese, así, con gran circunloquio y misterio, quién se lo ha dado. Helada se va a quedar, de piedra pómez, seguro que hasta lo felicita por tener amistades de tanto ringorrango. Realmente qué gran señora es Cayetana de Alba y cuánto debe admirar su talento con los peines para ser tan generosa con él. Porque hay que ver lo favorecida que estaba con el peinado que acaba de hacerle. Guapísima, realmente guapísima. Lo único que lamenta es no haberle sonsacado algo más sobre la mulatita, obtener algún dato adicional. Detalles jugosos con los que elaborar un *petit potin*, un cotilleo tan interesante como estrafalario con el que entretener al resto de su selecta clientela mientras peina. «¿A que no saben ustedes la última? La duquesa de Alba ha tenido una niña... negra —piensa añadir después de la conveniente pausa dramática—, como el betún de Judea». Claro que, se dice, para que el chisme sea realmente suculento, necesitaría obtener algo más de información. «Es cierto —decide Ledoux mientras esquiva (vaya lata) a un ciego que le implora una limosna—. Mejor espero a mi próxima visita a Buenavista para enterarme de otros pormenores interesantes y dejar así a la clientela del todo patidifusa. Ahora que somos tan buenos amigos *madame* y yo, seguro que me llama otra vez la semana próxima. *La vie est belle*».

Capítulo 7
Una noche con los *orishás*

—Deja de llorar, muchacha, lo único que vas a conseguir es que la viuda se enfurezca si te oye y saque la vara para romperte otra vez las costillas. Mírame a mí, cuatro hijos se me llevaron, y aquí estoy, no pudieron conmigo. ¿Qué esperabas, sonsa? ¿Encontrarla tú sin ayuda de nadie en esta ciudad desconocida? ¿Que bajara santa Bárbara o los *orishás* y escondieran a Marinita bajo su manto? Ya te dije que no le pusieras nombre alguno, ahora el sonido de esas poquitas letras que no pienso repetir te perseguirá mientras vivas.

Durante semanas, Celeste, vieja y realista, se había esforzado por sacar a Trinidad de su marasmo. Pero, a pesar de que en pocas semanas mejoró de las fiebres gracias a sus ungüentos, pócimas y cataplasmas, no ocurrió lo mismo con su estado de ánimo, los días se le iban entre lágrimas y suspiros, trabajando desde el alba hasta bien entrada la noche en todo lo que a la viuda se le antojaba, que era mucho, porque había decidido que, antes de venderla, iba a «desbravarla»; ésa fue su expresión. Y hacerlo entrañaba no sólo encomendarle los trabajos más duros, sino también usarla de estera para los palos que le propinaba con excusa o, más frecuentemente, sin ella.

A pesar de sus rezongos, Celeste estaba preocupada por la muchacha. ¿De qué servía curarle el cuerpo si tenía el corazón enfermo? ¿Y de qué le servían a ella sus saberes ancestrales si no lograba que tuviera al menos un hilito de esperanza? Por eso un día, después de una paliza especialmente brutal de ama Lucila, decidió tomar cartas en el asunto.

—Mira, chica, no puedo verte más así —le dijo—. Ya sé lo que vamos a hacer.

—¿Qué? —preguntó Trinidad, sin molestarse en alzar la vista de la sábana que estaba remendando.

—Escúchame bien, esta noche voy a prepararle a ama Lucila ese chocolate con canela y clavo que dice que no prueba, pero luego a escondidas se lo bebe a jícaras y, cuando se duerma como un gato con los bigotes llenos de crema, tú y yo nos vamos *pa'* los *orishás*.

—Sí, claro —había reído Trinidad tristemente—. ¿Y dónde vamos a ver a los *orishás*? En sueños, supongo.

—En carne y hueso, chica. Bueno, en espíritu y en esencia habrá que decir, ya que hablamos de dioses. A ver si tú te crees que sólo se los invoca allá en Matanzas. También acá se hace bilongo.

—¿Me vas a decir que en Madrid, donde nos miran a los negros como si vieran apariciones y se santiguan a nuestro paso, hay quien hace *diloggún* y *biagues*?

—Y de los potentes, chica. ¿No ves que los morenos empezamos a ser moda en la metrópoli y eso hace que cada vez traigan *pacá* más y mejores ejemplares. Como cocineros, mozos de cuadra, fregonas, esclavos de faena, y luego, los que son más vistosos o raros los traen *pa* simple adorno. El otro día oí de una señora que se había comprado un niñito negro especialmente lindo como si fuera un tití.

—A lo mejor eso es lo que han hecho con Marina... Al menos la gente se encariña con sus tities y los mima.

—Ya te dije que olvidaras el nombre de tu hija, pero como eres terca como mula sorda y te niegas a hacerlo, he decidido que vamos a probar suerte invocando al más allá. Para que lo sepas: también en Madrid se consultan los *orishás*, se hacen amarres, resguardos, *grisgrís* y todo lo que tú precises para conocer el paradero de la niña, incluidos tambores de fundamento en una *ilé*.

—Nunca me gustaron esas cosas, me dan miedo.

—No si la vieja Celeste está contigo.

—Agradecida, pero no. Una cosa es rezarle a los dioses y otra llamarlos, hacer que aparezcan y una nunca sabe si quien acude es...

—¡Tontunas, chica! Como si yo no fuera capaz de distinguir un *osogbo* malvado de un *irè* bueno.

—Ni siquiera hablo de *osogbos*. Ésos mejor ni mentarlos —añade Trinidad, persignándose—. Pero es que hay veces en que, sin querer, despierta uno a un espíritu travieso o tramposo de esos que se ríen de nosotros. Le pasó a mi mamá. Entendió mal lo que le decían los *orishás* cuando les preguntó por mi futuro y mira cómo acabó la cosa. Que me trajeron a Europa, y desde entonces todo se ha torcido.

—Tontunas y más tontunas. No puede pasar nada malo esta vez. Y estaré contigo.

—No sé, Celeste...

—Yo *sí* sé, así que no quiero oír más sonseras. Déjalo todo de mi mano. Y ahora al trabajo, esta noche el chocolate me tiene que quedar especialmente espumoso...

* * *

—Espera un momento. ¿Estás segura de que es aquí? ¿No te habrán dado mal las señas? Desde fuera parece una casa demasiado principal para ser la de un esclavo.

—Sí, es acá, y a partir de que llame a la puerta, ni mu, *calladica*, chica, ¿tú *mentiendes*? Veas lo que veas y oigas lo que oigas una vez dentro, no quiero ojos como platos ni quijada boquiabierta como burro viejo. Ya te explicará la negra Celeste las cosas según avance la noche si es necesario.

—Está bien —se resignó Trinidad—. Pero recuerda que ama Lucila madruga más que una alondra últimamente y he de tener el fuego atizado antes de que se le ocurra bajar a la cocina como a veces hace, sólo para comprobar que se cumplen sus órdenes.

—Atizado, alimentado y echando chispas, descuida. ¿No ves que los espíritus prefieren las sombras? Y yo lo que prefiero es meterme a cobijo cuanto antes. ¡El frío de esta ciudad me hiela las entendederas, estoy dando diente con diente!

Un par de minutos más tarde, la puerta de la casa se abría recortando la figura de un criado de raza blanca y pelo castaño vestido con calzón corto y librea que hizo que Trinidad se volviera, entre sorprendida y alarmada, hacia su amiga. Ésta ni la miró. Se dirigió decidida al sirviente para preguntar por «el señor Damián» y, poco después, los tres echaban a andar a la luz de un único y grueso candelabro que portaba tan silencioso servidor.

Trinidad nunca había visto un lugar como aquél. La primera de las estancias que atravesaron tenía casi las mismas dimensiones que los recintos con bóvedas y vigas entrecruzadas de madera en los que se destila el ron allá, en Cuba, sólo que aquí, en vez de retortas y serpentines, había muebles grandes y barrocos. Sillas de ébano con respaldo tan minuciosamente labrado que parecían encaje, por ejemplo, enormes sillones tapizados en damasco y por el suelo, que era de mármol blanco y negro en damero, decenas de alfombras multicolores que contrastaban con la sobriedad de los cortinajes de terciopelo verde. Sobre las paredes no colgaba ni un solo cuadro pero sí varios afiches. La luz de aquel único candelabro que las conducía apenas lograba abarcar tantos y tan diferentes carteles pero, aun así, Trinidad alcanzó a descubrir al protagonista de todos ellos. «El Gran Damián sobrevuela Bagdad», rezaba el primero, en el que podía verse a un gigante negro de lustrosos bíceps sentado sobre una alfombra voladora. En otro cartel, el Gran Damián, vestido sólo con unos bombachos rojos, lanzaba cuchillos silueteando a una mujer. Y más allá, Damián rompiendo unas cadenas bajo el agua; y Damián luchando contra un cocodrilo; y Damián hipnotizando a una cobra...

¿Sería el dueño de la casa un sarraceno, un moro, un turco, tal vez? ¿Qué tenía que ver todo aquello con los *orishás*? Y sobre todo, ¿de qué podía conocerlo Celeste? A Trinidad le encantaría preguntárselo, como también le gustaría averiguar cómo era posible que un negro viviera con tal lujo y en casa tan espléndida. De esta última pregunta, sin embargo, sí creía saber la respuesta. Debía de tener que ver con cierta palabra que todo esclavo, por iletrado que fuera, conocía desde niño: manumisión, bendito término legal que significaba la posibilidad que la ley les daba de convertirse algún día en seres libres. Trinidad había buscado una vez su significado en un voluminoso libro que el padre de Juan guardaba en su biblioteca y lo recordaba palabra por palabra: «Proceso de liberar a un esclavo que se produce por gracia del propietario debido a favores prestados, méritos o simple voluntad del amo...». Aquel grueso volumen no añadía más, pero Trinidad sabía también, desde tiempo atrás, que existía otro camino más hacia la libertad. Lo había descubierto el día en que el padre Pedro clavó, en la puerta de su iglesia allá en Matanzas, cierta nota informativa en la que se especificaban los recién estipulados Derechos del Esclavo. Hubo entonces murmullos y no pocas protestas entre los blancos. Lo menos seis veces a lo largo de aquel caluroso verano, quién sabe quién se había encargado de arrancar los que no pocos llamaban una «indigna lista en casa de Dios». A pesar de todo, otras tantas veces y con paciencia franciscana, el padre Pedro la había vuelto a clavar en el mismo sitio. No sólo porque era palabra de Dios, sino porque el rey la había hecho suya y debía obedecerse. ¿Cómo rezaban sus cláusulas? Trinidad también se las sabía de memoria, sobre todo estas dos:

> En las horas de descanso que no sean de labor, se permitirá a los esclavos emplearse dentro de la propiedad en manufacturas u ocupaciones que redunden en su particular beneficio y utilidad con el fin de que puedan adquirir peculio y proporcionarse la libertad.

> Los amos darán libertad a sus esclavos en el momento en que éstos puedan aportar el precio en que está valorada su persona.

¿Habría comprado el Gran Damián su libertad de este modo o sería, simplemente, uno de los esclavos cimarrones de los que se contaba que habían conseguido huir de sus amos, viajar como polizones a Europa, y una vez aquí hacer fortuna, en su caso y por lo que se veía, en el mundo del circo?

—¿Te has quedado sorda, *m'hijita*? ¿Cuántas veces tengo que llamarte? Andando muchacha, Damián nos espera y a este paso nos va a clarear el día.

La voz de la negra Celeste parece llegarle desde muy lejos y no obstante está allí mismo, junto a ella, detrás del criado del candelabro que las esperaba ante una de las puertas, silencioso, inexpresivo.

Nada más entrar en la siguiente habitación, a Trinidad le parece que vuelve una vez más a viajar en el tiempo porque lo que ve al otro lado de la puerta es una pieza pequeña, de paredes toscamente encaladas y suelo de baldosa, similar a aquellas en las que una docena de esclavos extendían por las noches sus esteras para descansar después de largas horas en la zafra. La mezcla de ornamentos que allí hay podría llegar a espantar a un hijo de la villa y corte, pero no a una esclava. En una esquina puede verse una especie de altar con un mantel cuajado de puntillas en el que conviven estampas de santos con caracoles yoruba, vasos de licor con un rosario de coral mientras que una Virgen María de escayola comparte hornacina con un muñeco de paja de ojos de vidrio y dientes de gato. Y luego un poco más allá reina una urraca disecada con una medallita del Carmen colgada del despeluchado cuello, varios exvotos de piernas, brazos y corazones, así como un tambor de santería adornado de cintas multicolores y oraciones a san Judas.

A diferencia de «manumisión», «sincretismo» es palabra que ningún esclavo conoce pero todos practican. ¿Quién de entre ellos fue el primero en hermanar a la Virgen de las Mercedes con Obatalá, a san Lázaro con Babalú Ayé y a santa Bárbara bendita con Changó para que los blancos no sospecharan que los cautivos continuaban rezando a sus viejos dioses? Nadie lo sabe, pero Trinidad desde niña ha visto a santos cristianos con *orishás* compartir hornacinas y plegarias mitad en castellano, mitad en yoruba, juntos y felizmente revueltos.

Tampoco le sorprenden otros detalles de la habitación. Como un penetrante olor a cigarro puro que envuelve la presencia de dos personas, una de ellas el dueño de la casa: el Gran Damián, vestido de blanco de la cabeza a los pies. Su acompañante, más negro aún que él, va ataviado, según puede observar Trinidad, de modo similar y aparenta tener lo menos ochenta años. Muy alto y tan flaco que parece que va quebrarse en cualquier momento, se mueve con inesperada agilidad por la estancia al compás de quién sabe qué letanía.

—¡Ah, muchachas! —exclama Damián a modo de bienvenida y con un acento tan inequívocamente matancero que despeja de un golpe todas las dudas de Trinidad sobre si pudiera ser moro, sarraceno o turco—. Pasen, mis niñas, las estábamos esperando.

Trinidad queda algo desconcertada con esa forma de dirigirse a Celeste, que le dobla la edad, pero tampoco le da tiempo de asombrarse más porque el Gran Damián, tomándoles la mano, procede a besárselas, primero la de una y luego la de la otra, con las mismas ceremonia y prosapia que si estuvieran en la mismísima corte del rey don Carlos.

—¿Puedo ofrecerles una copita antes de empezar?

—Y dos, si tú quieres, chico —dice Celeste—. Vaya noche de perros. *Pa* mí es tremendo misterio cómo vive la gente acá con esta congeladera.

—Pues tú espérate, que esto levanta a un muerto —contesta Damián mientras llena hasta el borde dos hermosas copas de cristal rojo.

—¿Qué es? —pregunta Trinidad—. El alcohol y yo no nos entendemos bien.

—¡Pero bueno! ¿Dónde se ha visto una matancera a la que no le guste el ron? Una copita nunca le ha hecho mal a nadie.

—A mí sí, señor Damián. Figúrese que allá, en la casa de mi amo de entonces, sólo con respirar el aire de la destilería ya medio se me iba el sentido...

—*Sentío*, lo que se dice *sentío* nunca tuviste mucho, *m'hijita*. ¿Dónde están tus modales? No se desprecia la hospitalidad.

—Celeste, ya tú sabes de sobra lo que me pasa y...

De nada sirvieron protestas, tuvo que beberse la copa entera. No por los rezongos de Celeste, que fueron muchos y ruidosos, sino debido a aquellos extraños ojos con los que la miraba el Gran Damián. Parecían cálidos y a la vez helados, producían miedo y luego confianza, simulaban burlarse pero también compadecerse y la observaban tan fijo que, cuando quiso darse cuenta, ya había apurado el ron que, por otro lado, le supo delicioso, quizá porque le traía recuerdos de Juan y sus compartidas noches de luna.

—Y ahora —dicen los labios (o mejor aún, los hipnóticos ojos del Gran Damián)— vamos a ver qué cuentan los *orishás*. Andan tan revueltos esta noche que tuve que llamar al joven Caetano, acá presente —añade, señalando a su viejísimo acompañante—, para que los contente. ¿Dónde pusiste el gallo, Caetanico?

—Santa Bárbara bendita —exclama Trinidad, porque ya se imagina lo que ocurrirá tarde o temprano—. ¿Ese gallo no será para...? —empieza a decirle a Celeste por lo bajito, pero su amiga no la deja terminar.

—¿Qué te dije antes de entrar acá, muchacha necia? Nada de ojos como platos ni quijadas como burro. Cuando un *babalawo* consulta a los *orishás*, ya tú sabes que precisa hacer una ofrenda. A los dioses les gustan los regalos.

Caetano comienza sus rezos. Un suave canturreo acompaña al primero de los ritos y consiste en aventar en dirección a los presentes espesas bocanadas de humo de su cigarro.

—Ay, lémbe lémbe
Malémbe Yaya...

Las palabras brotan de su desdentada boca mientras sus labios ahúman ahora al Gran Damián, luego a Celeste, más tarde a Trinidad.

—Omá do omó otá
Omá do omó otá.

Tan denso se vuelve el humo que, por un momento, Trinidad alcanza a ver sólo lo que tiene más próximo, la cabeza del *babalawo* cubierta con un bonete redondo, plano y multicolor con minúsculos espejuelos que destellan entre la bruma.

—Abeokuta mo fi Ayaó
Abeokuta lu sangé.

Caetano ha cambiado ahora el cigarro por un ramo de hojas que sacude en dirección a los presentes. La «limpieza» con ramas frescas incluye, por lo que se ve, un rociado con ron que Caetano realiza llenándose los carrillos de alcohol y asperjándolo en todas direcciones. Hecho esto, y siempre al son de su letanía, vuelve a coger aquellas ramas y «limpia» con ellas de arriba abajo a Celeste, después al Gran Damián y, cuando va a sacudirlas ante Trinidad, se detiene. La mira como si notara algo, pero es sólo un segundo.

—Chororó báki chororó
Vá llorobé llorobé.

Se aleja ya, esta vez, camino de la mesa en la que ha dejado el gallo.

—No puedo ver esto —susurra Trinidad a Celeste—, no soy capaz...

—¿Quieres estropearlo todo? La sangre es lo que une el mundo de los vivos con el de los muertos. Si eres tan sonsa, chica, que no puedes soportar un *nla aché,* agárrate de mi brazo y punto en boca.

Caetano prepara un cuenco de bronce en el que acaba de introducir hojas de algún árbol, cuentas de vidrio y tres plumas que ha arrancado de la cola del gallo que cacarea aterrado. Se acerca de nuevo al ave. Sin dejar de recitar su letanía, el *babalawo* aprieta con dos dedos el pico del animal ahogando sus chillidos mientras con la otra mano extrae de entre los pliegues de su túnica un cuchillo. La hoja fina y muy larga reluce en la oscuridad justo antes de que, de un solo tajo, le rebane la cabeza.

—*Iggi Kán. Ekánchácháété...*

De la herida salta un chorro palpitante que el *babalawo* intenta dirigir hacia el cuenco de los sacrificios, pero en ese momento ocurre algo. Aquel cuerpo decapitado aletea en brazos del sacerdote, que se echa hacia atrás, momento en que el animal, de un vuelo, aterriza primero sobre el altar y de ahí al suelo, donde empieza a correr sin cabeza por toda la habitación chorreando sangre. Lejos de sorprenderse —*Ténje-ténje. Nfiala*—, tanto Caetano como el Gran Damián y hasta Celeste parecen gratamente admirados. *Tendúndu Kipungulé. Naní masongo silánbansa.*

Hay sangre por todas partes. Salpicando los ropajes blancos de los dos hombres, en el borde de las faldas de Celeste y también en el vestido de Trinidad que comienza a marearse.

«Santa Bárbara bendita, Babalú Ayé y Oshun, no permitan que me desmaye aquí sobre este charco de sangre, ayúdenme», y lo próximo que recuerda ya son los penetrantes ojos del Gran Damián que la miran sonrientes. Ni santos ni *babalawo*, ni gallo sin cabeza. Todo lo anterior ha desaparecido para dar paso a otra escena muy diferente. Una que se desarrolla en la amplia estancia de techos abovedados que Trinidad vio a su llegada a la casa. Alguien la ha tumbado en una otomana de terciopelo e incluso le ha puesto una manta para que no sienta frío.

—Ah, la bella durmiente —dice el Gran Damián, y ella, en su confusión, no sabe si quien le habla es el Damián de carne y hueso o quizá ese otro que la observa desde el afiche colgado a su izquierda porque ambos tienen la misma expresión sonriente—. Lo que esta niña necesita es otro trago de ron, ¿verdad, Celestica?

—Lo que necesita sobre todo es un buen azote. Dónde se ha visto la señorita de la media almendra que se desmaya por un *Guanaca ellé* de *ná*. ¿De verdad que tú eres cubana, chica?

—Ya te dije que el ron no va conmigo, además, no me gustan estas cosas.

—Pues se ve que a los *orishás* sí les gustas tú —interviene el Gran Damián—. Hace tiempo que no veía caracoles como éstos.

—¿Me han echado los caracoles? No recuerdo nada.

—¿Ni la bendición de *babalawo* tampoco? ¡Muchacha lo tuyo es grave, media copica de ron, y mira cómo quedaste, vaya flojera!

—¿Qué dijeron los caracoles? ¿Algo sobre mi hija? Necesito saberlo.

—Sobre tu hija y sobre Juan también, *m'hijita*.

—Sí, sé bien que su *babalulí* me guarda desde el más allá, yo así lo siento cada día.

—Pues ya me extraña que lo sientas. —Es Damián quien ahora habla—. Porque no está en el más allá, sino en el más acá.

Trinidad mira a Celeste sin comprender.

—Los caracoles no mienten, muchacha.

—¿Quiere usted decir, señor Damián, que él no ha muerto? ¡Cónchales, la Virgen de la Caridad! ¿Cree que pudo llegar a tierra? Pero, si es así, ¿dónde puede estar ahora? —pregunta Celeste porque Trinidad se ha quedado muda e impávida, como una muerta recién resucitada. Tantas lágrimas, tanto dolor, y por fin, de la manera más imprevista, este presagio, uno con el que nunca se atrevió siquiera a soñar.

—Buenaventura, ésa es la palabra que mencionó el *babalawo*. ¿Les dice algo?

—A mí nada. ¿Qué es? ¿Un lugar? ¿Un nombre? ¿Un barco? —sigue siendo Celeste la que responde, porque Trinidad ha empezado a temblar como el azogue.

—Ya tú sabes, chica, que los caracoles no hablan como las personas —ríe el Gran Damián—. Ellos sólo dan la punta de un hilo, el ovillo han de tejerlo ustedes, Trinidad en este caso.

—¿Pero cómo, si no me acuerdo de nada? —dice la muchacha, haciendo un gran esfuerzo—. ¿Dijeron algo más los caracoles? ¿Saben dónde está mi niña, o al menos quién la tiene?

—Sobre ella los caracoles no dijeron mucho, sólo hablan de un buen amanecer.

—¿Y eso qué quiere decir?

—Pues qué sé yo —interviene Celeste, que parece haberse sumado al bando del Gran Damián y sus *orishás*—, que llegará al alba, que alborea una esperanza, que verás la luz muy pronto, que será de día y no de noche, que todo ha de estar claro y no oscuro...

—Mucha ayuda no es, la verdad...

—Tú guarda esas dos palabras que te regalan los *orishás*, «amanecer» y «buenaventura». No las olvides. El que busca encuentra.

—Pero es que a veces los *orishás* hacen trampas, señor Damián, les gusta jugar con nosotros.

—¡Cómo tú dices tal cosa! —se escandaliza Celeste haciéndose cruces—. A ver si ahora los dioses van y se nos enojan. Ellos andan siempre rectos, aunque por caminos torcidos.

—¿Y yo qué he de hacer, señor Damián?

—Mirar a tu alrededor. Los ojos, muchacha, los ojos lo dicen todo.

Y Trinidad, una vez más, no sabe si quien pronuncia estas palabras es el Gran Damián de verdad, o quizá ese otro que la observa desde el afiche que hay a su espalda sentado, muy serio, mientras surca las nubes en su formidable alfombra mágica.

Capítulo 8

En casa de la Tirana

—Pero ¿con qué cuento me vienes, Luisita? ¿No paras mientes en que ni tú ni yo somos de ese mundo de ringorrango del que hablas y jamás lo seremos, criatura? Tú a bordar y hacer calceta, que es lo que a nosotras nos corresponde.

—Pero, abuela, si no se habla de otra cosa. ¡Madrid entero se hace lenguas de lo que ha pasado hace un par de semanas con la duquesa de Alba, la Parmesana y el peluquero Gaston!

Trinidad escucha desde una esquina la conversación que mantienen en la cocina la señora Visitación y su nieta Luisa. En casa de la famosa actriz madrileña María del Rosario Fernández, la Tirana, sita en la calle Amor de Dios, cuando ella está fuera de la ciudad en turné teatral, el lugar de reunión es junto a los fogones limpiando y relustrando todos los enseres para que brillen como soles cuando regrese. «Que el gabinete y el salón son *pa* los *invitaos*. Además, ni tú ni yo, Luisita, nos hallamos entre satenes y terciopelos», sermonea doña Visitación.

Trinidad ignora quién puede ser esa duquesa de la que hablan, pero acaba coligiendo por lo que oye que ha de ser amiga, o al menos una conocida de la señora de la casa donde han ido a parar sus molidos huesos. Cuando Celeste y ella regresaron a casa de la viuda de García, aún conmocionadas por la revelación de los *orishás* de que Juan había sobrevivido a la tormenta, se encontraron con que doña Lucila había despertado en medio de la noche con un cólico espantoso producto de haberse pasado «un poquito» con el chocolate. Al verse sola, había dado unas voces que despertaron al vecindario, así que las dos esclavas, a su regreso, se encontraron con todo el edificio alborotado y al ama tan fuera de sí como nunca la habían visto antes. Aquella escapada fue la gota que colmó la paciencia de doña Lucila, que, tras propinarle a Trinidad la paliza de su vida, llamó al maestro Martínez para desprenderse de ella para siempre. ¿No le había dicho hacía ya meses que estaba interesado en su compra y que la recogería en cuanto se repusiera de las fiebres y de las consecuencias de su huida? Pues ya estaba curada del todo, que se la llevara de una vez. Su «cortejo» se estaba haciendo el remolón últimamente. Según él, porque andaba atareadísimo con una gira por provincias en la que participaba toda su compañía, pero doña Lucila se barruntaba que, después de haberla aligerado de unos buenos cuartos para montar tal turné, el muy ingrato ya no sentía aquella imperiosa necesidad de antes de venir a merendar a su casa y mucho menos aún de desayunar con ella en *déshabillé*. «Ya aparecerás cuando te quedes sin fondos y aquí estaré esperando para hacerte sudar cada maravedí que te suelte —se había jurado ella, rencorosa—. Ya voy aprendiendo cómo maneja una a los lisonjeros tiralevitas como tú».

Le sorprendió, sin embargo, lo pronto que Martínez había acudido a su llamada. Aun así y para que supiera con quién se jugaba los cuartos, le recordó que ya habían convenido un precio para la transacción. «Uno más que razonable, dado el interés que despiertan por acá los negros últimamente. No comprendo que algo tan vulgar como un esclavo se haya vuelto *dernier cri*», reflexionaba la viuda antes de añadir que eso a ella la traía al fresco. Que media moneda de plata habían pactado y media moneda de plata esperaba recibir, ni un cobre menos. «Las cuentas claras y el chocolate espeso, ése es mi lema, Manolo, ya puedes darte por enterado».

El empresario desembolsó la suma con mucho gusto. No sólo porque le permitía restablecer una (moderada) línea de contacto con la viuda de García por si le fallaban otras fuentes de ingresos en las que estaba trabajando, sino porque tenía pensado sorprender con obsequio tan original a otra de sus protectoras. Una dama de la más alta alcurnia, si no superior, desde luego idéntica a la de la duquesa de Alba con una negra tan hermosa como Trinidad. Quiso la suerte que la aristócrata en cuestión se encontrara en ese momento de caza en sus propiedades del sur, como la mayoría de sus pares por esas fechas cercanas a la Navidad. De ahí que Martínez —que vivía en una modesta pensión, aunque se guardaba muy mucho de hacérselo saber a sus conocidos y menos aún a sus mecenas y protectoras— decidiera pedir ayuda a Charito Fernández, más conocida como la Tirana y actriz principal de su compañía. Alegre, generosa y poco amiga de hacer preguntas incómodas como era, nadie mejor que ella para hospedar en su casa a Trinidad durante unas cuantas semanas, lo que permitiría, además, a la esclava aprender los modos y costumbres de personas de mucha más calidad que la viuda de García.

Fue así como, una tarde de invierno, sin más equipaje que los cuatro trapos viejos que ama Lucila le había permitido meter en un hatillo, Trinidad recorrió detrás del maestro Martínez el corto trayecto que separa la Puerta del Sol de la calle Amor de Dios, donde vivía la Tirana. Diríase que las Pascuas eran tiempo de mucho ajetreo en la villa y corte porque, según supo nada más llegar a su nueva casa, también la Tirana y el empresario teatral partían al día siguiente a representar por provincias *Misterios* y *Milagros*, unas obrillas muy solicitadas y propias de aquellas fechas. Ignoraba Trinidad si su nueva ama sería amable, cruel, caprichosa, prudente, despótica o tolerante, y tuvo que contentarse con adivinar su carácter a través del favorecedor retrato de cuerpo entero que colgaba en el hueco de la escalera. También a través de las conversaciones de las otras dos ocupantes de aquella casa. Luisa, una prima de la artista sin familia ni posibles que vivía con ella, y doña Visitación, la abuela de ambas llegada de Mairena, su pueblo, para velar por el buen nombre de su famosa nieta. Pero, de momento, poco más era lo que Trinidad había logrado averiguar sobre la Tirana porque las conversaciones de ambas iban más por el derrotero de los cotilleos mundanos que por el de los comentarios caseros.

—... Figúrese, abuela, que, según dicen, la Parmesana y la famosa duquesa de Alba comparten algo más que laureles y alta cuna. Más específicamente —añade Luisa, que después de cerca de un año en Madrid atendiendo a su prima empieza a conocer el arte de trufar su parla con alguna que otra palabra larga y docta como hacen aquí en la capital—... más específicamente, comparten enamorado y rivalizan por sus favores. Resulta, además, que el galán (un cara muy dura de nombre Pignatelli, que es para más inri hermanastro de la duquesa) por lo visto le regaló a la Parmesana un anillo que él a su vez había recibido en prenda de afecto de la de Alba. ¿Me sigue usted hasta aquí?

—Con dificultad, Luisita. Qué liosas son las cuitas de los ricos. Lo único que tengo claro es que, cuanto más arriba, menos decencia, ya te digo yo.

—El caso... —continúa explicando la nieta con un aire tan soñador que hace que Trinidad la mire con simpatía. Así, un poco a ojo, le parece que debe de andar por los treinta no muy largos. Su cuerpo, bien proporcionado y cimbreante, se parece mucho al de su célebre prima en el retrato de la escalera. La cara en cambio da pena. Tras los inequívocos estragos de haber sobrevivido a la viruela, se adivinan aún los rasgos de quien debió de ser muy guapa. Más incluso que la Tirana. Aunque nada de esto parece haber enturbiado el carácter de la señorita Luisa. Al menos así lo sugieren unos ojos chispeantes, alegres, alertas siempre a todo lo que pasa a su alrededor—... El caso —iba explicando ella, divertida— es que cuando la duquesa descubrió adónde había ido a parar su anillo, tramó la venganza perfecta: regalarle a su peluquero cierta cajita de rapé que le había dado Pignatelli, y que éste, a su vez, había recibido de la princesa en prenda de afecto.

—Flaca venganza me parece —opina doña Visitación.

—No si el peluquero es un pavo real como *misier* Gaston, al que le faltó tiempo para sacar la cajita de la discordia y estornudar elegantemente delante de doña María Luisa la siguiente vez que acudió a palacio a peinarla. Y *pa* qué quiere usted más, abuela, se armó la de San Quintín, Covadonga y Lepanto *tos* juntos. Creo que los gritos se oían hasta en La Granja de San Ildefonso cuando se dio cuenta de adónde había ido a parar su regalo. Tan grande fue la zarabanda de los cuernos principescos que se enteró la corte en pleno. El rey entonces no tuvo más remedio que intervenir para proteger el buen nombre de su nuera, y ahora el guapo Pignatelli va camino de la frontera.

—Jesús, María y José, Luisita.

—No acaba aquí la cosa. Cayetana de Alba no se ha *contentao* con que todo el mundo se entere de su jugarreta a la princesa de Asturias y planeó una segunda.

—No parece muy cabal enemistarse con la que pronto será reina de España.

—Pues espere a oír lo que hizo después. El punto filipino, Juan Pignatelli me refiero, antes de que lo fletaran *pa* París, había recibido, entre otros suntuosos regalos de la Parmesana, una hermosa cadena de reloj. Bueno, pues resulta que, apenas unas semanas más tarde de la escandalera de la cajita, la duquesa va y equipa a *tos* sus criados con una cadena igualita a aquélla, lo que supuso que a la princesa le diera otro tremendo patatús. Aun así y aunque la venganza es más dulce si se sirve fría, las malas lenguas dicen que la pobre duquesa no logra olvidar a su don Juan, llora su partida y le ha dado por retomar sus correrías de antaño.

—¿Qué correrías?

—Uy, son muy mentadas, ella es una digna hija de Lavapiés.

—¿De Lavapiés, Luisita? —se alarma de pronto la señora Visitación que, a pesar, o tal vez a causa de llevar menos de un año como responsable de salvaguardar el buen nombre de su nieta la Tirana en la capital del reino, prefiere creer que Madrid se parece más a Belén y Nazaret que a Sodoma y Gomorra—.

¿Qué pasa en ese excelente barrio tan cerca de donde vivimos nosotras?

—No pasa nada —rectifica Luisa, que acaba de cavilar que le cae más a cuenta que su abuela siga en Belén con los pastores—. Nada en absoluto si una no es duquesa.

—Todo eso me lo vas a tener que explicar un poco más, niña.

—Lo que digo es que una cosa es la virtud de las gentes de a pie como nosotras, y otra la de las damas de ringorrango. Además, en el caso de Cayetana de Alba, su gusto por las fiestas y las verbenas le viene de niña. A ver cómo la *elustro* abuela —continúa Luisa, derrochando esa parla de maja madrileña que aún se le resiste un poco—. Resulta que el palacio en el que ella nació se encontraba en la calle Juanelo, muy cerca de la Ribera de Curtidores, comprende usted. Sus padres andaban siempre *mu* ocupados con sus respectivas e intensas vidas sociales y su abuelo, al que adoraba, tenía muchas obligaciones, así que la niña, que era hija única, creció más cerca de los criados que de los señores. Oyendo desde la ventana las serenatas que los majos dedicaban a las lavanderas, por ejemplo, o bailando descalza tras los organillos en el parque mientras sus niñeras pelaban la pava con chisperos y vendedores de horchata.

—¡Por san Cosme y san Damián, una dama, una señorita, descalza por ahí!

—Sí, eso mismo le gusta contar a ella cuando habla de su infancia. Como también ha *contao* entre risas cierta correría, ya de casada, junto a una de sus doncellas en la que conoció a un seminarista. —Tras las muy previsibles cruces y más cruces de la abuela, Luisa continúa—: Dicen que iban las dos por Lavapiés vestidas de modistillas más bonitas que una mañana de abril camino de la verbena, cuando en esto va y aparece un seminarista que las requiebra y luego las sigue hasta palacio. Como era mozo atrevido, no se le ocurrió mejor idea que volver al día siguiente preguntando por «la Cayetana». ¿Y sabe lo que hizo ella al enterarse? A través de la misma doncella que la había *acompañao* la víspera, mandó decir al festejante que esperase unos minutos, que enseguida bajaba. Cuál sería la sorpresa del pobre seminarista al ver aparecer a «la Cayetana» vestida de lo que es, toda una duquesa, que va y le invita a pasar a los salones a degustar juntos una jícara de chocolate. Dicen también que el marido se amoscó no poco con la aventura, así que durante un tiempo ha estado retirada de estas correrías, pero, al parecer, ahora ha vuelto. Hace bien, sí, señor. La vida es corta y hay que divertirse mientras una pueda, *usté* ya sabe.

—¿Qué he de saber yo, atontolinada? Sólo he visto a esa dama una vez en el teatro cuando acudió al camerino a felicitar a Charito por una de sus representaciones. Recuerdo que fue al poco de llegar nosotras del pueblo. *Mu* bien *plantá* me pareció, *mu* señora. Por esos días, ¿recuerdas?, Charito tenía siempre la casa llena de gente, de toreros, de majos, de marquesas y gente principal, como a ella le gusta. ¡Es tan alegre y tiene tantos amigos...!

La abuela suspira orgullosa. La nieta la imita con otra sonrisa soñadora que hace que su cara picada de viruela se vuelva casi hermosa, y Trinidad, a la que han encomendado la tarea de espulgar lentejas para un guiso, se esmera en separar también el grano de la paja. O, lo que es lo mismo, información intrascendente de otra que, tal vez, nunca se sabe, en el futuro, pueda serle útil para su único propósito, descubrir el paradero de Marina.

—¿Cuándo vuelve la señora? —se atreve por fin tímidamente a preguntar, sabiendo que el regreso de la Tirana viene aparejado con el de Martínez, la única persona que sabe dónde está su hija. Pero también y por desgracia, los días pasan y es de temer que ambos regresos coincidan con su marcha a casa de esa otra ama a quien está destinada y de la que Trinidad nada sabe, excepto que la alejará aún más del rastro de su hija.

—Ni idea —retruca alegremente Luisita, mientras se esmera en arrancar destellos a un par de candelabros de bronce que brillan ya como dos soles—. Dentro de unos días, o de unas semanas más aún, quién sabe...

—Ni lo quiera Dios, que eso es mucho tiempo y se aburre una de tener tan poca faena —comenta la abuela que, a su vez, trapea con jabón de Marsella un hermoso jarrón chino.

Y así, entre charlas de cocina, limpiezas domésticas y sueños de futuras fiestas y ajetreos van pasando los días en la calle Amor de Dios.

Capítulo 9

Fiesta

—¿Se puede saber qué te pasa esta mañana que pareces *Salelá*? ¡Más brío con la escoba, más arte con la fregona! —se impacienta la señora Visitación—. ¡Mi nieta regresa esta tarde y todo tiene que estar como los chorros del oro!

—¿Pero no llegaba en un par de semanas? —se sorprende Trinidad que, acostumbrada a las largas tardes ociosas dedicadas a abrillantar la plata y otros enseres perfectamente lustrosos, no entiende a qué viene tanta urgencia.

—Ya te lo dije cuando me lo preguntaste —interviene Luisita, también en pie de guerra y encantada de estarlo—. El mundo del teatro es así. Hoy aquí, mañana allá. Menos mal que Charito llena los teatros donde vaya. El empresario se queja mucho porque dice que todo lo que gana se le va en su sueldo y en el de otros actores mientras él tiene que sacar dinero de debajo de las piedras, pero ya sabemos cómo es Martínez.

—Manuel Martínez... —repite Trinidad, para quien este nombre empieza a ser algo así como una cábala.

—El mismo que viste y calza o, en su caso, descalza y despluma, que es lo que hace y muy bien... A favor del arte, claro está —puntualiza la abuela—. Supongo que si regresan tan pronto es porque don Manuel ha conseguido dinero para estrenar algo aquí en Madrid. A saber quién será el pagano esta vez, pero, sea quien sea, démosle las gracias porque Charito vuelve a casa. ¿Verdad, niña?

—¡Claro que sí, abuela! Habrá que ventilar de arriba abajo, abrir ventanas y poner flores en todos los jarrones. ¡Por fin esta casa volverá a ser lo que era!

La noticia del regreso de la Tirana parece haber electrizado tanto a la señora Visitación como a su nieta. La primera va y viene a la caza de inexistentes telarañas, reahuecando almohadones o recorriendo con dedos inquisidores la superficie de mesas y consolas en busca de cualquier diminuta mota de polvo. En cuanto a Luisa, a Trinidad le agrada observar cómo su aspecto parece haber cambiado de un día para otro. Se la ve más joven, más guapa a pesar de los estragos de la viruela, incluso va por la casa cantando con una voz melodiosa y muy personal que tal vez, si su suerte hubiera sido otra, la habría llevado a triunfar en el mundo del espectáculo, igual o quién sabe si más que su célebre prima.

—A ver, Trinidad, déjame que te mire. No, no, de ninguna manera, este guardapolvo que llevas ha de desaparecer. ¿Dónde está el vestido de tafetán gris que compramos cuando llegaste, ese que tan bien luce con delantal blanco? Dale su buena planchada. A partir de ahora esta casa se llenará de gente, de amigos, de visitas. ¡Dios mío, cuánto trabajo nos espera!

Como pronto comprobaría Trinidad, tanta efervescencia estaba más que justificada. El regreso de la Tirana convirtió la casa de la calle Amor de Dios en un alegre conventillo. Ya no hubo más charlas cerca de los fogones para ponerse al día de lo que se cocía en los Madriles ni largas y aburridas horas relimpiando inhabitados salones. No había tiempo para nada porque en el hogar de las Fernández todo orbitaba alrededor de la Tirana.

Tenía aquel astro sol treinta y tres primaveras muy bien llevadas y las carnes prietas y algo gruesas, como era moda. Ojos muy negros, boca sensual (sombreada por un tenue bozo o bigotillo, pero también eso era moda entonces) y un pelo frondoso que caía en cascada sobre unos brazos que cualquier florido escritor de la época hubiera descrito como «dos piezas de marfil sublimemente torneadas para dejar estólidos a los dioses». En cuanto a su carácter, sorprendía por tener dos personalidades. De una parte, estaba la Tirana que todos admiraban por su talento histriónico, barroco, del que hacía gala cada vez que salía a escena. Y es que, aunque representaba todo tipo de papeles, su especialidad eran los dramones, las tragedias, esas obras tremebundas en las que moría hasta el apuntador. Pero luego estaba la Charito, la de andar por casa, la nieta de la *señá* Visitación y prima de la Luisita, con las que jugaba al julepe o echaba la tarde en enaguas meneando el abanico y charlando de menudencias. Curioso era ver cómo y cuándo confluían aquellas dos personalidades, lo que solía ocurrir, sobre todo, durante las fiestas que organizaba y que se habían hecho célebres en todo Madrid. Como pronto iba a descubrir Trinidad, en ocasiones así, la Tirana primero se acicalaba y maquillaba para convertirse en la gran maestra de la escena que era hablando con una voz profunda y una perfecta dicción. Pero luego, llegada la madrugada, cuando corría el vino y menudeaba el rasgueo de guitarras, volvía a ser Charito, la que robaba naranjas allá en su pueblo cercano a Sevilla, la que seseaba las ces y bailaba a la luz de la luna como si no hubiera mañana.

—¿Quién viene esta noche? —pregunta doña Visitación mientras la ayuda a arreglarse para la primera de aquellas veladas.

—Ya verá, abuela, cómo le gusta la concurrencia. Es toda gente interesante, original, cada uno en su estilo, eso sí.

—A mí el estilo me la trae al fresco, Charito. Bien sabes lo que me importa. Que las personas que pasen por esta casa sean intachables, bien reputadas, de esas de las que una pueda presumir con la frente bien alta, allá en Mairena.

—¡Como si fueran a enterarse! —ríe la Tirana mientras marca sobre su frente y con la ayuda de Trinidad un caracolillo que le da un aire encantador—. A más de noventa leguas estamos de Mairena de Aljarafe. Podría yo invitar a mi fiesta al mismísimo Belcebú que igual daría.

—Ni lo quiera Dios, niña. No llames al diablo, que a lo mejor va y se presenta, él es así.

—No ando yo muy puesta en invocaciones, pero descuide *usté*, santa Úrsula y hasta la Purísima aprobarían a mis invitados de hoy.

—¿Quiénes son ellos entonces?

Trinidad, que después de ayudar con el peinado de la dueña de la casa anda por ahí planchando enaguas, afina el oído por si hay suerte y uno de los convocados de la noche es el maestro Martínez. Pero son otros nombres los que menciona la Tirana. Como Isidoro Máiquez, el actor del momento, y un famoso torero de nombre Joaquín Rodríguez, al que apodan Costillares.

—... También he invitado a Cayetana de Alba. Dizque anda triste estos días con su mal de amores.

—Ahí te quería ver, Charito. ¿De qué sirve que tus padres me hayan *mandao pa* Madrid a vigilarte con siete ojos, dime tú?

—¿A qué viene eso ahora, abuela? —pregunta divertida la Tirana.

—Pues que *tó* Madrid hierve en dimes y diretes a propósito de esa señora y tú no puedes, no debes, ser amiga de gente tan principal y a la vez *desparramá*. Te lo prohíbo.

—¡Abuela, pero si hablamos de la duquesa de Alba!

—De esa misma hablo yo, menudo pendón.

—Quite, quite. Espere a hablar con ella, ya verá como cambia de opinión. Porque esta vez tiene que bajar a saludar a mis amigos, no me diga *usté* que no. Ya está bien de querer quedarse siempre entre bambalinas.

—Y allí seguiré, criatura. Es desde donde mejor se ve la vida. Y lo mismo hará Luisita, que bastante faena tengo con velar por tu virtud como para tener que preocuparme también por la de tu prima, que no tiene ni padre ni madre ni más suerte en este mundo que poder vivir con nosotras.

—Pues se va a perder *usté* un nuevo invitado muy interesante. ¿Ha oído hablar de Francisco de Goya?

—Otro torero, supongo.

—Pintor, y el mejor de todos. Me ha pedido que pose para él.

—¡Ah, no, eso sí que no, por encima de mi cadáver muerto y *enterrao*! ¿Para qué crees que he me he *venío* a esta ciudad que tan poco me gusta, Charito? ¿Para ver a mi nieta en paños menores delante de un pintamonas?

—En paños menores no posa nadie —ríe la Tirana, dejando al descubierto un hombro de alabastro que haría las delicias de cualquier pintor (o pintamonas)—. Se suele retratar a las personas o bien totalmente desnudas o bien con sus mejores galas, ésa es la norma.

—Pues será la norma, la horma, la contrarreforma, pero tú de posar *ná*, eso desde ya te lo digo.

—No hace falta que se amostace tanto, voy a posar de cuerpo entero y vestida para la escena.

—¿Y con qué caudales, si saber se puede, ha de pagarse el cuadro?

Trinidad no alcanza a oír la respuesta a esta última pregunta porque la campanilla de la calle repiquetea con insistencia.

Mira al pasar el reloj de pared que hay junto al hueco de la escalera. Las ocho y media. Demasiado temprano le parece para que sea uno de los invitados y, sin embargo, Luisa, que ha llegado antes que ella a la puerta, está departiendo con alguien.

—Ah, don Fancho, qué alegría verlo, pase, se lo ruego. Charito está aún a medio vestir y tardará un buen rato.

—Es a ti, Luisita, a quien deseaba ver. Por eso me he permitido venir antes de la hora —dice el recién llegado despojándose de un grueso sobretodo que debió de conocer tiempos mejores—. Mira, te he traído flores.

Luisa no sabe qué decir, no está acostumbrada a recibir regalos ni requiebros. Pero el mayor de todos es la forma en que la mira Francisco de Goya. Tiene por aquel entonces unos cuarenta y cinco años, aunque aparenta lo menos una docena más. Su cuerpo grueso se sostiene sobre unas piernas arqueadas y sarmentosas, que le obligan a moverse como un gran gnomo al que un maleficio hubiera hecho crecer demasiado. Aun así, lo que más sorprende de él es la cabeza. Una cabellera gris y alborotada reina sobre unos rasgos que parecen esculpidos en piedra. La nariz es berroqueña, la barbilla cúbica y los ojos, penetrantes y hendidos, miran muy fijo, pues necesitan leer en los labios de su interlocutor aquello que sus oídos apenas logran captar. Trinidad, que desconoce su incipiente tara, se siente incómoda por cómo la observa.

—Ésta es Trini, don Fancho —dice Luisa a modo de presentación—. Viene de Cuba.

—Me alegro de que tengas por fin ayuda, ésta es una casa demasiado grande para ti sola.

—No se preocupe por mí, se lo ruego, puedo con todo, y feliz de hacerlo. Además, Trinidad está sólo de paso y para aprender una miaja. Pronto empezará a trabajar en casa de la duquesa Amaranta, ése es el acuerdo.

Los ojos de Goya resbalan sobre el cuerpo de la esclava sin perder detalle, pero al cabo de unos segundos regresan al de Luisa con algo muy parecido a la devoción. Se detienen en los tobillos que asoman bajo la austera falda, admiran después las manos, los dedos. Trepan por los antebrazos, los hombros y acaban su recorrido en las muy bien perfiladas clavículas de la prima de la Tirana.

—Qué hermoso cuerpo —exclama, y en él las palabras, más que como un cumplido, suenan como la constatación de un hecho incontrovertible—. Me gustaría pintarlo algún día.

—Qué cosas dice, don Fancho —se sonroja Luisa, tanto, que las marcas de viruela se encienden como brasas—. Venga por aquí. ¿Puedo ofrecerle un vino para aligerar la espera? Es de Cariñena, me he permitido comprarlo porque sé cuánto le gusta.

El segundo invitado en llegar es menos del agrado de Trinidad que el anterior. Y eso que los comentarios que ha oído la predisponían a interesarse por él. En aquel Madrid de las postrimerías de 1788, Isidoro Máiquez es uno de los hombres más mentados. Descendiente de una larga dinastía de actores, su fama es tal que la gente lo aclama por la calle cada vez que pasea en coche abierto o acude a los toros. Castaño, de tez muy clara, dos patillas en forma de hacha enmarcan un rostro que, de no ser por ellas, tal vez podría resultar un tanto femenino. Su porte es distinguido y viste a la última. Lejos de los cantos de sirena del majismo con sus alamares, sus madroños y sus redecillas en el pelo, él cultiva una elegancia británica muy parecida a la del duque de Alba. Al entregarle a Trinidad su abrigo, bastón y sombrero, le sonríe con esa amabilidad democrática de quien está acostumbrado a seducir a pobres, ricos, chulapos y marquesas, esclavos y criados, perros y gatos, a todos por igual.

—Buenas noches, ¿llego demasiado temprano? —dice, aunque la pregunta parece más destinada a lucir el bello reloj de oro que pende de su chaleco que a constatar su impuntualidad. Luego, al ver a Goya, va hacia a él con brazos abiertos y teatrales.

—Don Fancho, qué feliz coincidencia, con usted quería hablar. ¿Cuándo empezamos mi retrato? Mi compañía está entusiasmada con la idea de colgarlo en la galería de notables del teatro Príncipe.

La siguiente invitada llega cubierta por una capa de terciopelo y capucha ribeteada de zorro gris. Da la casualidad de que ha coincidido en la puerta con cierto caballero de mediana edad que —a preguntas de Trinidad, que ha sido instruida para anunciar el nombre de los recién llegados— dice llamarse Hermógenes Pavía.

—Y yo, Amaranta —apunta la dama, como si no necesitara más apellido, título o presentación.

Los ojos de Amaranta y Trinidad se cruzan por vez primera. Bueno, no exactamente, porque ya se sabe que una esclava ha de mantener los suyos bajos, justo a la altura de las rodillas, cuando habla con los señores. Por eso, lo primero que recuerda de la que está destinada a ser su nueva ama es la punta de sus zapatos. Qué extraños le parecen aquellos chapines rojos y de punta respingada que asoman bajo una falda corta de tela de damasco. Y luego, dejando que la vista suba con mucho disimulo, observa un corpiño de seda verdoso recubierto del más fino encaje que la hace parecer un junco y unos brazos largos y lánguidos que se envuelven en una finísima telaraña confeccionada en seda que ahora llaman *chawl* o chal. Y ya que ha trepado hasta ahí, la vista de Trinidad se atreve a incursionar aún un poco más arriba hasta descubrir un escote cuadrado en el que destella un espléndido collar de piedras multicolores. Es así, iluminado por aquel engañoso arcoíris, como ve por primera vez el rostro de Amaranta y no logra decidir si le atrae o le repele esa cara de muñeca, delicada y elegante que ríe, siempre ríe.

—Ole, las duquesas guapas —apunta alguien a su espalda—. Si no estuviera tan *enojao* contigo, diría que hoy pareces un sol de mayo.

A Trinidad no le está resultando nada fácil acostumbrarse a ciertas modas de la metrópoli. Como por ejemplo, que los hombres usen trajes muy ceñidos al cuerpo con bordados a lo largo de ambas piernas; o tocados capilares demasiado parecidos a los de las damas con redecilla de pelo cuajada de madroños. Pero es que ella aún no conoce a Costillares.

—Si no llega a ser por Cayetana, ayer no hubiera tenido a nadie a quien brindarle el mejor toro de la temporada—. Se queja el maestro—. ¿Por qué no viniste a la plaza, Amaranta? No me estarás poniendo cuernos con ese *desaborío* de Pedro Romero, espero...

—En todo caso, te los he puesto con mi santo marido —ríe ella—. Dos meses de destierro acompañando a Gonzaga en su temporada de caza es más castigo del que merece mi alma pecadora.

—No tendré más remedio que perdonarte entonces —finge resignarse Costillares—. Pero prométeme que no me fallarás el próximo domingo. Me he *inventao* un lance a la verónica que harár palidecer a ese matagatos de Ronda.

—¡Don Luciano Francisco Comella! —anuncia a continuación Trinidad sin saber que está dando entrada a una de las más influyentes plumas de la ciudad, al autor, por ejemplo, de melodramas tan celebrados y lacrimosos como *La Andrómaca* o *Hércules y Deyanira.*

—Buenas noches nos dé Dios —saluda el recién llegado—. ¿Dónde está mi Circe, mi desvarío, mi faro de Alejandría?

—Aún dándose el último golpe de peine —interviene Luisa muy oportunamente porque Trinidad no tiene la menor idea de lo que ha querido decir el caballero—. Pase por aquí, don Luciano, esta noche hay varios conocidos suyos.

—Con tal de que no esté entre la concurrencia ese pinchaúvas gabacho, ese grandísimo petulante que me acaba de honrar dedicándome su poema *La derrota de los pedantes,* el resto me trae al fresco. Soy hombre de pocas manías.

—Si habla usted del señor Moratín, pierda cuidado, Charito jamás cometería la descortesía de invitarlos juntos.

Los presentes empiezan a formar corros y quien más público convoca es Hermógenes Pavía.

—Amigo Hermógenes, espero que haya disfrutado del par de capones que le envié la semana pasada —le dice el actor de moda ofreciéndole una copa.

El otro apenas mueve un músculo. Se trata de un hombre de unos cuarenta y tantos años. Muy corto de estatura, de pelo ralo y barba de tres días. Si, en vez de estar en compañía tan selecta, Trinidad se lo hubiera cruzado a la puerta de la iglesia, tal vez habría contemplado la posibilidad de darle unas monedas. Con levita rala festoneada de lamparones, camisa de puños inexistentes y ese cuello de piqué tieso en el que la mugre hace las veces de almidón, parece un pobre de solemnidad, aunque no hay que dejarse engañar por las apariencias.

—Hermógenes, compadre —saluda el maestro Costillares, acercándosele—, que no se diga que no hago honor a mis compromisos; mañana mismo tiene en su casa de *usté* las seis entradas que me solicitó. Venga con toda su familia si la tiene, mi mozo de espadas lo estará esperando a la puerta de la plaza.

—Qué feliz coincidencia, señor Pavía —le sonríe también Francisco Luciano Comella—, ¿recibió invitación para mi estreno el sábado? Se llama *La peluca de las damas*, y no puede fallarme esta vez.

Los ocultos encantos de Pavía tampoco parecen dejar indiferente a la duquesa Amaranta.

—Mi querido don Hermes, esta vez no admito excusas. Le espero en casa este martes. Mis amigos, ¡y no digamos mis amigas!, se mueren por conocerle.

Sólo Goya permanece indiferente a su persona. En una esquina, intenta convencer a Luisita de que no se retire aún.

—... No puedo, don Fancho, de verdad, las fiestas no son para mí y hay mucho que atender en la cocina. Además, Charito tarda demasiado en bajar. Posiblemente me necesite.

Siguen llegando invitados y el próximo en entrar hace que Trinidad tiemble de pies a cabeza. No esperaba verle esa noche y el encuentro la ha cogido completamente desprevenida. La Tirana en ningún momento mencionó su nombre entre los invitados y sin embargo allí está el hombre que compró a su hija, con la levita negra que ella recuerda abrochada hasta el último botón y con esos ojos del color del hielo que la miran ahora con la misma indiferencia de aquella inolvidable mañana. Inquietantes y helados saltan de su rostro a otros muchos como si quisieran verlo todo, adivinarlo todo, incluso los pensamientos.

Trinidad intenta no pensar en él, y ni siquiera cuando se ve obligada a acercarse a donde está departiendo con Amaranta para ofrecerles más vino, se atreve a mirarlo. Y no obstante se diría que Martínez la estaba esperando porque, después de indicarle con un gesto rápido de la cabeza que deje la botella sobre la mesa más próxima, la coge por un brazo obligándola a girar sobre sí misma en una especie de extraño paso de baile.

—¿Qué le parece, señora? Dieciocho añitos aún sin cumplir y recién llegada de Cuba. En cuanto la vi me dije ésta para mi admirada doña Amaranta. Siento no haber tenido tiempo de envolvérsela con un lazo rojo, pero es toda suya en prenda de mi afecto y devoción.

—Si fuera mal pensada, creería que quieres algo de mí, Martínez —ríe ella divertida.

—Y es verdad, lo quiero todo de usted.

—Sí, en especial mis reales, todo sea por el arte, etcétera. Ay, si no fueras tan deliciosamente canalla, no te haría ni caso.

—Pues poco me hace. Aún no me ha dicho nada de mi regalo anterior.

—¿El bomboncito que me mandaste hace un par de semanas, chiquitina y tan requetemona? Has acertado de pleno, es ideal para mi Corte de los Milagros.

—¿Qué es ese «bomboncito» que se traen ustedes entre manos? ¿Qué le ha regalado Martínez? —se interesa Hermógenes Pavía, a quien sólo esta conversación parece haberlo arrancado de su desidia.

—¡A usted se lo voy a decir! —suelta, entre divertido y desafiante, el empresario teatral—. Para que luego vaya y lo publique en *El Jardín de las Musas,* o peor aún en *El Impertinente.*

—No sé de qué me habla —retruca el otro, enseñando el colmillo.

—Amigo Hermógenes, que yo no soy partidario de la hipocresía como aquí la concurrencia. Si quiere les explico cómo usted, además de escribir sentimentales odas y muy tediosos poemas en «el jardín de sus musas», perpetra otro pasquín anónimo con ese nombre que no pocos, en esta ciudad y para su vergüenza, leen a escondidas.

—¿Don Hermes autor de *El Impertinente?* —finge asombrarse Amaranta—. Qué extraordinario descubrimiento. No le digamos nada de nuestro pequeño secreto entonces, ¿verdad, Martínez?

—Ríase si quiere, pero vaya usted con ojo, que de secretos ajenos vive y muy bien aquí nuestro amigo Pavía —comenta el empresario—... aunque poco le luce, la verdad sea dicha. ¿Para cuándo una levita nueva, amigo Hermógenes? Ésta saldrá andando sola cualquier día de puro tiesa.

—*Shiquillo* —interviene una alegre voz desde la puerta de entrada dirigiéndose a Martínez—, ¿estás tonto o qué? ¿Cómo se te ocurre hablarle así a nuestro amigo? No le busques las cosquillas al lobo, que luego va y nos come.

Nadie parece haber oído entrar a la Tirana, pero ahora se vuelven todos para admirarla. Está especialmente radiante aquella noche y lleva en la mano una copa de vino de su tierra que ha cogido al pasar.

«Más Diana cazadora que Venus de Milo, más Nausicaa que Calipso», así la describe Francisco Luciano Comella con un suspiro, pero, para el común de los mortales, su aspecto es bastante más terrenal, más carnal también. La moda femenina imitando en el vestir a las diosas clásicas envueltas en gasas transparentes es nueva en España y son pocas las damas que se atreven con ella. No así Charito, a la que parece importarle un ardite que su traje revele bastante más que lo que cubre. ¿Cómo habrá pasado aquel atuendo la censura de la abuela Visitación?, se pregunta Trinidad, pero está por apostar a que el largo retraso de la anfitriona tiene mucho que ver con algunos retoques (y destapes) de último minuto una vez que la anciana, creyendo acabada la *toilette*, se hubiera retirado a sus aposentos.

—Querida, no te recomiendo que salgas por ahí envuelta en esas muselinas. Un mínimo golpe de brisa y habrá infartos por doquier —le dice Isidoro Máiquez con una admiración no exenta de envidia—. Y, desde luego, ni se te ocurra vestirte así en nuestra próxima obra teatral. Es ya complicado *per se* retener la atención del respetable como para que vayas tú contribuyendo al bochinche.

Pronto la conversación se vuelve general. Se habla de toros, de teatro, también del ultimísimo escándalo de la corte que tiene que ver, cómo no, con la Parmesana y Cayetana de Alba.

—Por lo visto —cuenta Amaranta—, este mes a Tana le ha dado por hundir los paseos matutinos que a doña María Luisa tanto le gusta hacer en coche abierto por el Retiro.

—¿Cómo así?

—Resulta que primero envió a pasear a su modista por dicho parque para que viera qué traje llevaba la Parmesana y luego le encargó seis iguales.

—Me parece una venganza bastante necia —opina Comella—. ¿Para qué quiere seis trajes idénticos?

—Pues para, unas semanas más tarde, vestir con ellos a sus criadas más gordas y viejas y mandarlas a pasear en el fiacre ducal saludando a la concurrencia. Y muy especialmente a la princesa de Asturias, que está que fuma en cachimba, como os podéis imaginar...

—Yo me andaría con más ojo —opina Hermógenes Pavia—. Dicen que el rey no está bien de salud. ¿Qué pasará con esta tonta rivalidad que se trae con la Parmesana cuando ella sea reina de España?

—Y pensar que todo empezó por ese pichabrava, por ese insustancial Juan Pignatelli —comenta Martínez, torciendo el gesto—. A ver quién entiende a las mujeres.

—Lo malo es que, a pesar de estas jugarretas, Tana no es la misma desde que mandaron al gachó ese a París de una real patada —colabora Costillares—. Se le nota hasta en la mirada, está como *amustiá*, quién lo iba a pensar de ella, pobre *shiquilla*.

—Ni pobre, ni chiquilla —se indigna Hermógenes—, una solemne malcriada, eso es lo que es. Más le valdría al marido estirado y tan ilustrado que tiene atarla cortito, si sabe lo que les conviene. Aristócratas... Se creen con derecho a todo y no se dan cuenta de que están bailando al borde del precipicio.

—¿Pero no venía Tana esta noche? —interviene por primera y única vez Goya.

—Y así es —afirma la Tirana—. Pero ya sabéis que la puntualidad no ha sido nunca una de sus virtudes, mejor la esperaremos cenando.

Mientras se dirigen al comedor y toman asiento alrededor de la mesa, comienzan a sonar guitarras. Los músicos —hasta ese momento invisibles— son muy celebrados, pero no bien arranca la primera canción, un pasodoble, la puerta se abre dando paso a la última de las invitadas.

—Mírala, apuesto a que estaba esperando el momento exacto para hacer su gran entrada —suelta Hermógenes lo suficientemente alto como para que lo oigan todos. Quizá lo haya oído también Cayetana de Alba, porque se dirige sin preámbulos hacia él con la más deliciosa de sus sonrisas.

—Don Hermes, cuánto bueno por aquí, me alegro de verlo. Guárdeme este sitio a su lado, quiere, que voy a saludar a la concurrencia. ¿Te importa, querida —le dice a la Tirana—, que me siente junto a él? Hace tanto tiempo que no lo veo...

—Bravo por Tana —comenta Amaranta en voz baja a su vecino de la derecha, que es el maestro Costillares—. Con estos plumillas, con estos cagatintas, no hay nada como palmearles el lomo para que acaben comiendo de tu mano.

A pesar del aire jovial que derrocha, Cayetana no está en su mejor día. Así lo constata don Fancho. Lleva, es cierto, un favorecedor traje de satén con chaleco negro de alamares y el pelo suelto y magnífico sobre los hombros. Pero la luz de las velas parece dibujar oscuros círculos bajo sus ojos y su sonrisa, aunque indesmayable, tiene un punto de impostura que tal vez pueda pasar inadvertido a otros ojos, pero, desde luego, no a los de Goya. «¿Tanto le habrá afectado ese insignificante asunto con Pignatelli? Resulta difícil de creer conociéndola, ella siempre tan alegre, tan deliciosamente liviana y, sin embargo, hay que ver el mal gusto que tienen a veces algunas mujeres —opina don Fancho para sí—, sobre todo las más inteligentes. Cuando se trata de amores, eligen a cada impresentable», concluye contrariado y, a partir de ahí, recuerda...

Recuerda, por ejemplo, el día en que la conoció. Había sido el año anterior, más o menos por san Antón, visitando la nueva propiedad de los duques de Osuna. Pepa los había invitado a los dos a conocer el parque en el que empezaba a levantarse un magnífico palacio al que la duquesa quería bautizar con el nombre de El Capricho. «... Y para que sea eso exactamente, un gran capricho, uno de fábula, lo necesito a usted, don Fancho. Murales, cuadros, estatuas, frescos y hasta fuentes y los laberintos, todo ha de llevar su sello».

Eso le había dicho la de Osuna señalando las desnudas paredes recién enfoscadas, las estancias a medio terminar, las futuras salas de baile. Pero don Fancho sólo tenía ojos para Cayetana. «¿A usted qué le gustaría que pintara aquí, señora?», le había preguntado obviando la presencia de su anfitriona. Otra mujer de miras más estrechas que Pepa seguramente se habría molestado por la descortesía. Ella, en cambio, se unió a la pregunta: «Sí, Tana, necesito, por ejemplo, dos grandes cuadros que presidan la entrada. ¿Qué te gustaría que pintara don Fancho en ellos?».

Cayetana había fruncido un poquito el ceño como si se encontrara ante una pregunta muy difícil. «Un columpio —dijo al fin—, o tal vez un paseo en burro, no sé, algo muy cotidiano y campestre. Pero sobre todo, lo que más quiero, es que, un día, me pinte a mí».

«Claro —se había apresurado a responder él—, será para mí un honor poder hacerle un retrato». Pero Tana había negado alegremente con la cabeza mientras empezaba a tutearle: «No me has entendido, Fancho, por supuesto que algún día posaré para que me retrates, pero ahora me refería a otra cosa, a mí, a mi cara». Él había hecho ademán de no comprender y ella: «Me refiero a que uses tus pinceles, tus pinturas directamente sobre mi piel, que me pintes con ellas la cara. ¿A que es una gran idea? —preguntó, dirigiéndose a su amiga la de Osuna—. Un retrato lo puede tener cualquiera, pero lo que quiero es convertirme *yo* en obra de arte».

Pocos días más tarde había aparecido por su estudio reiterando tan extravagante petición. Goya se negó diciendo que el albayalde que utilizaba era venenoso, pero no era fácil decirle que no a la duquesa de Alba.

El resultado, justo es reconocerlo, fue espectacular. Después de pasar por sus manos, los rasgos de Cayetana parecían aún más rotundos, sus ojos más alerta y su tez, que era algo aceitunada, resplandeciente gracias a un levísimo toque de blanco de Albayalde. «Ojalá ahora tuviera un cuenco de eso a mano —se dice, olvidando por un momento que tal producto es el más venenoso de todos los óleos—. Le borraría ese rictus de tristeza de un solo trazo». «Lo que enturbia un mal desengaño —añade— bien puede arreglarlo un buen amor como el mío».

¿En qué momento su corazón cascarrabias había comenzado a latir por ella? Tenía que reconocer que fue precisamente la mañana en que apareció por su estudio pidiendo que le pintase la cara. Su mujer enseguida se dio cuenta. Era difícil engañar a Josefa. Como a ella misma le gustaba decir, le bastaba con una mirada para adivinarle el pensamiento. «Olvídala —se dice ahora, igual que le había advertido Josefa aquella tarde—. Sueña mejor con otros ojos, con otros rostros, con otros cuerpos. Como el de Luisita, por ejemplo», al fin y al cabo, también el de ella había logrado que su tonto corazón se acelerase.

Tanto tiempo ha consumido don Fancho perdido en recuerdos que, cuando vuelve de ellos, la cena ha terminado. Mira el reloj, las once y diez. Qué bendición. Pasada la hora de la cena en la que su incipiente sordera le impedía participar en la conversación general, llegaba su parte preferida de las veladas en casa de la Tirana, el baile, el cante. No porque pudiera disfrutar de la música como hacía antes, lamentablemente, sino porque uno de sus más grandes entretenimientos es «leer a las personas» e intentar descifrar sus afanes, sus pasiones, algo que, según él, se volvía fácil en cuanto callaban los labios para dejar paso al lenguaje de los cuerpos. Por eso, sin mucha ceremonia, Goya elige ahora sentarse en primera fila en la sala cerca de los guitarristas. ¿Quiénes serían los primeros en salir a bailar y cuál su danza? ¿Un minué? ¿Una coplilla? ¿Algún fandango, quizá? Cada baile tiene su idioma secreto y Goya los conoce todos. «Aquí vienen los primeros danzarines —se dice al ver a Amaranta y Costillares aproximarse—, prestemos atención».

Aun antes de que empiecen a bailar, sólo por la posición de los cuerpos, Goya sabe que será una contradanza. No le interesan tanto sus movimientos al compás de la música como las miradas que puedan intercambiar, el lugar exacto en el que eligen posar sus manos o la suave inclinación de sus cabezas. «Amores viejos», es el dictamen del maestro de Fuendetodos. Tan duro de oído a los rumores y comidillas mundanas como a todo lo demás, Goya no necesita saber qué se cuenta en los mentideros para concluir que esos dos cuerpos que se deslizan ante él se conocen pulgada a pulgada. Así lo proclama la tranquila facilidad con que las manos de uno recorren el territorio del otro mientras sus ojos ni se buscan ni se rehúyen, como suelen hacer los de aquellos que nunca han compartido intimidades. ¿Y quién se acerca ahora a la improvisada pista de baile? Ah, sí, la Tirana y Hermógenes Pavía, curiosa pareja. Él parece sapo de otro pozo y ella una princesa que ha besado demasiadas ranas. Ninguno de los dos se fía del otro. Así lo indica el modo en que echan hacia atrás sus caderas al tiempo que se abrazan tan educada como falsamente por el talle. A Goya le gustaría «leer» un poco más en sus cuerpos, adivinar sus mudas intenciones, el motivo de sus recelos, pero una nueva pareja, que le interesa más, se acerca. Cayetana acaba de sacar a bailar a Manuel Martínez. Este caballero es un perfecto desconocido para don Fancho. A diferencia de Isidoro Máiquez, a quien no necesita ver bailar para saber que lo hará como un gato persa, o de Comella, que seguro que se mueve como un pavo real o, todo lo más, como un palomo cojo, Martínez es una incógnita. ¿Qué se estarán diciendo él y Cayetana mientras la música les brinda coartada perfecta para hablarse al oído? A Francisco de Goya le encela ver que Cayetana sonríe ahora de un modo mucho menos impostado del que lo ha hecho durante toda la cena. Se diría —cavila— que ese hombre le hubiera hecho alguna gran merced, un regalo especial y ella se lo estuviera agradeciendo. También parece como si compartieran un secreto. «Pero no, cómo ha de ser, imposible», se resiste don Fancho. ¿Qué merced o regalo, qué secreta confidencia puede compartir Cayetana de Alba con un oscuro empresario teatral? «Son los arreboles propios del baile los que la hacen parecer más alegre que antes», se convence.

Giran los bailarines cada uno con su particular cadencia mientras don Fancho se apresta a descifrar más mudos lenguajes. Aún falta estudiar otros cuerpos, como el de Charito la Tirana, por ejemplo y también el de Luisa. Goya contempla la idea de ir a buscarla a la cocina, pedirle que le haga compañía... ¿Pero qué pasa ahora...? ¿Por qué de pronto dejan todos de bailar? Los primeros en detenerse han sido Pavía y la Tirana, luego Amaranta y Costillares y por fin Cayetana y Martínez. Asidos por la cintura, con las manos aún trenzadas y los cuerpos muy juntos, parecen expectantes, atentos a un sonido que está más allá del rasgueo de las guitarras.

—¿Qué ocurre? —pregunta Goya y nadie le contesta. Todos, incluidos los músicos, corren ahora hacia las ventanas y allí se arremolinan hablando de algo que él no entiende.

—Las campanas tocan a muerto —explica por fin un buen samaritano que no es otro que el maestro Costillares acercándose para que don Fancho pueda leerle los labios.

—¿Cómo dice? —pregunta Goya, que no comprende por qué algo tan habitual, como que el campanario de una iglesia taña a muerto, pueda causar tal revuelo.

—No, don Fancho, no se trata de uno, sino de todos los campanarios de la ciudad y sus alrededores —le aclara Costillares.

Goya se ha asomado también como los otros a la ventana. Puede ver cómo la gente comienza a congregarse en las calles, en ropa de dormir, envueltos en sus capotes o en sus toquillas, hombres, mujeres, niños incluso, y esta vez no necesita leer los labios de nadie para saber por quién tañen las campanas.

Sin que Goya pueda oírlo, un mismo grito brota de todas las gargantas.

El rey ha muerto.

¡Viva el rey!

Capítulo 10

Una nueva vida

Apenas dos días después de la fiesta, Trinidad se despedía con pena de la Tirana, también de doña Visitación y sobre todo de Luisita, que madrugó mucho para verla partir.

—Vamos, anima esa cara, seguro que nos volvemos a ver, Madrid no es tan grande —le había dicho con su sonrisa inalterable, pero Trinidad ya no estaba tan segura porque el camino a casa de su nueva ama se le estaba haciendo eterno. ¿Adónde la llevaban? Debió de quedarse incluso dormida con el traqueteo del carro, lo cual tiene su mérito porque sus acompañantes de ruta eran tan inertes como llenos de perfumes: tres sacos de coles, dos de nabos y uno de cebollas, eso por no mencionar a otros aún más olorosos. Como una cabeza de cerdo confitada, un par de jamones de buen tamaño y varias libras de salchichas.

La habían recogido poco después de las cuatro de la madrugada y su primer contacto con su próximo empleo fue en aquel viaje que, cada semana, realizaba el más rústico de los coches ducales, trayendo y llevando vituallas.

—Acomódate donde puedas, morena, a ver si te crees que esto es un landó. —Algo así le había dicho el cochero antes de añadir—: El saco más mullido es el de las coles, te lo digo por experiencia. Pero ay de ti como lleguen amustiadas, desde ya te aviso que el cocinero tiene larga la mano.

—¿Vamos lejos? —se había atrevido a preguntar y el cochero, haciendo restallar su látigo, masculló que no, que el palacio estaba a poco más de una legua y que no alcanzaba a comprender a qué venía tanto miramiento con una esclava. Que bien podía haber ido a pie, una caminata de una horita o dos nunca había matado a nadie, qué carajo.

—Aunque quizá lo hayan dispuesto así para que no te des las de Villadiego, morena —caviló a continuación—, que los negros sois rufianes y no ibas a ser la primera que aprovecha para desaparecer. Al final, ya ves cómo son las cosas —añade filosóficamente—: a un criado que cobra su jornal se le obliga a ir a casa de sus nuevos amos a golpe de pinrel o pagando de su bolsillo mientras que a una esclava la llevan en coche como una madama.

Después de aquello, el hombre se había sumido en un silencio huraño. La noche era desapacible y sin luna y Trinidad decidió dejarse llevar arrullada por los bamboleos del carro. Así debió de quedarse dormida porque lo siguiente que recuerda es al cochero zarandeándola.

—¡Arriba, negra, pues sí que empezamos bien! Venga, coge ese saco de nabos y sígueme. Lo dejarás en la cocina y luego me han dicho que te lleve ante el administrador. ¿A qué esperas?

Mientras obedece, Trinidad observa cómo las primeras luces del día tiñen de rojo las paredes del palacio de Amaranta. Se trata de una austera mole de tres plantas que se levanta alrededor del patio central en el que ahora se encuentran.

El palacio que Trinidad llama «de Amaranta» en realidad se denomina El Recuerdo, y se encuentra a legua y media de la Puerta del Sol, en el pueblo de Chamartín, donde compite en importancia con el del duque del Infantado. A su derecha, se extiende un erial y, a su izquierda y hasta donde la vista alcanza, un bosque de pinos. Más de trescientas personas entre braceros, centinelas y criados domésticos trabajan en la propiedad, que consiste en el edificio central y algunas casas de labor de aspecto bastante lamentable. Sin embargo, todos éstos son detalles que Trinidad tardará aún en conocer porque hay asuntos más urgentes a los que atender, como personarse ante el administrador, por ejemplo.

—Vaya, ¿qué tenemos aquí? Otro caprichito de la señora duquesa, ya veo —así la saluda aquel hombre. Tiene el aspecto curtido, descreído y marcial de un viejo militar y la observa a través de unos anteojos de plata que, cada tanto, retira de su cara para limpiar pese a estar inmaculados. Trinidad, que no sabe qué responder, opta por tenderle la carta que la Tirana, a instancias de Martínez, le ha escrito a modo de presentación y él, tras echarle apenas un vistazo, frunce con desagrado su labio superior—. Así que encañonadora, qué te parece...

—¿Cómo dice, usía?

—Encañonadora, planchadora, experta en alisar puntillas y rizar bodoques, también se le da bien la peluquería... Ésas son, según esto —añade, dando un golpe a aquel papel con el dorso de la mano—, tus habilidades. Yo pido braceros y mozos de cuadra y la señora te contrata a ti.

—«Contratar» no sé yo, la morena es esclava —corrige el cochero que la ha acompañado hasta ahí, pero el matiz no parece interesar a su interlocutor.

—Libre o esclava, es otro estómago a llenar. ¿Y total para qué? Para poco de provecho. ¿Cuál es tu nombre?

—Trinidad, señor.

—¿Cuántos años tienes?

—Dieciocho.

—Suerte la tuya. Por lo menos no engrosarás la Corte de los Milagros de la señora duquesa, demasiado vieja, demasiado normal, también.

—¿Cómo dice, usía?

Pero el administrador tampoco parece que quiera iluminarla sobre ese punto. Acaba de despedir al cochero y, hecho esto, agita una campanilla de bronce que tiene sobre la mesa repleta de facturas.

—Anda, ve con Genaro —le dice, encomendándola al mozo que acude a su llamada—. Además de almidonar puñetas y encañonar golas, sabrás mondar patatas, supongo, y fregar suelos y dar de comer a las gallinas y recoger los desperdicios y vaciar orinales. Aquí se empieza desde abajo. Y tú —le dice a Genaro— llévatela, que deje sus cosas en el dormitorio de fregonas y pinches y luego la acompañas a la granja a que le busquen faena, aquí se hacen las cosas a mi manera, al menos mientras yo esté al frente de la intendencia. Ay, rediós, si el viejo duque, mi señor, levantara la cabeza —suspira—, al punto se volvía a morir pero de un cólico miserere al ver en lo que esa mujer ha convertido El Recuerdo...

Mientras recorre, dos pasos detrás de Genaro, los largos y fríos pasillos del palacio, Trinidad trata de adivinar cómo será la vida entre aquellas paredes. Pronto abandonan la parte noble, que le ha parecido desangelada, y empiezan a descender hacia las entrañas del edificio. Aquí los perfumes son otros. Si arriba olía a moho, cuero y metal, allí reina un entrevero de hedores que Trinidad prefiere no tener que identificar. A su derecha puede ver lo que parece una sala de despiece. Una decena de pollos muertos cuelgan de una barra de cobre esperando ser desplumados y, al fondo, hay un gran jabalí abierto en canal al que dos ayudantes de cocina se disponen a desollar.

—Parece que vive aquí mucha gente —se atreve a comentar. No hay respuesta—. ¿Cuántos criados somos? —intenta nuevamente. Misma reacción—. ¿Hay algún otro esclavo?

Genaro la mira entonces como si la viera por primera vez.

—Cuanto antes lo aprendas mejor para ti, morena. Aquí no son bienvenidas las preguntas.

El resto del camino lo recorren en silencio. Trinidad se limita a observar lo que la rodea. Una vez atravesadas las salas de despiece, vuelven a salir al exterior del palacio y se dirigen a otro edificio de aspecto más lúgubre. Adosado a él hay lo que parece un enorme gallinero a juzgar por los enloquecidos cacareos que se oyen desde fuera. El aire huele a excrementos y sangre, pero tampoco se detienen ante este bullicioso hangar, sino que van directos a una choza larga y estrecha que hay un poco más allá.

—Entra y deja tus cosas donde puedas.

Genaro acaba de abrir la puerta para descubrir el interior de un dormitorio en el que se alinean lo menos veinte camastros uno al lado de otro, todos de madera oscura, idénticos.

—Ponte cómoda —le dice su guía, irónico—. Voy a avisar de tu llegada.

—¿A quién va a...? —empieza a preguntar Trinidad, pero decide dejar inacabada la frase.

—Así está mejor. En El Recuerdo, los negros miran y callan.

Segunda parte

Capítulo 11
1789

—Pero vamos a ver —comienza diciendo el conde de Tairena, un viejo terrateniente extremeño que mira aburrido al duque de Alba al trasluz de su copa de armañac—. ¿A qué tanta preocupación y qué demonios tiene que ver con nosotros todo esto? Si no estoy mal informado, y me informo a través de los mismos periódicos que usted, lo único que ha ocurrido es que hace unos días en París, es decir, nada menos que a doscientas cincuenta leguas de aquí, unos descamisados han tomado por asalto la Bastilla. ¿Y qué es la Bastilla, mi querido amigo? Sólo una vieja cárcel en la que, por no haber, no había más que siete prisioneros cuando irrumpió la turba.

—En efecto —abunda el marqués de Viasgra, aprovechando para regalar a los presentes la mejor sonrisa de su ya famosa dentadura postiza—, a mí me han dicho que cuatro de ellos eran falsificadores, dos perturbados mentales, y el último, un libertino encarcelado a petición de su propia familia que ya no aguantaba sus excentricidades y dispendios. Eso es lo que encontraron los revoltosos al irrumpir en lo que ellos llamaban un símbolo de la tiranía y el oprobio. Sin embargo, lo que más me ha entretenido leer en la prensa, y permítanme la frivolidad es que, si llegan a asaltar la cárcel sólo diez días antes, habrían encontrado allí al mismísimo marqués de Sade.

—¿Cómo así? —se interesa Tairena.

—Pues verá usted, él fue uno de los causantes de que tomaran la Bastilla. Resulta que, antes de que lo trasladaran de allí a un manicomio, porque está loco como una sonaja, se dedicaba a trompetear obscenidades y disparates desde lo alto de las murallas con un altavoz que él mismo se fabricó con un viejo orinal. Cuando no gritaba procacidades, se dedicaba a enardecer y encocorotar a las masas. «¡Nos están envenenando! ¡Venid a salvarnos! ¡Nos quieren masacrar...!». Realmente es una lástima que ya no estuviera allí cuando irrumpió la plebe. De ser así, habrían tenido todos ocasión de admirar su «humilde» celda.

—¿Y cómo era? —interviene el barón de Estelet, un joven recién llegado de provincias para el que asistir a una reunión de lo que ahora llaman en Madrid un «club de caballeros» en la estela de los que existen en Londres es una muy grata novedad.

—Pues apunte, pollo, para que pueda contarlo por ahí cuando alguien se mese los cabellos llamando a la Bastilla un monumento al despotismo y a la decadencia de nuestra clase —retruca Viasgra—. He aquí cómo era el acomodo del divino marqués entre rejas: para que se sintiera en casa, contaba con un escritorio de ébano, un tapiz de gran tamaño con el que alegrar las paredes, cama con dosel y un armario de dos puertas en el que guardaba un vestuario completo, incluidos un frac, una bata de pelo de camello, una selección de sombreros y, por supuesto, todo un aparejo de *toilette* confeccionado en el más bello marfil. Como su calabozo constaba de dos amplias habitaciones, la segunda estaba destinada a su solaz con una biblioteca personal de ciento treinta volúmenes. De este modo, cuando se cansaba de leer, podía organizar allí timbas a las que invitaba a sus carceleros o partidas de billar que duraban hasta altas horas de la madrugada. Menuda cara de imbéciles se les habría quedado a los revoltosos si después de irrumpir a sangre y fuego a salvarle de su cautiverio, llegan a encontrarse con esta *suite*.

—Usted mismo lo ha dicho —interviene el duque de Alba, intentando añadir a la conversación una nota de cordura—, a sangre y fuego, así fue el ataque, y le recuerdo que la cabeza del gobernador de la cárcel acabó horas más tarde ensartada en una pica después de que la turba despedazara su cuerpo. Como en efecto todos hemos leído los mismos periódicos y tenemos acceso a las mismas noticias que llegan de París, confío en que conozcan también la anécdota del duque de Liancourt.

—No —responde Estelet—. ¿A qué se refiere?

—Liancourt, que es el gentilhombre encargado de despertar a su rey cada mañana, al día siguiente de la toma de la Bastilla le relató, como es lógico, los sucesos acaecidos la víspera y el modo en que el pueblo de París había decidido tomarse la justicia por su mano. «¿Se trata entonces de una revuelta?», comentan que dijo Luis XVI, a lo que el duque respondió: «No, sire, no es una revuelta, es una revolución».

—Bah —bosteza Viasgra—, qué ingenioso es ese tal Liancourt y cómo le gusta hacer lindas frases. Todo el mundo sabe que «revolución» es un término que sólo se usa en astronomía y se aplica únicamente al movimiento de los planetas en el espacio, nada más.

—Pues bien puede suceder que a partir de este momento empiece a significar una cosa bien distinta —colabora el joven Estelet.

—Tonterías, pollo, las palabras tienen el significado que tienen. Y mejor hará usted, si quiere que le sigamos invitando a nuestras tertulias, en intervenir lo menos posible, ¿verdad, Tairena?

La conversación, que tiene lugar en la sala de fumadores del club con vistas al Palacio Real, pronto evoluciona hacia asuntos más locales, más domésticos. El año 1789, que va ya por su séptimo mes, ha sido tan pródigo en acontecimientos que es difícil mantenerse al día. A la muerte de Carlos III, acaecida a finales de 1788, le sucedió la ascensión al trono de los príncipes de Asturias. El hecho de que se hable de ellos siempre en plural da cuenta de quién manda en ese real matrimonio. Sin embargo, no es tanto la inquietante influencia de María Luisa de Parma sobre su marido lo que preocupa a los miembros del club de caballeros, sino en quién depositarán los nuevos reyes su confianza para gobernar y cuáles los nombres que estarán más cerca del poder.

—Deje por tanto que los franceses se preocupen de sus revueltas o revoluciones o como quiera llamarlas, que nosotros ya tenemos bastante con lo de acá —opina Tairena, que abriga esperanzas de que el nuevo rey pose sus ojos en él, no en vano es grande de España y hombre reputado—. Mire lo que estamos viviendo en este país de nuestras desdichas: incertidumbre, corrupción, desgobierno... y, para colmo, tenemos lo de Floridablanca. ¿No le parece a usted suficiente sainete?

A Estelet le gustaría preguntar a qué se refiere Tairena con «lo de Floridablanca», pero no quiere que su interlocutor vuelva a llamarle pollo, de modo que espera a que el marqués conteste retóricamente a su propia pregunta, como en efecto hace.

—Lo que digo es que, sabiendo las limitadas luces de su augusto vástago, Carlos III, para asegurar una cierta estabilidad, no tuvo más remedio que dejar estipulado en testamento que su sucesor debía mantener a Floridablanca al frente del gobierno, es decir, más de lo mismo.

—Sí, y ya veis lo que ha pasado —interrumpe Alba—. El pueblo está harto y quiere que dimita. Lo acusan de deshonestidad, de inoperancia, lo hacen responsable de todas las miserias e injusticias que sufren. España es como un viejo aristócrata decadente que ya no sabe qué hacer con sus deudas, con sus achaques y, para colmo, está en manos de administradores incompetentes. No me extraña que haya disturbios todos los días; ayer mismo en Madrid murieron dos personas.

—La culpa no es de Floridablanca, sino de los Borbones —interviene acaloradamente Viasgra—. Desde que llegaron a España, y vamos para cuatro generaciones, no han hecho otra cosa que practicar el divide y vencerás.

Al joven Estelet, nuevo en esta plaza, le gustaría decir lo que piensa, lo que en realidad saben todos en aquel elegante club, pero que jamás pronunciarán en voz alta así los aspen. Que ese «divide y vencerás» del que se queja Viasgra no ha sido otra cosa que una medida de protección obvia de una dinastía extranjera en un país en el que los grandes, es decir, los nobles, siempre habían desempeñado un papel demasiado preponderante. Por eso, desde Felipe V hasta Carlos III, todos han intentado apoyarse en los llamados «manteístas», políticos provenientes de familias de la baja nobleza, como, por ejemplo, el propio Floridablanca ahora tan cuestionado. Lo han hecho así porque la otra corriente de poder, los llamados «golillas» (que por supuesto detestan a los manteístas), les resultan poco de fiar. Se trata de hijos de familias ricas, formados en colegios mayores elitistas de Salamanca, Valladolid o Alcalá, personas de la nobleza, como tres de los cuatro caballeros que ahora mismo están departiendo. Tanto Viasgra como Tairena no ocultan que les gustaría «servir a la patria». O dicho a las claras, ocupar el puesto de Floridablanca, ese advenedizo de Murcia al que los Borbones decidieron equiparar a ellos haciéndolo conde. ¿Y José, duque de Medina Sidonia y duque consorte de Alba? ¿Tendrá también ambiciones políticas? El joven Estelet no sabe qué pensar. Según le ha dicho alguna vez su padre, que sigue los acontecimientos de la corte desde sus lejanas tierras de Aragón, pero que rara vez se equivoca, José es caso aparte. Devoto de la Ilustración y hombre de principios, le desagradan las mezquindades y sobre todo los arribismos de sus pares. Por eso, sólo saltaría a la arena política si creyera que el país requiere un imperativo cambio de rumbo.

—¿Y si, finalmente, cediendo a las presiones de la calle, Floridablanca se va, a quién creen ustedes que pondrá nuestro rey en su lugar? —pregunta el joven Estelet después de, obviamente, guardar para sí todas las anteriores consideraciones.

—Cómo se ve que usted no entiende nada, pollo. —Es ahora el conde de Tairena quien le llama de este modo—. No se irá de ninguna manera. El rey no tiene más remedio que mantenerlo en su puesto, al menos durante un tiempo. Así lo ordena el testamento de Carlos III, pero lo que es seguro es que él, y desde luego su augusta señora, ya están buscando por ahí a «su» hombre para el futuro.

—¿Y cómo ha de ser ese hombre? —se interesa Estelet, abriendo unos ojos demasiado grandes como para que sean del todo inocentes o desinteresados.

El detalle no pasa inadvertido para Viasgra, que decide divertirse un rato.

—Hummm, pues un hombre más o menos de su edad, de la baja aristocracia, pero de buena familia. Con adecuada preparación, tal vez pasado por una de nuestras universidades o si no, mejor aún, por la academia militar. Con las ideas claras y la mente despierta. Humilde, alegre, inteligente, prudente, de buen aspecto y sobre todo...

—¿Sobre todo qué? —pregunta expectante Estelet.

—Sobre todo alguien que no tenga pasado. Que no pertenezca a ninguna camarilla política. Un hombre que sepa desde el principio que todo se lo deberá sólo a ellos, a sus reyes, y que por tanto, les sea de una lealtad absoluta sabiendo que, sin su beneplácito, no es nadie.

—Lo veo muy interesado, pollo —interviene ahora Tairena—. ¿Conoce usted a alguien de estas características?

—No sé... —comienza a decir Estelet, al que la cabeza se le empieza a llenar metafóricamente de laureles, aunque sólo durante unos segundos, porque Viasgra, con un centelleo de su resplandeciente dentadura, se ocupa de que se le marchiten todos de un golpe.

—Pues si lo conoce, mala suerte, el puesto está ya apalabrado.

—¿De quién se trata?

—De alguien con no mayores méritos que usted, pollo. Un imberbe, un zagal, un figurín.

—¿Qué noticias son ésas? —se interesa Alba—. ¿No será algún nuevo chismorreo de los tantos que corren en la corte? Cada día nos desayunamos con uno nuevo.

—Ya me dirá usted andando el tiempo si me equivoco o no. De momento, recuerden esta conversación que hoy tenemos, caballeros, y retengan un nombre: Manuel Godoy.

—¡Imposible! —exclama Estelet—. Pero si lo conozco. Estuvo con mi hermano en la academia militar, es aún más joven que yo.

—Veintidós primaveras tiene, pero ya se ha caído del caballo como Saulo camino de Damasco y con mucho aprovechamiento, además.

—No comprendo.

—Pues lo va a comprender usted inmediatamente. Fue un golpe fortuito, o tal vez muy premeditado, uno nunca sabe. Resulta que este zangolotino, que rinde actualmente servicio como guardia de corps, meses atrás acompañaba a los entonces príncipes de Asturias en una comitiva. De pronto, su caballo se asusta, él cae por tierra, pero de inmediato vuelve a montar y domina gallardamente al animal ante la admirada presencia de los príncipes, que al día siguiente se interesan por saber cómo está e incluso lo llaman a palacio.

—¿Así, de buenas a primeras?

—Más o menos. Lo que hacen es invitarle a una de las reuniones que, antes de ser reyes, solían celebrarse en los aposentos privados de la pareja. Unas veladas aburridísimas a las que muchos hemos asistido.

—Un perfecto opio —opina Tairena—, qué me va a contar usted a mí. Horas me he pasado oyendo cómo el bueno de nuestro ahora rey Carlos intentaba arrancar algún sonido melodioso a su violín, o si no atacando al chelo. Por fortuna, este instrumento lo domina un poco más, pero lo toca con tal frenesí que deja atrás al resto de los músicos con gran desesperación de ellos. Otras actividades en las que participan los invitados de estas largas veladas son, ¡imagínense!, arreglar relojes rotos (una de las mayores pasiones de nuestro ínclito monarca) u otras tareas... pictóricas, llamémoslas así.

—Tiene razón —tercia Alba—. Así es, nuestro actual rey se interesa mucho por el arte, su gusto es exquisito en esta materia.

—Será todo lo exquisito que usted quiera —retoma Tairena, molesto por la interrupción—. Pero cuando hablo de «tareas pictóricas», me refiero a que lo único que hacíamos los allí presentes era cambiar cuadros de una pared a otra. «Mejor ese Van Dyck debajo del Rafael», decía de pronto el entonces príncipe, y allá iba él mismo en persona escalera en mano y martillo en ristre. «No, no —opinaba la princesa—. Mejor el Rafael encima de aquel Canaletto», y había que cambiarlo todo, unas tardes amenísimas.

—Pues se ve que otros han sacado más provecho que usted, amigo mío, de tan tediosas veladas —sonríe Viasgra malicioso.

—Si se refiere al joven Godoy, todavía está por ver que lo que usted dice sea verdad. De momento, lo único que sabemos a ciencia cierta es que sigue en su puesto como guardia de corps y que continúa asistiendo a todas las veladas en las habitaciones reales. ¿Qué le hace a usted pensar que el rey, aparte de pedirle que le ayude a cambiar Canalettos y Rafaeles de lugar, piensa asignarle responsabilidades de más enjundia? ¿No será más bien la reina la que se ha encaprichado de él?

—Guapo sí que es un rato —interviene Estelet, encantado de poder colaborar con información de primera mano—. Y bien consciente que es de ello. ¿Saben en qué gastó su primera soldada como guardia de corps? En que Folch de Cardona le pintara un retrato. Yo no lo he visto, pero me aseguran que aparece en él en la misma postura que Nelson en uno de los suyos, sólo que él es harto más apuesto y bizarro que el almirante. Incluso tiene un encantador hoyuelo en la barbilla en el que, es fama, naufragan no pocas doncellas.

—Sí, y otras que no tienen nada de doncellas —sentencia Viasgra con otro refulgir de su dentadura carísima—. Con lo que le gusta a nuestra reina la carne fresca, por ejemplo. Ya saben lo que se comenta por ahí, que no hay más que ver la cara del último infantito, se parece poco y nada a su regio papá.

—Caballeros —interviene Alba, incómodo—, me parece que no es digno de ustedes hacerse eco de habladurías de gente ignorante. Saben igual que yo que no hay posibilidad alguna de que semejante infundio sea cierto.

Ni a Viasgra ni a Tairena les gusta que les corrijan, pero saben que el argumento de Alba no admite muchas discusiones. El protocolo marca que la esposa de un rey jamás esté sola, ni siquiera en los momentos más privados. Una lástima. Sería tanto más conveniente para los intereses de todos que Carlos acabara recluyendo a su mujer en un convento tal como, tradicionalmente, se han solucionado siempre los asuntos de cuernos entre testas coronadas. Sería perfecto librarse de la astuta María Luisa y tener a merced de ellos al bonachón de Carlos. Pero no. El rey no sólo adora a su mujer, sino que confía absolutamente en su criterio.

—¿Cuál es su teoría entonces? —ironiza Viasgra—. ¿Piensa usted que el interés de los nuevos reyes por ese imberbe es... *político*? ¿Que nuestros recién estrenados monarcas son tan previsores y astutos que están moldeando, preparando y criando a sus pechos a ese tal Godoy para que les sirva en un futuro lejano?

—Y tan lejano —apostilla Tairena—. ¿Dónde se ha visto que alguien deposite su confianza en un veinteañero?

—En Inglaterra, sin ir más lejos —apunta Alba—. William Pitt llegó a primer ministro con edad similar a la que tiene este muchacho del que ahora hablamos. Por si no lo recuerdan, veinticuatro años tenía cuando lo nombraron para el cargo. Y ahí está, siete años más tarde convertido en uno de los políticos más reputados del continente. Es eficaz, reformador y, sobre todo, un extraordinario administrador que ha logrado colmar las ya de por sí bien servidas arcas de su país. Tengo para mí que es en él en quien piensa el rey cuando invita al joven Godoy a colgar y descolgar cuadros.

—¡Bobadas! Todo el mundo sabe que nuestra bonachona majestad sólo sirve para trivialidades domésticas y decorativas como ésa, o todo lo más, para componer relojes.

—Sí —concluye Alba, poniéndose en pie, pero no sin antes dar el primer y último sorbo a la copa de calvados que ha tenido delante toda la velada—. Así es. Pero me permito señalarles, caballeros, que hasta un reloj parado, y nuestro rey tal vez lo sea, da la hora exacta dos veces al día...

Capítulo 12

El desagravio

—Se puede hacer —opina Goya—, pero costará un potosí.

—Como si cuesta dos, Fancho —dice Cayetana de Alba cogiéndole del brazo mientras se dirigen los dos hacia al jardín—. Ha sido idea de José, ¿sabes? Y yo creo que tiene toda la razón. Dentro de unas semanas, Madrid entero se volcará en la proclamación del infante Fernando como nuevo príncipe de Asturias y está previsto que el cortejo real pase justo delante de Buenavista. La costumbre en estos casos es organizar fiestas con las que agasajar a los reyes a lo largo de todo el camino. Pepa Osuna lo hará en su palacio de Leganitos, los duques del Infantado en el suyo. ¿Cómo no íbamos a sumarnos también nosotros? Además, será divertido.

Goya tiene la excusa perfecta para mirarla largamente. Es lo único bueno de ser duro de oído, la gente sabe que necesita tiempo y fijeza para leer los labios. Su sordera, al menos de momento, es sólo parcial. Incluso temprano en la mañana, como es ahora, logra oír con bastante nitidez la alegre voz de Cayetana, pero, por supuesto, no piensa confesárselo. Que siga creyéndolo sordo como una tapia, como un marmolillo, cualquier cosa con tal de tener coartada para recrearse unos segundos más en su boca, sus labios, en la curva perfecta de su cuello.

—¿Entiendes lo que te digo, Fancho? Necesito que esta fiesta sea memorable.

—¿Otra de vuestras rivalidades con la Parmesana? —pregunta Goya. «¿Todavía andáis pensando en Pignatelli?», le gustaría añadir, pero se muerde la lengua.

Tal vez la duquesa haya adivinado esta segunda y muda pregunta porque dice:

—¿Crees acaso que soy de las que no saben olvidar? Mírame, ¿qué aspecto tengo? ¿Cómo me ves?

—Radiante —dice él, y es cierto. No hay ya ni rastro de la sombra que le pareció descubrir en sus ojos aquella noche en casa de la Tirana. Ahora están chispeantes, traviesos, llenos de planes, de nuevas ideas.

—Escucha lo que se me ha ocurrido. Como ves, este palacio de Buenavista tiene su fachada principal al norte. La comitiva real, sin embargo, pasará calle de Alcalá abajo camino de Cibeles antes de enfilar hacia Atocha. Es decir, por la parte trasera del palacio que, encima, está aún sin terminar. Lo que yo quiero es darle la vuelta al edificio, que mire hacia el sur en vez de al norte.

—¿Cómo? ¿Por arte de magia?

—No me seas corto de miras, Fancho. Todo es posible si se le echa imaginación. Ésta es mi idea: ¿por qué no levantamos, para recibir a los reyes, un pabellón, un enorme edificio de madera desmontable, aquí mismo, en el jardín? Con su fachada de dos pisos y su galería de columnas, igual que si fuera un nuevo palacio. Le podemos poner un espectacular frontispicio e incluso un medallón alegórico con la silueta de los nuevos reyes. Luego, dentro del recinto, que tiene que ser diáfano y muy espacioso, organizaremos un gran baile con música al gusto de la Parmesana, todo sea por la concordia.

—Saldrá una fortuna.

—¿Tú qué eres, contable o artista, Fancho? Dibújame un bonito proyecto, que de lo demás me ocupo yo.

—¿Qué opina el señor duque?

—Ya te he dicho que la idea es suya. Parece que no lo conoces. Si la comitiva real no llega a pasar cerca de Buenavista, de alguna manera se las habría ingeniado para cambiarle el recorrido. La fiesta que quiero que me ayudes a organizar es su regalo de desagravio a la Parmesana para contrarrestar mis...

liviandades. Así las llama José, porque le encantan los eufemismos, aunque no le hacen la menor gracia.

—¿Cuándo posaréis para mí? —pregunta Goya, cambiando de tema porque, al hablar de sus «liviandades», Cayetana acaba de esbozar la más deliciosa de las medias sonrisas. Qué pena, se dice él, no tener a mano papel y carboncillo para hacer un boceto. Alguna vez, en el futuro, no muy lejano espera, le gustaría retratarla precisamente como está ahora. Con esa expresión entre pícara y desafiante, señalando con la mano derecha extendida un punto indeterminado del suelo.

—Aquí, Fancho, junto a esta piedra. Aquí debe estar el centro de la fachada del pabellón, y luego quiero que haya todo un cuerpo que se extienda unas veinticinco varas a la derecha y otro del mismo tamaño a la izquierda. ¿Sabes lo que se me está ocurriendo ahora mismo? Que vamos también a poner una galería de estatuas...

—¡Nada menos que una galería de estatuas! —se escandaliza Goya.

—De cartón piedra, tonto, no de Benvenuto Cellini ni de Miguel Ángel. Aquí todo va a ser tan falso como mi amor por la Parmesana.

—Cayetana, por favor —dice él, apeándole sin querer el tratamiento.

—Suenas igual que mi marido, Fancho. ¿Qué quieres? ¿Que sea tan hipócrita como esas gentes que antes, cuando era princesa heredera, decían pestes de ella y, ahora que es reina, la encuentran hasta guapa?

—Algún día os traerá problemas tanta sinceridad. ¿Qué me decíais de unas estatuas?

—Las quiero grandes y magníficas, y se me ha ocurrido que lo perfecto es que sean del mismo material del que están hechas las figuras que los valencianos construyen para sus fiestas. Ya me las estoy imaginando. Las cuatro del ala norte pueden ser por ejemplo alegorías de continentes, Europa, Asia, África, América e incluso esa isla inmensa, descomunal, de la que tanto se habla últimamente y que según cuentan tiene animales muy raros, ¿cómo se llama...? En fin, da igual, el caso es que el otro lado me va a quedar algo descompensado porque las estaciones del año, te pongas como te pongas, no son más que cuatro. Pero todavía no te he contado lo mejor. Cuando acabe la fiesta, una semana más tarde más o menos, pienso organizar una segunda fiesta, esta vez para el pueblo. Va a ser divertido abrir los jardines a la gente de Madrid e invitar a todo el mundo a que venga y vea cómo arde el pabellón.

—¿Quemarlo, decís?

—Cuando era niña, mi abuelo me llevó a ver las fallas. No lo olvidaré nunca. Me gusta el fuego, Fancho, es purificador.

—Espero que la Parmesana no se tome como otro agravio que, a los pocos días de su convite, lo convirtáis todo en cenizas.

—Tiene cosas más importantes de qué ocuparse, ten por seguro. Dicen que la corte es más que nunca un nido de buitres, con todos los nobles esperando la caída de Floridablanca para ocupar su puesto. Claro que ella sólo tiene ojos para un candidato, y ni siquiera es muy noble que digamos...

—No puedo creer que también vos os intereséis por las habladurías que corren sobre ese guardia de corps que se cayó del caballo.

—De momento, no demasiado. Aunque... dicen que es muy rubio, muy alto, muy bien *plantao*. También debe de ser muy ambicioso, y eso me gusta. Ya te diré lo que opino de Godoy cuando lo vea. Te buscaré esa noche entre los invitados para comentarlo juntos.

—¿Pensáis invitarme, entonces?

—Fancho —le dice la duquesa, cogiéndolo por el brazo y acercándole de pronto los labios hasta casi rozar con ellos su oreja para que pueda oír mejor—, considérate permanentemente invitado a mi vida.

Capítulo 13

EL IMPERTINENTE

El diario más sagaz para el lector más curioso

COSAS QUE PASAN EN MADRID

Este *Impertinente* ha podido saber que ayer, en los jardines del palacio de Buenavista, en los que, como por arte de birlibirloque, ha surgido de la nada un suntuoso pabellón digno de las mil y una noches, se celebró una fiesta de postín singular. La ocasión, según apuntan los clásicos, la pintan calva y los de Alba decidieron echar la casa —o el palacio, valga el matiz, que no es moco de pavo— por la ventana. La proclamación del jovencísimo don Fernando de Borbón como príncipe de Asturias era la ocasión ideal para congraciarse con los reyes y, en especial, con la reina después de varios y muy notorios desencuentros. ¿Y qué creerá el sagaz lector que organizaron los duques para escenificar tan necesario acto de contrición? Un *tour de force*, una inmensa *extravaganza* en la que se notaba la personalidad de cada uno de los cónyuges. Sofisticada la de él, pintoresca la de ella. Este *Impertinente* ha tenido noticia de que los reyes y su comitiva hicieron entrada en aquel enorme edificio elaborado en mármol de cartón piedra con sus columnas y estatuas del mismo material, tal como estaba previsto, hacia las ocho de la tarde. Cuentan que el rey se alarmó y no poco al ver que a cada lado del camino que conducía al pabellón, como en una especie de alegoría bíblica, ardían unas zarzas que, ¡oh, milagro! (carísimo, suponemos), no se consumían con las llamas. Aquello sólo era el entremés, el tentempié, el piscolabis de lo que vendría luego. En el interior, con las luces convenientemente atenuadas para que reinara en el recinto una teatral semipenumbra, esperaban los invitados (todos vestidos de azul, el color favorito de la reina), cada uno con una bujía en la mano y en perfecto silencio. ¿Quién sino la duquesa podía lograr un efecto así? Cuentan los afortunados que allí estaban que no se oía ni el vuelo de un mosquito. Por suerte, aparte de estos efectos escénicos tan extravagantes, se notaba también la templada mano del duque, sobre todo en lo que respecta a la lista de invitados. Nada de toreros, nada de comicastros o tonadilleras, sólo nobles, aristócratas y algunos inevitables golillas. Únicamente por las venas de Francisco de Goya, diseñador de los decorados, corría otra sangre que no fuera del más intenso azul. Se encendieron por fin todos los candelabros del recinto para que la concurrencia pudiera admirar el suntuoso salón preparado para la velada. El agasajo, que necesariamente debía de ser corto porque la comitiva había de seguir su camino hacia Atocha, comenzó con *champagne* a raudales acompañado de música muy del gusto de los reyes. Mozart y Haydn se alternaban con Boccherini, para deleite de todos, salvo del príncipe de Asturias. El homenajeado principal, que en la actualidad cuenta seis años de edad, sólo se interesó por la mesa del banquete instalada en el gran comedor contiguo. Espléndida y llena de manjares y delicias de todo tipo, esperaba el fin del concierto para deleitar a los convidados con pequeños bocados como chacinas varias, empanadillas de diversos sabores, tartaletas y postres, así como la última excentricidad importada de Londres. Unos emparedados que deben su nombre al crápula del conde Sandwich que, por lo que se sabe, los ha inventado para poder comer sin levantarse nunca de la mesa de juego en la que dilapida la fortuna de su familia.

El efecto visual de tan misceláneo ágape, según ha podido enterarse este I*mpertinente,* quedó bastante trunco cuando, al abrir el comedor, se descubrió que el joven príncipe de Asturias se había colado allí antes de rondón, subido a la mesa de los postres y quedado dormido —con botas, espadín y capa carmesí— despatarrado entre la fuente del pudin de manzana y la de los *éclairs* de chocolate, sospechosamente vacías ambas. Cuentan también nuestros informantes infiltrados que asombra comprobar cómo, visto en carne mortal y no en favorecedor retrato, su joven alteza serenísima, a pesar de no pertenecer a la dinastía de los Austrias, goza de la misma quijada protuberante y equina de éstos, lo que, unido a un irredento estrabismo, lo hace todo menos agradable a la vista.

El momento estelar de la noche, empero, estaba aún por llegar y lo hizo bien avanzado el refrigerio. Descartada ya con diplomática sonrisa la siesta de la real criatura, la duquesa de Alba, según parece, después de pasearse harto más rato del que el decoro aconseja del brazo del huraño don Francisco de Goya (que, según las malas lenguas, tenía una cara más larga que las estatuas de cartón piedra del falso frontispicio), se acercó —¡sin ser previamente presentada!— al joven del que todo Madrid se hace lenguas en este momento. A don Manuel Godoy y, sin importarle la mirada gorgónica y petrificante con la que la taladraba la reina desde lejos, invitó al susodicho a brindar con ella. «Lo felicito —le dijo—, no todo el mundo puede presumir de ser a los veintidós años de edad coronel y estar a punto de ingresar en la orden de Santiago». «¿Quiere usted decir que soy demasiado joven?», preguntó él, que debe de estar ya bastante amoscado con que todo el mundo le achaque siempre el mortal «pecado» de su extrema juventud y bisoñez. Pero la sonrisa que le dedicó la de Alba no dejaba lugar a muchas dudas sobre sus amicales intenciones y, por si alguna quedaba, ella misma se ocupó de despejarla al añadir: «No juzgo a nadie sin tratarlo previamente, así que, señor Godoy, ¿por qué no me deja invitarle a mi otra fiesta el sábado próximo? Una —añadió la dama bajando la voz como suelen hacer las coquetas irredentas— infinitamente más divertida que ésta, se lo aseguro. Así podré sacar mis propias conclusiones con respecto a usted».

—¿Es cierto todo esto, Tana?

—¿Si es cierto qué? —replica ella levantando la vista de su *petit point* para mirar a su marido.

José golpea suavemente y con dos dedos las amarillas páginas de *El Impertinente* antes de separar las colas de su frac y sentarse frente a ella.

—Lo que dice este pasquín sobre ti y sobre Godoy.

—Siempre has dicho que te interesaban poco y nada esos periodicuchos anónimos que tanto abundan últimamente —retruca ella, sin dedicar ni una ojeada a la publicación.

—Y así es, querida. Salvo que hablen de nosotros.

Se encuentran los dos en la pequeña salita que hay contigua al dormitorio de Cayetana. Deben de ser cerca de las seis de la tarde y comienza a oscurecer. Qué pronto se pone ahora el sol, cómo se nota que llegan los fríos. José carraspea. Siempre ha sido propenso a los catarros. Apenas ha pasado el verano y ya está con tos. Cayetana hace nota mental de hablar con el doctor Bonells al respecto, tal vez le pueda recetar algún sirope.

—Dicen que el veranillo de San Miguel llega con retraso este año —comenta Cayetana—. Ojalá. Así nuestra segunda fiesta será más sonada que la primera.

—¿De veras piensas seguir adelante con esa tontería? ¿Pero tú has visto que a alguna de tus amigas, a Pepa Osuna, a Amaranta o a cualquiera otra se les ocurra tal extravagancia? ¿Qué sentido tiene organizar una verbena, aquí en Buenavista, para que el que quiera pueda ver el pabellón real antes de que lo desmontemos? Algo así sólo incita a la envidia.

—No quiero desmontar el pabellón, José, quiero que arda, ya te lo he dicho.

—Y yo te he dicho que es un disparate. No juegues con fuego, Tana. Ni en sentido figurado y menos aún en el literal.

—Lo he hablado con Goya y dice que puede hacerse sin peligro. Aunque, para tu tranquilidad, te contaré que Fancho me ha convencido de que, en vez de quemar todo el pabellón como yo quería, hagamos arder sólo las estatuas. Igual que si estuviéramos en fallas, comprendes. Las cuatro estaciones y otros tantos continentes convertidos en fantásticas teas. ¿A que es una magnífica idea? Todo el mundo estará invitado.

—Precisamente, querida, eso es lo que he venido a preguntarte —dice José señalando una vez más *El Impertinente*—. ¿Has convidado a Godoy a tu particular traca? ¿No crees que deberías haberme consultado antes? No me parece que sea necesario recordarte lo que está pasando con él. Cuantos más honores derraman los reyes sobre este muchacho, más crece el número (y el calibre) de sus enemigos. Infantado lo desprecia, San Carlos lo detesta, Osuna ni siquiera menciona su nombre, no hay ni una sola de las familias que esté de su parte.

—Por eso precisamente no sería mala idea que le mostráramos una cierta simpatía. Necesitará amigos. Y en cuanto a nosotros, ya sabes lo que aconsejan. Siempre es bueno tenerlos, hasta en el infierno.

Cayetana ha dejado de lado su *petit point* y se acerca ahora a donde está José para sentarse a su lado.

—Algo me dice que es un hombre bastante más cabal de lo que piensan sus detractores, que no son más que unos envidiosos o, en el mejor de los casos, unos bobos engreídos. Tú siempre te has fiado de mis intuiciones. Fíate también de ésta.

José la observa. Tal vez si las cosas hubieran sido de otro modo. Si no los hubieran obligado a casarse tan jóvenes siendo tan diferentes de carácter, es posible, quién sabe, que hubiese tenido un coqueteo con ella, incluso amores. Es tan frágil y al mismo tiempo tan segura de sí, tan perspicaz y tan deliciosamente irracional a la vez, que no es extraño que tantos la encuentren adorable. Pero amor y matrimonio no son palabras sinónimas, opina José. Es más, algunas veces son incompatibles. Lo que gusta en una amante no se parece en nada a las virtudes que uno busca en una esposa. Georgina, se dice entonces. Ella sí que hubiera sido la compañera de vida ideal. Con su belleza serena, con su amor por la música, con su educación inglesa tan parecida a la suya. Pero Georgina es sólo la hija de un embajador mientras que Cayetana es una Álvarez de Toledo. Como él.

—Es verdad, querida —dice al cabo de unos segundos, que se han hecho ya demasiado largos—. Siempre he confiado en tus corazonadas. Lo haré una vez más.

—¿Con respecto a Godoy o con respecto a mi «traca fallera», como tú la llamas?

—Ambas cosas. Veamos: por una vez y sin que sirva de precedente, voy a poner una vela a dios y otra al diablo. Ésta será tu fiesta, como la anterior fue la mía. Me iré al campo unos días, no quiero saber nada de tus toreros, de tus manolas, chisperos ni cómicos. Tampoco quiero, al menos de momento, saber de jovencísimos arribistas que pueden tener un futuro brillante o ser flor de un día. Y mucho menos quiero saber de hogueras, fallas valencianas y demás excentricidades. Lo único de lo que me ocuparé antes de irme es de asegurarme de que esa noche haya un, o mejor dicho dos, retenes de bomberos para q... —El duque no puede terminar la frase. Su voz se ahoga en un nuevo ataque de tos.

—¿Estás bien, José?

—Todo lo bien que se puede estar teniendo una esposa pirómana —bromea mientras decide ignorar la pequeña gota de sangre que macula su pañuelo con puntillas, algo que pasa por completo inadvertido para Cayetana.

—¿Estás seguro de que no quieres estar conmigo ese día? Hacemos tan pocos planes juntos.

—Querida, precisamente por eso nos entendemos tan bien. Suerte con tu nueva estrella ascendente. Ardo en deseos de saber si ese Godoy es tan brillante, discreto y taimado como se comenta. Estoy empezando a pensar que tienes razón cuando dices que hay que tener amigos hasta en el infierno...

Capítulo 14

Godoy en su laberinto

Los hermanos Godoy son dos ramas de un mismo árbol. Cimbreante, joven y llena de savia Manuel; prematuramente leñosa y algo retorcida Luis, su hermano mayor. Hasta ahora han crecido a la par buscando el sol, pero ya se ve que la primera gusta de desafiar las inclemencias del tiempo mientras la otra prefiere retoñar en la sombra.

—¿De veras no puedo convencerte? Todavía estamos a tiempo de pegar la vuelta.

—Tú puedes volverte cuando quieras, yo prefiero no romper mi palabra.

—Tampoco es que haya sido el juramento de santa Gadea —ironiza Luis—. Sólo le dijiste a esa mujer que asistirías a su fiesta. Pero te puede haber surgido cualquier imprevisto. ¿Quién iba a reprochártelo? Ahora eres un hombre muy ocupado.

—Por eso mismo me vendrá bien despejarme un poco, hermano, mira ya se oye la música.

Desde donde ahora están, en la calle de Alcalá a la altura de Barquillo, se alcanzan a ver los jardines de Buenavista y el modo en que el palacio a oscuras cede todo el protagonismo al pabellón que los duques de Alba construyeron para la recepción real iluminado ahora por cientos de antorchas.

«¡Agua va!», grita alguien desde la ventana de uno de los edificios cercanos, y los hermanos rutinariamente se aproximan a las paredes para esquivar la maloliente ducha.

—De alguna manera tendríamos que poner fin a estas cochinadas —dice Luis.

—Son tantas cosas de las que me gustaría ocuparme cuando llegue el momento, y ésta no es la menor de ellas —comenta su hermano, mirando hacia arriba para ver si han acabado las posibles sorpresas o hay que ponerse de nuevo a cubierto—. El otro día leí que, en Escocia, un tal Cumming ha inventado una silla sanitaria a la que llama *flush toilet* que podría ser parte de la solución a nuestros problemas. Claro que antes habría que atender al alcantarillado y a los pozos negros, a las cloacas, a los desagües, también a los nidos de ratas que infestan la ciudad... Hay tanto por hacer que no sabe uno por dónde empezar.

—Y mientras, tú a divertirte en la verbena de Cayetana de Alba y a dar que hablar a nuestros enemigos. Muy bonito.

Manuel Godoy sonríe. Los dos hermanos han dejado, por una noche, sus uniformes militares para mejor pasar inadvertidos. Si no puedes vencerle, únete a él, debe de haber pensado Luis Godoy, quien, para acompañar a su hermano a la fiesta de Cayetana de Alba, ha optado por una discreta casaca de paño verde que le hace parecer lo que es y —salvo en salidas furtivas como ésta— intenta disimular por todos los medios: un joven hidalgo de provincias y sin fortuna. El atuendo de Manuel es igual de sobrio y los amplios sombreros de tres picos que lucen esconden dos rostros de rasgos similares. Idénticos mentones con hoyuelo, bocas generosas y mandíbulas firmes, sólo sus ojos difieren. Cautos y claros los de Luis, chispeantes y negros los de Manuel.

—Conozco esa mirada. Qué estarás tú pensando... No se te ocurrirá intentar nada con esa mujer, ¿verdad? Te recuerdo que es santo de poquísima devoción de la reina.

—Una santa muy guapa, por cierto.

—Me lo temía —se alarma Luis—. Seso, futuro y hasta corona de laureles, a ti todo se te desdibuja cuando menos debes. Cuidado, Manuel. Nada de caer en la maldición de Helena de Troya.

—¿Y qué maldición es ésa?

—¿Cuál va a ser? La de los rostros que provocan mil naufragios...

Manuel se ríe.

—Suerte la tuya, hermano, que te gusten tan poco las faldas. Pero queda tranquilo. No pienso hacer tonterías. No está en mis planes poner en peligro lo que he conseguido hasta ahora. Mira, ya hemos llegado.

En la calle de Alcalá, no muy lejos de la diosa Cibeles que los mira desde su carro tirado por leones, los hermanos Godoy se detienen antes de acceder a los jardines de Buenavista. De momento, el aspecto del lugar no es muy distinto del que presentaba la semana anterior para agasajar a los reyes. Criados de peluca gris y librea se alinean a todo lo largo del sendero que conduce al pabellón iluminado por aquellas carísimas antorchas que semejan zarzas incandescentes. Pero a medida que avanzan, el ambiente formal se diluye para adquirir aires de verbena. Y en el más literal sentido de la palabra porque, para desagrado de Luis, huele a churros.

—¿Una ristra, hermoso? Toma, que hoy todo es gentileza de la casa.

Luis se pregunta si esas personas que ve ofreciendo churros, aguardiente y azucarillos en la explanada frontal del pabellón son sirvientes disfrazados o auténticos vendedores ambulantes y tan invitados a la fiesta como él y, al final, se inclina por lo segundo. Aquí una buñuelera, allá un barquillero y luego un bodeguero y una pastelera ofreciendo su género a la concurrencia, que es de lo más variopinta. La duquesa de Alba siempre ha despertado su curiosidad, pero el suyo es un interés más bien científico, entomológico digamos. Allá en Francia, cavila él, antes de la revolución, a las damas como ella les dio por jugar a pastorcitas hasta que cayó la Bastilla. Aquí, en cambio, les da por vestirse de manolas y bailar con chisperos, a ver a qué lleva tanta igualdad, tanta fraternidad. «Pero mientras tanto tú, Luis —se dice—, aparte de velar por Manuel y su debilidad por las caras bonitas, aprovecha para observar, para mirar un poco a tu alrededor. El anonimato puede sernos muy útil esta noche. ¿Qué preocupa a esta gente? ¿Cómo vive, cómo se divierte? ¿Qué piensa de los reyes? ¿Y de la corte...? Sí —sonríe—, tal vez no haya sido tan mala idea venir después de todo. Al fin y al cabo, saber es siempre poder, y basta con estar atento y enderezar la oreja. Madrid bien vale una ristra de churros».

—Gracias —le dice a la muchacha que se los ha ofrecido. La buñuelera le guiña un ojo, pero la atención de Luis se ha desviado ya hacia el estudio de otros lepidópteros. Y los hay de todas las especies. Padres con hijos pequeños que aprovechan lo generoso del tentempié para hacer disimulado acopio en sus pañuelos de pasteles, salazones y buñuelos. Gente mayor como esos dos viejos que discuten de toros a gritos. También muy jóvenes, como un par de barberillos que requiebran a todas las chicas que pasan. O gentes directamente inclasificables, como esa mujer que se pasea ahora cerca de Manuel, allá a lo lejos y que acaba de detenerse a pedir un refresco. ¿Quién demonios será? El vestido de tafetán tieso que lleva hace años que no se ve por estos pagos, pero en cambio su peinado de más de media vara de alto es de los que cuestan un potosí. ¿Quién será? ¿Una cacique de provincias? ¿Una monja que ha colgado los hábitos después de años de convento? ¿Una viuda de alguna remota colonia de ultramar?

—Uy, perdone usted —se disculpa Manuel porque un par de borrachos que pasan acaban de echarlo, literalmente, en brazos de la dama en cuestión.

—¿Pero ha visto, Magnolia, semejante desfachatez? Este hombre me acaba de magrear el seno. ¡Atrevido! ¡Truhán! ¡Trapisondista!

Aquella tarde, Lucila Manzanedo, viuda de García —no queriendo desaprovechar la ocasión de codearse con «gente como uno», según su propia definición—, había logrado convencer a Magnolia Durán de que la acompañara a la verbena de la duquesa de Alba. Le costó lo suyo porque su casera ponía todo tipo de necias excusas para acceder a sus deseos. Que si hará frío, que si habrá mucha gente, que si tengo los vapores, que si no puedo... pamplinas, según ella, destinadas a ocultar la verdadera razón de sus reticencias, el lamentable estado de su único abrigo. «Amiga mía —le había dicho la viuda con un tacto cristiano que le pareció impecable—, veo que ese sobretodo que usted usa habitualmente bien merece un descanso eterno, por lo que me he permitido, en un gesto de buena vecindad, ofrecerle esta capa que entona divinamente con su color de pelo». Todavía tuvo que batallar un poco más con el numantino (y pesadísimo) pundonor de la señorita (... no por Dios, usted se confunde, yo no podría, etc.), pero la capa era tan espléndida que al final cayó Viriato y por eso allí estaban las dos degustando un agua de cebada cuando aquel energúmeno se le había echado encima de la manera más lúbrica y desfachatada. ¿Quién podía imaginar que las duquesas invitaran a semejante chusma a sus fiestas? Hasta el momento, Lucila de García había soportado con resignación admirable los gritos de los vendedores de frutas escarchadas, los berridos de niños llenos de mocos que exigían más limonada, incluso los apretujones en las colas que se formaban para pedir una triste zarzaparrilla, pero que un aprovechado, un grandísimo caradura, le tocara sus partes nobles valiéndose del barullo era demasiado.

—¿Quién se ha creído que es usted, malandrín?

—Perdone, señora, ha sido al descuido.

—¿Al descuido? ¡Eso se lo dirá usted a todas!

—Lucila, por favor, que el caballero le ha pedido disculpas.

—Y qué más dan las disculpas si se le ven las intenciones, so sátiro.

A la señorita Magnolia un color se le va y otro le viene. Cierto es que la viuda de García la ha tomado bajo su protección, lo que tiene sus innegables ventajas. Cierto que ahora cuenta con una acompañante para salir por ahí, incluso ir de gorra al teatro o alguna merienda campestre cuando el tiempo es propicio, pero bien que se cobra la dama sus favores con escenitas como ésta, por ejemplo. ¿De veras creerá ni por un momento que un hombre tan bien plantado como el que tienen delante, tan señor, todo caballero, no hay más que verle, podía estarle, como ahora se dice, dragoneando?

—Si ésta es su forma de coquetear, so rufián —oye que le dice ahora al caballero en cuestión—, sepa usted que pincha en hueso.

—¿La está molestando este joven?

Es Luis Godoy, que interviene alarmado al ver en el lío que se ha metido su hermano.

—Así es, me ha tocado el seno —enfatiza la viuda, señalando vagamente la zona ofendida—. Voy a llamar a la autoridad.

—Pues descuide porque la autoridad ha llegado. De paisano —se le ocurre decir a Luis.

—¿Qué es usted, joven? ¿Comisario? ¿Sereno? ¿Vigilante, tal vez?

—Vigilante y muy sereno —enfatiza Luis Godoy sin mirar a su hermano, que sonríe aliviado. Lo único que les faltaba ahora era enredarse en una discusión callejera.

—Descuide, señora, que yo me ocupo de este atrevido. ¿Ve? Me lo llevo, venga conmigo, caballerete —añade, fingiendo sujetar a su hermano y despidiéndose con una gentil reverencia de la viuda de García, que jamás sabrá y por tanto tampoco podrá presumir ante sus amistades que una noche, en casa de la duquesa de Alba, estuvo en los brazos de Manuel Godoy.

Los hermanos vuelven a separarse. El mayor decide continuar con sus observaciones. ¿Qué otros especímenes curiosos se ven por ahí? Ah, mira, allá a lo lejos se ve al maestro Costillares encandilando a un corro de parroquianos con su labia. Y un poco más acá a Leandro Fernández de Moratín, que departe con esa actriz tan de moda ahora, ¿cuál es su gracia? Ah, sí, Rosario Fernández, a la que llaman la Tirana. Luis prefiere no acercarse. Nunca le han gustado las verónicas de Costillares y Moratín es demasiado afrancesado para su gusto. En cuanto a la

Tirana, la conoce poco. Además, es mejor seguir en el anonimato como hasta ahora, es tan estimulante observar sin ser visto. Buscar la sombra para que su hermano alcance la luz. Ésa ha sido siempre su divisa.

Paseando, paseando, llega hasta la balaustrada que rodea el pabellón y decide acodarse un rato. ¿Qué está pasando allí abajo? En la explanada que se extiende a sus pies va y viene un buen número de criados acarreando leña. ¿Será verdad entonces lo que se rumoreaba días atrás en la corte? Una fogata, una gran hoguera en la que quemar los decorados que se habían utilizado la semana anterior para la recepción real, eso es lo que se decía pensaba hacer Cayetana como fin de fiesta esta noche. «Le van mucho los aquelarres», fue el comentario de la reina María Luisa cuando alguien le fue con el cuento. «Quién sabe, con un poco de suerte, ese día soplan vientos propicios y arde también Buenavista junto con su dueña», añadió luego, mirando directamente a Manuel Godoy.

«Mujeres —piensa ahora Luis—. Entre ellas anda siempre el juego». «O el fuego», añade al ver cómo varios criados empiezan a despejar la zona alrededor de una pira de leña con sacos terreros a modo de cortafuegos. ¿En qué consistirá exactamente la ceremonia? ¿Qué piensan quemar?

Como respuesta a su pregunta, unos operarios comienzan a desmontar las grandes estatuas de *papier-mâché* que adornan el frontispicio. Primero, las alegorías de las cuatro estaciones, después las de los continentes, y es precisamente en el momento de desmontar la estatua correspondiente a África cuando se materializa ante los ojos de Luis Godoy el más perfecto cuerpo de mulato en carne mortal que ha visto jamás. Alto y bien proporcionado, viste pantalones anchos de color verde y lleva la camisa abierta de tal modo que Luis puede admirar un pecho cincelado con precisión de orfebre.

—Cónchales, muchachos —le dice aquella estatua viviente a los criados de la duquesa con un inconfundible acento de las Antillas—. Cómo nos parecemos yo y mi primo —apunta divertido mientras señala a la última de las estatuas—. ¿Me dan licencia para que yo mismo lo lleve al tostadero?

Qué bíceps perfectos, qué espalda digna de Praxíteles. ¿De dónde habrá salido tal monumento? ¿Será un esclavo de Cayetana? Su forma de dirigirse a los demás trabajadores parece indicar que no es uno de ellos, sino un invitado. ¿Será quizá un cómico? ¿Un artista de circo? Luis decide entonces que ha llegado el momento de abandonar la entomología y pasarse a otras ciencias más sociales. Se quita la levita y la dobla con cuidado sobre la balaustrada, luego se desprende del chaleco, más tarde de la camisa y desciende los escalones que lo separan de la explanada para una vez allí decir:

—Permítame —y luego añade, situándose codo con codo con aquel hombre admirable—. Me gustaría ayudarle. —La luz de las antorchas ilumina ahora los músculos de ambos, ébano junto a marfil como en el teclado de un hermoso piano—. ¡Más fuerza, amigo! Vamos, ahora juntos, hay que hacer que se empine... Oh, un poco más... ah, ya casi está... más, más, así, así...

Cuando, satisfechos y sudorosos, acaban por fin de dejar su carga, el Gran Damián se vuelve hacia Luis Godoy.

—Bien hecho, hermano. ¿Nos tomamos un aguardiente? No es tan rico como el ron de mi tierra, pero sirve para hacer amigos.

* * *

Manuel Godoy, mientras tanto, tiene otros afanes. Si su hermano se interesa por las bellas estatuas, él lo hace por la escenografía. Y en todas sus manifestaciones. La primera y más evidente son los decorados que ha creado la duquesa. La duquesa y don Fancho, porque Godoy está seguro de que todo lo que tiene delante lleva el sello de Francisco de Goya. Godoy sonríe imaginando al viejo cascarrabias en el momento de supervisar el montaje de la verbena hasta en los detalles más insignificantes: «¡No, no, los farolillos tienen que estar más altos y más separados! A ver las casetas, ¿cuántas tenemos? Necesitaremos lo menos treinta. Unas ofrecerán viandas, chacinas; otras, frituras varias; un par de ellas pinchos morunos y también callos, morcillas, tripas, que de todo tiene que haber y cada una llevará su correspondiente cartel con el pertinente dibujo indicando el género que ofrece para los que no saben leer. Ah, casi se me olvidan dos muy importantes. Tiene que haber una grande dedicada al baile y otra mediana, al cante».

Mientras imagina cómo debió de montar Goya tan colorista escenario, Godoy llega ante cierta carpa que le llama especialmente la atención. Se encuentra entre una que ofrece aguardientes y otra que despliega frutos secos y frutas escarchadas, en cuyo cartel anunciador puede leerse: «La suerte está en los caracoles». Tan ensimismado está tratando de descifrar qué demonios querrá decir aquello que no se da cuenta de que un brazo se acaba de enhebrar en el suyo izquierdo mientras una alegre voz le interpela.

—Llevo horas buscándote. ¿Dónde te habías metido?

Godoy no contesta. Prefiere admirar primero a quien tiene delante. Tal vez Goya, a la hora de planearlo todo con precisión de miniaturista, haya pensado incluso en cuál es la iluminación que más favorece a Cayetana de Alba. Sí, quizá sea mérito suyo que los farolillos de colores arranquen ahora vivos destellos de esos ojos negros o que el vestido añil que lleva contraste sobre la arena color albero como si fuera un traje de luces en un ruedo. La escena parece un cuadro y allí está ella, su protagonista, mirándolo divertida con la cabeza medio ladeada.

—Sabía que vendrías, estaba segura.

—¿Cómo podíais estarlo?

Ella no contesta y él se deja llevar. Juntos recorren las casetas que se alinean delante del pabellón. Copas y vasos se alzan a su paso. Hay quien grita: «¡Ole las duquesas guapas!», y una mujer vocea: «Que Dios te bendiga», pero nadie se acerca ni los interrumpe. Al contrario, callan y se apartan a medida que ellos avanzan. «Así que esto es la fama —cavila Godoy—. Quién sabe —sonríe—, quizá más pronto de lo que nadie imagina, una marea similar se abra a mi paso, como hace ahora en atención a Cayetana».

Son muchos los que se preguntan quién será ese joven, casi un muchacho, que la acompaña. ¿Un actor recién llegado de París, quizá un nuevo y talentoso torero? «Míralos —comentan—. Van hacia la balaustrada, ¿de qué hablarán? ¿Por qué le presta ella tanta atención? Pero bueno, miren quién se acerca ahora, ¿no es ese el mismísimo Goya, al que tantas veces hemos visto bosquejando escenas en las romerías o en la pradera del santo? ¿Y esa niña que lleva de la mano? ¿La hija de la duquesa, dices? ¡Pero cómo va a ser, mujer, si es mulata! Jesús, María y José, qué caprichos tienen los ricos, qué desatinos, con la de niños abandonados lindos como querubines que aparecen en los tornos de los conventos todos los días... si no puede tener hijos como dicen, que haga caridad con uno de esos angelitos, no con una negra, dónde se ha visto... Pues a mí me parece graciosa, mira qué ojos tan grandes y ese collarcito de coral que lleva debe de valer un potosí. ¿Qué edad tendrá? ¿Año y medio? No, yo le calculo que dos, bien hermosa que está y se fija en todo a pesar de ser tan chiquitina. Al que no entiendo es a él. ¿Qué hace paseando a la cría como una ama seca? Y menuda cara de ajo... Sí, es cierto, ahora que lo dices llevas razón, eso debe de ser, debe de andar adorando el santo por la peana. Si la duquesa se va de bureo con un figurín y no le hace caso, él la sigue con la tonta excusa de traerle a la negrita, pobre viejo chocho... A ver, a ver qué pasa ahora, aparte una miaja, haga el favor, que impide la vista con ese sombrero tan grande, quite, ande, así está mejor. Y ahora todos: mirad y callad».

—...Ven con mamá, tesoro. ¿Dónde estaba mi niña? ¿Te ha llevado Fancho a ver los saltimbanquis?

—Sí, pero en la cama es donde tendría que estar la criatura —refunfuña Goya—, que no son horas.

La niña rodea con sus brazos el cuello de Cayetana y ella la llena de besos.

—Anda, anda, que suenas como Rafaela, Fancho. ¿No ves que un día es un día? Además, quiero que mi hija se críe en este ambiente, con música, con cante, con jarana, como yo cuando tenía su edad. Ven *p'acá*, tonto, que María Luz te ha descolocado todos los pelos y babeado un poco el corbatín, déjame que te recomponga. Así. Así estás mucho más guapo. ¿Conoces al señor Godoy?

Goya se muestra huraño, pero Manuel le sorprende cogiéndole la mano con las dos suyas.

—Para mí es un honor, maestro.

Años más tarde, cuando Manuel Godoy ya se había convertido en uno de los coleccionistas de arte más importantes de Europa, con sus palacios llenos de obras de valor incalculable, entre otras, varios Goyas, al mostrárselos a sus invitados gustaba comentar en qué circunstancias había conocido al maestro. En cuanto al de Fuendetodos, mucho se hizo de rogar (y de pagar) antes de aceptar el primer encargo del para entonces todopoderoso favorito de los reyes. Tal vez también en recuerdo de aquella noche.

—Vamos, Fancho, que queda mucha noche por delante, alegra esa cara. Mira, voy a hacerte caso, llevaré a la niña con la Beata para que la acueste. A ver, tesoro, da un besito a cada uno de estos señores, así me gusta, vuelvo enseguida. Y ni se te ocurra moverte de aquí, Manuel, aún hay un lugar al que quiero llevarte. Con tu permiso, por supuesto —ríe, mirando a Goya.

Después de aquello, vino el cante, el baile y la fiesta continuó hasta entrada la madrugada. Pero hubo otra escena que Godoy recordaría siempre. Hacia las tres, en el momento en que encendían por fin la hoguera en la que iban a arder los decorados, cuando chisperos y manolas y todo el resto de la concurrencia, incluida la viuda de García y su amiga Magnolia, se asomaban a la balaustrada para presenciar la *cremá*, Cayetana se le había acercado para decirle al oído:

—Es el momento, aprovechemos que todos están entretenidos.

—¿El momento de qué?

Sin contestar, ella volvió a colgarse del brazo de Godoy.

—Sígueme y guarda tus preguntas para dentro de unos minutos. Tengo una sorpresa, algo que no has visto nunca.

—Viniendo de vos nada puede sorprenderme.

—Y haces bien. Pero prométeme que lo que veas no se lo contarás a nadie y menos a mi marido, al que conocerás tarde o temprano. José me rezonga porque dice que tengo amigos hasta en el infierno y en este caso mucho no yerra el tiro —ríe divertida.

El fuego empezaba a lamer las piernas de las grandes estatuas alegóricas. África se vencía ligeramente hacia la Primavera y Europa abrazaba el Otoño, cuando Godoy y Cayetana de Alba desaparecieron tras la ligera lona que cerraba la entrada de una de las casetas. Ésa en la que Godoy había reparado antes y que tenía como afiche una mano con los cinco dedos extendidos y en la palma unos minúsculos objetos que apenas se llegaban a distinguir. «La suerte está en los caracoles», así rezaba el cartel que antes le había llamado la atención y que ahora se iluminaba en rojo a la luz del fuego.

De lo que allí aconteció, Manuel Godoy nada recoge en sus prolijas y detalladas memorias de cerca de mil páginas en las que da cuenta, casi día por día, de todos sus movimientos y decisiones. Un hombre metódico como él lo lógico es que hubiera relatado cómo, mucho antes de convertirse en secretario de Estado, en Príncipe de la Paz y en el hombre más poderoso de España, un negro de nombre Caetano, mediante la lectura de unas extrañas conchas que él llamaba caracoles, le anticipó todo lo que sería en el futuro. Y lo hizo cuando «Aranjuez» y «Bayona» no eran más que dos puntos en el mapa distantes y distintos sin ningún significado especial para él. Cuando el nombre de Napoleón Bonaparte parecía el de un mal actor de pantomima italiana y la palabra «destierro», sólo una incongruencia en labios de un negro que se había dedicado a cantar salmodias en quién sabe qué idioma mientras lo asperjaba con unas ramas empapadas en ron. Pero quizá, si nada recogió Godoy en sus escritos de lo sucedido en aquella carpa, fue por galantería. O por caballerosidad, puesto que, después de terminar con sus predicciones a Manuel, el *babalawo* se volvió hacia Cayetana para hacer las de ella.

—No, gracias, sea lo que sea, prefiero que la vida me sorprenda.

El *babalawo* pareció no oírla. Trazó un círculo de tiza en el suelo y luego dio unos pasos de baile señalando las cuatro esquinas de la tienda con una sonaja. Godoy pensó que, puesto que ella se había negado, aquel hombre se disponía a añadir algún dato más sobre su futuro. Algo esperanzador quizá sobre los últimos años de su vida, a los que no había hecho aún mención. Cayetana debió de pensar lo mismo porque seguía las evoluciones del hombre con una curiosidad ajena, lejana. El *babalawo* pasó su sonaja dos veces sobre Godoy y luego sobre ella, como uniéndolos con un invisible vínculo.

—¿Se juntarán nuestros espíritus al final del camino? —rio Cayetana, pero Caetano tampoco esta vez contestó. Fue sólo al final, al salir a despedirlos a la puerta de la tienda, cuando después de estrechar brevemente la mano de la duquesa, Godoy le alargó también la suya, y el *babalawo* lo atrajo hacia él para decirle al oído: «*Usté*, que la conoce mejor que yo, dígaselo si bien le parece. Cuéntele que va a morir por culpa de un beso».

Las llamas de la hoguera trepaban ya hasta el cielo de Madrid llenando la noche de millares de diminutas chispas. La gente reía y cantaba, aturdida por semejante exhibición y el humo, qué espectáculo, qué gran fin de fiesta, alguien propuso tres hurras por la anfitriona, «¡Viva la duquesa ! ¡Que Dios la bendiga siempre! ¡Larga vida a la de Alba!». Y Godoy, al ver su cara iluminada por el fuego, los ojos como dos brasas mientras agradecía tantos parabienes, decidió no decirle nada por el momento. ¿Para qué? Al fin y al cabo, ¿por qué creer a aquel hombre? Sería el ambiente, sería el vino que tan generosamente habían bebido el que le hizo temer que pudieran ser ciertas sus palabras. Pero la afirmación con respecto a Cayetana le hizo dudar de todo lo que le había vaticinado también a él. Paparruchas, sí, una sarta de bobadas, porque ¿acaso se puede morir por un beso?

Capítulo 15

Sueño

En el palacio de El Recuerdo Trinidad abre los ojos alarmada. Llevaba unas semanas durmiendo apenas hasta que por fin había caído en un sueño inquieto que la hizo despertarse temblando, aferrada al escapulario de Juan.

—¿Dónde estoy? —se dice mientras se disipan los últimos jirones del sueño que acaba de tener. Estaba de nuevo en Cuba, sentada en la veranda de la plantación de los García rodeada de ceibas. «Has vuelto», decía alguien a su espalda, y ella se giraba sonriente al reconocer la voz de Juan. Qué guapo se veía con su calzón corto de cuero y su camisa de lino. Llevaba el pelo recogido con una cinta en la nuca y sus ojos centelleaban, tan verdes, al acercarse. «Te tengo una sorpresa», aseguraba tomándola del brazo para acompañarla al otro extremo de la veranda donde había dos mecedoras, una grande, otra pequeña. «Mira quién ha venido», le decía, mientras giraba la primera de las sillas para descubrir a Celeste meciéndose, atrás y adelante, adelante y atrás, envuelta en el humo de su cachimba.

Trinidad observa ahora la segunda silla que sigue vuelta hacia el lado contrario. Ve la parte posterior de una cabecita oscura llena de rizos y, más abajo, una falda festoneada de puntillas. También alcanza a distinguir dos diminutos pies enfundados en unos zapatos rojos. «Marina...», piensa alargando una mano para hacer girar la mecedora. «¡No!», grita Celeste. «¡No la toques!», se suma Juan, pero ella no puede demorar más la espera. El humo de la cachimba de la vieja esclava se ha vuelto tan espeso que nubla a la ocupante de la segunda mecedora. No importa, es ella, Marina, quién va a ser, y Trinidad rodea la silla para coger a su niña. La alza por encima de la bruma, va a besarla y entonces descubre que, vestida de fiesta y con zapatitos rojos, bajo aquella mata de pelo sujeta por una cita de satén no hay más que un esqueleto y una calavera sonriente que la mira desde sus vacías cuencas.

Trinidad, ahogando un grito, mira a su alrededor. Está sudando. En el camastro de la izquierda, una criada gruesa ronca tranquilamente. La cama de su derecha está desocupada y eso le permite ver el resto del dormitorio, todos duermen. La luna aún está alta y puede repasar sus rostros. Los hay femeninos y masculinos, jóvenes y muy viejos, hasta un total de veinte en la misma larga y estrecha choza. Casi tantas almas como las que se hacinaban en el sollado del barco que la trajo a España. Estos no son esclavos sino personas libres, piensa Trinidad, pero de qué les sirve. Sus cuerpos dormidos hablan por ellos. Frentes quemadas por el sol y la escarcha; espaldas torcidas por cargar desde niños con pesos imposibles. Y luego están las rodillas prematuramente roídas por la humedad o el reuma; las piernas zambas, las manos callosas y llenas de sabañones. Con ninguno de los allí presentes ha logrado, en los ocho meses que lleva en El Recuerdo, trabar nada parecido a la amistad, menos aún a la complicidad. ¿Por qué habrían de tenerla? Ella es diferente. Negra, así la llaman todos. En cambio, los demás son castellanos de generaciones y generaciones. Casi todos han nacido aquí, en la misma propiedad, y lo más probable es que mueran en ella. Ni sus padres, ni sus abuelos, ni sus bisabuelos, ni sus choznos se han movido en centurias de este pedazo de tierra. La tez más oscura que han visto es la aceitunada de algún esclavo del norte de África o quizá la de un gitano, pero ni unos ni otros son santos de sus devociones. ¿Por qué iba a serlo ella? Ha tratado de ganarse su confianza sin éxito, pero piensa seguir intentándolo. Quien nace esclavo nace también con la paciencia de conjurar suspicacias y las caras de desdén, las burlas y el desprecio de los que le gritan: «Aparta, negra» o ríen haciendo gestos simiescos a su paso. Ya se lo había avisado aquel muchacho, Genaro, el día que llegó. En El Recuerdo no se hacen preguntas.

Vuelve a ovillarse entre las sábanas abrazada al escapulario de Juan. No sabe qué hora es, pero, en tantas noches de insomnio, ha conseguido hacer algunos cálculos. Cuando la luna declina sobre los pinos de allá lejos suelen faltar un par de horas para que amanezca. La noche estrellada le permite observar una vez más las caras de los durmientes. Pronto despertarán y con ellos sus prejuicios. Y, mientras sus compañeros empiezan a removerse en sus camastros, mientras sus cuerpos se tensan anticipando el sonido de la escandalosa campana de latón que cada mañana a las cinco marca el comienzo de una nueva jornada, Trinidad recuerda lo que ha sido su vida en estos últimos meses.

Tal como le había anticipado el administrador, en El Recuerdo se empezaba a trabajar desde abajo. Ni siquiera había vuelto a pisar el palacio. Su vida se circunscribía a ver desde la distancia las bellas chimeneas rojas del edificio principal mientras trabajaba en los corrales. No tardó en descubrir que la propiedad era un pequeño mundo en sí mismo. Todo se producía allí, desde las verduras hasta la matanza de cerdos, conejos y, por supuesto, gallinas, que es con las que a ella le tocaba afanarse. Cada madrugada había que abastecer carros como el que la trajo a ella el primer día desde la casa de la Tirana, que llevaban productos al mercado y luego volvían con el género que no se había logrado colocar y el mal humor de los cocheros que lo pagaban con la primera persona que encontraban, y preferentemente con ella.

—¡Tú, descarga esos jamones! ¡Tú, métete en la chimenea y atízanos el fuego, que más negra de lo que ya eres no vas a quedar, descuida...! ¿Pero a qué esperas, carapasmada? Esa montaña de desperdicios lleva tu nombre, mételos en cestos y se los echas a los cochinos. ¡Arreando!

Sólo una persona de las que había conocido en todos aquellos meses tuvo el interés al menos de saber cuál era su nombre.

Fue una ayudante de cocina a la que todos llamaban Caragatos. El mote, no era difícil de adivinar, tenía que ver con un defecto de nacimiento. Su paladar y labio superior partido al medio y retraído recordaba al de los gatos o al de las liebres.

—Tráete la escudilla y sígueme —le había dicho una noche en que coincidieron en la cola para recibir un caldo espeso y un chusco de pan—. Estaremos mejor a la intemperie que con esta compañía. Toma, abrígate bien.

Trinidad trató de impedir que Caragatos se desprendiera de la vieja toquilla que llevaba puesta, pero sin éxito.

—Tú hazme caso, que estos vientos son traidores. En el patio trasero estaremos a gusto. Bajo aquel alero de allá hay una mesa que en verano usamos los pinches para escapar del calor de los fogones. Nadie nos echará a faltar hasta que acabe la cena.

—¿Cuál es tu verdadero nombre? —le había preguntado Trinidad—. Es cruel que te llamen así.

La muchacha se encogió de hombros.

—Caragatos, no tengo otro.

—Todo el mundo tiene uno, al menos el que le ponen cuando le echan las aguas bautismales.

—No si te encuentran dentro de un confesionario y envuelta en una bonita enagua con iniciales bordadas como a mí.

—¿Y eso qué tiene que ver?

Caragatos volvió a encogerse de hombros.

—Que quienquiera que me dejó en ese lugar precisamente tal vez tuvo la caridad de hacer bautizar al fruto de su pecado antes de decirle adiós para siempre.

—¿Ocurrió aquí mismo, en El Recuerdo?

—En la iglesia que hay a un cuarto de legua.

—¿Nunca has intentado averiguar quiénes son tus padres, tu madre al menos?

—Y qué más da, soy sólo Caragatos. Puedo ser hija de cualquiera, tanto de una sirvienta como de una gran dama, de un labriego o de un marqués, igual que les pasa a muchos de los que trabajan aquí. Supongo que en Cuba y en las plantaciones ocurre otro tanto, ¿no? La sangre de los amos es muy fértil. A nosotros nos llaman bastardos de la sábana bajera. Tenemos el mismo padre (o a veces la misma madre) que los de arriba, pero nacimos abajo, la suerte es así de caprichosa.

—Sí, y también muy injusta.

—Justa o injusta da lo mismo. Las cosas son como son y no como nos gustaría que fueran, es mejor aprenderlo cuanto antes.

—Hablas de un modo extraño, como si no fueras una fregona, qué sé yo, como si fueras una de ellos y tuvieras tus latines.

—¿Y quién te dice que no los tenga? —ríe ella—. Es mi pequeña venganza contra esa otra mitad de mi sangre, la de la sábana encimera. Lo bueno de tener esta cara y este aspecto es que no le importas a nadie, te vuelves invisible y eso te permite hacer cosas.

—¿Como qué?

—Como poder escaparse de vez en cuando a la biblioteca, por ejemplo.

—No me digas que aprendiste a leer tú sola y por eso hablas como una duquesa.

—Hablo bastante mejor que Amaranta, si es a ella a quien te refieres —ríe Caragatos—. Y no, no aprendí sola, me enseñó un loco, o mejor, un fantasma.

—¿Algo así como un alma en pena?

—Algo así. La gente siempre dice que una biblioteca es una caja de sorpresas. Pero es también el lugar ideal para arrumbar cosas y personas que ya no interesan a nadie. Alguien a quien quería mucho y ha muerto lo llamaba el pudridero de El Recuerdo.

—Un loco, una biblioteca, un pudridero... me vas a tener que explicar todo esto un poco mejor.

Entonces Caragatos le contó el encuentro que había tenido poco antes de cumplir los doce años.

—La biblioteca era mi escondite —comenzó diciendo—. A Amaranta le gustan más los cómicos y los toreros que los libros y a Gonzaga, su marido, sólo las perdices y los faisanes, así que nadie visitaba ni visita aquel lugar, ni siquiera para barrer o sacudir el polvo. Con esa excusa, cada tanto, me escapaba hasta allí. Apenas sabía escribir mi nombre, pero me encantaba estar rodeada de libros, sentir su olor a cuero y tinta, deslizar dos dedos sobre sus lomos e imaginar cuántas aventuras, cuántos secretos escondían aquellas páginas. Así estaba una tarde, soñando despierta, cuando una mano con uñas demasiado largas me cogió por la muñeca. «¿Qué haces aquí? ¿Alguien te ha mandado? ¿Es ya la hora?».

—No necesité girarme para saber quién era. En aquel entonces, hablo de diez años atrás, todos en El Recuerdo conocíamos la existencia del viejo duque y sabíamos también que llevaba años encerrado en su habitación, sólo con sus libros, sin hablar con nadie.

—¿El padre de Amaranta?

—Su abuelo.

—Ya. El loco del que antes hablabas...

—O el único cuerdo, según. Él llamaba a su biblioteca el pudridero. Decía que era el retrato más fiel del destino de su familia. «¿Qué será de todo esto cuando yo muera? —se preguntaba señalando sus legajos, sus mapas, sus cientos de volúmenes—. Sólo nos interesamos por ella tú, yo y las ratas». Entonces fue cuando decidió que me enseñaría a leer. Decía que si la sangre de su familia legítima se había vuelto espesa y tan turbia, no quedaba más remedio que recurrir a la otra.

—¿A qué otra?

—Ya te lo he dicho, a la de la sábana bajera.

—Pero cómo sabía él que tú...

—Aquí nos conocemos todos. ¿Cómo crees que son las cosas en las grandes familias? Quien más quien menos está al cabo de la calle. ¿Sabes cuántos hijos e hijas, hermanos y hermanas de los señores hay por aquí pelando patatas, fregando escupideras o vaciando orinales? Yo he perdido la cuenta. Así ha sido siempre, nuestras sangres se mezclan y remezclan desde hace siglos, pero sólo los locos hablan de eso.

—¿Como el viejo duque? ¿Por eso decidió enseñarte a leer y amar los libros? ¿Porque nunca pudo hacer lo mismo con uno de los suyos?

Caragatos vuelve a encogerse de hombros, más que un gesto parece una costumbre.

—Fueron los años más felices de mi vida. Cada tarde me escapaba hasta su habitación y juntos bajábamos a la biblioteca como dos ladrones. Entonces él preguntaba: «¿Adónde quieres viajar hoy?». Al fondo del mar, decía yo. O al centro de la tierra o a las puertas de Troya o, mejor aún, pasear con Julio César por el Capitolio. Así, y hasta que murió hace dos años, viajamos juntos a lomos de libros. Ahora sigo haciéndolo yo sola en recuerdo suyo, de ahí lo que tú llamas mis latines. Pero ya basta —concluye Caragatos, poniéndose de pie mientras recoge su escudilla en la que flota un caldo completamente helado—. Se acabó la cháchara. No más recuerdos tristes, volvamos dentro antes de que te echen a faltar y te sacudan como una estera...

A Trinidad le hubiera gustado demorarse un poco más allí, fuera, hacerle más preguntas a Caragatos. Sobre El Recuerdo, sobre Amaranta, sobre su abuelo el loco, pero recordó la recomendación que le habían hecho en el ya lejano día de su llegada. Era más sensato no poner a prueba la paciencia de la única persona que le había demostrado cierto aprecio.

Aun así, hubo otras muchas tardes parecidas, las dos solas en el patio, calentándose las manos con sus escudillas mientras hablaban y hablaban. Trinidad le contó cómo había llegado a España, su desolación por la venta de Marina y el modo en que había acabado en El Recuerdo como exótico regalo de Martínez a Amaranta.

—... Y, sin embargo, va para un año que estoy aquí y ni siquiera la he visto una vez. Claro que nunca entro en el palacio, mi vida se reduce a tratar con pollos, gallinas y conejos —rio.

—No te creas que los que trabajamos en el edificio central la vemos mucho tampoco. Y menos aún por estas fechas, cuando apunta la primavera y asoma por ahí el perro negro. —Trinidad puso cara de interrogación y Caragatos aclaró—: Cosas de ricos. Unos lo llaman así y otros *melancholia*, es un mal muy elegante.

—¿Un mal? ¿Algo así como una enfermedad?

Según explicó Caragatos, el perro negro o *melancholia* era un estado de ánimo por el que las personas —«Los amos, se entiende, porque a nosotros enseguida nos arrancan de las fauces de ese perro de un buen soplamocos»— caen de pronto en un desánimo, en una tristeza paralizante que les impide levantarse de la cama, una desgana, una falta de apetito. El perro negro se caracterizaba también, según continuó diciendo su amiga, por una atracción del abismo o vértigo, de ahí que, cuando esto le ocurría a Amaranta (o a su marido que, en esto de las modas, aunque sea en enfermedades, todo se pega menos la hermosura), los criados tenían instrucciones de trasladarlos de sus habitaciones en la torre principal a otras de la planta baja, no fuera a ser que se asomaran a la ventana y les diera por emular a los vencejos.

—Están todos de remate en esta familia —fue la conclusión de Trinidad.

—Y aún no has visto nada. Pero bueno, el caso es que ésa es la razón por la que Amaranta brilla por su ausencia estos días.

—Me gustaría verla, es el único punto de unión que tengo con el hombre que nos vendió a mi hija y a mí.

—No creo que vaya a servirte de nada. Lo más probable es que ni siquiera recuerde el regalo que le hizo ese tal Martínez. Las damas como ella se cansan muy pronto de sus juguetes. Fíjate si no lo que pasa en su Corte de los Milagros.

—¿Qué corte es ésa? —preguntó Trinidad, recordando que el administrador había utilizado también aquella expresión el día de su llegada.

—Uy —sonríe irónica Caragatos—, es un regalo del señor Rousseau.

—¿Un amigo de la señora?

—Seguro que lo sería, si no llevara años criando malvas. Se trata de un pensador, de un filósofo, el inventor del buen salvaje.

—¿Un pensador que se inventó un buen salvaje...?

—Ay, Trini, con tantas preguntas me recuerdas a mí cuando quería saber y aprenderlo todo y me da alegría porque me recuerda a mi abuelo. Mira, verás, resulta —continuó Caragatos— que, hace años, este señor Rousseau escribió un tratado en el que decía que el ser humano andaba perdido, que había equivocado su camino y era necesario volver a lo natural, a lo salvaje. Según él (el abuelo decía que era un farsante, que había abandonado a cinco hijos en un hospicio y que quién era él para dar ejemplo de nada, pero, en fin, no quiero irme por las ramas...), el caso es que, según decía, las personas nacen buenas, llenas de nobles sentimientos y es la civilización la que las vuelve malvadas. La idea gustó mucho, el señor Rousseau se hizo famosísimo y desde entonces, todo el mundo, en especial aquellos que nunca se han preocupado más que por sí mismos, descubrieron de pronto las bondades de la naturaleza, las delicias del campo. Para que te hagas una idea, en Francia, muchos aristócratas se apresuraron a construir en sus palacios pequeñas cabañas rústicas en las que jugaban a ordeñar ovejitas y fabricar deliciosos quesos. Como las damas se habían vuelto tan naturales, de pronto descubrieron también el placer de amamantar a sus retoños, cuando toda la vida de Dios los habían dejado en manos de amas y criadas.

—¿Amaranta es una de ellas?

—Ella no ha tenido hijos, supongo que, por eso, un día se le ocurrió organizar su propio paraíso, su Arcadia.

—Ya, pero en qué consiste eso de Arcadia...

Caragatos vuelve a encogerse de hombros aún más que antes, como si el asunto le resultara fatigoso.

—Es un lugar en el que reina la felicidad, la sencillez, la paz, un sitio donde no hace ni frío ni calor, donde todo es poesía, música... Al principio, pensó organizar ese paraíso suyo en un ala de El Recuerdo, pero pronto se dio cuenta de que era mejor llevarse este tipo de experimento un poco más lejos.

—¿Para que todo fuera aún más natural?

—Di mejor que para hacer sus primeras pruebas con la Corte de los Milagros.

—Ya, pero sigo sin comprender de qué es esa corte...

—¿Pues de qué va a ser, muchacha? De buenos salvajes. De criaturas que, según sus planes, iban a convertirla en un personaje famoso en toda Europa. Una verdadera mujer ilustrada, de ahí que empezara a juntar a unos cuantos pupilos con los que poner en marcha su experimento rousseauniano.

—¿Qué tipo de pupilos?

—Personas desfavorecidas. Enanos, contrahechos, gitanos, negros... a los que se propuso enseñarles a leer y escribir, vestirlos como duques, hacer que aprendieran modales, idiomas, música...

—Pero eso es muy lindo, qué buena persona es la señora Amaranta.

Caragatos no dijo ni sí ni no. Se encogió por enésima vez de hombros antes de continuar:

—Para que te hagas una idea de en qué consiste el experimento, su última adquisición ha sido una niñita mulata que le regalaron hace poco y a la que ha decidido «amaestrar» (ésa es la palabra que ella usa), para que recite versos en francés...

Caragatos continuó explicando otros pormenores de aquella extraña Corte de los Milagros. Habló de por qué se llamaba así y de otros aristócratas en el resto de Europa que también tenían sus experimentos «naturales», pero Trinidad ya no la escuchaba. No podía creer su buena estrella. De pronto, una escena vivida muchos meses atrás en casa de la Tirana parecía cobrar un nuevo y esclarecedor significado. Cierra los ojos y vuelve a ver a Martínez departiendo con la señora Amaranta y cómo al ir a servirles vino, el empresario la había agarrado de la muñeca obligándola a girar sobre sí misma mientras decía a su acompañante: «¿Qué le parece, señora? Dieciocho añitos aún sin cumplir y recién llegada de Cuba. En cuanto la vi, me dije, ésta para mi admirada doña Amaranta. Siento no haber tenido tiempo de envolvérsela con un lazo rojo, pero es toda suya en prenda de mi afecto y devoción».

¿Y cuál había sido el comentario de ella? Algo así como que aún no le había agradecido al empresario otro regalo anterior que le había enviado un par de semanas antes, un bomboncito, según dijo, «chiquitina y tan requetemona, sencillamente ideal para mi Corte de los Milagros».

—¿Se puede saber qué te pasa, criatura? Parece que acabas de ver un aparecido.

Trinidad se abraza a Caragatos. Ríe y llora, mientras atropelladamente le explica lo que acaba de descubrir...

—Es ella, ¿comprendes? Todo encaja, la fecha en que se la llevaron, el tiempo que pasó desde ese día y el momento en que Martínez y la señora Amaranta se encontraron en casa de la Tirana. El regalo del que hablaban ¡es Marina! Dios mío, parece imposible, increíble y sin embargo tenía razón Celeste cuando porfiaba en que confiase en los *orishás*. Que ellos hacen que nada pase porque sí. Que incluso cuando parece que te engañan caminan recto pero por caminos torcidos.

Caragatos no sabe quién es Celeste y menos aún los *orishás* que su amiga exhibe mostrándole un extraño escapulario que sólo parece cristiano a medias. Aun así, no la convence mucho eso de los caminos torcidos.

—Yo desde luego no querría que una hija mía estuviera en la Corte de los Milagros —es lo único que dice.

—¿Lo que acabas de contarme es cierto? ¿Las personas que Amaranta ha reunido hablan varias lenguas, aprenden a bailar y tocar instrumentos musicales?

—Sí, pero ya sabes lo que dice el refrán, de buenas intenciones está empedrado el camino del infierno...

—No entiendo por qué siempre tienes que pensar lo peor. Juzgas demasiado duramente a las personas, a todas, incluso a ti misma. ¿Dónde está ese bendito lugar? Por favor, llévame hasta allí. He recorrido de arriba abajo el palacio y no he encontrado nada parecido a lo que tú cuentas.

—No está en El Recuerdo, sino en El Olvido, otra propiedad de los duques a unas veinticinco leguas de aquí.

—¿Y cómo crees que podría yo arreglármelas para ir? ¿Puedes ayudarme? Seguro que se te ocurre alguna manera, por favor, Caragatos...

—No sé por qué me da a mí que no vas a parar hasta conseguir que lo haga —ríe por primera vez en mucho rato su amiga.

—No lo dudes. O si no, siempre puedo escaparme y llegar hasta allí.

—Sí, ¿y cuánto crees que duraría una negra de dieciocho años sola y sin un maravedí en los caminos llenos de bandoleros?

—Si no tengo un maravedí bien poco pueden contra mí los bandoleros, ¿no?

—Para eso tendrías que ser fea como yo. No me gustaría tener que explicarte cómo o dónde acaban las guapas.

—Vayamos juntas entonces. Estoy segura de que tienes labia suficiente para convencer a quien se nos ponga por delante.

—¿Y qué te hace pensar que quiera acompañarte? —pregunta Caragatos, recuperando su inveterada costumbre de encogerse de hombros—. Que te ayuden esos dioses tuyos que son tan milagreros. A mí no se me ha perdido nada en El Olvido... Oh, está bien —dice, después de refunfuñar y abundar en lo poco que le gustan los viajes en diligencia, los bandoleros y también los *orishás*—. Y sobre todo no me gustan nada esos ojos tristísimos con los que me miras. Te propongo un trato. Con estos fríos no se puede ir a ninguna parte. Si tus santos protectores siguen sordos en un par de semanas y no te ayudan con algún milagrito, tal vez, y sólo he dicho tal vez, nos escaparemos de El Recuerdo para llegar a El Olvido.

Capítulo 16

Arcadia feliz

Pasarían muchos meses más antes de que Trinidad pudiera ver cumplido su deseo. El diciembre de 1792 en Madrid fue uno de los más crueles que se recuerdan. Largos y afilados carámbanos frisaban las cornisas de El Recuerdo y la nieve llegó a cercar de tal modo a sus habitantes que quedaron aislados durante semanas. La gripe, que algunos entonces llamaban «matarratas», obligó a guardar cama por igual a criados y señores y, a los que no la sufrieron, como Trinidad y Caragatos, se los solicitaba tanto en la cocina y en los corrales como en la zona de los señores para ayudar a vestirse al duque y a la duquesa felizmente recuperada del perro negro, pero ahora con una gripe de Padre, Hijo y Espíritu Santo. Uno de los cometidos de Trinidad fue ocuparse de limpiar las habitaciones del duque consorte. Gonzaga Oribe y López era hijo de un vinatero manchego que logró hacer una fortuna aguando el vino un poco menos que sus competidores y vendiéndolo a buen precio. Antes de que el abuelo de Amaranta desertara de la cordura para encerrarse en sus habitaciones a leer, había dedicado sus afanes a buscar el marido ideal para su única nieta, huérfana desde niña. Nada de nobles lechuguinos, se dijo, que de esos ya hemos tenido bastantes, mejor alguien sin apellidos pero con buenos cuartos que sepa ocuparse de los asuntos de la familia con la sensatez de un contable y el buen ojo de un comerciante. De ahí que, en vez de buscar entre sus iguales, entablara conversaciones con el susodicho vinatero, que tenía un hijo muy bien plantado. Lamentablemente para el abuelo y su afán de dejarlo todo bien amarrado antes de morir, cuando al fin conoció al candidato, se dio cuenta de que aquello de que de tal palo tal astilla fallaba más que un mosquete oxidado, porque el tal Gonzaga bien plantado sí que era un rato, pero no había heredado ni una pizca de seso del avispado autor de sus días. «No importa. Aquí estaré para vigilar y suplir lo que a él le falta», se dijo, pero poco después naufragó para siempre entre libros mientras que el hijo del comerciante no tardó en convertirse en lo que ahora —diez años más tarde— era y el abuelo siempre había querido evitar: un duque de familia decadente. A Amaranta, su marido le resultaba cómodo. Gonzaga no tenía más intereses que una buena mesa y sobre todo una buena caza (en el más extenso sentido de la palabra), por lo que pasaba meses lejos de El Recuerdo. Ella tenía sus viajes, sus amigos toreros y cómicos, él sus mozas y mozos (muy guapos siempre), sus ojeadores, sus comilonas y ninguno invadía el territorio del otro, el matrimonio perfecto. La nieve, sin embargo, hizo que ambos estuvieran más en casa y fue así como Trinidad llegó a conocer al duque consorte. También a sufrirlo, porque pese a estar afiebrado, no paraba de organizar veladas en sus habitaciones a las que invitaba a lo que él llamaba «mis niños». Mozas y mozos de la propiedad que, lejos de trabajar como el resto, se divertían con un juego que parecía gustar mucho a Gonzaga consistente en que quien perdía a los dados debía desprenderse bien de la camisa, bien del jubón, bien de la falda, cuando no de todas las prendas para gran regocijo del duque, que era perro ojeador y poco levantador, por lo que prefería ver a participar. Después introdujo otra variante, de modo que, cuando el aguardiente menudeaba y el juego se alargaba hasta altas horas de la madrugada, a más de uno o una les daba por pasear como Dios los trajo al mundo por los pretiles, por lo que el número de bajas crecía de modo alarmante. Por suerte para Trinidad, había no pocos voluntarios para el juego de las prendas y pronto (o mejor dicho, después de unos cuantos magreos) Gonzaga se cansó de una esclava tanto menos dispuesta que otras mozas y la despidió. La gripe, no obstante, continuaba haciendo estragos entre el personal de palacio, de modo que enseguida pudo pasar del ala sur de Gonzaga al ala oeste de Amaranta, en la que la duquesa de momento seguía resistiendo valientemente al embate de la «matarratas», aunque sin poder salir de casa por las nieves. Fue gracias a tan obligado encierro que la duquesa llegó a descubrir cuánta razón tenía Martínez al regalarle aquella esclava tan bella que se movía como un gato y se afanaba en silencio. Incluso, qué extraño, a Amaranta le daba la impresión de que la chica la miraba con admiración y también —¿era posible?— como si le estuviera agradecida por alguna merced. Pero bueno, qué más daba, no era admiración y mucho menos afecto lo que ella buscaba en una fámula, sino diligencia, abnegación, paciencia. Las fiebres trajeron también otros cambios y otras medidas higiénicas indispensables para evitar caer con la «matarratas». Amaranta se dio cuenta de que varias de sus criadas, de unas semanas a esta parte, llevaban unos recogidos de pelo discretos como no podía ser menos dada su condición, pero sumamente favorecedores. «Es la esclava cubana», le había dicho una de ellas a la que le preguntó por tan notable cambio. «Esa negra se da muy buena maña con peines y cepillos. Y esto que puede apreciar la señora duquesa no es nada —añadió—. Debería ver qué peinados de fantasía hace, nada tienen que envidiar a los de *monsieur* Gaston». Encerrada como estaba y sin poder visitar a sus amigos ni asomar la nariz, un día decidió llamarla y le pidió que le hiciera una de sus creaciones. «Un peinado de tu tierra», le requirió aburrida como un hongo y deseosa de probar algo exótico. Trinidad le había hecho un gran turbante multicolor como el que usan las negras en los candombes y Amaranta pensó que resultaba bastante favorecedor para llevar a alguna de las fiestas de máscaras a las que solía asistir y que, con un poco de suerte, volvería a frecuentar cuando se acabara aquella maldita era glacial. Pero entonces cayó con la gripe y la «matarratas» tuvo en ella un efecto devastador. Uno que a punto estuvo de sumirla de nuevo en la *melancholia.* El pelo se le empezó a caer a guedejas. Cada mañana despertaba con un mechón menos y un sobresalto más. Un día, su doncella se la encontró enloquecida ante el espejo arrancándose los pocos pelos que le quedaban, ululando que ya nunca saldría de su habitación. Que si su abuelo se había pasado años enclaustrado, a nadie le extrañaría que ella hiciera otro tanto y que qué más le daba el mundo y sus pompas, la corte y los teatros, sus amigos y sus amantes, si estaba más calva que una patata monda. Fue a una de sus doncellas a la que se le ocurrió la brillante idea. Si la señora duquesa había admirado una vez el turbante de la fregona negra, ¿por qué no adoptaba esa clase de peinado hasta que la naturaleza le devolviese, al menos en parte, su vigor capilar? Trinidad, a la que para entonces ya habían devuelto a sus labores en el matadero de pollos, regresó a palacio por la puerta grande y, mientras la nieve caía inmisericorde sobre los muros de El Recuerdo y los carámbanos se alargaban hasta parecer cuchillos, Amaranta y ella ensayaban turbantes. De raso (demasiado resbalosos), de terciopelo (oh, no, muy tiesos), de seda, de *grosgrain*, de plumeti... hasta dar —una mañana en que además salió el sol, qué doble bendición— con la combinación perfecta. Una gruesa tela de damasco que, entreverada sabiamente con una buena mata de pelo postizo, le daba a la cara de la duquesa un aire regio. «Eres un tesoro, negra —le dijo el día que por fin cantaron eureka—. A partir de ahora trabajarás aquí, conmigo».

El sol que se reflejaba en los hilos iridiscentes del turbante de Amaranta fue la primera señal de que el tiempo comenzaba a cambiar. Con la llegada de enero empezaron a subir las temperaturas y con ellas la buena noticia para Trinidad de que Amaranta había decidido terminar su convalecencia en su lejana propiedad de El Olvido (y de paso y sin que ninguno de sus amigos se enterara o la viera hasta recuperar su pelo).

—¿Ves? —le había dicho Trinidad a Caragatos cuando se enteró de la inminencia de la partida—. Ya te dije que ellos caminaban derechos por caminos torcidos.

—¿Quién? —preguntó su amiga, que se había olvidado de los *orishás*.

—Estaba segura de que me llevarían hasta El Olvido, pero nunca se me ocurrió que se servirían de un turbante para hacerlo. Tú vendrás también, ¿verdad?

—No creo que en El Olvido necesiten fregonas.

—Seguro que puedes colarte entre los muchos criados que llevará con ella. Nadie conoce los mil entresijos de esta familia como tú.

La partida tuvo que retrasarse aún un par de semanas porque los caminos estaban impracticables, pero una soleada tarde un convoy de tres carruajes inició por fin el camino de El Recuerdo hacia El Olvido. El tan esperado Olvido resultó ser una finca de recreo de la familia cercana a la localidad de Sacedón, en la comarca de La Alcarria. Los almendros que aún no apuntaban flor y que podían observarse desde detrás del grueso cristal de las ventanas del carruaje parecían inverosímiles espejismos en una tierra dura, seca, yerma, apenas salpimentada aquí y allá por algún rebaño de cabras.

En otro tiempo El Olvido había albergado un bien surtido coto de caza, pero la voracidad cinegética del duque actual había logrado que la propiedad hiciera honor a su nombre, al menos en lo que a cacerías se refiere. Ésa fue la razón por la que Amaranta había decidido darle otra utilidad organizando allí su experimento rousseauniano, uno que ahora se disponía a visitar. Trinidad aprovechó el viaje para observar el camino. Era la primera vez que salía de Madrid y todo le llamaba la atención, no sólo el paisaje sino lo que éste podía esconder. Como esos famosos bandoleros de los que tanto se hablaba y que, por lo visto, infestaban los caminos. ¡Miradlos, allí están! Son ellos...

La media docena de criados que traqueteaban con Caragatos y con ella en un mismo carromato se arracimaron entonces contra los cristales salpicados de barro, intentando descubrir entre las rocas los bonetes pardos o los coloridos zarapes con los que, según se decía, solían protegerse de la escarcha los salteadores de caminos. Pero lo único que alcanzaron a ver fue una fina columna de humo que serpenteaba entre los árboles.

—¿Serán ellos? —había preguntado Trinidad, alarmada.

—Vete a saber. No son los únicos que se ocultan en estos andurriales. Hay muchas razones para echarse al monte. Unos lo hacen por hambre, otros porque han cometido algún crimen, no pocos para escapar de quién sabe qué injusticia. Y luego están los bohemios, los nómadas, los circos ambulantes... Tal vez sean ellos, vienen por aquí todos los años. O a lo peor es la Serrana de la Alcarria —añadió Caragatos.

—¿Y esa quién es? —se interesó una de las criadas.

—Ah —suspiró Caragatos, poniendo unos ojos soñadores que Trinidad jamás le había visto antes—, es la persona que yo hubiera querido ser de no tener esta cara que Dios me ha dado.

Caragatos se dedicó entonces a hacerles olvidar las incomodidades del viaje contando la historia de Mariana de Tendilla, una dama de familia pudiente de la zona que, allá por el siglo XV y por un mal de amores, se había echado al monte sin más compañía que los lobos.

—Se hacía llamar la Aparecida y durante años fue el azote del lugar —les explicó—. Se vengaba de los hombres enamorándolos primero y luego rebanándoles el pescuezo después de una noche de pasión bajo las estrellas. Cuentan que su espíritu sigue por ahí y algunos dicen haberla visto en noches de luna menguante correr desnuda rodeada de sus amigos los lobos.

También aquella noche menguaba la luna y el resto del camino lo hizo Trinidad atenta a cada rama que se movía, a cada conejo que saltaba en la retama casi esperando ver la silueta de la Aparecida o al menos la larga y plateada sombra de un lobo. «Veo que te gustan las historias fantásticas —había comentado Caragatos con intención—. Mejor, así no te sorprenderá tanto la Corte de los Milagros».

* * *

La primera impresión que Trinidad tiene de El Olvido no pudo ser más favorable. No sólo del edificio principal en el que se instalaron con el resto de los criados de Amaranta, sino también del coto que estaba al fondo de la propiedad y al que ella y Caragatos se escaparon una tarde aprovechando la hora de la siesta. Se trataba de una estructura de planta rectangular recubierta de madera con altas rejas de hierro y puertas de roble. Un perro demasiado flaco salió a recibirlas con sus ladridos, pero Caragatos se las había ingeniado para apaciguarlo con unas caricias que el chucho agradeció como si las esperara desde tiempos inmemoriales. Así atravesaron el patio y franquearon la puerta principal que estaba abierta. Dentro las esperaba un amplio vestíbulo hexagonal adornado con cabezas disecadas de animales. Decenas de venados, linces, rebecos y jabalíes, también águilas reales, halcones y urogallos las observaban desde los muros con sus indiferentes ojos de vidrio. Venía luego una pequeña habitación en la que Trinidad imaginó que podrían encontrar algún vigilante o cuidador. Pero estaba vacía y daba la impresión de que lo había estado desde temprano en la mañana, a juzgar por un desportillado tazón con restos de leche en el que flotaban revirados chuscos de pan así como una gran mosca verde, patas arriba, entre tantos y tan inciertos esquifes.

Siguen avanzando. De otra habitación un poco más allá provienen unos ronquidos demasiado sonoros para aquella hora del día y la puerta entornada permite ver, a través de ella, a un hombre de bruces sobre una mesa de madera sin barnizar que duerme la mona abrazado a una botella de anís.

—Déjalo, mucho mejor así —le dice Caragatos, indicándole que siga adelante. Se adentran ahora en un largo pasillo mal iluminado en el que reina un pugnaz olor a humanidad, algo así como un entrevero de sudor y heces, orines y moho. Y luego están los quejidos. Los ojos de Trinidad tardan en acostumbrarse a aquella semipenumbra, pero cuando lo hacen se abren inmensos al descubrir cómo, a derecha e izquierda de aquel pasillo helado, se alinean media docena de celdas de gruesos barrotes. Y en ellas, como animales, como bestias de un abandonado circo, puede verse a los integrantes de la Corte de los Milagros.

En la primera jaula hay un niño. Está vestido como un gitanillo de feria con calzón de terciopelo guinda, chaleco de satén y un pañuelo de lunares en la cabeza. Tumbado sobre paja mugrienta apenas se mueve y las mira, bobalicón, con ojos fijos y turbios, como si fuera víctima de quién sabe qué oscuro hechizo.

—Dios mío, ¿qué es esto...? —se espanta Trinidad.

Caragatos no dice nada. Sólo la toma por el antebrazo para que descubra quién hay en la próxima jaula.

Esta vez es una enana que las mira con los mismos ojos nublados. Tan bien proporcionada como una muñeca de porcelana, mide apenas cuatro palmos y sus manos, diminutas, parecen rojas y sucias mariposas. También viste de modo extravagante. En su caso, como una bailarina oriental: bombachos amarillos, babuchas doradas y una larga trenza negra a la que es fácil imaginar como santuario de piojos y chinches.

Una a una van recorriendo las jaulas. En la siguiente las espera un gigantón pelirrojo que, por fortuna para él, duerme acurrucado en una esquina.

Trinidad empieza entonces a rezar a sus dioses yorubas y cristianos para que todo sea un gran error. Para haberse equivocado por completo al interpretar las palabras de Martínez y Amaranta aquella lejana noche en casa de la Tirana; para que se acabe ya el desfile de jaulas y que en la próxima no haya una niña negra.

Los *orishás* debían de estar sesteando aquel día, porque sí la hay. En la última de las celdas, dormida sobre sus propios excrementos y tiritando de frío, encuentran a la cuarta ocupante de aquella galería de horrores. Una mulatita vestida con un mugriento traje de puntillas que alguna vez debieron de ser blancas.

Trinidad se agarra a los barrotes llamándola: «Marina, despierta, Marina, mírame, soy mamá, que ha venido a llevarte de aquí, mi niña, mi pequeña...».

La prisionera se sobresalta. Tiene los mismos ojos extraviados que todos los miembros de la Corte de los Milagros. Intenta ponerse de pie y Trinidad ahoga un nuevo grito de horror al descubrir que lleva zapatitos rojos como en su sueño. Y sin embargo...

—No es ella.

Trinidad ha pronunciado estas tres palabras en voz tan baja que Caragatos no las entiende.

—¿Qué dices, muchacha?

—No es ella, no es Marina...

—¿Cómo lo sabes? La última vez que viste a tu hija tenía un par de meses de vida.

—Por eso lo sé. Marina va a cumplir cinco años muy pronto, esta niña tiene lo menos tres o cuatro más. Es imposible, imposible, gracias a Dios y a todos los *orishás* pero... ¿A qué otra mujer, a qué pobre madre le han robado esta criatura? ¿Y para qué? No la podemos dejar aquí, Caragatos, no podemos abandonar a ninguno de ellos. ¿Dónde nos encontramos? ¿Qué tipo de monstruoso sitio es éste?

Capítulo 17
Un día en El Capricho

—...Un paraíso en la tierra, amigo Hermógenes, eso es, modestamente, lo que he recreado en uno de nuestros viejos pabellones de caza. Espero que muy pronto pueda llevarlo a El Olvido para que vea mi experimento rousseauniano.

—No sé de qué me habla —replica Hermógenes Pavía, sin poder desviar los ojos ni media pulgada del escote que, aprovechando una inesperada mañana de sol, luce su acompañante. Si esta es la última moda de París inspirada en las diosas del Olimpo, Amaranta debe de ser la encarnación mismísima de Artemisa, o mejor aún, de Afrodita. Adornada con un exótico turbante antillano (que no pega, por cierto, con el resto de su vestimenta) luce sencillamente celestial. Las malas lenguas dicen que semejante incongruencia se debe a que se ha quedado calva como una bola de billar a causa de un elixir rejuvenecedor que salió malo, pero este y otros detalles deberá o tendrá que contrastarlos antes de hacerse eco de tan suculento chisme en su *Impertinente.* Por el momento, sólo cabe extasiarse en visión tan olímpica. Qué tules, qué muselinas, qué modo de no dejar nada a la imaginación... «Mejor darle palique —piensa el plumilla—, que continúe perorando todo lo que le venga en gana, mientras este menda naufraga en las oscuras profundidades de su canalillo».

»¿Experimento rousseauniano? —pregunta, haciéndose de nuevas.

Como si no supiera quién es ese filósofo al que todos en Europa adoran y emulan. Pero ¿a qué exactamente llama Amaranta un «experimento rousseauniano»? Hermógenes Pavía está por apostar que se trata de alguna iniciativa muy natural, *très naturel,* como ahora se dice. Parecida a aquellas en las que se embarcaban los nobles franceses antes de que allá en su país empezaran a segar cabezas a destajo. Pavía recuerda haber oído hablar, por ejemplo, de un conde al que le dio por trasladar a su castillo de la Camargue a toda una tribu de salvajes norteamericanos para que recrearan allí su vida en las praderas. Y de otro marqués que organizó una orquesta de negros senegaleses a los que había conseguido amaestrar para que tocaran Mozart, ataviados sólo con taparrabos, *très originel.* «Ricos —piensa desdeñosamente Hermógenes—. Hacen lo que sea con tal de dar la nota». Algún día —añade, dedicando a su acompañante la más amarillenta de sus sonrisas—, rebanarán cabezas también a este lado de los Pirineos, o al menos eso es lo que se merecen. A ver de qué va el caprichito de la semana.

—Cuénteme, querida amiga, me interesa mucho su experimento.

Se encuentran los dos pasando el día en El Capricho, la nueva y magnífica propiedad de los Osuna, invitados por la duquesa y a la espera de que lleguen también Cayetana de Alba y Francisco de Goya. Acaba de comenzar el año 1793 y han pasado muchas cosas últimamente. Goya ha padecido una enfermedad, una apoplejía, que lo ha dejado aún más duro de oído que antes; el palacio de Buenavista sufrió en verano un conato de incendio que las malas lenguas atribuyen a la nunca resuelta rivalidad entre Cayetana y la reina y, después de eso, Cayetana decidió pasar una temporada en el campo. Para alejarse de la corte, pero también para recuperarse de esas jaquecas suyas que tienen la costumbre de volverse impenitentes con la llegada de la primavera. En cuanto a Godoy, su carrera política sigue un camino rutilante. Con sólo veinticinco años, el rey —después de destituir primero a Floridablanca y más tarde a Aranda— lo ha nombrado secretario de Estado, la más alta instancia del reino. Y, mientras todo esto tenía lugar, el parque de El Capricho se ha ido llenando bellamente de estanques, de fuentes y parterres, de templetes e invernaderos, también de bellos laberintos de boj como este por el que ahora deambulan del brazo Hermógenes Pavía y la duquesa Amaranta.

—... Sí, mi querido amigo, después de leer con entusiasmo al maestro Rousseau, supe que tenía que honrarle creando mi propio experimento a su imagen y semejanza. Porque, dígame usted, ¿qué puede haber más gratificante que cambiar el futuro de otro ser humano, arrancarlo del mísero destino que la suerte le deparaba, convertirlo en un ser ilustrado, con dotes para la música, para las lenguas, para el baile?

—No me diga que también usted ha caído en la tentación de crear su propia galería de monstruitos. Como si fuera un científico que encierra media docena de ratones en su laboratorio y observa cómo se comportan...

—Querido Hermógenes —dice Amaranta, procurando que su elevada estatura deje al ras de la nariz del plumilla el mismísimo arranque de su pecho de Artemisa—. ¿Cómo que ratas de laboratorio? Seres humanos con todas sus desdichas a los que me he propuesto salvar de la miseria. Debería usted verlos. Tal como aconseja mi amado Rousseau, mis pupilos desayunan cada mañana dos huevos de paloma condimentados con hierbas silvestres; pan recién horneado y su buena jícara de chocolate caliente. Después de este refrigerio, pasean un ratito por el parque de El Olvido para airear sus pulmones y, luego, se entregan cada uno a sus labores, que son de lo más variadas. Hay quien aprende a recitar, otros a tocar el arpa o la cítara. Algunos, como una enana turca monísima que tengo, bailan la danza del vientre. Me parece primordial que mis protegidos mantengan contacto con sus raíces, con sus tradiciones, comprende usted, por eso me esmero en cuidar hasta su vestuario; mi enana, por ejemplo, va siempre de odalisca, queda más auténtica. Me gustaría mucho que se hiciera eco de lo que le estoy contando en su *Jardín de las Musas*. O mejor aún, en ese pasquín anónimo; usted ya sabe a qué me refiero.

—En absoluto, no sé de qué me habla.

—De *El Impertinente.* No me tome usted por tonta. Pero bueno, no quiero enfadarme, que le tengo mucho aprecio, ya sabe. Lo único que digo es que igual que esos pasquines insufribles narran *les petits potins*, los pequeños dimes y diretes de nuestra clase, también deberían contar lo que es meritorio. ¿No le parece?

—¿Y qué otros protegidos tiene usted? —pregunta Hermógenes, no sólo para cambiar de tema, sino porque, a fuerza de naufragar tan profundo en el escote de Amaranta, empieza a verlo todo alarmantemente rosa.

—Uy, tengo varios. Un gigante pelirrojo que le compré a un circo ambulante de Glasgow, por ejemplo. Como se le daba bastante bien tocar la gaita, ahora le estoy enseñando a bailar muñeiras. No sabe lo gracioso que queda dando brincos con su falda escocesa.

—Me refería a algo más meritorio, más cultural —se defiende Hermógenes, tratando de enfocar la vista en otro punto menos hipnotizante de la anatomía de Amaranta, pero sin éxito.

—¿Cultural, dice usted? Qué más cultural que la poesía y la gran música. Tengo un gitanillo de seis años que toca el violín mejor que Mozart a su edad y una negrita saladísima, que me han regalado no hace mucho y a la que estoy amaestrando para que recite a Racine en francés. Cuente también eso en su *Impertinente*, querido Hermógenes, tenga la bondad.

—¿Y cuándo me invitará a ver el experimento *in situ,* duquesa? —pregunta Hermógenes, calculando que la excursión podría tener, como agradable derivada, tal vez algún otro tipo de paseo. Por la deleitable geografía de Amaranta, por ejemplo. «Y así de paso —se dice—, también podré descubrir si es cierto que está más calva que el Gran Turco, linda noticia esa para mis lectores impertinentes».

Amaranta suspira y oprime suavemente el brazo del plumilla.

—Tendremos que esperar un poquito para nuestra excursión, amigo mío. Ahora mismo no es posible. Mis protegidos están aún algo verdes en lo que a aprendizaje se refiere. ¡Ni se imagina lo duros de mollera que son, la paciencia que hay que tener, agotada me tienen! Además, a lo peor, tengo que hacer algunos cambios imprevistos con respecto a ellos. En este momento están en un antiguo (y muy bien acondicionado, por supuesto) pabellón de caza al fondo de El Olvido. Pero ya sabe cómo son los maridos. El mío, que siempre está por ahí con sus cazas y sus cosas, sin ocuparse de nada más, ahora dice que necesita el recinto. Sus amigotes, tan ociosos como él, lo han convencido de que estaría muy bien transformarlo en una inmensa pajarera acristalada. Pavos reales, aves del paraíso, águilas, halcones y buitres, todos en libertad. Una idea también muy rousseauniana, qué duda cabe, pero no se puede ni comparar con mi Corte de los Milagros.

—Hablando de milagros —interviene Hermógenes Pavía, que empieza a estar un poco cansado de hablar de los protegidos de la duquesa—, mirad quién llega con sólo tres cuartos de hora de retraso.

Amaranta sigue la dirección que señala su acompañante. Accediendo a los jardines de El Capricho a través de la reja principal, se distinguen a lo lejos tres siluetas. La primera, alta y bien proporcionada, la segunda recia y de piernas arqueadas, la última, muy infantil, corretea alrededor de los dos jugando al aro.

—Se diría que Cayetana de Alba ha optado por hacer también su pequeña y particular *expérience roussonienne* —comenta Hermógenes con el más castizo y atroz de los acentos mientras apunta con la barbilla hacia los caminantes y en especial a la niñita negra que los acompaña—. Ojalá no vengan directamente hacia aquí y pasen primero por la casa en busca de nuestra anfitriona. Me gusta tanto departir con usted, Amaranta...

—Descuide, aunque lo hicieran, tenemos tiempo de confesarnos y hasta de enamorarnos —bromea la duquesa—. El pobre Goya ha quedado tal maltrecho después de su última enfermedad que tardarán un siglo en alcanzarnos.

—Espléndido, eso nos permitirá comentar un rato más sobre ellos —sonríe Hermógenes, malicioso.

—Aquellos que despellejan unidos permanecen unidos —ríe Amaranta—. ¿Qué quiere usted saber? ¿Algo sobre la relación de Goya con Cayetana quizá?

—No. Sobre eso ya están escribiendo otros colegas. Prefiero que me habléis de la niña. Pienso que interesará muchísimo a mis lectores de *El Jardín de las Musas* saber que la duquesa de Alba tiene su propio «experimento».

—No se confunda, amigo Hermógenes. Lo de ella no tiene nada de científico. Hasta en eso ha de ser extravagante Cayetana —suspira Amaranta con aire aburrido—. ¿Sabe lo que ha hecho? Ha prohijado a esa negra. Como lo oye. Como la criatura que siempre quiso tener y no pudo y se comporta con ella como si fuera de su misma sangre, la prueba está en que la lleva a todos lados. Pobre Cayetana, en el fondo da pena, siempre ha estado muy sola. A pesar de sus títulos, a pesar de sus miles de millones de reales. Ella misma dice que ha ido perdiendo poco a poco a todas las personas que más quería. Y así ha acabado. Poniendo su afecto en una parda, patético, *n'est pas*? Mírela, por ahí viene. ¿No le parece sencillamente atroz ese vestido verde que se ha puesto hoy? ¡Merecería que le cortaran la cabeza con el nuevo artilugio ese que ha inventado en Francia el doctor Guillotin y que aún no tiene nombre! ¡Querida! Pero qué ilusión, tú por aquí. Hay que ver lo bien que te sienta a la cara ese color. Guapísima, realmente. Y esa divina criatura que llevas contigo, ¿cómo se llama?

—Es mi hija María Luz. Pensé que la conocías. Saluda a la señora, tesoro.

La niña, que va vestida de blanco con un lazo azul en el pelo, hace una pequeña reverencia perfecta.

—*Bonjour, madame.*

—¡Pero si habla francés y todo! Qué bien educadita está —dice mientras le revuelve el pelo como si fuera un perrito. ¿Cuántos años tiene? ¿Cuatro? Oh, ¿cinco ya, quién iba a pensarlo?

Uno de los anillos de la duquesa se ha enredado en los rizos de la niña. Amaranta tira con fuerza diciendo: «Vaya, qué contrariedad». Y María Luz, más asustada que dolorida, se pone a llorar de tal modo que Cayetana decide dejarla en brazos de Rafaela, su ama, para que la lleve a jugar con los niños de Osuna.

—... Y usted, amigo Goya —continúa indesmayable Amaranta, volviéndose ahora hacia el pintor e interpelándole a gritos por aquello de la sordera—. Qué buen aspecto tiene, ¡nadie diría que sólo hace unos meses que lo han arrebatado de los brazos de la parca!

Goya la observa. Goya la ignora. Pero Amaranta no es de las que se quedan sin tema de conversación. Empieza a hablar de esto y aquello. De lo mucho que han crecido las plantas de El Capricho. De lo agradable que ha sido perderse durante un rato en el verde laberinto de boj en compañía de un hombre tan interesante como Hermógenes Pavía y de lo magnífica anfitriona que es Pepa Osuna, que los deja pasearse a sus anchas por la propiedad antes del almuerzo.

—... Nada que ver con esos anfitriones insufribles que aburren a una hasta las lágrimas enseñándoles sus posesiones pulgada a pulgada. Aquí mi templete griego, allí la fuente de los faunos, aquí mi jardín de rosas y los patos de mi estanque... Claro que, si quieren que les diga toda la verdad, me parece que Pepa empieza a exagerar un poco con su *laisser faire* respecto a sus invitados. ¿No cree usted —le grita a Goya— que ya va siendo hora de que nos ofrezcan una buena limonada en la terraza? Pero... Pepa, tesoro, tú tan discreta y sigilosa como siempre, no te había oído llegar. Supongo que te habrán sonado los oídos. Te estábamos poniendo por las nubes ahora mismo. Querida, qué magnífica idea reunirnos hoy aquí. Una delicia.

Capítulo 18
El columpio

—¿Cómo van tus cosas? Me tienes preocupada, Tana. He tenido que organizar este almuerzo para poder verte, apenas contestas mis cartas y, cuando lo haces, es sólo para contar asuntos sin importancia. ¿Seguro que te encuentras bien?

Empieza a caer la tarde. Los niños juegan en el jardín y Pepa ha aprovechado la siesta de Goya y la feliz circunstancia de que tanto Amaranta como Hermógenes son devotos de las cartas y en especial del *whist,* para charlar un rato con su amiga. Se encuentran ahora en uno de los salones de la planta baja del palacio y Cayetana tarda en contestar. Su vista parece haberse extraviado entre los cuadros que adornan la habitación. Ella es protagonista al menos de dos. Don Fancho había cumplido su palabra de convertirla en anónima modelo de las pinturas que cuelgan de aquellas paredes. Las escenas que retratan, campestres y cotidianas, tal como ella sugirió, tuvieron lugar precisamente aquí, en El Capricho. En el primero de los cuadros se ve cómo varias personas, entre ellas el propio Goya, se arremolinan alrededor de una dama (Pepa Osuna) que acaba de caer de su cabalgadura. Sin embargo, la figura principal del retablo es Cayetana, que llora —como en efecto hizo cuando se produjo el sucedido que ahí se recrea— asustada por el accidente de su amiga. El segundo cuadro, o mejor dicho tapiz en este caso, lleva por nombre *El columpio* y revive otra escena que también vivieron juntos. Sólo que en esta ocasión Goya ha preferido no aparecer en el cuadro. En vez de él son dos hombres, cuyo rostro no alcanza a verse, quienes la rodean mientras ella se mece.

—¿Tana, me escuchas?

—Perdóname, sólo estaba pensando.

—Nada bueno, me barrunto —sonríe bondadosa la de Osuna—. Espero que no estés pensando en quien no debes.

Cayetana se sorprende.

—No sé a quién te refieres.

—Querida, las tempestades de la Revolución francesa están empujando malos vientos hacia estos pagos. Espero que no nos traigan también a quien yo me sé.

—¿Hablas de Pignatelli? Lo he olvidado ya, te lo aseguro.

—Me alegra saberlo, pero no me refería a él, sino a otro vendaval que se ha levantado no hace mucho como indirecta consecuencia de lo que está pasando en el país vecino. Un nuevo huracán, más joven, más arrasador también.

—Suenas como Hermógenes Pavía —bromea Cayetana—. ¿Qué has oído por ahí? ¿Qué cuenta ese correveidile?

—Él no sabe nada, si no no habría podido resistir la tentación de hacer alguna velada insinuación al respecto en su lamentable pasquín. Es más bien un pálpito por mi parte, pero yo me fío mucho de mis corazonadas. Sobre todo cuando tienen que ver con personas a las que quiero.

Cayetana vuelve a perderse entre las pinceladas de *El columpio*. Qué despreocupada es su imagen en aquella escena idílica. Qué feliz parece ahí, dejándose balancear por dos galanes sin cara. ¿Es así como la ve Goya? ¿Mecida por desconocidos, por dos embozados? ¿Quiénes serán esos admiradores que él imagina? Bah, se dice, sólo es un cuadro, no hay que darle más importancia, no lleva ningún mensaje secreto. Porque, al fin y al cabo, ¿qué sabe Goya de ella, qué sabe nadie?

—Godoy, ése es el nombre que me viene a la cabeza —continúa Pepa Osuna—. Por supuesto, no tienes por qué contarme nada, es tu vida, lo único que te pido es que seas prudente.

—No sé a qué te refieres. ¿Qué tengo que ver yo con Godoy?

—Nada quizá, pero no hay más que ver cómo te mira.

—Él no tiene ojos más que para nuestra reina —ríe Cayetana, descartando la idea con un fingidamente aburrido vaivén de su abanico.

—Querida, a otro can con ese hueso. Por mucho que el bueno de Floridablanca, despechado por perder el favor de los reyes, se dedique a alimentar la ya de por sí hermosa hoguera de las insidias que relacionan a Godoy con la Parmesana, tú y yo sabemos que se trata de una patraña. Ni la más pequeña de las infantas recién nacida es hija de sus amores adulterinos como muchos insinúan. Ni ellos han sido jamás amantes. Es otro tipo de fuego aún más abrasador el que los une, y se llama ambición. La de ella es que el tambaleante trono de España no caiga, la de él, pasar a la historia como el hombre que consiguió evitarlo.

—Sigo sin entender qué tiene que ver todo esto conmigo.

—¿Qué harías tú si, con apenas veinticinco años, ya hubieras conseguido ser general de todos los ejércitos, caballero de Santiago, duque de Alcudia, inmensamente rico y además jefe de Gobierno con todos los poderes?

—Morirme de vértigo, supongo. Una carrera así sólo puede declinar.

—En efecto. Por eso, como hombre inteligente que es, Godoy procurará disfrutar al máximo de todo lo que pasa por su lado, sacar el mayor partido de su privilegiada situación.

—Cierto. Me han dicho que su gusto decorando propiedades es inmejorable. Por lo visto, ha empezado una notable colección de arte, otra de joyas y una tercera de objetos raros así como una extraordinaria biblioteca. Se ve que quiere lo mejor.

—Tú misma lo has dicho, quiere lo mejor.

Cayetana ríe.

—Vamos, no estarás pensando...

—Yo no pienso nada. Lo único que te digo es que tengas cuidado. Hay hombres con demasiada vocación de coleccionistas.

—También la tiene José, y no significa nada.

—Es distinto, y lo sabes. Tu marido desde niño lo ha tenido todo mientras que Godoy, por mucho que porfíe en que es hijo de hidalgos, viene de una familia modesta, de ahí su voracidad. Por cierto, ahora que hablamos de José. ¿Cuál es su opinión sobre tan joven portento? Espero que más favorable que la del resto de nuestros amigos que lo detestan.

—Ya lo conoces. «Detestar» es un verbo que él conjuga poco. Digamos que está expectante. José es irritantemente británico a veces. Al principio, cuando recién empezó a despuntar la figura de Godoy, albergó esperanzas. Pensaba que, al igual que estaba ocurriendo en Inglaterra con su jovencísimo primer ministro, aquí también hacía falta savia nueva para reverdecer tan viejos laureles. Pero, a medida que el rey ha ido prodigando títulos, honores, tierras y prebendas a su protegido, empezó a precaverse.

—No tanto como para unirse a algunas de las muchas conjuras de las que tanto se oye hablar, supongo.

Cayetana abre las manos indicando ignorancia e interrogación a partes iguales.

—José es prudente. Piensa que la suerte de este país dependerá de lo que ocurra en Francia de ahora en adelante. Claro que le preocupan las últimas noticias. El hecho de que los revolucionarios hayan encarcelado a su rey y quieran juzgarle no presagia nada bueno. ¿Qué pasaría, te imaginas, si acaban cortándole la cabeza con ese nuevo artilugio que han inventado? ¿Qué hará nuestro rey? ¿Declarar la guerra para vengar la muerte de Luis XVI que es tan Borbón como él? Sería un error monumental y sin embargo, ya ves, nuestros destinos están en manos de un bobalicón y de un muchacho de veinticinco... Muy guapo, todo hay que decirlo —añade, tratando de quitar hierro a lo que acaba de decir, pero la humorada no parece agradar a la de Osuna.

—Tana, por favor, dime que no es verdad.

—¿Qué? ¿Que Godoy y yo andamos en amores? Puedes estar tranquila. La única vez que he estado a solas con él fue en aquella fiesta que di después de la recepción real. Ese día nos echaron la buenaventura y a Godoy le dijeron que yo iba a morir por culpa de un beso.

—Tú y tus fantasías...

—Descuida, estoy siendo muy formal últimamente. No quiero líos ni amoríos.

—No soy adivina, pero ni falta que me hace para reconocer ese brillo que hay ahora mismo en tus ojos, querida. Ten cuidado. Prométeme que lo tendrás.

Tana va a responder, pero justo entonces su atención se desvía una vez más hacia *El columpio.* La última e intensa luz del atardecer que entra por la ventana ilumina de tal modo la escena que ahí se reproduce que casi permite reconocer ahora a uno de los dos embozados que imaginó Goya, un hombre alto y rubio. ¿Será Godoy? Tonterías. ¿Qué sabe Fancho? ¿Qué puede saber un pintor huraño, cascarrabias y sordo como una tapia de lo que ella piensa o sueña? Nada en absoluto.

Capítulo 19
Enero de 1793

El club de caballeros está desierto esa tarde. El invierno vuelve por sus fueros, ha nevado durante toda la noche y el viento arrecia de tal modo que aconseja no salir de casa. A pesar de todo, los periódicos han llegado con la terrible noticia. «Rueda la cabeza de Luis XVI» puede leerse en la portada de *La Gazeta,* mientras que otros diarios como *El Mercurio* o *El Censor* muestran titulares algo más expresivos: «Los labios del ciudadano Luis Capeto besan la arena», apunta el primero, mientras que el segundo, bajo los retratos del rey de Francia y el de España mirándose el uno al otro, rotula: «Cuando las barbas de tu vecino veas pelar...».

Aquellas tres publicaciones esperan juiciosamente sobre la mesa de nogal de la biblioteca la llegada de algún socio del club, pero pasan las diez y las once, las doce y la una sin que nadie aparezca por allí. Es sólo hacia las tres de la tarde, cuando los camareros han optado ya por entretener su tedio con el recién inventado juego de los chinos, cuando la puerta se abre dando paso a dos caballeros.

—... No, amigo Tairena —comenta el marqués de Viasgra—, como le digo, me ha sido imposible avisarle antes. Las calles estaban impracticables esta mañana y mi cochero tuvo que regresar sin poder llegar ni a su casa, ni al palacio de Buenavista y mucho menos a donde vive el joven barón de Estelet, junto al Manzanares. Al final, opté por mandarles un par de palomas mensajeras, pero incluso a ellas les ha costado levantar el vuelo de tan heladas que estaban sus alas.

—No tanto como me quedé yo al enterarme de la noticia —replica el primero, que viste de luto riguroso—. Tuve que leer por tres veces el titular de *La Gazeta* para asegurarme de que no era chanza. ¿Hay más noticias? Tal vez otros periódicos traigan nuevos detalles.

—Según reza *El Mercurio*, sucedió cinco días atrás —dice Viasgra mientras apremia a uno de los criados para que traiga el decantador de coñac—. ¡Vamos, date prisa, a qué esperas, escancia! ¿No ves, insensato, en qué estado nos encontramos? —Ya con una más que generosa copa en la mano, se desploma en uno de los sofás ingleses con aire fúnebre—. ¿Y tú qué miras? —le impreca al sirviente—. Vete de una vez. Mandaré llamar si te necesito. Cuente, querido Tairena, qué más dicen los diarios.

—Uno de ellos trae un dato curioso. Recoge que, al parecer, Luis XVI, después de que le afeitaran la cabeza al pie del cadalso para evitar que el pelo entorpeciera la labor de la cuchilla, pidió, como último deseo, que le permitieran conservar puesta la raída casaca azul que llevaba ese día.

—¿Qué sentido tiene? —pregunta Viasgra, dando un nuevo sorbo a su copa—. Qué estrafalario capricho cuando uno ya tiene un pie en la tumba.

—Dios mío, ¿de veras hizo esa petición? —inquiere una voz.

Tairena y Viasgra se giran al oír al recién llegado.

—Ah, amigo Alba, me alegra ver que ha podido llegar hasta aquí a pesar de la ventisca. ¿Un coñac?

Sin responder, José pide que le dejen leer la publicación. En ella se narran todos los pormenores del luctuoso suceso. Cómo al reo, por ejemplo, lo habían llevado hasta el cadalso en un carretón abierto que tardó más de dos horas en recorrer el corto trayecto desde la cárcel hasta la plaza donde está instalada la gran cuchilla. Explicaba también que la Comuna de París había ordenado que todas las ventanas de la ciudad permanecieran cerradas durante el recorrido para evitar gritos contrarrevolucionarios, lo que se tradujo en un pesado silencio. Aun así, un anciano aristócrata se atrevió a vocear: «¡A mí todos los que quieran salvar al rey!». La reacción de la muchedumbre fue tal que tuvieron que acudir varios guardias para evitar que lo despedazaran allí mismo. A partir de aquel incidente, el griterío se convirtió en ensordecedor. «¡Muerte al tirano! ¡Fuera el perro Capeto! ¡Caiga tu sangre sobre nosotros...!». *La Gazeta* detallaba además cómo, al pie del cadalso y ante las burlas de todos, le escupieron, lo vejaron, incluso el verdugo (Sansón de nombre) rechazó la moneda que, según costumbre, suele entregar el reo a su ejecutor para que lleve a cabo el trabajo lo más rápida e indoloramente posible. «¡Queremos ver cómo lloras y suplicas, Luis Capeto! Cómo crujen tus huesos bajo la cuchilla».

—Todos son detalles espeluznantes —se horroriza Tairena—. ¿Por qué se interesa usted especialmente en el asunto de la casaca, amigo Alba?

También José viste de oscuro aquella mañana. Está más delgado que la última vez que coincidió con sus amigos. Su interlocutor repara en que el pañuelo de batista que con frecuencia se lleva a los labios para ahogar algún aislado acceso de tos también es negro. Suele haber sólo dos motivos para llevar un pañuelo de ese color. Uno es el luto, el otro, el deseo de disimular cualquier eventual mancha roja e indeseada. Entre ambas posibilidades Tairena elige la primera. Sí, sin duda. El duque de Alba, consumado jinete y gran deportista, ha sido siempre un hombre saludable. Elegante también. Qué hermoso homenaje el suyo, guardar luto en este momento hasta en el más mínimo de los detalles.

—Me interesa —explica Alba, respondiendo a la pregunta de su amigo— porque es una señal de grandeza por su parte.

—¿Por parte de quién? —pregunta el joven barón de Estelet que, sacudiendo los últimos vestigios de nieve de su capote, acaba de unirse al grupo.

—¿De quién va a ser, pollo? —se impacienta Viasgra, colocándole entre las manos y sin preguntar una copa de coñac de iguales dimensiones que la suyas—. Témplese las tripas con esto y no haga preguntas ociosas. Continúe, mi querido Alba.

—Todos sabemos cómo era Luis XVI —comienza diciendo José—. No supo atajar los excesos, tampoco la corrupción ni menos aún el hambre de su pueblo y se dejó arrollar por la Historia. Pero ha sabido, al menos, morir como un rey y no como una piltrafa.

—Vuelve usted al asunto de la casaca, por lo que veo. Según cuenta aquí *El Mercurio*, estaba raída y llena de inmundicias tras su penoso cautiverio. No me va a decir que llevarla para subir al cadalso fue una cuestión de elegancia.

—Diga más bien de dignidad. ¿Conocen la anécdota de ese otro rey al que también le cortaron la cabeza unos cuantos años antes en la muy civilizada Inglaterra? Carlos I hizo a su verdugo la misma petición. «Hace demasiado frío esta mañana y no quiero que mis súbditos piensen que si tiemblo, es de miedo», apuntó él. Apuesto que Luis XVI pensó otro tanto.

—Y qué más da que temblara o no —se impacienta Tairena—. El asunto es que fue tan débil, torpe y pusilánime que ya ven cómo ha acabado... Un pésimo precedente viendo a quién tenemos nosotros en el trono. Carlos y Luis, Luis y Carlos, dos blandos, dos atontolinados de idéntica especie. Bien hace *El Censo*r al sugerir a nuestro querido monarca que ponga sus barbas a remojo. No hay nada tan contagioso como el terror y el odio.

—Habrá guerra, me temo —apunta Alba—. Al resto de las monarquías y en especial a dos, la austríaca por ser la patria de María Antonieta y la nuestra por los Borbones, no les quedará más remedio que vengar este crimen.

—Bah, si es por eso, no es menester acuitarse demasiado. Será un paseo militar —opinan tanto Viasgra como Tairena—. ¿Qué pueden unos descamisados contra nosotros o contra los austríacos? Mataron a su rey, según ellos, porque el país estaba en la ruina y no tenían ni para comer, no es así. ¿Cómo van a ganar una guerra contra dos grandes potencias?

—No desestimen ustedes el poder de la ilusión. Y menos aún el de la fiebre y el delirio revolucionario. Y luego, hay que tener en cuenta también nuestras propias flaquezas. ¿Podemos permitirnos una nueva guerra? ¿Cómo se manejará nuestro joven y todopoderoso secretario de Estado en una situación como ésta?

—Supongo que tendrá al menos el seso de seguir la misma política de Floridablanca y Aranda, sus antecesores, y reforzar el absolutismo para evitar que se propague aquí la fiebre que usted menciona.

—Así es, pero eso implica limitar aún más el poder de los nobles, es decir, de ustedes.

—Y de usted, querido Alba. ¿O es que piensa hacerse revolucionario?

—Los tiempos cambian y lo prudente es saber anticiparse a ellos. ¿Han oído ustedes hablar de Malaspina?

—No me da buena espina ese nombre —dice Viasgra, haciendo un pésimo chiste.

—No lo eche en el olvido, oirá hablar mucho de él.

—Pues yo he tenido ya esa suerte —interviene el barón de Estelet, encantado de poder colaborar con información fresca—. Es un marino. Hace lo menos tres años que partió con la intención de dar la vuelta al mundo.

—Es más que eso —apostilla Alba—. Es un científico, un ilustrado. Se ha impuesto la tarea de conocer de primera mano todas las posesiones españolas en ultramar desde Filipinas hasta los dos continentes americanos. Dice que quiere estudiar sus particularidades, sus carencias, también su enorme riqueza y elaborar después un informe que ayude a mejorar las relaciones entre las posesiones de ultramar y la metrópoli. Hace un par de meses que nos carteamos y me mantiene al tanto de sus progresos. Su idea, según me ha confiado, es, a su vuelta, presentar sus conclusiones al rey y proponerle ciertos cambios. Como conceder una suerte de autonomía a las colonias dentro de una confederación unida por lazos sobre todo comerciales, por ejemplo.

—¿Autonomía? ¿Confederación? Parece mentira que hable usted de tales dislates un día como hoy —se escandaliza Viasgra—, cuando acabamos de ver lo que pasa por hacer concesiones a la plebe. ¿No le parece suficiente tragedia que corra la sangre de los Borbones del otro lado de los Pirineos que quiere derramarla también de éste? Le recuerdo que allí empezaron aboliendo la nobleza y desde entonces no paran de rodar cabezas. Algunas incluso más aristocráticas que la suya, por cierto.

José se dispone a responder, pero un nuevo ataque de tos ahoga sus palabras.

—Tal vez hubiera sido más prudente no haber salido hoy de casa —dice—. El ambiente está helado. Tan petrificado como las ideas de algunos, me temo...

Capítulo 20
Una escapada

Desde que descubrieran lo que estaba ocurriendo con el «experimento rousseauniano» de la duquesa Amaranta, Trinidad y Caragatos habían hecho lo poco que estaba en su mano para aliviar el sufrimiento de aquellos desdichados. Tanto el gigante escocés como la minúscula bailarina oriental o la niña negra a la que iban a «amaestrar» para que recitara a Racine esperaban cada noche la llegada de las amigas con algo de comida, compañía y aliento. El cuarto súbdito de aquella triste corte había logrado ya librarse de sus barrotes. Los pulmones del gitanillo al que pretendían convertir en un nuevo Mozart no lograron resistir los rigores del invierno y apareció muerto una mañana abrazado a su violín. Sus huesos acabaron enterrados en el patio trasero, como si fuera un animalito. Se había encargado de cavar su fosa el mismo cuidador que llevaba ocupándose de todos ellos desde el día en que el experimento fracasó. ¿Por qué naufragó la idea? ¿En qué momento habían pasado los miembros de la Corte de los Milagros de desayunar chocolate y huevos de paloma, tal como Amaranta le contó a Hermógenes, a convertirse en un estorbo? La respuesta tenía que ver con una palabra que dicha en francés suena hasta respetable: *ennui*, tedio, aburrimiento. Sí, ese elegante estado de ánimo era el responsable de todo. Porque ¿cómo diantres era posible que el gigante aquel fuera tan patoso, tan torpe que no conseguía aprender los pasos que el maestro de baile contratado por Amaranta había intentado enseñarle? ¿Por qué al gitanillo del violín había que golpearle una y otra vez para lograr que arrancara tres míseros acordes a su instrumento? ¿Y la enana que no hacía más que lloriquear en vez de cimbrearse graciosamente al compás de la música como era su deber? De la criatura negra mejor ni hablar. Vacilante, torpe, inútil. Hasta una simple cotorra habría repetido mejor que ella los versos del divino Racine. *Ennui* por tanto, terrible *ennui*, mortal aburrimiento, así pensaba Amaranta. Eso por no mencionar los gastos en que, como mecenas, había incurrido al contratar ayos, preceptores y músicos para tantas y tan variadas disciplinas artísticas. Por eso, un buen día decidió que ya habían jugado lo suficiente con su santa paciencia. Canceló las clases, despidió a los enseñantes y dejó sólo un cuidador que se ocupara de las necesidades más elementales de aquellas irritantes criaturas hasta que decidiera qué hacer con ellas. El carcelero resultó ser demasiado devoto del anís, es cierto, pero el suyo era un trabajo sencillo. No tenía más que cambiar de vez en cuando la paja de sus celdas y echarles de comer añadiendo al rancho un poco de láudano para que no dieran guerra. Cómo administraba la pequeña asignación que recibía mensualmente para tales menesteres era cosa suya. ¿Qué tenía de malo que el pobre hombre bebiera un poco? Amaranta, firme defensora de la también francesa, liberal y fraternal teoría del *laissez faire*, pensaba que también él tenía derecho a combatir como mejor supiera su *ennui*.

—A saber cómo acabará todo esto —dice ahora Caragatos.

—¿A qué te refieres?

—A que, justamente anoche, en el patio, oí algo que puede cambiarlo todo respecto a la Corte de los Milagros. Dos ojeadores de los que siempre acompañan al duque y que acaban de llegar de El Recuerdo hablaban de cierta reforma que van a hacer en el edificio. Al parecer, también él está pensando en llevar a cabo su propio «experimento rousseauniano». Quiere convertir el recinto en la mayor pajarera de Europa.

—Buena noticia —se alegra Trinidad—. Así Amaranta no tendrá más remedio que dar libertad a esos pobres desdichados.

—Supongamos que lo hace. Supongamos que abre sus celdas y los deja marchar. ¿Adónde van a ir un gigante, una enana y una niñita de poco más de ocho años a los que entontecen con láudano?

—Nos tienen a nosotros, podemos seguir ayudándoles como hasta ahora, ya encontraremos algún lugar donde esconderlos. Esta propiedad es muy grande.

—Y tú más inocente que un cubo. Míranos, tú, negra, y yo con esta linda cara que Dios me ha dado. A un paso estamos de ser dos miembros más de tan desdichada corte. ¿Qué crees que pasará si nos descubren? No tengo la menor intención de acabar como ellos, drogada y prisionera en alguna sucia habitación de El Olvido hasta que a Amaranta se le disipen los pocos escrúpulos que tiene y decida que hay gente que está mejor en el cielo con los angelitos que en este valle de lágrimas. Se me ocurre otra idea.

—¿Cuál?

—¿Te acuerdas de la columna de humo que vimos al llegar aquí?

—No me digas que vamos a ir tras el espíritu de Mariana de Tendilla, la Aparecida —bromea Trinidad.

—Nada me gustaría más, pero me conformo con encontrar otras almas que viven en esos bosques. Los romaníes.

—¿Los qué?

—Gitanos, roms, zíngaros, calés, bohemios... de todas esas formas los llaman. Ellos y sus circos ambulantes tal vez puedan ayudarnos.

—Mejor tener cuidado con esa gente, se dicen tantas cosas de ellos...

—Hablas igual que nuestra querida duquesa Amaranta —se impacienta Caragatos—. ¿Tú qué sabes? ¿Conoces a alguno? A ver si te crees que son unos sacamantecas o que comen niños crudos como cuentan por ahí.

—Claro que no, pero ¿qué te hace pensar que querrán ayudarnos? Incluso si tienen un circo y aceptan a esos tres pobres desdichados. ¿Qué tipo de vida les espera? ¿Que los lleven de acá para allá mostrándolos como engendros? «Señoras y señores, pasen y vean a Zoraida, la mujer más pequeña del mundo, y su danza de los siete velos. Y ahora a Míster Angus, el gigante pelirrojo que baila muñeiras, y más tarde a *mademoiselle* Solange, la negrita que recita versos en francés mientras enseña sus enaguas». Esa pobre niña. Apenas tiene un par de años más que mi hija, me he encariñado tanto con ella, es tan frágil.

—Todos lo son y sólo nos tienen a nosotras, así que dime, ¿tú qué preferirías? ¿Estar en un circo ambulante o mendigar en los caminos?

—Quién sabe, tal vez Amaranta esté pensando en darles una pequeña compensación antes de dejarlos marchar.

—Más vale que bajes cuanto antes de tu nube rosa, Trini, o la vida se encargará de hacerlo a gorrazos. Esta noche pienso acercarme al campamento a hablar con los romaníes. Si quieres venir conmigo, bienvenida. Si no, puedes quedarte donde estás y seguir creyendo en la bondad rousseauniana de nuestra ama y señora.

* * *

Trinidad accedió y una noche sin luna las recibió al otro lado de los muros de El Recuerdo. Hacía tanto frío que Trinidad tuvo que envolverse muy bien en su vieja pañoleta de fieltro para que no le castañetearan los dientes.

—¿Cómo nos orientaremos? Espero que no se te haya ocurrido traer candiles. Nos descubrirían sin remedio.

—¿Así que tú crees que me llaman Caragatos por este bonito labio partido que tengo? —bromeó su amiga—. Pues te equivocas. Es porque veo como ellos en la noche. Sígueme, te llevaré hasta allí como si fuera el mismísimo fantasma de Mariana de Tendilla, la Aparecida.

Mientras avanzaban abriéndose paso entre los primeros pinos del bosque que rodeaba el palacio, Trinidad llegó a pensar que en efecto su amiga tenía ojos de gato. Continuaron despacio temiendo que cualquier ruido pudiera delatarlas. De pronto, el viento que hasta entonces soplaba en dirección opuesta a El Olvido, favoreciendo el sigilo, roló trayendo los primeros sonidos del campamento, un rasgueo de guitarras y un melancólico canto. «No parecen muy alegres esta noche —se dijo Trinidad, pero enseguida llegó a reprocharse—: ¿Y qué pensabas, tonta? ¿Que los gitanos han de estar todo el día bailando o tocando la pandereta?». Tenía razón Caragatos, también ella estaba demostrando que podía ser víctima de los más tontos prejuicios. «Seguro que ahora esperarás ver diez o doce carromatos multicolores puestos en círculo y en el centro una enorme fogata con veinte o treinta gitanos y gitanas que cantan o leen la buenaventura a la luz de las llamas», se burló divertida.

Dicen que a la vida le gusta desdecir tópicos, pero a veces le da por abrazarlos con entusiasmo. Trinidad, por una vez, acertó en su apreciación, aunque sólo fuera en parte. Al son de una inevitable guitarra, había justamente unas carretas pintadas de alegres colores, y en medio de ellas, una hoguera. Pero ahí acababan las similitudes con la escena que ella había imaginado porque, tanto las tres escasas carretas que vio, como la hoguera eran muy pequeñas y en vez de una pléyade de gitanos y artistas, tan sólo un par de niños aprovechaban la luz del fuego para ensayar un extraño baile. Como pequeñas y fantasmales figuras envueltas en capas negras, como mariposas nocturnas, aleteaban y se contorsionaban lentamente al compás de la música. Tan hipnóticos eran sus movimientos que Trinidad y Caragatos detuvieron su marcha para admirarlos.

Fue un perro con sus ladridos el que se encargó de romper el encantamiento.

—¿Qué pasa, Sultano? Tranquilo, chico, tranquilo. ¿Quién va?

Temiendo que aquel hombre azuzara al animal, Caragatos optó por salir de su escondrijo y dejarse ver.

—En paz, buen amigo, sólo somos dos criadas escapadas de El Olvido.

—¿Y qué buscan sus mercedes?

Quien tan ceremoniosa como irónicamente se dirigía a ellas era un hombre de unos cincuenta años y puntiaguda barba negra vestido con una camisa de satén amarillo. El perro, un viejo mastín color canela y ojos que brillaban en la noche, empezó a saltar cercándolas amenazador mientras esperaba órdenes.

—Por favor, señor, sólo queremos hablar un momento con usted, se lo ruego...

—¡A por ellas, Sultano! —ordenó el hombre, añadiendo luego algo más que las muchachas no alcanzaron a comprender.

Sin escapatoria, Caragatos y Trinidad se abrazaron, pero, ante su estupor, el perro, en vez de lanzarse sobre ellas, comenzó de pronto a caminar elegantemente sobre sus patas traseras, luego a girar, a contonearse antes de acabar estirando las dos patas delanteras en una reverencia.

—¡Carámbanos! —exclamó Caragatos, más divertida que asombrada—. Gracias por el recibimiento —dijo, aceptando la pata que Sultano le ofrecía para que se la estrechase.

—¿Quién está ahí, Vitorio? ¿Son ellas? Están aquí de nuevo, ¿verdad? ¡Por favor, diles que se vayan!

—Descuida, princesa, no son ellas, vuélvete a dormir.

—Dormir, dormir... —oyen que repite la misma voz, quebrada, ronca, desde dentro del carromato más alejado del fuego—. Como si fuera posible, como si no llevara media vida sin poder cerrar los ojos... —añade antes de que la voz se quiebre en una prolongada y amarga carcajada y un—: ¡Vitorio, te lo suplico!

—Enseguida voy, princesa.

Caragatos y Trinidad se miraron asombradas. Ninguna dijo nada, pero pensaban lo mismo. Que por lo rota y cascada que era aquella voz, más parecía de bruja que de princesa.

—¿Manda usted algo, padre?

Ahora fueron los niños que antes habían visto bailar a la luz de la hoguera los que se acercaron.

—Basta de ensayos por hoy, muchachos, que tenemos visita. Éstos son Adriano y Andrea —presentó entonces el padre mientras que los hermanos, tan iguales que no había duda de que eran gemelos, saludaban inclinando a un tiempo la cabeza.

¿Cuántas personas formarían aquella compañía?, se preguntó Trinidad. ¿En qué consistiría su espectáculo? ¿De dónde serían?

Como si pudiera leerle el pensamiento. Como si estuviera escenificando sólo para ellas el mil veces repetido preámbulo de su espectáculo circense, Vitorio empezó a despejar algunas incógnitas.

CAPÍTULO 21
PICCOLO MONDO

—*Benvenuti a Piccolo Mondo*! —anunció, abriendo sus largos brazos envueltos en satén amarillo al tiempo que inauguraba un hasta ahora inexistente acento italiano—. ¿Qué las ha traído hasta aquí? ¿Su vida es dura, aburrida, insufrible? ¿Allá donde ustedes viven hace *molto freddo* o por el contrario un calor *insopportabile*? ¡Olvídenlo todo! Venidos de muy lejos, de más allá de los Pirineos y también de los Apeninos, aquí en Piccolo Mondo no hay horas, ni duelos ni obligaciones. Tampoco quebrantos: éste es otro mundo. Es *il mondo di Vitorio.* —Y aquí su anfitrión las saludó con un segundo tremolar de sus anchas mangas—. Es *il mondo di Andrea e Adriano.* —Saludo también de los gemelos, que volvieron a inclinar sus cabezas como si fueran una sola figura ante un invisible espejo—. *Il mondo di Sultano* —y se oyó algún ladrido por parte también de este artista—, y, por encima de todo es *il mondo* de la magnífica, de la extraordinaria, de la ¡única! *principessa*.

La ancha manga de Vitorio señaló de modo tan enfático hacia el carromato más alejado del fuego que Caragatos y Trinidad llegaron a imaginar que la escondida integrante de aquel pequeño mundo se mostraría de un momento a otro con alguna pirueta. Lo único que oyeron, sin embargo, fue un largo y monocorde aullido. Algo así como el lamento de un animal herido.

—¡Aquí no hay penas! —continuó proclamando Vitorio—, ni dolor y, mucho menos, aburrimiento. ¿Quieren música, baile, cante, poesía, magia? ¿Quieren ver cómo aparecen y desaparecen objetos, animales, personas, ustedes mismas, por ejemplo? En Piccolo Mondo lo imposible es perfectamente posible. Pidan por esa boca. ¿Qué desean?

—Queremos —se atrevió a intervenir Caragatos—, queremos refugio para unos amigos en apuros.

—¿Qué? ¿Cómo? —preguntó Vitorio, que no debía de estar acostumbrado a que le interrumpieran su proclama de bienvenida—. ¿A qué te refieres con eso de refugio?

Caragatos le contó entonces lo que las había llevado hasta allí. Y, después de hablarle de Amaranta y de su fallido experimento rousseauniano, se detuvo en explicar también cómo se encontraban ahora los supervivientes de aquella triste Corte de los Milagros describiéndolos uno a uno.

—... Por eso, señor —concluyó Caragatos—, porque, como ve, se trata de personas tan... diferentes, se nos ha ocurrido que sólo usted puede ayudarnos.

Vitorio las miró un buen rato sin decir nada. Las llamas de la hoguera hacían bailar fulgores azules sobre su barba mientras arrancaban más de un destello de sus ojos negros. «Nos va a decir que no —pensó Trinidad—. Es normal, ¿por qué iba a querer ayudarnos? A pesar del discurso de bienvenida que acababa de hacer, no había más que echar un vistazo a su circo. Apenas eran tres pequeños y muy viejos carretones entoldados. En uno dormirían los gemelos, en otro él y la princesa, era de suponer, y el tercero quizá sirviera para transportar la carpa en la que montar su Piccolo Mondo. ¿Qué harían con los pobres miembros de la Corte de los Milagros? No serían más que un engorro».

Vitorio de momento no había dicho ni sí ni no.

—¿Dónde están ahora? —se limitó a preguntar.

Caragatos señaló entonces en dirección al pabellón de caza.

—Ahí, señor, apenas a diez minutos a pie.

—Lo siento —comenzó entonces a excusarse el dueño del circo sin mirar aún en la dirección que indicaba Caragatos—. Me gustaría, pero...

—¡Vitorio, son ellas, han vuelto! Ayúdame, no me dejes.

—Tranquila, *principessa,* quédate donde estás, enseguida voy. Deja que me despida de estas muchachas.

—¡Están de nuevo aquí! ¿No ves cómo rojean el cielo? Son ellas, son ellas.

Lo que alcanzaron a ver las dos amigas a continuación y al contraluz fue la silueta de una mujer de pelo muy largo vestida con leve camisón blanco que se recortaba en la parte trasera del carromato.

—Vamos, no pasa nada, ya estoy contigo.

Vitorio empezó a dirigirse hacia la carreta intentando evitar que se apease, pero la mujer demostró ser más rápida. De un salto salvó los tres peldaños que la separaban del suelo para correr hacia él.

Las dos amigas pudieron verla entonces con más claridad. No era muy alta pero el cuerpo que se adivinaba bajo el camisón bien merecía el apelativo con el que repetidamente la llamaba Vitorio. También era extraordinario su pelo, abundante y rizado, igual que el de una Virgen de Murillo. A Trinidad apenas le dio tiempo a preguntarse cómo alguien así podía tener la voz tan rota cuando la luna asomó detrás de una nube para desvelar el misterio. Aquella mujer perfecta no tenía rostro. Sus facciones habían sido sustituidas por un amasijo de carne en el que se abrían dos orificios a modo de nariz y un par de despavoridos ojos sin párpado que saltaban ahora de Vitorio a Caragatos, y de Caragatos a Trinidad para volver una vez más a su marido.

—Puedo olerlas, sé que están allí, vienen por nosotros, Vitorio. ¿Por qué no me escuchas?

Trinidad tuvo que ahogar un grito. No era la primera vez que veía a alguien como la princesa. Entre sus peores pesadillas, vivía desde hace años el recuerdo de alguien muy parecido a ella. Fue un 23 de junio, la víspera de San Juan, allá en Matanzas. La tradición mandaba que por una noche se borrase la línea que separa amos y esclavos para saltar juntos la hoguera. Aun así, las señoritas no solían participar del ritual. A ninguna se le ocurría arriesgarse a que se tiznaran sus vestidos blancos de fiesta. Milagros, sin embargo, era distinta a todas. Huérfana desde niña y la más guapa de las sobrinas del amo, había crecido entre esclavos y para ella todos los días eran San Juan. «Ven, Trini, salta conmigo», le dijo, cogiéndola de la mano mientras la arrastraba hacia al fuego. Las dos se habían recogido las faldas. Las de Trinidad, más cortas y de tela basta, atravesaron limpiamente las llamas, las largas y bordadas de Milagros, aparentemente también. Fue sólo después mientras, abrazadas y jadeantes festejaban su hazaña, cuando Trinidad descubrió que en el bajo de las enaguas de su amiga había prendido el fuego. Segundos después ardía como una tea. Milagros había empezado a correr aterrada y Trinidad nunca podrá olvidar su cara de horror mientras las llamas la devoraban. Por fin, un esclavo logró detenerla y sofocar el fuego abrazándola con su cuerpo y gracias a él sobrevivió, pero en qué estado. El último recuerdo que Trinidad tenía de Milagros coincidía con el día anterior a su viaje a España. Al ir a despedirse, la encontró sentada, sola como siempre, frente a su ventana, toda de negro porque, a pesar de los rigores del trópico, nunca volvió a vestir de blanco. Vista de espaldas era la de siempre. Su pelo prodigiosamente había sobrevivido a las llamas y le gustaba llevarlo suelto sobre los hombros. De frente, en cambio, era igual que la princesa. Milagros conservaba al menos la nariz, pero la carne chamuscada y sus ojos sin párpados eran los mismos que ahora, desmesurados, la miraban.

—Han vuelto... —repitió la princesa.

—¿Quiénes? —se había atrevido a preguntar por fin. Y su interlocutora la miró con sorpresa.

—¿Pero quién va a ser? Ellas, las que lo devoraron todo, las llamas. ¿No las ves? Mira allí —añadió señalando el horizonte.

—Es el alba, señora, que comienza a despuntar —intentó tranquilizarla Trinidad—. Pronto será de día...

Caragatos y Vitorio se volvieron por primera vez hacia el punto que señalaba la princesa y no. Imposible que fuera el alba. El lugar que ella indicaba estaba al norte, no al este.

—¿Qué hay de ese lado de la propiedad? —preguntó Vitorio—. ¿Una casa de labor? ¿Alguna choza?

—¡Dios mío, no, es el coto de caza abandonado!

—Bueno, en ese caso, no habrá nadie allí. Pero aun así deberíais volver a palacio y dar la voz de alarma o arderá por los cuatro costados.

—No lo comprende, señor —se desespera Caragatos—. ¡Son ellos!

—¿Quiénes, muchacha?

—Los infelices de los que le hablé. Los tienen encerrados ahí, con sólo un vigilante a su cargo. Un perfecto inútil que a saber dónde estará ahora. Apuesto que salió corriendo al ver las primeras llamas. ¡Tiene que ayudarnos!

Vitorio miró entonces a Caragatos y luego a la princesa.

—No puedo dejarla sola.

—Por favor, señor...

Andrea, uno de los gemelos, se ofreció a quedarse al cuidado de su madre. «Yo me ocuparé de que esté bien», pero el dueño de Piccolo Mondo había vuelto a negar con la cabeza.

—¡Por favor, señor Vitorio! Se lo suplico.

—Ayúdenos...

Fue en ese instante cuando la princesa, que había presenciado la conversación sin decir palabra, se acercó a su marido.

—Ve —le dice, posando una mano blanquísima sobre los labios de su marido como si intentase impedir una nueva negativa—. Tienes que ir. Para que no destruyan a nadie más, para apagarlas para siempre, Vitorio. —Y sus ojos sin párpados lo miraban con la misma horrible fijeza mientras señalaba en dirección a la Corte de los Milagros.

No tardaron en ponerse en marcha. Caragatos iba delante con Adriano, el otro de los gemelos, mientras Trinidad y Vitorio los seguían a corta distancia. Ya no era necesario que los alumbrara la luna, el coto era como una inmensa brasa roja que crecía en la noche.

—Parece que hemos llegado a tiempo —se alegró Caragatos cuando por fin se vieron ante el edificio—. Mirad, las llamas no alcanzan aún la zona de las celdas. El fuego debe de haber empezado en la parte norte.

Lo primero que encuentran al entrar por la puerta principal es el cuarto desierto del vigilante. No hay allí más que unas cuantas botellas de anís vacías, una garrafa de keroseno y la puerta abierta de par en par, como si hubiera abandonado el lugar precipitadamente.

Trinidad y Caragatos, que están familiarizadas con el sitio, saben que el vigilante tiene por costumbre colgar de un clavo y detrás de la puerta de entrada la gruesa anilla con las llaves de las celdas.

—Vuelve al vestíbulo y tráelas —grita a Trinidad su amiga—. Nosotros nos adelantaremos para que esos pobres infelices sepan que no están solos.

Hay humo por todas partes y las llamas empiezan a lamer el comienzo del pasillo al fondo del cual se encuentran las jaulas. Trinidad mientras tanto no consigue encontrar las llaves. Donde deberían estar, sólo cuelga un látigo de triste recuerdo. Es el mismo con el que, no pocas veces, Caragatos y ella habían visto al vigilante «tranquilizar» —así es como él lo llamaba— a los prisioneros.

—¡Trinidad!, ¿qué haces? ¿Por qué tardas tanto? —grita Caragatos, sacudiendo estérilmente los barrotes de la primera de las celdas, la de la bailarina oriental, mientras ésta, tumbada sobre la paja inmunda, la mira con ojos nublados por el láudano. Ni siquiera es capaz de incorporarse.

—Descuida, Zoraida —le dice, usando el exótico y ahora tan patético nombre que Amaranta ha elegido para ella—. Te sacaremos de aquí.

Trinidad rebusca por todas partes sin poder dar con las llaves. Regresa al cuarto del vigilante, vuelve del revés los cajones, remueve aquí y allá, otea bajo los armarios y por los rincones. El humo que empieza a filtrarse bajo la puerta desde el vestíbulo le escuece en los ojos, pero no se detiene. Encuentra al fin, junto a la garrafa de keroseno vacía, otra argolla metálica con una decena de llaves. «Dios mío, que sean éstas», reza mientras se apresura hacia las celdas. Por suerte, el humo no ha llegado aún hasta allí y lo primero que ve es a Míster Angus, el gigante escocés, agarrado a los barrotes. Apenas puede sostenerse en pie y un largo y viscoso hilo de baba cae de su desdentada boca. Ni un quejido, ni un lamento, ni un grito, sólo se balancea adelante y atrás en terrible silencio. La celda siguiente es la de *mademoiselle* Solange, la niña negra cuyo pecado fue no aprender nunca a recitar a Racine. «¡Mi niña! —grita Trinidad llegando por un momento a imaginar que aquella criatura vestida de mugrientos harapos que la mira tumbada en la paja de su jaula es Marina—. Espera, tesoro, enseguida estarás a salvo». Y comienza a probar una llave, otra y otra más. Caragatos, impaciente, se las arrebata y ensaya también pero con el mismo nulo resultado.

—Vamos a ver, muchachas, ¿dónde está ese clavo del que antes hablabais? —interrumpe entonces Vitorio.

—¿Cuál, señor?

—¿No dijisteis que las llaves estaban colgadas de un maldito clavo?

—Sí, detrás de la puerta principal, en el vestíbulo, junto al cuarto del vigilante, pero no había llave alguna colgada en él.

—Ven conmigo —apremia Vitorio a Trinidad—, antes de que el humo nos ahogue a todos, llévame hasta allí.

Desandan el camino a toda prisa y, una vez en el zaguán, Vitorio mira a su alrededor. A través de la humareda Trinidad sólo alcanza a ver cómo las amarillas mangas del dueño de Piccolo Mondo revolotean tras la puerta. Entra a continuación en el cuarto del vigilante, revuelve también allí y por fin reaparece. Antes de que ambos emprendan el camino de nuevo hacia las celdas, Vitorio le enseña el botín que ha conseguido reunir. En lugar de llaves, un clavo, un alambre herrumbrado y un tenedor.

—¿Pero qué piensa hacer con todo eso?

—Lo que mejor sé —responde Vitorio—. Magia...

Y en efecto la magia existe, porque, minutos más tarde y tenedor mediante, la puerta de la primera de las celdas cede dejando que Caragatos se precipite en ayuda de la diminuta bailarina oriental.

—Llévala fuera, al patio —ordena Vitorio mientras se aproxima a la cerradura de la segunda jaula. Trinidad mira hacia atrás. Lenguas de fuego comienzan a asomar entre los cuarterones de la puerta que está en el otro extremo del recinto. Si esta cerradura, que es la que aprisiona al gigante pelirrojo, se resiste, ya no dará tiempo a abrir la última de las celdas.

—¡Salvemos primero a la niña! —suplica Trinidad al mago del Piccolo Mondo y él, después de un segundo de vacilación y un juramento contrariado, accede. Usando una vez más el tenedor, da una vuelta a la derecha, perfecto, media a la izquierda, también, pero entonces, con un chasquido, el cubierto se parte dejando dentro de la cerradura dos de sus púas.

—*Forchetta del cazzo!* —jura el Mago.

Mientras tanto Adriano, con la ayuda del clavo, intenta hacer saltar la cerradura de Míster Angus, pero no es tan hábil como su padre.

—Así no, muchacho. ¿Pero de qué te sirve haberme visto hacer este truco desde que eras un rorro? Mira. —Y con un único giro de muñeca abre la segunda de las jaulas para que el chico y Caragatos puedan ayudar al gigante a ponerse a salvo.

Al fondo del pasillo apuntan ya algunas llamas detenidas sólo por una puerta que milagrosamente no ha cedido aún ante ellas. Pero el aire se hace irrespirable y falta por abrir la última de las celdas.

—¡Todos fuera! Ya no hay más que podamos hacer —grita Vitorio.

—¡La niña, señor, cómo vamos a dejarla aquí! —se desespera Trinidad.

—Es ella o nosotros, muchacha.

—Por favor, señor, usted puede, usted es mago...

Vitorio primero se niega, pero tanto insiste ella que acaba claudicando y forcejea de nuevo con la cerradura. Imposible, la reja no cede.

La que sí cede en cambio y se desmorona es la gruesa puerta de madera que servía de contención al fuego.

—¡Se acabó, fuera todos! —ordena el dueño de Piccolo Mondo, pero Trinidad vuelve a suplicarle:

—La última, señor, juro que después de ésta obedeceré...

Con otro juramento en italiano el mago hace otro intento y esta vez la puerta se abre. Trinidad se precipita en el interior.

«Dios mío, parece dormidita», piensa mientras coge a la niña en brazos.

Fuera, en el patio, lejos de las llamas, consigue al fin reunirse con los demás. Con Adriano, que intenta ayudar al gigante Míster Angus a mantenerse en pie; con Caragatos, que ha envuelto a Zoraida en su toquilla. También con Vitorio, que con un revoloteo de chamuscadas mangas amarillas le indica ahora un banco de piedra en el que puede recostar a la pequeña recitadora de versos.

Con infinito tiento, Trinidad deposita su carga.

—Abre los ojos, niña mía, ya pasó todo —suplica, y, al acariciarle la cara, la nota fría—. Mírame, tesoro, dame la mano, tal vez se haya desmayado, sí, eso es, sólo un vahído, ¿verdad que sí, pequeña? —Y la abraza y acuna contra su pecho.

Los demás no dicen nada. Hace tiempo que se han dado cuenta. Demasiado blanca, demasiado quieta, demasiado fría.

—Dime que no es cierto —suplica Trinidad a Caragatos—. Dime que la hemos salvado. Dime que como Zoraida, como Míster Angus también ella podrá tener otra vida. En Piccolo Mondo, ¿verdad que sí? ¿Por qué no? Todos ellos, igual que su princesa, señor Vitorio, también han vencido a las llamas. Además, usted mismo lo dijo hace un rato, en ese pequeño mundo suyo no hay dolor, ni penas ni duelo y hasta lo imposible se hace posible. ¿Verdad, señor, verdad que sí...?

Capítulo 22
Puro teatro

—Qué disgusto —le dice Charito Fernández, la Tirana, a su amiga Amaranta—. He estado varios meses fuera y no me había enterado de la terrible noticia.

Las dos amigas se encuentran sentadas junto a Hermógenes Pavía en el patio de butacas del teatro Príncipe. Ninguno ha querido perderse el ensayo general de *La señorita malcriada*, un sainete de Tomás de Iriarte que tiene como actriz principal nada menos que a Cayetana de Alba. A Charito le preocupan ciertos comentarios que corren desde hace meses por los mentideros. Aquel año, seco como la yesca, había sido pródigo en incendios y, según ha podido saber la diva al regreso de su última turné por provincias (qué dura es la vida del artista, qué agotador estar de acá para allá un trimestre sí y otro también), el palacio de Amaranta sufrió uno realmente pavoroso.

—Pamplinas, querida. ¿Quién te ha venido con semejante cuento? No ha sido más que un susto. Fue nuestro viejo y abandonado coto de caza de El Olvido el que ardió por los cuatro costados, pero casi mejor así. Mi marido ha logrado convencerme de lo espectacular que sería que construyéramos ahí el mayor recinto de aves en libertad de toda Europa y la vieja estructura no nos servía ya para nada.

—¿No era allí donde tenía usted aquella Corte de los Milagros de la que estaba tan orgullosa? —pregunta con intención el anónimo escribidor de *El Impertinente*.

—En efecto, querido Hermógenes, buena memoria la suya.

—Excelente, no lo dude. Incluso recuerdo los nombres de todos sus miembros. Zoraida, la bailarina enana; Angus, el gigante pelirrojo; Solange, la negra recitadora de versos; y Amadeus, el gitanillo que iba a hacer palidecer a Mozart. ¿Qué ha sido de ellos?

—Uy, me abandonaron, los muy ingratos. Los dos primeros se unieron a uno de esos horribles circos ambulantes llenos de engendros que todos los veranos acampan cerca de El Olvido. Qué poca consideración la suya, con todo lo que hice por ellos.

—¿Y los demás?

—Hace usted muchas preguntas —le regaña Amaranta, dándole un golpecito en el antebrazo con su abanico—. El niño Mozart murió de un mal catarro meses antes del fuego.

—¿Y la recitadora?

—¿Soy yo acaso la guardiana de las negritas recitadoras? —parafrasea Amaranta sin perder la sonrisa—. Alguna víctima tenía que haber de tan pavoroso incendio.

—Vaya por Dios. ¿Y cómo se originó el fuego, si no es impertinencia?

—Eso sí que tiene gracia viniendo de usted y conociendo el nombre de su inefable pasquín —retruca Amaranta empezando a perder, si no la sonrisa, sí la paciencia.

—No hace falta que me conteste si no quiere, naturalmente. A fin de cuentas, yo sólo me hago eco de lo que dicen por ahí.

—¿Y qué dicen?

—Ya sabe cómo es la gente de malpensada. Unos hablan de un vigilante inclinado al anís, otros de una garrafa de keroseno que de pronto, ¡ups!, se derramó. En todo caso, un golpe de suerte para usted y su marido, mucho menos trabajo tendrán ahora los constructores de pajareras...

—¡Qué imaginación tienen algunos! Nada más lejos de la realidad, amigo Hermógenes. Fue un rayo, una fatalidad. Era una terrible noche de tormenta y llovía a mares, pero, aun así, el pabellón ardió como una tea, ni se imagina qué estampa.

—Tiene usted razón, no me lo imagino. Debió de ser la única tormenta que hubo, porque no cayó una gota en todo el mes de agosto. La pertinaz sequía, ya sabe.

Si las miradas fulminasen como los rayos, Hermógenes Pavía se habría convertido también él en pavesa. Pero como no lo son, ahí sigue el plumilla, incólume hasta que la Tirana decide que es preferible cambiar de tercio antes de que salten nuevas chispas.

—¿Y qué tal te va con Trinidad, la mulata que antes trabajaba conmigo, Amaranta? En casa todos la recordamos con cariño.

—Estoy muy enfadada contigo —finge regañarla la duquesa, agradeciendo el quite torero—, muy enfadada, Charito. ¿Por qué no me dijiste que era una espléndida peluquera? Durante no sé cuánto tiempo la tuve desaprovechada desplumando pollos y dando de comer a los cerdos, hasta que una providencial gripe que casi me deja sin personal hizo que subiera a servir a palacio.

—Sí, las gripes, y sobre todo esas que llaman matarratas, pueden ser providenciales, limpian mucho el ambiente...

—El caso —continúa Amaranta, haciendo como que no oye el comentario del plumilla— es que con todo el cuerpo de casa enfermo, tuvimos que echar mano de otros criados. Así descubrí que esa negra peina mejor que *monsieur* Gaston y desde entonces, *voilà* —concluye Amaranta, señalado su cabeza y un favorecedor y enorme turbante de seda roja y verde del que escapan varios artísticos tirabuzones.

—Espléndido, hermosísimo —opina Hermógenes Pavía, pues, a pesar de que sabe lo que oculta tan exótico turbante, en lo que respecta a su relación con la aristocracia siempre ha sido partidario de la ducha escocesa. Agua helada primero, tibia a continuación; primero palo y después zanahoria; he aquí, según él, la única manera de que esta gente tan enojosa lo respete y tema a uno a partes iguales.

—Mi prima Luisa ya me había dicho que a esa muchacha se le daba muy bien la peluquería —interviene la Tirana—, pero estuvo tan poco tiempo en casa que apenas pude probar sus habilidades. Estoy de acuerdo con don Hermógenes, magnífica creación la suya, muy original además.

—Y tanto, como que en Francia es *dernier cri.*

—¿Y una esclava mulata conoce los *derniers cris* de París? —pregunta Hermógenes Pavía retomando someramente su método escocés con una pequeña dosis de agua helada.

—¿Ve? Ahí tiene usted un gran tema para su *Impertinente.*

—Ya le he dicho multitud de veces que no tengo nada que ver con ese sucio pasquín.

—Y yo le he dicho otras tantas que no me tome por imbécil —retruca retóricamente Amaranta como siempre que sale el tema—. Pero bueno, a lo que voy, que a sus lectores de *El Jardín de las Musas* (u otros más impertinentes) seguro que les interesaría saber algo de la moda *à la créole.*

—¿*À la créole*? —repite La Tirana, cuyos conocimientos de francés se reducen a repetir con su buena memoria de actriz los parlamentos de Molière y poco más.

—Sí, querida, o dicho en román paladino, a la criolla. Su origen es muy curioso. Resulta que en Francia, como ya saben, la cabeza del incorruptible Robespierre ha tardado apenas dieciocho meses en ir a parar al mismo cesto que la del pobre rey Luis, para gran festín de los gusanos. Bueno, pues resulta que ha sido caer el Incorruptible, y a todo el mundo le ha dado por el desparrame.

—¿Desparrame, querida?

—Es la palabra que mejor define el estado de ánimo actual de los franceses, sin duda. Después de tanta sangre, de tanto horror y una vez muerto el mayor responsable de él, la gente lo único que quiere es bailar, amar, vivir. Por eso París es ahora y más que nunca una fiesta. ¿Han oído ustedes hablar de *les Merveilleuses*, de las Maravillosas? Son las nuevas diosas de la revolución. Una de ellas es española, Teresa Cabarrús, la hija del fundador del Banco de San Carlos.

—¿De Francisco Cabarrús? —se interesa la Tirana.

—Excelente pedigrí el suyo: hija de un corrupto que ha pasado un par de años a la sombra y ahora vuelve a estar muy cercano a nuestro querido monarca... —glosa Hermógenes Pavía.

—Hermógenes, querido, tenga usted cuidado con morderse la lengua, no sea que se envenene. Como te decía, Charito, su hija lleva camino de entrar en los libros de historia. Por lo visto, la caída del Incorruptible se debió en gran parte a Teresa, lo que la ha convertido en una heroína nacional. Ahora ella y su amiga Josefina son las reinas, o mejor dicho «las Maravillosas», que suena más republicano, mucho más *egalité* y *fraternité*, de París.

—¿Esa Josefina también es española?

—No, se trata de una criolla de la Martinica, de apellido Beauharnais. Conoció a Teresa en la cárcel, las dos estuvieron a un tris de que les cortaran la cabeza.

—La Cabarrús es interesante —opina Hermógenes Pavía—, y, según cuentan, ha salvado a miles de personas de la guillotina gracias a sus contactos y también a su belleza, pero la otra, la Beauharnais, no es nadie. Sólo una viuda con muy pocos melindres a la hora de saltar de cama en cama. Jamás llegará a nada. Con decirles que quien la pretende es un tal Napoleón Bonaparte. Un corso de aspecto tan ridículo al que en París llaman el alfeñique. Menuda *merveilleuse*.

—Ya entiendo, ha sido Josefina Beauharnais entonces la que ha traído a Europa la moda a la criolla —colabora la Tirana, obviando el comentario del escribidor de *El Impertinente*—. ¿En qué consiste?

—Precisamente en esto —señala Amaranta, irguiendo la cabeza para que se aprecie mejor su turbante.

—Le queda admirablemente bien ese aderezo de negra y muy logrados también los ricillos que le caen por la frente, *casi* parecen de pelo natural —no puede evitar comentar Hermógenes, pero Amaranta tiene demasiadas horas de navegación por aguas turbulentas como para naufragar en tan pequeño charco.

—Tiene usted toda la razón, un peinado de negra, y váyase acostumbrando amigo Hermógenes, porque, a partir de ahora, lo verá en muchas más cabezas además de la mía. El pobre *monsieur* Gaston debe de estar desolado. Todas las damas están prescindiendo de sus servicios. En mi caso no me lo pensé dos veces, ahora sólo me peina Trini. Con decirles que me la voy a llevar a Sevilla el próximo mes de abril. Gonzaga, mi santo marido, y yo...

—A veces pienso que no existe su santo marido, no lo he visto ni una vez en los años que la conozco.

—¿Y para qué cree usted que sirve un marido si no es para ser y *no* estar, amigo Hermógenes? Un buen marido es como esta sortija de diamantes, ¿ve usted? Brilla y adorna muy lindamente, pero no impide el movimiento de ninguno de mis dedos. Aunque... si tanta curiosidad tiene, tal vez lo invite a conocerlo. ¿Qué le parece venir con nosotros a Sevilla dentro de un par de meses? Gonzaga no perdona las procesiones de Semana Santa. Dice que lo ayudan a poner en paz su espíritu, así que allá nos vamos todos los años los dos en amor, compañía... y penitencia, como si fuéramos un matrimonio ejemplar.

—Ahora que hablamos de ejemplares raros —ironiza Hermógenes Pavía, después de agradecer y aceptar la invitación de Amaranta—, ¿qué les parece el espécimen que viene por ahí?

—¿A quién se refiere usted?

—A la mujer que acaba de entrar en la sala y enfila hacia esa puerta contigua al escenario. Mírenla, toda endomingada y repolluda, de luto riguroso como si fuera a un baile de provincias, o peor aún, a un funeral. ¿Quién será? ¡O mis ojos me engañan o la sigue una esclava negra que encima fuma en cachimba! —se escandaliza el escribidor de *El Impertinente*—. ¿Adónde vamos a parar en esta ciudad con las excentricidades?

—Pero si es la viuda de García —interviene la Tirana—. ¿Hacia dónde se dirige? Por ahí sólo se va a la escalera de los tramoyistas.

—No me diga usted más —sonríe Hermógenes, dejando al descubierto todo un rosario de dientes amarillos—. Ahora ya sabemos de quién son los maravedíes que van a llevarla de turné próximamente por provincias, querida. Seguro que ese siempre desinteresado empresario de usted, el maestro Martínez, ha invitado a la dama entre bambalinas para retribuir su mecenazgo. Miren lo oronda que va, cómo se nota que sabe que la que paga manda. Ya me la imagino, una vez acabado el ensayo, saludando a Cayetana de Alba con una reverencia hasta el suelo como si estuviera ante la reina de Saba. Ahora comprendo mejor lo del vestido cuajado de azabache y la negra con cachimba que la acompaña. Es su modo de estar a tono para codearse con la aristocracia.

—No me sea usted malvado, amigo Hermógenes —interviene la Tirana—. ¿Qué sería de nosotros los cómicos sin personas generosas como esa dama de la que se carcajea? No todos los estrenos son como el que veremos mañana ni tienen a una duquesa como actriz principal. Y muy buena por cierto, Cayetana está espléndida, ya lo comprobarán, en su papel de *La señorita malcriada.*

—Como que el papel le va que ni pintiparado —colabora Amaranta—. El título de la obra desde luego le encaja como un guante. Por cierto, ¿cuándo empieza este ensayo? Llevamos aquí más de media hora.

—Debería haber comenzado ya, tal vez estén esperando a alguien.

—Muy principal ha de ser para justificar tanto retraso... ¡ah! Por fin, parece que ya comienzan a apagar las candilejas.

Amparada por la creciente penumbra, una figura masculina se cuela en el último momento por una de las puertas cercanas al escenario y toma discreto asiento en un lateral, pero no antes de que reparen en ella los rapaces ojos de Hermógenes Pavía.

—Pero bueno, miren quién ha venido a aplaudir a la nueva estrella de las tablas. Que me aspen si no es don Manuel Godoy en persona, nuestro mal llamado Príncipe de la Paz.

—¿Mal llamado por qué?

—¿Cómo que por qué, Charito? ¿En provincias no se lee la prensa, que anda usted tan desinformada?

Mientras se levanta el telón y aprovechando la pieza musical previa a la representación, Hermógenes Pavía le explica a la Tirana la última zozobra de la corte. Y cómo tras la muerte de Luis XVI, Carlos IV se había visto obligado a declarar la guerra a los asesinos de su desdichado pariente. Por desgracia y a diferencia de lo que muchos optimistas pensaban que iba a ser un paseo militar contra tan descamisados y desorganizados hijos de la revolución, meses después, España veía cómo los «desarrapados» habían sido capaces de invadir nada menos que Cataluña, Navarra y las Vascongadas, obligando a Godoy a firmar con ellos la paz.

—Rabo entre piernas —afirma el escribidor de *El Impertinente*—, y en los términos más humillantes. ¿Y qué creen ustedes que hizo entonces el rey nuestro señor después de semejante bajada de calzones en la que hemos tenido que entregar a Francia varios y valiosos territorios de ultramar para que nos devolvieran el mordisco de España que nos habían arrebatado? ¡Pues premiar a Godoy con otro título nobiliario más y hacerle Príncipe de la Paz! Del Fiasco hubiera sido más atinado.

—¿No le va usted a saludar? —bromea Amaranta—. Seguro que le encantará oír sus comentarios.

—No, amiga mía. Me voy a quedar aquí mismo, que tengo una vista espléndida —dice el plumilla mientras saca una mugrienta libreta con tapas de hule y un lapicero afiladísimo con el que apuntar.

—Parece imprudente por su parte presentarse aquí —se asombra la Tirana—. Ahora seguro que empezarán a decir que anda en amores con Cayetana. Yo no lo creo, por supuesto, pero los dos deberían tener más cuidado. ¿De verdad creía que iba a pasar inadvertido?

—Querida, parece mentira que no lo sepa. En su soberbia, los poderosos llegan a creer que los demás somos tan ciegos y obtusos a la hora de ver los flagrantes errores que cometen como lo son ellos mismos. ¿No conoce la expresión? Ningún *cagao* se huele.

Las dos damas se abanican virtuosamente para aventar tan malvados humores y Hermógenes Pavía se esponja en su butaca abriendo su libretita de hule.

—Comienza ya el espectáculo. ¡Silencio! Esta comedia de enredos promete.

Capítulo 23

Dos diosas desnudas

«Ha venido, Dios mío, mira que se lo dije. Por favor, Manuel, es preferible que no lo hagas. ¿Para qué? Yo por mi parte hace tiempo que he decidido no jugar con fuego, gato escaldado hasta del agua fría huye. Además, ¿has pensado en la Parmesana? ¿Si no me ha perdonado aún lo de Pignatelli, qué cara crees que pondría si llega a enterarse de lo nuestro?».

Cayetana acaba de descubrir a Godoy entre el público. La comedia de Iriarte comienza con una fiesta campestre a la que sigue una noche de bodas amenizada por unas coplillas a cargo de un grupo de majos, de modo que ella no tiene que salir a escena hasta el cuadro tercero. Tiempo suficiente para espiar la platea entre bastidores, también para conseguir que su corazón se serene y deje de golpear de aquel modo loco contra las costillas. ¿Late por estar a punto de cumplir un viejo sueño, ser la protagonista de una obra de teatro? ¿O lo hace sólo por él?

Con aquellas coplillas nupciales por cómplices, Tana piensa en la noche anterior y otro escenario bien distinto, el palacio de Buenavista entrada ya la noche. Después de mucho dudar, había decidido recibir a Godoy en el pequeño gabinete azul próximo a la escalera. El mismo en el que cuelga *La Venus del espejo*. El mismo también que José suele recorrer impaciente, arriba y abajo, mientras espera a que ella acabe de arreglarse antes de salir a alguna de sus fiestas o recepciones. Sí, ese mismo, porque el lugar más flagrante es siempre el que menos sospechas despierta.

Había disfrutado mucho planeando y preparando la velada. Los prólogos del amor son a veces más dulces que los encuentros en sí, sobre todo la primera noche, que no siempre logra estar a la altura de tantas expectativas. Por eso se había demorado en cada detalle, en la luz de los candelabros, en el gran fuego de la chimenea y en las flores que, en su opinión, hablaban con sus secretos pero elocuentes lenguajes. «Sí, Rafaela, he dicho lirios blancos, venga, no pongas esa cara, vete a dormir, que yo me ocupo del resto, no seas tonta, mujer, y descuida, lo tengo todo previsto, de esto no se enterarán ni las ratas del palacio».

Mientras sobre el escenario los majos de *La señorita malcriada* bailan y se besan a escondidas, Tana recuerda lo que pensó nada más verlo. Qué joven le había parecido, así, sin uniforme ni peluca, con el pelo aún húmedo y raya a un lado, igual que un colegial en su primer día de clase. ¿Cuántos años tenía ahora? Sus ojos habían perdido, levemente, el brillo hambriento de aquella ya lejana noche en que consultaron juntos a los *orishás*, pero conservaban la virtud de saber mirar como los de un muchacho. Desde aquel encuentro, habían coincidido en varias ocasiones, pero siempre con los reyes, o mejor dicho con la reina, atenta a todos sus movimientos. Miradas, sonrisas, invisibles roces al pasar y algún que otro *billet doux*, como ahora llamaban a las esquelas galantes, ése había sido su juego favorito, uno tan inofensivo como estimulante que convenía a los dos. A ella, porque después de Pignatelli había descubierto el suave veneno de los amores platónicos. A él, porque decidió hacer suya la frase de su hermano Luis de que el que abraza el poder no puede abrasarse en otras pasiones. Putas, desahogos, francachelas, coqueteos y amoríos varios... todo eso estaba permitido e incluso era necesario, pero nada de amores y menos con personas que no fueran del gusto de la mano que nos da de comer (esta frase también era juicioso consejo de su hermano). A pies juntillas lo había seguido, vive Dios, durante todo aquel tiempo sin cometer el menor desliz, pero las circunstancias cambian. Él ya no era aquel muchacho de provincias abrumado por las muchas responsabilidades con las que los reyes le habían distinguido. Ahora era el Príncipe de la Paz, alguien que, con apenas veintiocho años, ya sabía lo que era declarar la guerra a Francia y luego trocar Cataluña y Vascongadas por territorios de ultramar como quien juega al ajedrez o a las prendas. Alguien, además, que mientras coleccionaba fortuna y honores había aprendido a valerse de ambos para hacerse con una nada desdeñable cantidad de obras de arte, de enseres espléndidos, de esculturas, antigüedades, cuadros. ¿Qué le impedía entonces añadir a su colección otro magnífico y ahora ya no tan inalcanzable trofeo como era la duquesa de Alba?

—¿Dónde está vuestro marido? —había preguntado tontamente antes de darse cuenta de cómo lo miraba Cayetana. Como lo que —pese a todo lo demás— aún era, un pequeño hidalgo, un advenedizo de provincias que no había logrado aprender del todo los modos y sutilezas del gran mundo.

Pasó un ángel y ella había decidido distender el ambiente haciendo eso que los ingleses llaman *small talk*, conversación intrascendente.

—Agradezco mucho tu interés por José —sonrió más irónica que mundana—, seguro que sentirá no verte. Cena esta noche con un caballero que tal vez conozcas, Alejandro Malaspina, el navegante.

Incómodo aún, Godoy había aprovechado la mención de Malaspina para cambiar de tercio comentando que no le gustaba nada aquel individuo. Que había regresado un par de meses atrás de su viaje alrededor del mundo con la estrafalaria idea de que era necesario conceder una cierta autonomía a las colonias de América dentro de una confederación, según él, para asegurar su fidelidad a la corona. Que estaba intentando interesar al rey en tan peregrina iniciativa y que por tanto él, Godoy, pensaba vigilar de cerca todos sus movimientos. Pero enseguida descubrió otra estrategia mucho mejor para desviar la atención de su pequeña *gaffe* inicial: «Extraordinaria», empezó diciendo mientras se acercaba a admirar cómo el fuego de la chimenea que la duquesa de Alba había preparado para aquel encuentro a dos hacía bailar con sus llamas extraños reflejos sobre la obra maestra de Velázquez. El efecto era tal que el cuerpo desnudo de Venus parecía suspendido entre sombras mientras que el reflejo de su cara los observaba a ambos a través del espejo.

—¡Diez minutos y a escena! —apunta una voz a su espalda.

Tana se sobresalta. Casi ha olvidado dónde está realmente. Esperando su turno para salir a escena y convertirse en Pepita, la hija del tabernero, la despreocupada y liviana protagonista de aquella comedia que se dedica a enredar buscando un amor que nunca encuentra. Amor, qué extraña palabra. Y también qué divino ritual, como el que habían oficiado Godoy y ella la noche anterior logrando pasar de un *introito* demasiado frío a un discreto *sanctus* para llegar lo antes posible al *ofertorio*. Y de ahí a la comunión no había habido más que un paso —recuerda ahora Cayetana— porque, después de desearse durante tanto tiempo a distancia, les había parecido natural caer cuanto antes el uno en brazos del otro. Por eso, pocos minutos después, estaban ya desatando lazos y atavismos, desdeñando botones y pudores, rápido, más rápido para perderse cuanto antes en un largo viaje por la piel del otro. Descubrir así que cada secreto pliegue de su anatomía ocultaba una sorpresa, cada hueco un deseo y cada recodo un abismo. Y tan afanados estaban en naufragar en todos ellos que llegaron a bendecir la tormenta de rayos y truenos que algún dios protector había desatado de pronto allá fuera, en la calle, como cómplice de sus amores. Una que les permitió ahogar sus gemidos, sus jadeos y, sobre todo, los latidos de sus corazones, tan atronadores y acompasados, que Cayetana no comprendía cómo no habían despertado ya al palacio entero. Y así siguieron de la *communio* a la *secreta* y de ésta al *postcommunio* mientras descubrían que ninguno de estos ritos les era extraño. Que conocían ya el particular sabor de sus cuerpos, el olor de sus besos y el tacto de sus caricias como si de tanto soñarse hubieran oficiado multitud de veces en cada uno de aquellos deliciosos altares.

—¡... A escena, a escena!

Ahora sí que debía comenzar su participación en el sainete que se estaba representando. Se dirige al escenario y sus luces la deslumbran de tal modo que Tana ya no podrá revivir cómo se habían despedido la noche anterior: ella desnuda, rogándole que por favor no se le ocurriera ir mañana al ensayo, para qué tentar a la suerte que hasta ahora tanto los había favorecido, y él, por única respuesta, robándole un último beso mientras repartía su atención entre ella y otra diosa desnuda allí presente, la del espejo.

Años más tarde, cuando se desmoronara su fabuloso castillo de naipes, Manuel Godoy recordaría más de una vez aquella escena en el palacio de Buenavista. Y cómo, al ir a besar a Cayetana, había levantado los ojos hacia la Venus de Velázquez para hacerse una promesa. Que algún día no muy lejano también aquella diosa sería suya. Y, puesto que todos sus sueños parecían cumplirse, se atrevió a desear también entonces que Goya muy pronto le pintara, para su ahora incipiente colección de arte, una tercera diosa a imagen y semejanza de la que tenía ante sí. No, mejor dos. Una vestida y otra desnuda para poder recordar por siempre a Cayetana tal como la había visto aquella noche, impúdica, desafiante, tumbada en un diván con los brazos así, detrás de su cabeza, diciéndole con una media sonrisa:

—Ven, Manuel, no te vayas todavía...

Capítulo 24

El balcón de los envidiosos

Un centenar de varas más arriba del escenario en el que se está representando *La señorita malcriada,* cerca del techo y detrás de lo que en el argot teatral llaman bambalinas, hay un pequeño balcón. Lo mandó instalar el anterior empresario del teatro Príncipe, un gaditano enamorado de su profesión (y también de los caudales ajenos), de nombre Escamilla. En su opinión, la mejor manera de dirigir y supervisar un espectáculo era hacerlo a vista de pájaro. Por eso, durante los ensayos, tenía por costumbre instalarse en aquel habitáculo abierto pero protegido por una muy necesaria barandilla de madera, y desde ahí y con la ayuda de una bocina vocear sus directrices:

—¡Más junto ese cuerpo de baile! A ver, el personaje del ama, un poco más a la izquierda, así, así está mejor. ¿Y el coro? ¡Un paso al frente, que sus trinos tienen que estremecer hasta los caireles de las lámparas!

Cuando Escamilla huyó a las Américas con la caja del teatro dejándolo en la penosa situación en la que ahora se encontraba, Martínez, su sucesor al mando de la nave a la deriva, no encontró más utilidad para aquel cubículo que convertirlo en una curiosidad. Una que pronto comprendió podía proporcionarle interesantes réditos. El descubrimiento se produjo, como (casi) siempre, por pura casualidad. Un día en que había invitado a la duquesa de Alba, la más generosa de sus mecenas, a conocer los interiores del teatro y sus muchos secretos, la dama no mostró el menor interés por la sala de ensayo o la concha del apuntador, ni siquiera por los camerinos tan llenos siempre de anécdotas curiosas. Tampoco dedicó más que un vistazo aburrido a la decena de variopintos decorados que colgaban, uno detrás de otro, al fondo del escenario. «... Observe aquí, señora, el castillo de Macbeth en Escocia; este otro corresponde al camposanto por donde se pasea el fantasma que acosa a don Juan. ¿Y aquí? ¿Qué me dice de la habitación de *El enfermo imaginario*? Sabrá usted que es fama que Molière murió en escena representando esta obra vestido con casaca y jubón amarillo. Desde entonces, lagarto, lagarto, tal color jamás se utiliza en el teatro...». Ninguno de estos curiosos retazos de inteligencia parecían interesar a su noble benefactora, que bostezaba mirando al techo hasta que, eureka, se percató de la existencia de aquel balconcillo. «¿Qué es eso allá arriba pintado de rojo?», preguntó. Y Martínez se dijo que, puesto que las historias verdaderas parecían interesarle poco y nada, para que no desmayase en su loable propósito de proteger las artes (y de paso a un seguro servidor), era menester que él le echara a sus explicaciones un poco más de teatro. «¿Eso? —repitió con un desinterés que parecía del todo genuino—. Bah, sólo es el balcón de los envidiosos». Enseguida vio que la cara de su ilustre protectora se iluminaba con un hililllo de curiosidad y —sin importarle los varios anacronismos en los se disponía a incurrir— le contó que Cervantes, rabioso por el ingenio y reiterado éxito que tenían las obras de su archienemigo Lope de Vega, solía instalarse allá arriba para espiar sus representaciones sin ser visto y copiar ideas. Fue allí —explicó Martínez— donde se le ocurrió, por ejemplo, la famosa escena de las botas de vino que se relata en *El Quijote*. Una —y esto nadie lo sabe— que está copiada de cierta obra perdida del Fénix de los Ingenios llamada *Noche de entuertos*.

Y ya que estaba enhebrando embustes, Martínez cogió carrerilla para contar cómo el balcón de los envidiosos se había hecho célebre en el mundo entero. «... Con decirle, señora, que tanto Molière como Racine, Boccaccio ¡y hasta Homero! peregrinaron aquí para conocer los efluvios de tan inspirador balconcillo», explicó encantado al ver el efecto de sus trolas, sus exageraciones, y sobre todo el tamaño de los ojos de sorpresa de su mecenas, cada vez más maravillada. Pero, de pronto, fue ella quien le sorprendió a él:

—Venga, Martínez, ¿a qué esperas?

—¿A qué espero de qué? —preguntó él, pasándosele por la cabeza la fugaz y desde luego inmensamente halagadora fantasía de que, quizá, por qué no, cosas más raras se han visto, la duquesa tenía hacia él inclinaciones románticas.

—¿A qué va a ser, tontín? A que me indiques por dónde se sube al susodicho balcón, que quiero ver si se me pega algo de tanto talento.

De nada sirvió que le dijera que aquello era un disparate, que cómo una dama iba a esquivar maromas y cuerdas para llegar ahí arriba; que el balcón no era lo suficientemente seguro y que las polillas y las termitas seguramente habrían hecho sin duda su labor desde que Cervantes, Molière y Homero anduvieran por allá pescando ideas. Incluso se inventó que, poco tiempo atrás, un escritor de mucho predicamento y poco talento (cuyo nombre no podía desvelar) había perdido todos los dientes golpeado por una polea suelta de las muchas que se balancean allá en las alturas. Y que otro (muy famoso también) había corrido peor suerte porque entregó la pelleja después de precipitarse desde aquella peligrosa altura como un meteorito en plena representación de *Otelo.* Por desgracia, ninguno de sus imaginativos embustes hizo diana en esta ocasión. Cayetana de Alba estaba decidida a subir hasta allí y por supuesto lo consiguió.

A partir de ese día, Martínez había rebautizado el balcón de los envidiosos con el nombre de la duquesa de Alba para conectar a los espíritus de Cervantes, Racine y demás genios (que según él, vagaban todos los días por allá arriba) con su mecenas favorita.

Hasta que el empresario entabló relación con la viuda de García, la historia del balconcillo inspirador sólo le había traído satisfacciones. Tanto Amaranta como la duquesa de Osuna y todas las demás damas y caballeros amantes del teatro se habían limitado a escuchar la leyenda desde la platea o, todo lo más, pidieron asomarse a uno de los palcos superiores para intentar verlo más de cerca. Lamentablemente, Lucila, viuda de García, no era como ellos. Al saber que la duquesa de Alba había subido una vez hasta allí, decidió que ella no era menos. «Sí, sí, tú mucho hablar de tu duquesa, también de marquesas, condesas y baronesas, pero no sé por qué me da en la nariz que aquí la que más cuartos apoquina soy yo. ¿Me equivoco, Manolo?». Y Manolo, que había tenido ocasión más que suficiente para aprender que en esta vida son más generosos los arribistas que los arribados, no tuvo más remedio que claudicar. Lo peor del asunto, sin embargo, fue que la viuda, al saber que la de Alba estaba de ensayo general, se empeñó en que la visita al balconcillo tenía que ser precisamente hoy. «Nada más natural, Manolo, así después del ensayo puedo bajar y saludar a la duquesa, de mecenas a mecenas, y cambiar impresiones sobre nuestro amor por las tablas, anda, dame un besito que me tienes muy desatendida últimamente».

E increíble pero cierto, allí estaba ahora Lucila Manzanedo de García emulando a Cayetana de Alba en el balcón de los envidiosos. Toda de negro («Que es el color más elegante y fino, ¿verdad, Manolín?») como cuervo, asomada a la barandilla, mientras observa a vista de pájaro el último acto de *La señorita malcriada*.

Martínez decide olvidar su presencia. Al fin y al cabo, tiene cosas más agradables en qué pensar. El ensayo general que ya está a punto de terminar ha sido perfecto y, además, ha tenido un premio adicional. El empresario, que tiene los ojos tan avizores como Hermógenes Pavía, ha visto cómo, al oscurecerse la sala y justo antes de comenzar la función, muy disimuladamente ha entrado el todopoderoso Príncipe de la Paz para sentarse en una esquina de la platea. Ay, vanidad, que haces que hasta a los hombres más inteligentes se les licúe la prudencia y hasta la sesera, filosofa Martínez. Mañana todo Madrid sabrá de esta visita suya al teatro Príncipe para ver a cierta dama. Ya se ocupará tú sabes quién de que así sea, se dice, mirando con inesperado afecto a Hermógenes Pavía y su libretita de hule. Martínez se arrellana en su butaca mientras piensa lo bien que le viene esta visita inesperada ¿Qué mejor reclamo hay que un pequeño escándalo como éste...? Un *gran* escándalo, se relame por un momento el empresario, sí, eso es todavía mejor. Pero no tentemos a la suerte que tan generosa se muestra de un tiempo a esta parte con él, siendo demasiado pedigüeño.

Martínez se repantinga aún más en su butaca. Todo está saliendo a la perfección. Tanto la comedia que están representando sobre el escenario, como el sainete de la platea. A ver, déjame que eche un vistazo de reojo a nuestro joven príncipe. Apuesto que ahora, justo antes de que acabe la función, se levantará de su butaca para salir tal como ha entrado, de puntillas. A Martínez, que fue cocinero antes que fraile y maestro de títeres antes que empresario en apuros, no le cabe la menor duda de cuál es la escena que tendrá lugar a continuación. El Príncipe de la Paz de pie, ya muy cerca de la puerta, y a punto de salir, mirará por última vez al escenario y, asegurándose de que su cara está a buen recaudo entre las sombras, hará lo que cualquier libreto por pésimo que sea manda hacer: lanzar un beso volandero en dirección a su amada. Y en efecto así lo hace. Cayetana al verlo se yergue, incluso se trabuca un poco al decir su parlamento, pero nadie más que Martínez se da cuenta porque el tartamudeo encaja felizmente con su personaje. Godoy tiene ya la mano en la puerta de vaivén, a punto está de abandonar la sala. Estamos en el cuadro final de *La niña malcriada* que dice:

—Que por ser como yo loca y por mis caprichos, mis gastos y mi malacrianza más de una ha perdido su fortuna.

Ahora viene el parlamento del padre que pone broche a la comedia:

—Sí, amigos míos, desde hoy aprenderé a ser más cauto y apréndanlo también otros hombres muy descuidados.

Martínez se pone en pie. Quiere ser el primero en aplaudir (y así, de paso, hacer de clac, hay que estar en todo...). Qué gran interpretación, seguro que el estreno pasado mañana será un éxito. La corte en pleno se dará cita aquí para aplaudir a la niña malcriada, qué momento de gloria para el teatro Príncipe, que es tanto como decir para él mismo. ¿Asistirá la Parmesana? Martínez, al cavilar sobre este punto, agita a su espalda y muy disimuladamente dos dedos en forma de cuernos para espantar el mal fario. Tiene sentimientos encontrados al respecto. La vez anterior en que vino la reina al teatro Príncipe, el primer actor quedó más afónico que un gallo en pepitoria. Mejor que no venga —desea Martínez—, no sea que una sombra negra se abata sobre estas paredes preñadas de arte.

Antes lo dice y antes se convierte en realidad. Mientras en la platea Amaranta, la Tirana y —bastante menos efusivamente— Hermógenes Pavía celebran el éxito de aquel sainete, mientras los actores se acercan al borde del escenario para recibir el aplauso del público, a sus espaldas un grito y un estruendo acompañan el vuelo de lo que parece un muy negro y enorme murciélago. El público aplaude a rabiar este último estrambote. ¿Qué simboliza aquel inmenso quiróptero? ¿La sombra del pecado, de la negra culpa tal vez? Qué gran *finale*, cuánto realismo, espléndido broche. ¡Bravo! ¡Magnífico!

A Manuel Martínez, por el contrario, se le acaba de petrificar la sonrisa en sus labios.

CAPÍTULO 25

EL IMPERTINENTE

El diario más sagaz para el lector más curioso

EL FANTASMA DEL TEATRO PRÍNCIPE

A este *Impertinente* aún le tiembla en su diestra la pluma al recordar lo acontecido anoche en el teatro Príncipe. ¿Qué ocurre cuando uno acude a un teatro en busca de arte, belleza, amor, talento y no sólo no encuentra nada de lo antes mencionado, sino que se topa con un fantasma, o aún peor, con la mismísima parca?

Vamos por partes, que los dedos se me hacen huéspedes, no sólo porque soy hombre receloso, sino porque se me aturullan queriendo contar tantas cosas como acaecieron ante mis ojos. Acudió ayer este impertinente rodeado de personas muy principales al ensayo de cierta comedia de Iriarte que tiene por actriz —si así puede llamarse a una rana que croa— a la duquesa de Alba. Ya saben mis dilectos lectores lo mucho que gusta a la aristocracia de esta villa y corte subirse a un escenario y jugar a que son la Ladvenant, la Caramba o cualquier otra diosa de la escena. Una de ellas, por cierto, cuyo nombre omito para no ponerla en un brete, se afanaba ayer en disimular porque es buena amiga de la de Alba, pero enseguida notaba uno cómo un color se le iba y otro se le venía al ver aquel triste festival de naderías, ese concierto de maullidos, y el rosario de gestos inanes y sin sentimiento con que nos regaló la duquesa y su comparsa. ¡Dónde ha ido a parar la retórica, la grandilocuencia, el divino histrionismo! ¡Dónde la majestuosidad de las palabras declamadas con arrebato, con desgarro, con lágrimas de sangre!

Es cierto que lo que se representaba era un sainete, pero, señores míos, ¿a qué desbarrancadero del mal gusto nos llevará esta nueva corriente artística ahora en boga según la cual lo que pasa en la escena ha de parecerse a lo que acontece en casa de uno?... Un padre que busca marido adecuado a su hija... La hija que se enamora de alguien que disgusta a la familia, las tías que opinan y pontifican... ¿Acaso vamos al teatro a ver las cosas como son? ¡No, señor! Vamos a acongojarnos con diosas arrebatadas de dolor, con emperatrices transidas de pena, con princesas que se suicidan al descubrir el oscuro secreto de sus sangres. ¿Por qué, señores míos, Cayetana de Alba, que estaría espléndida en su interpretación de Clitemnestra o Yocasta, prefiere vestir faldilla corta de tabernera y cantar coplillas con una guitarra? Mi sangre jacobina exige cambio, revolución, guillotina, pero sólo en la esfera política. En la escena clamo y exijo que no se mancille a los clásicos haciendo que sus obras sean pasto de polillas mientras se representan estas piezas tan pedestres. ¡Abajo Iriarte! ¡Muera Moratín!

Como comprenderán sin duda mis avisados lectores, en cuanto comenzó el bodrio en cuestión, este *Impertinente* decidió buscar espectáculo fuera de las tablas y vive Dios que no tuvo que otear muy lejos. ¿Quién dirán que vino a apoyar secretamente a la señorita malcriada en su ensayo general? El mismísimo Manuel Godoy. Nuestro flamante Príncipe de la Paz que, como Mambrú, se fue a la guerra con los franceses pero sólo para hacer el ridículo más afrentoso, como bien notarán ustedes cada vez que vayan a echar un magro hueso a sus pucheros. En fin, que me estoy dejando arrebatar por Calíope, que es la musa de la elocuencia y la retórica. Volvamos a la platea del Príncipe. Acabada la función y cuando Godoy ahuecaba el ala pensando que no trascendería su imprudente visita para ver a su amante en escena, salieron los actores a recibir los inmerecidos aplausos cuando de pronto, hete aquí que se materializó en escena un oscuro fantasma. O al menos así lo creyó en un primer momento este *Impertinente*, que es muy viajado y conoce la leyenda que existe sobre un ser monstruoso que habita los interiores de la Ópera de París y se aparece como un espectro en los momentos más inopinados, incluso durante las representaciones. Algún día una pluma talentosa ha de recoger esta bonita historia de amor, envidia y venganza. Quién sabe, estoy acariciando la idea de hacerlo yo mismo y hacerme célebre. Bien podría llamarse *El peso del ayer* o quizá *El fantasma de la Ópera*. Pero volvamos ahora al espectro que nos ocupa, que también tiene lo suyo. La negra sombra que se estrelló contra el escenario de *La señorita malcriada* no era propiamente un fantasma, sino una dama desconocida que nadie se explica qué hacía en las entrañas del teatro ni qué malhadada fortuna hizo que acabara sus días aplastada contra las tablas del Príncipe. Por el momento se desconocen otros pormenores. Lo único que se sabe es que este luctuoso hecho retrasará el estreno de la obra. El empresario Martínez era partidario de seguir adelante, de barrer del escenario los restos de la desconocida dama como si fueran los de una triste cucaracha y aquí no ha pasado nada. «El espectáculo debe continuar», le ha oído comentar este *Impertinente* a semejante desalmado antes de añadir que la presencia de Su Majestad la Reina para aplaudir a *La señorita malcriada* era un inmenso honor, así como un gran apoyo para la gran familia del teatro. Al mencionar el nombre de Su Majestad, el empresario hizo a su espalda un gesto destinado a espantar el mal fario que camufló con una gran reverencia servil, pero el detalle no escapó a este *Impertinente* que todo lo ve. Como tampoco pasó inadvertida la reacción de la duquesa de Alba, que de inmediato se opuso alegando que no era decoroso subirse a un escenario en el que acababa de morir alguien. Total, que en el momento de escribir esta crónica todo son incógnitas. ¿Quién era la finada? ¿Qué pasa ahora con el estreno? ¿Se celebrará la semana que viene y asistirá a él la Reina? ¿Lo hará también nuestro flamante Príncipe de la Paz? ¿Volarán miradas como venablos entre este interesante triángulo amoroso? Como dice el ínclito Martínez: ¡el espectáculo debe continuar!

Capítulo 26

Una nueva actriz a escena: la condesa de Chinchón

—Saluda niña, bien, muy bien, un poco más y ahora quiero ver cómo sonríes. Es tu primer día de candilejas y será menester que vayas acostumbrándote. Así me gusta. ¿Estás contenta?

—Sí... señora.

María Teresa de Borbón y Vallabriga no sabe cómo dirigirse a la reina. Ella le ha ordenado que la llame «prima», pero la palabra se niega a salir de sus labios. Han sido tantos años de vida oscura, tantas las horas ante la ventana de su celda creyendo que ésa sería su suerte para siempre. Ostracismo, oprobio, olvido, ésas sí que eran palabras afines a su vocabulario. Las que con más frecuencia ha oído a lo largo de sus escasas quince primaveras. Y ahora resulta que su prima la reina de España quiere que las sustituya por estas dos: sonrisas y candilejas. ¿Cómo hacerlo de un día para otro? Ni siquiera tiene cerca a su querido hermano Luis para poder compartir con él la experiencia. Está, más que nunca, completamente sola. Cuando su padre Luis Antonio Jaime de Borbón y Farnesio, hermano de Carlos III, decidió con gran escándalo colgar los hábitos de arzobispo y contraer matrimonio morganático, condenó a sus hijos a carecer de todos sus posibles privilegios, incluido el llamarse Borbón. Desde la cuna, María Teresa se había visto obligada a llevar el apellido de su madre como si fuera una bastarda o una proscrita, pero lo más duro fue la orden de encerrarla en un convento para evitar que a un aristócrata avispado se le ocurriera casarse con ella en secreto. Este tipo de campanadas —princesita olvidada y triste cae víctima de las ambiciones de quién sabe qué desaprensivo asaltaconventos— estaban a la orden del día, pero en este caso había que evitarlo a toda costa. Algunos legalistas opinaban que los descendientes de Luis Antonio tenían prevalencia dinástica sobre Carlos IV al no haber nacido éste en España sino en Italia, un quebradero de cabeza más a añadir a los muchos que ya tenían él y María Luisa. ¿Por qué entonces y de pronto la habían ido a buscar a la celda conventual en la que languidecía y llevado a presencia de la reina? «Porque quería conocer a la *mia bella cugina*», le había dicho la soberana con radiante sonrisa cuando era obvio que ella no era ni «*bella*» ni tampoco hablaba italiano. Pequeña, frágil, con un pelo rubio, fino, fosco e indomable, así era el aspecto de Teresa y recordaba mucho al de un pichón recién caído del nido. «Pero de dónde sales, cualquiera diría que, más que de un convento, emerges de un baúl de disfraces. Ni las fregonas que vacían orinales en La Granja llevan estas sayas. A ver —había añadido despidiéndola con un doble vaivén de la mano—, que te lleven ahora mismo con *madame* Lioti, que te vista como Dios manda y luego que queme estos andrajos». Horas después, tras haber pasado por las manos de la modista de la reina (que la recibió chasqueando la lengua y asegurando que ella no sabía obrar milagros), la niña volvió a las habitaciones de su prima. Esta vez, con un favorecedor traje de terciopelo azul (préstamo nada voluntario de una de las damas de la corte) y el pelo más o menos domesticado después de entreverarlo con unas cintas de color malva que le daban un aspecto entre colegial y asombrado. «Ya iré perfeccionándote poco a poco, no te preocupes, la paciencia es una de mis virtudes», le dijo la reina mientras su pie izquierdo tamborileaba sobre el parqué pareciendo indicar todo lo contrario. «Sabrás al menos bailar, espero, y tocar algún instrumento, y manejar los cubiertos de pescado —añadió luego sin saber con qué mimbres habría de vérselas con su nueva protegida—. Y ahora basta de cháchara, hay mucho por hacer».

Una semana. Eso es lo que había tardado María Luisa de Parma en planear y poner en marcha la operación *topolina*. Operación ratoncilla. Así llamaba ella a aquel plan que no había hecho más que empezar. Siete días, los mismos que tardó nuestro Señor en crear el mundo. Si a Él le había dado tiempo de separar la luz de las tinieblas, las aguas de la tierra, crear animales y hombres, plantas y demás zarandajas antes de descansar el domingo, ¿no podía ella hacer algo que era harto más sencillo? Desde que sus informantes le habían contado la escapada de Godoy a ver el ensayo de *La señorita malcriada* supo que no había tiempo que perder. No podía permitir, de ninguna manera, que se reeditara el fiasco Pignatelli. En aquel capítulo de su enojosa rivalidad con la de Alba, la suerte se inclinó a favor de Cayetana. No tenía más remedio que reconocer que le había ganado la partida en aquella ocasión. Al menos en lo que a orgullo y amor propio se refiere. El otro, el amor romántico, jugaba un papel mucho menor, al menos en su caso. Poco y nada le había importado a María Luisa aquel pisaverde. Un pasatiempo, apenas un divertimento cuando era princesa de Asturias para hacer menos largas las tediosas tardes en una corte tan provinciana y pazguata como era la de Madrid comparada con la de su infancia. ¿Y en el caso de Cayetana? ¿De veras había sido tan tonta de enamorarse de su hermanastro? Pobre Tana, pobre niña rica que lo tiene todo menos el amor. El episodio Pignatelli, sin embargo, no había sido más que una tonta escaramuza, apenas una finta. El verdadero torneo venía ahora y tenía un premio mucho más valioso. Y esta vez no debía quedar duda alguna de quién ganaba la partida.

Como siempre que piensa en Godoy, a María Luisa le brillan los ojos más de la cuenta. Qué simple era la gente en sus lucubraciones sobre cuáles podían ser los lazos que la unen a Manuel. ¿De verdad alguien con dos dedos de frente podía pensar que lo de ellos era un amor romántico, una aventura pasional? ¿No se daban cuenta de que era mucho más que eso? Lo que les une no es la cama ni el fornicio ni ninguno de esos ardores tan febriles como pasajeros. Lo suyo se anudaba con lazos más interesantes, más sólidos. Uno de ellos se llama ambición, el otro, necesidad. Y había aun un tercero que María Luisa, que a lo largo de su vida habría de soportar veinticuatro embarazos, con el resultado de trece hijos vivos, conocía bien. Se llamaba amor materno. Qué extraña, qué caprichosa era la naturaleza. De todas sus criaturas, su preferido no llevaba en sus venas ni una gota de su sangre. Su nombre era Manuel Godoy y más que su criatura, era su creación, su obra de arte. Una que había ido perfeccionando a medida que se desilusionaba de sus otros hijos. Y más que ninguno de su heredero, el príncipe Fernando. Un niño empecinado y oscuro cuyo pasatiempo favorito era robar pichones de los nidos para dárselos de comer al gato, pero sólo después de haberlos estrangulado él con sus propias manos. A saber cómo sería ese angelito de mayor, pero ya apuntaba maneras... «Su niño», en cambio, no le había dado más que satisfacciones. Desde que se lo señaló al rey cuando era poco más que un muchacho hasta ahora, convertido en el hombre más poderoso del país, ni una desavenencia, ni una desilusión, ni una palabra más alta que otra. Bastaba una leve sugerencia, apenas una velada insinuación por su parte, para que obedeciera todos sus deseos. Desde que era un imberbe guardia de corps, Godoy había honrado cada uno de los términos del contrato que tácitamente lo unía a ella y al rey, y todos sus sagrados mandamientos que se resumían en un: todo por los reyes, nada sin ellos. El hijo perfecto, la dulce y divina criatura que la naturaleza le había negado.

María Luisa deja que su vista vague ahora por la sala del teatro buscándolo. ¿Dónde se habrá metido? De veras cree que puede escapar a sus ojos que todo lo ven, que todo lo saben. ¡Ah!, míralo. En vez de ocupar un palco, ha preferido sentarse en la platea. Una pésima señal. Lejos de mí, cerca del escenario y por tanto de ella. Suerte que tiene a su lado a Luis. El hermano de Godoy siempre ha sido una pieza clave sobre el tablero de ajedrez en el que tan bien se mueve la reina de España. Carlos IV, como rey que es, sólo es capaz de avanzar adelante y atrás de una en una las casillas. Ella es la reina que recorre todo el tablero a placer. ¿Y Manuel Godoy? De él puede decirse que es una mezcla de alfil y caballo. Según sea la jugada, se mueve en diagonal o salta dos casillas adelante y una a un lado. Por suerte, luego está también Luis Godoy. «Mi torre blanca», sonríe María Luisa dedicándole una leve y reconocida inclinación de cabeza. Él es un bastión, una fortaleza, es capaz de enrocarse cuando la jugada así lo requiere. Seguro que también, en la partida que se avecina, podrá contar con su sensatez y su sentido común cuando sea menester. ¿Dónde diablos estaría Luis la semana anterior cuando a Manuel se le ocurrió ir a ver a la duquesa de Alba al teatro? Posiblemente en Badajoz, visitando a sus padres. O en algún otro lugar bastante menos confesable, porque, lamentablemente para ella, su torre blanca pierde el norte por alfiles, caballos, torres, y sobre todo peones negros.

Aun así, piensa María Luisa observando a los dos hermanos, incluso puede que sea providencial que Manuel haya cometido ese tonto error y que Luis no estuviera ahí para evitarlo. La mala hierba hay que arrancarla cuando aún está tierna, se dice, y el *flirt* de su protegido con la de Alba no ha hecho más que empezar. María Luisa está muy segura de que es así. De otro modo, ya se lo habrían comunicado «ellas». La reina deja ahora que sus ojos paseen por las rojas cortinas de los palcos que se alinean a derecha e izquierda del suyo. Se precia de tener buena vista pero, ni aun sabiendo que están ahí, logra descubrir la presencia de su escuadrón volante. Ojos atentos, manos suaves, entrepiernas generosas y siempre dispuestas... Ésos son los atributos de las damas que forman aquel secreto escuadrón. Uno que ella ha organizado y financiado a imagen y semejanza de su reina favorita, la gran Catalina de Medici. La más fea de las soberanas de Francia había sabido poner los encantos ajenos a su servicio. Cerca de doscientas damas formaban su escuadrón volante. Cortesanas versadas en todas las artes amatorias que atendían a los más importantes hombres de la corte mientras espiaban por cuenta de la reina y con lealtad absoluta. Un trato muy ventajoso para ambas partes. Para Catalina, que sabía que entre sábanas no hay secretos. Para las damas porque, al cabo de unos años de servicio, la reina las premiaba con una generosa dote y un matrimonio conveniente.

El escuadrón volante de María Luisa no es tan sofisticado ni numeroso como el de la Medici y Madrid desde luego no es París, pero funciona admirablemente. En especial, en lo que tiene que ver con «su criatura». «Estrella», dice ahora la reina dedicando un recuerdo agradecido a la muchacha que tiene asignada a Manuel Godoy. Buena chica, Estrella, excelente y arruinada familia la suya y qué orgullosa se sentirá cuando, dentro de un par de años, premie a su hija con un marido al que no podría aspirar de otro modo. Gracias a su buen hacer, conoce todos los movimientos de Manuel. Incluso los que ni él mismo sospecha.

Las luces comienzan a apagarse y los oídos siempre atentos de María Luisa captan ahora un leve suspiro de alivio. Casi había olvidado a la Topolina. «Pobre niña, lo contenta que está de sumirse en las sombras», piensa y siente de pronto por ella algo muy parecido a la conmiseración. Le coge la mano, pero sólo consigue que la muchacha dé un asustado respingo. «Si supieras lo que tengo planeado para ti, querida —piensa—, estarías aún más asustada. Pero descuida. Yo estaré a tu lado». Había llegado el momento de matar dos pájaros de un tiro. De demostrarle a Cayetana de Alba quién mandaba en el corazón de Godoy, por un lado, y, por otro, de convertir a su protegido con todas las bendiciones en ese hijo que la naturaleza le había escamoteado. «Y para eso tú, querida niña, serás mi peón blanco, *la mia piccola topolina*. Pero mira, parece que por fin empieza la comedia».

—Vamos, Teresita, haz como yo, aplaude. Muy bien, y ahora sonríe, criatura. Perfecto, así me gusta. Arriba el telón.

* * *

—En mi vida he visto nada parecido. Todavía no sé cómo pude contenerme, Rafaela. ¡Increíble! ¿Pero cómo se atreve?

Cayetana ante el espejo y vestida aún de niña malcriada tiembla de pies a cabeza. No sabe si de frío o sólo de indignación.

El ama le alcanza una taza humeante.

—Toma niña, le he puesto una gotita de láudano, te hará bien. No sea que con tanta zarabanda te vuelvan las jaquecas.

—Milagro será que no, con lo que me acaba de pasar. ¡Y delante de José! Esta mujer no tiene decoro ni recato ni mucho menos límite...

—¿Pero me quieres contar qué ha pasado?

—De todo y por su orden, y lo peor es que tengo que volver a escena tras el intermedio. ¿Cómo diablos voy a actuar después de esto? Menos mal que en el primer cuadro hay un baile de al menos diez minutos, así me dará tiempo a contártelo. A quién si no, no tengo a nadie, Rafaela.

Cayetana se ha sentado en la única silla que hay en el camerino. Como cuando era niña, el ama se sitúa detrás de ella y, sin que nadie le indique nada, comienza a cepillar su largo pelo negro. Suavemente, con movimientos precisos, igual que hacía al regreso de algún paseo con su abuelo o de sus bailes de debutante cuando le contaba, a través del espejo y con ojos chispeantes, todo lo que había pasado. O cuando tenía mal de amores.

—Tranquila, mi niña, cuéntamelo todo.

Cayetana le explica entonces cómo, nada más caer el telón después del primer acto, la reina le había hecho llegar una nota en la que la invitaba a subir a su palco.

—«Que venga también José», precisaba la esquela y me pareció de lo más natural que nos invitara a los dos —razona Cayetana—. Lo que ya no me pareció tan habitual es que, al llegar, descubriéramos que no había nadie más allí. Ni una dama, ni un secretario, ni un cortesano, sólo una muchachita de unos catorce o quince años, a la que presentó como su prima Teresa. Yo pensé que se trataba de una de esas parientes suyas italianas segundonas y arruinadas a las que invita de vez en cuando a la corte para demostrar su buen corazón. «No, querido duque», empezó diciendo la Parmesana dirigiéndose sólo a José como es su costumbre, una pequeña maldad a la que hace años que no presto atención como te puedes imaginar, «no es una prima mía, sino de su majestad el rey. Y me interesa mucho», continuó ella, «conocer su opinión sobre cierto asunto que la concierne». Entonces, después de explicar de quién era hija aquella pobre criatura que parecía recién sacada de un frasco de formol y cuál el parentesco tan cercano que la unía con el rey, empezó a desgranar los planes que tenía para ella. Para ella y para Godoy, no te lo pierdas, ya que su idea (según le dijo a José, porque, por supuesto, a mí ni me miraba) es casar a Manuel con una Borbón. ¡Sangre real, comprendes! Convertir a su protegido, gracias a esa pobre niña olvidada, en miembro de su propia familia. Y todo esto se lo contaba a José sabiendo de sobra que, independientemente de lo que él opine de Godoy, no tendría más remedio que decir que le parecía de perlas aquel bodorrio. «¿Qué pensáis, duque? ¿No es una idea espléndida la mía? Lealtad con lealtad se paga y he aquí mi regalo a Manuel. Quería que vos fuerais el primero en conocer nuestros planes», continuó siseando las eses como el áspid que es. «Además, ya sabéis, amigo mío, cómo son los ardores juveniles. Manuel tiene apenas veintiocho años, es menester que el rey y yo le ayudemos a sentar cabeza. No porque la sagrada institución del matrimonio sirva para enfriar ardores, ésos no se curan», bromeó la muy bruja, mirándome directamente, «sino para que el joven en cuestión», y aquí me obsequió otra ojeada de sierpe, «sepa con qué, o mejor dicho con quién, se puede jugar y con quién no». José la escuchaba sin comprender a qué venía tan peregrina confesión, pero yo enseguida me di cuenta de cuáles eran sus intenciones y por eso me atreví a hacer algo poco ortodoxo. Intentar salir de aquel maldito palco sin esperar, como manda la etiqueta, a que ella me diera licencia para hacerlo. «Ruego a su majestad», le dije dedicándole la más teatral de mis sonrisas, «que me disculpe; el segundo acto está a punto de comenzar y debo volver a escena». De nuevo miró a través de mí como si fuese más transparente que el mismísimo licenciado Vidriera para dirigirse a José y regalarle todo el fulgor de su horrible dentadura postiza. «No tan rápido, amigo Alba, no querrá usted marcharse antes de felicitar al futuro novio».

—Fue entonces, mientras esperábamos a que alguien fuera en busca de Manuel, cuando volví a interesarme por la más silenciosa integrante de nuestro extraño cuarteto. Y en especial por sus manos. Es algo en lo que siempre me fijo, tú bien lo sabes, Rafaela, dicen tanto de una persona. Las de Teresa de Borbón me parecieron menudas, finas, cerúleas, pero lo que más llamaba la atención eran los dedos. Trataba de esconderlos entre los pliegues de su vestido, naturalmente, pero, aun así, me dio tiempo a ver y a compadecerme de aquellos deditos llagados de uñas roídas hasta hacerse sangre. Ganas me daban de abrazarla, de darle aliento y más si cabe cuando de pronto la puerta se abrió y apareció él. Estaba especialmente bizarro. No, no me mires así, ¿quieres? Si no, no voy a poder contarte el resto de lo sucedido. El caso es que yo, desde el escenario y durante el primer acto, por supuesto, había buscado a Manuel entre el público, pero apenas intercambiamos inteligencia. En lo que a mí respecta, me guardé muy mucho de mirar demasiado en su dirección, y en cuanto a él, resulta que tenía al lado a su cancerbero. O a la voz de su conciencia, que es como llama Manuel a su hermano Luis. También lo acompañaba ahora, en su visita el palco de la reina, y por unos segundos todos los presentes, incluida la Parmesana, nos miramos expectantes sin saber qué decir. Fue José el primero en acercarse y darle la enhorabuena. "Felicitaciones, príncipe", le dijo y te aseguro que no había en su voz ni el más leve deje de ironía o sarcasmo al pronunciar la segunda ni menos aún la primera de esas dos palabras. Nadie hubiera dicho que José hace ya tiempo que engrosa las filas de los que piensan que España estaría bastante mejor sin él. Manuel y yo ni nos miramos. Para no caer en la tentación, preferí prestar atención a su hermano. Me dio por pensar que Luis debía de haber interpretado un papel bastante principal en esta "operación Cupido" ahora en marcha. Tal vez fuera por el modo en que se situó al lado de María Teresa o quizá por cómo lo miraba ella: como si fuese, si no un amigo, al menos un aliado. Y mientras tanto, mi cabeza hervía tratando de responder a varias preguntas. ¿Qué pretendía la Parmesana con aquella reunión incoherente? ¿Sólo demostrarme quién manda en el corazón de Godoy, quién hace y deshace en su vida, en su destino? Si es así, me parece bastante infantil. ¿Acaso piensa que una boda, aunque sea con una prima del rey, puede interferir en lo que sentimos Manuel y yo? Obviamente, no es tan necia, por tanto ha de haber otra razón más artera para esta escenita en el palco. Como involucrar en este juego a mi marido, por ejemplo. Hacerle saber que está muy al tanto de lo que pasa entre nosotros. Si es así, desde luego lo consiguió. No había más que ver la cara de José cuando por fin nos despedimos. "Tenemos que hablar", me dijo al acompañarme hasta el camerino. ¿Qué voy a hacer, Rafaela? Dentro de cinco minutos he de subir a escena, hablar, recitar, cantar con cientos de ojos puestos en mí. ¿Cómo hacerlo si aún tiemblo de pura indignación? Y luego, cuando acabe la comedia y se apaguen las candilejas, ¿qué le voy a decir a José? Dios mío, lo último que deseo es hacerle daño...

Capítulo 27
Un patio de Sevilla

—Un viaje atroz —se queja Hermógenes Pavía, que acaba de desplomarse en un diván tan mullido que casi deglute por completo al exiguo plumilla—. Es la última vez que desafío al destino por usted, querida.

—Vamos, don Hermes, refrésquese con un poco de manzanilla y no me sea cucufato. ¿Nunca antes había viajado al sur o qué?

—Lo que pasa es que no está *acostumbrao* a las muchas *emosiones* de mi tierra —ríe Charito Fernández, la Tirana, que desde que atravesó Despeñaperros ha recuperado como por ensalmo su acento sevillano más cerrado—. *Andalusía* es así, es dejar atrás el Salto del Fraile y todo son portentos.

—Diga usted mejor pavor y sobresaltos. ¿O es que ya no se acuerda de que casi acabamos en un barranco cuando los caballos se desbocaron azuzados por una jauría de perros salvajes? Y qué me dice del trance de que uno, para atravesar el susodicho Despeñaperros, ha de abandonar el carruaje y cruzarlo en mulo expuesto a que le caiga encima un bandolero en cualquier momento. ¡O una bandolera! Porque ¿qué decir de esa pareja de arpías desgreñadas que salió de detrás de una roca para birlarme el reloj? ¡Por Júpiter, cómo está esta España de nuestros dislates, que hasta las mujeres se han echado al monte!

Trinidad va y viene ofreciendo jereces y limonadas. Es una soleada mañana de abril en Sevilla y los amigos de Amaranta, recién llegados de Madrid, reponen fuerzas en el patio cuajado de flores y azulejos de El Penitente. El Penitente es la tercera de las propiedades de la familia de Amaranta. Una casona barroca y venida a menos, hermoseada en los últimos años por los caudales plebeyos que al matrimonio ha aportado Gonzaga, el duque consorte. Aún queda mucho por mejorar y así lo atestiguan el olor a moho de las habitaciones, los desconchones de algunas paredes y, sobre todo, las muchas goteras, fruto de las últimas y torrenciales lluvias de febrero.

Por fortuna para todos, las tormentas de momento han dejado paso a un sol aguado y algo desvaído. Sevilla se prepara para su Semana Santa y cada hermandad, cada cofradía, cada devoto ha de elevar sus preces para que no caiga ni una gota, al menos durante las procesiones, por favor, Cristo de los Gitanos, por caridad, Virgen de Triana, tres rosarios y cuarenta avemarías a ti, Esperanza Macarena.

A la espera de que tan santas advocaciones surtan su efecto, la ciudad espera y mira al cielo. En aquel año de 1795, Sevilla ya no es lo que fue en tiempos. Desde la llegada de los Borbones con su espíritu ilustrado al trono de España, se había visto obligada a ceder su privilegiada posición de cabeza del comercio con las Américas a la ciudad de Cádiz y su más ventajosa situación geográfica. Rodeada de murallas y de grandes puertas, Sevilla vivía ahora del abrazo de ese río a la vez benéfico y hostil que le daba la vida, pero también y con más frecuencia de la deseable, la muerte en forma de calamitosas inundaciones que dejaban tras de sí cosechas anegadas y enjambres de mosquitos, amén de las muy temidas fiebres. El censo de Floridablanca unos años atrás cifraba sus habitantes en unas setecientas mil almas. Muchas menos que en su época de esplendor, pero éstas seguían siendo (casi) tan cosmopolitas y variopintas como antaño. Hombres de negocios ingleses, aventureros de los Países Bajos, pequeños comerciantes del sur de África convivían con indianos, gitanos y, por supuesto, andaluces de pura sangre. Trinidad pronto iba a descubrir, simplemente paseando por sus calles, que el número de negros en la ciudad era más que notable comparado con la rareza que suponía ver un moreno en Madrid. Es cierto que Sevilla ya no podía presumir de ser aquel crisol de razas en el que la gente de color (entre esclavos y libertos) llegó a suponer el diez por ciento de la población total de la ciudad. Pero tampoco era una rareza. Además, tal como ocurría en Madrid, pero con mayor incidencia, tener un esclavo negro en Sevilla y vestirlo de modo llamativo era un signo de estatus, de distinción. Tal vez por eso (y más aún por el arte que Trinidad tenía a la hora de disimular su irredenta calvicie), Amaranta se la había traído con ella desde Madrid. También a Caragatos, ya que esta última se las había ingeniado para colarse entre el grupito de pinches que, junto al jefe de cocineros de El Recuerdo, viajaban siempre para atender a Amaranta y su marido en sus diferentes propiedades.

—Por cierto, ¿dónde está él? —pregunta ahora Hermógenes Pavía que, con las tripas más asentadas (y la lengua tan suelta como siempre) gracias a la manzanilla, repara en que el duque, una vez más, brilla por su ausencia.

—Se refiere usted a Gonzaga, supongo. Sí que está aquí, viajamos juntos desde Madrid la semana pasada, pero guarda cama.

—Espero que no le haya atacado una de esas fiebres que tanto abundan por estos pagos —se interesa farisaicamente Hermógenes, que aún no ha perdido la esperanza de zambullirse algún día en el escote de Amaranta y cuantos menos obstáculos domésticos y familiares haya en el horizonte, mejor. El escote en cuestión anda recatado estos días de rezo y penitencia. Un negro tul echa un casto velo sobre tan generoso canalillo, pero ahí sigue, pidiendo guerra. Habrá que esperar a la resurrección de la carne para que se muestre en todo su esplendor, calcula Hermógenes antes de volver al asunto del evanescente marido de Amaranta.

—¿Está descompuesto? —pregunta la Tirana—. Seguro que es por el agua de acá. Mi prima la Luisita, que viajó con don Hermes y conmigo, anda igual, y eso que somos de la tierra.

—Descompuestísimo, pero no por las aguas sino por el mal de nuestros días, la terrible *melancholia*, el perro negro, ya saben.

—Yo lo único que sé es que ese perro, como usted lo llama, sólo muerde a gente que no conoce la maldición bíblica de ganarás el pan con el sudor de tu... etcétera —comenta Hermógenes, haciendo nota mental de incluir en el próximo número de su *Impertinente* un soneto satírico y brutal contra los ricos y su tonta *melancholia*—. Dicho esto, me alegra saber que la tengo a usted toda para mí —añade, regalándole una panorámica de su cada vez más amarillenta dentadura—. Aunque, en honor a la verdad, su marido empieza a parecerse mucho a un espectro, un espíritu, un fantasma. Yo hasta que no lo vea, no lo creo. ¿Está usted segura de que existe el duque Gonzaga?

Después de esta afirmación se hizo un pequeño silencio incómodo que Hermógenes Pavía, partidario siempre de la ducha escocesa, decidió atemperar con algo de agua tibia y trivial.

—Por cierto, hablando de fantasmas y de misterios, ¿se acuerdan de la mujer que se estrelló contra el escenario del teatro Príncipe el día del ensayo de *La señorita malcriada*?

—Cómo olvidar ave de tan mal agüero —comenta Amaranta, haciendo un gesto con el que espantar el mal fario—. Qué escena tan grotesca.

—Esa pobre mujer —se compadece la Tirana—, era amiga del maestro Martínez y muy generosa con el teatro.

—¿Y qué más sabe usted de ella? —se interesa Hermógenes, por si la actriz conoce algún retazo de información más de la que él ha llegado a recabar. Tal vez Martínez le haya comentado algo que le sirva para un futuro artículo de denuncia. Pero no, enseguida se da cuenta por la cara de interrogación de Charito de que no es así—. Y tú, negra —le dice ahora a Trinidad, que en ese momento acaba de dejar sobre la mesa una hermosa bandeja de plata con chacinas, aceitunas y otros entremeses de la tierra—. Sírveme más manzanilla, quieres, la historia peregrina que voy a contar bien merece que se la riegue una miaja.

Trinidad se apresta a obedecer y el plumilla comienza su relato.

—Ya vieron el trato inhumano que Martínez le dio al asunto. Poco menos que mandó barrer los restos de esa pobre desventurada como si fuera una cucaracha. Y todo para que no interfiriese con el estreno de campanillas de la de Alba.

—Eso no es verdad, don Hermes —corrige Charito—, la función se retrasó una semana por respeto a la difunta.

—Respeto, respeto. ¿Qué clase de respeto es ocultar quién era esta persona y qué demonios hacía cuando la arrebató la parca?

—Lo que hacía está bien claro —colabora Amaranta—. Fisgonear. En cuanto a quién era, qué quieren que les diga, personalmente no me despierta mayor curiosidad.

—Pues ya verá como sí —anuncia Hermógenes mientras hace señas a Trinidad para que escancie más manzanilla—. Hasta arriba, morena, con liberalidad, que todavía no me he recuperado del todo de nuestro atroz viaje. En fin, ya verán como les interesa lo que tengo que contar de la viuda (o no tan viuda) de García y su esclava Celeste.

La mano de Trinidad deja en vilo la botella de vino sobre la copa de Hermógenes Pavía. ¿Ha oído bien? ¿Es posible que hablen de Celeste y de ama Lucila? ¿Y qué quiere decir eso de una viuda no tan viuda?

—¿Estás lela, muchacha, o qué? ¡Casi me derramas el vino en los calzones! Por supuesto, yo —continúa el escribidor, volviéndose a dirigir a las damas— soy el más firme defensor de la emancipación de los negros que pueda haber, es lo que pide mi sangre jacobina, pero algunos como ésta parece que no han bajado aún del cocotero.

—Le rogaría que no hablase así de Trini —ataja la Tirana, que se había alegrado mucho de reencontrarla al cabo de los años. Casi tanto como su prima Luisa, a la que habían alojado en una pequeña habitación contigua a la de su celebérrima parienta, por lo que Trinidad esperaba poder visitarla luego—. Nadie merece ese trato.

—Pues que preste atención a sus quehaceres, y así todos contentos. ¿Por dónde iba? Ah sí, a punto estaba de contarles la increíble historia de una viuda rica a la que pronto va a heredar la persona más inesperada, su «difunto» marido.

—A ver si nos explica mejor el galimatías, don Hermes, que con esa manía suya de describir las cosas de modo sensacional, no hay quien se entere de nada. Empiece por el principio, quiere. ¿Quién era la finada?

—Uno de esos epulones (epulonas en este caso) de ultramar que vienen a la metrópoli pensando que una bolsa llena y un aire entre exótico y rancio le franqueará las puertas de la mejor sociedad. Ella intentó colarse por la del teatro, esa parte ya la saben ustedes como también conocen la forma trágica en la que acabó su incursión entre bambalinas para emular a la duquesa de Alba. Pero lo que no podía calcular de ninguna manera esta señora cuando soñaba codearse con personas tan principales es que su nombre acabaría asociándose nada menos que al de nuestro amado Príncipe de la Paz.

—¿Y qué tiene que ver Godoy con su trágico fin?

—Nada, sólo que, al estar presente en la sala la noche de autos (y en visita secreta, ustedes ya saben para ver a quién), la muerte de la viuda de García, que de otro modo no hubiese interesado a nadie, ha salido en todos los periódicos. Incluso en uno satírico inglés que ha tomado la anécdota como metáfora para narrar la decadencia de nuestra aristocracia, lo que ha propiciado que de la noticia se enterase media Europa. Pero bueno, el caso es que tal ha sido el eco del suceso que ahora resulta que su marido reclama la herencia.

—Supongo que estaban separados...

—Supone usted mal —comenta Hermógenes Pavía, dejando que sus ojos vuelvan a deambular entre los tules que velan el escote de su anfitriona—. La historia es mucho más curiosa. Por lo visto, cerca de ocho años atrás, este caballero desapareció en alta mar durante una tormenta cerca de la isla de Cabo Verde. Obviamente, lo dieron por muerto, pero, según ha podido saber este *Impertinente...* eh, quiero decir, según he podido saber yo mismo leyendo la prensa bien informada, el caballero en cuestión tuvo la fortuna de ser rescatado exhausto y exangüe por unos pescadores que lo llevaron a tierra.

—No tengo ni la menor idea de dónde queda Cabo Verde —reconoce Amaranta, a la que le han aprovechado poco y nada las lecciones de geografía de su abuelo el loco.

—Pues está en medio del Atlántico, a ocho o diez días de navegación de Cádiz. Pero lo curioso del caso es que el feliz náufrago no arribó allí sino muchas millas al norte de la isla de Madeira.

—No me va a decir que recorrió todo ese trecho a nado —sonríe Charito la Tirana, que tampoco anda muy ducha en geografía, pero como, aparte de actriz renombrada es hija de marinero, algo sabe de mares y de naufragios.

—Si desean conocer todos los detalles, aquí tienen el relato completo. Viene en este diario de sucedidos curiosos —dice Hermógenes Pavía extrayendo del bolsillo de su sucia levita unas hojas impresas. Lo he traído conmigo porque pienso aprovechar estos días de holganza para escribir un poemilla épico al respecto.

—¿Para su inefable pasquín? —sonríe Amaranta.

—Para *El Jardín de las Musas,* señora mía, que es donde milita mi pluma. Se va a llamar «Memorias de un náufrago». Una historia real que parece mentira.

—Y tanto, como que no me la creo. ¿Cómo pudo recorrer todas esas millas que usted señala? ¿En el vientre de una ballena como el profeta Elías?

—Complicado iba a ser porque el que viajaba en la ballena era Jonás, Elías iba en carro de fuego —corrige suavemente don Hermes que, con dos copas de manzanilla y en ayunas, ya no sabe a qué palo amarrarse para no naufragar en el incitante (y perfectamente ignorante) pecho de Amaranta—. Existe una explicación muy sencilla. En realidad, se trata de algo que sucede con no poca frecuencia. A nuestro náufrago lo salvaron de las aguas unos pescadores de las Azores que se dirigían a caladeros africanos. El capitán, sin duda un hombre bondadoso puesto que lo rescató pero también práctico, para evitarse los siempre engorrosos y largos trámites de declarar la recogida de un ser humano en alta mar, decidió dejar al tal García en una playa cualquiera de Madeira al pasar por esa isla.

—Qué historia —se admira la Tirana—. Parece talmente una novela. Pero lo que no entiendo es por qué el hombre, al llegar de nuevo a la civilización, no intentó ponerse en contacto con su mujer. Según dice usted, han pasado cerca de ocho años.

—A saber. Quizá la finada fuera una arpía o una pesada, o sencillamente aburrida como un hongo —elucubra pensativo el plumilla.

—¿Y renunciar también a sus caudales que al parecer eran muchos? —interviene Amaranta—. O poco conozco yo la naturaleza humana o ahí hay gato encerrado.

Trinidad durante todo este tiempo ha buscado pequeñas tareas que le permitieran escuchar la conversación. Ha ofrecido reiteradamente aceitunas y jamón a los invitados, se ha ocupado de rellenar sus copas y hasta ha recolocado varias veces los perfectamente alineados almohadones de una banqueta cercana. Hecho todo esto, ahora sólo reza para que, al pasar al comedor, momento que no puede demorarse mucho, la suerte quiera que Hermógenes Pavía deje ese viejo recorte de periódico sobre el velador en el que reposa ahora mismo. De este modo y con un poco de suerte, podrá correr a la cocina, contarle lo sucedido a Caragatos, traerla hasta aquí mientras Amaranta y sus amigos están almorzando y pedirle que le lea lo que dice. Y mientras se levantan para pasar a la mesa, mientras Amaranta toma del brazo al plumilla y Charito alaba el intenso azul de los jacintos que flanquean el camino, Trinidad sólo repite como una letanía. Juan vive, Juan vive...

Capítulo 28

La Hermandad de los Negritos

—Por Dios, Luisita, ¿estás segura? ¿Pero tú has visto la que se avecina? El cielo más oscuro que el azogue y el viento azotando de tal modo los árboles, milagro será que no arranque de cuajo a ese pobre jacarandá.

—¿En qué quedamos, criatura, quieres o no quieres que vayamos a los negritos?

—Sí, pero ¿acá en Sevilla no se suspenden las procesiones cuando viene el huracán? —había exagerado Trinidad.

—De momento, no cae ni una gota. Además sólo cuando llueve a mares y en el último momento, se decide que no salgan los pasos —le había explicado Luisa, la prima de la Charito la Tirana.

Después de que Caragatos le leyera aquel recorte de diario en el que venía la noticia de que un tal García reclamaba la herencia de su riquísima esposa, Trinidad y ella habían decidido comentárselo también a la recién llegada Luisa por aquello de que seis ojos ven más que cuatro.

—A ver si lo he entendido bien —había dicho ésta muy recuperada de las desazones del viaje y contenta de poder ayudar con sus conocimientos de la ciudad a su antigua amiga Trini—. Según ese recorte, alguien se presentó ante el cónsul español en Madeira asegurando ser el legítimo marido de la finada y pidiéndole que iniciara trámites con vistas a recuperar una herencia. ¿Cierto? Bueno, todo eso está muy bien. ¿Pero quién te dice que sea tu Juan? A lo peor sólo es uno de esos caraduras avispados que, aprovechando que el Pisuerga pasa por Valladolid y él se llama igual que el esposo desaparecido, pretende hacerse con una fortuna sin dueño.

Había sido a la hora de la siesta, y después de que Amaranta y sus invitados se retiraran por fin a descansar un rato, cuando Trinidad y Caragatos pudieron deslizarse hasta la habitación de Luisa a contarle lo sucedido. Y allí estuvieron un buen rato cambiando impresiones en voz baja para no perturbar el sueño de la Tirana.

—¿Tú crees que ella me ayudaría llegado el momento?

—Charito es muy buena, pero más agarrada que un pasodoble. Como todos los cómicos que tienen la miseria por pesadilla —la había excusado Luisa—. ¡Pero no me digas que estás pensando ir a Madeira! ¡Eso debe de costar un platal y ni siquiera sabes dónde queda en el mapa! ¿Y qué pasa si llegas y te encuentras con que ese tal García no es tu Juan?

—Es él, estoy segura, todo encaja. Tengo que ir en su busca, y una vez juntos, dar con el paradero de nuestra hija será tanto más fácil, él es un hombre y de posibles. Ya me lo anunciaron los *orishás* la vez que me echaron los caracoles, Juan vive.

—Pamplinas —se había impacientado Caragatos—. Suponiendo que así sea, ¿no te has parado a pensar en por qué no ha venido para acá en todos estos años? Si tanto te quería y te idolatraba, debería haber intentado buscarte, ¿no crees?

Pero Trinidad no la escucha. Está demasiado afanada en recordar palabra por palabra todo lo que dijeron aquella noche los caracoles.

—... También mencionaron un nombre. Quizá de un pueblo, de una calle, o de una persona, no sé, pero hablaron de algo o de alguien llamado Buenaventura.

—O a lo mejor era malaventura, vete tú a saber —continuó ironizando Caragatos—, que en esto de las profecías tus *orishás* fallan más que un trabuco sin perdigones. ¿O es que ya se te ha olvidado cuando te hicieron creer que era tu hija la que estaba prisionera en la Corte de los Milagros?

—Seguro que fui yo la que me equivoqué y no ellos —trató de convencerse Trinidad, a la vez que intentaba liberar de entre los pliegues de su camisa el escapulario de Juan y besarlo con tanta devoción como deseos de que esta vez fuera un poco más eficaz—. Celeste decía siempre que los *orishás* andan rectos por caminos torcidos.

—También acá se dice que Dios escribe recto en renglones torcidos —dijo Luisita.

—Pues a ver si unos y otros mejoran un poco su caligrafía, que para mí que anda más que chunga —fue el comentario de Caragatos—. En el único refrán en el que yo creo es en a Dios rogando y con la maza aporreando. O aquel de ayúdate y Dios te ayudará.

Fue después de este comentario cuando a Luisa, que era de la tierra, se le ocurrió que tal vez fuese buena idea de acercarse hasta la iglesia de Nuestra Señora de los Ángeles, no tanto para invocar su intercesión, sino porque era la señora de la Hermandad de los Negritos.

—¿Y ésos quiénes son, tú crees que querrán ayudarme?

—Pues si no son ellos, no se me ocurren otros.

—¿Qué tipo de hermandad es ésa?

—La única que puede ayudar a una esclava, para eso la fundaron.

Luisa le explicó lo que todos en Sevilla sabían por aquel entonces. Que la Hermandad de Negros era de las más antiguas de la ciudad y que se había creado allá por el 1300 para auxiliar a los esclavos viejos a los que sus amos tenían por costumbre echar a la calle como muebles inservibles cuando ya no podían cumplir con sus obligaciones.

—Igual que sigue pasando ahora...

—Sí, sólo que entonces y hasta no hace tanto, había en Sevilla más negros de los que te puedas imaginar. Todo el mundo que se preciaba tenía un esclavo. Y no sólo la gente muy principal, también el propietario de una posada por ejemplo o un escribano o un prelado. Hasta el armador para el que trabajaban mi padre y el de Charito como pescadores tenía su Gaspar, un moreno que les ayudaba con las faenas, tanto en tierra como en la mar a cambio sólo de techo y comida. Si eso no es algo muy parecido a la esclavitud, que venga Dios y lo vea. Fue él quien me llevó por primera vez a los Negritos cuando era niña.

Luisa continuó explicando que lo último que supo de Gaspar antes de marcharse a Madrid con la Tirana fue que a su vejez había cumplido un viejo sueño, hacerse sacristán de la capilla de Nuestra Señora de los Ángeles, que es donde se reúne la Hermandad de los Negros.

—Yo no sé en qué podrán ayudarnos, más de la mitad de los hermanos son esclavos como tú y los libres tampoco andan muy bien de cuartos. Pero se apoyan entre ellos y, si vive aún Gaspar, él sabrá qué hacer.

—¿Y cómo llegaremos hasta allí?

—¿Cómo va a ser? Como siempre hacemos tú y yo, escapándonos —dijo Caragatos.

—Ni siquiera hará falta —la corrigió Luisa—. En Semana Santa, hasta las almas menos devotas como vuestra querida duquesa Amaranta dan tiempo libre a sus criados para que puedan asistir a los oficios. Sólo hemos de esperar a que llegue el Viernes Santo. Eso, y rezar para que no llueva y se suspendan las procesiones.

Y allí estaban ahora las tres, ateridas en el portal, expectantes y mirando al cielo como el resto de los habitantes de la ciudad mientras el viento azotaba los jacarandás traídos de América cimbreándolos como si fueran juncos.

—Lo mejor es ponerse en marcha ya —opina Caragatos, a la que la escapada divierte mucho más de lo que está dispuesta a reconocer—. Aunque caiga luego el diluvio universal, si llegamos hasta la iglesia, alguien habrá allí o en la sacristía con quien podamos hablar.

Y así lo hicieron.

Si Trinidad había admirado aquella ciudad con sol, la Sevilla lluviosa la llenó de asombro. El agua caída la víspera se embalsaba en charcas que más parecían lagunas en las que se hundían sin remisión las ruedas de los carros desplazando olas de agua maloliente que los viandantes esquivaban sin detener la marcha. Porque ni el barro ni otras mil incomodidades parecían disuadir al enjambre humano que iba y venía por los aledaños de la catedral con sus mejores galas: mujeres de altas peinetas, hombres con levita negra tal como mandaba el calendario y nazarenos con el capuz en la mano que se arremangaban la túnica para salvar algún fangal. Ciertos mozos se apostaban delante de los charcos más conspicuos ofreciéndose a llevar a horcajadas a cualquier dama o caballero que quisiera atravesarlos. No pocos aceptaban, por lo que Trinidad pudo ver a una emperifollada matrona y luego a un circunspecto militar lleno de condecoraciones con un cigarro puro en la mano surcar, muy serios, las aguas sobre tan inusual cabalgadura. Era la mañana de Viernes Santo y no era cuestión de que una ciudad, acostumbrada desde tiempos inmemorables a inundaciones, riadas y demás veleidades del Guadalquivir, renunciara a sus tradiciones por un quítame allá estas charcas.

Poco a poco fueron dejando atrás las calles y plazas principales para adentrarse en otra Sevilla menos monumental. Guiadas por Luisa, que estaba encantada de enumerarles los nombres de los edificios y templos que encontraban a su paso, pronto enfilaron hacia el sur viendo cómo las casas de piedra y sillería daban paso, paulatinamente, a otras de frágil madera o incluso adobe que parecían pedirle perdón por existir a un arroyuelo de aguas oscuras que, según les explicó Luisa, llamaban el Tamarguillo. A Trinidad le pareció amenazante lo crecidas que bajaban las aguas de aquel riachuelo, pero no dijo nada. Empezaba a darse cuenta de que no era de buen tono mentar el agua en casa del ahogado.

—¿Es aquí? —preguntó al ver cómo Luisa se detenía delante de una pequeña capilla encalada y con revoques del color del trigo maduro en la que reinaba una única y gran puerta de madera con remaches de hierro.

—Aquí la tienes, Nuestra Señora de los Ángeles. No ha cambiado nada desde la última vez que la vi —anunció Luisa.

Dentro de su única nave la actividad era frenética. Alrededor de un Santo Cristo que allí se veneraba, preparado para salir en procesión, había quien lustraba candelabros, quien fijaba cirios, al tiempo que las mujeres iban y venían asegurándose de que los terciopelos de las bambalinas que lo adornaban cayeran del modo más favorecedor. Y mientras tanto, desde lo alto de su cruz erigida sobre un fresco lecho de flores rojas, el Cristo de la Fundación velaba sobre todas aquellas muy afanadas cabezas crespas y negras que cada tanto se asomaban a la puerta para asegurarse de que, en efecto, sus plegarias estaban siendo atendidas y el Señor de los Negritos podría salir puntualmente a la hora convenida. Fue uno de los porteadores, un moreno bajo y robusto que iba y venía martillo y clavos en ristre, el que les indicó dónde podían encontrar a Gaspar. «Antes andaba siempre por aquí velando por la *levantá*, pero las piernas ya no le acompañan. Lo encontraréis al fondo, al costado de la sacristía, con las mujeres, ayudando en algunas composturas».

Y allí estaba Gaspar, un moreno flaco como una espingarda de unos setenta años, calculó Trinidad, pero con ojos de muchacho, a juzgar por la destreza que demostraba con la costura. Cómo esas manos curtidas en tantos soles y mares podían coser con tal primor era todo un misterio, pero quizá tejer redes no fuera tan distinto a hacer pespuntes de último minuto o fruncir un faldón que había quedado largo. Después de las emociones del reencuentro y al comenzar a explicarle Luisa qué las había llevado hasta allí, Gaspar consideró que el asunto era lo suficientemente privado como para discutirlo con más detalle lejos de oídos indiscretos.

—Que todo el mundo es bueno hasta que se demuestre lo contrario —les había dicho, después de ofrecerles asiento en la vieja y destartalada sacristía—. Esta hermandad nació para eso, para ayudarnos entre nosotros en lo que se pueda, pero hay cosas que cuantos menos oídos las oigan, mejor para todos. Aquí estamos mejor. Bueno, me estabas diciendo, si lo he entendido bien, que eres esclava de una casa muy principal y quieres viajar a Madeira sin un maravedí en el bolsillo. ¿No es eso?

—... Y yo lo que quiero —interrumpió Caragatos— es que usted le diga que semejante cosa es un disparate. Figúrese que se le ha metido en la mollera que tiene que reencontrarse con un hombre que ni siquiera sabemos si está vivo o no.

—Lo está, señor, yo sí lo sé —asegura Trinidad, poniendo su mano derecha sobre el escapulario regalo de Juan—. Lo único que le pido es que me diga qué tengo que hacer para embarcar en alguna nave que vaya para allá. Como fregona o como polizón, eso me da igual.

—Loca de remate —insiste Caragatos—. Cuéntele usted, que se ha pasado media vida en la mar, qué hacen en los barcos con los polizones. A mí no me creerá, pero a usted sí. Dígale cómo los echan al mar para alimento de los peces. Y si es mujer y joven, antes de tirarla por la borda la marinería también se da su propio festín. ¿Verdad o no?

—¿Es así? —se horroriza Luisa.

—Son las leyes del mar...

—Me arriesgaré, no me importa. No podrá ser mucho peor de lo que ya he vivido. O de lo que le toca vivir a cualquiera de nuestra raza...

—¿De dónde vienes? ¿Dónde naciste?

—En Cuba, señor, en una plantación de Matanzas, y me crié con él, con Juan, quiero decir. Crecimos juntos, de niños éramos inseparables.

—Me lo imaginaba. Entonces no eres como nosotros, como los que salimos de África.

—Claro que sí, mi madre fue una de ellas. La robaron de un poblado cerca de la costa, Magulimi se llamaba, siempre me hablaba de él. Más de treinta días estuvo a bordo de un barco en el que los hacinaban en la bodega, aprisionados con grilletes, así si la nave naufragaba, se iban al fondo con ella.

—¿Y qué más te contó? No mucho más, apuesto.

—Cómo puede decir eso...

—Porque lo sé. ¿Acaso te habló de cómo, al llegar a tierra, los exhibían desnudos en una plaza pública o en una playa y cómo los compradores los inspeccionaban, igual que animales? Primero, les abrían la boca para ver si estaban sanos y, luego, si eran mujeres, les metían sus mugrientos dedos donde bien puedes imaginarte buscando rastros de sífilis y otras enfermedades, pero gozando cada minuto de aquella exploración. Y tampoco te habrá contado cómo la mayoría de las mujeres llegaban preñadas a tierra porque a todas las violaban una y otra vez durante el viaje. Algo que, aparte de dar contento a la marinería, era bueno para el negocio porque el comprador podía llevarse entonces dos esclavos al precio de uno. Menos aún te habrá dicho que otras mujeres que viajaban con hijos de pocos años lloraban y suplicaban a sus compradores que los compraran a ellos también y cómo la mayoría se negaba porque no entraba en sus planes pagar por un mocoso inútil. No, nada te dijo porque de lo monstruoso nunca se habla, es la única manera de seguir viviendo. Tú eres una esclava doméstica. ¿Sabes cómo llamamos nosotros a los negros que nacen en casa de los amos y se crían con ellos? Niños de fortuna. Por mucho que alguna vez te hayan molido a palos o condenado al látigo, eres una niña de fortuna. Sabes poco y nada de las criaturas que nunca han dormido a techado y que, desde que cumplen tres años, las echan al campo a recoger algodón. Y menos aún de las que trabajan en las minas. ¿Y qué me dices de las que se ahogan a diario en los malecones de tantos puertos en busca de perlas finas?

A Trinidad le hubiera gustado decir que se equivocaba. Que ella sí conocía esa vida y que su madre le había contado las monstruosidades sufridas desde el día en que unos cazadores de esclavos irrumpieron en su pequeña aldea y se los llevaron a todos. Pero tenía razón Gaspar, su madre, cuando hablaba del pasado, lo hacía sólo del color de la tierra que la vio nacer, del tamaño de los árboles, de la anchura de sus ríos. Sus tías, sus tíos, incluso los que habían sido marcados como animales o mutilados brutalmente —o mejor dicho, sobre todo ellos—, hacían otro tanto. Incluso cuando cantaban penas lo hacían de su paraíso perdido, nunca del infierno que se habían visto obligados a atravesar después. Como Celeste, por ejemplo. Sólo cuando la vio llorando por Marina, le habló de los cuatro hijos que le habían arrebatado y fue para decirle únicamente que a los tres últimos no les había dado nombre porque hay que olvidar para seguir viviendo.

Era verdad, por tanto, ella era una niña de fortuna. Se había criado con Juan, jugando juntos hasta que tuvo edad de trabajar en las labores caseras. Y si a su vida llegó la desgracia, fue aquí, en España, cuando le vendieron a su hija porque él ya no estaba para protegerla.

—Puede que tenga razón en lo que dice, señor Gaspar —asintió—, pero lo único que le pido es que me ayude a encontrarlo. ¿Lo hará?

—Si lo que quieres, muchacha, es que te diga cómo colarte en alguna nave que salga para Madeira, no cuentes conmigo. Siempre me he negado a ayudar a polizones y créeme que vienen unos cuantos desesperados a esta hermandad con esa idea. Fugitivos muchos de ellos, delincuentes otros tantos. A todos les digo lo mismo, la vida es demasiado preciosa para tirarla por la borda. Por eso trato de ayudarlos de alguna otra manera que nada tiene que ver con el mar, pero en tu caso se me ocurre una idea.

Gaspar habló entonces de cierto matrimonio muy rezador y con buenos maravedíes que eran patronos de aquella iglesia.

—No todos los miembros de esta hermandad son morenos ni esclavos como nosotros —explicó—. Eso era antes, cuando éramos más pobres que ratas y sólo algunas almas caritativas nos ayudaban para poder reparar las goteras o evitar que el techo se nos cayera encima. Muy acuitado debía andar nuestro Santo Cristo de la Fundación de que así fuera y se viera él a la intemperie —bromeó entonces Gaspar—, porque hace más o menos un año nos ha enviado un regalo del cielo. Un protector de campanillas, nada menos que un Borbón. Don Luis de Borbón y Vallabriga, arzobispo de esta ciudad y primo del rey nuestro señor.

—Mala combinación me parece ésa —opinó Caragatos—. Ya sabemos cómo se las gasta la aristocracia con esto de la vocación sacerdotal. Al segundón que no saben dónde colocar lo hacen obispo con catorce años y a vivir como un cura.

—No en el caso de don Luis. Él y su hermana Teresa han conocido muchas penurias en su infancia. A diferencia de su padre, que también era cardenal...

—¿Ve, qué le decía yo? —atajó Caragatos que, por influencia de su abuelo el loco, nunca había tenido especial simpatía por el clero—. De tal palo tal astilla.

—A diferencia de su padre, que también fue cardenal —continuó explicando el sacristán con paciencia—, él sí tiene una verdadera vocación y amor a los pobres. La prueba es que se ha hecho hermano mayor de nuestra cofradía de los Negritos. Será porque él es un Borbón, será porque, según cuentan, la reina ha elegido a su hermana como futura esposa de Godoy, pero lo cierto es que, desde que don Luis nos ayuda, ahora son muchos y de posibles los que quieren pertenecer a nuestra hermandad.

—¿Como esa pareja de la que antes hablabas? —preguntó Luisa—. ¿Quiénes son?

—Don Justo Santolín y su esposa doña Tecla. Él es comerciante de vinos y ella tiene aún más caudales. Su padre, que era armador y acaba de morir, le ha dejado en herencia entre otras pertenencias precisamente la nave en la que han de viajar a Madeira. *La Deleitosa* la llaman y parte en un par de semanas, según él mismo me ha dicho. No me será difícil convencerlo de que doña Tecla, en su nueva calidad de rica propietaria, bien merece una exótica criada negra.

—¿Y qué pasa si se entera de que su exótica criada es una esclava prófuga del palacio de Amaranta? —preguntó Caragatos, a la que por un lado le divertía darle al magín planeando la huida perfecta y por otro seguía con sus prevenciones sobre el viaje—. Seguro que no le hace ninguna gracia.

—O tal vez todo lo contrario, quién sabe —sonrió Gaspar—, que mucho pisto da birlarle la criada a una duquesa, sobre todo cuando se va a poner agua de por medio. ¿Y tú, muchacha, qué te parecería echar un vistazo a tus futuros amos? Si esperas a la salida del paso en procesión, podrás verlos en primera fila. El resto déjamelo a mí. Ojalá sea todo para bien —concluyó Gaspar—. No me gusta poner la mano en el fuego por nadie, pero desde luego tanto don Justo como su esposa tienen fama de ser muy devotos.

Un par de horas más tarde a Trinidad se le encogía el corazón al ver cómo asomaba lento, solemne por la puerta del templo el Cristo de la Fundación a hombros de sus costaleros. Qué estampa desoladora la de aquel crucificado con la cabeza vencida sobre el pecho, colgado de un madero y rodeado de penitentes. Faroles oscuros adornaban sus esquinas mientras el paso avanzaba en espectral silencio hasta que una voz tan armoniosa como desgarrada lo rompió con una saeta. El humo de los cirios era tan intenso que le costaba ver las caras de los presentes y, entre ellas, dos que le interesaban más que el resto. Las había identificado de inmediato. Imposible confundirse, prácticamente el resto de la concurrencia era negra o mulata. La escasa media docena de blancos se había arracimado al lado izquierdo situándose en primera fila. Se trataba de dos mujeres de aspecto humilde y de dos hombres, quizá sus maridos, con sus gorras de fieltro en la mano. Un poco más allá, estaban ellos, sus futuros amos. Trinidad intentó acercarse para verlos mejor entre el gentío. El humo y la saeta le brindaban la perfecta coartada porque todos miraban hacia el balcón cercano en el que se había apostado el espontáneo cantaor. Casi podría tocarlos si se lo propusiera. Doña Tecla era una mujer de unos cuarenta años, enjuta, fibrosa, con una nuez masculina que en ese instante subía y bajaba bisbiseando una oración. Él era de menor estatura que ella y con una cara casi escarlata. La nariz plana, la barbilla huidiza, las orejas pequeñas y algo en punta. El pelo se reducía a varios mechones largos y oscuros que crecían separados en islotes. ¿Y los ojos? Ah, ahora que acababa de alzarlos hacia el Cristo, Trinidad descubrió con sorpresa que eran de un verde intenso, muy bellos, una incongruencia con el resto de su aspecto. Por un segundo sus miradas se cruzaron. Pero enseguida el hombre apartó la suya con recogimiento.

Una vez terminada la saeta, todos prorrumpieron en aplausos mientras que el Cristo, reanudando su marcha, se bamboleaba a izquierda y derecha como un esquife a babor y luego a estribor. Allá va, navegando sobre un mar de capirotes y de cabelleras negras y rizadas.

Capítulo 29

Los señores de Santolín

Hasta que la sirena de la nave anunció que acababa de separarse del muelle, Trinidad estuvo temiendo algún imprevisto malhadado. Que en el último segundo, justo cuando soltaban amarras, llegase corriendo un alguacil, o, peor aún, la ronda entera, para detener el barco, para gritar que había en curso una denuncia y que una tal Trinidad, esclava, al servicio del palacio de El Penitente, se encontraba entre el pasaje. Por eso prefirió permanecer allí arriba, en cubierta, para ser la primera en verlos y poder decidir qué haría a continuación. ¿Saltar al mar? Juan le había enseñado y nadaba como un pez, algo poco común, y más aún entre las mujeres. Suerte además que las tormentas de abril habían dado paso a una deslumbrante primavera, por lo que sus ropas eran ligeras. Aun así, bonito espectáculo para los pasajeros sería ver cómo se tiraba al agua y se alejaba con sus anchas faldas flotando a su alrededor mientras esquivaba ratas, culebras y todas las inmundicias propias de un puerto.

Por suerte y de momento, medidas tan drásticas no parecían necesarias. Lo único que Trinidad alcanzaba a ver, allá en el muelle y hasta que la distancia las hizo desaparecer, eran las caras de sus amigas y cómplices, emocionada la de Luisa, falsamente ceñuda la de Caragatos. Hasta el último instante había intentado disuadirla de su viaje. «Mira que irte a mitad del océano en busca de un fantasma», refunfuñaba, pero eso no había impedido que la ayudase a salir sin ser vista horas antes ni impediría tampoco, seguramente, que se dedicara a borrar todo rastro que pudiera llevar a descubrir adónde o con quién se había marchado.

—Un maravedí por tus pensamientos, princesa.

El barco comienza ya a escorarse levemente buscando el viento y Trinidad se gira para ver quién le habla. Un joven de unos veintitantos años, levita gris y pelo rizado y largo recogido en la nuca, un caballero. Así es como lo verían algunos. Otros, en cambio, y en especial los pasajeros que fueran del otro lado del océano, seguramente lo describirían como un café con leche, un *café au lait*, término acuñado en alguna de las colonias francesas, pero que más tarde se popularizó para señalar exactamente a quien tiene delante, un mulato vestido como un señor. Trinidad decide no contestar, no le gustan los *cafeolés*. Tienen fama de arrogantes, también de pendencieros. Y posiblemente llevan algo de razón en ser al menos lo segundo, porque nadie los considera uno de los suyos: para los blancos son negros, para los negros, blancos, para los pobres, ricos, para los ricos sólo negros, unos negros *resubíos,* como entonces se decía. Aun así, no pocos de ellos llegaban a prosperar, sobre todo en el comercio, contrabandeando, trapicheando, vendiendo y adquiriéndolo todo hasta comprar también su respetabilidad. «Seguro que es uno de ellos —se dice—, un nuevo rico». Demasiado joven para haber hecho fortuna, pero la sangre mezclada hace que uno espabile rápido, bien que lo sabe ella.

—Dos maravedíes por tus pensamientos...

Trinidad baja la vista y opta por alejarse. Qué van a pensar sus nuevos amos si la ven hablando con un desconocido, «Perdone, señor», musita, y él no la detiene. Mejor así.

Don Justo le había dado permiso para despedirse de sus amigas desde la cubierta, pero, una vez el barco enfila ya río abajo rumbo a Cádiz, comienza la vida de a bordo y seguro que habrá mucho que hacer, se dice ella. Parece amable su nuevo amo. Pero si incluso se empeñó en ayudarla con los bultos cuando embarcaban. «Dame, que éste pesa demasiado para las niñas bonitas», le había sonreído sin importarle la cara de ajo que ponía una vieja dama que viajaba con una criada tan vieja como ella. Trinidad había atribuido tan inusual gentileza al hecho de ser hermano de la cofradía de los Negritos, pero es que, además, los Santolín parecían una pareja muy cristiana, no había más que ver sus camarotes. Doña Tecla, como propietaria de la nave, se había reservado el del armador y él, el adyacente, de iguales y generosas dimensiones. Sólo el equipaje de la dama había requerido la ayuda de dos mozos de cuerda para trasladarlo a bordo. Consistía en diez grandes baúles de mimbre, un reclinatorio de viaje, un aseo portátil y bultos varios como sombrereras, cajas de zapatos, joyeros, guanteras. Mención aparte merecían una jaula enorme con diez canarios dentro, así como una casita en forma de templete chino para la mascota favorita de doña Tecla, un yorkshire de nombre Colibrí.

—Y aquél es el cajón de los santos —le había señalado la doña en pleno zafarrancho de intendencia—. Ellos primero y yo la última —añadió virtuosamente—. Así que vete abriéndolo, te indicaré cómo montar el altarcito de viaje.

Trinidad se había acercado muy decidida a abrir aquella caja de considerables dimensiones, pero no pudo evitar un respingo al topar con su primer ocupante, una calavera grisácea de larguísimos dientes metida en una urna. Unos mechones de pelo pardo adornaban aún su crisma mientras que dos rubíes refulgían dentro de las cuencas a modo de ojos.

—Cuidado con santa Dorotea, que es muy milagrera pero propensa a coger frío. Mira, la vamos a poner aquí, en esta esquina protegida de las corrientes de aire, tú sigue, que hay mucha tarea, yo me ocupo de pasarle un pañito.

A continuación, le tocó el turno a las reliquias de huesos que Trinidad fue poniendo, siempre según instrucciones de su ama, sobre el altar a modo de teclas de piano. Una falange de san Fructuoso, una costilla de santa Gertrudis, un trocito de tibia de san Cayetano y otro de santa Inés, cachito de fémur de san Judas Tadeo y de la pelvis de san Roque, cada uno con su nombre y descripción apuntado con tinta china. A Trinidad le hubiera gustado continuar la instalación por un motón de estampitas multicolores que vio al fondo del baúl, pero doña Tecla tenía su método.

—No, no, primero van los prepucios —insistió—. Los vamos a poner todos alrededor de la calavera de santa Dorotea, que murió virgen y mártir —explicaba mientras Trinidad iba colocando, como pétalos alrededor de la santa, todos aquellos pellejos duros y amarillentos—. Han de ir en el mismo orden en que van en las cajas, muchacha, no te hagas un lío, y sobre todo ni se te ocurra juntar el de san Antonio con el de san Martín de Tours, que se llevan fatal. Una vez una criada atolondrada confundió sus prepucios y a mí casi me lleva un cólico miserere.

Una vez acabado el despliegue de reliquias, doña Tecla había caído en oración. Arriba y abajo bailoteaba su nuez desgranando letanías por lo que Trinidad no sabía qué hacer. Aún faltaba por desempacar el resto del equipaje, hacer la cama y ocuparse de los canarios que revoloteaban enloquecidos atribuyendo sin duda el movimiento del barco y el chirriar de las maderas a quién sabe qué cataclismo o terremoto. En cuanto a Colibrí, se lo veía muy mareado. Ni siquiera había querido refugiarse en su hermosa pagoda china y yacía hecho un ovillo junto al mamparo que separaba el camarote de doña Tecla del de su marido. «Tal vez desee reunirse con don Justo», se le ocurrió pensar a Trinidad llamando a la puerta de su nuevo amo. Don Justo no pareció interesarse mucho por los males del yorkshire. Se limitó a meterlo en su pagoda y luego hacer señas a Trinidad para que entrase.

—Me vendrá bien un poco de ayuda, pasa.

Se había quitado la levita y la camisa para estar más cómodo. Lucía ahora una especie de saya atada con un grueso cordón franciscano o, mejor aún, de ermitaño, que de vez en cuando se le descolocaba dejando entrever unas carnes sonrosadas y fofas que él volvía a cubrir pudoroso. «Quizá pertenezca también a otras cofradías de órdenes mendicantes, aparte de la de los Negritos», se dijo Trinidad, pero tampoco le dio tiempo a cavilar demasiado sobre el asunto porque don Justo enseguida encontró tarea para ella. También él tenía su oratorio portátil, pero ya se había ocupado de desembalar e instalar él mismo su contenido. Era mucho más austero que el de su mujer. De hecho, sobre un hermoso paño de terciopelo verde podía verse una única reliquia, una tan blanca como monda calavera.

—¿De qué santo es, señor? —se atrevió a preguntarle mientras desembalaba un par de candelabros de plata que servían de complemento al oratorio.

—Acertadísima pregunta —se alegró don Justo, antes de explicar que no pertenecía a santo alguno sino a un hombre cualquiera—. Como tú o como yo, un pecador, ¿comprendes? Cuánto está cambiando el mundo y qué pena que así sea —se lamentó a continuación—. Todos deberían tener una calavera como pisapapeles, tal como ocurría hasta hace unos años en las casas respetables.

Trinidad dijo que sí, que en efecto había visto cráneos humanos en alguna ocasión sobre la mesa de despacho de ciertos caballeros muy ancianos allá en Cuba, pero que le había parecido siempre una práctica poco... misericordiosa.

—¡Pero qué sabrás tú sobre la misericordia! —se indignó don Justo, aflautando la voz hasta convertirla en un falsete. Pero sólo fue un segundo. De inmediato se recompuso y retomó su tono habitual, que era pausado, lento, redondo, como si acariciara cada sílaba—. No, querida niña, tú eres muy joven y te queda todo por aprender. Esto —explicó, rozando suavemente aquel cráneo con la yema de sus dedos— cumple una función primordial en la vida de un hombre temeroso de Dios. Nos recuerda lo que somos, de dónde venimos y en lo que nos hemos de convertir. ¿De qué sirven las riquezas y todas las pompas, de qué la soberbia, la gula o la lujuria, si tarde o temprano acabaremos como él?

A continuación, la miró con esos ojos que tanto la habían sorprendido la primera vez que se cruzó con ellos. Eran pequeños y achinados, pero exactamente del mismo color que los de Juan. Por un momento, y aun sabiendo que una esclava no debe mirar nunca a sus amos a los ojos, se permitió perderse en ellos para recordar. ¿Qué estarían mirando ahora mismo los de Juan? ¿Para quién reirían los de Marina, que tanto se parecían a los de su padre? Y se consoló pensando que, si todo iba bien, pronto se encontraría con Juan para juntos recuperar a su hija.

—¿Estás bien, niña? —don Justo debió de darse cuenta de que le pasaba algo porque acababa de ponerle una mano en el hombro.

—Sí, señor, por supuesto, señor, yo no debería... lo siento.

—Pues no lo sientas. Piensa que siempre que te ocurra algo puedes venir a mí. ¿Recuerdas? —añadió volviendo a acariciar aquel cráneo blanco y lustroso como el marfil. *Pulvis est et in pulverem reverteris.* Polvo somos y en polvo nos hemos de convertir, pero, mientras, intentemos ayudarnos y hacernos felices unos a otros...

Capítulo 30

Hugo de Santillán

—No me digas que no te has dado cuenta, ¡pero si no te quita los ojos de encima! Y qué ojos, del mismísimo color de la miel. Es lo primero que miro en un hombre. Mi madre decía que son las ventanas del alma, pero... a veces se ve cada cosa dentro de ellos. Por supuesto, no en este caso, ¡ah!

—Shhh, que vas a despertar a nuestra vecina de litera, no estamos solas.

—Como si lo estuviéramos, chica. Aquí la Candelaria está tan sorda como su señora. Las conozco bien, doña Francisquita es vecina de mi amo en Cádiz. Como un marmolillo, te lo aseguro, así podemos charlar a gusto.

El camarote que han asignado a Trinidad para la travesía no tiene nada que ver con el sollado repleto de esclavos en el que viajó desde Cuba y en el que vino al mundo Marina. Tal vez en otros barcos las condiciones sigan siendo las mismas, pero en *La Deleitosa* las sirvientas de los pasajeros de primera tienen ciertos privilegios. No por bondad o caridad cristiana, sino para estar más cerca de sus amos y poder volar a su llamada. Pero qué más da cuál sea la razón, la cabina era confortable, la cama no muy estrecha y las pulgas y chinches, acostumbradas a carnes más gruesas y rebosantes, casi la ignoraban. Son tres las ocupantes de la cabina. Trinidad; Candelaria, la esclava de la anciana con tan mala cara que la había mirado de reojo a ella y a don Justo al embarcar el primer día; y luego Haydée. Haydée es cubana, pero lleva toda su vida viviendo en Cádiz. «La ciudad más linda del mundo, muchacha, me pasaría horas hablándote de ella».

Y horas había hablado contándole todo. Las cosas que pasaban en Cádiz, las gentes que confluían allí venidas de todos los puntos de América y de Europa atraídas por su riqueza, su belleza, su cosmopolitismo.

—¿Quieres un sombrero parisino? ¿Unas delicias turcas? ¿Unas babuchas venecianas, un chal de Cachemira, unas naranjas de la China? Todo eso es más fácil encontrarlo en Cádiz que en París o en Londres. ¿Qué más quieres? ¿Una alfombra persa? ¿Un ave del paraíso, un mueble ruso, un novio con caudales? No hay en el mundo ciudad que se le parezca, tenlo por seguro. Y por cierto, hablando de novios con caudales: vuelvo a repetirte lo que antes te decía, ¡¿pero tú has visto cómo te mira Hugo de Santillán?!

—Ni siquiera sé quién es ese señor —responde Trinidad y enseguida se arrepiente de haber dicho nada. Son más de las dos y mañana hay que levantarse antes de que amanezca. Pero, sobre todo, no tiene especial interés en entrar en temas personales con alguien a quien acaba de conocer. Haydée, sin embargo, ha tomado su comentario como una invitación a que la ilustre.

—... Pues te lo voy a contar ahora mismo. Es uno de los hombres más ricos de Cádiz.

—Ya será menos. Es un *café au lait*.

—Si no fueras mulata, chica, pensaría que eres racista. ¿Quieres o no que te cuente quién es ese que te mira con ojos de almíbar?

—Pensé que eran de miel —ríe Trinidad, que ha decidido que cuanto antes empiece Haydée, antes terminará su perorata.

—Figúrate que su padre fue oficial allá, en La Española, donde conoció a una negra que le robó el corazón.

—Uy, he oído tantas historias iguales que no hace falta que me cuentes cómo acaba.

—Tú calla, que ésta es distinta. Dizque ella trabajaba para una madama que la compró de niña llena de piojos y recién bajada del barco en el que casi muere de disentería o vete tú a saber de cuál de esas fiebres. Algo debió de ver en aquella niña larguirucha y con el vientre hinchado de hambre porque, cinco años más tarde, era su pupila más aventajada. Mucho debió de enseñarle la madama de artes amatorias porque se la rifaban los clientes hasta que uno, el oficial del que te hablé, de nombre don Carlos de Santillán, decidió que la quería solo para él. «Mientras pague (dicen que dijo la madama), a mí todo me parece bien». Pagó, en efecto, y durante años se dedicó a educarla como una señorita. Con clases de baile, de piano, todo lo necesario para convertirla en la *placée* más linda del lugar.

—¿Y eso qué es?

—Un gran invento, francés como no podía ser de otro modo, ellos también lo llaman matrimonio de la mano izquierda. Un matrimonio de la mano izquierda —explicó Haydée con aire soñador y sin esperar a que Trinidad preguntara— es como un matrimonio normal sólo que con otras bendiciones. *Placer* en gabacho quiere decir «situar» y, en las colonias francesas, se llama así a un arreglo por el que una mujer mulata o cuarterona, comprendes, pero siempre muy bonita, se convierte en esposa de casa chica. La otra, la de casa grande, es la de la mujer legítima, la que muere de aburrimiento haciendo punto de cruz y vistiendo santos mientras que la *placée* es la consentida, a la que llenan de flores y de joyas, de ropa relinda porque ya sabes cómo son los varones, chica, lo que más les gusta es competir entre ellos, y allá en Saint-Domingue, que es la parte francesa de la isla de Santo Domingo, la rivalidad dicen que es tremenda. ¿Que a tu *placée* le has regalado un collar de corales? Pues yo a la mía, uno de perlas finas de tres vueltas. ¿Que si tú le compras un purasangre? Yo entonces un cabriolé tirado por alazanes. Y así, con la vanidad masculina por cómplice y mucha mano izquierda, las *placées* son las verdaderas esposas de muchos hombres con los que forman con frecuencia grandes y felices familias.

—Lo cual no quita que sus hijos sean tan bastardos como otros hijos de amos con sus esclavas —comenta Trinidad, recordando lo que pasaba allá en Matanzas, también en España con Caragatos y otros bastardos de la sábana bajera.

—Como los otros, no. O, mejor dicho, no siempre. Hay blancos que se ocupan poco y nada de sus hijos de *plaçage*, pero también los hay que los tratan como legítimos. Incluso no pocos los mandan a Europa a estudiar o a alguna academia militar.

—Como a tu Hugo...

—Di más bien *tu* Hugo, si sabes jugar bien tus cartas.

—No hay ninguna carta que jugar —explica Trinidad sin muchas ganas de dar detalles. Pero Haydée no es de las que se conforman con medias frases y, al final, acabó sonsacándole todo sobre Juan y sus razones para estar ahora mismo a bordo de *La Deleitosa*.

—Hummm, no sé qué decirte, chica. Perdona, pero yo soy muy práctica. Un tipo que desaparece, tantos años sin saber de él... ¿Qué pasa si llegas a Madeira y resulta que tu Juan está con otra? Los hombres no son de guardar ausencias, sobre todo si son largas. Es mejor pájaro en mano, mírame a mí.

Haydée le contó entonces cuál era su sueño, convertirse también, un día no muy lejano, en una *placée*, allá, en las Antillas.

—Y ya tengo la mitad del trabajo hecho. ¿Has visto a mi Alberto?

—¿Te refieres al caballero para el que trabajas? —preguntó Trinidad, tratando de recordar la cara del tal Alberto. Era tan poco memorable que no lo consiguió. «La próxima vez me fijaré más en él», se dijo mientras su nueva amiga continuaba explicando sus planes.

—El primer ladrillito de mi castillo en el aire ya está puesto. Alberto es solterón. Llegó a Cádiz hace un año de Santo Domingo para hacer unas diligencias hospedándose en casa de su tía, y yo, que trabajaba allí, enseguida le eché el ojo. Como tú debes hacer con Hugo, por cierto, si eres lista. En fin, el caso es que no tardé ni un mes en convertirme en indispensable en su vida. Nada más fácil si una conoce ciertas hierbas.

—No me digas que le hiciste víctima de un hechizo.

—De una cagalera, que es menos romántico pero igual de eficaz. Primero lo puse a morir y luego lo curé como un ángel.

—¡Pero Haydée!

—En el amor, chica, no hay mejor atino que hacerse la imprescindible en la vida de alguien. Sobre todo si ese alguien pertenece al mal llamado sexo fuerte.

Después de aquella conversación nocturna, Trinidad se dedicó a observar con más interés a don Alberto y comprendió por qué no recordaba su cara. No era ni muy alto ni muy bajo, ni viejo ni joven, ni guapo ni feo. Sólo un dato le resultó interesante. Parecía extremadamente meticuloso. Durante el desayuno, que era cuando ella atendía a sus amos y Haydée al suyo, aquel caballero tenía por costumbre sentarse solo en el comedor, siempre en la misma esquina lejos de los demás, con la espalda perfectamente recta y la vista fija en el mantel. Una vez que Haydée dejaba sobre la mesa su plato con gachas, su buena rebanada de pan, su tripa con manteca colorada y una única pero hermosa naranja, comenzaba la operación. Quirúrgica podría decirse, porque debutaba con don Alberto pinchando la fruta en su tenedor y luego, con una navaja con cachas de nácar y afiladísima que llevaba siempre encima, procedía a pelar —a desollar, sería el término más preciso— la naranja sujetándola en alto mientras dejaba que la monda cayera en volutas sobre el plato formando una espiral perfecta. Hecho esto, se dedicaba a untar la tostada con manteca en cantidades ínfimas para que la primera capa quedara como un tenue velo rojo sobre el pan añadiendo a continuación una capa más y otra y otra. Acababa el desayuno con las gachas que sorbía en minúsculas cucharadas, y después, quedaba en la misma posición inmóvil hasta que Haydée venía a retirar el servicio y secarle los labios con una servilleta. Observó también Trinidad que sólo un detalle cambiaba en rutina tan exacta. Coincidiendo con las noches en que Haydée desaparecía del camarote que ambas compartían para reaparecer cuando rayara el alba, don Alberto, antes de que le retiraran el plato de gachas, dejaba que un dedo travieso se colara por la bocamanga de su sirvienta. Nada más. Ni una sonrisa disimulada, ni una tosecilla cómplice, ni siquiera una furtiva mirada.

—Vaya trabajo de chinos —comentaba luego Haydée mientras fregaban juntas los platos—. El asedio al fortín de un viejo solterón es más lento que un desfile de cojos. Por cierto, ¿tú a qué esperas para empezar el tuyo?

Hugo, por su parte, no había vuelto a abordarla. Ahora se limitaba a saludar con una cortés inclinación de cabeza cuando se cruzaban. Apenas se mezclaba con el resto del pasaje. Solía ocupar las mañanas en pasear por cubierta, charlando (no mucho) con la marinería. Sus tardes, en cambio, parecían casi tan metódicas como las de don Alberto porque se sentaba a leer a sotavento y pasaba allí horas sin que los vaivenes del barco parecieran afectarle.

Hugo de Santillán acababa de cumplir veintiocho años cuando embarcó en *La Deleitosa* y bien a disgusto que lo había hecho. No le quedó más remedio después de recibir varias cartas de su padre ordenándole que volviera de inmediato a Santo Domingo. La razón de no desear complacerle era que, en los tres años pasados en Cádiz para terminar su educación como abogado, la ciudad se le había metido en las venas. Sus calles, sus perfumes, sus sones, sus bullas, pero sobre todo sus gentes. Los vientos de la Revolución francesa y los no menos estimulantes de la independencia americana habían llenado la ciudad de ilustrados, de librepensadores, de partidarios de acabar con viejas y caducas estructuras para construir un mundo nuevo. Era tanto lo que había por hacer. En los casinos y los cafés se juntaban a diario jóvenes europeos y otros de las colonias a hablar de libertad y también de igualdad. Pero no como lo habían hecho los revolucionarios de 1789, que luego acabaron ahogados en su propia sangre. Los que se reunían en Cádiz, ciudad abierta, estaban curados ya de esos sarampiones, querían cambiar el mundo, no destruirlo. Cuántos planes, cuántos sueños, cuántos deseos de terminar de una vez por todas con abusos e injusticias. Como esa vieja y trasnochada lacra de la esclavitud, por ejemplo. ¿Y quién mejor que él —se decía Hugo de Santillán con convicción, por cuyas venas corría sangre negra pero que se había educado como un blanco— para empezar a conseguir su abolición?

En eso estaba cuando lo obligaron a dejar atrás su sueño, a volver a Santo Domingo, a miles de millas de donde se podía hacer algo para cambiar el futuro. Forzado por tanto a convertirse de nuevo en un *cafeolé*, en un negro con modales de blanco al que unos y otros miran con igual recelo. ¿Por qué se había empeñado su padre en que regresara? ¿No tenía ya para ayudarle, ahora que se estaba haciendo viejo, a sus otros hijos blancos? A sus «hermanos» de la casa grande, esos que lo ignoraban y se cambiaban de acera cada vez que se cruzaban en la calle. «Te quiero a ti. Ni Carlos ni Alvarito conseguirán sacar adelante esta tierra, ha de ser tuya», le había dicho su padre en la última carta. Pero bien sabía él, y también su padre, que era del todo imposible. Una cosa era que, gracias al *plaçement* de su madre, hubiera podido educarse como un caballero y otra bien distinta hacer pasar por delante a un mulato ilegítimo cuando había dos herederos blancos.

Hugo mira ahora la estela que deja la nave a su paso. En tres días estarán en Madeira. Allí ha de ocuparse de otros asuntos de su padre que le llevarán un par de días, antes de tomar otro barco con rumbo a Santo Domingo. ¿Pero qué pasaría si no lo hace? Podría inventarse cualquier excusa como que los negocios de Madeira requieren más atención de la prevista. Sí, cualquier mentira piadosa que le permita ganar tiempo. Lo más probable era que las cartas de su padre fueran producto de un ofuscamiento pasajero. Posiblemente había tenido una discusión con esos hijos, según él, tan inútiles y desagradecidos, pero las peleas paterno-filiales suelen ser tan tormentosas como pasajeras, y seguramente ya todo estaría solucionado. Pero no —cavila—, imposible desilusionar a su padre. Lo mejor será pasar una temporada con él lo más corta posible y luego reemprender viaje rumbo a su bella Cádiz. «Será sólo cuestión de unos meses, seis u ocho a lo sumo. El tiempo pasa rápido», se consuela pensando.

* * *

Las tareas vespertinas de Trinidad a bordo de *La Deleitosa* difieren mucho de las matutinas. Por la mañana tocaba despertarse antes del alba para llevarle el desayuno a la cama a doña Tecla, que tenía horarios de alondra por no decir de búho. Esto era así porque los santos requerían horas canónicas. Es decir, plegarias antes de que despuntase el alba (maitines), otras al amanecer, (prima), después de salir el sol la llamada hora tercia, y a continuación sexta y nona y vísperas hasta acabar en completas hacia las nueve de la noche.

—Qué gran sabio era san Benito —le había explicado doña Tecla—, qué mente preclara y qué santo varón. No sólo inventó las horas para honrar el Libro de Salmos en los que se lee «Siete veces te alabaré» o «A mitad de la noche me levantaba a darte gracias», sino que conocía mejor que nadie las flaquezas humanas y todas sus vergüenzas.

—¿Así lo cree usía? —preguntó retóricamente Trinidad una madrugada, a la hora de maitines, acordándose de fray Benito y de toda su santa parentela.

—Claro que sí, Trini, ¿para qué crees que nos obliga a levantarnos a todas esas horas?

—Ni me lo imagino.

—Pues es muy sencillo, criatura —la ilustró doña Tecla—. Las horas en mitad de la noche están elegidas por ser las de la concupiscencia. Por ejemplo, se sabe que laudes coincide con la hora de los sueños lúbricos; prima, con la de los malos pensamientos. ¿Y qué hace san Benito? Ponernos a rezar en cada uno de esos momentos pecadores para espantar al demonio. ¿Comprendes?

Trinidad casi había empezado a acostumbrarse a dormir con un ojo cerrado y otro abierto para poder asistir a su ama durante sus diversas oraciones nocturnas cuando, una madrugada, después de traerle una tisana que le templase las tripas a continuación de laudes (a la tierna hora de las dos de la mañana), comenzó a fraguarse su desgracia.

Tras dejar la taza junto al altarcito de doña Tecla y a la espera de que su ama terminara de bisbisear oraciones, sintió calor. *La Deleitosa* viajaba empujada por vientos tan húmedos como templados y el ambiente de aquel camarote alumbrado por decenas de velas humeantes de mal sebo se hacía irrespirable. Trinidad entreabrió la puerta con tal mala fortuna que el yorkshire de su ama aprovechó para huir.

—¡Colibrí! —siseó en voz baja para que su ama no la oyera—. Vuelve aquí, perrito travieso, no sea que tengamos un disgusto.

Apartada del mundo, de sus pompas y sus obras, doña Tecla tenía un único amor terrenal, su perrito. De hecho, gran parte del cometido de Trinidad a bordo consistía en correr tras él. «Has de convertirte en su ángel de la guarda —le había dicho la dama al comienzo del viaje—. A Colibrí le gustan demasiado los ratones». Y no sólo los ratones, lamentablemente. Buena parte del día se la pasaba Trinidad rescatando al yorkshire de desiguales lances con otros animales. Además de cazar pequeños roedores e importunar gaviotas, buscaba pendencia con perros y gatos del barco, también con ratas bastante más grandes y gordas que él de las que Trinidad, con gran asco, había tenido que librarle a puntapiés en más de una ocasión. ¿Habría olido una y por eso se había escapado? ¿En qué recoveco o agujero, en qué parte recóndita del barco podía encontrarlo en plena noche?

—¿No te he dicho mil veces, negra imbécil, que no le quitaras el ojo de encima ni un segundo? —La nuez de doña Tecla ya no subía y bajaba bisbiseando oraciones, sino que temblaba de indignación—. La puta madre que te parió, no sirves para nada —continuó muy poco cristianamente, antes de explayarse en cómo pensaba castigarla si no recuperaba de inmediato a Colibrí.

Trinidad no sabía ni por dónde empezar la búsqueda. Apenas había luna y, en medio de una calma chicha, el velamen golpeaba rítmicamente contra las jarcias, una, otra y otra vez, ora a babor ora a estribor, como un inmenso y acusador metrónomo.

—¡Colibrí, Colibrí! —No se atrevía a alzar demasiado la voz, pero de alguna manera había que llamarlo—. ¿Dónde te has metido?

No se encontró con nadie en cubierta, ni en el desierto comedor, ni en las cocinas. Tampoco le fue de mucha utilidad acudir al centinela de guardia. El hombre se había quedado dormido y no le gustó que una negra lo descubriera echando una cabezadita. Volvía ya derrotada hacia el camarote de su ama cuando vio entreabierta la puerta de la cabina de don Justo, quizá también por el calor. ¿Era posible que Colibrí se hubiera refugiado allí? No sería la primera vez. Empujó levemente la hoja de madera y se decidió a entrar. Iluminado por velas votivas, reinaba en el camarote un silencio espectral, pero ahí estaban los dos. Colibrí en una esquina saboreando un ratón sin cabeza, el amo de rodillas en su reclinatorio, entregado a la oración.

No esperaba nunca tener que verlo así. Don Justo estaba completamente desnudo, la espalda encorvada y penitente, la cara hundida entre sus manos. Aquel cuerpo blanco y fofo y bañado en sudor se agitaba rítmicamente entre leves gemidos. Pero lo que más llamó la atención de Trinidad fueron sus piernas y, en especial, su muslo izquierdo. En la parte superior, muy cerca de la ingle, llevaba atado un cordel de esparto con gruesos nudos que se hundían en su carne, llagándola. Trinidad intentó huir. Se consideraba una intrusa, una entrometida en escena tan íntima. Se acercó a Colibrí para llevárselo y no le importó siquiera que el perrito tuviese el morro lleno de sangre y jugueteara aún con lo que quedaba de aquel pobre ratón descabezado. «Vamos, ven conmigo, ven te digo». Pero cuando llegó a la puerta y la abrió dispuesta a salir, escuchó:

—¿Eres tú, Trini? —Se quedó inmóvil. La voz de don Justo a su espalda sonó templada, serena—: ¿Qué hacías, muchacha?

—Nada, señor, ni he visto nada tampoco. Es Colibrí, que ha asomado un segundo por su puerta que estaba entreabierta, supongo que por el calor. Ya nos vamos, nos está buscando doña Tecla.

—Muy bien, querida. Lleva el perro con mi mujer y luego vuelve. Tengo que hablar contigo.

—Sí, señor, claro, señor. Regresaré por la mañana, a primera hora.

—No me has entendido, por lo que veo. Deja al perro y vuelve ahora mismo.

A Trinidad ya no le importó lo que podía decirle doña Tecla. Que la tachara de inútil, que la llamara negra estúpida e inservible. Cuanto más se explayara, mejor, así le daría tiempo a don Justo a vestirse, a recuperar la compostura, la dignidad, qué culpable se sentía por haber sorprendido escena tan privada.

—... Y que no vuelva a suceder, me has entendido. ¿Para qué crees que necesito a una negra como tú? ¿Para que me sirva el chocolate como a las duquesas? Para eso me basto y me sobro. Desde el principio te lo avisé, tú eres la criada de Colibrí, así que algún castigo has de merecer por tu negligencia. Mañana dormirás aquí mismo, en el suelo, ¿me has comprendido? Ante la puerta, como una estera, no sea que se te vuelva a escapar mi pichón y tengamos un nuevo disgusto —concluyó el ama enterrando sus huesudas falanges en el pelo del yorkshire para hacerle unas cosquillitas.

Empezaba a apuntar levemente el alba por el este cuando salió al fin del camarote de doña Tecla. Trinidad miró a un lado y otro de la cubierta. Dos cormoranes revoloteando por encima de la nave anunciaban lo que con tantas ansias esperaba, la ya no lejana llegada a la primera de las islas de Madeira. Aún habían de navegar varias millas más para avistar Funchal, pero los dos pajarracos aquellos le parecieron un buen agurio, ya estaba más cerca de Juan. Tocó suavemente a la puerta de don Justo y aguardó. Pasaron los segundos, no hubo respuesta. Tal vez no la había oído, volvió a llamar. Silencio. Se habrá quedado dormido, se dijo, mucho mejor así, volvería luego, cuando fuera la hora de despertarlo para el desayuno. Pero, en ese momento, la puerta se abrió y don Justo en camisa de noche hizo señas para que entrase y cerrara sin hacer ruido.

Capítulo 31

Pecadores por justos

—Pasa, niña, no te quedes ahí parada. Está demasiado oscuro aún, espera, traeré un candil. Así está mejor, había apagado ya las velas votivas, pero verte de nuevo merece nueva luz.

Don Justo se le acerca con un candelabro en la mano. Al contraluz puede ver su cuerpo desnudo bajo la camisa de noche, incluso el contorno de un sexo rizado y grueso como una maroma. Trinidad aparta los ojos. Una especie de atracción morbosa le hace preguntarse si se traslucirá también unas pulgadas más abajo el cilicio que lleva en el muslo. No, Dios mío y santos *orishás*, qué pensamientos son ésos, baja la vista, no mires...

Ahora son los pies de don Justo los que llaman su atención. Qué blanco es el camisón y qué retorcidos los dedos que asoman bajo el ruedo, qué largas y oscuras las uñas, le recuerdan a algún molusco.

—Me place tu humildad, criatura, pero mírame, esos ojos tan bonitos merecen mirar de vez en cuando de tú a tú.

Don Justo acaba de cogerle la barbilla y la obliga a elevar la cara. Ven, siéntate aquí, ¿sabes lo que es esto? —pregunta, enseñándole una frasca de grueso cristal—. Jerez y del más añejo, nos hará bien —dice, sirviendo dos generosos vasos.

—Gracias, señor, yo no puedo probar el alcohol.

—El vino es bueno, hasta nuestro señor lo bebía con sus discípulos, también en la última cena que compartieron. Toma.

—Por favor, señor.

—¡Bebe!

Trinidad nota cómo el jerez se derrama dentro de su boca, se desliza garganta abajo, quemándola.

—Vamos, un trago más, así me gusta. —La voz de don Justo, que parece acariciar y a la vez sisear cada sílaba, le suena ahora lejana—: No tengas miedo, preciosa, nada de esto es casual... ¿Sabes por qué pasan las cosas? Sólo porque Dios así lo desea... y Él ha querido que vinieras esta noche, ¿verdad que sí...? Nadie te obligó... —sigue diciendo don Justo mientras empieza a desabrochar su larga camisa de noche—. Tú lo has querido —susurra dejando al descubierto su sexo hinchado y húmedo y acercándoselo ahora a la cara. Huele a sal y a orines, a semen y a mugre justo antes de que, forzándola a arrodillarse, se lo introduzca en la boca—. «No yacerás con mujeres», dice la Biblia, pero tú y yo no yacemos, ¿verdad que no? Estamos de pie, no es tráfico carnal, sólo placer y el placer es un regalo de Dios.

Trinidad se ahoga, Trinidad lucha por soltarse de aquel abrazo inmundo que la ha obligado a hincarse y luego hundir su cara en aquella fofa entrepierna, a tragarse aquella maroma de carne palpitante mientras la voz de don Justo continúa interrumpida, cada tanto, por jadeos, gemidos y suspiros que estremecen su cuerpo.

—«Viniste a mí como un ladrón en la noche», dicen las escrituras, como una ladrona sí, como una perra en celo, como una puta...

Con cada embate que él fuerza desde arriba empujándole la cabeza, Trinidad puede ver acercar y alejarse no sólo aquella sucia entrepierna, sino también el cilicio hundido en la carne tumefacta de la que mana sangre y sudor a partes iguales.

—... Así, puta, así, así —salmodia. La mano que empuja la nuca de Trinidad se crispa con cada embate, con cada gemido, suben en intensidad los jadeos y se convierten poco a poco en agudos chillidos, algo así como un relincho hasta que acaba derramándose dentro de su boca con un aullido animal.

No se atreve a moverse. Hincada como está, oculta la cara en su antebrazo. La basta tela de su vestido araña su piel al restregarse con toda su fuerza intentado limpiarse la boca, los labios, la lengua. Don Justo la mira inmóvil desde arriba. Como si todo lo que acaba de pasar fuera ajeno a él, yergue la cabeza y se sorprende al verse desnudo. ¿Cómo, qué? Maldita ramera... y comienza a vestirse a toda prisa. Trinidad aprovecha entonces para ponerse de pie, tiene que salir de ahí, huir, buscar la puerta, pero don Justo es más rápido y la detiene agarrándola por el pelo.

—¿Qué me has hecho? ¿Cómo has podido? —pregunta, acercando ahora su cara convulsionada a la de Trinidad y siseando la voz hasta convertirla en un gemido histérico—. ¡El diablo, el mismísimo Satanás, eso es lo que eres! —Y comienza a llorar—. ¡Yo no quería, fuiste tú, viniste en la noche mirándome con ojos lascivos, tentando mi carne, cegando mis entendederas, como una puta, como una bruja, y yo no quería, no quería...!

Aún la tiene cogida por el pelo y la zarandea. Trinidad nota cómo le arranca de cuajo un gran mechón de cabellos que quedan en su mano, se los lleva a los labios, parece como si fuera a besarlos, pero acaba escupiendo sobre ellos y abofeteándola luego.

—Buscona, puta, vete de aquí, *Vade retro, Satana. Crux Sacra Sit Mihi Lux, Non Draco Sit Mihi Dux.*

Trinidad aún no sabe cómo logró salir de allí. Sólo se recuerda corriendo por cubierta, mirando al cielo y agradeciendo la repentina tormenta tropical que acaba de estallar conjurando el bochorno reinante y que le permite enjuagar su cuerpo de aquel encuentro inmundo. Temblando en una esquina, deja que el agua resbale generosa por su cara mugrienta de sangre y semen, también por todo su cuerpo aterido hasta hacer desaparecer todos los efluvios de don Justo, su olor a viejo y a muerto.

—¿Estás bien? ¿Necesitas ayuda?

Tarda unos segundos en abrir los ojos. Teme que sus oídos la engañen y esa voz preocupada que ahora la interpela sea otra más del amplio repertorio de tonos y voces de don Justo Santolín, que a veces suena serena y generosa, otras insinuante, otras cruel y aflautada.

—Trinidad, ése es tu nombre, ¿no es cierto? Vamos, no tengas miedo, déjame que te ayude.

Esta vez sí abre los ojos para encontrarse con el alarmado rostro de Hugo de Santillán, que acaba de arrodillarse a su lado.

Que por favor siga resbalando el agua sobre su cuerpo un poco más, se dice, que borre de una vez el repugnante hedor de la piel de aquel hombre, que no pueda olerlo Hugo. «¿Y mi boca? ¿Tendré aún restos de semen o sangre de su cilicio?», Trinidad se restriega con fuerza la cara antes de volverla hacia el hombre que intenta ayudarla.

—Gracias, señor, estoy bien —dice, poniéndose de pie mientras hace enormes esfuerzos por no temblar—. Se lo aseguro...

—Cualquiera lo diría —sonríe él—. ¿Has tenido problemas con alguien de la marinería? Si es así dímelo, puedo hablar con el capitán en tu nombre, no serías la primera a la que...

—No, señor, le juro que no es nada de eso, sólo un mal sueño. Tuve una pesadilla y subí a despejarme a cubierta. Después estalló la tormenta, me mareé y ya no conseguía mantenerme en pie, aún todo me da vueltas.

Trinidad invoca a los *orishás* para que su explicación suene convincente, para que Hugo no haga más preguntas. Porque ¿qué podía decirle? ¿Que don Justo había abusado de ella? ¿Que había sorprendido a su beatísimo amo rezando desnudo y todo lo que vino a continuación? ¿En qué podría ayudarla Hugo de Santillán? Sin duda sabía mejor que nadie cómo eran las cosas entre amos y esclavos.

—Ven, necesitas volver a tu camarote, te acompaño hasta allí. Pero prométeme una cosa. Ya que nunca me has dejado darte un maravedí por tus pensamientos —rio—, déjame al menos que te invite a una buena jícara de chocolate. No sé si es lo más indicado para el mareo, pero desde luego sí para recuperarse de tormentas imprevistas.

CAPÍTULO 32

EL AÑO DE LAS CONJURAS

Hacia finales de 1795 el conde de Kageneck, embajador de Austria en Madrid, en un despacho secreto a su ministro de Asuntos Exteriores, se hacía eco de los alarmantes rumores que corrían por la corte en referencia a una inminente caída en desgracia de Godoy.

> [...] Desde hace días se nota un grave cambio de actitud con respecto al Príncipe de la Paz y son varios los que declaran secretamente que éste debería contar con su total derrota dentro de poco. Hasta ahora no es posible investigar más sobre el asunto. Sin embargo, se percibe una extraordinaria consternación y gran preocupación. Según los rumores más fiables, sería el ministro de Marina, don Antonio Valdés, que siempre ha sentido antipatía por Godoy, quien actuaría contra éste y a favor de su desgracia, de modo que el éxito de esta empresa se revelará en breve. Todo depende de la reina, que es quien lo decide todo. Si el favor de ésta se inclina en otra dirección, sus días están contados, si no, el triunfo de éste [Godoy] sobre sus enemigos aumentaría considerablemente y una vez más su influencia. Sólo su manera desenfrenada de vivir le podría privar del favor de su majestad que, por cierto, en los últimos tiempos, anda muy descontenta con su conducta.

«Mal de altura», así solía referirse la Parmesana a la borrachera que tantos hombres poderosos experimentan y que les hace perder toda perspectiva y buena parte de su prudencia. La misma que parecía estar haciendo estragos de un tiempo a esta parte en su «hijo» predilecto. Sin entrar en consideraciones de índole política, sucedía que, paralelamente a su buen hacer como hombre ilustrado que le llevó a crear una escuela de medicina, otra de veterinaria, un observatorio astronómico e incluso auspiciar excavaciones arqueológicas en Mérida y Sagunto, la voracidad de Manuel Godoy aumentaba de hora en hora, en especial, en lo tocante al arte. «Una galería de desnudos», se había alarmado la Parmesana al enterarse de su última extravagancia. Por lo visto, no eran suficientes los más de mil cuadros, muchos de ellos obras maestras, que colgaban ya de las paredes de sus diferentes palacios, ahora, según sus informantes, Manuel pretendía emular a esos libertinos europeos que competían por tener el más llamativo, caro y recóndito gabinete erótico.

Aun así, no es exactamente esta noticia la que le preocupaba, sino otra que acaba de desvelarle Estrella, su mejor espía del escuadrón volante. Pepita Tudó, tal era el nombre de su nuevo motivo de sobresalto, y tenía apenas dieciséis años.

—¿Estás segura de lo que dices, querida? ¿Cómo ha podido suceder?

—Sí, majestad, como se lo estoy contando. Una huérfana sin un maravedí, una prohijada, ¡imagínese! Su madre acudió con Pepita a casa de Godoy reclamando unos pagos atrasados de viudedad y allí se quedaron para siempre. No sé en qué momento la niña pasó a ser su amante, pero lo cierto es que se ha enamorado. Peor aún, según uno de sus sirvientes, se han casado en secreto.

—¿Viuda con hija de tierna edad que llama a su puerta, él primero les hace la merced de acogerlas, luego se enamora de la niña y se casa con ella en secreto...? Pero si esto es peor que un sainete baraaato —salmodia la Parmesana, italianizando mucho las vocales como siempre que algo la saca de sus casillas. Arriba y abajo camina ahora su majestad con tal brío por su gabinete que levanta una leve polvareda de las espléndidas alfombras que para la Real Fábrica de Tapices diseña Livinio Stuyck.

—¿Es que los hombres no piensan más que con la bragueta, Estrellita? Tú y yo planeando su boda con una Borbón e intentando neutralizar su romance con Cayetana de Alba y resulta que el enemigo está en su mismísima casa y aún juega al aro y a las muñecas. Vamos a ver, querida, cuéntamelo todo otra vez.

Estrella repitió lo que ya había dicho, añadiendo que ni siquiera Luis Godoy, su hermano, era capaz de hacerle entrar en razón.

—Su majestad está en lo cierto: la borrachera de las alturas, que no perdona. Una lástima. Un hombre excepcional y... un amante tan atento —suspira Estrella con aire nostálgico, recordando no pocas noches entre sus brazos en las que ella había tenido la fortuna de conjugar deber y placer—. Manuel sí que sabe hacer sentirse única a la mujer que tiene en ese momento en su cama, si me permite su majestad decir...

—Vaya novedad, Estrellita. ¿No es ésa facultad primordial de todo seductor? A ver cómo piensas que se vuelven completamente irresistibles si no es por el asombroso hecho de que se enamoran de cada una de sus conquistas. De unas se enamoran diez minutos, de otras un día, una semana, un mes, un año...

—Esperemos que esta vez tampoco le dure mucho —apunta Estrella.

—Dios te oiga. La corte es más que nunca un hervidero de rumores, de conjuras, ya no sé qué hacer para atajarlas...

Ni la Parmesana ni su siempre eficaz escuadrón volante podían saberlo aún, pero en aquel mar revuelto de rumores y conjeturas, dimes y diretes, navegaba por esas mismas fechas un bizarro marino recién llegado de su viaje alrededor del mundo. Se trataba de Alejandro Malaspina, amigo epistolar del duque de Alba y héroe del momento. Su expedición científica, que tenía como objeto visitar todas las colonias de ultramar, había durado casi seis años, y su regreso a la metrópoli con un sinfín de muestras botánicas, animales exóticos y estudios de nativos y criollos, fue muy celebrado por el pueblo tan huérfano últimamente de buenas noticias. Después de la humillante guerra con los franceses y de los términos sonrojantes del Tratado de Basilea, la llegada de un marino ilustrado y apuesto, que hablaba de las posesiones españolas y de su fabulosa riqueza, era brisa fresca en el enrarecido ambiente patrio. Tal como le había relatado a José en la correspondencia que mantuvieron durante buena parte de la singladura, Malaspina creía que la única manera de salvar el inmenso patrimonio español de ultramar era darle a las colonias una cierta autonomía bajo el auspicio del rey. Eso y librarse de una vez por todas del Príncipe de la Paz, causa de todos los males. Para hacerlo cuanto antes, el héroe del momento había elaborado un borrador de ideas que quería remitir a los reyes de la manera más discreta posible sin levantar las sospechas de Godoy, que ya había demostrado en más de una ocasión un fino olfato para detectar conjuras (no en vano, cada lunes y cada martes se fraguaba alguna contra él). El plan de Malaspina consistía en aprovechar el descontento de la reina con su favorito para hacerle llegar un informe con una propuesta de gobierno. Como al santo se adora mejor por la peana, el camino elegido fue valerse de los confesores tanto de doña María Luisa como del rey para convencerlos de la necesidad de mandar al Príncipe de la Paz cuanto antes a la buhardilla de la historia o, lo que es lo mismo, cargado de cadenas a alguna fortaleza remota. Para acercarse a los confesores, Malaspina contaba con los servicios de dos damas de la corte real, la marquesa de Matallana y doña María de Frías y Pizarro, una de ellas con mal de amores por culpa de Godoy y por tanto la perfecta conjurada. El borrador en cuestión era singular en su especie porque después de mencionar someramente que en su ánimo estaba «la separación del señor ministro de Estado y la variación instantánea del Govierno» (sic) sin explicar cuál era su programa, proponía los nombres de varios ilustres personajes a los que se les encomendaría la formación del nuevo gobierno. Entre ellos, además del ya mencionado ministro de Marina Antonio Valdés, amigo personal de Malaspina, figuraba por ejemplo Melchor Gaspar de Jovellanos y también el duque de Alba, «hombre recto donde los haya —recordaba Malaspina en su escrito—, generoso, rico, amante del servicio a sus majestades y experto en el conocimiento de los hombres».

Curiosamente, Malaspina no se reservaba ningún cargo en el futuro gobierno. Incluso pidió permiso al rey para visitar a su familia fuera de España mientras las marquesas a las que se había encomendado ponían en marcha su plan. Por desgracia para él, una de ellas, la Pizarro, lo traicionó revelando la conjura a la reina, lo que no sólo malbarató aquel ilustrado golpe de Estado de salón, sino que acabó reforzando la posición de Godoy ante la reina mientras que Malaspina daba con sus huesos en la cárcel.

¿Y el duque de Alba y el resto de los mencionados en el informe de Malaspina? ¿Estaban al tanto de la conspiración o fueron sus nombres utilizados sin su conocimiento para dotar de más lustre a la conjura del, hasta ese momento, exitoso marino? En los mentideros de la ciudad había opiniones para todos los gustos.

* * *

—¿Qué más dice *El Impertinente,* Rafaela? Ni siquiera tengo fuerzas para leerlo, creo que me va a estallar la cabeza.

—Descansa, niña, es sólo una de tus jaquecas, seguro, hace tiempo que no te daban. Olvídate de lo que puedan decir esos pasquines, ya sabes lo poco de fiar que son.

—Pero cómo voy a descansar, Fancho estará aquí en cualquier momento. Ayer apenas pude posar para él media hora y así no hay manera de que progrese nuestro retrato. Anda, pide que me traigan una de tus tisanas con láudano; es lo único que me alivia y, mientras llega, dime, ¿qué cuenta *El impertinente?*

—Nada que no sepamos. Que la conjura ha servido para que la reina vuelva a confiar en Godoy y que Malaspina se enfrenta a diez años de cárcel.

—¿Qué dice de José?

—Nada, no dice nada...

—Rafaela, que te conozco, eres la peor mentirosa que existe, léeme la noticia o pásame *El Impertinente.*

—Te juro que no dice nada malo, niña, sólo que Godoy aún no sabe qué actitud tomar respecto a José porque es un hombre demasiado poderoso...

—Él no ha tenido nada que ver en esta mascarada tan poco diestra.

—Cierto, pero según *El impertinente* existen cartas; mantuvieron correspondencia durante años.

—¿Y eso qué prueba? José se cartea con media Europa, con escritores, con músicos, con políticos, con científicos. Departe con ellos de literatura, de filosofía, de arte...

—A mí no tienes que convencerme, niña.

Cayetana comienza a vestirse. El traje que ha elegido para posar en su nuevo retrato es de gasa blanca con aplicaciones de lunares y deja traslucir al fondo un levísimo tono rosado. Resulta demasiado ligero para los rigores del mes de noviembre, pero el cuadro se había empezado a pintar en verano y, además, un atuendo así resulta más favorecedor. Cayetana no quiere dejar ningún detalle al azar. Los retratos son peligrosamente elocuentes y han de decir exactamente lo que uno quiere que digan. «Pero ¿a qué viene esa cara? —le había dicho ella a Goya a principios de junio cuando aún estaban con los bocetos—. Ya sé que te hubiera gustado que, en vez de este collar de corales, hubiera elegido posar con uno de brillantes, por ejemplo. Pero parece que no me conoces, Fancho, entre ostentosos diamantes y unos simples corales, ¿qué crees que iba a elegir? En cuanto a la cucarda del pelo, ha de ser roja, igual que la lazada de la cintura. El color sangre es moda en toda Europa. ¿No has oído hablar de los bailes de víctimas que se celebran en París? Sólo pueden asistir personas que han perdido a un pariente en la guillotina. Y como símbolo, llevan al cuello una cinta roja simulando el tajo de la cuchilla. Yo también llevaré una. No en el cuello, sería una falta de tacto por mi parte, pero quiero hacer mi pequeño homenaje a los nuevos tiempos que alumbran tras el fin del Gran Terror. También Caramba ha de llevar algo rojo. ¿A que es una pocholada? No, no. Ya veo que no entiendes ni papa de perros, Fancho, no es un caniche enano sino un bichón maltés. Se lo acabo de regalar a María Luz por su último cumpleaños. Le he tenido que pedir permiso para sacarlo en nuestro cuadro. No se separa de su Caramba ni a sol ni a sombra, luego vendrá a saludarte. Su clase de piano coincide justo con las horas en que tú y yo nos dedicamos al arte».

Cayetana, frente al espejo, empieza ahora a ponerse los complementos que va a lucir en su retrato. De entre la multitud de alhajas de su joyero, ha elegido dos brazaletes que adornarán su brazo izquierdo, uno en la muñeca, el otro en el antebrazo. El primero está formado por dos óvalos de oro unidos entre sí y esmalte negro, cada uno con las iniciales de su apellido y el de José. El segundo brazalete, igualmente de oro, es aún más explícito, en él se entrelazan las iniciales de sus nombres de pila.

Cayetana mira la hora. Una vez más llegará tarde a su cita con Goya. Bueno, que espere un poco el viejo cascarrabias, aún necesita un par de minutos ante el espejo. No sólo para dar el último toque a su atuendo, sino para recordar lo sucedido la víspera. Y cómo, encomendándose menos a Dios y más al diablo, se había atrevido a ir al despacho del Príncipe de la Paz en la propia secretaría de Estado para interceder por José. Luis Godoy la había recibido con no poca sorpresa y alarma. «Cómo es que ha venido, no es prudente...», comenzó, pero enseguida debió de darse cuenta de que serviría de poco intentar disuadirla de su empeño de ver a Manuel, por lo que optó por acompañarla hasta una salita privada. Cuando por fin, al cabo de larga espera, se abrió la puerta y aparecieron los dos hermanos, Cayetana dedicó unos segundos a comparar el aspecto de ambos. Luis, severo y discreto, estaba exactamente igual que siempre, Manuel, en cambio, había ganado peso desde que se vieron la noche del estreno de *La señorita malcriada* y tenía un aire algo descuidado. Cayetana descubrió (no sin alivio) que apenas se le había acelerado el pulso al sentir el beso rápido y de trámite que dejaron los labios de Manuel sobre su mano aún enguantada.

—No esperaba esta visita —le había dicho a continuación, haciendo señas a Luis para que los dejase solos—. Cinco minutos es todo lo que puedo ofrecerte, Tana. Lo siento, no cuento con mucho tiempo estos días.

—Entonces no lo malgastemos —había sonreído ella—. ¿Qué plan tienes para José?

—No entiendo la pregunta, amiga mía.

Su modo de hablar era formal y distante. ¿Pero entonces, por qué se había situado de pie, detrás de la silla en la que acababa de ofrecerle asiento, muy cerca, casi rozando su respaldo?

—Vengo a asegurarte que José no ha tenido absolutamente nada que ver con los delitos que se le imputan al señor Malaspina. Apenas se han visto un par de veces. Cierto es que se carteaban mientras este hombre estaba fuera, en su expedición alrededor del mundo, pero no fue más que una correspondencia científica, como otras muchas que mantiene mi marido con diferentes personas. Este individuo ha utilizado su nombre sin su consentimiento.

—¿Cómo lo sabes?

La pregunta de Manuel va acompañada de una imperceptible caricia. Cayetana llevaba, como tantos otros días, el pelo suelto sobre los hombros y los dedos de Godoy lo rozaban de modo tan suave que resultaba casi imposible saber si había sido deliberado o no.

—Es mi marido.

—No creo que eso sea sinónimo de conocimiento ni de cercanía en el mundo en que tú y yo vivimos, querida.

Esta vez sí estaba segura. Aquellos dedos acababan de acariciar la capa superficial de sus cabellos.

—Creo que andas de nuevo en amores —le había dicho ella, procurando que su voz sonara lo más mundana (y desinteresada) posible.

—¿Quién lo dice?

Cayetana se encogió de hombros.

—Ya sabes cómo corren las noticias. Se cuenta que te has enamorado. Y de verdad, esta vez.

—¿Me quisiste alguna vez, Tana? —Los dedos de Godoy se enredaron de pronto en uno de sus rizos.

Cayetana sopesó qué decir a continuación. No quería que nada estropeara sus posibilidades de abogar por José. Para eso había ido, para interceder por su marido. ¿Qué significó Godoy para ella? Fue todo demasiado fugaz como para estar segura. Era cierto que le había dolido oír lo que contaban por ahí sobre esa tal Pepita Tudó. Una niña de apenas dieciséis años y que, sin duda, ya estaba en sus afectos cuando mantuvieron aquel encuentro nocturno con *La Venus del espejo* por alcahueta. Pero sólo los tontos (y los fatuos) confunden el amor con un amor propio más o menos magullado.

—Yo sólo he querido a un hombre —optó por decir después de barajar varias posibles respuestas—. A mi hermanastro.

Los dedos aquellos se enredaron un poco más en su pelo, pero enseguida se liberaron para contornear su nuca.

—Nos parecemos mucho tú y yo —dijo—. Un mismo modo de ver la vida, de disfrutarla mientras se pueda, de apurarla al máximo. Pero también sabemos dónde están nuestras lealtades. Y resulta que siempre están mucho más cerca de lo que uno cree. Por eso sé que lo que acabas de decir es mitad verdad, mitad una gran mentira.

—Ah sí, ¿y cuál es cuál si puede saberse?

—Verdad que sólo has querido a un hombre, mentira que ese hombre sea Juan Pignatelli.

—A juzgar por lo cerca que estamos ahora mismo, supongo que vas a decirme que ese hombre eres tú...

—No querida, no soy tan presuntuoso. Tampoco me refiero a «esta» clase de proximidad —añade, tan cerca de su nuca que ella puede sentir su aliento.

—Debe de ser tu amor por esa niña tan joven el que te ayuda a descubrir secretos amores de otros —arriesgó a decir Cayetana, sabiendo que pisaba terreno resbaladizo. Pero a Godoy no pareció molestarle el comentario. Al contrario. Lo primero que aseguró fue que descuidara, que no tenía intención de arrestar a su marido, si eso era lo que temía, y luego, interrumpiendo el paseo de sus labios y sus dedos, volvió al tema de los amores.

—José Álvarez de Toledo, he ahí el nombre de tu único amor. Parece mentira que una mujer tan perspicaz como tú, Tana, no vea lo que es más evidente. ¿De veras que no te has dado cuenta de algo tan claro?

Al recordar esto, Cayetana de Alba, de pie ante el espejo y mientras se acicala para posar para Goya, alza una mano, la misma en cuya muñeca puede verse aquel grueso brazalete de oro con dos iniciales, tan entrelazadas, que resulta imposible saber dónde acaba la del nombre de su marido y dónde empieza la del suyo. Sale de su habitación. Ha de dirigirse al estudio de pintor que ha improvisado para Fancho en una de las habitaciones más cercanas a la escalera. De una puerta anterior escapan ahora las notas de un piano y una voz infantil, la de su hija María Luz en clase de música con la profesora de francés. Cayetana abre la puerta.

—No, tesoro, no dejes de tocar; luego, cuando termines, pasas a darnos un beso a Fancho y a mí, no te olvides. Muy bonita esa canción, *Au clair de la lune*, a papá le va a gustar mucho. Esta noche cuando vuelva se la cantamos juntas, ¿quieres?

Capítulo 33

Retrato de la Duquesa de Alba de blanco y con perrito

—A buenas horas, mangas blancas —parafrasea enfurruñado Goya al verla aparecer al fin en su improvisado estudio—. A este paso, os tendré que pintar alumbrada por candiles. ¿No os he dicho ya demasiadas veces que la única condición innegociable para un pintor es la luz? Otra tarde más en que apenas podremos avanzar en nuestro cuadro y hoy toca lo más difícil, pintar vuestra cara.

—Ay, Fancho, mira que te gusta regañarme. No perdamos el tiempo entonces. ¿Estoy bien así o me giro hacia la izquierda? ¿Un poco más horizontal el brazo derecho quizá? Hay que ver lo tiranos que sois los artistas. Seguro que a ti nunca te han hecho estar horas y horas sin mover un músculo en la misma incómoda postura, y ya conoces mis problemas de espalda. Menos mal que Rafaela me ha dado una tisana con láudano. Mano de santo para los dolores, pero me hace darle demasiado al magín, recordar cosas.

—Pues ahora hay que concentrarse y no pensar en nada, que si no todo queda en el lienzo.

—¿Hasta los pensamientos más secretos, Fancho?

—Sobre todo ésos.

Cayetana intenta obedecer, pero las palabras de Manuel Godoy la víspera la rondan en tremolina. ¿Ella enamorada de José? Qué idea tan absurda. Por supuesto, siente por él afecto, lo respeta, lo quiere incluso, por eso no le ha importado tragarse amor propio y orgullo para interceder por él ante Godoy, ¿pero *amarlo*?

Mientras Goya empieza a dar un primer y muy preciso trazo a su ceja izquierda, ella vuelve a pensar en Godoy. También en esa muchacha protegida suya, Pepita Tudó, que, según todos, ha conseguido robarle el corazón. ¿En qué momento un afecto tranquilo, sereno, casto se transmuta en otro tipo de sentimiento? ¿Es posible que, como dice Manuel, uno sea siempre el último en descubrir lo que para todos es evidente?

—Vamos, señora, serán sólo unos minutos, pero necesito que os quedéis muy quieta ahora. Las cejas son chivatas, lo cuentan todo. Dolor, amor, temor, horror, sorpresa, disgusto, pena...

Cayetana está segura de que Goya ha seguido enumerando otros muchos estados de ánimo que revelan unas cejas, por eso intenta mantenerlas inexpresivas, completamente mudas, no sea que, por los siglos de los siglos, su retrato delate tan extravagantes pensamientos.

Recuerda el día de su boda con José. Él con casaca azul y una banda roja demasiado larga y ancha para su cuerpo adolescente. Ella con la tiara de su difunta abuela, una de perlas tan grandes como huevos de paloma, una incongruencia en la cabeza de una niña que hasta antier jugaba a las muñecas. Y luego su noche de bodas, cada uno en su habitación, él leyendo un libro, ella charlando, riendo y tomándole el pelo a Rafaela. Porque ¿qué otra cosa pueden hacer unos niños de trece y diecisiete años recién cumplidos sino continuar con sus habituales afanes?

Su primera noche juntos no tardaría en llegar, pero tampoco se puede decir que fuera memorable. Cayetana lo había visto aparecer por la puerta que comunicaba las dos habitaciones hacia las once en camisa de dormir. «Buenas noches, Tana, ¿te interrumpo?». José siempre tan medido, tan cauto. Hubo aquel día más deber que pasión, más dolor físico (al menos por su parte) que placer, bastante más incomodidad que divino desasosiego. Después de aquello, la cama se les convirtió en una agridulce rutina alentada sólo por el deseo de tener hijos. «Lo siento, señora, pero eso nunca ocurrirá». Los médicos, sanadores y charlatanes —y había visto muchos— nunca la engañaron al respecto. Las jaquecas que tanto padecía no eran más que un síntoma de su verdadero problema. Amenorrea primaria, así se llamaba su disfunción. Nunca había menstruado. Al haberse casado tan joven, su madre y Rafaela pensaron que era cuestión de tiempo que «la visitaran los ingleses», como ellas solían referirse a esa incómoda y a la vez indispensable visita mensual. Pero pasaron los años y los ingleses llegaban mal y nunca. Comenzó entonces su peregrinaje por otros galenos, curanderos y brujas que sí la hicieron sangrar, pero no fueron más que filfas y hemorragias de tipo bien distinto que la dejaban tan anémica como descorazonada hasta que un médico, más honrado que el resto, le dijo que no perdiera el tiempo ni la salud: «Sin menstruación no hay concepción —dijo—, y en esto, siento decirle, no hay vuelta de hoja, señora».

¿Fue eso lo que hizo que José no volviera a visitarla por las noches? Jamás le dijo ni media palabra al respecto, pero Cayetana sabía lo importante que era para él un heredero. Simplemente, se fue alejando. Se refugió en su música, en sus libros, posiblemente también en otros brazos, pero cómo reprochárselo. Cayetana piensa ahora en Georgina, la dulce hija de uno de los embajadores británicos de años atrás, aquella que tocaba tan bien el arpa. ¿Cuántas Georginas, cuántas intérpretes de música o declamadoras de versos o señoritas interesadas en las artes había habido y qué llegaron a significar en su vida? Posiblemente lo mismo que para ella sus coqueteos con cómicos y toreros, o sus amores con Pignatelli y Godoy. «Dejémoslos en amoríos», se dice ahora sin poder evitar que su ceja izquierda se arquee levemente con una mezcla de escepticismo y sorpresa. ¿Es posible que Goya pueda «leer» en esa mínima contracción muscular lo que pasa ahora mismo por su cabeza? No, claro que no. Quizá pincel tan diestro como el suyo logre atrapar para siempre su gesto de asombro, ¿pero cómo va a saber Fancho que se debe a que acaba de descubrir de pronto que ama a su marido?

El resto del posado, Cayetana lo dedica a recordar los momentos felices que ha vivido junto a José sin que nunca les aplicara tal adjetivo. Como cuando, riendo, habían planeado cada detalle del gran y falso pabellón que construyeron en el jardín de Buenavista para agasajar a los reyes. O el modo protector con que José la había tomado del brazo después de que la Parmesana, el día del estreno de *La señorita malcriada*, hubiese vertido, delante de él, todo tipo de insinuaciones sobre ella y Godoy. «Obras son amores y no buenas razones», sonríe Cayetana, regalando a Goya una sonrisa de Gioconda que el genio de Fuendetodos no logrará plasmar porque sus pinceles en ese momento se interesan únicamente por los ojos de su modelo. Los mismos que ahora se desvían atraídos por el sonido de la puerta.

—¿Puedo pasar, *maman*?

—Luz, mi tesoro. ¿No habíamos quedado en que no quiero que me llames así? —finge regañarla Tana al ver aparecer la figura de su hija. La niña hace una pequeña reverencia. Lleva un vestido granate de terciopelo bajo el que asoman, al inclinarse, unos encantadores pololos largos con puntillas. María Luz no es muy alta para su edad y tal vez esté un poco rellenita, pero sus facciones perfectas y sobre todo sus sorprendentes ojos verdes auguran que será algún día una belleza.

—¿Por qué no os agrada que os llamen «*maman*»? —pregunta Goya—. No es que yo sea partidario de trufar a todas horas la parla con palabras gabachas, pero es lo habitual, por lo que he podido ver, en estas esferas vuestras.

—Pues si a ti no te gusta, a mí tampoco, Fancho, y por las mismas razones, que ya está bien de tanto elegante papanatismo. Ven aquí, mi sol, se acabó la clase de francés, así que ahora soy mamá y no *maman*. Díselo a *mademoiselle* Renard, que a veces parece un poco dura de mollera.

—¿Puedo quedarme un rato a ver cómo te pintan? Yo y también Caramba, al fin y al cabo él es parte del cuadro.

—Ah, no —comienza a rezongar don Fancho—. Una cosa es que incluya a ese tunante en el retrato cuando llegue el momento y otra muy distinta que lo quiera cerca ahora, el último día hay que ver cómo se ensañó con mis tobillos.

Caramba, que acaba de entrar tras su ama, ladea pensativamente la cabeza. No lleva un lazo rojo atado a la pata izquierda como ha quedado para la posteridad, pero sí dos cascabeles que tintinean a su paso.

—Aquí vienes otra vez y con las mismas intenciones. ¿Pero qué problema tienes con mis canillas, pillastre? Quita, quita.

María Luz ríe mientras recoge al perrito que tintinea y ladra a partes iguales.

—¿Y cuándo me va a pintar a mí, don Fancho?

—Ya lo he hecho. ¿No te acuerdas, niña?

—Bueno, el cuadro sí lo he visto. Uno muy pequeñito que mamá guarda en su gabinete y en el que estoy tirándole de la falda a Rafaela mientras ella se enfada, pero no me acuerdo de haber posado como mamá, horas y horas.

—Imposible que te acuerdes, tesoro. Primero, porque la única que lo hizo fue Rafaela, y bien que protestó. Y luego, porque aún no habías cumplido los tres años. Pero no te preocupes, te pintará otro en cualquier momento. Él estará siempre en nuestras vidas. Pase lo que pase, ¿verdad, Fancho?

Capítulo 34

Una noche de amor

—Me voy, Tana.

—¿Cómo dices?

—Ya me has oído, querida, he decidido dejar Madrid, al menos durante una temporada, es lo más sensato. El ambiente de la corte está más enrarecido que nunca después de la conjura tan poco hábil de Malaspina. Nadie se fía de nadie y luego está la actitud del rey para conmigo.

—¿Qué pasa con don Carlos?

—Nada, y precisamente eso es lo extraño. Desde que se descubrió tan torpe conspiración, no me ha vuelto a convocar. Ni para las veladas musicales que organiza en palacio, ni para la última cacería, que era, por cierto, la más importante de la temporada...

—¿Qué sospechas que pueda pasar?

—Nada bueno, me temo. Malaspina ha dado con sus huesos en la cárcel y Jovellanos, al que, como a mí, este hombre había incluido en su malhadada lista de futuros ministrables, prudentemente se ha retirado a Gijón con no sé qué excusa familiar.

—Todo el mundo sabe que tú no has tenido nada que ver con esa conjura.

—Sí, todos menos Godoy, al que los reyes vuelven a apoyar como en sus mejores tiempos.

A Cayetana le gustaría contarle que se ha visto con Manuel y que está segura de que no tomará represalias contra él, pero prefiere no revelarle la entrevista. Además, le preocupa el aspecto de su marido. Se ha dejado una pequeña barba rubia que afila demasiado sus rasgos, y la llegada de los fríos ha vuelto a traer consigo esa tos impenitente que tanto le atormenta, aunque él ha aprendido a disimularla con mucha elegancia. Quizá tenga razón, tal vez sea buena idea que se ausente por un tiempo. Desaparecer de la corte permitirá que los ánimos se enfríen y que una nueva conjura —porque la habrá, de eso no hay duda, son una constante en la vida de favorito— haga que se olvide el último naufragio de Malaspina. «Por supuesto, nos iremos juntos —se dice—. Voy a planearlo todo. ¿Adónde es mejor ir? A cualquier lugar lejos de los rigores del invierno castellano y así de paso acabar con esos enojosos catarros suyos». Podrían instalarse unos meses en Sevilla, en el palacio de las Dueñas o en el de Medina Sidonia en Sanlúcar de Barrameda, que es de la familia de José y al que tiene especial cariño. Cualquiera de los dos será perfecto. Buen tiempo, mejor comida y los dos solos, como antes. O mejor dicho, como nunca antes.

Así se lo dice a José, pero a él no le parece buena idea.

—Nada me gustaría más —se excusa cortés—. Pero no es conveniente. Parecería una huida.

—¡Nadie pensará tal cosa! Es perfectamente normal que un matrimonio se vaya fuera una temporada.

—Nosotros no somos un matrimonio «perfectamente normal», querida.

Lo ha dicho con una sonrisa tan cansada que a Cayetana le duele casi más que el contenido de sus palabras.

Se encuentran en una de las salas más pequeñas de Buenavista, la misma en la que María Luz da su clase de piano. Son las siete y media, la hora en que la niña suele subir a darles las buenas noches, como hace ahora.

—Venga, mami. ¿Te acuerdas de lo que dijimos? Que íbamos a cantarle juntas una canción a papá.

—Es verdad, mi sol, pero ahora mismo no tengo ganas de canciones...

Luz la mira. Está acostumbrada a los cambios de humor de su madre, pero sigue insistiendo. Es como si hubiera heredado de ella esa forma tan particular que tiene de salirse siempre con la suya.

—Me lo prometiste y he estado ensayando toda la tarde para no equivocarme, sólo una vez, por favor...

Al final, es José el que intercede.

—¿Qué canción era esa que has estado preparando?

—Una que me ha enseñado *mademoiselle* Renard. Es una sorpresa. ¿Puedo entonces?

Luz se sienta al piano. Sus pies no llegan a los pedales, pero aun así suena muy bien el comienzo de la canción que ha preparado para su padre. José se ha puesto de pie a su lado. «Yo te ayudo a pasar las páginas», se ofrece, y Cayetana se dice que aquél también sería un hermoso cuadro para Goya: Luz, con el pelo suelto sobre los hombros tal como lo lleva siempre su madre, en camisón y bata, tocando *Au clair de la lune* al tiempo que José acompasa cada acorde con un leve y aprobatorio movimiento de cabeza mientras Caramba, que no ha querido perderse la fiesta, ladra al compás.

Luz no es la hija con la que él soñó. Durante mucho tiempo apenas le había prestado atención. Cuántas veces había tenido que pedirle que le diera un beso de buenas noches o que asistiera, al menos unos minutos, a las pequeñas fiestas de cumpleaños que Rafaela y ella preparaban para recordar el día en que el maestro Martínez la trajo a aquella casa. Tuvieron que pasar los años y llegar la música para que ésta los uniera. «La niña tiene un don natural», le había dicho un día cuando por azar entró en aquella misma habitación en la que están ahora cuando Luz hacía sus primeras escalas. Desde entonces, muchas veces había sorprendido a José escuchando a escondidas tras la puerta para comprobar cómo iban sus progresos.

—¿La cantamos esta vez juntos, papá?

—Muy bien, desde el principio entonces.

No fue hasta que Luz se despidió con un beso a cada uno y un «Mañana aprenderé para ti una mucho más difícil, ¿qué te parece, papá?» cuando a Cayetana se le ocurrió la idea. ¿Sí, qué se lo impedía? Sólo necesitaba esperar a que José consumara todos sus rituales nocturnos. Él amaba la rutina. Decía que era la bendición de los inteligentes y la desesperación de los necios. Por eso Cayetana sabía exactamente lo que iba a ocurrir cuando Caramba y su hija se marcharan. Al cabo de unos minutos su marido se pondría en pie estirando ligeramente su levita y luego se dirigiría al viejo reloj de mesa inglés que había cerca del piano. Comprobaría con el suyo de bolsillo que estaba en hora y luego les daría cuerda a los dos despidiéndose hasta mañana con una frase que resumiría lo antes hablado: «Ya discutiremos los pormenores de mi viaje mañana, querida», diría más o menos, al tiempo que le daba su habitual beso en la frente.

Ella le dejó hacer: «Buenas noches, José, que duermas bien», se despidió antes de apagar las velas conservando sólo un candelabro de dos brazos con el que, no bien su marido desapareciera por la puerta, correría a su habitación para prepararse. Ni siquiera pensaba tomarse la molestia de llamar a una de sus doncellas, tampoco a Rafaela, la ceremonia que planeaba a continuación quería vivirla sola.

Como una adolescente, como una novia, empezó a prepararse para él. Buscó en los más olvidados armarios y en las más recónditas gavetas, los camisones de seda de su ajuar de boda llenos de *filtirés*, jaretas y festones que jamás había usado. Eligió entre todos uno celeste con puntillas blancas que le pareció entonaba bien con su pelo oscuro y mejor aún con el inusitado arrebol de sus mejillas. ¿Un poco de kohl gris azulado en los ojos combinado con un par de gotas de belladona para agrandar sus pupilas tal vez? Aquél era un truco que daba a su mirada una profundidad especial, pero lo reservaba para las ocasiones, como sus veladas de teatro por ejemplo, o sus furtivos encuentros con Godoy y con Pignatelli. Precisamente por eso decidió no usarlo. Hoy todo había de ser inaugural, distinto, al fin y al cabo, iba a ser su primera noche.

Antes de salir se mira en el espejo de su cuarto de vestir. No está nada mal para ser una novia de treinta y tres años. Se retira un poco el pelo de la cara y le complace ver cómo le tiembla el pulso. «Vamos, Tana, ha llegado el momento, ¿dónde está la bata, dónde tus babuchas? Shhh, que nadie te vea ni te oiga. ¿Qué dirían los criados si llegaran a verte?». Y se ríe respondiéndose que lo más probable es que pensaran que corre en busca de cualquier abrazo salvo aquel en el que piensa refugiarse minutos más tarde.

Ya está ante la puerta de las habitaciones de su marido. El tictac de un reloj lejano acompasa los latidos de su corazón mientras, como una intrusa, como una furtiva, atraviesa una primera sala de estar, luego un cuarto de vestir y se detiene antes de abrir la última de las puertas, la que da paso al dormitorio. Qué típico de José, se dice, es dormir con la ventana levemente entornada y las cortinas abiertas para que lo despierte el primer sol de la mañana. Cayetana ni siquiera recuerda cuándo estuvo por última vez allí, por eso agradece la complicidad de la luna que le permite moverse como un ladrón en la noche. Un par de pasos más y estará ante la cama, entonces podrá deslizarse entre sus sábanas. ¿Y si se alarma, y si se enfada?: «¿Pero se puede saber qué haces, me has dado un susto de muerte, qué mosca te ha picado, Tana...».

No ocurre nada de eso. Cayetana separa las cortinas de su cama. Qué serena le parece su cara al relumbre de la luna y qué acompasada su respiración comparada con la suya, que se acelera y agita. Ya está su cuerpo pegado al de su marido, qué bien parecen acoplarse su pecho a la espalda de José, sus piernas a la oquedad que forman las de él dobladas en ángulo como piezas de un viejo puzle que casi se ensamblan solas. Cayetana desliza su mano izquierda sobre el muslo de su marido. A José le gusta dormir desnudo. «Ni siquiera eso sabía», piensa con un punto de amargura, pero enseguida sus dedos se vuelven exploradores. Hay tanto que descubrir. Lentos, muy cautos y hábiles han de ser, para despertar los sentidos pero no a su dueño, encender la piel pero no el recelo. Ahora es su lengua la que se ha aventurado a rozar el vello de su nuca. Leve, húmeda, taimada, vamos, un poquito más arriba mientras sus manos vagan por ahí teniendo ideas propias. Lo que más le preocupa es su loco corazón. Golpea de tal modo contra la espalda de José que Cayetana no comprende cómo no la ha delatado ya.

Dios mío, se ha despertado. El cuerpo de José acaba de darse la vuelta. Ahora están el uno frente al otro, piel contra piel. Cayetana aguarda. ¿Qué le dirá él? ¿Y qué responderá ella? Piensa a toda prisa unas torpes palabras. «Si tienes que irte de Madrid, me iré contigo. Adonde quieras, el tiempo que tú quieras, pero juntos. No es tarde para empezar de nuevo, José, todavía somos muy jóvenes...». Pero los ojos de su marido permanecen cerrados. No los abre en ningún momento. Ni cuando, después de unos segundos de espera, ella se atreve a enredar sus dedos en el pelo de su pecho, ni cuando se deslizan hacia abajo buscando otros enredos. Ni un sonido, ni una palabra, ni un comentario, son sus cuerpos los que hablan y lo hacen con elocuencia. Es bastante más tarde cuando ahítos y jadeantes ríen y se abrazan al ver cómo la luna platea sus cuerpos, cuando su marido habla por primera vez y es sólo para decir:

—Bienvenida, mi amor, hace años que te esperaba.

Capítulo 35

Por una jícara de chocolate

—¿Pero ha visto usted tamaña desfachatez? Un pasajero de primera clase invitando a una fámula, una esclava, ¡una negra!, a tomar chocolate y delante de nuestras propias narices. Claro que el pasajero en cuestión es tan negro como ella. O *cafeolé,* si usted prefiere, pero para mí café con leche y negro retinto son la misma cosa. ¿Adónde va el mundo? —Se santigua tan piadosa como escandalizada doña Tecla.

—Pues menos comprensión cristiana por su parte y más acción, si me permite decírselo —retruca su compañera de viaje, doña Francisquita, mientras descarta con un gesto a su propia criada Candelaria, que acaba de separar la silla de la mesa para que se siente a desayunar—. Don Justo y usted deberían atar en corto a esa esclava antes de que se les suba más a las barbas... O a los prepucios —añade, recordando con santa envidia la colección de reliquias que le había enseñado la tarde anterior su nueva amiga—. ¿Dónde está, por cierto, su marido de usted? ¿No madruga hoy como es su costumbre?

—... Por favor, señor, deje que me marche —le está diciendo Trinidad a Hugo de Santillán en ese mismo momento en otra mesa, no muy lejos de donde acaban de tomar asiento las damas. Apenas ha empezado a amanecer, es después de maitines y no hay nadie más en el comedor. Pero pronto empezarán a llegar los pasajeros más madrugadores—. Mire la cara que acaba de poner mi ama al descubrirme aquí. Y el señor Santolín no tardará en llegar, miedo me da sólo de pensarlo.

—Tú déjamelo a mí. Ya sabré yo qué decirle.

—¿El qué, señor?

—Simplemente la verdad. Que te encontré en cubierta mojada hasta los huesos y dando diente con diente, por lo que he hecho que te sirvan algo templado. ¿Dónde está tu amo, se le han pegado las sábanas?

—... El pobre ha pasado una noche horrorosa —explica doña Tecla a su compañera de mesa mientras las dos empiezan a dar buena cuenta de unas torrijas—. Llena de flatulencias de la peor especie, según me ha dicho cuando pasé por su camarote después de la oración, como hago cada mañana. Para mí que han sido los arenques que nos dieron ayer de cena, no debían de estar muy católicos.

—Para buena católica usted, incluso demasiado, me atrevería a decir. Con su marido fuera de combate por los arenques y su merced cumpliendo al pie de la letra las enseñanzas de Jesucristo, bienaventurados los pobres, etcétera; voy a tener que ser yo la que le ponga los puntos sobre las íes a ese par de negros insolentes. Y favor que les hago, porque como entre cualquier otro pasajero y los vea departiendo ahí, los gritos se van a oír en Madagascar.

—¿Qué hacías en cubierta tan de madrugada? —le pregunta ahora Hugo a Trinidad.

—Ya se lo dije cuando nos encontramos, señor, sólo fue un mal sueño que tuve, salí a despejarme y me sorprendió el aguacero.

—¿Es eso todo?

—Claro que sí, señor. ¿Qué otra cosa iba a ser?

—Mi joven amigo... —Es doña Francisquita con todo su velamen desplegado, que acaba de situarse ante la mesa que comparten Hugo y Trinidad. Gran bonete en la cabeza, brazos en jarra y un añejo mantón de la China con flecos que pendulan indignados a derecha e izquierda mientras ella habla—. Supongo yo que su mollera le dará para comprender que en el comedor de primera clase no se admiten negras.

—Pues mire usted, bien corta ha de ser mi mollera porque no me había dado cuenta de tal particularidad. A lo mejor es porque yo soy negro también y, pese a ello, llevo frecuentándolo varios días. Desde que partimos de Cádiz, para ser exactos.

Los flecos del mantón chino tiritan de muda indignación.

—Si por mí fuera, viajaría usted en bodega, téngalo por seguro. Pero como ha pagado su pasaje, habré de aguantarme. No así con ésta —dice, señalando con la barbilla a Trinidad—. No sé cómo tiene el cuajo de sentarse aquí con usted, estando su ama a menos de dos varas de distancia. Juega, sin duda, con la bondad de su corazón, que es mucha. ¡Venga, levántate de una vez! —le grita a Trinidad, cogiéndola por el brazo.

Hugo alarga la mano en un gesto instintivo para protegerla, la dama trastabilla y se golpea levemente en el codo con la mesa.

—¡Cómo se atreve! ¡Que alguien me ayude! ¡Socorro! ¡Este negro me acaba de atacar!

—Por favor, señora, cómo puede decir eso...

—¡Felón, maltratador, tragavirotes, cómo se aprovecha de una mujer indefensa!

—Señora, se lo ruego, yo jamás...

—¿Está usted bien? —interviene doña Tecla, acudiendo al rescate de su amiga. Lanza una mirada asesina a Hugo, que no alcanza a comprender qué está pasando y así lo dice, pero la vieja no tiene el menor interés en sacarlo de dudas, se vuelve hacia Trinidad estrellándole tremenda bofetada en la cara—. Mira el escándalo que has montado, negra de mala entraña, espera a que lo sepa don Justo, ¡juro que te molerá a palos!

* * *

En efecto, la molió a golpes. El amo la llamó a su camarote y, tras obligarla a desnudarse de cintura para arriba mientras él permanecía con la casaca castamente abotonada hasta el último botón del cuello y los ojos en blanco (nadie sabe si por virtud o por santa cólera), fue descargando sobre la espalda de su esclava los golpes con una fina vara de mimbre contándolos uno a uno. Trinidad los aguantó sin un quejido. Temía que sus gemidos pudieran excitar algo más que la ira del amo. Al acabar, don Justo dejó caer la vara y, evitando mirarla, se apoyó jadeante en una mesa cercana, la cabeza gacha, el cuerpo temblón. Ella pudo ver entonces cómo se traslucían a través de la tela de su casaca y a la altura de los omóplatos, seis o siete largos y rojos latigazos que hablaban de cómo aquel hombre intentaba mantener a raya al demonio, posiblemente gracias a la misma vara de mimbre que había usado con ella. Había en su persona otro rastro de sangre a la altura de la ingle, allí donde Trinidad, la noche anterior, había descubierto el cilicio con el que se disciplinaba. Ni los latigazos de la espalda ni el cilicio del muslo evitaban no obstante que creciera por segundos el más que evidente bulto de su entrepierna.

—Puta, ramera. ¿Qué haces conmigo? ¡Vístete ahora mismo! Sólo sabes perder a los hombres.

Tuvo suerte de que en ese momento se oyera el chasquido de la falleba de la puerta anunciando la llegada de doña Tecla porque don Justo acababa de situarse a su espalda, Trinidad notaba ya su húmedo aliento babeante muy cerca de su piel en carne viva.

—¡Llévatela! Llévate a esta furcia, no quiero volver a verla, maldita seas por siempre. —Y aún tuvo que aguantar que se sumaran a los insultos un par de bofetadas de doña Tecla, llegada al rescate de la virtud de su marido.

—Cómo has podido, después de todo lo que hemos hecho por ti, no eres más que una perdida, una mala mujer, cría cuervos y te sacarán los ojos, yo que te he tratado como a una hija...

* * *

Después de lo acontecido en el comedor con doña Tecla y doña Francisquita, Hugo intentó varias veces hablar con Trinidad, pero ella lo rehuía. ¿Qué podía decirle que él no supiera? Que había sido una gran equivocación tomarse con él una jícara de chocolate en el comedor. Que él, por su parte, había confiado demasiado en sus prerrogativas como pasajero de primera clase y en su labia de caballero ilustrado, pensando que serían suficientes para anular los prejuicios de aquellas señoras. Que quizá su argumento pudiera haber ganado un debate dialéctico en lid con otro hombre, pero que toda oratoria, toda elocuencia, era inútil si a quien se tiene enfrente es una dama que le acusa a uno, por muy falsamente que sea, de violencia contra su persona. Sí, en todos los sentidos era mejor evitar el contacto con Hugo de Santillán.

Tras los azotes, los señores de Santolín habían adoptado la postura más habitual de los amos con respecto a sus esclavos. Envolverse en una ofendida indiferencia presta a trocarse en nueva violencia en cualquier momento. Trinidad, mientras tanto, procuraba afanarse en sus obligaciones. Limpiaba los camarotes de sus amos (por fortuna, ahora siempre vacíos como si ambos tuvieran tanto o más interés que ella en no coincidir) y los atendía en el comedor sin cruzar más palabras que un buenos días o buenas tardes. Y, faltaría más, se ocupaba de Colibrí, la parte más grata de sus tareas, la que le permitía pasear por cubierta y descubrir cómo comenzaba a dibujarse allá en el horizonte el contorno de la primera de las islas de Madeira. Un día más, pensaba, dos a lo sumo y llegarían a puerto. Entonces todo sería distinto. Ni que decir tiene que pensaba escapar de los señores de Santolín en cuanto tocaran tierra. La bisoñez y la inexperiencia son como la virginidad y sólo se pueden perder una vez, de modo que ahora sabía lo fácil que era dejar atrás unos amos. Lo único que necesitaba era decisión y un poco de arrojo, además estaba segura de que en doña Tecla tendría una aliada. Desde el episodio de los latigazos, la miraba como a la mismísima encarnación de la concupiscencia, la que podría llevar a su marido (y quién sabe si también a ella) derechitos al infierno. Seguro que sus santas reliquias le habrían revelado ya que a enemigo que huye, puente de plata. ¿Cómo se las iba a arreglar una vez en tierra? Haydée, su compañera de camarote, le había dicho que ella y su amo debían esperar dos días en Funchal mientras *La Deleitosa* volvía a aprovisionarse para zarpar hacia América, por lo que podría contar con una presencia amiga durante ese corto espacio de tiempo en caso de que la llegara a necesitar. No era mucho, pero sí un mínimo asidero. ¿Y Hugo? Según le había dicho él mismo, tenía que resolver algunos asuntos en la isla antes de embarcar con nuevo rumbo. ¿Por qué no hablar con él y confiarle sus cuitas? Enseguida desechó la idea. La vida le había enseñado a ser desconfiada. ¿Qué interés podía tener un caballero como él en una esclava como ella? Sólo uno, sin duda, y no hacía falta maliciarse cuál. Haydée le había dicho que, según su amo, Hugo pertenecía a una nueva clase de caballeros que en Cádiz llaman «liberales», gentes que se reunían en cafés y en tertulias para discutir qué había que hacer para alumbrar un mundo más justo. «Palabras», opina Trinidad. Y ella ya había tenido oportunidad de ver el valor de las lindas palabras. Hermógenes Pavía con su *Impertinente* y Amaranta con su Corte de los Milagros también querían mejorar el mundo. Lo más probable era que Hugo fuera como ellos. «Además, ¿qué te hace pensar —se decía— que se interesa por lo que pueda ocurrirte? ¿El hecho de que te invitara a una jícara de chocolate? Ya viste cómo acabó aquello».

Trinidad le revuelve pensativa el flequillo a Colibrí al tiempo que lo mira como si el perrito tuviera la capacidad de ayudarla a resolver tan enrevesado enigma. Pero, en ese momento, la nave se escora de modo brusco y Colibrí aprovecha que ella se ve obligada a agarrarse al pasamanos, para saltar a cubierta. «Oh, no, ahora no, ¿qué habrá visto esta vez? Esperemos que no sea otra rata», se dice, y empieza a correr detrás de él. Sus largas faldas entorpecen sus movimientos y, al pasar cerca de la barandilla se le enganchan en un obenque. A punto está de caer, recupera el equilibrio y al levantar la vista ve a Colibrí, tan ufano, en brazos de Hugo de Santillán.

—Me parece, Trinidad, que esta vez no vas a tener más remedio que hablar conmigo —sonríe él.

—Buenos días, señor.

—¿No podrías llamarme Hugo? Si yo te llamo por tu nombre, lo normal es que tú hagas otro tanto.

—De sobra sabe que no es lo mismo, señor.

—Yo sólo sé que no te he hecho nada para que me trates así.

Quizá se avecine una tormenta porque la goleta, en ese momento y de otro golpe de mar, envía a Trinidad directamente a los brazos de Hugo junto a Colibrí.

—Si la vida fuera una mala novela —ríe él—, ahora sería el momento en el que los dos protagonistas se besan. Como lamentablemente no lo es, me conformo con que me digas por qué eres tan raspa conmigo.

—No es eso, señor, Hugo quiero decir, no intento más que mantenerme en mi lugar.

—¿Y qué te trae a Madeira?

—¿Traerme, señor? Yo sólo sigo a mis amos.

—A otro perro con ese hueso —retruca Santillán, revolviéndole también él el flequillo a Colibrí mientras le devuelve el perrito. No hace falta ser un lince para darse cuenta de cómo se te ha cambiado la cara al ver tierra firme.

Tras unos minutos más de tira y afloja, Trinidad decidió contarle su historia. Tal vez fuera una estúpida por confiar en un extraño que, hasta el momento, sólo le había traído problemas. Pero el viento que soplaba erizando las olas, aquel olor a salitre y la cercanía de la costa le recordaban otra escena, la última vivida con Juan justo antes de la tormenta en la que desapareció. Le habló por tanto de él a Hugo, de cómo había caído al mar durante la travesía y del posterior nacimiento de Marina, justo antes de tocar tierra. Y le habló también de la viuda de García, de la venta de la niña y de todas las vueltas y revueltas que su vida había dado hasta que Dios, los *orishás* o quienquiera que se ocupara de estos menesteres allá arriba le hubiera hecho saber —por una pura casualidad, puntualizó—

que Juan había sobrevivido al naufragio y se encontraba en Madeira.

—... Y ésa es la razón por la que me ha dado alegría ver que pronto llegaremos a tierra, aunque no tengo ni la menor idea de por dónde empezar la búsqueda. Los *orishás* sólo me regalaron una pista más, una palabra: Buenaventura.

—Poca pista es. Podría ser un nombre, también un apellido o quién sabe si un lugar o el nombre de alguna propiedad... —Hugo se había quedado pensativo unos segundos antes de añadir—: También es mi primer viaje, de modo que no conozco la isla. Pero me gustan los mapas y creo recordar haber visto un enclave con ese nombre o parecido. Claro que estará en portugués y no en español. ¿No habrán querido decir tus *orishás* Boavista?

—Es posible. Una amiga —apunta Trinidad, pensando en Caragatos— aseguraba siempre que eran un poco enrevesados, por no decir tramposos a la hora de dar sus indicaciones. ¿Podría usted enseñarme ese mapa, señor?

La mañana terminó con Trinidad y Colibrí visitando la cabina de Hugo de Santillán. El mar se había calmado, también el viento, pero Trinidad no pudo evitar un leve estremecimiento al acceder a ella. Aquel camarote no tenía nada que ver con otro de infausto recuerdo, pero al fin y al cabo era aventurarse en las habitaciones privadas de un hombre al que apenas conocía. Tampoco le hizo mucha gracia ver la gran sonrisa cómplice que le había dedicado Haydée al cruzarse con ellos cuando se dirigían los dos hacia las cabinas de primera clase. Y menos aún el gesto que hizo al juntar sus dos índices en señal de unión romántica. Trinidad optó por hacerle a su amiga una fugaz indicación de «Ya hablaremos luego», y continuó camino.

Olía a cuero, a rapé, a ámbar y a lavanda allí dentro. Pero también le recordaba al particular perfume de legajos y tinta propio de la biblioteca del abuelo loco de Amaranta. Por lo demás, reinaba en aquel lugar un ordenado desorden. Al fondo la cama, a la derecha una silla y en el centro un gran escritorio repleto de libros, papeles, mapas.

—¿Sabes leer?

—Un poco señor, me enseñó Juan y luego con Caragatos aprovechábamos los ratos libres para practicar, pero no creo que pueda descifrar ninguno de estos mapas.

—Pues déjame entonces que recuerde dónde me pareció ver ese nombre o uno similar: Buenaventura... o ¿tal vez fuera sólo Boaventura? No, no, aquí está, ya sabía que la memoria no me fallaba, míralo Boaventura —dijo, señalando un punto en el mapa un poco al norte de Funchal—. ¿Quieres que te apunte las coordenadas en un papel? Y también te voy a escribir mi dirección en la isla. Estaré en Madeira resolviendo unos asuntos al menos un par de días antes de embarcar de nuevo. Prométeme que me buscarás si tienes algún problema. Uno nunca sabe cuándo necesitará un amigo.

Hugo extrajo de una cajita de nácar que llevaba en el bolsillo de su chaleco una tarjeta de visita y procedió a escribir las coordenadas geográficas de Boaventura así como el nombre de un hotel en Fuchal. Trinidad se lo agradeció y, al ir a guardarla en su delantal, reparó en que, en el reverso, y en elegante letra inglesa había una inscripción que decía así:

> Hugo de Santillán N'Doue.
> Abogado de pobres.

Capítulo 36

La llegada a Funchal

Trinidad intentó averiguar con Haydée qué era un abogado de pobres y su amiga le explicó, con el orgullo con el que hablaba siempre de su amada Cádiz, que el concejo de aquella ciudad pagaba a abogados, por lo general jóvenes, una exigua cantidad para que defendieran a aquellos que no tenían posibles, de modo que todo el mundo pudiera tener acceso a la justicia.

—¿Así que Hugo de Santillán es uno de ellos? —se había sorprendido Haydée—. En ese caso, mucho me temo que le ha dado dos disgustos de muerte a su señor padre. El primero, ya te lo conté, es no querer volver a Santo Domingo para ocuparse de sus asuntos; el segundo, y por lo que acabas de decirme, es hacerse abogado... pero de los que menos tienen, mucho pleito y poca plata.

No hubo ocasión de conversar más. La nave comenzaba ya a enfilar hacia la rada del puerto de Funchal y, quien más quien menos, todos los viajeros se fueron congregando en cubierta. Allí estaban doña Francisquita y su criada Candelaria, las dos de tafetán negro, desafiando la temperatura tropical que hacía que exudaran un olor mezcla de naftalina y mugre. También doña Tecla, con un parasol pardo y Colibrí en brazos ladrando a las gaviotas que se posaban en las jarcias. Unas varas más allá, don Justo manejaba un catalejo para escudriñar fuera y allá lejos de la nave mientras sus ojos ardían por buscar dentro y muy cerca la causa de sus desvelos. Haydée por su parte aprovechaba los bamboleos del barco para hacer que las faldas del tenue vestido de algodón que se había puesto para el desembarco se enroscaran lo más posible en las piernas de su amo mientras que a él un color se le iba y otro se le venía rememorando quién sabe qué otros roces y vaivenes. Hugo de Santillán, en cambio, no apareció por cubierta. Tal vez estuviera en cabina recogiendo sus pertenencias, pues era el único pasajero de primera que no viajaba con un criado o esclavo. Trinidad le dedicó apenas un fugaz pensamiento; tenía otras cosas en qué cavilar. En el extraordinario y desconocido paisaje que se adivinaba, por ejemplo. El puerto de Funchal se extendía a los pies de un alto promontorio cultivado en verdes y ordenadas terrazas salpicadas de buganvillas. Las casas, no muy altas, estaban pintadas de alegres colores entre los que destacaban el añil, el rosa, el amarillo. ¿Cómo se las arreglaría, al llegar a tierra, para escapar de sus amos? ¿Por dónde empezar a buscar a Juan? Trinidad apretaba entre sus manos el escapulario que él le regaló. Dentro, custodiado por la imagen de la Virgen del Carmen, unas plumas y un par semillas de jagüey, regalo de Celeste, duerme su único tesoro. Una moneda de plata que Caragatos le entregó como despedida. «Toma. La guardaba para poner sol en un día lluvioso —le había dicho con su acostumbrado sarcasmo—. Pero creo que te va a hacer más falta que a mí».

De nada sirvió que se la devolviera. Caragatos había fingido aceptarla a regañadientes, pero la primera noche que Trinidad había buscado entre sus ropas su escapulario para, con él en la mano, invocar el recuerdo de Juan, descubrió su dura y redonda presencia. Un escudo de plata, toda su fortuna. Un par de horas más y comenzaría un nuevo capítulo de su vida. Tal como había hecho en las horas previas a que se llevaran a Marina, Trinidad dejó que sus ojos se pasearan por aquel paisaje desconocido tratando de adivinar tras qué alegre ventana, en qué casa o bajo cuál de todos aquellos coloridos techos que se extendían ante ella, podría estar Juan y cuál de todas aquellas innumerables buganvillas y palmeras sería la que alegrase su vista cuando despertaba cada mañana. Y al hacerlo, como si él pudiera oírla, Trinidad repite: «Ya estoy aquí, amor, ya está, volvemos a estar juntos».

Capítulo 37
Fuego

El primer mes de 1796 vio la partida de José de Alba rumbo a Andalucía. Fue una mañana de finales de enero tan espléndida y soleada que Cayetana creyó ver en ella un buen presagio. En contra de sus costumbres, se levantó de amanecida. Quería despedirse y decirle que pronto María Luz y ella se reunirían con él. La niña acababa de pasar el sarampión y aún guardaba cama, «pero en cuanto esté un poquito mejor, allá que nos vamos, no me digas que no».

José argumentó que, aparte de la enfermedad de la niña, había otras razones de peso para que no se moviera de Madrid. «No sólo para que se olvide de una vez por todas el asunto Malaspina —le había dicho—. También, o mejor dicho sobre todo, porque me barrunto que pronto habrá una petición de mano a la que al menos uno de nosotros no puede faltar». ¿Cuál? había preguntado retóricamente Cayetana sabiendo muy bien que se refería a la de esa apocada niña, Teresa de Borbón, a la que la reina había elegido para convertir a Godoy en miembro de la familia real. «Seguro que la anunciarán de un momento a otro —había argumentado José—. Los reyes necesitan atajar lo antes posible los rumores de que su protegido se ha casado en secreto con esa tal Pepita Tudó».

—Ya, y tú quieres que me quede en Madrid para representar a la casa de Alba en tan magno acontecimiento —ironizó Cayetana, sabiendo que servía de poco discutir con José sobre obligaciones protocolarias y sociales.

Decidió por tanto no insistir y dejar que él la abrazara. Igual que había hecho esa mañana al despertar juntos y también la noche anterior y todas las mañanas y noches desde la no muy lejana que ellos riendo acordaron llamar «nuestra primera vez».

—Está bien. Pero que sepas que, en cuanto pueda, me escapo. —Sonrió y así se dijeron adiós.

* * *

No iba a ser, sin embargo, la pedida de mano de Godoy la que retrasase aquel reencuentro, sino otro acontecimiento imprevisto. La ceremonia en efecto tuvo lugar unos veinte días después de la partida del duque y resultó tan formal y poco romántica como cabía esperar. Ni el espléndido (y no poco recargado) uniforme elegido por el novio para la ocasión; ni los esfuerzos de su hermano Luis por suplir la falta de interés de éste con su futura esposa siendo especialmente amable con ella; tampoco el magnífico regalo (una *parure* de brillantes) que la reina hizo a su protegida sirvieron para templar el ambiente. Sólo había algo muy parecido al fuego en los ojos de una de las asistentes, los de la novia. Aquella criatura, a la que habían ataviado con un vestido de gasa tachonada de miles de estrellitas blancas rematado con un gran lazo verde y turbante a juego que la hacía parecer una triste alegoría de la primavera, miraba a su futuro marido con un brillo que sólo puede describirse como febril. Los ojos se le iban detrás de cada uno de sus movimientos igual que los de un asustado ratoncito ante una hipnotizante serpiente. ¿Sería terror? ¿Sería amor? Cayetana no sabía decidir qué, pero de lo que no había duda posible era de que la Topolina, como la llamaba la reina, no era ni mucho menos indiferente a la suerte que le esperaba. La velada había transcurrido de modo tan aburrido como era previsible. Si la corte, como siempre, hervía de rumores, conjuras y contubernios, la necesidad de ocultarlos hacía que el ambiente fuera, más que fúnebre, mortuorio, de modo que Cayetana hizo lo posible por volver a casa cuanto antes. Quería escribirle a José antes de irse a la cama, contarle los pocos sucedidos dignos de mención de la velada. Como el modo inquietantemente encantador con que la Parmesana la había saludado, por ejemplo. ¿Qué estaría tramando? Cuando el agua brava de pronto se vuelve mansa, nada bueno se avecina, le había escrito Cayetana a José recordando las palabras con las que la reina la había despedido al final de la velada: «Te encuentro llena de chispa esta noche, querida, flamígera, ésa es la palabra». ¿Qué había querido decir con aquello? La reina no era de las que hacían o decían nada a humo de pajas.

Cayetana detiene ahora unos segundos su pluma pensando qué más puede contarle a José sobre velada tan poco interesante. Moja la punta en el tintero y cavila. Entonces es cuando lo oye. Ella se precia de reconocer todos los sonidos del palacio de Buenavista. El acompasado tictac de sus muchos relojes; el crujir de las maderas del suelo y de las *boiseries* también el modo en que el viento silba y sisea por algunas rendijas. Pero entre ellos acababa de colarse un mínimo y ajeno crepitar. Al principio piensa que puede ser la invisible y siempre temible labor de las termitas, pero enseguida otro dato viene a sumarse a sus sospechas, un leve olor acre que no estaba ahí minutos antes. Cayetana se echa un chal por los hombros y sale de su habitación para asomarse al pasillo que recorre el perímetro rectangular del palacio y donde se alinean uno tras otro sus muchos salones. La luz del candelabro que lleva en la mano apenas logra abrir un torpe círculo de claridad en las tinieblas. Por eso le sorprende ver un resplandor allá lejos, a la altura de la biblioteca. Ahora ya no hay dudas. ¡Rafaela! ¡Lucas! ¡Pepillo! Uno a uno llama a sus sirvientes más fieles. ¡Fuego, fuego!

Empieza a correr en dirección a la biblioteca. La colección completa de libros de la familia, así como los personales de José, también multitud de documentos importantes se guardan allí, eso por no mencionar los cuadros y los volúmenes prohibidos por la Inquisición que el duque había adquirido gracias a su licencia especial. Va a abrir la puerta pero entonces cae en la cuenta. La biblioteca está justo debajo de la habitación de su hija. Es posible que el fuego trepe en cualquier momento hasta allí. Poco a poco, el distribuidor del palacio se ha ido llenando de criados. Ellos saben qué hacer. No es la primera vez que se produce un incendio en la casa. El último fue aquel pequeño conato que sufrieron años atrás y que no pocos atribuyeron a su rivalidad con la Parmesana. Pero entonces se encontraban las dos en pleno enfrentamiento por el asunto Pignatelli y María Luisa era princesa de Asturias. ¿Se atrevería a ir tan lejos ahora que era reina?

Los criados van y vienen acarreando agua, arrancando cortinajes, recogiendo alfombras y cualquier otro material susceptible de propalar el fuego. Cayetana se olvida de todo: de la posible causa del incendio; de los incunables que puede destruir e incluso no se detiene a pensar en el riesgo que supone subir a la planta superior, pero es que allí está la niña. «No lo haga, usía, es peligroso, iré yo», se ofrece uno de sus criados, pero Cayetana es más rápida. Sube de dos en dos los escalones. El humo la ciega y se le pega a la garganta mientras enfila el largo pasillo que conduce a la habitación de María Luz. Teme que las llamas hayan trepado por el tiro de la chimenea propagando hacia allí el fuego. Acciona el picaporte y la puerta no se abre. Al otro lado de la hoja puede oír los ladridos enloquecidos de Caramba, también los gritos de su hija. «Gracias, Dios mío, al menos está consciente, temía que el humo le hubiese hecho perder el conocimiento». Cayetana empieza a forcejear con la puerta. Desesperada, mira a su alrededor. No tendrá más remedio que desandar sus pasos en busca de ayuda. «Aguarda, cielo mío, mamá vuelve enseguida, no te muevas de donde estás, prométemelo».

—¡Pronto, pronto, déjenlo todo, la niña está dentro y no puedo abrir!

Dos criados han subido con ella. Si bien el fuego de la biblioteca está controlado, el humo es tan espeso que apenas permite respirar.

—¡Vamos, tirad abajo la puerta! ¡No hay tiempo que perder!

Pasan los minutos y la hoja de madera no cede hasta que, por fin, uno de los criados, recordando la panoplia de armas antiguas que hay en una de las salas, va en busca de algo contundente y vuele con un hacha de azog. Bastan entonces tres o cuatro golpes para que la puerta ceda y Cayetana se precipite hacia el interior. Sobre la alfombra, hecha un ovillo e intentando proteger con su pequeño cuerpo a Caramba, está la niña.

—Tenemos que sacarla de aquí —dice cogiendo en brazos a los dos.

—Permítame, usía, yo lo haré —se presta uno de los sirvientes, pero Cayetana no quiere que nadie toque a su hija.

—Abre los ojos, mi niña. Ya pasó todo, mamá está contigo. Nada malo te puede suceder.

— ¿Y Caramba, mamá, por qué no ladra, míralo, tampoco se mueve ni...?

—Agárrate fuerte a mí, tesoro, no mires atrás, por lo que más quieras, no mires.

* * *

Madrid entero se hizo lenguas del incendio de Buenavista y hubo teorías para todos los gustos. Algunos decían que era obra de un criado resentido al que el duque despidió después de que lo descubrieran robando. Otros, por el contrario, opinaban que las culpables eran las pinturas de don Fancho, que el estudio que habían improvisado en la primera planta él y la duquesa para pintar su retrato estaba lleno de toda clase de líquidos inflamables y que seguramente una chispa de la chimenea había saltado durante la noche. Luego había quien se maliciaba de que la culpable era la propia Cayetana. Recordaban la gran traca con hoguera incluida que había organizado años atrás para quemar todos los decorados de su agasajo a los reyes. Y recordaban también lo que había declarado más de una vez y en público, que le encantaba el fuego, que le resultaba purificador.

Pero la teoría con más adeptos era que detrás de todo estaba la nunca resuelta rivalidad entre la duquesa y la Parmesana y se veía en ella su blanquísima y regia mano. La primera en creerlo era la propia Cayetana. «Te encuentro llena de chispa esta noche, querida, flamígera, incluso». Eso le había dicho el día de la petición de mano cuando se despidieron, ¿más que una insinuación, no era una evidencia?

Por fortuna, el incendio había sido más escandaloso que dañino. Ahora se sabía que el fuego había comenzado en el cuarto de escobas vecino a la biblioteca propagándose rápidamente hasta hacer cenizas la colección de libros del duque así como unos manuscritos del conde-duque de Olivares, de valor incalculable. Menos mal que Cayetana estaba despierta y pudo dar la voz de alarma a tiempo evitando que toda aquella ala del palacio ardiera como una tea. Pero lo que no le perdonaba a la Parmesana era que hubiese puesto en peligro la vida de su hija. ¿Cuáles eran las intenciones de aquella víbora? Según sus cánones, posiblemente creyera que no podía ser una gran pérdida la muerte de un perro y de una negrita adoptada, dos caprichos de una mujer que nunca pudo tener hijos.

Todos estos pormenores había ido relatándole poco a poco a José en las cartas que diariamente le escribía. Lo que no le dijo, en cambio, fue que estaba pergeñando un pequeño desquite. Una jugarreta del estilo de aquella de regalar al peluquero Gaston la cajita de rapé de Pignatelli. O de esa otra de vestir a sus criadas con el mismo traje que la Parmesana y hacerlas pasear en coche abierto por el Retiro a la vista de todo el mundo. Ya había ideado lo que pensaba hacer esta vez. Si la ciudad entera se había hecho lenguas del incendio de Buenavista, lo más probable era que se hicieran hasta coplillas de su pequeña revancha. Sólo era cuestión de planearla con minucioso detalle.

* * *

La duquesa de Alba solicita el placer de la compañía de...

En el espacio en blanco previsto a tal efecto en las elegantes invitaciones impresas que tenía sobre su escritorio, Cayetana fue escribiendo a mano el nombre de sus convidados. El primero de todos, el de Manuel Godoy, al que convocó junto a su prometida, esa pobre niña, Teresa de Borbón. La segunda de las invitaciones llevaba el nombre de Hermógenes Pavía. Cayetana sonrió al pensar en la diarrea de pura felicidad que le iba a dar al plumilla recibirla. Nunca hasta el momento lo había invitado a una de sus cenas. Decir que no era santo de su devoción era un magro eufemismo, pero en esta oportunidad le venía de perlas su presencia. Necesitaba que se hiciera eco de todo lo que iba a suceder durante el convite, hasta de los más mínimos detalles. Estos tres eran los invitados imprescindibles para sus planes, pero pensaba convocar a otra media docena de personas más, entre las que se encontrarían habituales como Fancho y la Tirana. También el maestro Martínez, al que hacía una eternidad que no veía, y a alguno de sus amigos toreros, Costillares o Pedro Romero, por ejemplo. La lista se completaría con Amaranta y Pepa Osuna y su marido, una buena mezcla de perfiles para que la fiesta resultase lo más animada posible.

—Mamá, ¿puedo ayudarte con las invitaciones?

María Luz se había colado en su gabinete como hacía tantas mañanas al acabar las clases.

El episodio del fuego y la muerte de Caramba la habían hecho madurar. Ya no era aquella niñita de grandes ojos inocentes que se sentaba al piano con su padre a cantar *Au clair de la lune*. Había un destello nuevo en su mirada. Cayetana no sabía cómo clasificarlo. Era como si, a pesar de sus escasos años, hubiese descubierto, de pronto, que la vida era algo más que dar clases de francés y solfeo, pasear con Rafaela o jugar a las casitas.

Poco después de aquello, había empezado con las preguntas sobre su pasado. Cayetana le contó que había llegado una mañana en una bonita cesta de mimbre envuelta en un turbante de esclava, pero ella quería saber más. ¿Quién la había traído? ¿De dónde había sacado ese tal maestro Martínez a una niña como ella? ¿Quién era su madre? ¿Y su padre? Preguntas todas a las que Cayetana no sabía responder.

—Lo único que importa es que eres mi hija, nadie te querrá como yo —le había dicho, pero Luz había vuelto hacia ella esos ojos suyos como dos esmeraldas que cambiaban de color cuando estaban tristes volviéndose casi pardos.

—Lo que te importa a ti no es lo mismo que me importa a mí.

Cayetana había calculado que tan tristes pensamientos se conjuraban con algo alegre, una nueva muñeca, por ejemplo, y le regaló la más grande y cara que encontró en el Bazar París. Pero su hija se echó a llorar nada más tenerla en brazos. Decía que cómo iba a ser ella la madre de una niña tan rubia. También tenía pesadillas y no eran pocas las noches en las que corría a refugiarse al cuarto de Cayetana. Cuando le preguntaba qué había soñado, mencionaba a Caramba y el incendio, pero la presencia de la nueva muñeca y el hecho de que la hubiese desnudado para envolverla en algo muy parecido a un turbante multicolor hacía pensar en una razón diferente.

Sin olvidar su preocupación por la niña, Cayetana tuvo que dedicar tiempo a los preparativos de la fiesta. Se le había ocurrido una idea muy teatral que le parecía digna de una de esas obras que con tanta diligencia dirigía el maestro Martínez: celebrar parte del convite en la biblioteca semidevastada por el fuego. Sí, qué buen golpe de efecto iba a ser enseñar a sus invitados los estragos que eran —a ella no le cabía la menor duda— obra de la Parmesana. Menos mal, se dijo, que José estaba fuera, le hubiera costado mucho convencerlo de las virtudes de su plan. «Exactamente qué te propones, querida, con semejante *mise en scène?*», le habría dicho con esa mezcla de paciencia e ironía que le era característica. «¿Pero tú has visto cómo ha quedado la biblioteca? La parte del fondo está milagrosamente incólume, incluso se ha salvado, nadie sabe cómo, el cortinaje de uno de los ventanales, pero el resto da pena. La mayoría de los libros están deteriorados, y las librerías, una vez desprovistas de ellos, parecerán tiznados fantasmas. ¿Es así como quieres recibir a tus invitados? ¿Emulando a Nerón en la fiesta que dio en las ruinas de su palacio tras el incendio de Roma?».

«Eso es precisamente lo que me propongo, con la diferencia de que, en el caso de Nerón, fue él quien prendió fuego a todo y aquí ya sabemos quién es la pirómana», le habría contestado ella antes de explicarle que, en efecto, pensaba copiar en todo al emperador. «Mandaré limpiar la biblioteca de modo que sólo queden las chamuscadas librerías, y luego, donde antes había libros e incunables colocaré arreglos florales, bodegones, frutas, ramas y lo que se me ocurra. Así todos podrán ver lo que me ha hecho la Parmesana... y también lo poco que me importa. ¿No te parece una idea estupenda?».

Algo parecido a esto le habría dicho a José de estar ahí y, por primera vez desde la partida, (casi) se alegró de su ausencia. «Mejor de este modo. Además, aún me queda por imaginar algo espectacular como fin de fiesta. ¿Qué podría ser? De momento, no se me ocurre nada...».

Cayetana de Alba sonrió. Planear un convite era casi más divertido que celebrarlo y a ella le gustaba ocuparse personalmente de todos los pormenores. Se afanó por tanto durante días en la elección de los mejores vinos, en la decoración del jardín, también en la de los salones y en especial la biblioteca, y lo hizo hasta el ultimísimo minuto. Tanto que la llegada del más madrugador de sus invitados la sorprendió en el vestíbulo supervisando el montaje de un inmenso y falso árbol de camelias rojas y blancas que proyectaba fantasmales sombras en las paredes.

—Ah, eres tú, Fancho, llegas muy a tiempo. ¿Qué te parece mi árbol del bien y del mal? ¿Y a mí? ¿Qué tal me ves? —pregunta mientras gira para que Goya admire su vestido hecho de capas y más capas superpuestas de tul, doradas las más superficiales, escarlata las inferiores, lo que produce un curioso efecto tornasol que entona muy bien con los rubíes que destellan en su cuello y muñecas. «Tengo que verme como la diosa del fuego, ¿cómo diantres era su nombre? Dímelo tú, que eres tan leído y escribido», bromea mientras le planta un beso en la desordenada cabellera.

Poco a poco comienza a llegar el resto de los convidados. Como Costillares y Pedro Romero, a los que su muy taurina puntualidad ha hecho coincidir en la puerta. Incómoda situación, porque su eterna rivalidad hace que —según muy gráfica expresión del diestro de Ronda— los dos «se mastiquen pero no se traguen». Aun así, es curioso ver cómo el azar ha querido, vaya contrariedad, que vistan de modo similar aquella noche, con calzón de seda verde (tirando a musgo, Costillares, más esmeralda el maestro de Ronda) y sendas chaquetillas con alamares en azabache. Se reojean con disgusto, pero, por suerte, Pepa Osuna y su marido, que llegan también en ese momento, salen al quite. El duque se hace cargo de Costillares mientras que Pepa se acerca a Romero.

—Cuánto me alegra saludarle —dice diplomáticamente, encaminando los pasos de Pedro Romero hacia el interior—. ¿Qué nos habrá preparado Tana esta noche? Uno nunca deja de sorprenderse con ella.

—¡Pero si ni siquiera huele ni un poquito a chamusquina! —se admira Charito la Tirana, que acaba de unirse al grupo cogiendo por el brazo al ceñudo matador—. Qué espectacular luce Buenavista esta noche, nadie diría que ha habido un incendio poco ha. Fue en la biblioteca, tengo entendido, hay que ver cuánto malaje anda por ahí suelto... En todo caso, miren cómo ha decorado el resto de los salones. Verídicamente, no hay nadie como Cayetana para hacer de la adversidad virtud.

Hermógenes Pavía no es de su mismo parecer. En su opinión, organizar una fiesta mundana para celebrar un incendio es una burla hacia aquellos que diariamente lo pierden todo pasto de las llamas, que son muchos en una ciudad seca y mal construida como Madrid. Así mismito se lo piensa relatar a los lectores de su *Impertinente*, añadiendo los comentarios críticos y vitriólicos que el caso merece. Afrenta, frivolidad, vacuidad. A ver si la duquesa piensa que sólo por invitarlo a su casa y pasarle un poco la mano por el lomo va a dejar de denunciar lo que sea menester; él es, y seguirá siendo mal que les pese a muchos, tan jacobino como incorruptible.

—Muy serio le veo, amigo Hermógenes, ¿planeando alguna maldad?

Es la duquesa Amaranta, que lo observa desde su elevada estatura mientras intenta que el escote y su marmóreo busto queden al ras de la nariz del plumilla. Vana provocación porque hace meses que Hermógenes Pavía ya no se interesa por naufragar en tan proceloso canalillo. El encantamiento se rompió un Domingo de Gloria en Sevilla. En aquella ocasión, a la vuelta de misa y tal vez para festejar la resurrección de la carne, Amaranta lo había invitado a sus habitaciones privadas. Ni un moro ni tampoco un marido en la costa, la duquesa toda para él después de tantos años de tórrido deseo. ¿Y qué había acontecido? Pues que en los fragores propios de la pasión (lametón aquí, besuqueo allá, ahora subo por acá, ahora penetro acullá), la dama había perdido el exótico turbante de colores que era su adorno más señero, quedando con la cabeza más monda que la de un buda. Peor aún, dejando al descubierto unos escasos y despeluchados islotes pilosos que le salpicaban la calva, lo que le había producido a Hermógenes un instantáneo e irremediable gatillazo, preludio de una pertinaz impotencia de la que, hasta el momento, no había logrado recuperarse.

—La verdad nunca es malvada —responde Pavía a la pregunta que le ha formulado hace un momento la causante de sus desgracias.

—A otro perro con ese hueso, querido. De sobra sabes que no hay nada tan cruel como la verdad —responde ella, que tampoco ha olvidado aquel domingo poco glorioso—. ¿Dónde está nuestro amigo Martínez? —añade después, cambiando de tema—. Me pareció verle llegar, pero ha desaparecido. Quería interesarme por su próxima producción teatral, apuesto que no es tan dramática e histriónica como la que, me barrunto, nos tiene preparada Cayetana esta noche. Ah, mira tú, allí está. Que me aspen si no está departiendo con la negrita pinturera: muchas anfitrionas, al comienzo de sus fiestas, gustan de que sus caniches y guacamayos saluden a la concurrencia. Tana, en cambio, exhibe hija negra, original que es ella.

—¿La cacasena? —se interesa el escribidor, siempre alerta a recabar material inflamable para su *Impertinente*—. ¿Dónde está?

—Mírala allí, en camisón y bata y charlando con Martínez cuando debería estar soñando con los angelitos. ¿Qué tendrán que decirse esos dos?

* * *

—Perdone, señor...

—¿Qué quieres, niña? —se asombra Manuel Martínez al descubrir quién le ha tirado de la levita.

—Usted es el señor Martínez, ¿verdad? Me lo ha señalado Rafaela desde allá arriba, a través de los barrotes de la escalera. También me ha dicho que me prohibía bajar, pero me he escapado. Quería preguntarle una cosa.

—¿Qué, si puede saberse?

—Noticias de mi madre. La de verdad, me refiero. Por favor, señor, sólo usted sabe quién es. —Martínez parece confundido y Luz mira a su alrededor. Tiene que darse prisa antes de que la descubra Rafaela o, peor aún, Cayetana. Atropelladamente empieza a decir—: Por favor, se lo ruego, usted me trajo a esta casa, dígame dónde me encontró. Prometo que no se lo diré a nadie, se lo juro...

El hombre la mira. Es ella, claro, la criatura que le regaló a Cayetana años atrás. La misma que le había comprado a la viuda de García e hija de aquella mulata tan guapa. ¿Cómo diablos se llamaba? Daba la casualidad de que Amaranta no hace mucho le había hablado de ella diciéndole que había desaparecido sin dejar rastro, cosa que lamentaba porque era buena peluquera. Martínez no se había interesado por indagar más al respecto. ¿Por qué iba a hacerlo? La mulata y su hija no eran más que elegantes obsequios que había hecho en su momento a sus amigas y benefactoras. Lo mismo podía haberles regalado un gato persa o un tití, presentes también a la moda entonces. Después, se había desentendido del asunto, tenía otros temas de conversación más interesantes que tratar con ellas cuando coincidían en alguna parte, cosa que, lamentablemente, no ocurría ya con la frecuencia que él hubiera deseado. Le habían dicho que Cayetana se había encariñado mucho con la niña y que la trataba como a una hija. Extravagancias de ricos, piensa Martínez, ya no saben qué hacer para parecer originales. Sólo faltaba que la hiciera su heredera universal puesto que no tiene descendencia. Este último pensamiento hace que mire a la niña con inesperado interés. Una rica heredera. Una potencial mecenas para el futuro. A lo mejor valía la pena ganársela desde pequeña complaciéndola en lo que le pide. Pero no, menuda bobada. Es demasiado joven, pasarían años hasta que pudiera rentabilizar el favor que ahora le solicita. Además, a saber qué le habrá contado Cayetana a la niña de su pasado. Mejor no dar otra versión de los hechos y crear un problema. De ningún modo quiere disgustar a tan gran señora, mejor punto en boca, allá penas.

—No tengo ni la más remota idea de quién puede ser tu madre, niña —miente—. A lo mejor no lo sabes porque te has criado entre algodones, pero el mundo está lleno de niños a los que sus madres abandonan sin una lágrima y sin mirar atrás. Los dejan en los tornos de los conventos, en los bancos de las iglesias, hasta en los parques y en los basurales aparecen todos los días criaturas como tú.

—Pero el turbante en el que me envolvieron y el moisés de mimbre, señor, ¿de dónde los sacó?

—Y a mí qué me cuentas, no lo recuerdo. Y, por otro lado, tú tendrías que estarme eternamente agradecida. Fui yo —añade juntando virtuosamente la yema de los dedos— quien te arrancó de la miseria, yo quien te ha procurado una vida que ninguna negra puede siquiera soñar.

—¡Tesoro, pero qué haces aquí y descalza! ¡No puedo creer que hayas bajado sola! ¿Dónde está Rafaela?

Martínez se inclina profundamente ante Cayetana. Hacía al menos un par de años que no se veían. Desde los accidentados ensayo y estreno de *La señorita malcriada,* para ser exactos. Después, Cayetana se había desinteresado por completo del teatro. «Ligereza, tu nombre es mujer», cita Martínez a Shakespeare antes de decirse que bueno, que al menos lo ha convidado esa noche, lo que no deja de ser una buena señal. ¿Lo habrá hecho —se malicia el empresario—, precisamente, porque la mocosa ha empezado a hacer preguntas? «Imprudencia, tu nombre *también* es mujer», parafrasea ahora el empresario. ¿Qué tipo de rousseauniana modernez es esta de dar tantas explicaciones a los hijos, hablarles de igual a igual, dónde se ha visto semejante cosa? ¿Por qué en vez de tanto melindroso miramiento la duquesa no manda a su hija a dormir de un soplamocos, como haría cualquier buen cristiano?

—... Así que querías conocer al señor Martínez, tesoro, haberlo dicho, por supuesto que no estoy enfadada contigo, lo entiendo bien. Y tú, Martínez, cuéntale, dile lo que recuerdes de entonces, toda la verdad, nada de invenciones, mi niña anda desasosegada, y con pesadillas, me tiene preocupada.

El empresario le da vueltas al magín en busca de otra cita culta que resuma lo que piensa de la situación, pero no se le ocurre ninguna. De haberla tendría que rezar algo así como: «Los ricos son distintos de ti y de mí», pero nadie ha enunciado de momento tal pedazo de sabiduría. Por eso, lo único que se dice es: allá cada cual con sus cadaunadas. Si la duquesa quiere crear en su hija la inquietud de encontrar a su verdadera madre y meterse en quién sabe qué lío, es problema suyo.

—No es mucho lo que puedo decirle —comienza por tanto el empresario—. Como ya le conté a usía en su momento, la compra de la criatura fue una transacción perfectamente legal. Esta niña —dice posando cucufatamente la mano sobre la cabeza de Luz, que lo mira con atención— era propiedad de una rica viuda cubana, pero ha fallecido ya. —«Murió en el teatro por subirse al balcón de los envidiosos intentando emular a su merced», piensa por un momento añadir, pero se muerde la lengua. Mejor ahorrarse explicaciones, no sea que a la duquesa le dé mal fario recordar aquel malhadado «vuelo» sobre el escenario y, lagarto, lagarto, vuelva a condenarlo al olvido—. Una vez desaparecida la viuda, el rastro se pierde —dice Martínez midiendo sus palabras—. Tampoco sé qué fue de la madre de aquí la criatura. Se la regalé a la señora Amaranta, pero tengo entendido que huyó poco después de su palacio en Sevilla, usía puede confirmarlo con ella —explica Martínez, decidido a dar el asunto por concluido.

También Cayetana quiere dar por terminada la explicación.

—Vamos, mi sol, que vas a coger frío así descalza. Ya hablaremos de todo esto mañana. Da las buenas noches al señor Martínez.

* * *

—Buenas noches, Tana, siento llegar tarde, nos hemos entretenido más de la cuenta, me temo.

Los dos últimos invitados han sido recibidos con un general y súbito silencio. Manuel Godoy, Príncipe de la Paz, está acostumbrado a que las conversaciones cesen cuando él entra en los salones, pero esta vez han quedado suspensos también otros sonidos. Como el frufrú de las faldas femeninas o el tintinear de las copas. Hasta el cascabeleo de joyas, dijes y medallas parece haber enmudecido. «¡Qué osadía!», se asombran unos, «¡Qué imprudencia! —cavilan otros—. ¿Cómo se ha atrevido a traerla aquí? Pero ¿de veras es *ella*?».

—Quiero que seas la primera en conocerla, Tana —le dice Manuel—. Te presento a Pepita Tudó.

De algo han de servir tantos años de entrenamiento mundano, tanta lisura en esquivar situaciones incómodas, tanta práctica en tragar sapos sociales. A cualquier otra anfitriona se le habría ajado sin remedio la sonrisa indesmayable. No a Cayetana, que encuentra hasta divertida la situación. Cuando invitó a Godoy, en ningún momento se le ocurrió que, en vez de presentarse con María Teresa de Borbón, su prometida, aparecería con su amante. Pero aquí está ahora, la dulce, la hermosa, la jovencísima criatura de la que todos hablan últimamente. Cayetana intenta buscar algún dato más allá de la evidente perfección de sus hechuras y de rasgos angulosos, en los que reinan una nariz con carácter y unos bien dibujados labios. Por eso, para calibrar bien al personaje, se dedica a observar otros detalles, como su pelo muy negro arreglado de modo provinciano pero favorecedor, también su vestido. Éste parece elegido personalmente por Godoy, porque, siguiendo la última y muy admirada moda por los caballeros en Francia, las gasas de la prenda están húmedas con objeto de que silueteen a la perfección hasta los promontorios más íntimos de la anatomía de la muchacha. Un gran lazo de color rosa le ciñe la cintura mientras que un bolero de alamares negros completa el atuendo. «Confiemos en que no le dé un catarrazo de antología», se dice Cayetana, sabedora de que las pulmonías arrecian entre las bellas de París desde que se ha impuesto tal extravagancia, lo que, unido al pésimo clima de la capital francesa, ha dado con más de una en el camposanto. Es sólo después de ponderar todo lo anterior cuando Cayetana vuelve al rostro de Pepita para ver qué descubre en sus ojos y la respuesta es nada. Y no porque sean inexpresivos, al contrario, sino porque la muchacha, a pesar de ser poco más que una niña, parece haberlos velado deliberadamente para que no trasluzcan el más mínimo pensamiento. Chica lista, piensa Tana, tan joven y ya tan taimada. ¿Qué opinará de ella la Parmesana? ¿La conocerá? Seguro que no, pero su escuadrón volante le habrá hecho sin duda una descripción detallada del personaje. A Cayetana no se le escapa que, si la reina llega a enterarse de esta fiesta de hoy (y se enterará, es sólo cuestión de tiempo), pensará que ha sido ella, Cayetana, quien ha invitado a la Tudó como desafío a su persona. ¿Qué nueva maldad planeará entonces?

Pepa Osuna se alarma. «Estas situaciones siempre se acaban yendo de las manos», susurra, pero Cayetana la tranquiliza:

—No ha sido idea mía convidarla y, si los espías de nuestra querida Parmesana son tan sagaces como ella presume, así se lo harán saber, estoy segura. Además, se me está ocurriendo, ahora mismo mientras hablo contigo, una sorpresa de fin de fiesta para esta noche que hará que sus informadores cuenten lo que aquí ha acontecido punto por punto y sin saltarse una coma. Ya verás qué idea acabo de tener, memorable, te lo aseguro.

—Cuidado, duquesa, hay mucho pavo engolado suelto esta noche.

Cuando Fancho la llama de ese modo es porque está disgustado. O alarmado, que es peor.

—No sé a qué te refieres, Fancho —replica, dándole un cómplice golpecito con su abanico muy cerca del corazón.

—Sí que lo sabéis y haríais bien en precaveros. No sólo son de temer los espías de la reina. ¿Qué creéis que contará ese plumilla, ese cagatintas al que imprudentemente habéis invitado? Es obvio que también él dirá que esta «presentación en sociedad» de la señorita Tudó está auspiciada por vos para molestar a su majestad. O lo que es peor aún, para entorpecer sus planes de casar a Godoy con María Teresa.

—¿Qué te apuestas a que no? ¿Un beso? —ríe, dejando al pobre don Fancho más preocupado de lo que estaba antes.

La música y el *champagne* empiezan ya a ablandar corazones. El aperitivo se sirve en una de las estancias más alejadas de la biblioteca y Cayetana decide desplegar una estrategia social infalible: hacer que sus invitados beban lo más posible antes de ofrecerles nada sólido. Contraviniendo todas las convenciones, ella misma va de grupo en grupo rellenando las copas.

—¿... Habéis oído hablar de *monsieur* Clicquot? Es un bodeguero francés de la región de Reims que, según dicen, casó hace unos años con una jovencita muy avispada. Es a ella a la que se le ha ocurrido la feliz idea de hacer este *champagne* rosado que aquí veis. ¿A que es una delicia...? Vamos, toma un poco más, Charito, y tú también, Hermógenes, que *in vino veritas*, «En el vino está la verdad», ¿no es eso lo que dice el latinajo? Pues a ver si te aplicas el cuento... Y tú, Martínez, alegra esa cara, que si te portas bien, a lo mejor vuelvo a interesarme por el teatro. ¿Dónde se han metido mis amigos Costillares y Pedro Romero? ¡Míralos, pero si están ahí pegando la hebra como si fueran amigos del alma! «El milagro del *champagne rosé*» voy a llamar a este portento. Chica lista *madame* Clicquot, llegará lejos, ¿no lo crees así, Manuel...? ¿Y tú qué dices, querida? —le sonríe Cayetana ahora a Pepita Tudó, que apenas ha despegado los labios, a pesar de haberle aceptado una tercera copa—. Es lógico que te sientas un poco cohibida entre tanta gente nueva, ven conmigo, es hora de pasar a cenar, y tengo para ti el compañero de mesa ideal.

Acabada la copa de bienvenida, la cena en el gran comedor de Buenavista transcurre sin incidentes. El mantel es rosa empolvado, los platos verdes de Limoges y un extravagante arreglo de flores silvestres adornado con velas reina en el centro de la mesa como preludio de lo que Cayetana tiene preparado en la biblioteca para después de la cena. Ha distribuido a sus invitados de modo que todos se sientan cómodos con sus vecinos. Ella tendrá a Manuel Godoy a su derecha y a Osuna a su izquierda. A Pepita la ha situado al lado de Goya.

—Para que habléis de un futuro retrato tuyo, querida —eso les ha dicho—. Un cuerpo tan bello merece no uno sino dos *cuadros*. —«Uno con la modelo vestida y otro idéntico con ella desnuda», le dice en secreto a Goya, que refunfuña porque jamás le ha gustado que le manden lo que ha de hacer.

A continuación de Fancho ha sentado a la Tirana y al lado de ésta a Hermógenes Pavía. Cuenta con que la belleza y bulla de Charito sirvan para desleír en lo posible la vitriólica disposición del plumilla. Con Amaranta contaba para hacer de cortafuegos entre los dos toreros, pero parece que *madame* Clicquot le ha hecho ya buena parte del trabajo, mírenlos ahí, siguen charlando de sus cosas. A la derecha de Costillares ha sentado a Pepa

Osuna. ¿Será verdad esa hablilla que corre por la corte de que su muy sensata (y extraordinariamente discreta) amiga ha toreado al alimón en varias camas y con no pocos toreros? Cayetana piensa entonces en cierta conversación que ambas mantuvieron hace años en el Palacio Real. No recuerda el fraseo, pero sí la idea general de lo que le había dicho Pepa. Algo así como que, en cuestión de amantes y amoríos, era fundamental parafrasear aquel mandato bíblico que aconseja que la mano derecha no sepa lo que hace la izquierda... El último de sus invitados y el más taciturno es Manuel Martínez, pero Cayetana apenas le dedica un pensamiento.

La cena continúa con la complicidad del *champagne rosé*. Cayetana apenas necesita intervenir porque la conversación no decae en ningún momento. Tanto es así que incluso le da tiempo a observar otros detalles interesantes. Como el modo en que Goya mira a Pepita. —«Ay, este Fancho será sordo, pero desde luego el resto de sus sentidos, incluidos el del gusto y el tacto, le funcionan admirablemente». O cómo Pedro Romero intercambia con Amaranta lo que tiene toda la pinta de ser un *billet doux* o esquela galante. «Ahora ya sabemos dónde pondrá banderillas el de Ronda el próximo Domingo de Resurrección...». Y metidos en faena, tampoco pasan inadvertidos para Cayetana los golpecitos intencionados que el abanico de Pepa Osuna administra cada tanto en la mano y el antebrazo de Costillares. ¿Qué hubiera hecho su amiga si Godoy llega a presentarse sin previo aviso en su casa con su querida? La respuesta a esa pregunta es que tal situación es imposible que se produjera. Godoy jamás se habría atrevido a hacer tal cosa en otro lugar que no fuera en casa de Cayetana.

Mira ahora y de reojo el linfático y regordete perfil de Godoy. Qué poco queda del muchacho provinciano y algo azorado que tanto la había atraído años atrás. Si la cara es el espejo del alma, Godoy debería precaverse. Esas bolsas pronunciadas bajo los ojos, aquella carne aún sonrosada pero mórbida que ha conseguido sepultar, qué pena, uno de sus rasgos más encantadores, el delicioso hoyuelo de su mentón. Todos estos detalles hablan con demasiada elocuencia de vicios varios, de excesos, de grandes y pequeñas infamias. «El hombre más envidiado y odiado del reino no deja indiferente a nadie», piensa, viendo cómo los ojos de Godoy evitan los suyos al dirigirse a ella y cómo le tiembla imperceptible pero reiteradamente la mano izquierda. Aun así, a Cayetana le sorprende comprobar que siente afecto por él. Sí y siempre le tendrá ley, no sólo porque, detrás de la fea máscara de Príncipe de la Paz, asoma también el recuerdo del pequeño *flirt* que compartieron, sino por otro regalo muy preciado que, posiblemente, él jamás sospechará haberle hecho siquiera: permitirle descubrir cuánto amaba a José.

Cayetana deja entonces que la vista se le escape hacia dos cuadros de Goya que reinan en aquel comedor iluminado por mil bujías. A la derecha, su retrato vestida de blanco y con un brazo extendido que señala directamente hacia el segundo retrato. El de José, que sonríe apoyado en un piano mientras parece levantar la vista de la partitura de su amigo Haydn que lleva en la mano para mirar a todos los comensales allí reunidos. Sin que nadie se dé cuenta, Cayetana alza su copa hacia su marido y dice: «Mira lo que he preparado para nuestros invitados a continuación. Va por ti, José».

Capítulo 38

Un clavo quita otro clavo

Apunta ya el alba cuando Hermógenes Pavía mordisquea por enésima vez su pluma de ganso en busca de inspiración. Maldita *madame* Clicquot, maldito *champagne* rosado y gabacho. ¿Qué funesto efluvio produce tal caldo sobre su otrora preclaro magín? ¿Desde cuándo se le resiste tanto escribir una de sus crónicas para *El Impertinente*?

Hace un frío que pela en el altillo que le sirve de hogar, cucarachas campan por sus respetos y un ¡clac! más un chillido indican que una rata acaba de caer en la trampa con queso rancio que acostumbra a colocar cerca de su cama para combatir el asedio de tan inmundas criaturas. Aun así, ni el frío ni las cucarachas ni menos aún los roedores han entorpecido jamás su labor de escriba. Al contrario, vivir en ambiente tan austero, por no decir miserable, agudiza su ingenio. Él no es como otros cagatintas. Él no se vende, él es incorruptible. Tanto o más que el gran Robespierre, su ídolo y modelo, a quien la diosa Razón tenga en su seno. Mientras fue el hombre más poderoso y temido de Francia y hasta el último de sus días vivió aquel prohombre en el cuartucho de una pensión bajo el escrutinio de sus caseros que lo vigilaban como a su dios y figura sagrada. ¿Y cuál había sido el único adorno, la sola fruslería, que se permitió en tan humilde habitáculo mientras se dedicaba a dictar sentencias de muerte a troche y moche (todas muy merecidas, huelga decir)? La presencia sobre las húmedas paredes de media docena de retratos de su persona en distintas poses y actitudes. Robespierre hablando en la Asamblea Nacional; Robespierre firmando la sentencia de muerte de Luis Capeto; Robespierre enardeciendo a las masas... ¿Adoración desmesurada de sí mismo, quizá? ¡No y mil veces no! Lo hacía con objeto de multiplicar su mirada crítica, tenaz, sagaz. La misma, o al menos similar, a la que lo observa a él en ese instante desde los muros de su monacal cuartucho. Porque también Hermógenes Pavía se había hecho inmortalizar por diversos pintores y artistas de renombre en media docena de retratos (¿qué mejor uso dar si no a las dádivas interesadas y corruptas que le llovían casi a diario?). Por eso ahora lo contemplaban asombrados —y también preocupados— esos ojillos avizores con los que la naturaleza lo había dotado, inmortalizados en un óleo de Bayeu; los mismos un poco más taimados desde un carboncillo de Folch de Cardona y hasta desde un apunte a mano alzada del mismísimo Goya, que es, entre todos los retratos que lo escrutan, el que presenta mayor severidad y circunspección como queriendo decir: «¿Pero qué demóstenes te pasa, Hermógenes Pavía? Vamos, deja de mordisquear la pluma y termina tu crónica de una vez».

El arranque había ido bien. No tuvo mayor dificultad en relatar para sus lectores la llegada al palacio de Buenavista y sus primeras impresiones del lugar. También le había quedado de guinda su relato del agasajo inicial con la duquesa ocupándose de rellenar personal y reiteradamente las copas de sus invitados (como si fuera una fámula de cantina, una alegre tonelera, vaya desfachatez, había sido su comentario). Asimismo, su pluma había corrido veloz sobre el papel mientras refería diversas incidencias de la cena, como, por ejemplo, las miradas lúbricas que había logrado interceptar entre el maestro Costillares y la de Osuna. O cierto retazo de conversación oído al vuelo entre Goya y Pepita Tudó («... Manuel tiene mucho empeño en que me retrate usted sin ropa —le había dicho la mantenida de Godoy al maestro de Fuendetodos—, pero a mí me azara no sabe usted hasta qué extremo...». A lo que Goya —siempre según el finísimo oído de don Hermógenes— había respondido: «Descuide usted, señorita, yo apenas reparo si la modelo va vestida o desnuda; cuando uno pinta, lo mismo da tener delante un culo que un jarrón chino, se lo aseguro».

Mención aparte merecía la lectura que el plumilla había hecho de las actitudes del Príncipe de la Paz y Cayetana mientras departían. Para hacer honor a la verdad, habría que decir que lo único que detectó fue la pequeña complicidad de dos que han compartido intimidades y luego elegido recordarse con cariño. ¿Pero quién quiere oír tan tediosa verdad? Si la realidad no se ajusta a mis deseos, peor para la realidad, he aquí el primer mandamiento de la ley de Hermógenes Pavía, de modo que, al transcribir la escena para sus lectores, se entretuvo en salpimentar y emperejilar bien la situación. ¡Qué veloz corría su pluma! Cuán lábil se deslizaba sobre el papel inventando miradas pícaras, carcajadas cómplices y golpecitos afectuosos con el abanico. Y sobre todo, qué verosímil y real como la vida misma le había quedado un párrafo en el que narraba cómo él, dejando caer su servilleta de fino hilo, había aprovechado para agacharse y observar bajo la mesa cómo supuestamente la mano de Godoy incursionaba falda arriba por la anatomía de la duquesa buscando el secreto e íntimo santuario mientras que, de cintura para arriba, ambos fingían charlar muy aburridamente con el otro comensal que le había tocado como vecino. «Cuerpo de pasión y cara de martirio», fue la frase con la que don Hermógenes acababa la descripción de la supuesta y falsa escena.

A partir de ese momento, sin embargo, su hermosa pluma de ganso con punta de oro —regalo interesado de otro mindundi que pretendía comprar sus favores, vana pretensión— se había detenido para siempre. ¿Por qué le costaba tanto continuar? Es cierto que el *champagne* rosado se le había convertido en mortal jaqueca, pero aquello no justificaba tan extraña parálisis. «Vamos, Hermógenes, estrújate las meninges, te queda aún por relatar la parte más interesante de la velada. Maldita resaca, maldita migraña, maldito clavo taladrándome las entendederas».

Lo peor del asunto es que resulta absolutamente perentorio que acabe de escribir su crónica antes de que nazca el día. Mañana sin falta tiene que estar en manos de sus lectores. Si no, corre el riesgo de que otro se le adelante y salga con la primicia. «Templa, Hermógenes. ¿Quién podría hacerlo si apenas éramos un ramillete de invitados los allí presentes y yo el único hombre de letras?», se pregunta el escribidor y él mismo se responde: «Esa rata de Martínez, tontolaba, ¿quién si no?». Hace un par de semanas que Hermógenes Pavía se barrunta que un sucio pasquín que causa furor de un tiempo a esta parte entre los lectores ávidos de noticias sobre la vida ajena, y que le está mojando peligrosamente la oreja a *El impertinente,* es obra de ese malaje. ¿No tendrá bastante con producir abominables obras de teatro que tiene que intentar robarle el pan a quien se lo gana honradamente? ¿Tan necesitado de cuartos está ese raspamonedas que ha de meterse a juntapalabras y cagatintas? *El Clarividente,* así se llama aquel detritus de chismes de alcoba, de aristocráticos escándalos y comidillas infames. Y lo triste —y lamentablemente cierto— es que está siempre muy bien informado, por eso no puede permitir que le gane la mano esta vez. «El que da primero da dos veces, Hermógenes Pavía, así que átate los machos, disipa ahora mismo esa jaqueca», se ordena recordando con muy poco cariño a *madame* Clicquot, a la que rencorosamente desea que se rompa la crisma. O no, mejor aún, que se quede viuda a la mayor brevedad para que, sin el amparo de un hombre, se arruinen ella y su malhadada bodega de *champagne* rosado. ¿Porque quién compraría unos caldos que se llamen Veuve Clicquot? Nadie.

El escribidor moja la pluma en el tintero y la escurre con parsimonia contra los bordes. Habitualmente, el gesto tiene la taumatúrgica virtud de convocar a las musas. Pero éstas deben de andar de fiestas bacantes porque su cabeza sigue tan espesa y algodonosa como antes.

Está bien. Hermógenes Pavía no desea recurrir a medidas drásticas, pero se ve que no va a tener más remedio. El escribidor se pone de pie y, diciéndose a la guerra como a la guerra y un clavo saca otro clavo, se dirige a un viejo aparador, uno de los pocos muebles que hay en la casa. Abre sus dos puertas y se enfrenta a lo que hay en su interior, tres o cuatro platos desportillados y otros tantos maltrechos tazones. Con cuidado los deja en el suelo. Presiona entonces un escondido botón que hay a su derecha y de inmediato se desliza lateralmente el fondo del mueble descubriendo una cámara secreta. Pagarés, papel moneda y todo un tesoro de Alí Babá en monedas de oro, plata, así como una buena colección de joyas y piedras preciosas lanzan sus coloridos destellos sobre la cara del plumilla. Él los ignora por completo. Quita, quita, le dice a un hermoso par de candelabros de oro regalo de una viuda rica en pago por no publicar cierta carta que relacionaba a su difunto marido con un monaguillo tierno como un querubín. Cuánto trasto inútil salmodia el incorruptible apartando todo aquello que él llama el precio de su discreción. Y por fin encuentra lo que andaba buscando. Alta, esbelta y hermosísima, he aquí su Hada Verde. Hermógenes Pavía la coge por el cuello y el líquido esmeralda de esa botella, que atesora sólo para las peores emergencias, reluce ante sus ojos. El plumilla se pregunta entonces si su alma gemela, Maximilien de Robespierre, conocería también las bondades de la absenta. Seguro que sí, al fin y al cabo, la receta de su inventor, Pierre Ordinaire, a quien artistas e intelectuales deberían erigir monumento, es de 1792, un par de años antes de que él muriera. Fue un bodeguero vasco, al que Hermógenes hizo la merced de enterrar cierto documento que lo vinculaba con la conjura de Malaspina, quien se la regaló. Junto con otros obsequios de más valor, como un anillo de rubíes que hay por ahí o aquel reloj con leontina de oro. «Pero qué son esas baratijas comparadas contigo —le dice el escribidor a su botella—. Ellos, vil metal, tú, mi salvación».

Hermógenes Pavía llena un buen vaso del viscoso líquido. Sabe que es perentorio no sobrepasar la dosis. Una vez se le fue la mano y estuvo viendo ratas azules con lunares y camellos voladores durante días. Así, muy bien, ni una gota más, el Hada Verde es generosa y a la vez temible. Ya nota cómo se desliza gaznate abajo, qué suave, qué cálida, qué misericordiosa. Ahora lo único que tiene que hacer es volver a su mesa de trabajo, mojar nuevamente la pluma en el tintero y esperar a las musas. ¡Oh, sí! Aquí vienen todas ellas y en tropel, tranquilas, bonitas, no os amontonéis, hay lugar para todas, vamos, vamos, un poco de orden, y Hermógenes Pavía posa la punta de su pluma sobre el papel y observa cómo ésta empieza a escribir, igual que si tuviera vida propia.

Capítulo 39

EL IMPERTINENTE

El diario más sagaz para el lector más curioso

LA DUQUESA PIRÓMANA

... Según ha podido saber este *Impertinente* de fuentes muy bien informadas, una vez acabada la cena, llegó el mejor momento de la noche. ¿Creerán ustedes si les digo que la fiesta más elegante que se ha dado en Madrid en los últimos meses continuó entre las cenizas y los restos de un incendio? El nombre de Su Majestad la reina y su más que posible vinculación con el luctuoso hecho estaba en labios de todos, pero, por supuesto, no asomó en ninguno de ellos. Al menos de momento. La duquesa invitó a sus huéspedes a visitar la biblioteca. «O lo que queda de ella», dijo con una sarcástica carcajada mientras les abría las puertas. Tenga el sagaz lector a partir de este momento la gentileza de usar sus muchas dotes de imaginación para dar forma a la siguiente estampa. Dicen quienes la conocieron en todo su esplendor que la biblioteca del palacio de Buenavista era una de las más notables de Europa. No sólo por el número de volúmenes únicos, pergaminos, mapas y documentos valiosísimos que atesoraba, sino por las exóticas maderas de sus paredes y librerías, en las que convivían el ébano con el amaranto, el cedro con la caoba o el cerezo con el palo de rosa taraceados todos en feliz armonía. De tanta belleza sólo quedan ahora las quemadas estanterías que se alzan como retorcidos esqueletos fantasmagóricos. También una escalerilla de mano y tres sillas chamuscadas que recuerdan mucho a esos infelices habitantes de Pompeya sorprendidos por la lava en sus tareas cotidianas que acaban de descubrir hace unos años a las faldas del Vesubio. Sobre este panorama desolador, que espero mis sagaces lectores hayan recreado en sus siempre imaginativas mentes, la duquesa de Alba había preparado para sus invitados una sorpresa.

—¿Qué os parece mi jardín? —dijo a sus azorados huéspedes—. Seguro que la Parmesana, que es tan ignorante, no sabe que la ceniza es el mejor abono para las plantas exóticas. Mirad si no en qué se ha convertido nuestra devastada biblioteca. Donde antes había manuscritos de Pico della Mirandola ahora brotan liliums, orquídeas y hasta nardos; allí donde guardábamos las cartas de mi antepasado el conde-duque de Olivares, reinan las hortensias y los crisantemos. ¿Y qué os parecen estos nenúfares que sustituyen a tantos mapas y cartas marinas? Mirad también qué hermosas rosas púrpura han brotado espontáneamente entre las carpetas que antes atesoraban unos dibujos de Leonardo da Vinci; nadie puede decir que lo actual no es tanto o más bello que lo que antes había.

En efecto, el espectáculo era extraordinario. Los informantes de este *Impertinente* hablan y no paran de cómo aquellos oscuros esqueletos que en su día fueron estantes repletos de joyas bibliográficas atesoran ahora flores y enredaderas, entre las que asoman, por lo visto, bayas silvestres, setas multicolores y hasta mariposas que agitaban sus alas sobre tan colorido tapiz. El cuadro se completaba con dos pavos reales que deambulaban por aquel nunca visto vergel con aire majestuoso con sus colas desplegadas para delicia de los presentes.

El que más asombrado estaba con tal puesta en escena era sin duda Goya, que iba y venía observándolo todo. «Buen golpe de efecto —se le oyó decir en un aparte a la duquesa—. ¿Cuánto os ha costado este jardín de las delicias? Seguro que algún alma caritativa se ocupará en breve de hacerle un pormenorizado informe a nuestra señora la Reina contando en qué habéis convertido su... su pequeña llamada de atención, digamos. Noticias de este bosque encantado correrán mañana por todos los mentideros». «Aún no has visto nada, Fancho —fue la respuesta de la dama—. Espera, porque aún falta la traca final, ya sabes cuánto me gustan las fallas».

Nunca más certera la metáfora valenciana, porque ¿qué cree el sagaz lector que hizo la de Alba a continuación? Cuando ya todos habían admirado a placer tan particular decorado y algunos hablaban de poner fin a la velada, la dama se dirigió al otro extremo de la biblioteca, a la parte menos afectada por el fuego. Este *Impertinente* pide disculpas por no haber mencionado con antelación que la zona norte de la estancia había quedado casi incólume. Tanto es así, que incluso sobrevivía indemne la cortina de una de las ventanas. Fue hacia ese lugar donde la de Alba se dirigió, no sin antes convocar en torno a ella al resto de la concurrencia. «Un momento —dijo—, antes de que os marchéis, quiero que seáis testigos de un pequeño servicio que voy a rendir a Su Majestad la Reina».

«Tana, querida —fue el comentario de la siempre sensata duquesa de Osuna—. Es ya muy tarde, mejor dejamos el fin de fiesta que anuncias para mejor ocasión». «De ninguna manera», le respondió su amiga, justo antes de embarcarse en el siguiente parlamento que este *Impertinente* está en condición de relatar casi *verbatim*:

«Majestad —comenzó diciendo como si se dirigiera directamente a la Reina—, dada la más que probada diligencia de vuestros espías e informantes, mañana, o todo lo más pasado, os llegarán noticias de la cena celebrada esta noche aquí. Os contarán qué comimos, qué bebimos, os harán una somera descripción del aspecto de los salones, en especial de esta biblioteca que habéis tenido a bien distinguir con vuestro afecto tan caluroso —añadió, enfatizando cómicamente esta última palabra—. Como es lógico, también os darán a conocer la lista de invitados, lo que hará que al leerla se os atragante el mañanero chocolate a la taza con el que en vano intentáis endulzaros. ¡La de Alba de nuevo haciendo de las suyas!, exclamaréis sin duda al ver que junto al nombre del Príncipe de la Paz no figura el de la mujer que para él habéis elegido, sino otro muy distinto. ¡Cómo se atreve a invitar a esa mujer!, diréis al saber de la presencia (muy agradable, dicho sea de paso) de Pepita Tudó. Bien, señora, como nada que yo haga o diga, ni tampoco nada que digan o hagan vuestros espías, logrará convenceros de que esta invitación no fue premeditada, me he permitido adelantarme a vuestros afanes con respecto a mi persona».

En este momento, la dama en cuestión, y para asombro de todos los presentes, tomó uno de los muchos y bellos candelabros que por ahí había y, con él en la mano, acercó la llama de sus bujías a la tela de la antes mencionada cortina, que comenzó a arder como lo que era, la más fina e inflamable de las sedas.

«¡Qué hacéis!», fue el grito unánime de todas las gargantas.

«¿No lo veis? Ahorrarle trabajo a la Parmesana —retrucó la anfitriona antes de añadir—: Así no hará falta que me mande a esos chapuceros pirómanos suyos». Reía viendo cómo se consumía retorciéndose hasta desaparecer el único elemento sobreviviente del incendio anterior.

Este *Impertinente* se hace cruces al relatar a sus lectores tal desatino. Extravagancia, frivolidad y esperpento. ¿Es esto lo que llamamos aristocracia? Sócrates, Platón y Aristóteles se volverían a morir, pero de cólico miserere, si llegan a enterarse de que lo que comúnmente se llama un aristócrata, es decir, alguien perteneciente al grupo de personas que destacan entre otros por su excelencia (¿acaso no es ésa la etimología de vocablo tan mancillado?), sirve ahora para denominar a individuas que se permiten conducta semej...

Hasta aquí llegó la filípica de Hermógenes Pavía. Pasado el primer y espectacular efecto del Hada Verde, como muñeco al que se le acaba la cuerda, el plumilla quedó dormido como un pedrusco sobre los folios que estaba escribiendo. Peor aún, su cabeza, antes de posarse, tuvo la mala fortuna de caer sobre el tintero derramando sobre el texto su contenido. Una mancha negra y casi tan viscosa como la absenta se extendió rápidamente sobre el papel mientras que los pocos pelos de Hermógenes Pavía se ocupaban de emborronarlo aún más. Como si Sócrates, Platón y otros moradores del Parnaso tuvieran un raro sentido del humor, sólo una palabra sobrevivió al desastre, la misma que el plumilla estaba glosando cuando cayó en brazos de Morfeo: «Aristocracia».

Capítulo 40

Para Elisa

Trinidad aún se pregunta cómo ha podido tener tanta suerte. Un día después de desembarcar de *La Deleitosa* duerme en sábanas de lino con un bonito camisón de encajes y arrullada por los grillos de los jardines del Gran Hotel Belmond. Si aquel ya lejano día en que consultó a los *orishás* junto a Celeste y el Gran Damián éstos le hubieran profetizado que la primera noche en Funchal la pasaría de este modo, mucho se habría maliciado sobre la razón de tanto lujo. Un hombre, un amante, un amo, ésa le hubiera parecido la única explicación plausible. Un engaño más de los *orishás.* Sin embargo, y esta vez para bien, nada más lejos de la verdadera explicación. Si Trinidad duerme entre linos y puntillas es porque ha encontrado trabajo y muy ventajoso además. «Psss, sí, tú, morena, a ti te hablo, ven, acércate, no temas». Con estas palabras había entrado en su vida la señorita Elisa de la Cruz Malacang, natural de las islas Filipinas, de profesión sus labores (y qué interesantes labores), con cuerpo de niña pero ojos de raposa.

El desembarco de *La Deleitosa* había sido tan caótico como lo eran todos entonces. El puerto bullía de gente que aguardaba la llegada de las naves para ofrecer a los pasajeros sus servicios, maleteros, mozos de cuerda, vendedores de baratijas, conductores de carruajes, dueños de pensiones y fondas, también de trapicheros dispuestos a comprar a la tripulación y a la marinería los objetos que traían de la Península. Había luego los que esperaban mercancías, paquetes, encomiendas, cartas, y todos gritaban propiciando un ambiente bullanguero y anárquico perfecto para los intereses de Trinidad. Conocedora de cómo eran estos momentos de confusión en otros puertos, se propuso no perder ni un minuto en escapar de los señores de Santolín. Si se escabullía pronto, doña Tecla pensaría que estaba aún en la nave con don Justo, don Justo que estaba ya en tierra con doña Tecla o corriendo detrás de Colibrí y, para cuando quisieran darse cuenta, ella, sin más equipaje que cuatro trapos metidos en un hatillo, habría desaparecido engullida por aquella pleamar de gente que se movía y fluctuaba alrededor del barco. Lo último que vio antes de echar a correr fue a don Justo que la miraba desde cubierta. Ni una voz, ni un grito de alarma dio, sólo un suspiro —¿de alivio, quizás?— al ver cómo se alejaba entre el hervidero humano la causa de sus tormentos. Aun así, continuó corriendo con todas sus fuerzas. Necesitaba llegar lejos, fuera, más allá del muelle, y no se detuvo hasta alcanzar media docena de galpones que se levantaban en las postrimerías del puerto. Únicamente entonces se permitió parar a recuperar el aliento. Hacía mucho calor, las faldas se le pegaban a las piernas impidiéndole continuar, y entonces reparó en él. Se trataba de un muchacho de unos once o doce años. Vestía al modo del lugar. Bombachos blancos más bien cortos, camisa del mismo color con faja escarlata y en la cabeza un extraño bonete en forma de embudo. «*Shelter, miss?*», preguntó y, al ver que no hablaba inglés, que era la lengua que más sonaba en aquel puerto, probó con el *portuñol*: «¿Precisa refugio, *senhorita*?».

Trinidad asintió con la cabeza y pocos minutos más tarde entraba en un mundo nuevo. En el de los parias de puerto, aquellos que se arraciman alrededor de los muelles esperando embarcar hacia las Américas. Y los había de todos los colores. Blancos, negros, rubios, pelirrojos, también chinos u orientales, que fue junto a quienes decidió acomodarse porque le parecieron los menos amenazantes. Tomó asiento tratando de poner en claro sus ideas y en esas estaba cuando se le acercó una dama que apenas levantaba unos cuantos palmos del suelo, tan bajita y menuda que Trinidad pensó que era una niña maquillada y vestida para aparentar mayor. Una voz profunda y unos ojos filipinos y sabios desdecían, sin embargo, tal eventualidad.

—¿Buscas trabajo, muchacha? —preguntó mientras hacía girar sobre su hombro una sombrillita de encaje tan pequeña como su persona.

Trinidad tardó en contestarle, imaginó que no se dirigía a ella, sino a otras personas que tenía alrededor.

—No, no, es a ti, morena —insistió la recién llegada, con un acento oriental que no sólo convertía todas las efes en pés y las erres en eles, sino que hacía que concluyan no pocas palabras en «ng»—: Sí, tú, *muchachang*, ponte de pie, necesito *velteng* —dijo, con el tono de quien está acostumbrada a que la obedezcan sin rechistar.

Trinidad imaginó que aquel galpón de puerto posiblemente fuera un lugar al que acudían patronos en busca de mano de obra barata y desesperada para los trabajos duros y mal pagados. Mineros, buceadores, poceros y también —o tal vez habría que decir sobre todo— esclavos sexuales, calientacamas, putas... De hecho, cuando después de intercambiar un par de palabras con la señorita, ésta la conminó a que la siguiera, se imaginó que tal iba a ser su destino y resignada estaba ya a pagar el precio. Pero no. Los *orishás*, que tantas veces se habían hecho los sordos cuando los invocaba, debían de estar de excelente humor aquella mañana, a juzgar por la propuesta que le iba a hacer la dama en cuestión. Pero antes de explicitar nada, caminaron un buen trecho sin apenas cruzar palabra. La señorita Elisa bajo su bonita sombrilla de encaje, ella recibiendo los rayos del sol de Funchal que poco tenían que envidiar a los de su tierra cubana. «Vamos, morena, que casi hemos llegado. Aquí es donde me alojo. ¿Qué te parece el Gran Hotel Belmond?».

¿Y qué habría de parecerle aquel edificio alto y blanco, con su veranda de madera al estilo colonial inglés y sus muros recubiertos de flores trepadoras? Un sueño, después de pensar que pasaría sus noches en la calle y mendigando. Si la señorita Elisa era una madama como imaginaba, debía de serlo de postín, se dijo mientras la seguía, siempre a dos pasos de distancia, primero al entrar en el hotel (asegurándose de que nadie las viera) y luego al dirigirse a las habitaciones. No fue hasta que estuvieron dentro y con la puerta bien cerrada cuando comenzó a desgranar los planes que tenía para ella y lo hizo en estos términos:

—¿Has visto que he esperado a que no hubiera moros en la costa para que entraras? —preguntó con su particular acento.

—Sí, señora, lo he visto.

—Pues ya no lo verás.

—¿Cómo dice, su merced?

—Que ya no lo verás más —repitió ella—, porque después de que te equipe adecuadamente, sólo nos moveremos por los salones más distinguidos.

—Nos moveremos...

—Cada una en su papel, naturalmente. ¿Cómo te llamas?

—Trinidad, señora.

—Pues a partir de ahora te llamas Anahí.

—¿Anahí?

—Es un nombre que me ha traído suerte y no pienso cambiarlo sólo porque haya tenido una pequeña crisis laboral, digamos.

La señorita Elisa explicó a continuación que, desde que estaba en este negocio, todas sus ayudantas eran conocidas por ese nombre.

—Mis clientes detestan los cambios. O mejor dicho, sólo les gustan en una esfera muy específica de nuestra relación profesional —añadió, señalando con un vaivén de una mano lindamente manicurada un cofre color lacre que había cerca de la ventana.

—¿Me podría explicar usía qué es lo que espera de mí? —se atrevió Trinidad a preguntar.

—¿Tú sabes lo que es un marco?

—¿Como lo que tienen los retratos y cuadros de postín? —aventuró, pensando que acababa de decir una tontería.

—Chica lista, exactamente eso —apostilló la señorita Elisa, estudiándola con sus ojos de almendra como si quisiera penetrar en sus más recónditos pensamientos—. Toda pintura requiere un marco. Si es de escasa calidad, le da prestancia, pero si es buena, directamente la convierte en obra de arte. ¿Comprendes ahora?

—No demasiado. ¿Qué es lo que tengo que hacer?

—Nada y todo. Nada porque el trabajo lo hago yo y todo porque tendrás que estar siempre conmigo. Eso es lo que hace un buen marco. Lo malo es que algunos de ellos (algunas, debería decir) con el tiempo se creen que, en vez de un simple trozo de madera, son la obra de arte que recuadran y entonces la cagan. —La *cagang* había pronunciado muy poco primorosamente la señorita Elisa antes de achinar los ojos y continuar—: Es lo que pasó con mi anterior Anahí y también con la anterior a ella. Todas acaban cometiendo el mismo error, sobre todo cuando empiezan a familiarizarse con el contenido de éste —añadió, señalando una vez más en dirección al cofre rojo—. Por eso necesito que respondas a unas cuantas y simples preguntas antes de saber si me sirves o no como Anahí. ¿Hay un hombre en tu vida?

—Lo hubo, pero ya no lo hay.

—¿Te dejó él, lo dejaste tú, murió acaso?

Trinidad no sabía cuál era la respuesta que preferiría recibir la señorita, pero pensó que era mejor decir la verdad aun a riesgo de perder el empleo. Por eso le contó todo lo que había que saber sobre Juan y la razón que la había llevado hasta Madeira.

—¡Perfecto! —dictaminó la diminuta dama encendiendo un largo y finísimo cigarro con boquilla dorada—. La situación ideal para mí. En busca de un hombre al que no ves desde hace años, enamorada de un recuerdo, de una quimera imposible, inmejorable situación personal.

—¿Piensa usía que no lo voy a encontrar?

La señorita se encogió de hombros.

—No. O tal vez sí, pero cuando lo encuentres descubrirás que no es lo que buscas, nunca lo es —añadió con sabiduría milenaria—. En cualquier caso, me gusta que no me hayas mentido, eso ya dice mucho en tu favor. ¿Estás preparada para convertirte en la perfecta Anahí?

Acto seguido, la señorita había abierto un gran armario de dos cuerpos. Del lado izquierdo, colgaban prendas de su pequeño tamaño, del otro, varias que Trinidad pronto comprobaría que le quedaban como un guante.

—Es una precaución mínima —explicó mientras se subía a una escalerita para alcanzar la primera prenda del lado derecho—. Elijo a mis Anahís todas de la misma talla y altura, se ahorra una muchos cuartos en vestuario. Pruébate esto y esto y esto también...

Minutos más tarde aparecía en el espejo, y ante los asombrados ojos de Trinidad, su nuevo uniforme de trabajo. Le agradó ver que su aspecto se parecía mucho al que llevaba en Cuba para las ocasiones. Falda blanca y amplia de batista, corpiño ceñido y, debajo de él, una bonita blusa criolla que le dejaba los hombros al aire. Completaba el atuendo un turbante de colores y unos zapatos escarlata bastante incongruentes con el resto de las prendas.

—Distintivo de la casa, querida, mis clientes son muy particulares cuando se trata de un lindo pie.

Trinidad tardaría aún un poco más en entender en qué consistía su nuevo trabajo y cuál era exactamente el oficio de la señorita Elisa.

Al menos durante un par de días, ésta se había dedicado a lo que ella llamaba «sembrar y esperar» y que se traducía, simplemente, en salir a pasear juntas por la ciudad. A la caída de la tarde, aquella eterna adolescente se ponía uno de sus lindos vestidos de colegiala en día de fiesta, se maquillaba del modo más discreto pero original y luego, protegida por su sombrilla —y siempre con Trinidad dos pasos detrás de ella—, recorría las calles principales de Funchal haciendo como que se interesaba muchísimo por los escaparates de los comercios, sobre todo de las joyerías. Por las noches, la función de Trinidad consistía en bajar a la terraza del hotel con ella. La señorita se sentaba en la mesa más visible desde la calle y ahí pasaba horas degustando un enorme batido de vainilla con aire entre perverso e inocente, como si aguardase la llegada de alguien muy especial. De Trinidad se esperaba que se ocupase de pequeñas pero constantes encomiendas que debía realizar al vuelo y coronar siempre con una reverencia (ni muy rápida ni muy lenta, ni muy profunda ni tampoco trivial, ésas eran las instrucciones), mientras que las peticiones variaban entre: «Tráeme un pañuelo», «Pídeme unos picatostes», «Avisa al camarero» o «Mira si ha llegado alguna carta para mí...». Ni en sus paseos por la ciudad ni tampoco durante sus refrigerios en la terraza se les acercó nadie jamás, pero Trinidad pronto iba a comprender qué significaba aquello de «sembrar». Al tercer día empezaron a aparecer los primeros ramos de flores que la diminuta dama iba colocando en riguroso orden de llegada fuera, en el balcón. «Está al caer "rosas rojas con acompañamiento de claveles"», anunciaba de pronto y eso quería decir que había que traer de la terraza el ramo en cuestión porque pronto aparecería por la puerta su remitente. «Rosas rojas con acompañamiento de claveles» resultó ser un caballero inglés de unos cincuenta años que sudaba mucho, por lo que los largos pelos que artísticamente entretejía sobre su calva a modo de ensaimada lucían lánguidos y mustios cuando Trinidad le abrió la puerta.

—*Good evening,* Anahí —saludó, alargándole su bastón y también el sombrero que llevaba en la mano. A continuación, le hizo entrega además de un sobre con sólo dos palabras: «Para Elisa».

Trinidad tenía instrucciones de no franquear la entrada a nadie a menos que le dieran tal contraseña. Sólo después de oír «Para Elisa», debía hacer una pequeña reverencia (de idénticas características a las de la terraza), preguntar al caballero si sus preferencias incluían o no «el cofre» y, con esta información, ir a la habitación de al lado. Allí, vestidita como para jugar al aro o salir de paseo, pero entregada a alguna infantil tarea, repasar las tablas de multiplicar, por ejemplo, o dibujar aplicadamente algo con compás y cartabón, aguardaba la señorita. A veces no había ningún otro elemento digno de mención en su puesta en escena. Otras, en cambio, añadía al decorado una pequeña y hermosa tina de baño en bronce que se hacía traer previamente por los empleados del hotel. «Gracias, Anahí, haz pasar al caballero y luego cierra la puerta». «*Bien* cerrada», solía precisar, lo que hacía que Trinidad sintiera cada vez más curiosidad por saber qué pasaba allá adentro. Por fin se decidió a hacer algunas indiscretas indagaciones. Fue el día en que un enorme ramo de orquídeas rodeadas de alhelíes anticipó la presencia de un holandés rubio como la cerveza y grande como un armario que se quedó clavado en la puerta mientras miraba alternativamente a la bañera y luego a la señorita, que, con un gracioso vestido azul con cuello de marinerito y sin reparar en su presencia, leía un cuento de hadas. El ojo de la cerradura era lo suficientemente chivato como para que Trinidad se hiciera una idea de en qué consistían las actividades de su nueva ama. «¡Desnúdate! —oyó que ordenaba la bella a su visitante—. ¡No aquí, allá, en tu sitio, detrás de la cortina de la ventana!». Aquel hombretón obedecía como un perrito. «¿Estás listo?», preguntó, y cuando él, con una voz que más parecía un jadeo respondió que sí, la señorita Elisa cerró su libro y se puso a recoger todos los útiles escolares que había diseminados por ahí y que eran muchos. Iba y venía por el dormitorio tarareando una infantil canción. Guardó primero el compás y los cartabones y lo hizo en uno de los cajones inferiores del armario, lo que, al agacharse, dejó ver por detrás unos deliciosos pololos con puntillas. Hizo otro tanto con el cuaderno de dibujo y las acuarelas, sólo que esta vez hubo de subirse a una escalerita para depositarlos en un estante muy elevado. «¡Qué calor!», suspiró terminada la faena sentándose en una silla próxima con las piernas abiertas, mientras se abanicaba. Para entonces la cortina rilaba visiblemente, pero la señorita Elisa parecía haber olvidado la presencia del holandés enorme. Poco a poco empezó a desnudarse. De pie ante el espejo se quitó primero el blusón de marinerita. Procedió luego a despojarse de una camisa interior muy linda con lazos celestes que pronto dejó al descubierto su torso de ninfa en el que reinaba un pecho infantil e insolentemente inhiesto que apuntaba a la temblona cortina rozándola suavemente. Fue sólo un segundo, porque enseguida la señorita se alejó de allí. Siempre tarareando la misma nana, procedió a deshacerse de la falda. Aquí estaban ahora sus lindos pololos en todo su esplendor así como un par de medias de seda. Trinidad quería dejar de mirar, incluso se separó del ojo de la cerradura, pero aquella inocente canción que subía de volumen la hizo regresar a la bocallave. Ahora, por toda vestimenta, la señorita Elisa llevaba un par de zapatitos rojos que comenzó a desabrochar de espaldas a la cortina pecadora. Una vez desnuda, se metió en el agua. Seguía tarareando su canción mientras se aseaba con movimientos largos, suaves pero a la vez minuciosos que no descuidaban ningún íntimo escondrijo. No hubo reacción detrás de la cortina. Ni cuando se enjabonó haciendo asomar de las aguas un diminuto y delicioso pie, tampoco cuando hizo otro tanto con su virginal pubis o cuando se puso de pie para enjuagarse entera con la ayuda de una concha de nácar, tan pequeña, que tardó un buen rato en terminar su higiénica encomienda. Ni siquiera cuando la señorita Elisa pasó, primero a secarse y luego a envolver su cuerpo en una nube de talco que llenó el aire de un delicioso aroma a lavanda; la cortina apenas se agitó al elevarse tras ella un chillidito agudo y desesperado.

Trinidad se alejó de la cerradura. Había visto lo suficiente. Avergonzada, decidió volver a sus quehaceres. Por lo menos media docena de arreglos florales en el balcón que esperaban turno para ser regados, ropa que recoger, cintas que planchar. Lo que pasara al otro lado de aquella puerta no era de su incumbencia y, sin embargo, cuando minutos más tarde ésta se abrió para dar paso a aquel hombre inmenso, no pudo resistir la tentación de mirarlo con mal disimulado interés.

—Para Elisa —le dijo el holandés errante, caminando con las piernas muy abiertas mientras le entregaba una húmeda y tintineante bolsa repleta de monedas—. Todo para Elisa.

Capítulo 41

Primeras pesquisas

La señorita debía de tener un amplio catálogo de juegos y malabarismos eróticos, a juzgar por los objetos de los que elegía acompañarse según quien fuera su cliente. Aparte de la bañera de bronce que tenía muchos adeptos, Trinidad pudo constatar la presencia de los siguientes utensilios que ella debía situar en la habitación de la dama antes de que entrara el cliente: un balancín con forma de caballito, un diábolo adornado con un bonito cordón verde, una palmeta de las que se usan para sacudir alfombras y esteras; plumeros, guantes de cabritilla; redomas, cintas de varios largos y gruesos y hasta un gorrito de grumete que, invariablemente, quedaba hecho un guiñapo tras las sesiones amatorias y que Trinidad no tenía la menor idea de cómo ni para qué se utilizaba. Eso por no hablar del famoso cofre color lacre que permanecía siempre cerrado en una esquina de la estancia y que Trinidad no estaba autorizada a tocar. «Ni para sacarle el polvo, querida, una artista debe ocuparse personalmente de sus útiles de trabajo, tú a tus quehaceres y yo a los míos».

El negocio iba viento en popa. Cada vez eran más los ramos de flores que se agolpaban en la terraza y más variopintos los caballeros que llegaban a continuación: un médico belga, un tahúr sueco, un tipo con toda la pinta de ser un gran caballero que viajaba de incógnito y hasta un joven que no parecía tener muchos caudales pero muy agradable. Las bolsas de dinero que entregaban parecían cada vez más abultadas, algunos clientes repetían al cabo de un par de días y todos sin excepción salían del cuarto de la bella con el aspecto azorado de quien ha asistido a un portentoso milagro. Por eso, Trinidad no comprendió por qué al cabo de unas semanas la señorita declaró que debían «cambiar de aires».

—¿Cómo así? —preguntó Trinidad contrariada. Ahora que empezaba a conocer la ciudad utilizaba las salidas vespertinas con la señorita para hacer sus averiguaciones. Incluso se había enterado de que entre Funchal y el pueblo de Boaventura que Hugo de Santillán le había señalado en el mapa, había una diligencia que recorría la ruta dos veces por semana. De hecho, tenía pensado pedir a la señorita que le diera un par de días libres para acercarse hasta allí. Le habían dicho que era un enclave muy pequeño, por lo que se imaginaba que no tendría mayor dificultad en encontrar allí el rastro de Juan. Además, ¿a qué se refería la señorita con eso de «cambiar de aires»? ¿No les estaba yendo estupendamente en Funchal?

—«Una piedra rodante no coge musgo» —fue su explicación antes de añadir que se aburría, que como artista que era requería permanentemente nuevo público para no caer en la rutina, por lo que tenía pensado mudarse al otro lado de la isla. «O directamente irnos a las Américas, Madeira es demasiado pequeña para mí».

Trinidad se dio cuenta de que debía darse prisa. Si quería ir hasta Boaventura, era menester no demorar la partida. Habló con la señorita. Al principio, no estuvo muy receptiva. «Hay mucho trabajo y la clientela no espera», dijo. Pero por fin, después de no poco tira y afloja, logró convencerla. Necesitaba sólo un par de días, el tiempo suficiente para ir hasta Boaventura. Después, tenía pensado volver y trabajar para ella hasta que contratara una nueva Anahí.

—Muy segura estás de encontrar allí a tu hombre —le había dicho la señorita mientras trajinaba ginebra. Su papel de eterna adolescente tenía sus incómodos peajes. Los que peor llevaba eran no poder fumar y tener que tomarse todos aquellos aborrecibles batidos de vainilla. Por eso, cuando estaban a solas, bien que se desquitaba fumando como una chimenea y bebiendo como un ballenero—. No seré yo quien te desilusione —añadió, encendiendo uno de los cigarros con boquilla que guardaba para solazarse en las pausas entre clientes—. Pronto será Viernes de Dolores, el negocio mengua mucho por esas fechas, de modo que puedes marcharte ya, pero te quiero aquí de vuelta el Domingo de Resurrección a primera hora, que, después de tanto ayuno y abstinencia, hay que ver cómo se redoblan los ardores.

Trinidad, al oír aquello, se sintió tan agradecida que tuvo el impulso de coger aquella cara de niña buena de su ama y darle un par de besos. Pero la señorita se echó hacia atrás a tiempo mientras la ahumaba con una bocanada de su elegante cigarro. «Anda, anda, menos arrumacos», rezongó. Ella nunca había sido partidaria de las muestras de afecto, le parecían una redundancia en un negocio como el suyo.

* * *

Con el sueldo del mes en el bolsillo y en el escapulario que siempre llevaba al cuello la moneda de plata regalo de Caragatos, Trinidad se sentía rica por primera vez en su vida. Le habían dado una semana, siete largos días para un viaje de apenas diez leguas.

Dejó el hotel muy temprano después de regar los arreglos florales que había en el balcón. Sólo dos de ellos eran nuevos. Tenía razón la señorita. La semana de pasión hacía menguar otras pasiones menos sacrosantas. A pesar de la hora, hacía mucho calor y decidió ir por la sombra. Distraída iba pensando en no llegar tarde a la diligencia cuando se le acercó una mujer. Ya se había fijado en ella en ocasiones anteriores. Tenía por costumbre apostarse en unos soportales próximos ofreciendo a los viandantes ramitas de romero. «Para las enfermedades, para el buen olor, para espantar espíritus», era su habitual letanía. Una que Trinidad había oído en otras muchas calles, de La Habana, de Sevilla, de Madrid también. La fetidez que subía de los desagües atorados de desperdicios y las aguas mugrientas que, sin más que un ritual y siempre tardío «agua va», echaban los vecinos por las ventanas hacía muy necesaria su mercancía. Muchas eran las damas que compraban un buen manojo para abanicarse con él y hacer más llevaderos sus paseos. Trinidad, con dinero propio por primera vez, decidió darse ese lujo. «Un ramillete, si me hace la merced», dijo buscando en su faltriquera unas monedas. Iba a dárselas a la mujer cuando ella la retuvo cogiéndola por la muñeca.

—¡Una moneda más, morena, y te digo la buenaventura!

—Gracias, no hace falta —se alarmó, porque sus manos eran fuertes y sus dedos demasiado largos.

—Un cobre más y sabrás el futuro, niña, déjame tu mano...

—¡Déjeme, llevo prisa! —se zafó Trinidad y ya se alejaba sin mirar atrás. Aun así, la alcanzó la voz de aquella mujer que le gritaba:

—La buenaventura no se desprecia, trae mala suerte...

No fue hasta encontrarse dentro de la diligencia y después de palpar y comprobar que no le había sustraído nada cuando respiró tranquila. Y al hacerlo, rio incluso, porque, salvo aquel incidente irrelevante, todo lo demás era perfecto. El coche, que resultó cómodo y espacioso, salió puntual y, además, iba semivacío. Junto a ella viajaba sólo una pareja mayor que no tardó en quedarse dormida, lo que le permitía disfrutar del paisaje. Aquella isla, a pesar de ser tan escarpada, se parecía no poco a Cuba. Los mismos platanales, las mismas orgullosas palmeras, incluso la gente que se veía en los campos y en los caminos le recordaba los guajiros de allá en Matanzas. Caviló entonces pensando en cómo habría sido la vida de Juan durante todos esos años. Seguramente no le habría costado mucho acostumbrarse a vivir en una tierra tan similar a la suya. ¿A qué se dedicaría ahora? Parecía una isla fértil y agradecida, producía vinos, banano, también caña de azúcar como la que la familia de Juan cultivaba en Cuba. Lo más probable era que tuviese ahora una pequeña plantación. Y quien dice pequeña dice grande; conociéndolo, seguro que había prosperado mucho. Se lo imaginó entonces sentado en aquella veranda que, tantas veces y para mal, había aparecido en sus sueños. Solo que ahora, en vez de ser una pesadilla, era una escena idílica. Allí estaban los dos, charlando en sus mecedoras y un poco más acá Celeste, que rezongaba a Marina por quién sabe qué nadería. ¿Y quién se acerca ahora? Pero si eran Caragatos y Luisita, que habían venido a visitarlos... A Trinidad nunca le habían gustado los castillos en el aire, pero aquello parecía tan real, tan verosímil, apenas unas leguas más y llegarían a Boaventura.

El enclave resultó ser aún más bello de lo que imaginaba. Situado en un valle con altas montañas a cada lado, era como si un enorme y prehistórico río de lava se hubiera secado dejando en su lecho una tierra generosa en la que crecían palmas, orquídeas y buganvillas revueltas y en alegre confusión. Y entre ellas, asomando sus tejados rojos, se levantaba medio centenar de casas blancas, todas de una planta, todas amplias y espaciosas. El paisaje no recordaba ya a Cuba, es cierto, y el aire era más frío allá arriba, pero los lugareños tenían sin embargo ese mismo aspecto de guajiros que tanto la había hecho soñar durante el trayecto.

—Perdone —le dijo entonces a la primera persona que se cruzó en su camino nada más bajarse de la diligencia—, ¿conoce usted a don Juan García?

Su interlocutor resultó ser un muchacho de unos veintipocos años que llevaba una burra del ronzal. Le costó hacerse entender en el escaso portugués que había aprendido a chapurrear desde que trabajaba para la señorita Elisa, pero al fin el chico le señaló la única iglesia del lugar. Cómo no se le había ocurrido antes, una iglesia es siempre el lugar ideal para hacer averiguaciones, sobre todo en un pueblo pequeño como aquél. No sólo se reunirían ahí los domingos buena parte de sus habitantes, sino también y con seguridad se guardaban los registros de nacimientos, bodas y, Dios no quisiera, defunciones. Hacia allí dirigió sus pasos. Se trataba de un edificio modesto, encalado en blanco con una simple cruz de madera en el frontispicio y se levantaba en un pequeño promontorio no muy lejos de donde la había dejado la diligencia.

—¿Juan García? —repitió el cura del lugar, un fraile al que Trinidad encontró en la sacristía—. Sí, creo que ya sé a quién te refieres, a João, y sí, es buen feligrés de esta casa. ¿Se puede saber quién lo busca? —añadió luego con cierta reserva—. No vienen muchos forasteros por estas tierras.

El cura resultó ser un aragonés que se había establecido en aquellos valles treinta años atrás. Y tan encantado estaba de tener a alguien con quien conversar en su idioma que la puso en antecedentes de toda la historia del lugar. Le habló de cómo Boaventura había sido un sitio más próspero del que ahora era y de cómo quedó rezagado y casi en el olvido después de que lo arrasara un huracán dos lustros atrás. Le habló también de sus gentes, de cómo él lo sabía todo de ellas.

—Entonces tal vez pueda darme alguna noticia de Juan —solicitó Trinidad, contenta de poder averiguar algo de su llegada a Madeira y de cómo había logrado abrirse camino.

—Es el hombre más próspero del lugar —explicó el cura—. Cómo llegó no lo sé, tampoco recuerdo muy bien cuándo, pero sí puedo decirte que tengas cuidado. No sé qué antiguas cuitas esconde, pero no se da con nadie. Vive solo en esa gran casa que hay al final del pueblo, la reconocerás fácilmente, pues tiene la única parra virgen del lugar.

Se le aceleró el corazón al oír aquello. También había una parra virgen en su vieja casa allá en Matanzas, qué propio de Juan haber plantado una en recuerdo de aquélla. Le dio las gracias al sacerdote y se despidió. No quería perder ni un minuto en reunirse con él. Bueno, un minuto sí, el tiempo suficiente para, ahora que no la veía el páter, asomarse a la pila de agua bendita y buscar en ella su reflejo. Quería estar guapa para él. Habían pasado muchos años. Ya no era la adolescente de grandes ojos confiados que él había conocido. El tiempo y sus afanes habían comenzado a tejer finas líneas alrededor de ellos, pero le agradó comprobar que el brillo de sus pupilas en nada desmerecía al de entonces. ¿Qué más podía hacer por mejorar su aspecto? Fuera, en la puerta de la iglesia, vio un rosal cuajado de flores. Sonriendo, eligió entre todas la más blanca y la prendió en su pelo tal como acostumbraba a hacer allá en Cuba a la hora de la siesta, antes de sus escapadas para verse a solas y demorarse en besos con sabor a ron. Hecho esto miró hacia arriba. Hacia la tosca cruz de madera que había en la fachada y se persignó. Cuando se reuniera con Juan —se prometió—, volvería a la iglesia a agradecer al Cristo su buena suerte. También dedicó un recuerdo a los *orishás*, sus caminos torcidos por fin empezaban a enderezarse.

* * *

—... No, usted no me comprende, es con Juan García con quien quiero hablar.

—Y yo te repito, negra, que João García soy yo, en qué idioma quieres que te lo diga, porque ya he probado en portugués y español.

Un perro, un dogo alemán, la mira con no buenas intenciones y el hombre que acaba de dirigirse a ella después de que un criado le franqueara la entrada tiene un acento áspero que no se parece en nada a la forma de hablar de Juan. Es tanta la diferencia entre lo que esperaba ver y lo que ha encontrado que Trinidad mira asombrada. Ni aunque hubieran pasado treinta años podría Juan haberse convertido en la persona que tiene delante. Uno tiene los ojos claros, el otro negros. Si Juan era trigueño, éste es cetrino, uno de risa fácil mientras que el otro...

—¿Por qué has dejado entrar a esta mujer, Rosendo? ¿No he dicho mil veces que no quiero visitas?

—Es culpa mía, señor —ataja Trinidad—. Le expliqué que nos conocíamos de antiguo, pero debe de haber alguna confusión, no es usted la persona que esperaba.

—Ignoro a quién esperabas, pero ya sabes dónde está la puerta. Ni siquiera sé cómo te atreves a llamar, las negras como tú pasan por la de servicio, suerte tienes de que no te eche a patadas —añade el hombre antes de desaparecer seguido del perrazo.

—Por favor, señor, sólo una pregunta, vengo de tan lejos...

Las lágrimas corren por sus mejillas y qué absurda se siente con esa flor en el pelo como una novia abandonada. Al menos logra intercambiar algunas palabras con el criado, pero no es mucho lo que consigue averiguar: sí, trabaja para él desde hace más de veinte años y sí, en efecto, se llama del mismo modo que la persona que ella busca. Pero no, nunca ha oído de nadie con ese o cualquier otro nombre del que se diga que sobrevivió a una tormenta en altamar. Sí, Boaventura es una comunidad muy pequeña, de modo que una historia como ésa sería conocida por todos. Y no, no hay nada más que pueda hacer por ella salvo ofrecerle algo fresco para paliar el calor y el cansancio...

Trinidad se lo agradece, pero prefiere alejarse cuanto antes. Necesita estar sola, pensar. A medida que deja atrás aquella casa, recuerda a Caragatos. Cuánta razón tenía al burlarse de sus *orishás*. Tonta, más que tonta. ¿Acaso no sabía de sobra lo mucho que les gustaba jugar con sus profecías? ¿Por qué les había hecho caso? Tanto adoraba el sonido de aquellas dos palabras, Juan García, que nunca se le ocurrió pensar en lo vulgar que era como nombre. ¿Cuántos Juanes, Joanes o Joãos García habría en este mundo? Trinidad se arranca la rosa que con tanta devoción había entreverado con su pelo. Otra trampa del destino, otra jugarreta de los *orishás*. Ya nunca más se fiará de ellos.

Capítulo 42
Las Palomitas

La señorita Elisa ni siquiera preguntó por qué había regresado antes de la fecha convenida o qué le había pasado. La miró unos segundos con sus ojos sabios y luego ordenó que le sirviera otra ginebra.

—Mejor un sake —corrigió, esmerándose en dar brillo a sus uñas con un pulidor de plata—. Esta noche tocan balleneros japoneses. Un poquito de animación en medio de tanto ayuno y abstinencia.

Trinidad decidió reintegrarse a sus obligaciones cumpliéndolas del modo más diligente. No tenía la menor idea de lo que iba a hacer después de su desventurada excursión a Boaventura. ¿Qué era mejor? ¿Seguir en Madeira? ¿Continuar con la búsqueda de Juan suponiendo que estuviera en algún otro enclave de la isla? ¿O bien olvidarse de todo, volver de alguna manera a la Península e intentar recuperar a Marina ella sola? Necesitaba tiempo para pensar, pero mientras tanto se comportaría como lo que ahora era, la perfecta Anahí. Además, se decía que tal vez, con un poco de mano izquierda, quizá pudiera convencer a la señorita Elisa de que, en vez de irse a las Américas «para cambiar de aires», fueran juntas a España. Seguro que allí admirarían también sus muchas artes.

Apenas había estado fuera día y medio, pero encontró la habitación muy desordenada. La señorita era la meticulosidad y la disciplina encarnadas en todo lo tocante a su profesión, pero en sus ratos de ocio se comportaba como la eterna adolescente que fingía ser. Una de hábitos bastante disipados, a juzgar por el panorama que tenía ante sí. Ceniceros rebosantes de colillas, bombones y sándwiches mordisqueados, eso por no mencionar un par de botellas de licor vacías que rodaban alegremente por ahí. Pero lo que más llamó su atención fue ver en qué había ocupado el tiempo durante aquel paro forzoso. Ni revistas de moda, ni novelas románticas, ni mucho menos rastro de amigos o amigas con las que hubiera compartido asueto. Una mesa de juego en la que podía verse un gran y enrevesado rompecabezas chino daba cuenta de cuáles eran sus preferencias. Diríase que para la señorita, cuyo trabajo consistía en una relación tan estrecha, digamos, con otras personas, no existía lujo mayor, ni felicidad más completa que pasar unos días en la mejor compañía posible, la suya propia.

—Lo peor de un desengaño —le dijo, como si fuera capaz de leerle los pensamientos— no es el chasco ni el fracaso, sino el agujero que deja. Tanto tiempo con esa persona en la cabeza, recordando momentos felices, imaginando un futuro compartido. ¿Con qué rellenar tanto hueco? Tú mírame y aprenderás.

Pero lo único que Trinidad veía de momento era a la señorita Elisa preparándose para la vuelta al trabajo. Empezó por meterse en su tina de baño, de la que salió oliendo a nardos; después se sometió a una sesión de pedicura mientras Trinidad se ocupaba de marcar su pelo en grandes y lustrosos rizos para que recuperase cuanto antes aquel aspecto de mala niña buena que tanto entusiasmaba a los clientes. Después de unos días dedicados exclusivamente a los balleneros japoneses, el Domingo de Gloria trajo la resurrección de la carne de modo que ese mismo día empezaron a llegar nuevos y aún más frondosos ramos de flores.

A éstos les siguió toda una procesión de nuevos caballeros: un conde belga, un terrateniente portugués, un mercader veneciano, un bodeguero de Birmingham, un tratante catalán y hasta un predicador escocés. Cada uno parecía haber redoblado sus ardores después de tanta abstinencia, o así al menos lo interpretó Trinidad, porque, al preguntarles si solicitaban o no el uso del cofre, todos, incluido el predicador, asintieron vigorosamente.

Fue al entrar este último en el sanctasanctórum cuando Trinidad decidió echar otro indiscreto vistazo. No lo había vuelto a intentar desde la visita del holandés errante que suspiraba tras las cortinas. ¿Qué guardaría el cofre? ¿Y por qué todos los clientes mostraban los mismos extraviados ojos al salir de tan impío paraíso?

Esperó a que transcurrieran al menos quince minutos después de la entrada de aquel caballero para aplicar el ojo a la cerradura. Fracaso total. La señorita debía de haberse percatado de su anterior indiscreción porque el orificio de la bocallave estaba convenientemente obturado. Después de un momento de desconcierto, decidió pegar el oído a la puerta, y de ahí en adelante, continuó haciéndolo con cada uno de los caballeros siguientes. Así pudo descubrir que los sonidos que se filtraban eran similares en todos los casos. Comenzaba aquel ritual con un poco de charla intrascendente. Siempre en la lengua nativa del cliente, porque la señorita era tan detallista como políglota. Después caían en un prolongado silencio que bien se podía atribuir a los introitos amorosos. A continuación, le tocaba el turno a algunos dulces juegos que debían de entrañar cierto esfuerzo físico porque se oía quejarse deliciosamente a los clientes mientras la señorita los apaciguaba con un maternal canturreo. ¿Y qué pasaba después? Una invariable exclamación de gran sorpresa surgía de todas aquellas admiradas y masculinas gargantas. A veces era una expresión entre arrebatada y de alarma como «¡Cáspita!» o «¡Por Júpiter!» o bien «*Oh, my goodness!*». Otras, en cambio, era una sonora blasfemia seguida de un largo ¡ahhh! aliviado y atónito.

Mientras trataba de descifrar estos y otros misterios gozosos, fueron pasando los días y Trinidad se dio cuenta de que, de algún modo, la curiosidad la ayudaba al olvido. Tal vez fuera esto a lo que se refería la señorita cuando le dijo: «Tú mírame y aprenderás». Por supuesto que no había conseguido olvidar sus cuitas, pero el suyo era un trabajo sin horarios que dejaba poco tiempo para recrearse en ellas. La procesión de caballeros era tal que amenazaba con convertirse en romería. Los había con costumbres diurnas y nocturnas, los había partidarios de la siesta, de los amaneceres y de maitines y vísperas, de completas y de tantos horarios diferentes que tan paganas devociones le recordaban a doña Tecla y sus horas completas.

Tan viento en popa iba el negocio que la señorita ya no hablaba de «cambiar de aires». Se desvaneció así la esperanza de Trinidad de convencerla para que fueran juntas a la Península, por lo que decidió que su mejor baza sería continuar con su trabajo, ganar algo más de dinero y con él comprar un pasaje de vuelta a España. Por supuesto, antes de marchar pensaba encontrarle a la señorita otra Anahí que la sustituyera. Algo muy necesario, sobre todo ahora que su ama había decidido desarrollar una nueva línea de negocio asociada, esta vez, a la pedagogía, porque, según le explicó, su intención era enseñar sus milenarias artes a algunas alumnas aventajadas. «Que ya me estoy haciendo vieja y no conviene que se pierdan», dijo, lo que dejaría a Trinidad cavilando sobre cuántos años tendría aquella eterna adolescente de los ojos de raposa.

Fue así como los clientes de la siesta tuvieron que ser desplazados a otras franjas horarias para dejar paso a «las palomitas». Las *palomitangs*, según pronunciación de la señorita Elisa, resultaron ser seis lindas adolescentes que aparecieron una tarde acompañadas por sus señoras madres. ¿De dónde salían aquellas muchachas de aire asustado, primorosa pero a la vez provincianamente vestidas, todas orientales, todas hablando un idioma ininteligible para Trinidad? Nunca llegó a saberlo, pero sí estaba claro en cambio en qué soñaban convertirse. Pronto, las tardes en aquellas dos habitaciones del Hotel Belmond, se convirtieron en un parvulario de artes amatorias. Unas aprendían a servir el té de la manera más deliciosa, otras a dar masajes en los pies, las había que cantaban como querubines o bailaban agitándose como ingrávidas libélulas. Trinidad se imaginaba que todo aquello era un entrenamiento previo y que, más pronto que tarde, llegarían las asignaturas propias del milenario oficio que aspiraban ejercer. Pero no. Pasaban las semanas y las *palomitangs* seguían revoloteando por ahí dedicadas a artes de lo más castas.

—A ver si te crees que voy a revelar mis secretos a cualquiera —le dijo un día la señorita mientras adiestraba a sus silenciosas pupilas en el modo más discreto de sorber la sopa—. Todavía tienen mucho que aprender. Antes de ser puta hay que ser dama —sentenció dejando a Trinidad cavilosa ante tan contradictorio retazo de sabiduría. La otra rama del negocio, en tanto, continuaba también floreciente. Los caballeros seguían acudiendo tan asiduamente como siempre sólo que en otros horarios, lo que dejaba a Trinidad tiempo libre a la hora de la escuela de palomitas. Fue una tarde de aquéllas, cuando volvía de la calle para reintegrarse al trabajo después de un agradable paseo, cuando se vio caminando detrás de un caballero que llevaba su misma ruta. Había algo en su modo de moverse que llamaba su atención. Caminaba con el aire despreocupado y rutinario de quien conoce muy bien el lugar al que se dirige. Pero al mismo tiempo, los furtivos vistazos que lanzaba cada tanto a derecha e izquierda parecían indicar que necesitaba cerciorarse de que aquélla era la ruta correcta. O tal vez no, tal vez lo que deseaba era asegurarse de que nadie lo veía. Por lo demás, su figura parecía muy atractiva. Una coleta de pelo castaño y sin empolvar asomaba bajo su sombrero de paja de ala ancha. Un bastón de madera rubia y empuñadura de plata acompañaba sus pasos; su casaca y calzón parecían de buen lino y un par de medias blancas caras dejaban adivinar unas pantorrillas fuertes y bien dibujadas. «La señorita tendrá tarea agradable esta noche», se dijo Trinidad, suponiendo que se trataba de uno de sus clientes cuando, de pronto, aquel hombre, justo antes de acceder al camino que conduce al hotel, se detuvo. Diríase que acababa de descubrir la presencia de alguien o algo que aconsejaba esperar, esconderse unos segundos al amparo de las ramas de un árbol próximo como en efecto hizo. Fue al agachar un poco la cabeza y luego ladearla hacia su izquierda cuando creyó reconocerlo y una corriente helada desafió el calor reinante recorriéndola entera. Aquel hombre tenía barba y el pelo bastante más oscuro que Juan, pero se le parecía tanto. No, no podía ser, imposible, y sin embargo...

Trinidad decidió esperar. Lo más probable era que se tratase de un error. ¿De qué serviría correr, acercarse, acortar distancia? Sólo para llevarse otra desilusión, otro dolor. «Espera —se dice—, vamos a ver qué pasa a continuación. ¿Qué ocurre ahora?».

Una mujer, una dama de unos cincuenta años acababa de entrar en el campo visual de Trinidad. ¿Era ésa la persona por la que él se había detenido de modo tan abrupto? No se encuentra lo suficientemente cerca como para poder oír qué dicen, pero sus gestos hablan por ellos. Él se sorprende. «¿Tú por aquí?», parece decir mientras la besa en la mejilla. Ella ladea la cabeza como quien pregunta, «¿Adónde vas por esta calle?». Él señala el lado contrario al camino del hotel. Se gira, ahora Trinidad puede verlo mejor. Sonríe y, al hacerlo, deja al descubierto una dentadura perfecta que hace que una nueva corriente helada recorra la espina dorsal de Trinidad. «No, no, no, son sólo ilusiones tuyas —se dice—. No dejes que tu loco corazón te impida pensar con claridad, a ver qué hacen ahora». La dama acaba de subirse a un carruaje. Tal vez estuviese paseando en él cuando vio al caballero y se apeó. Sea como fuere, ahora reanuda la marcha, se aleja. El hombre entonces empieza a caminar lentamente. Saluda sonriente al carruaje que acaba de adelantarlo y pronto doblará una esquina desapareciendo. «Viene hacia aquí. Dios mío, es él, es él, es Juan, esta vez sí». Pero en cuanto el carruaje ya no está a la vista, el hombre vuelve a detenerse. Aguarda. Pasan unos segundos y cambia nuevamente de rumbo para retomar el que llevaba antes de que lo sorprendieran y enfilar la entrada al Hotel Belmond.

En ese momento en el campanario de una iglesia próxima dan las cuatro. La hora en que marchan las palomitas y la señorita recibe al primer cliente de la tarde. Y Trinidad, tendrá que estar ahí para recibirlo, también para hacerse cargo de su bastón y sombrero así como de la bolsa que él entregue con un: «Para Elisa».

«Dios mío —se dice—. Si realmente es él, que extraño reencuentro el nuestro...».

Capítulo 43
Malas noticias

Palacio de las Dueñas
Sevilla

Excelentísima señora duquesa de Alba
Palacio de Buenavista, Madrid

15 de mayo de 1796

Señora:

Es mi penoso deber advertirle que el señor duque se encuentra mal de salud. Hace semanas que le ruego sea él quien escriba a usía para comunicárselo; sin embargo, ora con una excusa, ora con destemplanza e impaciencia impropias de su carácter, pospone hacerlo. Tengo para mí que no quiere preocupar a su merced, pero yo, como secretario suyo que soy, nunca me perdonaría que ocurriera, Dios no lo permita, alguna fatalidad sin que usía esté enterada. Como bien sabe, llegamos a este palacio de las Dueñas hace unos meses y la pertinaz carraspera que lo aqueja de tiempo atrás pareció desaparecer, al menos en los primeros meses aquí en Sevilla. Me alegra decirle a su merced que durante un tiempo pudimos dedicarnos a dos de sus pasatiempos más queridos, la equitación y las excursiones botánicas, aprovechando la primavera para recolectar especies muy interesantes que luego clasificaríamos convenientemente. Por desgracia, en una de estas excursiones debió de tomar frío, y lo que empezó siendo un simple catarro ha adquirido proporciones que me alarman. He aquí la razón por la que, contraviniendo todas las órdenes de mi señor, me he permitido escribir para que su merced, enterada, haga lo que estime más oportuno.

Queda a sus pies su humilde servidor que lo es,

Berganza

La carta duerme ahora en una de las faltriqueras de su vestido de viaje. Y lo hace junto a otras de José tan deliciosas como intrascendentes en las que él se dedicaba a comentar naderías de la vida social sevillana o a requerir noticias de la corte. Que si menudeaban aún las intrigas contra Godoy; que si para cuándo su boda con la prima del rey para convertirse, según los deseos de la Parmesana, en miembro de la familia real; que si se había enterado la reina de la fiesta que Cayetana dio en Buenavista tras el incendio y de cómo su protegido se había presentado con Pepita Tudó...

Qué banal, qué perfectamente irrelevante parecía ahora todo aquello. ¿Por qué José le había ocultado su enfermedad? Berganza jamás se habría atrevido a escribir contraviniendo sus órdenes a menos que la situación fuera realmente seria.

Cayetana vuelve la cabeza hacia la ventanilla del carruaje y deja que la vista se le pierda entre un paisaje que anuncia ya la proximidad de Despeñaperros. No quiere que su hija la vea llorar. Por suerte, María Luz parece haberse quedado dormida. Llevan dos días viajando, salieron de Madrid nada más recibir la carta. Ella, Rafaela y María Luz. Desde el incendio, la niña había cambiado mucho y no quería dejarla sola. Es cierto que ya no se despertaba llorando ni corría a refugiarse a la cama de la madre huyendo de sus pesadillas, pero se había vuelto arisca, retraída. Pasaba las horas muertas enfrascada en un libro o tocando el piano. Uno de los lacayos, un antiguo esclavo cubano, le había enseñado una canción en un idioma ininteligible que le gustaba cantar con frecuencia, decía que era una nana de negros. También le había dado por visitar la biblioteca. Entre los libros que sobrevivieron al incendio, había uno de etnología con bellas y grandes ilustraciones. Un día Cayetana se la encontró perdida en la contemplación de sus láminas. «¿Qué estás mirando, tesoro?», y ella por toda respuesta le alcanzó el volumen. Se trataba de uno de esos diagramas con distintas y detalladas ilustraciones que llaman «Pintura de castas». Cayetana las conocía, se hablaba mucho de ellas en los ambientes ilustrados. Mostraban las diversas mezclas de razas que se podían producir y reseñaba sus nombres añadiendo el correspondiente dibujo con las características físicas de cada uno:

Del cruce de español con india, nacen hijos mestizos.
De español y mestiza, castizos.
De español y negra, mulatos.
De español y morisca, albinos.
De indio con negra, zambo.
De chino con india, lobo...

También ella se había entretenido en descifrar cuál de estas denominaciones encajaba mejor con el aspecto de su hija y decidió que debía pertenecer a lo que llamaban tercerones o cuarterones, es decir, personas que tienen un tercio o un cuarto de sangre negra por tres de sangre blanca. Así, al menos, parecían atestiguarlo el color trigueño de su piel y sus increíbles ojos verdes.

Cayetana deja ahora que los suyos escapen de nuevo por la ventana. El viaje hasta el momento había transcurrido sin incidentes, pero dicen que viajar a Andalucía por esas fechas es especialmente peligroso. El comienzo del buen tiempo echaba al monte a muchos bandoleros oportunistas. Los que vivían todo el año en aquellos andurriales habían perfeccionado tanto su particular modo de vida que eran menos de temer. Ni que decir tiene que cometían los mismos robos que los oportunistas, eran expertos en emboscadas y maestros en encontrar hasta el último maravedí que los viajeros escondieran entre sus ropas o en el relleno de los asientos del carruaje, pero recurrían con menos prodigalidad a la sacabuche o charrasca. Así llamaban ellos a las navajas que, junto con los trabucos, eran sus herramientas de trabajo. Antes de salir de viaje, Cayetana se había dejado aconsejar por la Tirana. Charito y la compañía del maestro Martínez estaban un mes sí y otro también hollando los polvorientos caminos para llevar a distintas ciudades sus actuaciones, lo que la había convertido en una experta en el arte de viajar. «Uno que conviene cultivar con esmero si no quieres acabar criando malvas o, peor aún, chumberas en cualquier zanja. Hazme caso, Tanita, que a mí me han *respetao* siempre las sacabuches y hasta los trabucos y te voy a confiar ahora cuál es el truco».

Charito era la que le había explicado aquello de los bandoleros oportunistas y los fetén. Los oportunistas eran honrados campesinos a los que una sequía o una mala cosecha echaba temporalmente a los caminos. «Sólo para redondear un poco sus magros ingresos, comprendes, unas monedas acá, un anillo de ónix acullá. O lo que pillen, que no es mucho, porque la mayoría tiembla más que sus víctimas mientras las despluma. Pero por eso mismo son peligrosos. A veces por puro miedo le pegan a una un navajazo. Si os detiene un grupo de ellos, lo mejor es no hacer nada que pueda asustarlos porque eso los vuelve imprevisibles. Nada que ver con los bandoleros fetén —continuó diciendo la Tirana con una sonrisa soñadora que hacía barruntar que sentía por aquellos bandidos algo parecido a una romántica admiración—. Los hay de *tó* pelaje, tú me comprendes, algunos son antiguos soldados a los que la patria ha *descartao* por una razón u otra. Son muchos los que, después de una vida ruda y llena de vicisitudes por esos mundos de Dios, vuelven derrotados y no se acostumbran a la miseria y la rutina de una vida de jornalero. Otros son simples campesinos a los que el hambre y la injusticia ha echado al monte y, una vez allí, se vuelven sanguinarios. No faltan tampoco los que lo hacen por escapar, con razón o no, de la justicia. Gentes que antes han sido carpinteros, albañiles, y hasta un antiguo alguacil he conocido yo. Eso por no mencionar gente más *elustrada* —pronunció Charito—, bachilleres, sacamuelas, barberos, incluso curas. Por fin están las más fieras de todas —continuó explicando la Tirana—, las reinas de los peñascos y los desfiladeros, las Viudas Negras». «¿Las Viudas Negras?», había preguntado Cayetana muy interesada, y la Tirana reanudó su explicación: «Un nombre curioso teniendo en cuenta que a su jefa la llevó al monte toda la mala suerte del mundo. Por lo visto la acusaron de matar a su propia madre, a la que encontraron en la cama cosida a cuchilladas. De nada sirvió que la niña tuviera entonces apenas doce años y que su padre apareciera ahorcado en un algarrobo próximo. Menos aún que ella dijera que, la víspera, su tío paterno había entrado en la casa e intentado abusar de ella y que su madre lo había sorprendido. Aquel hombre era el cacique del pueblo y por tanto intocable, mejor que la niña se pudriera en la cárcel. Así hubiera sido si no llega a escapar campo a través durante el traslado. Dicen que estuvo viviendo sola por aquellos pagos alimentándose de raíces y de ratones hasta que pudo arreglar cuentas con su tío. Un día también él apareció cosido a cuchilladas. Después, volvió al monte y, con los años, otras mujeres se le fueron uniendo y seguro que cada una tenía su buena razón para convertirse en una Viuda Negra. Si los hombres son víctimas de injusticias y atropellos, imagínate los que tienen que soportar las de nuestro sexo. Mujeres maltratadas por sus maridos, otras acusadas falsamente de vete a saber qué ofensas, gitanas, hasta esclavas cimarronas me han dicho que hay entre sus huestes y son todas mañosas manejando la sacabuche».

María Luz, que estaba presente durante toda esta disertación, miraba a la Tirana con enormes ojos y ésta terminó su charla sobre los peligros del camino explicando que era prácticamente imposible conjurarlos todos, pero sí había en cambio un par de ardides útiles para correr menos riesgo de ser desplumada. «El primero y más importante —le dijo a Cayetana—, es prescindir de tu bonita berlina con escudo ducal pintado en la puerta. Un coche que pase inadvertido es siempre más seguro.

Luego, es recomendable que, la misma mañana del viaje muy temprano, tu cochero se acerque a la Puerta del Sol. Allí se reúnen muchos coches de punto a la espera de viajeros. Que averigüe cuáles van en dirección a Andalucía y que se una a ellos para viajar en convoy. Ni la mismísima Viuda Negra y sus forajidas se suelen atrever a atacar a dos o tres coches que van en caravana. Y por último, dos precauciones más. Que vuestro vestuario sea lo más sobrio posible y, acompañándolo, alguna que otra joyita sin importancia. Un par de sortijas que ya no uses, una pulserita de plata...».

Cayetana había tomado buena nota de todas las indicaciones de la Tirana. Ni coche ducal; ni más sirvientes que el cochero y un mozo; ni ropa que pudiera llamar la atención y, como todo adorno, un broche anticuado y una cadena de plata. Prescindió hasta de su alianza de casada. Era una simple banda de oro sin más valor que el sentimental, pero precisamente por eso no quería que acabara en manos de la Viuda Negra o de cualquier bandolero, por muy comprensibles que fueran sus razones para haberse convertido en forajidos. Cayetana echa un vistazo a su sencillo vestido de viaje. «Parezco una institutriz», sonríe divertida, y la situación le recuerda a cuando se escapaba de Buenavista con una de sus doncellas vestidas de manolas para ir a la verbena. Qué tiempos aquellos y cuántas cosas han pasado desde entonces. Cayetana mira ahora a Rafaela la Beata y a María Luz, las dos ahora dormidas. La primera había porfiado mucho en que no trajera a la niña. Que para qué exponerla a un viaje tan largo y azaroso, que si estaba mejor en Buenavista con sus maestros de música y de francés. Cayetana había despejado todos sus reparos con un vaivén de la mano. Su intención era quedarse en Sevilla el tiempo que fuera necesario para que José se repusiera del todo. Dos meses, tres, cuatro incluso, y los niños tienen que estar con sus padres. Más aún en el caso de María Luz. Una niña tan adulta para su edad, tan sensible también. Menos mal que ahora iba a poder contar con José y su buen sentido a la hora de tomar decisiones.

El coche en el que viajan ralentiza la marcha. Se nota que empiezan ya a subir Sierra Morena y los rayos del sol descubren el paisaje en todo su esplendor. Cayetana se entretiene en ver las caprichosas formas de sus picos. El órgano de una iglesia, así se le antoja que son aquellos peñascos altos y estrechos en los que apenas crecen algunos árboles que, desafiando a la gravedad, parecen colgar sobre el camino estrecho y lleno de baches por el que transitan. Cantan las chicharras y el polvo, aún con la ventana cerrada, se pega a la garganta. Ahora van casi a paso de hombre. Se pueden oír los jadeos de los caballos y Cayetana imagina sus bocas llenas de espuma y sus grupas bañadas en sudor. ¿No ha dicho el cochero hace un rato que había una casa de postas justo al pie del desfiladero de Despeñaperros? Ojalá no esté lejos, llevan traqueteando desde el amanecer y buena falta hace un alto para cambiar de caballos y reponer fuerzas antes de acometer la peor parte del trayecto. El Salto del Fraile. Cayetana recuerda ese nombre de sus viajes a Sevilla en compañía de su abuelo, también las maravillosas leyendas y aterradoras historias con las que solía amenizar el viaje.

Por fin se detienen. También lo hace otro coche que viaja en convoy con ellos. Apenas han tenido contacto con sus ocupantes hasta el momento. La primera parada para dormir la habían hecho a la una de la madrugada, hora poco propicia para la charla y menos aún para la confraternización. Ahora, en cambio, Cayetana tiene tiempo de fijarse en sus compañeros de viaje. Son cuatro personas, aparte del cochero y el mozo. Dos de los caballeros parecen comerciantes más o menos acomodados. Ni siquiera han dado los buenos días o llevado la mano al sombrero a modo de saludo al coincidir con ella en la puerta de la fonda. Cayetana no está acostumbrada a la indiferencia. Hasta cuando pasea por la calle la gente la requiebra, incluso hay quien suelta un viva la duquesa de Alba. «Y cómo quieres que te reconozcan si pareces una maestra de escuela», sonríe. María Luz llama mucho más la atención que ella. Cayetana al principio piensa que es por su color, pero luego se da cuenta de que es por su belleza. Con ocho años aparenta lo menos dos más y los caballeros del primer coche siguen instintivamente todos sus movimientos. El modo en que se echa hacia atrás su largo pelo negro para combatir el calor, o el gusto con que bebe agua de una fuente próxima, lo que hace que Rafaela la regañe mientras ella ríe. Los otros dos ocupantes del coche son un cura y una mujer de unos cincuenta años y aires de señora. El más robusto de los caballeros con una buena panza atravesada por una leontina de plata le ofrece su brazo para bajar del pescante. Por el aire ausente con el que la dama lo acepta da la impresión de que sea su marido. «Dionisio, que te olvidas de don Emeterio», le dice ella desabridamente mientras el hombre rodea el coche para ayudar a apearse al sacerdote, que se une a la dama para entrar en la fonda no sin antes haberse sacudido el polvo del camino. «Vaya ordalía de viaje, doña Peñitas, tengo molidos todos los huesos. ¿Y usted?».

Cayetana le ha hecho señales a Rafaela para que acompañe a la niña al interior, donde el ambiente es oscuro, huele a fritanga y a humanidad. Un mozo va y viene sirviendo a la concurrencia, que, antes de que entraran, se reducía a dos viajeros, que ahora se vuelven para mirar con curiosidad a los recién llegados. Uno es alto y tan delgado que parece fuera a troncharse en cualquier momento. Viste de negro como un bachiller o como un seminarista, pero parece mayor para ser una cosa u otra. Su acompañante no se ha quitado el sombrero, a pesar de que están en el interior, por lo que es imposible distinguir sus rasgos. Casi tan alto como el primero, y muy bien plantado, viste casaca verde de fieltro con una banda negra en el antebrazo derecho indicando luto. El rasgo más destacado de su persona son unas hermosas botas oscuras en las que brilla un par de espuelas de plata. Por lo demás, están tan cubiertos de polvo uno y otro que es obvio que no viajan en coche sino a uña de caballo. «Buenos días a la concurrencia», saluda Cayetana, ocupando junto a María Luz y Rafaela la mesa próxima a la de los jinetes, que apenas le devuelven una mínima inclinación de cabeza mientras se afanan en dar cuenta de su tentempié: dos vasos de vino tan oscuro que parece negro, pan, cortezas de cerdo y algo de tasajo. Cayetana pide lo mismo para ellas, más vale lo malo conocido, y también agua para la niña. Ni María Luz ni Rafaela tienen apetito, Cayetana sí. Mientras da cuenta del tasajo y de las cortezas, se dedica a observar al resto de los viajeros. Siempre le ha gustado hacer cábalas sobre quiénes son las personas que la rodean y tratar de averiguar qué están pensando. Repara divertida en cómo la mira la dama que viaja con su marido en compañía del cura. Éste y la señora parlamentan por lo bajini. ¿Qué se estarán diciendo? Es evidente que la miran con el aire perdonavidas de quien se cree de una clase superior. Tanto que decide escandalizarlos un poco.

—¿Pero qué haces, Tana? —La que se ha escandalizado y mucho ha sido Rafaela la Beata. ¿Pues no le ha dado a su señora por hacer barquitos en el vino con el pan y luego sorber ruidosamente como hacen los campesinos? ¡Y después de hacerlo, va y se seca los labios con la manga de su vestido!—. Jesús, María y José, ¿se puede saber qué mosca te ha picado?

—Calla, Rafaela, que le estoy dando clase de modales a esa señoronga y a su confesor. Y tú tesoro —añade, mirando a María Luz—. Es bueno que aprendas desde niña que las reglas están hechas para romperlas de vez en cuando.

El cura y la doña comentan, el marido y el otro comerciante miran también, pero se interesan más por la niña que por los modales de su acompañante. En cuanto a los otros dos presentes, el de aspecto de seminarista tampoco parece interesarse mucho por asuntos de urbanidad, pero no así su acompañante, que acaba de echar hacia atrás el sombrero descubriendo unos increíbles ojos azules. A Rafaela están a punto de darle los vapores. «Tana, por favor, dónde se ha visto, recuerda lo que decía tu abuelo, una dama es una dama en toda circunstancia...».

—Señores, es la hora. Tenemos que partir antes de que apriete más el calor.

El cochero acaba de asomar por la puerta de la fonda invitando a salir cuanto antes. El comerciante de la leontina de plata es el primero en ponerse en marcha y le siguen los otros ocupantes de su coche. El segundo caballero, el cura y por fin la dama, que aprovecha al pasar para informar a Cayetana mediante una elocuente mirada de lo que opina de ella y de sus modales. María Luz ríe y la madre se alegra de compartir con ella esta pequeña travesura, es una niña demasiado seria. «Ve con Rafaela, tesoro», le dice mientras se ocupa de pagar al posadero.

Poco después ya están de nuevo en ruta. Las espera una larga escalada hasta coronar el paso del desfiladero y una no menos larga bajada al otro lado del puerto, pero Cayetana está de buen humor. Aparte de haber hecho reír a la niña, el sucedido le ha servido al menos para olvidar durante un rato sus preocupaciones. «Querida, eres incorregible», se imagina a José diciéndole cuando le cuente la anécdota. Dos días más y estarán juntos, ya falta menos.

Capítulo 44

El palafrenero y la reina de Saba

Quintín Vargas trabaja para la casa de Alba desde hace dos años. Todo un golpe de suerte, porque los criados de la familia son una aristocracia en sí mismos. Los puestos pasan de padres a hijos y el neófito conoce (casi) desde la cuna cada una de las costumbres, todas las particularidades y excentricidades de los señores. No hace falta que nadie les indique a qué temperatura prefiere el señor duque el baño o la cantidad de canela que debe llevar el chocolate de la duquesa, menos aún el color de sus flores preferidas. El saber se transmite por ósmosis y todo funciona desde tiempos inmemorables por los bien engrasados raíles de una armonía perfecta. Quintín en cambio es un selenita. Nadie recuerda quién fue el primero en acuñar el término, debió de ser hace muchísimos años, pero a los que no pertenecen a tan vieja estirpe se los llama así. Quintín debe su condición de selenita a Irene, una de las doncellas preferidas de la duquesa. Es Irene la que se encarga de despertarla cada mañana, la que le sirve el desayuno y prepara el baño. Incluso se ocupa de peinarla cuando *monsieur* Gaston no está disponible. Por eso, no le había costado mucho convencer al ama de que contratase a su novio y ahora marido. «Un muchacho excelente, señora duquesa, lo mismo sirve para fregar cazos que para lustrar la plata o trabajar en las cuadras, el más dispuesto que usía puede imaginar».

Y tanta habilidad había demostrado que, después de pasar por cocinas y por labores de jardinería, Quintín entró como mozo en las cuadras de Buenavista recogiendo estiércol. Y de ahí a la gloria, puesto que al poco sustituyó a uno de los palafreneros que había caído enfermo, por lo que ahí estaba ahora, sentado en el pescante del coche que llevaba a la duquesa y su hija a Sevilla asombrándose del extraordinario paisaje de Sierra Morena.

El camino comenzaba a empinarse peligrosamente y cada tanto le tocaba saltar a tierra y guiar del ronzal a los caballos para que no se espantaran al ver cómo se abrían, a pocas varas de sus patas, esas gargantas terribles por las que discurre tan hermoso como traicionero un río. «Templad, bonitos, que Quintín está aquí, no temáis, ya falta menos, en una miaja coronamos y, a partir de ahí, coser y cantar, que es todo cuesta abajo...».

La vida era agradable y faltaba tan poco para dejar atrás Despeñaperros que Quintín ni siquiera se alarmó al oír aquel seco chasquido. Fue sólo cuando oyó jurar al cochero —«Carajo, no es posible, qué mala sombra»— cuando se dio cuenta de que algo iba muy mal.

—¿Es que no lo ves, majadero? Un eje, un maldito eje partido, esto nos pasa por viajar en estas antiguallas en vez de en uno de los muchos coches de la casa. Y, mal rayo me lleve, ¿dónde van esos desalmados del otro coche? ¿Que no han visto que nos hemos parado? ¿Para qué coño viajamos en convoy si no se detienen cuando hay una avería?

Un par de minutos más tarde, Cayetana, María Luz y Rafaela saltaban a tierra mirándose desconcertadas. Quintín por su parte había salido corriendo detrás del otro coche y, como era mozo ágil, logró alcanzarlo. Costumbre era que los carruajes que decidían viajar juntos se auxiliaran mutuamente, pero no todo el mundo tenía alma samaritana.

—Dónde va usted, caballero, vuelva aquí. ¿Pero tú has visto, Dionisio? —protestaba doña Peñitas, asomando la cabeza por la ventana al ver que el viajero con el que compartían carruaje acababa de apearse para parlamentar con su cochero—. No estará pensando en serio que nos detengamos en estos andurriales, ¿verdad? No te quedes ahí como un pasmarote, hombre de Dios, dile que vuelva ahora mismo, ¡qué nos va a nosotros lo que le pase a esa gente!

—Señor Carrizosa —ensayó tímidamente el tal Dionisio—. Vuelva usted, se lo ruego.

Pero el caballero en cuestión no pareció oírle. Hablaba con el cochero para informarse de qué había pasado.

—Una avería muy común, señor. Por fortuna, los coches como ése llevan una pieza de repuesto —explicó aquel hombre—. En caso de que se haya dañado se cambia, o si no, se hace una faena de aliño al eje para que aguante hasta llegar a la próxima fonda. Está sólo a unas leguas, pero el camino es escarpado y en cualquier momento puede volver a romperse. Usía decide si esperamos a que la reparen o no, nada nos impide seguir nuestro camino.

—Sólo la decencia —apostilló Carrizosa, mirando con intención a don Dionisio, que se vio obligado a asentir.

—Pero ¿ha visto su paternidad tamaño dislate? —porfiaba doña Peñitas, tratando de ganar para su causa al cura con el que compartían viaje—. Dígale usted, don Emeterio, recuérdele a este caballero que la caridad bien entendida empieza por uno mismo y que de buenas intenciones está empedrado el camino del infierno.

Al sacerdote parecían acuitarle asuntos menos morales y más terrenales, como los bandidos por ejemplo.

—Lo que usted dice no puede ser más loable, señor Carrizosa, pero conviene no olvidar qué terreno hostil pisamos. Por el bien de los ocupantes del otro carruaje deberíamos llegar hasta la próxima casa de postas y pedir ayuda por ellos. ¿Qué ganamos exponiéndonos todos a que nos sorprendan unos forajidos desalmados?

—Ganar ganamos poco —ironizó Carrizosa—, pero yo no soy de los que abandonan a unas damas en territorio hostil.

—Según me acaba de decir el cochero, llevará cerca de dos horas reparar una avería de estas características —argumentó don Dionisio, al que su mujer no dejaba de asaetear con codazos furibundos.

—Gracias, señores —intervino en ese momento Cayetana, que acababa de unirse al grupo—. No esperaba menos de ustedes —añadió, dirigiéndose especialmente a Carrizosa—. Mi cochero es de la misma opinión que el suyo, sólo que más optimista. Según él, en una hora podremos estar de nuevo en marcha.

—Así que «su» cochero —retrucó la dama irónicamente—. No me diga, ni que fuera de su propiedad. «Mi» cochero, en cambio, señora mía, no es optimista ni pesimista, sino, simplemente, una persona seria y bien informada. Si él calcula que son dos horas, yo no tengo por qué pensar otra cosa. ¿Y tú a qué esperas para decir algo, Dionisio? No te quedes ahí como un pasmarote, sabes que tengo razón.

Lamentablemente para ella, ya nadie la escuchaba. Ni los cocheros que junto a Quintín y el otro mozo habían empezado a sacar las herramientas para reparar el eje, ni el señor Carrizosa, que se había despojado de su casaca para ayudar en la faena y al que don Dionisio decidió imitar. Ni siquiera con don Emeterio pudo contar. El buen cura, al ver que no conseguía convencer a su grey de las innegables virtudes del egoísmo bien entendido, acababa de buscar amparo de la cruel solana bajo el único y raquítico árbol que había en los alrededores.

—Hágame un hueco, páter, a ver si no se nos cocina la sesera con esta calorina —se refugió también la dama, que no estaba dispuesta a pasar el rato que durase aquel enojoso asunto confraternizando con damas de tan baja estofa como las que viajaban en el otro carruaje.

El sol era de justicia y el trabajo iba lento. En media hora apenas habían logrado quitar la rueda y poner una cuña que afianzase el eje partido. Cayetana decidió entonces sentarse en otra roca no muy lejos del cura y la beata, tratando a su vez de buscar una sombra inexistente. Rafaela también encontró acomodo un poco más allá mientras que María Luz se entretenía persiguiendo lagartijas y salamandras entre las piedras. Fue al levantar la vista para descubrir dónde se había metido una que zigzagueaba entre las grietas de una de las paredes de piedra cuando alcanzó a ver al primero de los jinetes.

—Mira, mamá, parece que vienen hacia aquí.

—¿Quiénes, tesoro? —preguntó Cayetana, siguiendo la dirección que señalaba la niña, y fue verlos y ponerse de inmediato en pie como impelida por un resorte.

—Vuelve aquí, Luz, ¡corre!

Uno de los cocheros, que acababa de verlos también, dio la voz de alarma.

—Carajo, procuremos mantenernos juntos, es todo lo que podemos hacer ya.

Eran una media docena y venían unos por la derecha del camino y otros por la izquierda para que no hubiera escapatoria posible. El más adelantado vestía de oscuro, según pudieron observar los viajeros, con chambergo del mismo color; sus acompañantes, en cambio, iban ataviados tal como se espera de unos bandoleros. Calzón a la rodilla y faja roja, casaca corta y parda y en la cabeza un sombrero en forma de cono bastante ridículo que, con el trote de los caballos, parecía bailar sobre los curtidos rasgos de aquellos forajidos. Si algo de cómico tenía su aspecto, todo se conjuraba con la presencia de los trabucos que portaban, eso por no mencionar la faca que a varios de ellos les asomaba a un lado de la montura.

Carrizosa, nada más verlos, echó a correr hacia el coche en busca de algo, un arma tal vez, pero le sirvió de bien poco.

—Quédate donde estás —lo tuteó el del chambergo—. Otro paso y masticarás más polvo que una lagartija.

—Dios mío, lo sabía, qué te dije, Dionisio. ¡Quién tiene razón ahora! —Doña Peñitas no sabía si buscar la protección de su marido o mejor la del páter—. ¡Dionisio, haz algo! No, mejor usted, don Emeterio. Pero por qué no dice nada, hombre de Dios, a usted lo han de respetar, imponga su autoridad, vaya sangre de horchata la suya. ¡Hombres!

Cayetana, que pensaba que era mejor no decir nada que pudiese irritar a aquellos individuos, abrazó a su hija mientras observaba sus evoluciones. Habían hecho un círculo con sus caballerías rodeándolos.

—Si nadie intenta hacerse el héroe, a lo mejor podemos encontrarnos otro día tomando vinos en la misma fonda —rio el del chambergo.

Desde que lo vio, supo que le resultaba familiar, pero ahora ya no le cabía la menor duda. Era el tipo con aspecto de seminarista o de bachiller con el que habían coincidido en la casa de postas mientras cambiaban de cabalgadura. Tal vez fuera una estrategia habitual. Estudiar a sus víctimas con detalle antes de desplumarlas. ¿Tendría él algo que ver también con la rotura del eje? Entraba dentro de lo posible, aunque el mejor aliado de aquellos forajidos era el pésimo estado de los caminos. Sea como fuere, se dijo Cayetana, lo más probable era que supieran ya qué botín podían conseguir y sus probables escondrijos.

—Todos contra las rocas y de cara a ellas. Los iremos llamando uno a uno y les vuelvo a recomendar lo dicho antes. Cuantos menos héroes, menos merienda para los buitres, ¿está claro?

Mientras el tipo del chambergo vigilaba a los viajeros, la tropa se encargaba de examinar el interior de los coches. Ni Cayetana ni los demás podían ver qué hacían porque estaban de espaldas, pero, por la dirección de la que venían los comentarios y las risotadas era fácil deducir que habían empezado el pillaje por el coche de Carrizosa y sus compañeros de viaje.

—*Musho* rosario y *musha* zarandaja, a ver qué más hay por aquí... ¡Ole el páter! A *sabé* si se ha *dedicao* a saquear su sacristía o si se muda de parroquia, pero mira esto y esto... Trae *p'acá,* que hasta licores lleva su paternidad. ¿O será éste el equipaje de la beata? No, no, debe de ser el de su santo *marío,* bonita escribanía con cachitos de nácar... tampoco está mal este sable, será del gachó con pinta de caballero de posibles al que tuve que parar los pies porque *empeñao* estaba en convertirse en alimento de las carroñeras.

Después hicieron otro tanto con el coche en el que viajaba Cayetana con comentarios similares aunque bastante menos entusiastas por lo que allí encontraron. El sol estaba en lo más alto y los viajeros, aún de cara a las rocas recalentadas y reverberantes, sudaban tanto de calor y de miedo que Cayetana temía que en cualquier momento alguno fuera a desmayarse. Cuando por fin les permitieron mirar de nuevo en la dirección de los carruajes, el panorama era desolador. Habían tirado por tierra todo lo que no tuviera valor. Libros, trapos, zapatos y multitud de papeles y documentos volaban por ahí o arremolinándose entre las rocas y espantando a las lagartijas. Hasta los asientos del carruaje habían rajado de arriba abajo en busca de joyas o monedas.

—¿Ven cómo se hace un trabajo aseado? —preguntó el tipo del chambergo.

Su forma de expresarse, muy distinta a la del resto de los hombres, y su aspecto hacían cavilar a Cayetana. A qué se dedicaría antes de convertirse en lo que ahora era. ¿Sería un maestro, un picapleitos tal vez al que un revés de la fortuna echó al monte? Sus modales y sobre todo su método de trabajo así parecían sugerirlo.

—Bueno, señores, ahora llega la parte más interesante de nuestra transacción de negocios —dijo aquel tipo—. Desde ya les aviso que las donaciones voluntarias son las que más me gustan. Todo lo que me entreguen de buen grado será bienvenido, lo que yo encuentre por mis propios medios incluso me gustará más. El tesoro escondido siempre ha sido mi juego favorito y desde ya les digo que se me da de guinda. Conozco todos los escondrijos: los corsés de señora con billetes en vez de ballenas, las enaguas cuajadas de alhajas, también los calzones y prendas interiores convertidos en monederos y billeteras. Como no tengo remilgos, tampoco me importa hurgar en otros santuarios más... íntimos. Y desde ya les aviso que, como antes que cocinero fui fraile, o mejor dicho, antes que amigo de lo ajeno, matasanos, a lo mejor se me va la mano por pura deformación profesional.

A doña Peñitas un color se le iba y otro se le venía al oír aquellas explicaciones. A Quintín, que estaba junto a ella, le pareció que juntaba mucho las piernas como si alguna de las especificaciones del tipo del chambergo hubiera hecho diana en su ánimo o en su anatomía.

—A ver, muchacho, vamos a empezar por ti para que los demás vean de lo que hablo y vayan poniendo sus barbas a remojo. Quítate toda la ropa.

Quintín empezó a obedecer. Tenía la camisa tan empapada en sudor que le costó desprenderse de ella. Hizo otro tanto con las botas y cuando iba a comenzar a desabrocharse los calzones, una mano le detuvo.

—Espere. —Era el señor Carrizosa, que se dirigía al hombre del chambergo—. No hace falta someter a nadie a más humillaciones —dijo—. Creo que todos hemos entendido perfectamente sus intenciones. Permítame que me adelante.

Entonces Carrizosa comenzó a desprenderse de los objetos de valor que llevaba encima. De la leontina de la que colgaba un hermoso reloj, de su chaleco en el que brillaban unos botones de perlas y luego, muy despacio, depositó a los pies de aquel individuo dos faltriqueras de buen tamaño que extrajo de un bolsillo interior de su levita. Ésta estaba tan húmeda de sudor que el polvo del camino se adhería a ella cubriéndola de arenosa pátina. Por fin se quitó también las botas dejando que uno de aquellos tipos comprobara que no había nada en su interior.

—Les recomiendo que hagan otro tanto —les dijo a sus compañeros de viaje—. Como bien dice este caballero —añadió, mirando a su asaltante y en sus palabras no parecía haber la menor traza de ironía—, no queremos héroes muertos.

El marido de doña Peñitas no se lo pensó dos veces. Comenzó a despojarse de todo, incluso de cierta bolsa de color pardo que arrancó un ahogado suspiro de los labios de su mujer. «¡Cobarde!», le siseó, lo que no fue óbice para que el hombre se desprendiera también del reloj, de un alfiler de corbata así como de un grueso anillo que adornaba su meñique. El sacerdote se lo pensó un poco más. Dudaba hasta que uno de aquellos tipos hizo que su faca le paseara por el pecho hasta detenerse en la pesada cadena de oro de la que colgaba su crucifijo. Después de entregarle bastantes más joyas de las que podía esperarse de su condición de pastor de almas, titubeó, pero al fin optó por levantarse el manteo de la sotana. Alrededor de una de sus pantorrillas, atada con tiras de cuero, llevaba una faltriquera larga y estrecha cuyo contenido no quiso revelar a los presentes, sino que la entregó directamente al del chambergo.

—Señora —le dijo en ese momento Quintín a Cayetana, aprovechando que todos los ojos estaban puestos en el cura—. Si tiene algo de especial valor que quiera que yo guarde, ahora es el momento, nadie espera encontrar nada en los bolsillos de un mozo de cuadra.

—Eres un buen chico, Quintín —le respondió ella agradecida—. Descuida, todo lo que llevo encima está pensado para que les contente a ellos y no me preocupe a mí, pero no olvidaré tu gesto.

—Haría cualquier cosa por usía, puede estar segura.

Cuando le llegó el turno de entregar sus pertenencias, ni el del chambergo ni sus acólitos parecían prestar especial atención. ¿Qué podía llevar encima aquella mujer aburridamente vestida de gris con un medallón de plata al cuello y unos zarcillos que no los querría ni una posadera? Tampoco parecía de interés el sobrio aliño indumentario de su acompañante, esa vieja con aspecto de viuda pobre. ¿Qué serían aquellas dos damas? Posiblemente maestras o, mejor aún, empleadas de un hospicio de esos a los que van a parar los hijos del amor de todo pelaje, como la negrita que las acompañaba. Hermosa niña. Desafiantes sus ojos verdes y el modo en que los miraba, pero el jefe les tenía prohibido interesarse más de lo debido por los «clientes». «Donde se come no se caga», era su elocuente expresión al respecto.

—Venga, tú —concluyó uno de aquellos hombres, volviéndose hacia Cayetana—, acaba de una vez con tus baratijas, que aún nos falta el plato principal.

El plato principal, es decir, doña Peñitas, no estaba dispuesta a dejarse comer tan fácilmente. Que el señor Carrizosa fuera un majadero lleno de buenas intenciones, su marido un pelele sin carácter y don Emeterio un cobarde pusilánime no significaba que ella fuera ninguna de las tres cosas. Antes de salir de Madrid, también había preparado aquel viaje cuidando los detalles con respecto a posibles robos tal como había hecho la duquesa de Alba. Le había preguntado a cierto vecino suyo, que poco tiempo ha había realizado un viaje a provincias, cuáles eran los lugares más seguros para esconder objetos de valor. «Todas las rendijas del coche —le había indicado aquella excelente persona—. Debajo de los asientos, dentro de algún cojín o como relleno de una almohada que lleve usted consigo». A juzgar por el estado en que había quedado el coche de punto después de la inspección de aquellos desalmados, mucho se temía doña Peñitas que hubieran descubierto casi todos los tesoros con los que viajaba. Daba por perdidas también las joyas que llevaba encima. Una dama que se precie no puede viajar más pelada que la cabeza de un fraile, de modo que iba adornada de varias hermosas piezas que yacían ahora mismo a los pies del fulano del chambergo, donde ella las había arrojado después de dedicarle unos epítetos que habían hecho sonrojar, y con razón, a don Emeterio. Pero lo que no estaba dispuesta a entregar de ningún modo era la joya que ahora apretaba entre sus dedos. Una sortija de rubíes, nada menos, una joya digna de una duquesa. Nada más verla en el Monte de Piedad del padre Piquer supo que tenía que ser suya. Años había estado ahorrando, sisando un poco de aquí y un mucho de allá, aguando la sopa y haciendo pasar a su Dionisio más de un gato por liebre para hacerse con ella. Nadie se la iba a arrebatar, no señor. Bastaba con poner en marcha un pequeño ardid. Uno que también le había revelado aquel vecino suyo tan viajero. Que sus anteriores consejos resultaran un fiasco no quería decir que también éste lo fuese. En realidad, era sólo cuestión de arrojo. No tenía más que desviar la atención de aquellos miserables durante un par de minutos. El tiempo suficiente para que ella pudiese tirar el anillo al suelo y luego pisarlo de modo que se hundiera en la tierra. El terreno era polvoriento y pedregoso así que nada más fácil que disimularlo bien entre los cantos. ¿Qué podía hacer para lograr que miraran hacia otro lado? Debía inventarse algo cuanto antes. ¡Ah! Ya sé, esto por ejemplo:

—¡Cuidado, mirad qué hace esa negra! Ha cogido la leontina de mi marido del suelo. ¡La he visto, la he visto! Hay más ladrones de los que parece por estos andurriales...

Uno de los bandoleros se volvió hacia María Luz, rápido como un rayo, haciendo brillar su faca.

—¿Dónde la has puesto, negra? Dámela.

María Luz lo miró aterrada, el hombre la agarró por el cuello y el acero de su faca pasó a escasas pulgadas de su cara.

—¡Mamá, ayúdame!

Cayetana se abalanzó sobre el tipo, pero él la apartó de un manotazo.

Quintín corrió en su ayuda.

—¡No se atreva a tocar a esa niña y a la señora aún menos, es la duquesa de Alba!

Cayetana se quedó rígida. Lo único que faltaba ahora era que aquellos individuos descubrieran quién era y la desnudasen de arriba abajo en busca de más joyas. O peor aún, que intentaran retenerla para pedir un rescate. Quintín, lleno de buenas intenciones, acababa de cometer una imprudencia en la que un criado menos novato jamás habría incurrido.

—¡Si ella es la duquesa de Alba, yo soy la reina de Saba! —gritó doña Peñitas, que ya había enterrado su rubí y a la que le vino de perlas sumar más confusión a la escena. Lamentablemente para ella, tampoco el segundo ardid de su vecino viajero pareció tener el éxito deseado. El hombre que zarandeaba a María Luz y que acababa de descubrir que no faltaba leontina alguna en el botín que habían logrado juntar se deshizo de la niña dándole un empujón, con tal fortuna que fue a caer a los pies de doña Peñitas levantando la polvareda suficiente para que emergiese de su escondite el anillo de rubíes.

—Miren lo que tenemos aquí. Como chucho rastreador no tiene igual esta negrita. Venga, resalada, pásame esa prenda, que de buena te has librado, te lo aseguro.

Ni una lágrima soltó María Luz, miraba a aquellos hombres con ojos tan secos como fascinados.

—¿Estás bien? —le preguntó el hombre del chambergo mostrando bastante más humanidad de la que se podía esperar de alguien como él.

—Sí, señor, gracias, señor —contestó ella, con una serenidad que sorprendió a su madre. «Qué extraña niña, ojalá todo esto no se traduzca en nuevas pesadillas».

Sin embargo, Cayetana tenía problemas más cercanos a los que atender. El retruque de doña Peñitas había salvado la situación, pero el tipo del chambergo la seguía mirando como si hubiera en ella algo que no le acababa de encajar.

—¿Cómo dice usted que se llama? —inquiere.

—Teresa Álvarez —replicó sin mentir. A fin de cuentas, ésos eran sus dos primeros nombres.

—No sé qué relación tiene con esta niña, pero es alguien especial —le dijo, como si supiera bien de lo que hablaba—. Y ahora basta de cháchara —añadió, cambiando de registro y adoptando el tono entre cínico y amenazador con el que antes se había dirigido a todos ellos—. Gracias por su generosidad, ha sido muy grato hacer negocios con ustedes. Si no nos volvemos a ver, larga vida y, si nuestros caminos se cruzan otra vez, quizá podamos compartir una jarra de vino y recordar que un día les desplumó el doctor García Verdugo. —Rio, haciendo una pequeña reverencia—. Adiós, reina de Saba —remató, con un guiño de sus increíbles ojos azules a Cayetana antes de montar en su caballo y desaparecer junto a sus acólitos—. Yo tampoco podré olvidarla.

Capítulo 45

El campamento de morenos

El resto del viaje transcurrió con menos sobresaltos. Después de hacer fonda en la siguiente casa de postas, se despidieron del coche con el que habían viajado en convoy. Allí se quedaron reponiendo fuerzas y relatando su ordalía doña Peñitas y don Dionisio, también don Emeterio. El señor Carrizosa, por su parte, decidió continuar a caballo el tramo de viaje que le separaba aún de sus posesiones en la provincia de Córdoba. «Adiós, señora —se despidió—. Ojalá nos hubiéramos conocido en circunstancias más felices». Cayetana lo vio partir con pena. «Todo un caballero», se dijo antes de volver a los traqueteos del camino. La que parecía haber cobrado vida después de atravesar Despeñaperros era Rafaela, como invariablemente le pasaba cada vez que viajaban al sur. La Beata era andaluza y bien que le gustaba hacer de ello bandera.

—Mira qué campos, qué cielos. ¿Has visto algo igual? —le decía a María Luz—, y espera que lleguemos a Sevilla, eso sí que tiene usía y enjundia. —Y a continuación se dedicaba a relatar a la niña todo tipo de sucedidos, anécdotas y leyendas del lugar. Historias de santos, de aparecidos, de pícaros y de marineros, de gitanos, de forasteros—. Que de todo y por su orden hay en esta bendita tierra mía, ya lo verás.

—¿También negros? —inquirió María Luz. Cayetana se puso en guardia, pero la Beata había tomado carrerilla con sus sucedidos y ya no había quien la parara.

—Claro que sí, mi niña. Hubo un tiempo en que en Sevilla había tantos morenos que la llamaban el damero de Europa. Ya no es así, pero sigue habiendo muchos.

—¿Y son todos esclavos?

—Esclavos y libres. Aparte de la Hermandad de Negros, a la que ya te llevaré algún día, existe otro lugar que te gustará más aún.

—Rafaela, por favor, no sigas por ese camino —dijo Cayetana, que opinaba que era preferible que la niña no pensara en esas cosas. Ahora era una Alba y debía sentirse orgullosa de serlo. Qué objeto tenía abundar en sus orígenes. Unos que, además, nadie conocía.

—Por favor, mamá, era sólo una bonita historia que estaba contando Rafaela para hacer más corto el camino...

—Di que sí, niña, que a nadie le ha hecho daño un poco de cháchara y tú, Tana, ¿qué quieres?, ¿que no le hable a la niña del campamento de morenos? ¡Pues bien que te gustaba a ti escaparte para jugar con ellos cuando eras niña! Ni una ni dos fueron las veces que tuve que ir a buscarte antes de que tu abuelo, que en paz descanse, se enterara de que estabas allá, bailando con ellos como alma que lleva el diablo.

—¡Rafaela, por favor!

Cayetana se enoja. Lo único que faltaba ahora era que la Beata le llenase a la niña la cabeza de pájaros hablando de lo que no debe. Y sin embargo, cómo olvidar aquellas escapadas suyas los veranos, cuando tenía más o menos la misma edad que María Luz. Su padre ya había muerto, su madre andaba en amores con el segundo de sus maridos y su abuelo, al verla tan sola, decidió llevársela a Sevilla. «Para que te enamores de Dueñas», le había dicho en alusión al palacio de los Alba en esa ciudad.

Tres meses, tres larguísimos y deliciosos meses habían pasado en aquel lugar. La soledad más acompañada que viviera nunca. Por las mañanas solía salir a pasear a caballo con su abuelo. Fue así como descubrió el campamento de morenos. «De cimarrones», puntualizó él. «¿Y qué es un cimarrón, abuelo?», le había preguntado sólo para descubrir que se llamaba así a los esclavos rebeldes, muchos de ellos fugitivos que llevaban una vida en libertad en campamentos secretos. «Es algo muy común en las Américas y llaman a esos lugares palenques o quilombos. Algunos de ellos son inmensos, hasta de quince mil negros he oído decir que hay uno en Brasil. Viven en comunidad, se ayudan, se apoyan, se defienden. A veces incluso toman las armas contra sus antiguos amos. Aquí en España no existen palenques, pero este campamento —le había explicado el anciano, señalando una fina columna de humo que asomaba por encima de la copa de los árboles— es el que más se le parece». El abuelo terminó su explicación diciendo que era mejor no acercarse. Que uno nunca sabía las intenciones de esa gente y que una niña como ella tenía que tener mucho cuidado de con quién hablaba. Pero ya era tarde. La imaginación de Cayetana se había puesto en marcha y en su cabeza se entreveraban todas las historias que Rafaela solía contarle por las noches sobre su tierra andaluza. Romanzas de gitanos, coplillas de moriscos, canciones de ladinos... ¿Cómo sería añadir a tan colorido repertorio música de negros y sus quilombos? No tardaría mucho en averiguarlo. Para hacerlo no tuvo más que esperar el momento propicio. Su abuelo solía ocuparse de ella bastante más que sus padres, pero también tenía sus obligaciones ineludibles. «Haz caso a Rafaela en todo lo que te diga y procura no estar demasiado rato al sol, no sea que te dé otra de tus jaquecas», le había dicho antes de explicarle que debía pasar el día fuera atendiendo unos asuntos. «Descuida, abuelo, me portaré muy bien y prometo que no saldré de casa sin sombrero». Al menos esta segunda parte de su promesa la había cumplido. Aprovechando la hora de la siesta, cuando el sol estaba en lo más alto y cantaban locas las cigarras, se deslizó hasta las cuadras. Bendita hora en la que todos aprovechan para echar una cabezadita. Ni los mozos de cuadra, ni el encargado, ni mucho menos Rafaela, nadie se enteraría de su marcha. Fue más tarde, casi hacia las seis, cuando descubrieron que faltaba, pero, para entonces, Cayetana ya sabía cómo bailaban los negros. Se había acercado al campamento con todas las precauciones, a peón, llevando a su caballo de las bridas. También allí se dormía la siesta. Y también allí los niños traviesos aprovechaban para hacer de las suyas. Cómo no recordar ahora, camino nuevamente de Sevilla después de tantos años, su encuentro con aquel muchacho. Manuel lo habían bautizado, pero él prefería que lo llamaran N'huongo, su nombre allá en África. Fue él quien le contó cómo lo habían cazado los traficantes igual que a los muchos miles de cautivos que cada mes salían del continente negro para viajar a América. El modo en que había llegado a Cuba, la forma en que lo vendieron al dueño de un ingenio azucarero y cómo había logrado, con apenas doce años, huir y unirse a otros cimarrones en la sierra. Trece años tenía cuando Cayetana lo conoció, pero como él mismo decía, para entonces N'huongo había quemado ya seis vidas. La primera en África, la segunda sobreviviendo a la travesía, la número tres en la zafra, la cuatro en la sierra...

—¿Y las dos que te quedan, N'huongo? —le había preguntado ella con ojos grandes y redondos.

—La quinta es ésta —respondió él mostrándole su pie derecho, al que le faltaban los cinco dedos—. El precio a pagar si eres tan bobo que te dejas agarrar —explicó—. Y suerte que tuve, porque lo normal es que te lo macheteen por el tobillo. Debí de darle pena al alguacil y sólo me dejó cojo para siempre —continuó—. Pero ya ves, acá me tienes, al otro lado del mar, rengo pero vivo.

—¿Tu sexta vida, entonces? —había querido saber Cayetana, y él se encogió de hombros.

—Sí, me queda sólo una, pero pienso estirarla más que la de un gato.

Le contó entonces cómo, al llegar a la Península escondido en la bodega de un barco, había tenido la fortuna de unirse a aquel campamento de negros. Se ayudaban entre sí y la mayoría sobrevivía trabajando como temporeros, también tenían unas cuantas gallinas y plantaban verduras, lo suficiente para engañar al hambre.

—Lo peor son las riadas —explicó, señalando las tres hileras de tiendas de lona en las que consistía su particular quilombo—. Si se anega esta tierra, no tenemos adónde ir, nos echan a patadas de todos lados. Por eso seguimos volviendo aquí, ni los mosquitos ni las fiebres pueden con nosotros. Al menos con *alguno* de nosotros —añadió, señalando una docena de toscas cruces adornadas con no menos toscos collares de piedras y caracoles—. Y hasta que llegue ese momento —rio—, cantamos y bailamos, recordamos. ¿Quieres aprender cómo se sueña en yoruba?

Cayetana se asombra al pensar cuántos años hacía que había borrado de sus recuerdos aquella lejana hora de la siesta. También el momento en el que N'huongo la había tomado de la mano para enseñarle unos extraños pasos de baile. Qué ásperos aquellos dedos y qué bello y fuerte aquel cuerpo negro como el ébano y cimbreante como una vara de avellano. Cayetana había observado fascinada cómo sus músculos perfectos se contraían o estiraban bajo su piel lustrosa y oscura. Incluso olvidaba que era rengo cuando lo veía moverse como un animal salvaje taimado, lento, insinuante.

Cayetana mira ahora a su hija. Tal vez aquel ya muy lejano día y sin sospecharlo siquiera había empezado a quererla. «Sólo se ama lo que se ha amado antes —eso solía decir su abuelo—. Por eso la gente se siente atraída por aquellos que les recuerdan a algo o a alguien por quien ya han sentido afecto, ¿comprendes? Es el modo que tiene Dios de ordenar este desordenado mundo».

La escapada acabó como tenía que acabar, con tremenda regañina por parte de su abuelo y la prohibición de acercarse al campamento de morenos. ¿Qué habría sido de ellos? Habían pasado tantos años, más de veinte. ¿Y N'huongo? ¿A qué habría dedicado su última vida de gato?

Capítulo 46

El reencuentro

El palacio de las Dueñas se alza desde el siglo XV en un enclave privilegiado de la ciudad de Sevilla y debe su nombre al monasterio de Santa María de las Dueñas, cuyas monjas se encargaban, desde los lejanos años del 1200, de dar servicio a las esposas de los reyes. Bien podría decirse que los recuerdos infantiles de Cayetana de Alba hablan de un patio de Sevilla y de un huerto claro en el que madura un limonero. Pero hablan sobre todo de un conjunto de edificios en el que el estilo renacentista se codea con el gótico mudéjar y ambos reinan en sus azulejos, en sus ladrillos y tejas, en sus encalados y artesonados. El primero de los patios que recibe a los visitantes está rodeado de columnas de mármol y pilastras con adornos mientras que en su centro acoge un deliberadamente descuidado cantero de plantas, retamas y flores entre las que reinan cuatro hermosas palmeras.

María Luz las observa ahora con ojos fascinados. En uno de los libros que tanto le gusta distraer de la biblioteca de Buenavista para averiguar algo, lo que sea, sobre sus orígenes, había también unas palmeras de estas mismas características. Por eso sabe que las llaman palmas reales y que son originarias de las Antillas. Ella ignora si sus padres pueden ser de esa región o no. Lo más que ha conseguido descifrar, con ayuda de aquel lacayo negro que le había enseñado viejas canciones de su tierra, era que, siendo mulata, con toda seguridad no provenía directamente de África, sino que sus padres debían de haber pasado previamente por América, donde sus sangres se mezclaron con la de algún criollo. «Sangre cubana, seguro —había dictaminado aquel hombre con admiración—. No hay más que mirarla a *usté*, niña, se mueve como las palmeras». Con el optimismo y la inocencia de sus pocos años, Luz, al ver aquellas orgullosas palmas que se alzaban en medio del patio de Dueñas, se dijo que estaba un paso más cerca de encontrar su camino. ¿Acaso no era aquello un buen presagio?

—¡Papá, papá!

María Luz acaba de reconocer la silueta de su padre y corre a su encuentro. Está allí, de espaldas a ellas, leyendo en un sillón de mimbre trenzado bajo la galería de columnas del patio. Él alza la cabeza sorprendido, alarmado incluso.

—¿Cómo? —dice—. Pero... —No había anunciado su llegada, quería que fuese una sorpresa, y desde luego lo había conseguido.

Cayetana rodea el sillón para darle un abrazo, pero, al hacerlo, tanto ella como la niña se quedan clavadas en el sitio sin saber qué decir o cómo continuar.

El hombre del sillón de mimbre es apenas la sombra de aquel que Cayetana vio partir después de una noche de amor. José ha perdido muchas libras y sus hombros parecen soportar un enorme e invisible peso. Sólo sus ojos mantienen esa chispa siempre irónica que le es característica.

—Querida, podrías haberme avisado de tu visita, un caballero jamás debería tener que recibir a su dama en *robe de chambre* —pronunció aquellas dos palabras en francés. Era una práctica habitual en él. Salpicar la parla con una expresión en otro idioma permite decir lo que uno siente o deplora con un aire de despreocupada trivialidad. Aun así ni eso ni otros mundanos comentarios que añadió sobre el calor lograron disipar la primera y alarmante impresión de Cayetana al verlo. También Luz estaba desconcertada. Se había quedado ahí, de pie, sin saber si besarlo o no.

—¡Pero qué grande está mi niña! A ver, déjame que te mire. ¿No has traído a Caramba?

José sabía de la desaparición del pequeño maltés, de modo que Cayetana calculó que mencionarlo era una forma bastante artera de desviar la atención (y la preocupación) de la niña por su aspecto.

—... Qué pena, tesoro —le dijo después de que la niña relatase la suerte que había corrido Caramba—, pero no estés triste, aquí en Dueñas no te van a faltar mascotas, te lo aseguro. Tenemos aves exóticas, unas cuantas gallinas de Guinea y hasta un tucán. Eso por no mencionar a nuestros amigos los visitadores.

—¿Visitadores, papá?

—¡Y son muchos! Todos los gatos y perros sin dueño de los alrededores sienten predilección por esta casa —rio José—, verás como encuentras buena compañía. De momento, aquí tienes a Coco —añadió, señalando al pájaro que se balanceaba en su percha no muy lejos de allí. Era un bellísimo ejemplar de guacamayo de plumas azules y pecho rojo—. Pero ten cuidado, porque tiene malas pulgas y peor lenguaje. No sé dónde lo ha aprendido, su vocabulario no tiene nada que envidiar al de un pirata.

Luz, encantada, se lleva a rastras a Rafaela —a la que aquel pajarraco le gusta poco y nada— a presentarle a Coco, y José aprovecha para hablar con Cayetana.

—Te escribió Berganza para que vinieras, ¿verdad? Ya arreglaré cuentas con ese tunante.

—¿Por qué no me dijiste nada, José? Podría haber venido mucho antes.

—Eso es precisamente lo que quería evitar, preocuparte en vano.

—En vano... —repite ella, reparando en que hasta la voz de su marido ha cambiado. Mantiene, es cierto, la suave cadencia que a ella tanto le gusta, pero parece haberse aflautado y, a la vez, vuelto más débil—. Sea en vano o no, lo único que quiero es estar contigo. ¿Qué dicen los médicos?

José se encoge de hombros, nunca se ha fiado de galenos. Todo lo arreglan con sangrías, ventosas y purgas, según él.

—Y lo que yo tengo se cura mejor con sol y buena comida, de eso estoy seguro. El invierno ha sido largo y esa maldita carraspera parecía no irse nunca. Pero ha sido llegar mayo y estoy mucho mejor —dice al tiempo que su cuerpo se estremece con un nada oportuno ataque de tos—. Deja, deja —se impacienta al ver que Cayetana extiende ambas manos para abrazarlo—, no es más que fiebre de primavera, estoy perfectamente.

Y en efecto, durante los primeros días su aspecto mejoró mucho. Incluso parecía haberse aligerado aquel invisible peso que impedía que se mantuviera erguido en toda su estatura. También sus manos, tan diestras en caricias, pronto demostraron estar en plena forma. Los criados del palacio de Dueñas debían de estar asombrados. ¿Los señores duques, con más de quince años de matrimonio a sus espaldas, dormían aún en *la misma cama*? Eso sí que era una extravagancia. ¿Qué tipo de aristocracia era aquélla? Sólo los pobres comparten lecho. ¿Y las siestas? ¿También las dormían juntos? Jesús, Jesús, lo nunca visto.

Fue allí, en la gran cama con dosel de su habitación de Dueñas, donde Cayetana descubrió los verdaderos estragos de la enfermedad de su marido. Al principio, José se había negado a que compartieran dormitorio, pero ella se coló en el suyo como había hecho en Madrid y él estaba demasiado débil como para discutir. Había adelgazado mucho. A sus treinta y nueve años volvía a tener el mismo cuerpo que cuando se casaron. Cierto que entonces era un muchacho sano de diecisiete años, pero siempre tuvo ese aire frágil que ahora se había acentuado haciendo más protuberantes sus huesos, sus clavículas, su pelvis. No hicieron el amor, pero se amaron mucho. Sin que ninguno de los dos mencionase nada, buscaron la ternura más que la pasión, la tibieza más que el fuego, la complicidad antes que el arrebato. También hablaron sin tregua. ¿De qué? De todo y de nada. De lo que pasaba en Madrid y en la corte, de lo pronto que habían florecido en Sevilla ese año los naranjos, de las cartas que a José le escribían amigos como Beaumarchais, ahora arruinado después de haberse dedicado al comercio de armas. Hablaron también de Fancho y de lo bien que había quedado su retrato vestida de blanco junto al pobre Caramba. Sólo hubo dos palabras que no mencionaron nunca: una era enfermedad, la otra, futuro. Y hubo también una tercera que, si bien no formaba parte de tan inefable dúo, se pronunciaba con suma cautela: Luz.

—Me preocupa mucho, José, es una niña completamente distinta al resto.

—Y cómo quieres que no lo sea, querida. Una mulata en un mundo de blancos, una hija de esclava criada por una duquesa que la convierte en su hija... Y dentro de todo, su vida ahora no entraña grandes conflictos. ¿Te imaginas lo que pasará cuando cumpla diecisiete o dieciocho años, cuando salga a la sociedad y le toque relacionarse con otros? ¿Cómo la aceptarán? ¿La compadecerán, se reirán de ella? Promete ser una belleza y eso ayuda, pero siempre será, no lo olvides, una negra.

—Por suerte, aún falta para eso. Me gustaría que fuera feliz, hoy, ahora, y sin embargo, no lo es. Se pasa la vida leyendo libros, rebuscando entre láminas y mapas, no es propio de una niña de su edad. ¿Por qué no se contenta con lo mucho que tiene? ¿Por qué quiere buscar otra vida? Para colmo, ayer, en el viaje, Rafaela le estuvo hablando del campamento de morenos que hay aquí cerca, seguro que un día se nos escapa e intenta llegar hasta allí.

—¿Igual que su madre adoptiva cuando tenía su edad? Tú misma me contaste esa aventura, ¿recuerdas?

—¡Es completamente distinto!

—Sí, porque tú eres tú y ella es ella, ¿verdad? Siempre pensamos que los hijos son más pequeños, más frágiles y más vulnerables de lo que fuimos nosotros.

—Pero es que yo no estoy segura de que le vaya a hacer ningún bien. ¿Acaso va a encontrar allí a esa madre que tanto busca? Y aun suponiendo que la encontrara, cosa altamente improbable, ¿cómo va a saber que es ella? Podría tenerla delante y daría exactamente igual, no existe eso de «la llamada de la sangre», es una gran mentira. ¿Para qué va a ir entonces? Lo único que conseguirá es tener aún más pesadillas de las que ya tiene. Dicho todo esto, estoy segura de que se las arreglará para llegar hasta allá. Nos ha salido —ríe Cayetana tristemente— tan cabezota como yo.

—Si no puedes vencerlos, únete a ellos.

—¿Cómo dices?

—Un proverbio inglés y muy sabio. Antes de que se escape, acompáñala tú, bien que lo haría yo, si pudiera.

A Cayetana al principio no le gustó la idea, pero después empezó a ver sus ventajas. Qué podía perder. Así la niña sabría que la estaba apoyando.

Entonces volvió a recordar a N'huongo. ¿Cómo sería, tantos años más tarde, aquel cuerpo suyo bello y oscuro?

Capítulo 47
Otro reencuentro

—Para Elisa —dice el hombre sin mirarla siquiera mientras le entrega la consabida bolsa con los emolumentos de la señorita. Y luego añade, abriéndose paso—: Dígale que esta vez será con baúl rojo y todos sus juguetitos, preciso relajarme.

Trinidad se queda ahí, en la puerta, sin atreverse a mover un músculo. El contraluz de la tarde que, en el momento de franquearle la entrada, había iluminado el rostro del recién llegado sumiendo a la vez y misericordiosamente el suyo en sombras, no dejaba resquicio a la duda. Era él, es Juan. Puede oír ahora sus pasos recorrer impacientes la sala de espera, arriba y abajo.

—Mi querido —oye decir poco después a la señorita Elisa con la voz que reserva a los clientes habituales—. Pasa por aquí, qué alegría verte.

Tardará aún en reaccionar. Junto con el dinero, Juan le ha entregado también su sombrero y su bastón, aquel bastón rubio que tan despreocupadamente balanceaba camino del hotel cuando lo sorprendió la dama del carruaje. Trinidad mira ambos objetos intentando extraer de ellos algún retazo de información. Del bastón no logra obtener ningún dato útil, sólo que es caro y muy diferente de los que solía usar allá en Cuba. Los de entonces eran sencillos, rústicos, éste, a juzgar por el brillo de su madera y la elaborada filigrana de su mango de oro, parece la prenda de un dandi. El sombrero es mucho más chivato. Blanco y de finísima paja trenzada, huele a él. Cuántas escenas, cuántos recuerdos se le atropellan pidiendo paso evocados por aquel suave perfume que tan bien conoce. Desde los de su compartida infancia hasta los del mismo día en que el mar se lo llevó. Unos hablan de baños en el río desnudos, los dos riendo al descubrir cómo iban madurando sus cuerpos, de los primeros besos en lugares secretos y de los primeros naufragios en la piel del otro mientras cantaban las chicharras y Celeste rezongaba allá a lo lejos, llamándolos. «Vengan *p'acá,* niños malos, a ver qué hacen, no sea que se los robe Mandinga...». Muchos otros recuerdos se abren camino al conjuro de aquel aroma mezcla de lavanda y brea. Como las noches en que se escapaban, ella del gran dormitorio que compartía con otros muchos esclavos, él de la cama de ama Lucila, para amarse en los prados con la luna por testigo o cerca de las redomas de la destilería para que sus besos supieran a pecado y a ron. Y luego estaba el último de todos los recuerdos que escapaban de aquel sombrero como de la chistera de un mago. El momento a bordo del *Santiago Apóstol,* justo antes de la tormenta, cuando la abrazó por última vez prometiéndole que todo iba a ser distinto cuando llegaran a tierra, que el futuro no estaba escrito de antemano y que habría un día en que ama Lucila ya no se interpusiera entre los dos.

Trinidad deja sobre la mesa el sombrero de Juan. Lo que él dijo se había cumplido, pero de un modo tan engañoso como todas las profecías de los *orishás.* Era cierto que ama Lucila ya no estaba en sus vidas, pero cuántas cosas habían cambiado desde entonces. Trinidad mira ahora hacia la puerta de la habitación de la señorita. Por unos segundos siente la tentación de espiar qué está pasando ahí dentro. Escuchar detrás de la puerta como ha hecho en otras ocasiones, mirar por el ojo de la cerradura para desvelar las milenarias artes de la señorita Elisa y descubrir los secretos de su baúl rojo. Pero no, claro que no. No es un cliente anónimo quien está ahí dentro. Es él. Pero ¿lo es realmente? Tiene su mismo porte y su misma altura, sus mismos ojos verdes e incluso aquel olor a brea y lavanda que la ha hecho soñar recordando el pasado, pero no es la misma persona. Así lo atestiguan las finas líneas que se han entretejido alrededor de sus ojos volviéndolos desconfiados; también el rictus entre amargo y descreído que parece haberse apoderado de sus labios o el timbre de su voz, antes despreocupado y alegre, apremiante e imperativo ahora.

Una carcajada seca proveniente de la habitación de la señorita viene a reforzar sus temores. Ya no pueden demorarse. Más pronto que tarde esa puerta se abrirá y ella ya no tendrá el contraluz del ocaso para que la oculte. Se mirarán a la cara, él la reconocerá. ¿Qué pasará entonces? ¿Qué ha estado pasando durante estos años desde que desapareció? Por su aspecto y por sus pertenencias no es un hombre pobre, sino todo lo contrario. ¿Qué le impidió recuperar su vida de antes, ponerse en contacto con su mujer? ¿Y ella? ¿Y la hija que estaba en camino tampoco significaban nada, de veras nunca pensó en buscarlas? Y luego, a las preguntas sobre el pasado habría que añadir otras respecto al presente. ¿Quién es la dama del carruaje? Trinidad había tenido poco tiempo de fijarse en ella, pero hace ahora un esfuerzo por recordar cuantos más detalles mejor. Baja de estatura, regordeta con una cara agradable y voz algo chillona, ni española ni portuguesa, hablaba con un acento muy distinto, inglesa tal vez, alemana, quién sabe. ¿Qué otros datos destacables recordaba? El aspecto caro del coche en que paseaba y las joyas que lucía, un grueso medallón de oro al cuello y en las muñecas varios brazaletes del mismo metal hablaban por sí solos, pero el detalle más relevante de todos era su edad. ¿Cuántos años tendría? Cuarenta y muchos si uno es generoso, cincuenta y tantos para ser más realista. Podría ser su madre, se dice, parecía mucho mayor que ama Lucila, que le llevaba trece años cuando los casaron para unir el ilustre —y completamente arruinado— linaje de los García con la no tan ilustre y sí muy rica familia de los Manzanedo.

Trinidad vuelve a pensar en la dama y en la escena que presenció en la lejanía. Recuerda entonces el modo afectuoso y familiar en que se dirigía a él y la reacción de Juan. Le gustaría pensar que son viejos amigos, socios tal vez en algún negocio, pero el modo en que se vio sorprendido por ella y cómo trató de ocultarse al verla no dejan espacio a la duda.

Una segunda carcajada y una exclamación sorprendida. Trinidad sabe lo que significan ambas. Muchas cosas ha aprendido del sexo opuesto trabajando para la señorita y una de ellas es que suelen reaccionar de modo similar, los hombres son rutinarios hasta en los placeres. Ella ignora qué pasa al otro lado de la puerta, pero sí que estas dos expresiones son las que marcan el fin de las sesiones amorosas. En pocos minutos la puerta se abrirá y Juan asomará por ella con la misma cara entre extraviada e impía de todos los clientes de la señorita. Trinidad no quiere verlo así, tampoco exponerse a que él la reconozca, no ahora, no de esta manera. «Piensa, Trinidad, piensa», se dice, hasta que por fin decide lo que va a hacer. Sí, ésa es con toda seguridad la mejor opción. En vez de enfrentarse a Juan, va a espiar su vida. De algo le tenía que servir su recién descubierta vocación de mirar por el ojo de la cerradura. En el caso de Juan, tal vez no pueda hacerlo de modo literal como hizo, por ejemplo, con el holandés errante o el predicador escocés. Pero sí puede seguirlo cuando salga del hotel y descubrir a qué se dedica, dónde vive y también y sobre todo, con quién. Entonces, cuando sepa más sobre él, sus gustos, sus costumbres, podrá buscar el mejor momento para que se produzca el feliz encuentro.

Trinidad se dirige al armario en el que se guardan los efectos personales de los clientes. Saca de él el bastón de Juan y el sombrero. Por un momento siente la tentación de llevárselo a los labios, de besarlo, de sentir de nuevo aquel conocido perfume de brea y lavanda en el que tantas veces había naufragado. Pero no, mejor no, son ya demasiados naufragios. Ahora debe prepararlo todo. Dejar ambas prendas sobre la mesa del vestíbulo bien a la vista para que las encuentre su dueño y desaparecer. Nadie la echará en falta. La bolsa «Para Elisa» está ya entregada y —a la señorita le gusta relajarse entre un cliente y otro— el próximo no suele llegar hasta dentro de un hora. Tiempo suficiente para que ella haga sus primeras averiguaciones.

Minutos más tarde, un Juan García de muy buen humor sale del Hotel Belmond tarareando una canción. Nunca sospechará que lo sigue una sombra.

Capítulo 48

Greta von Holborn

Cuando Greta von Holborn llegó a Madeira allá por los años setenta, la isla acababa de ser barrida por un feroz tornado. «Mejor así —se dijo, mirando el panorama de desolación—, de este modo las dos empezaremos de cero». Greta von Holborn no se llamaba así entonces. El «Greta» era Margareta, el «Holborn» era sólo Holt y el «von» lo adquirió del mismo modo que había adquirido sus exquisitos modales, su aire distinguido y su aristocrático acento, mirando mucho y aprendiendo rápido. Por eso ahora, casi treinta años más tarde, nadie diría que Greta y Margareta eran la misma persona. Ni siquiera aquellos que la habían visto evolucionar de gusano a crisálida y de crisálida a mariposa. Una mariposa un tanto particular, habría que decir, porque ni sus alas eran etéreas ni sus colores brillantes. Ni siquiera en la época en que aún se hacía llamar Margareta fue guapa, y mucho menos lo era ahora, como bien pudo constatar Trinidad al verla el día en que fue testigo de su encuentro con Juan: él a pie, camino de los brazos de la señorita Elisa, ella pasando en su carruaje casualmente por ahí. Sólo que «casualmente» es un adverbio que no encaja demasiado con su persona. Desde sus lejanos tiempos como Margareta Holt, Greta había hecho suyo un lema que cumplía a rajatabla: si quieres triunfar, huye de improvisar. Ni cuando ganó sus primeros cuartos vendiendo su cuerpo a marineros recién llegados a tierra tan ayunos de carne que les daba igual lomo que babilla. Ni cuando con sus primeros ahorros consiguió montar una cantina en la que deleitaba a la clientela con deliciosos pasteles más de gato —o rata— que de liebre. Ni mucho menos ahora, que se había convertido en prestamista y dueña de la mejor casa de empeños de Funchal, nunca, jamás de los jamases, había dejado nada al albur. En realidad, el único encuentro realmente azaroso lo había tenido hace años y fue cuando Juan García llegó a su casa de empeño tratando de vender los dos objetos de valor que sobrevivieron con él al naufragio, una alianza de matrimonio y otro anillo de oro con el escudo familiar. Le había parecido tan guapo y a la vez tan desamparado, con tanta hambre y a la vez con tanto orgullo, que Greta enseguida hizo sus cálculos. A ella, que por cabeza tenía un ábaco o una tabla de logaritmos, poco le costó calibrar, tasar y clasificar a la persona que tenía delante. Un caballero (eso, aun en andrajos, saltaba a la vista); bastante joven (quince o veinte años menos que ella), eso tampoco había que ser Pitágoras para calcularlo; mucha hambre y pocas posibilidades de satisfacerla, al menos a corto plazo. Y por fin, existía en la ecuación que estaba despejando un elemento que sólo una mente prístina y aritmética como la de Greta von Holborn podía descubrir, uno común a muchos hombres que han nacido ricos: una cierta liviandad, así como un tendencia a esperar que la vida fuera la que resolviera los problemas por él.

—¿Cuánto quiere por esta joya? —le había preguntado saltándose su habitual código de conducta que aconsejaba escrutar a los clientes con el frío ojo de un ave de rapiña—. Es muy hermosa —añadió, haciendo girar entre sus regordetas falanges cuajadas de sortijas el anillo familiar de los García, que, a todo andar y siendo muy generosos, podía valer tres monedas de plata—. Le doy seis y no se hable más —ofreció, viendo cómo se dilataban maravillados aquellos ojos verdes—. Me gusta hacer negocios con todo un caballero —continuó, dando a entender que sabía ver más allá de su actual y depauperado aspecto.

Juan, que había llegado a aquellas costas tres días atrás y pernoctaba en los soportales de una iglesia sin haber podido llevarse a la boca más que un chusco de pan y unas coles medio podridas, vio abrirse el cielo, o al menos el purgatorio. Con seis monedas de plata bien podía pagarse un par de noches en alguna fonda, darse un buen baño y aspirar a una comida caliente e incluso a una camisa limpia. Después, Dios proveería. Pero Dios debía de estar proveyendo desde ya a juzgar por lo que a continuación dijo aquella vieja.

—¿Sabes de cuentas? —preguntó, tuteándolo con familiaridad—. ¿Se te dan bien los números?

Antes de pasar a mejor vida, el padre de Juan se había ocupado de que recibiera la educación adecuada para llevar sus asuntos. Pero vino primero la ruina familiar y luego su matrimonio con Lucila Manzanedo para subsanarla y con ella llegaron también a la plantación los administradores de su suegro. Una situación desairada, pero según y cómo también cómoda que le permitía desentenderse de cuestiones tan latosas como ingratas sin dejar de llevar la vida de un gran señor. Evidentemente, ninguno de estos detalles eran de la incumbencia de la dama de dedos regordetes, así que le dijo sin mentir:

—Mi familia tiene una plantación allá en Cuba, una de las más antiguas, y de un tiempo a esta parte, también de las más prósperas del lugar.

—Justo la persona que yo necesito, entonces. ¿Cómo te llamas, muchacho? ¿Te gustaría ser mi intendente?

* * *

Nada de esto sabía Trinidad cuando decidió dedicarse a curiosear en la vida de Juan. Aún ignoraba cómo proceder. Lo único que había conseguido averiguar en la primera tarde cuando lo siguió a prudencial distancia, fue adónde se dirigía, un discreto edificio de una planta sito en la zona más cara y antigua de Funchal. En la puerta y escrito en letras rojas había un no menos discreto cartel con esta inscripción: «Greta von Holborn: préstamos, trueques y empeños».

—¿Greta von Holborn? —retrucó la señorita esa misma noche cuando ya de vuelta en el hotel le preguntó si la conocía—. Ni se te ocurra acercarte a esa tarántula. ¿Por qué te interesas por ella?

Trinidad no tenía la menor intención de desvelar sus verdaderas razones. Lo último que la señorita Elisa hubiera tolerado es que le hicieran preguntas sobre sus clientes, pero se le ocurrió que sí podría proporcionarle algún dato útil sobre la dama del carruaje. A fin de cuentas, daba la impresión de ser un personaje conocido de la ciudad, alguien que despertaba curiosidad.

—No me intereso por ella, sino por su negocio —mintió con cautela—. Sólo tengo un objeto de valor —continuó, pensando en el regalo de Caragatos—: una moneda de plata y a veces me he preguntado cuánto puede valer.

—Mucho más de lo que te ofrezca Margareta por ella —replicó la señorita mientras trajinaba ginebra en un elegante vaso veneciano como solaz de una larga y agotadora jornada de trabajo. A continuación, le relató a Trinidad lo que sabía de la vida de la Von Holborn y cómo se había convertido de gusano en carísimo lepidóptero—... Total y para abreviar: más taimada que una raposa y más fea que un bagre —ése fue su veredicto.

—No tanto —la contradijo Trinidad con toda la intención de tirarle de la lengua—. La he visto por la calle y parece una persona atractiva.

—Lo único atractivo que tiene es su limosnera.

—¿Su limosnera?

—Sí, querida, su bolsa, su billetera, ahí reside su encanto, y bien que le luce —continuó la señorita y Trinidad tuvo la impresión de que estaba a punto de hacerle una revelación sobre la vida personal de la señora Von Holborn. Sin embargo, una de las normas inquebrantables de la señorita era no hablar jamás de sus clientes, de modo que debió de cambiar de propósito sobre la marcha—: En cualquier caso, de lo que puedes estar segura es de que contigo no tendrá miramientos. Con todo, o mejor habría que decir, con *casi* todo el mundo es implacable. Una vez que te envuelve en su telaraña, no hay escapatoria.

Esta conversación dejó a Trinidad aún más preocupada de lo que ya estaba. ¿Qué extraño ascendente podía tener aquella mujer sobre Juan? ¿Por qué él se había mostrado sorprendido y a la vez en falta cuando se encontró con ella por la calle? ¿Qué los unía? ¿Le estaría haciendo chantaje de alguna manera?

Por unos días tuvo que olvidarse de sus excursiones indagatorias. Tocaba a su fin el curso formativo de las palomitas. Las novicias de tan particular fe estaban a punto de tomar el velo. O dicho de otro modo, se acercaba su examen final, el que les daría todas las bendiciones para empezar a volar solas en el mundo del placer.

—Vamos a ver, Anahí, ¿en qué musarañas andas pensando que no has cumplido mis instrucciones? ¿No te dije que hoy toca examen de cofre? ¿Dónde está?

El cofre color lacre dormía siempre en el mismo rincón, junto a la ventana, custodiando sus misterios y sólo la señorita se ocupaba de él. A ella no le estaba permitido tocarlo siquiera, y mejor así. Si alguna vez había sentido curiosidad por su contenido, desde que Juan lo había solicitado en su visita amatoria, prefería seguir en la ignorancia. ¿Qué más daba lo que pudiera contener? No era de su incumbencia. Ella no era una palomita ni nunca lo sería, se limitaba a cumplir con sus obligaciones de la mejor manera posible. Los misterios del amor mercenario no le interesaban en absoluto.

—No te estoy diciendo que lo abras, sino que lo traslades de sitio. Sígueme —le dijo la señorita, envolviéndose en su bata china—, vamos fatal de tiempo.

Lo primero que le sorprendió al cogerlo fue lo ligero que era. No sabía por qué, pero se lo imaginaba lleno de pesados artilugios, correas, cachivaches inverosímiles.

—En cinco minutos quiero esta sala preparada. Allí al fondo irán los chiches —así llamaba la señorita al balancín, los gorritos de marinero y todo el resto de juguetes sexuales que usaba habitualmente—, en el centro la tina de baño y a su derecha el baúl. Cuando termines de colocarlo todo, puedes ir a dar una vuelta. Ya sé que de un tiempo a esta parte te da por los largos paseos. Dos horas me llevará examinar el vuelo de estas palomitas, así que mientras tanto eres libre de seguir el rastro a tu Greta von Holborn.

No pasó inadvertida la fina ironía que escondían las palabras de la señorita. Trinidad tuvo, una vez más, la sensación de que leía en sus pensamientos como en un libro abierto. Pero esta vez la señorita se equivocaba, no tenía la menor intención de seguir espiando a Greta von Holborn, ya había logrado averiguar todo lo que le interesaba sobre su persona y, en concreto, un dato esencial: si esa dama era tal como se la había descrito, y todo apuntaba a que sí, la relación de Juan con ella debía de ser más impuesta que voluntaria. Una vieja deuda, quizá, algún tipo de chantaje, quién sabe. Trinidad había observado que todas las mañanas, hacia las nueve, Greta von Holborn dejaba el negocio en manos de Juan y tomaba su carruaje. Solía volver al cabo de hora y media con la cabeza llena de remozados tirabuzones y con las mejillas arreboladas por un sabio colorete que (casi) parecía natural. Tenía que aprovechar ese momento. Era la ocasión perfecta para propiciar un encuentro con Juan. Ya lo tenía todo pensado. Ella se vestiría con uno de los bonitos vestidos que le había regalado la señorita. Llevaría incluso guantes y un parasol como las damas. Se acercaría hasta «Greta von Holborn: préstamos, trueques y empeños», accionaría el llamador y el alegre campanilleo de la puerta anunciaría la llegada de una nueva clienta. «Buenos días», pensaba decirle aún de espaldas fingiendo que trasteaba con su parasol tratando de plegarlo. Buenos días, correspondería él, presumiblemente antes de sorprenderse y reconocerla. Con toda seguridad, tardaría unos segundos en reaccionar, asombrado, anonadado incluso, y ella, olvidando todo lo sucedido en estos tristes años —su desaparición en el mar, el modo en que sola tuvo que dar a luz a Marina, su venta como esclava y muchas otras peripecias hasta enterarse de que él vivía—, y olvidando incluso cómo lo había venido a buscar y el modo en que lo había encontrado minutos antes de que se entregara en brazos de la señorita Elisa, pensaba decirle: «Aquí estoy, mi amor. No digas nada, no quiero saber qué ha pasado, ni en quién te has convertido, echemos atrás el tiempo, volvamos a bordo del *Santiago Apóstol*, recomencemos de nuevo, como antes, como nunca».

—¿Anahí? ¿Me oyes?

La palomita debía de pensar que se ha quedado dormida porque la zarandea suavemente.

Trinidad abre los ojos sorprendida.

—No dormía, claro que no, sólo estaba pensando, perdona, ¿qué decías?

Tiene ante sí a una de las discípulas de su ama. Envuelta en una bata china blanca y con un dragón bordado a la espalda, parece la virginal réplica de la maestra. El mismo cuerpo exiguo, la misma boca sangrante y roja y ojos muy negros con enormes y falsas pestañas.

—Ya se han ido el resto de las niñas y la señorita se ha retirado a su habitación a descansar. Me ha dicho que te ayude a recoger las cosas del baúl.

—¿Estás segura de que te ha dicho eso? No le gusta que nadie lo toque.

Por toda respuesta la palomita señala la puerta abierta y al fondo el arcón.

Está bien, se dice Trinidad contrariada. Aún no entiende cómo ha podido quedarse dormida y desaprovechar una ocasión así. Ahora deberá esperar al próximo turno de palomitas para acercarse a la tienda en la que supone trabaja Juan y hacer realidad su sueño. Qué contrariedad, la próxima reunión de discípulas no será hasta dos días más tarde.

—Bueno —le dice a aquella niña—, acabemos de recoger esto cuanto antes, supongo que querrás volver a tu casa.

Van y vienen por ahí poniendo orden. Recogen todos los juguetes y chiches, se ocupan de vaciar y dejar reluciente la tina de baño y luego Trinidad se acerca al baúl. Ahora comprende por qué le había parecido tan ligero. Dentro de aquel arcón, sentada, ingrávida y desnuda hay una muñeca. Ella nunca ha visto un material de esas características. Es como una gran vejiga hinchable. Se atreve a tocarla y le espanta su tacto. Por un momento piensa que aquel engendro está hecho con piel humana como si un sádico se hubiera dedicado a desollar viva a una niña y rellenarla luego con aire. ¿Qué, qué es esto...? Comienza mirando a la palomita, pero la niña trastea con otros objetos del baúl con la más indiferente y ajena de las actitudes. Cintas, ligas, corsés, pelucas. La bata china se le ha abierto y por ella asoma el exiguo pecho de la adolescente que es y ríe. El pelo rubio y rizado de una de aquellas pelucas le hace cosquillas, pero Trinidad no puede separar los ojos de la muñeca hinchable. Repara ahora en otros detalles, su boca por ejemplo. Abierta y llena de dientes parece la de un ahogado, qué extraña incongruencia con aquellos labios tan rojos idénticos a los de la palomita. Por un momento siente la tentación de preguntarle a la niña para qué sirve aquel remedo, pero la respuesta está en el vello de su pubis, que oculta un orificio rojo; en la suave pelusa que cubre su vientre y trepa hasta el ombligo, en el tacto casi humano de la piel de sus nalgas.

—Mira —ríe ahora la palomita. La bata china ha caído dejándola desnuda, pero no es eso lo que llama la atención. Tampoco el brillo lúbrico que hay en sus ojos de niña ni la lengua muy roja con la que se humedece los labios mientras sonríe. De entre todos los accesorios que allí hay, ha elegido una peluca de pelo negro y ensortijado y se la pone a la muñeca—. ¿Ves? Mira qué fácil es convertirla en Trinidad —canturrea y a ella le parece estarse mirando en un grotesco y terrible espejo deformante. Es cierto. Su mismo corte, su mismo color, sus mismos rizos—. Y ahora la convierto en mí —continúa la palomita poniéndole a la muñeca una peluca de pelo oscuro y muy liso—. Marion, la llamamos, y es la puta perfecta —explica a continuación—. Cada hombre la viste y la peina como quiere y así se acuesta siempre con la mujer de sus sueños...

A Trinidad le gustaría huir, escapar, correr fuera, lejos, para no tener que oír nada más. Pero sigue ahí viendo cómo aquella muchacha, apenas una niña, le cuenta que los clientes se aterran la primera vez que ven a Marion, pero, una vez que se les explica cómo se juega con ella, piden siempre sus servicios. No hay nada como un sueño y cada hombre tiene un amor perdido. La mayoría de los clientes están casados o viven con mujeres a las que no desean ni quieren, por eso les gusta vestir y peinar a Marion a su gusto, convertirla en aquella que pudo ser y no fue.

La palomita continúa probándose las pelucas de Marion, fingiendo que se convierte en otras muchas mujeres, pero Trinidad ya no la ve a ella, sino a Juan. Juan entregándole el dinero «Para Elisa» sin mirarla siquiera y luego diciéndole «con baúl y todos sus juguetitos», antes de cerrar la puerta de la habitación de la señorita. Juan riendo con ella y con Marion, Juan saliendo de la habitación con los mismos ojos extraviados que todos los clientes de la señorita. ¿Habría vestido y acicalado a Marion para que se pareciera a ella, le habría puesto aquella peluca de pelo negro y ensortijado? O tal vez no. Quizá la hubiera vestido con otro traje y elegido otro color de pelo para soñar con alguien que no era ella. Una arcada encoge su cuerpo. Siente ganas de vomitar, de vaciar su estómago y con él su asco. Se siente sucia.

—¿Estás bien, Anahí?

Es la palomita, que acaba de recolocarse la bata china y dejar en el baúl la última de las pelucas.

—Ayúdame, niña.

Capítulo 49

N'huongo

Tal vez porque ha elegido volver al campamento de morenos a la misma hora que lo había hecho más de veinte años atrás, a Cayetana todo le parece familiar. La recibieron los mismos ladridos escandalosos que delataron su presencia la primera vez y las diez o doce tiendas de lona que se levantaban en torno a una gran hoguera se le antojan tan precarias como entonces. Sólo el reino de los muertos ha aumentado. Si antes seis o siete toscas cruces señalaban otras tantas tumbas, ahora eran lo menos treinta las que apuntaban al cielo sus torcidos brazos.

Cayetana aprieta la mano de su hija. Ha preferido que nadie las acompañe. Ni guardeses ni criados, ni siquiera Rafaela; las dos solas. También como la primera vez, había elegido dejar los caballos atados lejos del campamento y acercarse a pie. Mira a la niña, pero la cara de María Luz no delata emoción alguna. Aquellos rasgos cada vez más perfectos y definidos esconden un alma que Cayetana no alcanza a comprender. Es como si deliberadamente quisiera dejar a su madre fuera de sus pensamientos, de sus sentires. ¿Qué pasa por su cabeza? ¿Acaso no se alegra de que la haya acompañado hasta aquí?

María Luz se había vestido con especial cuidado aquella mañana. Rafaela le había dejado sobre la cama el traje de amazona verde, uno de sus favoritos, pero cuando volvió de vaciar la jofaina, la encontró toda de blanco con un viejo y ligero vestido de batista. «¿Dónde crees que vas así, criatura? Pareces una criada, vete a cambiar ahora mismo». Pero de nada le sirvió porfiar o amenazar, se salió con la suya. Ni ella ni su madre lograron que se mudara.

—Qué más da, Rafaela —acabó claudicando Cayetana—, que vista como quiera, al fin y al cabo no vamos a ningún lugar importante —dijo y de inmediato se arrepintió de haber pronunciado esas palabras.

María Luz no las oyó o fingió no hacerlo. Acababa de acercarse al balcón y allí cortó con cuidado dos rosas blancas. Luego, sin decir palabra, se acercó al espejo que había en su habitación para prenderlas en su pelo.

—¿Quién te ha enseñado eso? —preguntó Rafaela alarmada, porque el modo en que las había colocado, muy bajas y sueltas casi a la altura de la nuca, nada tenía que ver con los rígidos cánones estéticos con los que se había criado, y Cayetana sintió un escalofrío.

«La sangre —pensó—. Todo lo que hace y dice últimamente está dictado por una parte de su forma de ser, que me es completamente ajena».

—Ven, mi vida, dame un beso —opta al fin por decirle—. En cuanto termines de merendar, nos vamos, no sea que se nos eche la noche encima.

María Luz mira ahora a su alrededor. Convocadas por los ladridos de los perros, empiezan a asomar entre las lonas de las tiendas las primeras cabezas. La niña al verlas siente una mezcla de alegría y alarma. Tiene la sensación de estar en un extraño sueño en el que todos son como ella y, al mismo tiempo, tan diferentes. Esos niños en harapos que la observan con ojos asombrados, aquellas mujeres de turbantes multicolores que salen a recibirlas, unas con bebés en brazos, otras con un par de mocosos agarrados a sus faldas. Y luego están los hombres. A María Luz le parecen tan grandes e imponentes como las estatuas del parque del Retiro, sólo que éstas son negras y las miran desconfiadas.

—¿N'huongo? —pronuncia Cayetana, y por un loco momento María Luz piensa que su madre habla el idioma de ellos, aquella extraña lengua que, según ha leído en los libros, secretamente usan los esclavos en América, aunque lo tienen prohibido. Pero enseguida, y por la respuesta que recibe Cayetana, se da cuenta de que es sólo un nombre.

—¿Tú conoces a N'huongo? —la tutea el hombre al que acaba de hacerle la pregunta.

—Sí, y me gustaría hablar con él.

—¿Por qué va querer él hablar contigo? —recela el otro—. ¿Quién eres?

—Dile que lo busca Cayetana Álvarez. Fuimos... somos —corrige al punto— amigos.

María Luz se pregunta cómo será alguien que lleve un nombre así. Se le antoja un sabio, un jefe. En su imaginación lo pinta grande, joven y fuerte, nada parecido al hombre que ahora se les acerca cojeando. Viste de oscuro con unos calzones desgastados y una camisa que alguna vez debió de ser negra y ahora sólo es parda. Únicamente sus ojos son tal como ella los había imaginado. Alertas y sagaces parecen saltar de su madre a ella y de ella de nuevo a Cayetana para sonreír tímidos.

—Señora duquesa, este viejo nunca soñó que volvería a verla.

—No me andes con ceremonias, N'huongo. ¿O es que ya no te acuerdas de que la última vez que nos vimos la pasamos bailando?

—Entonces yo no sabía quién era usía.

—Y bien que te enteraste cuando apareció por aquí mi abuelo hecho un basilisco —ríe ella—. Mil quinientos padrenuestros y otras tantas avemarías con sus glorias me mandó en castigo sabiendo mi poca afición a los rezos, pero valió la pena. ¿Qué tal tu séptima vida? N'huongo es como los gatos —aclara para María Luz—, seis vidas ha quemado, pero está claro que la última está siendo larga y espero que también feliz.

Como respuesta, N'huongo hace un gesto con la mano que abarca todo el campamento de negros. La precariedad de las tiendas de lona, el vientre hinchado de los niños, las caras resignadas de los hombres y desafiantes las de las mujeres. También señala el camposanto lleno de cruces y un huerto en el que crecen apenas unas pocas coles y nabos. María Luz tira de la mano de su madre, intentando que mire hacia donde señala el hombre. Pero Cayetana está tan contenta con el reencuentro que no hace caso, acaba de soltar el brazo de su hija para coger el de su amigo y colgarse de él.

—¿Te acuerdas de aquel día, N'huongo? Tú me enseñaste cómo sienten y aman los morenos y mírame ahora, ésta es mi hija, María Luz.

La niña hace una pequeña reverencia y él da un paso como queriendo evitar que se agache ante él. Sólo entonces se da cuenta de su minusvalía. Le han amputado los cinco dedos de un pie, luego los años y las penurias lo han convertido en poco más que un muñón. María Luz piensa en cómo pueden haber sido esas seis vidas que, según dijo su madre, ha quemado ya N'huongo. Cuántas penurias y sufrimiento se esconden en los surcos de su frente, entre sus manos sarmentosas, en ese enorme esqueleto suyo vencido por un gran peso. ¿Qué edad puede tener? En realidad, es fácil saberlo. La misma que su madre, así lo había dicho ella. Treinta y pocos años. Qué afanosas deben de haber sido esas vidas suyas para que gato tan joven parezca un anciano.

María Luz suelta la mano de su madre.

—¿Adónde vas, tesoro? Vuelve aquí. ¿Ves, N'huongo? ¿Qué te estaba diciendo? Esta niña es indómita. José y yo no sabemos qué hacer para que esté contenta.

Cayetana cuenta a continuación todo lo que hay que saber sobre María Luz, cómo había llegado envuelta en el turbante de una esclava; lo poco que Martínez les había revelado sobre sus orígenes y habla por fin de cuánto había cambiado la niña después del incendio y la muerte de Caramba.

—... Está obsesionada con encontrar a su madre. ¿Adónde crees que se ha escapado ahora? Apuesto a que se habrá metido en una de esas tiendas para hablar con las mujeres, coger en brazos a algún niño y acunarlo como si fuera suyo. O peor aún, como si fuera ella la criatura. Dios mío, ¿qué he hecho mal, N'huongo? ¿Qué necesita mi niña que yo no pueda comprarle?

—La sangre no se compra.

—O tal vez sí. Mira, ya sé lo que voy a hacer. Llevarme a una de estas mujeres a trabajar conmigo. Tal vez sea eso lo que mi niña necesita, dime el nombre de alguna y lo arreglamos ahora mismo tú y yo, pagaré lo que sea.

—Tampoco se puede comprar el pasado.

—Pues mintamos entonces. ¿Qué mal puede hacerle? Digámosle que una de ellas es su madre. Una buena mentira es mejor que una mala verdad.

N'huongo entonces separa las lonas que hacen de puerta y la invita a entrar en una de las tiendas próximas.

—Ésta es mi casa, Tana —le dice, llamándola por su nombre por primera vez—. Mira, ésta es mi vida, todo lo que he logrado construir desde que bailamos aquella tarde —añade, señalando un camastro grande y dos pequeños, apenas un par de muebles más, como una silla de enea y una mesa desvencijada sobre la que reina un incongruente jarrón de rosas frescas.

—¿Vives solo?

—Sí, ella se fue hace dos años llevándose a nuestras dos hijas —explica—. Encontró a un hombre rico y se creyó sus promesas. Quería comprar para las niñas un futuro, igual que tú quieres comprar un pasado a la tuya. Pero a la vida no se le pueden hacer trampas, las conoce todas.

—No sé qué quieres decir con eso. Supongo, simplemente, que no vas a ayudarme.

—Haré lo único que puedo hacer por ti, por ella. Tener los ojos muy abiertos.

—No sé si será suficiente ayuda —cavila Cayetana, sin poder evitar que la influya el triste decorado que la rodea.

—Los tambores de la selva —explica N'huongo—. Da igual dónde vivan unos y en qué trabajen otros, sean esclavos o libres, nos sirven para hablar, igual que siempre. —Y luego, al ver la cara de perplejidad de su antigua compañera de baile, añade—: Tenemos nuestra forma de comunicarnos. Ya no hay tambores, pero las noticias vuelan tanto o más veloces que sus redobles. Mi gente trabaja para otras personas, tiene hermanos, hijos, parientes en varias casas de Sevilla, que, a su vez, tienen hijos, hermanos y parientes en otras muchas. Y luego está la Hermandad de Negros, que se reúne en la iglesia de Nuestra Señora de los Ángeles. Allí todo se sabe, todo se corre, todo se comenta. Espera que yo dé la voz de que la duquesa de Alba busca a la madre de su hija adoptiva, te lloverán las candidatas.

—Ya, y entonces tendremos el mismo problema que mencionabas antes. Cómo saber cuál es la verdadera.

—En eso sólo puede ayudarte una persona —apunta N'huongo y el nombre de Martínez antes mencionado por Cayetana baila en sus labios pero nunca logrará traspasarlos porque ladridos de perros, voces y gritos hacen que se interrumpa la conversación.

N'huongo cojea hacia el exterior de la tienda.

—¿Se puede saber qué pasa?

Uno de los últimos rayos del sol de la tarde le hiere los ojos impidiéndole ver a los dos jinetes que acaban de irrumpir en el campamento. Sus voces, en cambio, le llegan nítidas tanto a él como a Cayetana, que aún está en el interior.

—¡Pronto, buscamos a la duquesa de Alba! Tú, ¿la has visto? ¿Y a su hija?

María Luz, que mientras su madre hablaba con N'huongo había logrado vencer las reticencias iniciales de unos niños que la miraban con una mezcla de curiosidad y alarma, habla con los recién llegados.

—Marcos, Gabriel —les dice, reconociendo a dos de los criados de su padre—, ¿qué ocurre?

—Se muere, señorita. Berganza, el secretario del señor duque, nos ha pedido que vengamos a alertarlas —responde uno de ellos—. ¿Dónde está usía? —Y al ver a Cayetana de pie junto a una de aquellas míseras tiendas va hacia allí—: Una gran hemorragia, el médico del señor duque está ya con él.

Capítulo 50
Un par de guantes de hilo

Después del episodio de la muñeca hinchable, Trinidad no sabía qué hacer. Por un lado, se moría de ganas de darse a conocer a Juan, pero, por otro, temía que no fuera ya aquel que ella había conocido en tiempos. «Cuando lo encuentres, descubrirás que no es lo que buscabas, nunca lo es». Eso le había dicho la señorita Elisa la primera vez que le habló de él. ¿Pero qué podía saber alguien que había hecho del amor una profesión en vez de una devoción? «No —concluyó al fin—, Juan no puede haber cambiado tanto. Lo que ocurre es que está solo, lejos de su tierra, tal vez haya cometido errores, pero nada que mi amor no pueda cambiar».

Aún tuvo que esperar un día y medio hasta que las Palomitas volvieran a tener clase y ella pudiera escapar hasta el lugar en el que suponía trabajaba Juan, pero por fin llegó el momento. Se vistió con esmero. Primero pensó en peinarse tal como lo hacía allá en Cuba con el pelo suelto como a él le gustaba, pero recordó entonces la peluca del cofre color lacre y optó por recogérselo en la nuca con una cinta roja. Estaba muy guapa. Así al menos parecían corroborarlo las muchas miradas con las que se cruzó camino de «Greta von Holborn: préstamos, trueques y empeños».

—Diez cobres, hermosa, y te digo la suerte.

Era ella otra vez, la mujer a la que había comprado romero el día en que viajó a Boaventura, la misma que la había sujetado por la muñeca intentando que le diera un par de monedas más por adivinarle el futuro.

—Cuando termine mi visita —le prometió. No quería perder tiempo, acababa de ver salir del establecimiento a su dueña y debía aprovechar la ocasión. Vio cómo la señora Von Holborn anudaba su voluminoso bonete verde antes de dirigirse con cortos pero decididos pasos hacia su carruaje, montarse en él y desaparecer entre una nube de polvo. Perfecto, se dijo, la suerte estaba de su lado, era el momento ideal para acercarse y llamar. Antes de hacerlo, se detuvo a mirar por la ventana y allí estaba Juan, sentado ante una mesa, aplicadamente escribiendo al fondo del establecimiento. Qué guapo se le veía con la cabeza medio ladeada, igual que un niño bueno que hace los deberes. Ya tiene el llamador en la mano y no puede resistir la tentación de hacer un pequeño guiño al pasado: dará dos golpes rápidos y dos más espaciados, aquella era la contraseña que usaba cuando acudía a su habitación antes de que se casara con ama Lucila. Los mismos que repite ahora y, sin esperar respuesta, abre la puerta.

—Buenos días —dice él en portugués y sin levantar la vista de lo que está escribiendo—. Enseguida estoy con usted.

—Juan... —pronuncia ella, demorándose en cada letra.

—Dios mío, no puede ser —exclama él.

Y Trinidad corre hacia él, lo abraza, y atropelladamente empieza a contarle lo que tantas veces en sueños ha ensayado decirle. Lágrimas ruedan por sus mejillas pero no se detiene. Coge sus manos para hablarle de Celeste y de ama Lucila. También de la Tirana y de su prima Luisita, de Martínez y de Amaranta, de los señores de Santolín, de todos, excepto de la señorita Elisa. Por supuesto, también le habla de Marina, de sus ojos verdes, hasta terminar contándole cómo los *orishás* y sus oráculos tramposos han logrado, pese a todo, llevarla hasta él. Él la mira, primero azorado, después interrogante. En ningún momento sonríe, pero Trinidad se dice que es por la sorpresa, por el estupor. Decide respetar su silencio. Eso también lo aprendió en sueños. No le hará preguntas. Prefiere no saber nada de su vida actual, lo único que le interesa es el futuro.

—... El futuro y nuestra niña, vida mía, nada más... —En ese instante, es la primera vez que lo ve temblar. La mano que, durante todo este tiempo, ella ha atesorado entre las suyas se agita, igual que un pájaro asustado—. No sufras, mi amor, ya pasó todo, ahora estamos juntos —le dice, acariciándole la cara, mojándola con sus lágrimas. Trinidad nunca se ha sentido tan fuerte, tan elocuente; nota a través de su piel el dulce calor de la de Juan. No importa que no le diga nada, su cuerpo habla por él, lo hace a través de esos ojos afiebrados con los que la mira, del estremecimiento de su cuerpo, del tiritar de sus dedos—. Mi vida, mi niño, ya pasó —lo arrulla igual que cuando eran pequeños y era ella la que le curaba alguna herida que se había hecho jugando—. Así, mi cielo, ya estamos juntos, y nadie podrá volver a separarnos.

—¿Se puede saber quién es usted? —La voz parece venir de muy lejos, de cientos de leguas y, sin embargo, cerca de allí, junto a la puerta, brazos en jarra y con el bonete verde en difícil equilibrio sobre su cabeza llena de tirabuzones, se dibuja la silueta de Greta von Holborn—. Le doy exactamente dos segundos —ordena— para que se aparte de mi marido.

* * *

Greta von Holborn no tiene una buena opinión de los hombres. Según su experiencia, que es larga y sobre todo muy ancha, son seres volubles, llenos de inseguridades a los que hay que estar complaciendo, tutelando, explicando cómo actuar para que logren sus fines. Tomemos el caso de Juan, por ejemplo. ¿Qué habría hecho sin ella? Desde aquel día años atrás cuando entró en su establecimiento vestido de harapos, todo lo ha tenido que hacer por él. Primero, despiojarlo, lavarlo, vestirlo con traje de lino, zapatos y sombrero caros y hasta leontina de oro. Después, inventarle un pasado. En eso al menos no necesitó mentir en exceso. El hijo de un gran terrateniente cubano tiene su relumbrón. Aunque mejor cambiar algunos detalles del pedigrí. En vez de padre despilfarrador y familia arruinada vamos a inventarnos una rebeldía. Una desavenencia paterno-filial, por ejemplo, que lo habría obligado a renunciar, muy novelescamente, a una gran fortuna. En cuanto al detalle de tener una esposa rica y fea de nombre Lucila, que ahora vivía en España dilapidando dinero, la vida, que es siempre la mejor inventora de historias, había venido a su rescate. Greta aún recuerda con una sonrisa beatífica cómo había leído en una gacetilla de noticias curiosas la absurda muerte de la tal Lucila Manzanedo en un teatro y ante espectadores de mucho postín. Quién sino ella le había dicho a Juan que se presentara en el consulado español reclamando la herencia de la finada. Y quién le había dado dinero con que empezar el largo y caro proceso que lo llevaría, esperemos que muy pronto, a recuperar su fortuna. ¿Y qué había conseguido a cambio de tantos desvelos? Algunas indudables ventajas, eso había que reconocerlo. Para empezar, ahora tenía un segundo de a bordo, si no bueno con los números, sí carente de todo escrúpulo a la hora de cobrar a aquellos que se atrevían a retrasarse en los pagos. Tampoco era moco de pavo la cuestión estética, digamos. Tener a su lado primero un amante y más tarde (y a petición de él por cierto) un marido guapo, educado y casi veinte años más joven que ella era más que agradable. Es cierto que la situación tenía sus peajes. Su flamante esposo no escatimaba en gastos, por no decir que era un pródigo manirroto. Tampoco era plato de gusto saber que buena parte del dinero que derrochaba iba a parar a mesas de juego o camas ajenas como la de esa horrible y eterna adolescente, la señorita Elisa, pero qué más daba. Mientras ella supiese (¿de veras creía él que no se enteraba de cada una de sus correrías?, pobre corderito descarriado) y controlase todo, no había peligro. Al menos así había sido hasta ahora. Precisamente hasta el momento en que, al volver por sus olvidados guantes de hilo, lo encontró en brazos de una mulata y temblando de pies a cabeza. «Te juro que ha sido la más inesperada de las sorpresas, lo último que me podía imaginar es que ella entrase por esa puerta —le aseguró en la nada agradable conversación que tuvieron una vez solos—. Me estaba dando detalles de cómo murió mi mujer... y de otros pormenores, la conozco desde niño, nos criamos juntos».

No era tanto la mención de «otros pormenores» lo que la había alarmado, sino el dato de que hubieran compartido infancia. Los hombres son «románticos» —se dijo Greta von Holborn, masticando aquel deplorable neologismo que empezaba a ver con mucha más frecuencia de la deseable en las publicaciones alemanas que recibía periódicamente. Porque ¿qué es un romántico? Según había podido leer, es alguien que antepone los sentimientos a la razón, las pulsiones a los deberes, el corazón a la cabeza. En pocas palabras, un tonto manipulable de ojos soñadores y corazón palpitante. «La viva estampa del Juan que he visto hace un rato en brazos de esa maldita negra», se dice, antes de añadir que una situación de estas características iba a requerir mucha mano izquierda y no menos gramática parda. La señora Von Holborn era de la opinión de que no había que enfrentarse jamás a los hombres. Que, en su torpeza y simpleza, el sexo mal llamado fuerte seguía actuando igual que sus antepasados los de las cavernas. Que un hombre al que se ataca tiene todas las de ganar en el enfrentamiento, mientras que, si lo engañas como a un chino, acaba comiendo de tu mano. Greta von Holborn vuelve a pensar en el Juan que había visto hace un rato en su establecimiento, justo después de que se marchara la esclava de marras y se dice que, de haber tardado unos minutos más en entrar, quién sabe qué hubiese hecho aquel romántico tontaina.

—Hombres —vocaliza en voz alta, mientras acaricia los bonitos (y absolutamente providenciales) guantes de hilo que propiciaron su tan oportuno regreso—. Hay que estar más pendientes de ellos que de un niño de teta. Para librarlos de todo mal, por supuesto.

CAPÍTULO 51
MUERTE

—Cayetana, querida...

—No digas nada, José, descansa, ya habrá tiempo para hablar. —Le cogió la mano. Estaba helada e intentó templarla con sus besos—. El médico ha dicho que te pondrás bien —mintió.

La cara del doctor no permitía albergar dudas y, por si alguna quedara, su franqueza minutos antes había sido brutal.

—Nada podemos hacer ya por él —le dijo al recibirla en la antesala del dormitorio—. Sucedió nada más salir usía con la niña. Una terrible hemorragia, cuando llegué, temí que pudiera ahogarse en su propia sangre. Consunción, señora, hace años que la sufre en silencio. Si al menos se hubiera puesto antes en manos de galenos, ahora sólo podemos aliviar su agonía.

Posiblemente fuera ése el motivo por el que lo habían sentado tan erguido en la cama sostenido por varias almohadas. Un pálido fantasma entre puntillas y *filtiré.*

—Escúchame, Tana, hay algo que necesito decirte —comenzó, pero su pecho volvió a estremecerse produciendo otra gran bocanada de sangre.

Se abrazó a él y su cuerpo le pareció aún más menudo que la noche anterior cuando durmieron entrelazados. Él la apartó suavemente, necesitaba la poca fuerza que le quedaba para hacer algo que temía que la muerte interrumpiera.

Extendió entonces una mano, esa en la que llevaba un pequeño anillo que Cayetana conocía bien. Era el primer regalo que ella le había hecho cuando se comprometieron. Durante años había dormido el sueño de los olvidados entre tantas joyas que poseía y no usaba, José no era partidario de alhajas. Pero desde aquello que acordaron llamar «nuestra primera noche» había comenzado a usarlo.

—Cógelo —acierta a decir, y Cayetana llorando lo desliza del meñique de su marido al suyo, pero él niega con la cabeza. Hay un momento de desconcierto, Tana no comprende qué intenta decirle hasta que José con un esfuerzo supremo alcanza a pronunciar el nombre de su hija. Entonces ella se da cuenta, lo conoce tan bien. No hace falta que explique nada porque imagina a la perfección sus palabras si la vida llega a regalarle un poco más de aliento. «Querida —le habría dicho con esa irónica sonrisa suya que usa para camuflar cualquier momento de ternura o flaqueza—. No es para ti, sino para ella». Y posiblemente habría añadido también algo así como: «Por los momentos felices en los que tocamos juntos al piano *Au clair de la lune*; por nuestros ratos en la biblioteca buscando láminas de África, pero más aún, o mejor dicho sobre todo, por no haberla amado cuando recién llegó a nuestras vidas y me costaba tanto llamarla hija».

Sí, todo eso cree leer Cayetana en la cara exangüe de su marido antes de que un nuevo vómito rojo lo inunde todo. José se ahoga en sus brazos. «Dios mío, no te lo lleves tan joven, ¿por qué me arrebatas siempre lo que más quiero...?». Un sonido seco, un breve estertor, y llega el fin. Los ojos de su marido siguen mirándola helados como si no quisiera dejarla sola, como si intentasen vigilar que nada malo pudiese ocurrirle una vez que su luz se apague. Cayetana se abraza a él, sus lágrimas se mezclan con la sangre de José manchando su vestido. La siente tibia, por ella aún corre la vida. Un mes y hubiese cumplido cuarenta años. Ella tiene treinta y cuatro.

* * *

Cayetana no quiso que su hija pasara por el mismo trance que ella cuando era niña. Tenía más o menos la misma edad que María Luz cuando Rafaela la alzó hasta el inmenso féretro cuajado de flores en el que descansaba su padre obligándola a besar su mejilla, tan joven y fría. Su niña no tendrá que pasar por eso, bastante desolada está ya. Tampoco había querido que se vistiera de luto: «De blanco y bien guapa, así te habría querido papá, con la cabeza alta, tesoro, una Alba no se inclina ni siquiera ante la dama de la guadaña». Y así se habían presentado para escándalo de todos en la catedral de Sevilla el día de misa de difuntos, de blanco las dos y mirando al frente. «¿... Pero tú has visto cosa igual? Una negra —cuchicheaba la gente—. ¿Y no va y pregona a los cuatro vientos que es su hija? Jesús, lo que hay que oír». «Y eso que no te has fijado todavía en lo que lleva la chiquilla al cuello. Una sortija de sello, de ésas con escudo familiar que valen un potosí. ¿De su padre, dices? Ya me extraña que al duque, que era una persona razonable y cristiana, se le pasara por la cabeza considerar como hija a una bembona como ésta. Mírala cómo llora agarrada a la falda de su "madre". Señor, qué cosas, animalito de Dios, cualquiera diría que tienen sentimientos como nosotros. ¿Y ahora qué va a hacer la duquesa?, regresar a Madrid, supongo, seguir con su vida desparramada, volver con Godoy o con cualquiera de sus muchos amantes, el muerto al hoyo y el vivo ya se sabe. ¿Has visto qué cara gasta? Parece talmente una Dolorosa con los siete puñales *clavaos* pues buena soy yo para que se la intenten dar con queso...». «Ni a mí tampoco, que dicen por ahí que anda en amores con un torero. ¿Quién será? *Pa* mí que es Pedro Romero, ahora que Costillares pela la pava con la de Osuna, vaya aristocracia tenemos, ¿por qué las llamarán nobles cuando no son más que pendones?».

Así cuchichean al verla. Cayetana lo sabe y no le importa, pero a María Luz la intimidan todas esas caras que nada hacen por disimular lo que sus dueños piensan. La mirada alta, así querría verla su padre, pero le cuesta tanto. Nunca había sentido un dolor tan grande. Una Alba no llora, no se queja, no protesta. Así se lo habían dicho tantas veces y ella intenta obedecer. María Luz se siente culpable. Piensa que tal vez, si su madre no hubiese querido complacerla visitando el campamento de morenos, si no lo hubieran dejado solo, su padre estaría vivo ahora. «Ni se te ocurra pensar eso, tesoro, las cosas pasan cuando pasan y no hay nada que podamos hacer para evitarlo». María Luz aprieta con fuerza el anillo de José. «Perdóname, papá, yo no quería, tú eres el único padre que he conocido, seguramente el único que conoceré nunca, ayúdame». María Luz mira las caras que la observan al pasar. Las hay viejas, jóvenes, guapas, feas, femeninas y masculinas. Gentes de diversa condición pero todos tan distintos a ella. «Jamás me considerarán uno de los suyos —se dice—. Da igual cómo me vista y cómo toque el piano, que hable francés o cante en italiano».

—¡Negra! —bisbisea alguien a su paso y un pequeño murmullo rompe el silencio que se había impuesto mientras la familia accedía al templo. María Luz trastabilla, alguien ha alargado su bastón para que tropiecen con él. «Que no se dé cuenta mamá, por favor que no lo vea», piensa mientras se agarra como puede a uno de los bancos.

—¿Estás bien, mi sol, te pasa algo?

—Nada, mamá, una losa del suelo que estaba despareja —explica y se le saltan las lágrimas.

—Vamos, tesoro, papá nos está mirando, comportémonos como a él le hubiera gustado, dame la mano.

Capítulo 52
Las ratas

—Le juro que no es cierto, señorita, dígaselo usted. Dígales que en todo el tiempo que llevo trabajando aquí, jamás le ha faltado nada a nadie. Esa moneda es mía, la he llevado encima desde que salí de Sevilla. ¡Por favor, señores, se lo suplico, deben creerme!

Habían llegado como ladrones en la noche. Trinidad, al acudir a abrir, pensó que tal vez se tratase de un cliente tardío de la señorita Elisa. Pero eran más de las dos de la madrugada. ¿Quién podía llamar a esas horas y con tanta insistencia? Cuando les franqueó la entrada, aquellos hombres ni siquiera la dejaron hablar. La apartaron de un manotazo exigiendo que los llevara de inmediato hasta su habitación. Eran tales las voces que la señorita acudió alarmada.

—¿Se puede saber qué pasa? —había preguntado mientras se envolvía en una de sus batas favoritas.

—Ah, es usted —dijo aquel hombre, al que sin duda le habían llegado campanas de la fama cada vez más legendaria de la daifa filipina y se descubrió ante ella—. Esta negra ladrona, han presentado denuncia contra ella.

De nada sirvió que la señorita amenazara con llamar «a ustedes ni se imaginan quién» por entrar de aquel modo en sus habitaciones. El mismo hombre de antes, que parecía el jefe, dijo que sólo cumplía órdenes y las suyas debían de venir de muy arriba porque de nada sirvieron protestas ni amenazas, y acabaron registrando la habitación de Trinidad de punta a cabo. Sin miramientos destriparon el colchón, buscaron hasta en los bajos de las cortinas y, por supuesto, revolvieron gavetas y estantes sin encontrar nada que pudiera ser de su interés. Se marchaban ya cuando uno de ellos reparó en aquel escapulario que llevaba siempre con ella y que sobresalía de su camisa de noche.

—¿Y esto? —preguntó, arrancándoselo de un tirón.

—Es sólo el recuerdo de alguien muy querido —comenzó Trinidad, pero el tipo había descubierto ya la moneda de plata regalo de Caragatos.

—¡Aquí está! Ya nos lo dijo la señora.

—¿Se puede saber de quién habla? —preguntó Elisa.

—De Greta von Holborn nada menos. A esta negra amiga de lo ajeno no se le ocurrió mejor chispa que entrar en su establecimiento, entretener con simplezas a su marido y robarse lo menos diez escudos que había sobre el mostrador.

Trinidad estaba tan estupefacta que no acertaba a decir palabra. Fue la señorita la que retrucó sarcástica:

—¿La Holborn vieja mentirosa y su caro esposo? Menudo par.

Trinidad oía la conversación como si le llegase entre las brumas de un sueño.

—No me creo ni una palabra. Conozco a esa víbora, no sé qué se trae entre manos, es de las que no da puntada sin hilo. ¿Pensará acaso que puede desprestigiarme con semejante patraña?

—Me temo, señora, que ahora vamos a tener que registrar también sus habitaciones. Son órdenes, y le aseguro que de muy arriba. —La bata de la señorita se abrió entonces desvelando sus misterios pero no parecieron interesar demasiado a aquel sabueso—. Apártese, déjenos hacer nuestro trabajo.

* * *

«Dos pájaros de un tiro», se dice Greta von Holborn mientras apura una deliciosa taza de *lapsang souchong* con diez gotitas de anís. Desde sus lejanos tiempos como meretriz de los puertos, siempre había sido fiel a ciertos rituales. Y uno de ellos era desayunar entregada a la lectura. Lentamente, paladeando tanto el alimento del cuerpo como el del espíritu. En sus comienzos, lo que leía eran los clasificados en los que se daba noticia de la llegada de naves y se reseñaba qué tipo de pasaje (léase clientes) venía a bordo: comerciantes, pescadores, soldados, expresidiarios... Ahora, en cambio, le interesaban más otras secciones de los diarios, como la de sucesos, por ejemplo. Una de las noticias pareció complacerla especialmente:

> En el día de ayer las autoridades rindieron un gran servicio a la integridad moral de nuestra comunidad desarticulando una infame red de prostitución y proxenetismo. Además de vender su cuerpo, Elisa de la Cruz Malacang, de cincuenta y seis años de edad y natural de Filipinas, se dedicaba a adiestrar a otras mujeres, niñas en su mayoría, en el oficio más antiguo del mundo. En la redada se incautaron decenas de artilugios propios de su repugnante oficio, así como una sustanciosa cantidad de dinero, fruto de tan floreciente negocio. También ha sido detenida una negra que se hacía llamar por el falso nombre de Anahí. En la habitación de la susodicha se encontró, además, el producto de varios hurtos. Ambas están ya bajo llave y serán trasladadas en breve a la prisión estatal.

—Dos pájaras de una sola pedrada —vuelve a repetir con satisfacción Greta von Holborn al tiempo que añade unas gotitas más de anís a su cocción. Hacía lo menos veinte años que deseaba aplastar a aquella tonta mariposa oriental, desde que ambas se iniciaron en el negocio del amor—. Va por ti, querida —dice, alzando su taza de té chino—. Por los clientes que me robaste; por aquella vez que me dieron las fiebres tercianas y aprovechaste para que nuestra casera me echara a la calle; por tus trampas, por tus embustes, por todas tus traiciones con cara siempre de no haber roto un plato. Pero, sobre todo, va por tus muchas noches con mi marido. ¿De verdad creías —continúa diciendo Greta von Holborn como si, en vez de tener ante ella su hermosa y carísima tetera de plata portuguesa tuviera a su antigua rival—... de verdad pensabas, querida, que no sabía que él te visitaba? ¿Que ignoraba cómo jugabais juntos a marineritos, a las casitas, a las muñecas y a otros pasatiempos de tu amplio repertorio que él pagaba con *mi* dinero? La venganza sabe mejor fría —se dice ahora en voz alta—. Pero tampoco está mal en caliente. —Y aquí vuelve a bajar la voz, no sea que Juan se haya despertado temprano esta mañana y sorprenda su soliloquio—. Calentita, como en el caso de la furcia negra. Aquí te pillo, aquí te remato, hay malas hierbas tan peligrosas que es preferible arrancarlas antes de que crezcan —agrega, recordando la cara de arrobo con la que Juan miraba a aquella maldita mulata cuando los sorprendió en la tienda—. O poco conozco yo a los hombres —se dice— o ahora mismo estará cavilando cómo ingeniárselas para verse de nuevo con ella. Busca todo lo que quieras, querido —añade, dirigiéndose de nuevo a su tetera pero esta vez no como si fuese la señorita Elisa, sino como si se hubiese convertido en su guapísimo marido—. Pregunta por ella dónde y cuánto quieras, difícilmente la vas a encontrar. —¿Debía enseñarle el suelto del periódico con la noticia de la detención de ambas? ¿O tal vez era mejor dejar que creyese que la negra había elegido no volverlo a ver? Greta von Holborn cavila un poco, incluso consulta el asunto con la jarrita de leche que le devuelve su propia imagen invertida e inflada pero muy risueña decidiendo que era preferible lo primero. «Querido —piensa decirle en cuanto asome por esa puerta medio dormido y encantadoramente despeinado como cada mañana—. Mira lo que acabo de leer en el periódico. La señorita Elisa y esa esclava suya, sí, mi amor, la misma que vino el otro día por nuestro establecimiento, fíjate tú qué increíble casualidad, acaban de dar con sus huesos en la cárcel. Además de putas, resulta que también eran ladronas, qué te parece. Se las llevan al Paraíso de las Ratas. ¿No es así como llaman a la prisión estatal? Dicen que pocos son los que salen vivos de ahí y cuando lo hacen nadie los reconoce. Qué pena, dos caras tan lindas como las suyas, ¿verdad, mi vida?». Y poco y nada conoce ella a los hombres o Juan, al saberlo, se sentirá aliviado e incluso agradecido. Con lo que a él le gusta la buena vida, la ropa cara, la billetera fácil. ¿Iba a hacer peligrar todo lo que había conseguido por un tonto amor de juventud, con una negra, además? Ay, los hombres, suspira Greta von Holborn, son igualitos que pichones, hay que darles la comida masticada para que no se atraganten.

—Buenos días, corazón mío, ¿has dormido bien? —sonríe al ver la cara de su marido que asoma ahora mismo por la puerta bostezando y, en efecto, encantadoramente despeinado—. ¿Te sirvo tu café? Aquí lo tengo preparado para que no se te enfríe, también la prensa, que sé que te gusta. ¿Quieres también una tartaleta de manzana? Están deliciosas.

Tercera parte

Capítulo 53

Testamento

Tras la muerte y entierro de José, Cayetana y María Luz regresaron a Madrid. Debían someterse al interminable protocolo de pésames, rosarios, misas y homenajes que eran costumbre. Pero Cayetana no se conformó con honrar a su marido del modo convencional. Quería recordarlo también como a él más le habría gustado, transformando su memoria en música. Mandó por tanto componer un canto fúnebre y eligió llamarlo *La compasión* por ser, dijo, la virtud que mejor lo definía. Confeccionó con esta y otras elegías un librillo que llevaría en su portada un retrato de Goya y lo hizo repartir entre sus amistades y todos los que venían a presentar sus respetos. Hecho esto, decidió desaparecer. Durante más de un año, nada se supo de su paradero. Había quien opinaba que se había ido con su hija a París, otros decían que a Santiago de Compostela a pedir la protección del santo. Pocos sabían que madre e hija habían desafiado por segunda vez los peligros de cruzar Despeñaperros para refugiarse en un antiguo castillo medieval, vieja morada de la familia de José en Sanlúcar de Barrameda. De por esas fechas data el famoso testamento de la duquesa de Alba escrito de su puño y letra. Tan honda huella había dejado en su ánimo la muerte de José que temía que «la vieja de la guadaña», así le gustaba llamarla, volviera por ella un día no muy lejano. Los bienes vinculados al mayorazgo y, por supuesto, todos los títulos de la casa de Alba habían de pasar inevitablemente a la persona con mejor derecho, el hijo de una prima suya de nombre Carlos

Fitz-James Stuart. Pero el resto de sus bienes libres decidió repartirlos con prodigalidad entre las personas que la habían acompañado a lo largo de su vida. Sus secretarios, sus contadores, su confesor, su médico personal, también Rafaela, así como otros fieles a los que consideraba parte de la familia. Llegado el momento de escribir el nombre de María Luz, titubeó. Sabía que la ley y las convenciones no le permitían tratarla como lo que era para ella, una hija a todos los efectos. Por eso escogió dejarle una renta vitalicia y otra de similar cuantía «para la persona que se ocupa de ella», escribió sin especificar un nombre. Lo más lógico era que aquella persona fuera quien siempre había estado a su lado, pero Rafaela tenía ya demasiados años y no menos achaques. «Mejor dejar un espacio en blanco y rellenarlo más adelante», se dijo antes de continuar con otras mandas. Eran muchas las personas a las que deseaba beneficiar, hasta un número de veintiocho. Cuando estaba llegando al final, hizo otra pausa antes de escribir un apellido que le era muy querido. El viejo cascarrabias le llevaba casi veinte años, pero Goya se merecía estar entre sus bienqueridos, de modo que optó por beneficiar a su familia en la persona del menor de sus hijos legándole diez reales diarios de por vida.

Fue entonces, cuando además se cumplía el primer aniversario de la muerte de José, que decidió enviar unas líneas a don Fancho. Acababa de trasladarse a otra de las casas palacio de la familia de su marido, el Coto de Doñana, así llamado en honor a una de sus dueñas, Ana de Silva y Mendoza, hija de la famosa princesa de Éboli. La carta decía lo siguiente:

> Querido Fancho:
>
> Me encuentro en un enclave que tienes que conocer. Se trata de una propiedad que se eleva entre marismas, dunas y pinares por los que sobrevuelan las aves más hermosas y coloridas que jamás hayas visto. No muy lejos de aquí hay una ermita dedicada a la Virgen del Rocío y allí acude cada año en romería un gentío que canta y baila en su honor tanto de día como de noche. Sé que andas por Cádiz desde hace meses ocupado en

algún encargo. ¿No te gustaría dar un rodeo y ver a una vieja amiga? Aquí te esperaremos María Luz y yo. Deberías ver qué grande y hermosa está. Los primeros meses después de la muerte de José, le volvieron las pesadillas y esas urgencias de encontrar sus orígenes que tanto me inquietan. Sin embargo ahora, será por la belleza del lugar, será porque la Virgen del Rocío es muy milagrera, está harto más sosegada. ¡Deberías ver cómo dibuja! Ella y Anita, la hija de uno de los jardineros, que es tres o cuatro años mayor que ella y le hace mucha compañía, pasan horas mezclando colores y delante de un caballete. Te vas a quedar asombrado de su talento.

Ven pronto, no me hagas esperar.

Llegó con la primavera y refunfuñando. Decía que los árboles de aquellos parajes lo hacían estornudar sin tasa y que el lagrimeo emborronaba sus bosquejos.

—... No vayáis a creer que porque haya accedido a vuestros deseos pienso dedicarme a la holganza. Si estoy aquí es porque me interesa realizar ciertos dibujos.

—Hay que ver lo que te gusta regañar, Fancho. ¿Qué te parece tu acomodo? Te he asignado la habitación más soleada y con mejor vista, justo al lado de la de María Luz. Ven acá, tesoro, dale un beso a este grandísimo gruñón.

—Hola, Fancho —lo saluda la niña, poniéndose de puntillas para darle un beso—. Dime, ¿cómo sale mejor el color ocre? ¿Con amarillo de cadmio como base y algo de rojo y azul francés de ultramar?

—Qué guapa estás, déjame que te vea —reconoce el maestro, haciéndola volverse sobre sí misma para admirar cuánto ha crecido. No muy lejos de allí otra niña los observa. Rubia, de unos trece o catorce años, no del todo fea pero con unos fríos ojos azules (se percata Goya), que ella intenta mantener bajos, tal vez porque así se lo han ordenado. El maestro se pregunta quién puede ser, pero de inmediato se vuelve hacia la hija de Cayetana. Salvo por el color de la piel, la niña parece una copia en miniatura de su madre. El mismo pelo largo rizado y rebelde hasta la cintura recogido con una cinta de colores, el mismo cuello erguido y orgulloso. Y luego están sus hechuras, tan bien formada para su edad, con miembros largos, elegantes—. Como una garza —es su comentario—, una garza un poco desastrada —corrige al ver la cara y los dedos de la niña manchados de pintura—. No olvides nunca que algunos óleos son venenosos, tienes que darle al jabón y al estropajo cada vez que termines de pintar.

—Es que ya hemos terminado por hoy. ¿Conoces a mi nueva amiga? Tiene la suerte de vivir aquí todo el año, se llama Anita.

—¿Recuerdas que te hablé de ella en mi carta? No se despegan ni a sol ni a sombra. Saluda al señor Goya, Anita.

La niña hace una pequeña reverencia y Fancho no puede por menos que reparar lo curiosa que es la escena. El mundo al revés, piensa. De no ser por la vestimenta, aquella niña de piel tan blanca y de inquietantes ojos celestes parecería la hija de la duquesa de Alba en lugar de María Luz.

—Es que sus padres son de La Carlota —puntualiza Tana y Goya asiente sin que haga falta más comentario. Todo el mundo sabía por aquel entonces la particular historia de ese enclave cordobés. Cuando treinta y tantos años atrás, y para colonizar la despoblada zona del valle del Guadalquivir, Carlos III hizo traer cerca de seis mil colonos católicos alemanes y flamencos, cerca de dos millares se instalaron en La Carlota. «El día y la noche, la luz y las tinieblas», piensa don Fancho viendo a las dos niñas reír juntas, pero no le da tiempo a más reflexiones. María Luz acaba de cogerse de su mano y tirar de él.

—Ven, Fancho, quiero enseñarte algo, ya verás todo lo que hemos trabajado Anita y yo.

Goya protesta. Ya habrá tiempo más tarde. Acaba de llegar y su mayor deseo es tumbarse, descansar de los traqueteos y calores del camino.

—Espera, muchacha, deja al menos que me quite esta levita llena de polvo —dice, pero también en la impaciencia se parecen madre e hija y, sin darle más tregua que unos segundos para sacudir el sombrero, ya están los cuatro camino de la sala de pintura.

Lo primero que nota al entrar en el taller que Cayetana ha improvisado para María Luz y su nueva amiga en el palacio del Rocío es, precisamente, la luz. El sol irrumpe por varias ventanas y desde ellas muy abiertas puede verse el coto en toda su extensión. Qué extraordinario paraje, qué marea de colores forman los mil y un tonos de verde de las hojas, los amarillos y blancos de las retamas, las lilas de las lavandas, los ocres de las marismas. Los ojos del maestro calibran y tasan ya cómo piensa atrapar tan colorido movimiento, tanta belleza. Hasta un principiante tendría pocas dificultades en sacarle partido a un paisaje así. Goya aspira la brisa que entra por los ventanales y que le trae aromas de hierba, agua y sal. También se pinta con el sentido del olfato y él necesita empaparse de todos sus perfumes. Mira ahora el cielo. Si es cierto lo que dicen de aquellos parajes, la primavera los teñirá muy pronto de fuego con el retorno de los flamencos, y de blanco con las alas de las garcetas, también de azul con el plumaje de los patos. ¿Qué más se puede pedir que estar en el paraíso y con la mujer que uno ama? Piensa y luego se reprocha: «Te estás haciendo viejo, Paco, que blandenguerías dices, que más pareces Luciano Comella o cualquiera de esos vates pisaverdes que tanto abundan en la escena patria, declamando floridas y almibaradas tontunas amorosas. ¿Qué diría tu buena Josefa si estuviera aquí? Algo así como: "Ay, Paco mío, cuándo aprenderás que mirar tan alto sólo produce mareos y dolores de cabeza". Más razón que un santo —se dice, dedicando un agradecido recuerdo a su esposa mientras descarta tan fútiles sentimientos—. Tú déjate fascinar sólo por el color de los meandros y de los pastizales, el resto no son más que ilusas chocheras de viejo».

—¿... Me oyes, Fancho? Que llevo un buen rato hablándote y, más que duro de oído, lo pareces de entendederas.

—Perdonad, señora, me he dejado llevar por la belleza del paisaje. ¿Qué me decíais?

Cayetana señala los trabajos de la niña.

—De las niñas —puntualiza, posando una enjoyada mano sobre la cabeza de Anita, enredando un dedo en su pelo lacio, acariciándola con afecto—. Que tú por ser la mayor eres la que más sabe de pintura, ¿verdad, querida?

La niña la mira con una mezcla de adoración y recelo a partes iguales.

—Sí, señora duquesa, ya le expliqué a María Luz cómo mezclar colores. Yo nunca he tenido estos tan buenos —dice, señalando la magnífica caja de óleos con que Cayetana ha obsequiado a su hija—. Pero mi padre me ha enseñado a colorear con arcillas.

Goya, que está deseando ir a descansar un rato, pide ver las obras y Anita apunta hacia una decena de telas y dibujos que esperan sobre la mesa de trabajo. Hay allí paisajes, óleos de pájaros, otros de árboles, también un bosquejo de la fachada del palacio a carboncillo. Más que buenos o malos, son perfectamente convencionales y previsibles. Algunas líneas muestran una cierta destreza sin cultivar y los colores revelan su preferencia por los tonos brillantes y osados, pero nada fuera de lo común. Goya, con las manos a la espalda, pasa revista a los cuadros y va haciendo comentarios vagamente elogiosos de cada uno. No es cuestión de ser demasiado baturro, se dice, la franqueza y la buena educación rara vez caminan de la mano... «Muy bonita esta ave, ¿qué es?, ¿un cormorán...? A ver qué tenemos aquí, vaya, no están mal estos pastizales que habéis pintado, muchachas... ¿Y esto?». Goya se ha quedado en silencio. El último de los cuadros es distinto a los demás. Se trata de un torbellino de colores. En principio, parecen sólo brochazos dados al azar. Sin embargo, el ojo de don Fancho alcanza a ver más allá de aquellos trazos inconexos, de esa explosión informe de color y lo que ve lo llena de perplejidad. Se adivina un revuelo de faldas, un revoltijo de piernas y brazos, blancos unos, otros muy negros, entrelazados, mientras un par de ojos severos lo observan todo desde la sombra.

—¿Quién ha pintado esta tela? ¿Has sido tú? —pregunta, dirigiéndose a la mayor de las niñas.

Anita se encoge de hombros con una media sonrisa.

—No, señor, yo le enseñé a pintar los otros, los bonitos, ése lo ha hecho sola la María Luz.

—¿Qué es esto, muchacha?

—Lo mismo le he dicho yo —interviene Cayetana—. Parece que se le han emborronado un poco los colores. ¿Verdad, tesoro? Como aún no sabe cuánto tiempo hay que esperar antes de añadir una capa de pintura sobre otra... Pero descuida, ahora que está aquí Fancho, él te enseñará.

—¿Qué querías retratar, María Luz?

—Nada, es sólo algo que se me ocurrió por la noche.

—¿Un sueño, tal vez?

María Luz mira a su madre y luego a Goya.

—No sé, puede ser.

Goya intenta descifrar qué esconden esos inocentes ojos verdes que lo miran sin pestañear. «Los sueños de la razón producen monstruos». Precisamente con este título pensaba encabezar una serie de dibujos que tenía entre manos. La frase se le había ocurrido leyendo a su autor favorito, Francisco de Quevedo. Según decía, cuando la razón dormita despiertan los miedos, los espectros y los seres imposibles. ¿Qué extraños fantasmas tenía aquella niña? A partir de ahora intentaría descubrirlos.

—Fancho, ¿Fancho? ¿Será posible? Otra vez se te ha ido al cielo el santo. Venga, se acabó el arte por el momento. Lavaos las manos María Luz y tú. Son más de las tres de la tarde y mis pintores favoritos deben pasar a la mesa. Y tú, Anita, recoge un poco todo esto y luego bajas a la cocina a que te den algo de comer, anda, corre. Qué buena pareja hacen estas dos niñas, ¿verdad, Fancho? Se han hecho tan amigas, ni te imaginas cuánto.

Capítulo 54

Camino del purgatorio

Más de un año, trece meses, trescientos noventa largos días fue el tiempo que pasó en el infierno. Trinidad mira ahora la ciudad de Cádiz mientras que *La Epifanía*, la nave que la trae de nuevo a España, cabecea rumbo a puerto. Un mal sueño le parece todo lo vivido y, sin embargo, tozudos y chivatos ahí están, grabados en su piel, golpes, cortes, llagas, mordiscos y cicatrices testigos de su ordalía. Cada uno relata un pedazo de su historia. ¿Por dónde empezar a contarla? Tal vez por los golpes. Como los que le propinaron nada más llegar al Paraíso de las Ratas, la prisión de Funchal. «Vamos, negra, lo único que consigues con tanta tozudez es empeorar tu situación. Dinos dónde escondiste el resto del botín. La señora Von Holborn ha denunciado que le faltan otras trece monedas de plata iguales a la que encontramos en tu escapulario, y la señora Von Holborn es una ciudadana honorable...».

A medida que la golpeaban comprendió en toda su extensión en qué había consistido la celada. Nada más fácil para una «ciudadana honorable» y dueña de una casa de cambios que acusarla de robo. A saber también qué viejas cuentas tenía ella pendientes con la señorita Elisa, porque, desde el calabozo donde la encerraron, a lo lejos, podía oír a su antigua ama. Sus gritos eran aún más lastimeros que los de ella.

Aquel primer interrogatorio fue sólo el preludio de todo lo que vendría a continuación. Las llagas de sus tobillos, por ejemplo, hablaban de días y días desnuda y encadenada a un muro que rezumaba humedad y pestilencia a partes iguales. Con chinches y cucarachas por compañía, intentaron doblegarla para que confesara. Y al final lo hizo. Tenía tanta hambre que se las comía a puñados, hubiera confesado hasta la muerte de Jesucristo con tal de salir de aquel agujero. Las cicatrices de su espalda, por su parte, contaban otra estación de su vía crucis. El misterio doloroso de su reencuentro con la señorita Elisa. Sucedió a los ocho meses de estar en la cárcel de Funchal. Una gran inundación en las mazmorras del lado sur hizo que trasladaran a las reclusas de esa zona hasta la suya por unos días y la vio desfilar junto a otras compañeras de infortunio ante los barrotes de su celda. La eterna adolescente con cara de niña mala se había convertido en un triste polluelo envejecido y encorvado de patitas de pollo y cabeza despeluchada. Trinidad tuvo la impresión de que ni siquiera la había reconocido. En sus afiebrados ojos no había más que una sorprendida pregunta: «¿Por qué?». O mejor aún, «¿Cómo? Cómo ha podido pasarme esto a mí». Trinidad sabía perfectamente qué o quién había propiciado que acabaran las dos allí, pero contaba con una ventaja frente a su antigua ama. A diferencia de la señorita, que tantas veces se había vanagloriado de tener mil amores y no amar a ninguno, ella tenía una única pero poderosa razón para resistir, encontrar a Marina, y esa esperanza la mantuvo con vida. Poco después llegaron los calores y con ellos las fiebres que liberaron de aquel infierno a más de la mitad de las reclusas. A las que no cayeron enfermas las obligaban a cavar tumbas en medio del patio al rayo del sol. Fue así como Trinidad descubrió entre aquel montón de cuerpos que esperaban sepultura el cadáver de la señorita Elisa. Qué orgullosa se elevaba aún entre la carne tumefacta aquella legendaria naricilla que un día enloqueciera a los hombres. ¿Ninguno de ellos había intentado rescatarla? Era sin duda extraño, pero a saber. Cuando uno pisa la cárcel, hasta los más rendidos admiradores desaparecen como por ensalmo. «Para Elisa —murmuró Trinidad al tiempo que echaba sobre el que iba a ser el último lecho de aquella gran daifa, un par de florecillas azules que crecían entre las piedras del patio—. Todo para Elisa».

* * *

Más de un año tuvo que transcurrir para que acabara la pesadilla. Las cicatrices de su cuerpo hablaban de llagas producidas por los grilletes; de latigazos administrados con ánimo de castigar hasta la más ínfima de las faltas; y hablaban también de mordiscos de rata y de cómo ellas y los ratones se cebaron de tal modo con sus pies que llegó a perder dos de sus dedos.

Trinidad mira ahora la estela que deja a su paso la nave que la lleva de nuevo a la Península. En un par de horas arribarán a Cádiz y la misma esperanza que la mantuvo viva durante tantos meses de cautiverio ilumina también sus ojos. Hacía tiempo que había perdido la tarjeta de visita que le entregó el hombre al que conoció a bordo de la nave que la llevara a Madeira y que tan amable parecía al menos, pero recuerda bien qué había impreso en ella. «Hugo de Santillán. Abogado de pobres». Sí, así rezaba y su objetivo ahora era buscarlo y solicitar sus servicios. ¿Qué le pediría él a cambio? Daba igual. Hacía tiempo que Trinidad había perdido todo escrúpulo a la hora de pagar ciertos precios. Las cicatrices de su cuerpo hablaban también de aquellos peajes. De violaciones y vejaciones por parte de los carceleros que ella había aprendido a soportar sin un quejido porque pronto descubrió que excitaban aún más a aquellos hombres. Y sin embargo, hay un estupro que (casi) le trae buenos recuerdos. Bajo el grasiento peso de Manuel, uno de sus «clientes» más asiduos, se encontraba cuando, entre los crujidos y el chirriar de los hierros del camastro, comenzó a filtrarse un sonido ajeno, el tañido de una campana. A ésta se unió segundos después otra y luego una tercera y, para cuando aquel tipo comenzaba a subirse los calzones que con las prisas de sus ardores había dejado alrededor de las rodillas, lo que se oía era ya era un clamor. «¿Se puede saber qué carajo ocurre?». La respuesta no tardarían en conocerla. Un nacimiento, una bendición. A cientos de millas de Funchal, en Lisboa, la reina de Portugal había dado a luz por fin, después de varias niñas y partos frustrados, al tan ansiado varón. Tendrían que pasar aún un par de meses de sinsabores y penurias para que Trinidad bendijera también su llegada al mundo. Un perdón, un indulto general, he aquí el regalo que, sin saberlo, le había hecho aquel pequeño infante. Como siempre que pensaba en él, Trinidad le dedicó una oración. La criatura apenas vivió seis meses, se lo llevaron unas fiebres, pero para entonces ella ya había recuperado la libertad. Estaba flaca como una raspa, y con el cuerpo —y más aún el alma— lleno de mataduras y cicatrices, pero poco importaba ya. Era libre.

Cuando volvió a ver el sol después de meses de cautiverio, su luz le pareció tan mareante y cegadora que tuvo que apoyarse contra una pared. A sus pies se extendía Funchal y Trinidad se detuvo a admirar la ciudad, exactamente igual que había hecho, muchos meses atrás, a su llegada a la isla. Sólo que ahora ya no se preguntaba bajo qué techo o ante qué palmera o buganvilla pasearía Juan, porque ese nombre no significaba ya nada para ella. Le sorprendió comprobar que ni siquiera le dolía pronunciar aquellas cuatro letras que durante tanto tiempo fueron sinónimo de felicidad, futuro y familia. Era como si hubiese muerto. No, era como si no hubiera existido nunca, porque en efecto tal era el caso. El Juan que ella amó había resultado ser un espejismo, una mentira.

Aún queda en su cuerpo una cicatriz que no ha contado su historia. Es la más pequeña de todas, tanto que apenas abulta más que una lenteja. Trinidad no conocía hasta ese momento el significado de la palabra «vacuna», pero ahora le está muy agradecida, casi tanto como al pequeño infante portugués. Si al malogrado niño le debía la libertad, su vuelta a España tiene mucho que agradecer a una campaña de vacunación. Sucedió que, una vez libre, Trinidad había decidido volver por aquel hangar del puerto en el que conociera a la señorita Elisa. Se decía que tal vez podría tener la misma suerte de entonces y alguien la contratase para no importa qué trabajo. Cualquiera que le permitiese comprar un día un pasaje hacia la Península. Sin embargo, las autoridades, alarmadas por una incipiente epidemia de viruela, habían decidido que aquella concentración de menesterosos era un foco de enfermedades contra el que había que tomar medidas. El muy ilustrado gobernador de Funchal ordenó por tanto una campaña de vacunación a la que habían de someterse forzosamente todos esos desarrapados sin hogar y, al frente de tal campaña, había puesto a uno de sus hombres de más confianza.

«¡El holandés errante!», se dijo Trinidad al reconocer a uno de los clientes de la señorita. Trinidad desconocía su nombre, siempre le había llamado del mismo modo en que Elisa solía referirse él, y allí estaba ahora, en el arranque de la cola que les habían obligado a guardar, hablando con los médicos, con los pacientes, un hombre eficaz y con autoridad, muy diferente al sometido amante que ella recordaba escondido tras las cortinas espiando a la señorita mientras se bañaba y gimiendo de placer. A medida que avanza la fila, Trinidad trata de decidir cómo actuar. ¿Servirá de algo darse a conocer? ¿O era preferible girar la cabeza y esquivar su mirada? Quizá no le agradase, sino todo lo contrario, reencontrar un testigo de sus... flaquezas, digamos.

—¿Anahí? ¡Por Júpiter, que no puedo creer tanta fortuna! ¿De veras eres tú, muchacha? —Para su sorpresa él la reconoció y desde luego parecía celebrar la coincidencia—. Ven, acércate, no tengas miedo, tú debes de saber dónde está Elisa, dime. ¿Por qué se fue, por qué desapareció sin dejar siquiera una dirección?

Aquel hombre contó entonces cómo, al volver por el hotel como era su periódica costumbre, se había encontrado con la noticia de su inopinada marcha. Por única explicación el conserje le mostró una nota de la señorita escrita supuestamente de su puño y letra en la que explicaba «a mis muy queridos amigos, que he decidido volver a Filipinas donde acaba de morir mi tía Loreto Malacang dejándome una gran fortuna. En breve os remitiré mi nueva dirección por si alguno desea visitarme en la casa-palacio en la que ahora vivo».

A Trinidad no le costó imaginar, tras aquellas fantasiosas líneas, la larga mano de Greta von Holborn. Ahora comprendía por qué ninguno de los clientes de la señorita se había interesado o movido hilos para sacarla de la cárcel, y se dijo con tristeza que posiblemente tal abandono, que su antigua ama nunca llegó a entender, fuera la causa de que no luchara por salir adelante, por sobrevivir. Así se lo contó al holandés errante, que resultó no ser holandés, sino flamenco de Amberes y llamarse Hans.

Después de que le revelara cómo y en qué circunstancias murió la señorita Elisa, Hans se había sumido en un adolorido silencio. A ella para entonces le llegó el turno de que le pusieran la vacuna y se alejaba ya sin decir nada cuando él la mandó llamar. Quince días más tarde, embarcaban juntos en *La Epifanía* rumbo a Cádiz. Si Trinidad creyera aún en los *orishás* y la fuerza de sus presagios, si aún fuese devota de misas y de oraciones, tal vez habría reparado en la similitud entre el nombre de aquella nave y su situación actual. Porque como una epifanía o inesperada revelación podía considerarse todo lo sucedido en las últimas semanas. «¿Te gustaría trabajar para mí?», le había preguntado Hans, y ella aceptó sin preguntar en qué consistirían sus obligaciones. Pronto iba a descubrir que su primer cometido sería levantar la casa de su nuevo amo y empacar para un viaje. «A Nápoles —anunció el holandés, o mejor dicho flamenco, errante—. A la antigua villa de Pompeya. El gobernador me ha pedido que le acompañe en una expedición que está organizando. Supongo que el nombre que acabo de mencionar no te dice nada. Pero, para que lo sepas, Anahí, eres muy afortunada. Esta villa ha dormido durante siglos sepultada por la lava de un volcán y sólo hace unos años la descubrieron. Espero —terminó diciendo— que sepas apreciar lo que significa un viaje de estas características, muchacha, media Europa está fascinada por tan increíble hallazgo».

A Trinidad lo único que le interesaba de expedición tan extraordinaria era la primera de sus escalas. Sabía que cualquier barco que quisiera adentrarse en el Mediterráneo debía recalar antes en Cádiz para avituallarse.

* * *

Con el puerto ya a tiro de piedra, Trinidad dedica ahora un recuerdo agradecido a su nuevo amo. Al embarcar juntos, resignada estaba ya a tener que soportar una experiencia similar a la vivida en la travesía anterior con don Justo Santolín, pero sus temores resultaron (casi) infundados. Es cierto que más de una vez Hans la había llamado a su cabina en mitad de la noche para que le vaciara el orinal, pero parecía contentarse con mirarla y espiar cómo se trasparentaba, a la luz de las velas, su cuerpo bajo el largo camisón blanco. Hubo, sin embargo, después de varias noches, una petición adicional. Al llegar al camarote, se había encontrado con una vieja y enorme tina de baño de latón en medio de la estancia. «¡Desnúdate!», le ordenó, y ella ni se molestó en rechistar. ¿De qué habría servido? En la cárcel aprendió que era preferible no decir nada, apretar los dientes y no dar a los abusadores el placer añadido de sentirse justificados al sofocar, con babosos besos, sus gritos de asco o miedo. El camisón al caer dejó al descubierto su cuerpo cruzado de cicatrices y la mirada de Hans recorrió con fascinación aquel tortuoso y lacerado mapa antes de ordenarle que se metiera en el agua. Era tibia y con un leve aroma a salvia, y Trinidad cerró los ojos intentando captar al menos aquella ínfima sensación placentera. Hans se desnudó a su vez y ella imaginaba que muy pronto aquel cuerpo grande, tosco y encendido intentaría unirse al suyo dentro del agua. Pero en vez de meterse en la tina, el hombre se arrodilló mientras comenzaba a tararear suavemente. Era la misma infantil nana con la que la señorita Elisa acunaba a sus clientes.

Despacio, con tiento, casi con devoción, el hombre empezó a bañarla. Con la ayuda de una escudilla de plata, primero derramó sobre su piel un aceite perfumado y lo hizo con tanta delicadeza que Trinidad no pudo por menos que sentirse desconcertada. A continuación se esmeró en deslizar sobre su espalda y más tarde su pecho, una esponja redonda, grande, suave, procurando siempre evitar la piel herida. No la tocó ni la besó en ningún momento, pero ella podía sentir el calor húmedo y pegajoso de sus labios a pocas pulgadas de su oído mientras canturreaba su canción de cuna. Trinidad no sabe cuánto pudo durar aquello, sólo que, poco a poco, el susurro de la nana fue creciendo en intensidad volviéndose más jadeante, más ronco y apremiante hasta culminar, al cabo de un tiempo que se le antojó una eternidad, en una especie de brutal mugido que hizo que el corpachón de aquel tipo inmenso se estremeciera de arriba abajo antes de ovillarse y quedar palpitante en el suelo. Trinidad decidió aprovechar su desmadejamiento para salir del agua y, a falta de toalla, intentar secarse con su tosco camisón. Tiritaba aún medio desnuda cuando él se le acercó por detrás y, tras hacerla girar para que quedaran cuerpo a cuerpo y piel con piel, besó con labios afiebrados sus manos mientras deslizaba entre sus dedos una moneda de plata diciendo: «Para Elisa, todo para Elisa».

Después de aquello nunca más volvió a convocarla a medianoche. Ella dormía temiendo el momento en que repiqueteara la campanilla reclamando sus «servicios», pero jamás lo hizo. Habían avistado ya las costas de Huelva y el resto del viaje transcurrió sin incidentes, pero a Trinidad la aliviaba pensar que muy pronto el holandés errante seguiría su camino y ella el suyo. Había decidido dejarle una nota de despedida. No en los mentirosos términos de la carta de adiós que Greta von Holborn pergeñó haciéndose pasar por la señorita Elisa, sino contándole la verdad: que había aceptado aquel empleo porque su único deseo era encontrar a su hija y que le agradecía la oportunidad que le había dado de volver a la Península y reanudar su búsqueda.

Trinidad recuerda todo esto así como el modo en que minutos antes había dejado la nota en un lugar bien visible sobre su camastro para que la descubrieran una vez que hubiese desembarcado. A su alrededor, marineros de *La Epifanía* se afanan sobre cubierta preparando el atraque. «¡Aparta, muchacha!», le conmina uno que, junto a otros tres, cobra estacha con ayuda de un cabrestante. Ha llegado a Cádiz, es primavera y, como siempre ha hecho al enfrentarse a una ciudad nueva y desconocida, Trinidad deja que sus ojos se deslicen sobre el paisaje, admirando, en este caso, la altura de sus torres de vigía, la bulla de su puerto, la explosión multicolor de los barrios que lo rodean. ¿Por dónde comenzará sus pesquisas? El primer misterio —gozoso, glorioso o, no lo quiera Dios, doloroso— de este nuevo rosario de experiencias empieza por un nombre y un título. Hugo de Santillán, abogado de pobres.

Capítulo 55

Los *orishás* hacen de las suyas

—¡...Cónchales, criatura! Cuando me lo dijeron no lo podía creer y eso que una no debería dudar nunca de la palabra de un *babalawo*. «¿Está *usté* seguro, don Caetanito?», le porfié cuando me vino con la inteligencia. «Mire que sus ojos ya no son lo que eran a pesar de que se le escapen detrás de toditas las caderas lindas que se bambolean por la calle». Y él: «Que sí, comadre, que es ella, téngalo por seguro, tanto como que es de día y no de noche. Figúrese que iba yo camino del teatro, ¿y a quién me encuentro? A esa mulatica compañera de usted». Y yo que le sigo porfiando: «No es posible, que se confunde *usté*. ¿Qué va a estar haciendo la *Triniá* acá en Cádiz...?».

La cachimba de la negra Celeste dibuja arabescos azules de humo mientras ella gesticula explicando a borbotones tantas cosas. Como el modo en que se había quedado en la calle tras la muerte de ama Lucila, por ejemplo. O cómo su casera, la señorita Magnolia, le había ofrecido techo y camastro a cambio de que le prestara sus servicios, pero ella se había cansado de pasar más hambre que un lazarillo de pobre al lado de tan ilustre como arruinada dama, por lo que decidió llamar a la puerta del Gran Damián. A continuación, el humo de la cachimba escenificó para Trinidad el modo en que, según ella, se había convertido en modista, peluquera y mamá para todo de tan gran artista mientras recorrían España hasta llegar a Cádiz, propiciando el feliz reencuentro.

—*Pa* que luego desconfíes de los *orishás*, criatura. ¿Es o no es obra de espíritus que volvamos a vernos? Anda, atrévete a decir que no.

A Trinidad le gustaría explicarle lo poco y nada que la habían ayudado sus tan queridos espíritus hasta el momento, pero no hay forma. Celeste la ha cogido del brazo parloteando sin tasa y allá que se la lleva calle abajo sin escucharla siquiera.

—Nada, criatura, que esto hay que festejarlo como se merece. Qué contento se va a poner el Gran Damián cuando lo sepa. De momento, está de viaje. Anda visitando a un viejo amigo, esclavo cimarrón como él, allá cerca de Sevilla. Un quilombo, *¿túmentiendes?* Resulta que por acá también hay campamento de morenos como en Cuba, qué te parece, pero qué importa eso ahora, Gran Damián o no Gran Damián, ahoritica mismo nos vamos *pa* las habitaciones que tiene alquiladas en la parte más pinturera de Cádiz. Eres nuestra invitada y te voy a preparar una jícara de chocolate y una pila de pasteles que no se la salta un torero. Igualicos, ¿te acuerdas?, a los que tanto le gustaban a ama Lucila. «Que en gloria esté», iba a añadir pero no sé por qué me da a mí que la doña andará más bien friendo espárragos en las calderas de Pedro Botero, con lo poco que le gustaban a ella las labores caseras...

No fue hasta que Celeste la había atiborrado de chocolate y pasteles («... que sí, que cómete otro, estás muy flacucha, chica, y con más mataduras que el perro de San Roque...»), que pudo contarle sus aventuras y desventuras y su interés por reencontrarse con aquel antiguo compañero de travesía, Hugo de Santillán.

—Más te vale ir con ojo —rezongó la vieja después de que le explicara, un poco por encima, de quién se trataba—, que ya tú sabes *pa* que sirven los hombres, sólo *pa* darle a una quebraderos de cabeza. Sí, y no sonrías y me des la razón como los locos que, por lo poco que me has dicho de él, me malicio que ese mulato ricachón se da muchos aires. Además, si lo que quieres es averiguar dónde está la Marinita, *pa* eso no necesitas a ningún *cafeolé* refitolero abogado de pobres, ya tienes a la Celeste, que te lo puede decir. Yo sé dónde está tu hija.

Cuando más tarde reviviera aquel momento, Trinidad recordaría cómo los arabescos de humo de la cachimba de su amiga ascendían y se deshilachaban, tejiendo y destejiendo sombras, siluetas, perfiles, mientras ella desgranaba su historia. Empezó explicando cómo, dos o tres años después de su partida, Martínez había desvelado a ama Lucila el paradero de la niña.

—Fue en medio de tremenda discusión, que esos dos andaban siempre como el perro y el gato, ya tú sabes. «... Que si no me quieres..., que sólo buscas mis cuartos..., que si eres un cucufato que nomás quieres aprovecharte de una pobre viuda...», y él, después de intentar apaciguarla con unos besitos que no surtieron efecto, acabó diciendo que, para demostrarle la alta estima en que la tenía, iba a presentarle a una de sus amigas más queridas, nada menos que la duquesa de Alba. «... Que además te está muy agradecida y deseando conocerte», arrulló él como palomo *esponjao*, «porque has de saber, prenda mía, que la mocosa, sí, la hija de tu esclava, es ahora de su propiedad. Y la palabra propiedad se queda harto corta», continuó cloqueando él, «porque tanto cariño le ha *tomao* que ha acabado prohijándola. Ni te imaginas lo que son los comentarios, pues la lleva a todas partes para escándalo de propios y extraños. Claro que a ella le trae el fresco porque es una gran señora a la que importa un güito los diretes de la gente». Entonces fue cuando le contó a ama Lucila que tan gran señora estaba preparando una obra de teatro en la que hacía de protagonista y que el martes siguiente era el ensayo general, de modo que la invitaba a presenciarlo y a continuación conocer a la duquesa. El resto de la historia ya tú la sabes, salió en todos los diarios, doña Lucila se emperró en subirse a las alturas para ver la obra a vista de pájaro, se precipitó desde allí en plena representación y yo me quedé sin ama.

Trinidad había escuchado todo entre lágrimas de emoción. Su hija, su Marina, no sólo estaba viva y bien, sino que pertenecía ahora al mundo de los privilegiados. Se la imaginaba vestida de muselinas como las señoritas y con chapines de seda, posiblemente tocara el piano y paseara en coche de caballos, seguramente tendría modales exquisitos y cantara en francés. ¿Qué pasaría cuando por fin se encontraran? ¿Renegaría de ella, se sentiría avergonzada? Tal vez se negara a conocerla siquiera. Y había algo que le preocupaba más si cabe. ¿Cuál sería la actitud de esa señora tan principal que ahora era su madre y a la que ella había conocido someramente en casa de la Tirana? Si en efecto la amaba como una hija, lo más probable era que hiciese todo lo posible por impedir tan inoportuno reencuentro.

—... Mira, chica —iba diciendo Celeste cuando Trinidad hizo un paréntesis en sus pensamientos para escuchar de nuevo a su amiga—. Lo que vamos a hacer es dejarlo todo en manos del más allá, eso es lo mejor. Que Caetanito se ponga sus pilchas de *babalawo* y te eche los caracoles, vas a ver qué rápido nos dicen cómo llegar hasta esa señoronga.

Pero Trinidad se había negado, punto redondo. Nada quería saber de los *orishás*. Tampoco deseaba ser una carga para el Gran Damián cuando volviera de su viaje. No había más que ver las habitaciones que le servían de acomodo para darse cuenta de que no se parecían a las que tenían en Madrid. Trinidad recordó entonces a la Tirana y su comentario de que la vida de los cómicos era así, en la abundancia un día y al siguiente pobre como rata de sacristía.

En cambio, cuanto más lo pensaba, más convencida estaba de que debía recurrir al abogado de pobres. Trinidad rescató de su memoria la imagen de Hugo de Santillán. Su porte distinguido, sus levitas de corte perfecto, sus ojos entre burlones e inteligentes. «Un caballero mulato», se dijo calibrando la expresión en todo su contradictorio significado. Por un lado, pertenecía al mundo inalcanzable en el que ahora se movía su hija, pero, por otro, era un moreno como ella. ¿No lo convertía eso en el puente perfecto entre ambas realidades? Además, si acudía a él, ni siquiera tendría que preocuparse por el dinero. Según le había contado Haydée, su compañera de camarote en el viaje hasta

Madeira, el cometido de un abogado de pobres era precisamente ése, ayudar en asuntos relacionados con la ley a personas que jamás podrían pagar sus servicios.

Pasaron varios días hasta que resolvió comentar su decisión a Celeste. Quería sopesar primero y a solas todas las ventajas e inconvenientes. Cuando por fin lo hizo, la vieja volvió a mostrarse reticente.

—... Que no, que no, que mientras tú lo consultabas con la almohada, yo he andado en averiguaciones sobre este caballerete y me he enterado de un par de cosas.

—¿Como qué?

—Como que se dice que acaba de dejar atrás una fortuna en las Antillas y un padre muy *enojao* de su marcha para volverse acá *pa* Cádiz a haraganear en los cafés. ¿Y con quién, dirás tú? Pues con un grupo de jóvenes que se hacen llamar liberales. ¡Sólo con oírlo me tiemblan las canillas! ¿No tú sabes, chica, lo que es eso?

Celeste tampoco lo sabía a ciencia cierta, pero se maliciaba que nada bueno. Al fin y al cabo, poco podía esperarse de un hombre que prefería una tertulia de café a una buena hacienda en las colonias.

—Y luego está la monserga esa de ser abogado de gente sin plata —continuó sermoneando Celeste—. Muy lindo por su parte y chorreante de buenos sentimientos, no te digo que no. Pero ¿qué pensará su pobre padre que tantas esperanzas había puesto en él? Figúrate, vas y le das latines a un hijo, lo mandas a la metrópoli para que se eduque con una bolsa bien llena esperando que se haga un hombre de provecho ¿y cómo te lo paga? Sumándose a los descamisados y defendiendo a malhechores. ¿No tú sabes, alma de cántaro, que lo primero es honrar a padre y madre?

Al final, Celeste no tuvo más remedio que claudicar refunfuñando porque Trinidad había tomado su decisión y le aseguró que acudiría a ver al abogado con o sin ella.

* * *

Y allí estaban las dos ahora. Desafiando los primeros calores de mayo camino de una dirección que nada les había costado averiguar porque (y esto tampoco pareció agradar a Celeste en absoluto) el nombre de Hugo de Santillán era conocido por todos.

—Que no te vas a librar de mí con tanta facilidad —rezonga ahora Celeste, intentando que Trinidad no la deje atrás con su paso rápido y decidido—. Que cuatro oídos oyen más que dos. Y *pa* que tú lo sepas, chica, cuando acabe la visita, ya te dirá la negra Celeste lo que piensa de ese *cafeolé*. Más tozuda que una mula, *Triniá*, eso es lo que tú eres.

—¿Un ramito, morena? Si me das dos vintenes te digo también la buenaventura.

Trinidad se detiene. En todas las ciudades que ha conocido venden romero para hacer más soportable el olor de las cloacas, pero la última vez que lo oyó vocear estaba en Funchal a punto de entrar en el establecimiento de Greta von Holborn para hablar por primera y única vez con Juan. Y antes de eso, la habían abordado cuando estaba a punto de salir para Boaventura en su fracasada búsqueda en aquella ciudad. De pronto, se da cuenta de la coincidencia. Buenaventura y Boaventura son la misma palabra. La misma, además, que los *orishás* mencionaron aquella ya lejana noche en Madrid en que le echaron los caracoles y la razón por la que había viajado hasta Madeira. Le gustaría comentar la casualidad con Celeste, pero sabe lo que le va a decir. Que las coincidencias no existen, que todo estaba escrito, que qué más quieres, muchacha necia, para convencerte de que los renglones torcidos de los *orishás* son más rectos que un mástil... Trinidad mira a la gitana que le ofrece entre sonriente y conminatoria su rama de romero y piensa supersticiosamente que ninguna de las dos veces anteriores compró y que, tal vez, debería hacerlo ahora que también está a las puertas de una visita que puede cambiar su vida, pero no tiene dinero. Podría pedirle unas monedas a su amiga, pero entonces no tendría más remedio que contarle por qué lo hace. Se gira ya hacia ella. «Oye,

Celeste...», comienza cuando una voz a su espalda la interrumpe diciendo:

—Un maravedí por tus pensamientos, princesa.

* * *

Tardó unos segundos en reconocerlo porque se había dejado una corta y cuidada barba, pero era él, no cabía duda. Los mismos ojos chispeantes, la misma sonrisa un poco burlona.

—Estaba seguro de que nos volveríamos a encontrar, siempre lo supe.

Trinidad decidió no preguntarle por qué, imaginaba que lo decía sólo por amabilidad. Se acercó para presentarle a Celeste —que por supuesto reojeaba al recién llegado con aire de sospecha—, y luego las dos lo siguieron hasta su despacho. Atravesaron un largo pasillo y un patio interior que hablaba de ciertas estrechuras económicas. Seguramente era cierto lo que le habían contado a Celeste, que Hugo de Santillán había vuelto a Cádiz en contra de la voluntad de su adinerado padre y ahora vivía del exiguo estipendio que el concejo de la ciudad asignaba a los abogados de pobres.

—Cuéntamelo todo —dijo una vez que los tres tomaron asiento. Hugo a un lado de su mesa de despacho, Trinidad y Celeste al otro, separados por la pila de libros, carpetas, legajos y papeles que sobre ella reinaban. Él la escuchó con las yemas de los dedos muy juntas y al final dijo—: No veo mayor dificultad para propiciar el reencuentro.

—¿Cómo puede decir eso? —comenzó Trinidad tratándole de usted, pero enseguida pasó al tuteo porque así se lo había pedido él minutos antes («No más altos muros entre tú y yo, ya los habíamos derribado en *La Deleitosa,* ¿recuerdas?»)—. ¿... Cómo puedes decir eso, Hugo? Por mucho que ahora sepamos quién tiene a mi hija, seguro que habrá problemas, suspicacias, trabas. La duquesa de Alba es una dama muy principal, ni siquiera sé cómo podemos llegar hasta ella.

—Mediante una carta, así es como hacemos las cosas los abogados.

—Paparruchas —intervino Celeste, cuyas reticencias con respecto a Hugo de Santillán se habían atenuado considerablemente al conocerlo y sobre todo al ver el modo austero en que vivía. Pero aun así no quería dar su brazo a torcer—. Los picapleitos creen que todo lo arreglan con cuatro letras y cuatro leyes. Pero donde estén los ojos, la lengua y la piel, que se quite todo lo demás.

—¿A qué se refiere? —preguntó él.

—*Usté* ocúpese sólo de averiguar dónde vive esa señora de tanto ringorrango, que de convencerla de que la Trinidad pueda abrazar a su hija ya me ocupo yo, que labia tengo un rato.

Hugo dijo que no le cabía la menor duda de que era así, pero que una cosa no quitaba la otra y que la carta de un abogado tenía la ventaja de evitar todos los pasos intermedios.

—Nada de criados que se interpongan entre sus amos y el resto del mundo, comprende usted, ama Celeste. Nada de barreras infranqueables ni de secretarios de celo excesivo. Tampoco de porteros que les impidan a ustedes cruzar siquiera las rejas de entrada de cualquiera que fuese la casa o palacio.

—Ésa precisamente es otra dificultad —opinó Trinidad—. Son tantas las propiedades, tengo entendido, de la señora duquesa que ni siquiera sabemos adónde escribirle.

—¿Crees en la suerte? —le había preguntado entonces Hugo.

—Creo en la mala suerte, de ésa he tenido mucha últimamente...

—Pues para mí que ha empezado a cambiar. Mira esto.

De entre la pila de papeles, documentos y publicaciones que había sobre su mesa, Hugo eligió una, cierta gacetilla llamada *La Pensadora Gaditana*.

—¿Sabes qué es eso? No, cómo lo vas a saber si no eres de aquí, pero toda Cádiz la conoce y la lee. Dimes, diretes, cotilleos mundanos, nadie conoce al plumilla que la escribe, pero lo sabe todo de todo el mundo.

—En Madrid también hay plumillas de ésos —apuntó Trinidad, recordando a Hermógenes Pavía.

—¡Pajarracos! —fue la opinión de Celeste.

—Aves de mal agüero —asintió Hugo de Santillán—, pero a veces sin quererlo le hacen a uno un favor. Lean esto.

Les pasó la publicación y Trinidad se disponía ya a leer con la lentitud de sus escasas letras cuando Celeste se impacientó.

—Anda, anda, muchacho, mejor nos dices tú de qué va el asunto que ni la *Triniá* ni yo vamos sobradas de latines.

Hugo les explicó que el pasquín hablaba del paso de Francisco de Goya por la ciudad y, después de reseñar quién era el epulón que había encargado al maestro un par de cuadros para su casa de la Alameda, pasaba a cotillear cómo don Fancho se encontraba ahora no muy lejos de allí, en el Coto de Doñana, visitando a la duquesa de Alba. «Su amante, como todo el mundo sabe —salpimentaba el escribidor o la escribidora para dar más interés a su crónica—. ¿En qué estarán esos dos ahora que se cumple un año de la muerte del duque y se acaban los tan enojosos lutos?».

—Pues vamos *p'allá* —se animó Celeste al oír aquello—. ¿No dice que ese sitio está cerca? *Pa* que tú veas, muchacha *descreía*, todito lo que dijeron los *orishás* se cumple, incluido el nombre de la dama. ¿O es que ya no te acuerdas de que los caracoles dijeron que encontrarías a tu Marinita al amanecer? Amanecer y Alba son la misma cosa, ¿no? *P'allá* que nos vamos, y si aquí tu abogado de pobres quiere acompañarnos, miel sobre hojuelas y si no, también, que ya no lo necesitamos. Cuando sepa que los mismitos espíritus nos han llevado hasta la niña, se va a quedar maravillada.

Costó mucho convencerla de que era mejor actuar tal como había sugerido Hugo de Santillán. Enviar una carta, exponer el caso, utilizar los cauces que eran habituales en el mundo de damas como Cayetana de Alba. A Trinidad le llevó una buena media hora de ruegos, temples y buenas palabras y al final Celeste cedió.

—Está bien, sea. Pero a ver qué dice *usté* en esa carta. No deje fuera ningún detalle de lo que ha tenido que penar esta pobre muchacha hasta saber quién tiene a su hija. Y luego le pone bien clarito a esa señorona que lo único que ella quiere es abrazar a su niña, no sea que crea que se la quiere quitar, menudos son los ricos cuando piensan que alguien les tira de la levita. Anda que si no sirve para nada todo esto... Anda que si resulta ser una de esas soñorongas sin corazón ni entraña (como lo son casi todas), a la que le importan un ardite las penas ajenas...

—Por eso descuide usted. Que es fama que a la duquesa de Alba le ocurre más bien todo lo contrario —explicó el abogado de pobres—. Dicen que es caprichosa, voluble, imprevisible pero de buen corazón, así hablan de ella hasta las coplillas.

—Hasta que no lo vea no lo creeré —duda también Trinidad—. ¿Qué se torcerá esta vez?

Capítulo 56

El tormento y el éxtasis

—No me gusta nada, Fancho. No sé cómo te estará quedando el desnudo ese del que hablas, pero el bosquejo que acabas de enseñarme dice poco de tu talento. Esa sonrisita de aprendiz de *Gioconda*, esa postura de suripanta calientacamas con las manos entrelazadas detrás de la cabeza y sacando pecho. Anda que qué decir de estas piernas con las rodillas tan juntas y el pubis sin un mal velo y dibujado así, de frente, como un pendón en ambos sentidos de la palabra. ¿Cómo diablos se te ocurrió semejante pose? Y no me digas que la idea fue de Godoy, porque no lo creo ni por un minuto. Él lo más que te habrá dicho es que le pintaras un desnudo para acompañar otros de grandes maestros que ya tiene. ¿A que sí? Hace tiempo que se comenta que ha conseguido reunir la más importante galería de cuadros eróticos de Europa. De hecho, más de una vez lo he sorprendido mirando mi *Venus del espejo* con ojos de *propriétaire*, incluso ha llegado a bromear diciendo que algún día la haría suya, pero eso, como comprenderás, será por encima de mi cadáver. Por cierto, ¿cómo piensas llamar a tu obra una vez que esté acabada? Si quieres mi opinión, el nombre debería ser muy español para que se diferenciara de las de otros maestros. ¿Qué tal *La gitana*? No, no, con esos tirabuzones y esa nariz griega que tiene, quedaría fatal. Tendría que ser algo así como la manola, la modistilla, no, ya lo tengo, la maja. *La maja desnuda*. Y venga, dime, prometo guardarte el secreto, ¿quién es ella? ¿Quién es tu modelo?

Goya no piensa decirle la verdad. Se encuentran los dos en el estudio que Cayetana ha acondicionado para su hija en el palacio de Doñana convertido ahora en cuartel general de Goya y sus óleos; él, sentado tras su caballete, ella de pie, posando para el que será su primer retrato como viuda. Cae la tarde y el maestro necesita atrapar los últimos rayos de sol tan intensos, tan efímeros, los más bellos del día, de modo que no piensa malgastar ni tiempo ni saliva en complacer la curiosidad de la dama. Es más, su idea es guardar el mayor de los silencios sobre aquel cuadro, encargo de Godoy, que tiene entre manos y que ha de retomar en cuanto vuelva a Madrid. No debería haberle enseñado a Tana los bosquejos que tenía en su cuaderno de apuntes. Si lo ha hecho ha sido sólo para entretenerla de sus cuitas. Anda preocupada por la niña. No es que haya pasado nada, pero dice que la nota distinta. Intuición femenina, según Cayetana, aprensiones sin fundamento; según él, cosas de la edad, así se lo ha dicho. El comienzo de la pubertad tiene sus rarezas, todo el mundo lo sabe. Sin embargo, Cayetana no desecha sus preocupaciones y eso lo nota en la rigidez del cuerpo, también y sobre todo en esa mano extendida que, según la pose que han elegido, debe señalar al suelo y que ahora tiembla impidiendo que él capte esas mínimas y aristocráticas venas azules que surcan sus falanges. Es menester que permanezca lo más quieta posible y, para asegurarse de que así sea, «¿Qué es preferible —cavila Goya—, contar o no contar?».

Tal vez —se dice— debería hacer una pausa en la pintura y relatarle lo que desea saber. Confiarle que, en efecto, Godoy le ha encargado un cuadro para su secreta colección de desnudos. Que ya casi está terminado y que la pose elegida es exactamente la misma que la del boceto que le enseñó. Sin embargo, en cuanto a la identidad de la modelo, por mucho que porfíe, se va a quedar con la intriga. No piensa decírselo. Misterios de artista. ¿No llaman así sus colegas italianos a los secretillos propios del oficio? Pues eso mismo piensa invocar para justificar su silencio. Ni siquiera a Godoy piensa contarle qué misterio esconde aquel desnudo. «Tú arréglatelas como quieras, Fancho —le había dicho el todopoderoso Príncipe de la Paz—. Ya sabes cuáles son mis instrucciones. La cara de nuestro retrato ha de ser la de mi niña, la de Pepita, pero su cuerpo es sólo para mi disfrute, de modo que tendrás que arreglártelas como puedas. ¿Acaso no eres el mejor pintor vivo? Pues agudiza el ingenio e imagínate sus hechuras». Ni Godoy ni la duquesa sabrán nunca la verdad. Por supuesto la cabeza de *La maja,* según el nombre con el que la ha bautizado Cayetana, es la de Pepita Tudó, tal como deseaba su cliente, pero el cuerpo es el que tiene ahora mismo delante vestido de luto, el de Cayetana de Alba. Nada más fácil. Él conoce cada pulgada de sus extremidades, cada vado, cada promontorio de su cuerpo. Incluso los más recónditos. «Goya fue amante de la duquesa de Alba», eso pensarán las generaciones venideras. Él mismo se ocupará de dejar todas las pistas para que lleguen a tal conclusión.

Don Fancho piensa ahora en las semanas que lleva compartiendo techo con Cayetana. El tormento y el éxtasis. Así solía describir el maestro Miguel Ángel su vida como artista. Placer y padecer en idénticas dosis, y desde luego, la de Goya nunca había respondido tan bien a esta descripción como en los últimos treinta y tantos días. Desde el primero, Cayetana se dedicó a descartar, con el más encantador pero inequívoco vaivén de una mano, todas sus pretensiones de acercamiento, cada una de sus torpes y desesperadas tentativas de desvelarle sus sentimientos. «Anda, anda, Fancho, déjate de empalagamientos, ¿qué necesitas? ¿Un besito en la frente? Toma grandísimo gruñón, aquí tienes dos».

A Goya le tiembla el pulso mientras el pincel dibuja ahora el contorno del dedo anular de su modelo. Mírala, se dice, alzando la vista para contemplarla de cuerpo entero, de luto riguroso, envuelta en su mantilla negra y señalando al suelo como quien dice «aquí estoy yo». Tan hierática, parece haberse envuelto en un ofendido silencio después de que él se negara a revelar los secretos de lo que llama con retintín «tu maja desnuda». Perfecto, mucho mejor. La prefiere así, muda, estática, eso le permitirá proseguir con la pintura, también con sus pensamientos. Don Fancho recuerda entonces lo ocurrido después de que Cayetana descartara sus insinuaciones amorosas. Como a un criado, como a un perrito faldero, como al más tontiloco de sus tities amaestrados, así era como lo había tratado a partir de aquel momento. Como cuando, con cruel condescendencia, dejaba así, como al descuido, entornada la puerta de su habitación permitiendo que la espiara mientras dormía la siesta. O peor aún, cuando lo invitaba a charlar en su gabinete haciendo como que se emperejilaba ante el espejo cubierta apenas con un mínimo peinador. Qué refinada maldad saber que él estaba allí, tan cerca, temblando como un muchacho, enfermo de amor y de deseo, sin poder besar, tocar, rozarla siquiera.

«La venganza es un plato que se sirve frío», piensa ahora el maestro. «Helado», puntualiza a continuación. «Tan gélido como la muerte», añade antes de decirse que sí, que ambos saben que ella nunca cayó en sus brazos, pero el resto del mundo —y la posteridad, que es lo que importa— pensará exactamente lo contrario. Porque allí estarán para sugerirlo los muchos dibujos que le ha hecho a lo largo de estos noventa días, esbozos que la retratan en momentos privados, íntimos y tan secretos como aquellos a los que sólo un amante tiene acceso. Y si no fuera suficiente con los dibujos, aún le queda por perfilar la mayor de sus venganzas, *La maja desnuda*. Definitivamente, está decidido. Ése es el nombre con el que piensa bautizar el cuadro que aguarda en Madrid para que él le dé sus últimos retoques. Y da igual que el encargo sea de Godoy y la cara de Pepita Tudó. El impúdico torso con los brazos detrás de la nuca, las rodillas juntas, el pubis sin vello y todo ese cuerpo insolente y tan blanco será el de Cayetana. El mismo que ella cruelmente le ha dejado espiar durante semanas, como un siervo, como un eunuco, tormento y éxtasis.

—Ya que no quieres hablar de pintura, Fancho, hablemos de mi hija —eso está diciendo Cayetana cuando el maestro vuelve a prestar atención a sus palabras.

—¿Qué pasa con ella? —le pregunta, pensando que volverá a contarle sus preocupaciones por la niña, pero Cayetana lo mira con una sonrisa pícara.

—¿Sabes guardar un secreto?

—Bien sabéis que sí —afirma y a ella la sonrisa se le ensancha aún más.

—Pues escucha, porque te voy a contar la sorpresa que le estoy preparando. La mejor que podría darle. ¿Recuerdas la carta que me entregaron esta mañana a la hora del desayuno y que no abrí en su momento porque estábamos hablando no sé de qué naderías? Bueno, pues al leerla descubrí que era de un abogado dizque de Cádiz con la más inesperada de las nuevas. ¿Hacemos una pausa y te la enseño?

—No. Imposible desaprovechar la mejor luz de la tarde —refunfuña Goya—. Pronto caerá la noche y podréis enseñarme todo lo que se os antoje.

También Cayetana protesta, está cansada de posar, pero sabe que a Fancho se le puede contrariar en (casi) todo, pero jamás en lo que concierna a su trabajo.

—Está bien, te lo contaré entonces de viva voz. Una pena porque la carta es harto más expresiva que yo. ¿Tú sabías que existen abogados de pobres?

Sin esperar respuesta a una pregunta que más parece retórica, Cayetana explica a continuación todo lo que Hugo de Santillán exponía en su carta. Quién era Trinidad, cómo entre Martínez y una viuda cubana le habían arrebatado a su hija y las mil peripecias por las que había tenido que pasar hasta descubrir su paradero.

—Lo único que pide —termina diciendo Cayetana— es abrazar a su hija. Figúrate, Fancho, explicita que ni siquiera le importa si a la niña no se le revela que ella es su madre. Que sólo aspira a tenerla un momento entre sus brazos. ¿No se te parte el alma? He estado cavilando y se me ocurre una idea mucho mejor que permitirle cumplir su deseo. Puedo ofrecerle trabajo. Rafaela anda ya con demasiados achaques como para correr detrás de una niña que pronto cumplirá diez años. ¿Sabes lo que he hecho? Le he escrito a ese leguleyo a vuelta de correo invitando a él y a la madre a venir aquí. ¿Se te ocurre mejor regalo para mi niña? Se acabarán por fin sus pesadillas, Fancho, también esos dibujos raros que hace y que tanto me inquietan. ¿Me escuchas, Fancho? No me digas que no estoy vocalizando bien clarito para que puedas leerme a placer los labios. Vaya por Dios, además de sordo como una tapia, con la atención puesta en las Batuecas...

Goya bien que ha entendido lo dicho por Cayetana. Si no contesta y gira bruscamente la cabeza es porque gracias a la sordera se le han agudizado el resto de los sentidos, todos, incluido ese sexto que nadie sabe dónde reside pero que se manifiesta cuando uno menos lo espera.

—¿Qué miras, niña? ¿Qué haces ahí?

Una casi imperceptible corriente, un leve soplo en la nuca, es lo que le ha hecho volver la cabeza para descubrir a la niña. No a María Luz, sino a su nueva amiga. ¿Cuál era su nombre? Ana, sí, Anita, así la llaman, la hija del jardinero. No es la primera vez que la descubre espiándolos y siempre le ha llamado la atención su figura larguirucha, su pelo rubio y ceniciento, pero, sobre todo, le sorprenden esos ojos suyos tan penetrantes.

—Carajo —exclama don Fancho—, qué susto me has pegado, criatura. Sal de ahí, pareces una sombra...

Si Cayetana se preocupa por la «edad difícil» de su hija, debería hacerlo también por la de su amiguita, piensa el maestro. Claro que nadie presta demasiada atención a los hijos de los criados. Hay asuntos de más enjundia a los que atender y eso mismo debería hacer él. Y sin embargo, a pesar de que sus cavilaciones iban por derroteros muy distintos, Goya no puede dejar de observar lo que tiene delante. Por un lado, a Cayetana posando para él, y a su espalda Anita, que la mira a escondidas.

—¿Pero quién está aquí? —comenta despreocupadamente Cayetana al descubrirla—. Ah, eres tú. No hagas caso a este viejo gruñón, él siempre tiene que estar regañando. ¿Te acuerdas, mi ángel? Yo siempre te llamaba así cuando eras pequeña. Ni te imaginas lo que era esta criatura cuando tenía cinco o seis años, una auténtica belleza... Venga, Fancho —dice ahora Cayetana, abandonando la pose que se ha visto obligada a mantener mientras Goya la retrata—. A punto estoy de quedarme más tiesa que la mujer de Lot, dejémoslo por hoy. Un segundo más y me convierto en estatua de sal, te lo aseguro. ¿Qué te parece si nos premiamos con una buena limonada para aliviar estos calores? Anda, niña —le indica a Anita con un encantador y despreocupado gesto de la mano—, avisa en la cocina que nos traigan un par de vasos. Y asegúrate de que esté muy fría.

CAPÍTULO 57

BUENAS NOTICIAS

—Dios mío, qué feliz soy —le había dicho Trinidad a Hugo de Santillán antes de caer en sus brazos. A continuación, le cogió ambas manos y se las besaba sin importarle que Celeste estuviera delante. A la vieja no le iba a gustar, seguramente rezongaría diciendo que qué era eso de besar al abogado, que dónde vas, chica, que cuidado con las confianzas, que las carga el diablo, pero qué importaba. Nunca se había sentido tan afortunada—. Venga —sonrió para Hugo—, léemela otra vez, creo que voy a aprenderme esa carta de memoria.

La misiva que se había recibido esa misma mañana en el despacho de Hugo de Santillán era muy corta y decía así:

> De mi consideración:
>
> La excelentísima señora duquesa de Alba me pide le transmita las siguientes líneas:
>
> Habiendo llegado a mi atención noticia, y después de leer con detenimiento los argumentos que en su grata misiva del 22 de los corrientes se exponen con respecto a la relación de parentesco de su cliente con mi hija María Luz, considerando que dichos argumentos encajan con la realidad y son por tanto verídicos, tengo a bien comunicarle que doy mi consentimiento para que ésta conozca a la niña. Para dicho encuentro, que huelga decir no implica derecho alguno sobre la criatura, propongo que su clienta de usted y usted mismo se trasladen aquí, a mi propiedad del Coto de Doñana a la brevedad.
>
> Esperando sus gratísimas, Dios guarde a usted muchos años.

—Más secas que la mojama. Eso es lo que me parecen sus letras —opinó Celeste.

—Como que no las habrá escrito la señora —la defendió Trinidad—. Las damas como ella tienen ayudantes, secretarios, escribanos.

—Eso ya se nota, apenas se entiende qué demonios dice —refunfuñó Celeste, echando sobre la carta una buena bocanada de humo de su cachimba como si necesitara espantar posibles e indeseados espíritus.

—Usted fíese de mí, ama Celeste —la tranquilizó De Santillán. Ésta es la mejor noticia que podíamos recibir. Una invitación para hablar con ella en persona. ¿Y qué me dice de la buena fortuna de que en estos momentos se encuentre tan cerca de aquí? De Cádiz al Coto median una decena de leguas en línea recta, aunque no hay más remedio que bordear las marismas y eso significa un gran rodeo.

—¿Cómo de grande?

—Tres días de coche. Quizá algo menos si no nos llueve. Y así será porque estamos en racha.

—Bah, *pa* mí que las cosas no pueden ser tan sencillas —había porfiado la vieja antes de que Hugo la cogiera del brazo diciendo:

—Ea, ama Celeste, usted vaya a casa y prepárelo todo, salimos mañana mismo. Ah, y no se olvide de meter en el equipaje su mejor traje y sombrero. No todo el mundo tiene la suerte de visitar a la duquesa de Alba.

Capítulo 58

Expulsada del paraíso

No importa, no importa, no me importa...

Tantas veces ha repetido Anita esas palabras en los últimos meses que casi se le antojan una extraña plegaria. Es la pura verdad, no importa nada. ¿Qué más da que la llegada al Coto de quien ella siempre ha llamado con devoción «la señora» haya destrozado sus más viejos sueños? ¿Qué más da también que no haya venido sola sino en compañía de esa mocosa, de esa usurpadora negrita estúpida que, según dicen, es su hija? No, nada importa. Como también da igual que la señora la trate como hace un momento: «Anda, niña, tráenos una limonada». ¿No es así como hablan los amos a los criados? ¿Y qué es ella si no? Sólo la hija de Joseph y de Elizabetha Geldorph, a los que todos llaman el Pepe y la Lisi porque, según les han dicho mil veces desde que llegaron a España cuando ella tenía apenas tres años, deben olvidar para siempre su idioma y sus nombres. Ahora los Geldorph, convertidos en los Geldó, no son más que unos raros. Unos campesinos trasterrados de Flandes a La Carlota y de La Carlota aquí, al Coto, para hacer lo único que saben. Trabajar, bregar, afanarse de sol a sol. Dejarse la piel y la juventud, también la belleza de Lisi, que era mucha, pero total, de qué le ha servido. La suya, la de Anita, en cambio sí había sido útil, al menos al principio. «¿De dónde sale este ángel?». Ésas habían sido las palabras de Cayetana la primera vez que la vio. Fue unos nueve años atrás cuando vino con su marido a conocer Doñana. Durante las dos semanas que pasaron en la propiedad la había convertido en su juguete preferido. «Vamos, Lisi, no te la lleves todavía, me la quedo un ratito más, mira lo que le hemos puesto. ¿Parece o no una princesita con este vestido que le ha hecho Rafaela con una de mis enaguas? Qué rizos tan rubios y espesos, qué ojos azules de porcelana. A partir de ahora no hace falta que te preocupes por su educación —había añadido para alegría de su madre—. Haré que reciba un dinero todos los meses. Aunque no vuelva por aquí, velaré siempre por mi angelito».

Pero había vuelto. Habría sido mucho mejor que no lo hiciera, que se quedase en Madrid, en Sevilla, o en cualquiera de sus innumerables palacios. A cientos de leguas de aquí para que ella, Anita, pudiera adorarla a distancia, soñar y fantasear con que volvía a ocuparse de ella como cuando tenía cuatro años. Había cumplido trece el pasado abril, pero recordaba y atesoraba cada uno de los minutos que habían vivido juntas. Sus paseos por las marismas montadas las dos en su caballo favorito; las historias que le leía junto al fuego o aquella inolvidable tarde que le enseñó a cazar tritones, también renacuajos. «Es lo que hacía yo cuando tenía tu edad, ¿sabes? Ven, vamos a meterlos en un frasco de vidrio con un poco de agua, ya verás lo rápido que crecen...». Dos semanas en el paraíso y nueve largos años para añorarlo, para desear que un día regresara, que volviera a llamarla mi ángel y tal vez, quién sabe, puesto que, según le había dicho su madre, no tenía hijos, se la llevara con ella a Madrid. ¿Por qué no? ¿Acaso no había dicho que parecía una princesita? Vestida y arreglada como las damas, seguro que pasaba por una de ellas.

Y ahora resultaba que todo era mentira. Mentira lo que le había prometido cuando se despidieron, que volvería por ella; mentira que la quería como tan alegremente le había repetido; mentira también y sobre todo que no tuviese hijos como erróneamente creía su madre. No sólo tenía una, sino que además era esa mocosa frágil, estúpida, atormentada por pesadillas a la que Dios sabe por qué llamaban Luz si es más oscura que las tinieblas. «Una negra», se dice. Hija, no de siervos como lo es ella, sino peor aún, de esclavos. Monilla, eso había que reconocérselo, pero ya se sabe, todos los cachorritos son encantadores y perfectamente adorables cuando son pequeños. El problema es que crecen. Demasiado bien lo sabía ella. ¿Qué había sido de aquella cara de ángel que un día cautivara a la señora? ¿En qué se habían convertido sus deliciosos hoyuelos, su piel de durazno, sus rizos del color del trigo? Anita se había hecho muchas veces la misma pregunta ante un pedacito de espejo que había logrado distraer una vez que se rompió una de las lunas que adornaban el más espacioso de los salones. Siete años de mala suerte traía su rotura, dicen, y debía de ser verdad, porque cada vez que se miraba en aquel cachito de azogue, le descorazonaba más lo que descubría. Primero fue su piel la que un mal día comenzó a cambiar. Se le llenó de granos, de rojeces, de puntos negros. Pasará, se dijo, son cosas de la edad. Pero lo que no tenía pinta de ser muy temporal era la transformación que se estaba produciendo en su nariz. Tan pequeña y respingada cuando la señora jugueteaba con ella y ahora gruesa y algo torcida como la de su padre. Y qué decir de los hoyuelos, un día desaparecieron sin dejar rastro. Igual que habían hecho las chiribitas de sus ojos. Es cierto que continuaban siendo azules como la porcelana, pero tenían un brillo raro y fijo, muy parecido a los de un ave. No importa, no importa, nada importa, volvió a repetirse Anita. Por fortuna, había algo que nadie podía arrebatarle y era su inteligencia. Es más, ésta parecía haberse afilado conforme se desdibujaba su belleza. Anita descubrió entonces que lo que antes conseguía con un simple aleteo de sus pestañas también podía conseguirse con labia. Una insinuación aquí, un comentario inocente allá, una o dos mentirijillas acullá... Y lo más curioso del caso es que nadie parecía percatarse. Quién sabe, tal vez le quedara aún un poco de aquel «ángel» que un día llevó dentro porque hasta ahora siempre se había salido con la suya haciendo creer a otros lo que ella quería que creyeran. Como con la negra esa. Anita, que en ese momento acaba de llegar a la cocina con la orden de la señora de que desea una limonada muy fría, decide entonces ofrecerse como voluntaria y prepararla ella misma. «Sí, niña, ocúpate tú, que pronto será hora de la cena y bastante liadas estamos aquí con la gallina en pepitoria. Anda, espabila. Ya sabes dónde está todo y no tardes. No hace falta que te diga lo poco que le gustan a la señora duquesa las criadas tardonas».

Y mientras corta limones y comienza a exprimirlos con saña Anita recuerda cierta conversación que tuvo con la mocosa la noche anterior. Se habían hecho tan amigas. No había más que verla para darse cuenta de que se trataba de una niña solitaria. Mucha clase de piano, muchos latines y lecciones de geografía y solfeo, pero nadie de su edad alrededor. Una flor de invernadero. Un pajarito que nunca ha salido de su jaula de oro. Así es como la había descrito la cocinera el otro día y tenía razón. No había más que verla. Lo que ella necesitaba era una amiga del alma, una compinche, alguien a quien confiarle lo que no podía contar a los mayores. Por eso, y porque a ganar su confianza y convertirse en su mejor oyente se había dedicado durante los primeros días, Anita sabía ahora todo sobre el cómo y el cuándo había llegado María Luz a la vida de la señora. Sabía también del incendio en el que murió Caramba y, por supuesto y sobre todo, conocía su deseo de encontrar algún día a su verdadera madre. En efecto, mientras engañaban a Rafaela fingiendo que dormían la siesta, Anita había escuchado los más recónditos secretos de su nueva amiga con su mejor cara de los-demás-no-te-comprenden-pero-yo-sí. Por eso, si los mayores hasta ahora habían intentado contrarrestar sus ansias insistiendo en que debía estar agradecida de tener una madre como Cayetana y olvidar a la otra, la mala que —supuestamente— la había abandonado al nacer, Anita se dedicó a darle al problema otro enfoque. Mentira. Todo lo que le habían contado hasta el momento era falso. Su verdadera madre no la había abandonado, sino que era una víctima igual que ella. Una pobre infeliz a la que le habían arrebatado su hija para venderla al mejor postor. ¿Y la culpable de todo es...?, enunció Anita antes de hacer una pausa imperceptible para que fuese la pequeña quien respondiese mentalmente a la pregunta. «Así es el mundo de los ricos —añadió luego con la triste sonrisa de quien sabe de qué está hablando—. ¿Qué somos para ellos? Un perrito, un tití, poco más que un guacamayo. No es culpa suya, ellos están acostumbrados desde siempre a comprar sus juguetes, los de cuerda, y también los de carne y hueso. Y los aman —le había dicho a María Luz mientras le acariciaba su largo y rizado pelo negro, imitando en todo las caricias que Cayetana solía prodigarle—. Claro que los quieren. ¿Cómo no los van a querer si son de su propiedad y son tan monos?».

Anita se entretuvo en relatar con detalle todo lo que la duquesa había hecho por ella cuando era pequeña, aún más pequeña que María Luz. Los regalos que le había prodigado, las mil y una atenciones, las muestras de cariño, los besos, las promesas.

—Son cosas de ricos, ellos no quieren dejar de amarte, por supuesto que no. La pena es que un día creces. Los juguetes no deberían crecer nunca, ¿comprendes, María Luz? Deberían quedarse chiquitos y adorables para siempre sin dar problemas ni causar embarazos.

—¿Qué problemas, qué embarazos? —había preguntado la niña y Anita le cogió cariñosamente las manos antes de responder:

—Eres aún tan pequeña —le dijo—. Te queda tanto por aprender. Pero seguro que hay detalles que ya empiezas a adivinar. Tu madre puede con mucho. Es de las personas con más poder de este país, así lo dice todo el mundo. Pero hay cosas que nadie puede evitar.

—¿Como qué? —había preguntado la pequeña.

—¿Por qué crees que no tienes amigas, María Luz? ¿Por qué crees que tu «madre» te lleva a muchos lugares pero siempre con adultos, jamás con niños? Porque los niños dicen lo que los mayores callan, comprendes. Lo que todo el mundo piensa al verte, que eres diferente, rara, que eres... —Anita había evitado deliberadamente la palabra «negra». Era mejor dejar que la pequeña rellenara sola los infamantes puntos suspensivos—. Hasta ahora —continuó tras una pausa— la señora ha logrado mantenerte alejada del mundo, protegida, a salvo. ¿Pero qué crees que pasará cuando crezcas, María Luz? ¿Cuando cumplas doce, trece años como yo? Fui como tú un día. Ella me adoraba, me llamaba «mi ángel». Era igual o más guapa, graciosa y talentosa que tú, y mírame ahora.

Anita en ese momento se había puesto de pie para que María Luz pudiera verla como realmente era. Como un pichón gris y despeluchado que ha crecido demasiado rápido, como un patito que jamás se transformaría en cisne, como un ángel caído y expulsado del paraíso.

—No dejes que te ocurra lo mismo que a mí —le suplicó con una angustia que parecía del todo genuina—. No dejes que te conviertan en un juguete viejo que, cuando nadie sabe qué hacer con él, acaba arrumbando en una buhardilla. No es culpa suya, ella te quiere, pero el mundo es así y tú eres una...

Tampoco esta vez había mencionado la infamante palabra. Ni falta que hacía, María Luz lloraba abrazada a su cuello con una amargura tan grande que Anita se dio cuenta de que lo único que había hecho era sembrar en terreno propicio y abonado de antemano.

—No llores, mi niña, todavía estás a tiempo de evitar pasar por el mismo sufrimiento que yo, es muy fácil, y sé cómo ayudarte.

Anita acaba de exprimir hasta desollar la docena de limones que había cortado previamente. El resto de recuerdos de la noche anterior eran más gratos, esperanzadores. Entre las confidencias que María Luz le había hecho desde que eran amigas estaba la visita que la señora y ella hicieron un día al campamento de morenos y cómo había visto frustrado su deseo de hacer averiguaciones sobre sus orígenes por la noticia de la muerte de su padre. Anita no pensaba que la madre verdadera de María

Luz estuviera en ese campamento de morenos, sería demasiada casualidad. Pero decidió sembrar en su amiga aquella idea, abonarla despacito y con paciencia para que fuera creciendo. La niña le había dicho que el campamento de negros estaba a las afueras de Sevilla y Anita sabía que de allí al Coto había poco más de siete leguas en línea recta, seguro que a su nueva amiga le agradaría la noticia. Lo único que debía hacer era omitir que buena parte del camino eran marismas y terreno impracticable, pero bueno, de eso se daría cuenta ella cuando ya fuera demasiado tarde para desandarlo. Quién sabe, tal vez cayera en alguna poza de esas a las que su padre le decía que no se acercara jamás, eran tantas y tan traicioneras. Y luego estaba el río que tendría que vadear; el Quema venía muy crecido con las lluvias de primavera. También estaban las quebradas, las torrenteras. Eso por no hablar de los cochinos, las ratas, los linces, los gatos cimarrones y tantos otros peligros que quizá no lograse sortear una niña de nueve años. O tal vez sí. A lo mejor conseguía superarlos todos y llegar hasta su querido campamento de negros para quedarse allí, tan contenta con los de su raza, bailando y cantando salvajemente, como a ellos les gusta. En realidad, no le deseaba ningún mal. Lo único que quería era ser ella.

Lo que sí lamentaba, en cambio, era lo sola que se quedaría la señora sin su hija. Iba a necesitar mucha compañía, mucho consuelo. Tanto que a lo mejor se la llevaba con ella a Madrid. Sí, ¿por qué no? ¿No le había dicho tantas veces que era su ángel? Pues eso.

Capítulo 59

Un sombrero de paja rubia

—¡Es mi culpa, es mi culpa, por favor, *señá* Rafaela, ayúdeme! ¿Cómo le vamos a contar esto a la señora duquesa? Yo no quería, daría mi vida porque no hubiera ocurrido...

Anita acaba de entrar en la cocina a la hora en que los criados se juntan para empezar a preparar la cena y se ha echado a los pies de Rafaela sollozando mientras estruja entre sus manos un sombrero de paja con una cinta azul.

—¿Se puede saber qué te pasa, muchacha? ¡Habla!

Anita no puede, se ahoga en sílabas inconexas.

—No está —dice al fin—. Ha desaparecido. La dejé sola, no fue más de media hora, se lo juro, madre me llamó, como cada tarde, para que la ayudara a tender la ropa y cuando volví ya no estaba. La he buscado por todas partes. ¡Dios mío, que alguien me ayude y sólo he encontrado esto!

Enseña entonces el sombrero de María Luz. Apenas la dejan terminar su historia. Dos de los criados salen de la cocina dando voces:

—¡La señorita, se ha perdido la señorita! ¿Es que nadie la ha alertado de lo peligroso que es alejarse de la casa, acercarse a las marismas?

—¡Vamos, deprisa, organicen grupos! ¿Dónde está la señora duquesa?

—Hace rato que salió a dar una vuelta a caballo con don Fancho.

—¡Templa, templa, hay que encontrar a la niña antes de que regresen!

Rafaela es de los que no se han movido de donde están. Anita sigue aferrada a ella, no consigue deshacerse de su abrazo.

—Aparta, muchacha —la apremia—, y explícate mejor. ¿Dónde encontraste su sombrero?

—Lejos, señora Rafaela, mucho más allá del jardín. Es mi culpa, le digo, fui yo quien le hablé de renacuajos y tritones.

—¿Y qué rayos es eso?

—Salamandras, señora Rafaela, pero sobre todo lo que ella quería era ver renacuajos. Le conté que, cuando era pequeña, la señora duquesa me enseñó a pescarlos en las charcas. Le prometí que la llevaría alguna tarde y le dije que era allá, por las marismas. ¡Pero nunca pensé que a María Luz se le ocurriese ir sola! Si yo hubiera estado con ella... si mi madre no me hubiera llamado para tender la ropa... ¿Verdad, madre, verdad que fue así? ¡Dios mío, nunca me lo perdonaré!

Ya está. Ya lo había soltado y el efecto estaba siendo el deseado. Preguntaran lo que le preguntaran, ella tenía que decir, una y otra vez, exactamente lo mismo. Las mentiras se convierten en verdades cuando uno las repite. Como las que le había contado ella a María Luz para convencerla. Qué poco le había costado. «Eres mi única amiga —le gustaba decir—, contigo hago siempre cosas divertidas». Pobre pajarito de la jaula de oro sin más compañía que adultos viejos y juguetes caros. No había necesitado más que abrir la puerta para que saliera volando. Las pesadillas de la niña también resultaron de gran ayuda. Para que no estuviera sola por las noches, la señora había permitido que durmieran juntas. «Así te sentirás acompañada, tesoro, y cualquier temor que tengas se lo puedes contar a Anita». Ella, por supuesto, la había consolado y escuchado con tanta atención, con tanta comprensión. «Tranquila —le decía cuando se despertaba sudando y con ojos aterrados—. Es tu verdadera mamá que te llama. ¿No te das cuenta? Ella siente que estás muy cerca».

El próximo paso, convencerla de que su madre la esperaba, allá, en el campamento, ni siquiera fue necesario, al fin y al cabo, uno tiende a creer cierto aquello que fervientemente más desea. «Cuando sepas quién eres de verdad, vas a ser tan feliz», le había dicho mientras el recuerdo de las pesadillas se ocupaba de corroborar sus palabras. Aun así, cuando ya la tenía del todo convencida, se encontró con un nuevo temor. A la niña le preocupaba ser descubierta antes de llegar hasta allí y que la obligaran a volver. «Descuida, preciosa, lo único que hay que procurar es que tarden mucho en descubrir que no estás. ¿Para qué crees que sirven las amigas? Déjamelo a mí, una vez que marches, ya me ocuparé de inventar una buena historia».

¿Dónde estaría María Luz ahora? La siesta es siempre la mejor cómplice de las travesuras. El mundo se paraba entonces durante más de una hora dando tiempo a todo, a que María Luz se alejara lo más posible y a que ella cumpliese luego con su obligación de ayudar a su madre a tender la ropa, como todas las tardes. Sólo entonces daría la voz de alarma, encontrando su sombrero de paja. ¿Dónde? Por supuesto, en el lugar más alejado del camino que tomara la pequeña fugitiva.

Anita la había cogido de la mano y juntas corrieron hasta el final del jardín donde varios senderos trazados en la maleza se adentraban en las marismas. Aún jadeante preguntó:

—¿Ves aquel cerro a lo lejos? —María Luz asintió con la cabeza—. Muy bien, ahora fíjate en este camino. ¿Ves que es un poco más ancho que los demás? Síguelo y te llevará directamente hasta allí. A su falda te encontrarás con el campamento de morenos, no tiene pérdida. Venga, no lo pienses más, si te das prisa, seguro que llegas antes de que anochezca, los días son ya largos por estas fechas. Ah, y si empieza a llover, no te asustes. Pasa con frecuencia, sólo son tormentas de primavera, enseguida escampa...

* * *

—... Difícilmente conocerá usted un lugar como éste —le va diciendo Hugo de Santillán a Celeste mientras su coche traquetea hacia el Coto de Doñana. Se habían puesto en ruta nada más recibir la invitación de la duquesa y llevan un día de camino. El viaje es largo y fatigoso, por eso Hugo intenta entretener tanto a ella como a Trinidad con información interesante sobre el lugar al que se dirigen—... Posiblemente no haya otra propiedad igual en el mundo. Un lugar único, singular. No sólo por su belleza, sino por lo que ocultan estas marismas que ahora mismo estamos bordeando: más de veinte especies distintas de peces de agua dulce, trece clases de reptiles y más de diez de anfibios. Y luego están los mamíferos, desde ciervos y gamos hasta linces, jabalíes, zorros, tejones, jinetas, gatos monteses, musarañas... En cuanto a aves, no sé cuántas especies puede haber, las más hermosas y raras viven o al menos transitan dos veces al año por aquí. Después está su flora, que es también riquísima. Pinos, alcornoques, amén de arbustos de toda clase, eso por no mencionar las retamas, las sabinas, el romero, el tojo, el tomillo, la lavanda, el alhelí de mar... ¿No les parece extraordinario?

—Ni ordinario ni extraordinario —retruca Celeste—, porque no veo nada. Hasta que cese este diluvio universal, lo mismo me da estar en el paraíso que en un purgatorio muy pasado por agua. ¿Es que no va a parar nunca?

—Venga, Celeste —ríe Trinidad—, cualquiera diría que eres de secano. Poco tiene que envidiar este aguacero a los de allá en Matanzas. Así crecerá todo más lindo.

—Eso habrá que verlo cuando escampe. Pero *pa* mí que esto no es más que tremendo humedal lleno de bichos y alimañas, como el que había a espaldas del ingenio. Y ya tú sabes que más de un esclavo al huir se botó *p'allá* y, después, de ellos no aparecían más que sus mondos huesicos.

—Por eso mismo estamos bordeando el Coto. Es arriesgado intentar atravesarlo y en coche, directamente imposible. Arrellánese en su asiento y descuide —la tranquiliza Hugo—. En este caso, lo más que puede atacarla es algún mosquito.

—¿Y cuánto queda de camino, si puede saberse? ¿No dijo *usté* que hoy mismo llegábamos?

—Ay, Celeste —ataja Trinidad—, no seas agonías, mira por la ventana, a ver qué ves y así te entretienes.

* * *

Había hecho tan buen tiempo durante la semana que María Luz apenas se alarmó cuando comenzaron a caer las primeras gotas. El trecho inicial del camino había sido fácil. El palacio pronto desapareció engullido por pinos y alcornocales mientras que el cerro que le había indicado Anita como objetivo a alcanzar parecía razonablemente próximo. Para la aventura se había puesto un fresco y suelto vestido de algodón que le prestó Anita. «Toma, era mío cuando tenía tu edad y es perfecto para una excursión como ésta. No tiene ballenas, ni corsés, ni corchetes como los tuyos, es cómodo y mira qué bien te queda, pareces talmente una gitanilla. Así, y con lo rápido que tú corres, llegarás en un periquete». Se le enganchó la falda en unas zarzas y, al ir a liberarla, se arañó una pierna hasta hacerse sangre. Pero qué más daba, era poco más que un rasguño. Intentó lavar la herida en una charca, pero el agua le pareció verde, turbia y con vida propia. «Los renacuajos», pensó, recordando la coartada que Anita y ella habían planeado para la escapada. Qué suerte tenerla como amiga, ella se encargaría de entretener a su madre y al resto de los adultos con alguna mentirijilla hasta que llegase al campamento de morenos. Una vez allí tendría que ir con tiento y saber con quién hablar y con quién no. Lo más probable era que N'huongo al enterarse diera la voz de alarma, no en vano era amigo de Cayetana. Anita también había previsto este peligro. Le dijo que se diera a conocer sólo a las mujeres, ellas sabían lo que era que les robasen lo que más amaban, y la ayudarían a encontrar a su verdadera madre.

¿Cómo sería? Se la imaginaba joven, guapa y sobre todo muy buena. Seguro que la apoyaría después cuando explicara a todos su travesura. Le iba a caer tremenda regañina. Bueno, tampoco muy grande. ¿Acaso no había hecho Cayetana la misma trastada cuando tenía su edad?

Lástima que se hubiera puesto a llover, pero sólo era cuestión de guarecerse un rato en alguna parte. Debajo de un árbol, no. María Luz había leído que atraían los rayos. ¿Pero dónde si no? ¿No había por allí alguna gruta o cueva? No sólo no la había, sino que comenzó a diluviar. Parecía como si el cielo estuviera a punto de desplomarse sobre su cabeza. En segundos el viento extendió sobre aquellos parajes una espesa cortina de agua que lo engulló todo en sombras. Cómo deseaba ahora no haberse vestido así. La tela fina y rala se pegaba a su carne helada. Comenzó a correr. Trataba de no salirse del camino que le había señalado Anita, pero su trazado parecía deshacerse bajo sus pies, convertido en barro. Deprisa, deprisa. Las piernas se habían vuelto torpes bajo sus largas faldas empapadas y tropezaba una y otra vez. «Vamos, no te detengas, tal vez más adelante encuentres dónde refugiarte. ¿Y ese ruido? Parecía un extraño y lejano murmullo. Nada, no es más que el viento. Sobre todo no te asustes, todo está bien, el campamento ha de estar ya cerca, pronto verás sus luces, ellas te guiarán hasta allí».

Una raíz traidora la hizo caer por tierra. Tal vez fuese mejor quedarse ahí, acurrucada, e intentar cobijarse entre esos pastos tan altos. Dios mío no, seguro que hay víboras, bichos, pero peor es seguir adelante y perder el camino. «Acuérdate, es muy importante —le había advertido Anita—. Si te alejas de él, cualquier cosa puede pasarte».

Le dolía mucho la rodilla y alzó el vestido sólo para descubrir una nueva herida. Sangraba. Tal vez su sangre atrajera a las alimañas. «Qué tonterías, Anita nada dijo de alimañas, enjambres de mosquitos, todo lo más, y de ésos desde luego no faltan. Malditos bichos, no me dejan en paz y pueden con todo, con el viento, con el diluvio...».

Cayó la noche y el último y pálido resplandor que aún resistía a la tormenta desapareció para siempre. Ahora era la luz de rayos y relámpagos la que alumbraba, de vez en cuando y en blanco y negro, un tétrico panorama de árboles retorcidos por el vendaval y ramas tronchadas que volaban por el aire. Otra vez aquel ruido. Qué extraño murmullo. La noche volvía nítidos los sonidos y entre el aullido del viento y el crujir de ramas desgajadas consiguió al fin identificarlo. Agua, mucha agua, un gran torrente. Cada vez más cerca y a su derecha. Tal vez el próximo relámpago revelase de qué se trataba.

María Luz pega su cara al suelo. A través de la tierra y el barro el rugido del agua parece acrecentarse. «¿Dónde estoy? Juraría que no me he alejado mucho del camino, y sin embargo... María Santísima, mi madre en el cielo, ayúdame. ¿Qué es esto, dónde estoy?».

Un nuevo relámpago parece responder al menos a la última de sus preguntas. El ruido del agua se ha vuelto tan ensordecedor que, a pesar de la oscuridad total, empieza a comprender. Si María Luz no fuera una niña de ciudad, un pajarito de jaula de oro, tal vez se habría dado cuenta antes de dónde se había metido. En qué momento abandonó el sendero señalado por Anita para caminar por el cauce seco de alguna torrentera nunca lo sabrá. Sólo sabe que la luz de un rayo lejano acaba de iluminar, cuando ya es demasiado tarde, la masa de agua turbia que se le viene encima. «Virgen del Perpetuo Socorro, santa María y san José, ayudadme», suplica antes de verse arrastrada, revuelta en ramas secas y filosas que arañan su cara y se clavan en su carne, pero qué más da, ya todo da igual, una bocanada de agua inmunda acaba de ahogar sus gritos, barro, sangre, lágrimas, agua, tanta agua. Luego, sólo oscuridad y silencio.

Capítulo 60

Dos madres

—Por acá pasó Mandinga —comenta Celeste asomándose a la ventana.

Se encuentran en la casa de postas que, será mérito de los *orishás* o más probablemente de la Virgen del Rocío, lograron alcanzar en el último momento, justo antes de que la tormenta lo anegara todo.

—¡Qué nochecita hemos pasado! Árboles arrancados de cuajo, ríos fuera de madre y esos pobres animalicos —se duele Celeste al ver cómo flotan en las aguas crecidas, hinchados y patas arriba, los cadáveres de un jabalí y un cervatillo—. ¡Dónde va *usté* ahora, Hugo, vuelva *p'acá*!

Hugo no está para rezongos. Las ruedas del carruaje de alquiler se han quedado enterradas en el barro y todos los brazos son pocos para liberarlas.

—Esto retrasará nuestro viaje —le dice a Celeste cuando ella lo sigue hasta el patio de la fonda levantándose la falda para sortear (sin éxito) los charcos—. Pero bueno, así da tiempo a que bajen las aguas. Descuide —añade, adelantándose a lo que pueda protestar su interlocutora—. Con un poco de suerte, mañana por la tarde podemos estar de nuevo en ruta. Mientras tanto, paciencia, ama Celeste, la posada está llena de gente, tal vez le interese pegar la hebra y hacer amigos. Más de un romero se ha visto obligado a buscar aquí cobijo.

—No conozco a ningún romero, ni ganas que tengo ahora mismo.

—Cuando se pone terca, no hay manera —sonríe Trinidad, que acaba de reunirse con ellos al ver cómo un débil sol se abre paso entre las nubes—. Tú bien sabes a qué se refiere —le dice a Celeste—. Un romero es un peregrino, los llaman así en recuerdo de los que iban a Roma a ganar el jubileo, ¿verdad, Hugo?

—Eso ya lo sé o es que me ha visto cara de sonsa, lo que pregunto es qué hacen por esta tierra de Mandinga.

—De Mandinga no, de María Santísima.

Hugo les recuerda entonces lo cerca que están del santuario de la Virgen del Rocío. La llamada Blanca Paloma y reina de las marismas a la que se venera desde hacía lo menos tres siglos por ser muy milagrera.

—Y desde entonces —termina explicando—, todos los años por Pentecostés, peregrinos venidos de todas partes atraviesan los humedales para visitarla. Este año la festividad ha caído pronto y aún quedan muchos por estos caminos de vuelta a casa.

—Pues espero que la Virgen les premie tantos desvelos porque se habrán puesto pringando como chupa de dómine —sentencia Celeste, que ha decidido volver al interior de la posada y acomodarse de nuevo frente a la ventana, fumarse una pipa y ver el panorama sin mojarse las canillas—. Además, así dejo campo libre a ciertos tortolitos —añade con intención y mirando a Hugo y a Trinidad, que, en ese momento, comentan algo entre ellos, muy sonrientes y ajenos a todo—. Entre los muchos pajaritos y pajarracos que, según dicen, tanto abundan en este paraíso pasado por agua, ¿habrá muchos palomos o ese zureo que oigo son sólo los arrullos de quienes yo me sé? Ay, Señor, Señor. A lo mejor se piensan que, además de vieja, soy sorda como tapia y ciega como murciélago...

* * *

—¡Detente, Manuel, para te digo!

—¿Se puede saber qué te pasa?

—Mira allá abajo, al pie de la torrentera entre las zarzas, un bulto.

—Ni aquellas son zarzas ni lo otro un bulto. Sólo ramas que la riada ha *arrastrao* junto a algún bicho muerto, un jabalí, quién sabe, cualquiera lo distingue entre tanto fango.

—Que no, que no puede ser un cochino, ¿no ves que parece envuelto en una tela?

—¿Tela dices? Anda, Juanín, tira, que se ve que la noche al sereno te ha *nublao* las entendederas.

Los dos romeros reanudan su camino. Los caballos, agotados, apenas resisten ya el peso de sus cuerpos. Ateridos y llenos de rasguños, habían tenido la fortuna de poder guarecerse en una pequeña cueva al arreciar el aguacero. Ahora lo único que desean es llegar cuanto antes al camino principal, abandonar el mar de lodo en el que se había convertido el Coto.

—¿Cuánto falta para la casa de postas? Deberíamos desmontar y continuar a pie, mi caballo no da más.

—Escucha, Manuel, ¿y si aquello que vimos era una persona, un ser humano?

—Pues si alguna vez fue un cristiano, ya no lo es, que en paz descanse.

—¿Y dejarlo ahí, como un perro, sin darle sepultura?

—¡Que no puede ser una persona, Juanín, que era *demasiao* poca cosa!

—Un niño, quizás. Tal vez sea el hijo de algún romero. Incluso el de alguien a quien conocemos. El Curro, por ejemplo. ¿No hizo el camino este año junto a sus dos muchachos? Acuérdate, nos cruzamos con ellos y su carreta antes de llegar a la ermita. El más chico tiene poco más de siete años...

—Anda, déjate de fantasías y ahorra resuello. Nos quedan aún un par de leguas para llegar a la fonda. Piensa en un plato de gachas y en un buen trago de aguardiente. Nos lo hemos *ganao* después de esta nochecita penando al sereno. Y da gracias a la Blanca Paloma porque no ha sido más que eso...

Los romeros reanudan su camino.

* * *

El palacio de Doñana apareció ante ellos como un espejismo. Empezaba a caer la tarde y los charcos del camino lo reflejaban duplicando su grandeza. Un edificio suntuoso pero a la vez alegre, de techos de teja, muros encalados y bellas y amplias ventanas guardadas por rejas oscuras. La puerta principal recordaba vagamente a la de una iglesia y hacia ella se dirigía ahora el coche en el que viajaban Trinidad y Hugo en compañía de Celeste.

El centenar de varas que aún la separaban de su destino le permitieron fantasear un poco. ¿Dónde estaría en ese momento su niña, en qué parte de aquella inmensa propiedad? ¿Pintando acuarelas en el jardín aprovechando la primera tarde de sol? ¿En alguno de los salones con su madre adoptiva? ¿O tal vez saltando charcos como una niña traviesa? Era aún tan pequeña y seguramente muy infantil debido a su vida regalada. Unos minutos más y se desvelaría el misterio. ¿Qué iba a decirle? ¿Y cómo sería su reencuentro con la duquesa de Alba? La única vez que se habían visto, en casa de la Tirana, le había parecido una dama alegre, «liviana», así la había descrito doña Visi, la abuela de la artista, pero eso no quería decir que no tuviera buen corazón. La mejor prueba de ello era haberlos invitado a conocer a la niña.

—¿Adónde van ustedes?

Un hombre les ha salido al encuentro antes de que lleguen a la puerta del palacio. Un peón de campo o tal vez un jardinero.

—Nos espera la señora duquesa —dice Hugo tras desearle los buenos días y asomándose a la ventana del carruaje.

—¿No saben ustedes la mala nueva?

Trinidad se asoma también.

—¿Qué mala nueva?

El hombre aquel sombrea sus ojos con la mano y los observa unos segundos sin decir palabra. Después se encoge de hombros y sigue su camino.

—Me parecía a mí que todo estaba siendo demasiado fácil —opina Celeste—. A ver si ahora resulta que se ha muerto la señoronga y nos echan con cajas destempladas y sin poder ver a la Marinita. Tanta agua y tanto lodazal tenía que ser un mal presagio. Ya lo decía yo...

—Pues no digas nada más —la apremia Trinidad—. Lo más probable es que el asunto no tenga nada que ver con nosotros. En todo caso pronto saldremos de dudas —añade, saltando del coche aún en marcha y corriendo hacia la puerta para una vez allí accionar con fuerza la campanilla.

* * *

A Cayetana le habían dicho que no había esperanza, pero no pensaba resignarse. «Compréndalo usía, es del todo imposible. El sombrero de paja encontrado junto a las charcas lo dice todo. Se alejó de la casa, no conocía el terreno traicionero en el que se estaba adentrando, tropezó, cayó al agua y...».

Cayetana no les había dejado terminar. Aquellos hombres sabrían mucho de las marismas, pero ella conocía a su hija. María Luz era más que cauta, sensata, jamás se le habría ocurrido la estúpida idea de adentrarse sola en los humedales a pescar renacuajos. Tal vez decidiera dar un paseo y se extravió. Si era así, no podía haber ido muy lejos. Era necesario salir en su búsqueda y ella misma se puso al frente de la expedición. Pidió que ensillaran su caballo favorito y, con media docena de hombres, se internó en las marismas. Anita había suplicado que la llevase con ella, estaba empeñada en que podía indicarle el camino. Le dijo que no y creyó ver en los labios de la adolescente una velada sonrisa. Imaginaciones suyas, estaba demasiado angustiada como para pensar a derechas. «Quédate aquí, estaremos de vuelta a poco tardar y con mi niña». Pero no fue así. Poco después se desató la tormenta y la marisma se convirtió en un infierno. Pese a todo, ella se empeñó en continuar adelante. «Señora, señora, se lo suplico, vuelva atrás. ¿No ve que, además, se nos echa la noche encima?».

Su caballo resbaló y ella rodó por tierra hasta quedar aturdida. Fue en ese momento cuando uno de los guardeses se hizo cargo de la situación.

—Mañana, señora, le juro que con las primeras luces estaremos de nuevo buscándola, ahora permítame que la escolte de vuelta a casa.

Ni siquiera sabe cómo pudo pasar la noche. Anita había querido acompañarla, qué chica tan cariñosa, pero ella deseaba estar sola. A cada rato se asomaba a la ventana. Imaginaba que, en cualquier momento, iba a ver, a la luz de los relámpagos, la pequeña figura de su hija entre los árboles. Por fin se durmió apoyada en el alféizar de puro agotamiento. Despertó sobresaltada cuando empezaba a clarear el día, le dolía terriblemente la cabeza donde se había golpeado, pero le alegró ver que el temporal había pasado. Llamó a Rafaela. ¿Dónde se había metido la vieja dormilona? Necesitaba un buen baño caliente, desayunar cuanto antes y estar de nuevo en las marismas antes de que dieran las ocho. Y lo estuvo, pero sólo para descubrir con desolación en qué se había convertido el Coto arrasado por el temporal. Los guardias que había seleccionado para que la acompañasen la miraban con lástima. ¿Pero qué se pensaban aquellos hombres? ¿Que iba a darse por vencida?

—Venga, unos por el sur y otros por el norte, quien encuentre a la niña tendrá una recompensa como jamás pudo soñar.

En ningún momento perdió la esperanza. Ni al ver la multitud de bichos muertos, ni tampoco cuando unos romeros que encontraron a orillas del Quema les dijeron que el río venía muy crecido. Durante todo el día la buscaron hasta que se hizo de noche. A la mañana siguiente, antes de que clareara, ya estaban de nuevo en las marismas, ella y cerca de veinte personas que se desplegaron en todas las direcciones en busca de la niña. «No hay nada que hacer, es como encontrar una aguja en un pajar. Resignación señora, será la voluntad de Dios, y a este paso usía corre peligro de caer enferma». Hacia las cinco de la tarde lograron convencerla de regresar a palacio, estaban todos agotados y sin esperanza. Fue entonces cuando, a lo lejos, Cayetana había visto acercarse por el camino un carruaje desconocido. Su corazón se aceleró. Tal vez alguien había encontrado en los caminos a María Luz y la acompañaba de vuelta a casa. Sí, eso tenía que ser por santa María de los Desamparados y la Virgen del Perpetuo Socorro... Espoleó su caballo y al galope se acercó por detrás al carruaje de los recién llegados.

* * *

Trinidad, que acaba de hacer sonar la campanilla, mira hacia atrás y es la primera en verla. No hace falta que digan nada. Ambas se reconocen. A pesar del barro y el semblante cansado, Trinidad ve en la figura que se acerca a caballo a la gran dama que conociera años atrás en casa de la Tirana. Cayetana, por su parte, al descubrirla piensa en la carta que recibiera semanas atrás de Hugo de Santillán y la invitación que envió a él y a su cliente para venir al coto. Por unos segundos las dos madres se miran sin decir nada. Trinidad es la primera en reaccionar. Corre hacia la figura que acaba de apearse de su caballo. Piensa echarse a sus pies, agradecerle entre lágrimas la gran generosidad de permitirle que se reúna por fin con su niña, con su pequeña Marina. «Señora», dice y ante su estupor la duquesa de Alba se abraza a ella llorando. «Qué cruel carcajada del destino —acierta a decir—, qué gran desgracia».

* * *

Veinticuatro horas atrás, mientras Trinidad miraba la crecida del río para calcular cuándo podían reanudar su marcha y al mismo tiempo que Cayetana de Alba ofrecía una fortuna al primero que avistase a su hija, Juanín el romero había decidido desandar el camino. Y le dio igual lo que pudiera decir su compañero de ruta. Si Manuel quería llegar cuanto antes a la casa de postas y calentarse las tripas con aguardiente que lo hiciera. Él no había peregrinado hasta la ermita de la Blanca Paloma para luego pasar de largo ante un cadáver y dejarlo sin cristiana sepultura. «Que sólo es un jabalí —había porfiado Manuel—». Pero él apenas tenía que volver atrás medio millar de varas para salir de dudas, si Manuel se empeñaba en seguir su camino, ya se reunirían en la fonda más tarde.

Cuando llegó al pie del barranco, a punto estuvo de desistir. Tal vez Manuel tuviera razón después de todo. Aquel bulto enfangado e informe no parecía humano. Era verdad que estaba recubierto de algún tipo de tela tal como él había observado en la primera ocasión, pero quizá fuese sólo un trozo de lona arrancado a la carreta de algún romero. Aun así, comenzó a descender. Y lo primero que vio fue un diminuto pie que asomaba entre unas ramas apuntando al cielo. Corriendo se acercó para descubrir la cara de María Luz lacerada y llena de arañazos. «Dios mío, pobre criatura, qué pequeña es», dijo, tomándola en brazos y trazando sobre su frente la señal de la cruz. Estaba fría, pero no tanto como se espera de un cadáver. ¿Era posible que estuviera viva? Juanín acercó los labios de la niña a su cara. ¡Sí, respiraba! Pero su aliento era entrecortado, agónico. La abrazó con fuerza para darle calor, no hubo reacción alguna. Con sus dedos y suavemente apartó varias briznas adheridas a su piel por el barro y la sangre. ¿Cuántos años podía tener? ¿De dónde vendría aquella extraña criatura? Una negra, una mulata. Recordó entonces el campamento de morenos que él y Manuel habían visto camino del Rocío. Estaba muy cerca, tal vez la niña se hubiera adentrado en las marismas en busca de leña y la sorprendió el aguacero. Tan herida y maltrecha estaba que difícilmente podría sobrevivir, pero le quedaba un hilo de vida. Posiblemente no resistiera el viaje, pero lo mejor era llevarla hasta el campamento, así sus padres recuperarían al menos el cadáver de su hija y podrían velarla.

El romero mira al cielo. Por la posición del sol deben de ser más o menos las cinco de la tarde. A continuación dirige la vista a su caballo. El pobre penco está casi más exhausto que él. «Aguanta, bonito —le anima—. No es más que media legua de camino. Después y con el permiso de la Virgen del Rocío, tú y yo nos vamos a dar en la casa de postas un banquete de esos que hacen arder Troya».

La Habana, 13 de agosto de 1845

Permítanme que me presente, mi nombre es Marina de Santillán. También se me conoce como María Luz Álvarez de Toledo, y he querido pasar hasta ahora de puntillas por esta historia porque no es la mía sino la de mis dos madres. Podría haberla narrado en primera persona, pero he preferido respetar el punto de vista de ellas, también sus voces. Si ahora intervengo, en cambio, es para contarles qué pasó a partir del momento en que ambas historias confluyen y cerrar este azaroso capítulo de nuestras vidas.

Después de que Juanín el romero me dejara en el campamento de morenos, dicen, yo no lo recuerdo, que estuve muerta en vida durante días. De hecho, nadie se explica cómo pude sobrevivir, tenía rotas las dos piernas, amén de llagas y mataduras en todo el cuerpo. A Anita le gustaba decir de mí que era un pajarito en jaula de oro que apenas sabía volar, una triste flor de invernadero, pero resulté bastante más fuerte de lo que ella imaginaba. Mamá Celeste decía que todo fue gracias a los *orishás* que me protegieron desde el mismo momento en que nací en altamar y en medio de otro terrible temporal. Rafaela, en cambio, atribuía el mérito a la Virgen del Rocío porque ¿acaso no era providencial el modo en que aquel romero me había encontrado en el fondo de un barranco y semienterrada en el lodo? Yo no sé quién tiene razón, pero me considero afortunada. Al llegar al campamento y según cuentan, las mujeres se desvivieron por atenderme valiéndose de hierbas y pócimas que cualquier cristiano hubiera desechado como cosa de Mandinga. En aquellos tiempos en los que la medicina era devota de sangrías y purgas, tengo para mí que una vez más fui afortunada, la sabiduría milenaria de mi raza hizo por mí posiblemente mucho más de lo que hubiera hecho cualquiera de los galenos de la casa de Alba. Me contaron también que una de las mujeres que acababa de perder a su pequeño por unas fiebres no se despegó de mi cabecera con la esperanza de convertirme en su hija, pero para entonces ya había abierto un par de veces los ojos en sueños y N'huongo enseguida se dio cuenta de quién era yo. Fue, según él, el color de mis ojos el que lo puso sobre aviso. «¿Viste, muchacha? —sentenciaría más adelante Celeste—. Hasta de esos detalles se ocuparon los espíritus. No sólo guiaron los pasos de tu madre hasta encontrarte, sino que te dieron esos ojos inconfundibles y verdes como dos faros».

No soy devota de los *orishás* ni estoy segura de su intervención espectral, pero sea como fuere, lo cierto es que no había recuperado aún la conciencia cuando N'huongo avisó tanto a Cayetana como a Trinidad. Me cuentan que ninguna de las dos se separó de mi lado hasta que recuperé del todo la conciencia. Ese momento sí lo recuerdo. Allí estaban, una junto a la otra sonriéndome, desviviéndose por atenderme, o mejor dicho por malcriarme con todo tipo de atenciones y cuidados. Por supuesto, al principio pensé que era un sueño. Cuando uno desea algo tanto y por fin se cumple, sigue teniendo la misma sensación de irrealidad, de azorada sorpresa. También don Fancho andaba por ahí. Con esa ternura ruda que le era característica, dijo algo así como que no había venido a interesarse por mí ni ninguna otra zarandaja mujeril. Que su intención era no desaprovechar una oportunidad como aquélla para esbozar en su cuaderno de apuntes el particular mundo que configura un campamento de negros. Y así debió de hacerlo porque, después de pasar cada mañana a preguntarme si había dormido bien, allá que se iba a inmortalizar el modo en que las negras lavaban en un arroyuelo cercano o cómo los niños jugaban a la gallinita ciega. Me pregunto qué habrá sido de esos dibujos, tal vez se perdieran, nunca los he visto reproducidos como otros de tan gran artista.

Cuando una historia acaba, uno siempre se pregunta qué habrá sido de sus protagonistas. En esta mía muchos de los personajes son de relevancia histórica por lo que tal vez ustedes conozcan sus pormenores. Aun así, me he permitido hacer una síntesis de los avatares de algunos de ellos, porque, como a menudo decían mis dos madres, siempre he sido minuciosa en los detalles, y los muchos años transcurridos desde aquellos hechos permiten ver qué suerte corrieron todos ellos. Charito Fernández, la Tirana, siguió viviendo con su prima y su abuela hasta que ésta murió. Para entonces ya se había convertido en una de las actrices más famosas de su época, aunque tuvo que retirarse pronto de la escena debido a una enfermedad pulmonar. Goya le hizo un retrato que la convirtió en inmortal. Debo decir que no le hace justicia. Ella era mucho más alegre, vivaz y guapa de como la pintó don Fancho. También su vanidoso colega Isidoro Máiquez tuvo la suerte de ser retratado por él, al igual que el maestro Pedro Romero. No así Costillares, lo que acrecentó aún más su épica rivalidad. Del hombre que me vendió, Manuel Martínez, no tengo muchas noticias. Supongo que habrá seguido embaucando viudas ricas y sableando condesas para financiar sus obras teatrales. Algo parecido ocurrió con Hermógenes Pavía. Su sangre jacobina le obligó a continuar frecuentando aristócratas por el día para vengarse de ellos por las noches en sus temidos y anónimos pasquines. Si ustedes se preguntan por qué lo seguían invitando a sus fiestas, la razón es para mí insondable. Tal vez la mejor respuesta esté en ese dicho castellano que sentencia: que hablen de mí, aunque sea mal. Lo que sí se sabe es que a su muerte, en la miserable buhardilla en la que vivía de alquiler, descubrieron una cámara secreta llena de tesoros, producto sin duda de sobornos y extorsiones. Las ratas habían devorado buena parte de los pagarés, pero las monedas de oro resplandecían. Poco sé de Amaranta. Un oscuro silencio cayó sobre ella y su marido una vez que se arruinaron. Hay quien cuenta que él un día, seguramente en un ataque de *melancholia,* decidió emular a los vencejos como otras tantas veces a lo largo de su vida, sólo que esa vez tuvo éxito. Caragatos, por el contrario, hizo una nada despreciable fortuna. Me alegra decir —la vida a veces se parece a las novelas esas en las que abundan casualidades y carambolas— que, poco tiempo después de que mi madre viajara a Madeira, se reencontró con el dueño de Piccolo Mondo. Su circo ambulante fue uno de los más exitosos de su tiempo y ella se convirtió en su muy temida empresaria. Dicen que era implacable negociando contratos para sus artistas. Del autor de mis días prefiero no hablar. Ni siquiera me gusta llamarlo padre. José Álvarez de Toledo es el único padre que he tenido y lo recuerdo cada vez que leo un libro o me siento al piano. Me gusta pensar que, si existe otra vida como espero, volveremos un día a tocar juntos *Au clair de la lune*. De otros personajes más célebres como Carlos IV, la Parmesana, Godoy o el propio Goya nada diré, su suerte y sus desventuras están en los libros de historia. Prefiero dedicar las líneas postreras de esta confesión a hablar de mis dos madres.

Una vez que me repuse de mi enfermedad, volvimos las tres al Coto. Tal como Cayetana había adelantado a don Fancho cuando le comentó el contenido de la carta de Hugo de Santillán, su intención era ofrecerle a Trinidad que entrara a su servicio. Ella aceptó de inmediato, era lo que siempre había deseado, vivir juntas bajo el mismo techo, y pasó a ser mi niñera. Ahora que tantos años han transcurrido y que puedo mirar lo sucedido como algo lejano en el tiempo, me doy cuenta del sacrificio que supuso para ella. ¿He dicho ya que mi madre y Hugo de Santillán estaban enamorados? No, deliberadamente he pasado de puntillas sobre esa parte de la historia. Lo he hecho así porque es lo que más se ajusta a los deseos de mi madre. Nunca hablamos del asunto y ahora ya no puedo hacerlo, murió hace un par de años, pero estoy segura de que no le hubiera gustado que la retratase dividida entre dos amores, el inmenso que me profesaba y el no menos grande que empezaba a sentir por Hugo. Él la vio marchar, sabía que de poco serviría intentar retenerla. Se quedó en Cádiz ejerciendo su profesión de abogado de pobres e interesado cada vez más en la política patria y sus vaivenes, que en esa época fueron muchos y azarosos, que se lo digan si no a Godoy y a Carlos IV, que acabarían un día no muy lejano en las garras de Napoleón Bonaparte... También Cayetana se interesaba por esos avatares y por los polvos que más tarde traerían tan oscuros lodos. No pocas historias han corrido sobre su participación en nuevas conjuras para destronar a los reyes y debo decir que son ciertas, intrigó lo suyo, lo que hizo que su precaria y siempre ambigua amistad con Godoy se resintiera. Mientras Godoy militaba en el partido de la Parmesana, mi madre, junto a Pepa Osuna y otros nobles, lo hacían en el bando rival. Uno de los miembros más destacados de éste era un tal Antonio Cornel, brillante (y muy guapo) militar con el que se le atribuyó un romance. Si lo hubo, fue fugaz y nada tuvo que ver, como también se ha sugerido, con la prematura e inesperada muerte de mi madre. El año de 1802 fue especialmente doloroso para mí. Tuve la desgracia de perder a varias personas que me eran queridas. La primera, Rafaela, que se fue apagando como un pabilo, poco a poco, hasta desaparecer tal como había sido su vida, sin molestar, sin hacer ruido. Celeste la siguió meses más tarde. Mayo llegó muy caluroso y ella, que estaba de vuelta en Madrid con el Gran Damián, cayó enferma con las fiebres. Trinidad pidió permiso para atenderla, noche y día estuvo velándola hasta que le sobrevino la muerte. Tuve la triste satisfacción de poder despedirme de ella. «No olvides agradecer a los espíritus lo mucho que han hecho por ti —me dijo—. A los *orishás* les gusta entonarse con un vasico de vez en cuando». Desde entonces, y en su recuerdo, en mi mesa de devociones no falta nunca una copita de ron para ellos.

No debía de estar satisfecha la parca porque regresó al poco tiempo para llevársela a ella. María del Pilar Teresa Cayetana de Silva y Álvarez de Toledo murió el 23 de julio de 1802, acababa de cumplir cuarenta años. Mucho se ha especulado sobre las causas de su muerte. La mayoría opina que la envenenaron, pero sin llegar a ponerse de acuerdo en quién. ¿Fue su antigua e irredenta rival la Parmesana? ¿Tal vez el príncipe de Asturias, aquel mismo niño indolente y atrabiliario que con cinco años se quedó dormido sobre la mesa de banquete del palacio de Buenavista con botas y espadín? Tenía para entonces dieciocho años, pero intrigaba ya a derecha e izquierda. ¿Y Godoy? A los malpensantes les gusta señalar que, una vez muerta mi madre, no sólo se las arregló para quedarse con el palacio de Buenavista, sino también con buena parte de sus tesoros, incluida *La Venus del espejo*. Sí, el Príncipe de la Paz vio cumplido aquel deseo que esbozó una noche en brazos de Cayetana de Alba. Por un tiempo fue dueño de dos de los desnudos más famosos del mundo. *La maja desnuda* y *La Venus* de Velázquez colgaron una junto a la otra en lo que él llamaba su gabinete erótico. Debo confesar que hasta yo llegué a creer que alguno de estos tres «amigos» estuvo detrás de su sorpresiva muerte. Mi madre se sintió indispuesta a su regreso de un viaje a Sevilla. Como era nuestra costumbre siempre que visitábamos esa ciudad, nos acercamos al campamento de morenos a saludar a N'huongo. Esta vez no salió a recibirnos. «Está muy enfermo —nos dijeron—. Los rigores de junio nos han traído las pútridas». Así llamaban entonces a muchas fiebres, en especial a las menos conocidas como la que aquejaba a nuestro amigo. Lo encontramos muy desmejorado. Había perdido mucho peso desde la última vez que lo vimos y el pelo se le había vuelto gris. «Vamos, N'huongo, alegra esa cara —intentó animarlo mi madre—. Pasaré a verte el lunes camino ya de Madrid y espero que para entonces podamos marcarnos un baile». Cuando volvimos, agonizaba sin remedio. Él, que seis vidas había quemado desafiando a la muerte en tantos avatares hasta encontrar la libertad, no sobrevivió a la séptima. Mi madre se abrazó a su cuerpo llorando y lo besó, pero no me dejó hacer otro tanto. Tú no, tesoro, las pútridas son traicioneras y no hay que tentar a la suerte. ¿Cuánto tiempo transcurrió hasta que también ella cayó enferma? Un mes, tiempo suficiente para que no estableciéramos relación entre una muerte y otra. De hecho, al principio su mal tenía toda la traza de ser un simple catarro. Así, estuvo tomando unas hierbas que le preparaba Trinidad que al principio parecieron hacerla mejorar. Pero pasados un par de días cayó en un extraño sopor, en un estado confusional que pronto se vio acompañado por delirios y gran agitación. A Trinidad aquello le recordaba al dengue o alguna de las enfermedades tropicales de allá en Cuba, por lo que se ofreció a ir en busca de Caetano el *babalawo,* amigo del Gran Damián, para que la tratase. Se rieron en su cara. La duquesa de Alba en manos de un hechicero, de un negro, habrase visto, donde esté una buena purga y unas buenas sanguijuelas... Así estuvo debatiéndose entre la vida y la muerte más de veinte días hasta que perdió la batalla. Siento decir que no pude despedirme de ella, hacía tiempo ya que había perdido la conciencia. Me habría gustado decirle lo mucho que la quería, lo afortunada que me sentía de haber sido su hija. De inmediato empezaron a correr los rumores a los que antes he hecho mención.

Madrid entero se echó a la calle para despedirla. Todo el mundo murmuraba, cuchicheaba sobre el cómo y sobre todo el porqué de su desaparición, pero nadie quiso faltar a su entierro. Creo que no habrá nunca uno tan pintoresco. Allí estaba la corte en pleno con los reyes de luto riguroso; Godoy, por supuesto, y su buena amiga la duquesa de Osuna, que me tuvo durante toda la ceremonia de su mano. Pero tampoco faltaron modistillas y chisperos, actores y músicos que cantaban sus coplillas. Las coplillas bien que se ocuparon de hacerse lenguas de lo que muchos llamaron su extravagante testamento. La de Alba había muerto sin descendientes directos y, fiel a su espíritu indómito, se había permitido el lujo de dejar como herederos de sus bienes libres a sus criados. También yo fui blanco de comentarios chuscos. Que a una negra se le dejara un tanto alzado amén de una renta sustanciosa y de por vida era una excentricidad. Pero que ésta se viera reforzada por otra de igual cuantía para su cuidadora, que además era su verdadera madre, lo que convertía a la interfecta (era así como se referían a mi persona) en una mujer muy rica, era el colmo de la prodigalidad, por no decir de la indecencia.

No me gusta recordar los meses que siguieron a este descubrimiento. De pronto me convertí en la negra más mentada del reino. Todo el mundo opinaba, todo el mundo juzgaba, todo el mundo se rasgaba las vestiduras. Fue ahí cuando regresó a nuestras vidas Hugo de Santillán. En realidad, nunca se había marchado de ellas, o al menos de la de Trinidad, mi madre. Desde que me encontraron medio muerta en el campamento de morenos hasta ese día había transcurrido un lustro. Cinco largos años en los que él había viajado un par de veces a Madrid para visitarla, pero sobre todo se escribían cartas. Me enorgullece decir que enseñé a mi madre a leer y escribir bien. En realidad, ya conocía los rudimentos y tenía una mente rápida, por lo que no resultó tarea difícil. El amor hizo el resto. Poco a poco se convirtió en una narradora epistolar amena, ingeniosa y observadora, relatando tanto hechos cotidianos como recordando retazos de nuestro pasado común. Muchas de las escenas y reflexiones de este libro están tomadas de aquellas cartas que aún conservo como un tesoro. Pero estaba contando cómo regresó Hugo de Santillán a nuestras vidas. Lo hizo tal como él era, diligente, inteligente. Gracias a Hugo, mi madre pronto pudo solucionar los tediosos papeleos de testamentaría y abandonamos Buenavista. Yo lo hice sin mirar atrás. Es cierto que amaba aquel enorme palacio que fue mi hogar durante años, pero las personas que más amaba ya no estaban en él. La última noche pedí permiso al señor Berganza, el administrador, para dormir en la habitación que había sido la mía de niña y que aún se conservaba intacta. Allí, mirando los dibujos de elfos y hadas en la pared, no me fue difícil volver a ver a Cayetana de Alba vestida de fiesta entrando a darme el último beso de buenas noches. «Adiós, tesoro, que sueñes con los angelitos y no olvides nunca que mamá te quiere...».

Y aquí me tienen ahora, más de cuarenta años después, en mi casa de La Habana poniendo fin a esta larga confesión. Estoy en esa etapa de la vida en la que los recuerdos empiezan a acompañar más que las personas y las ausencias, a pesar más que las presencias. ¿Qué fue de mí en todos estos años? Mi vida, después de abandonar la casa de Alba, podría calificarse de convencional. Trinidad y Hugo se casaron poco después y decidieron volver a América. Estas tierras del nuevo mundo siempre han sido más acogedoras para los de nuestra raza. En España hubiéramos sido una rareza, una extravagancia, una especie de parias ricos color café con leche. En Cuba, en cambio, no faltan los negros que han hecho fortuna, por lo que llamábamos menos la atención. La vida continuó siendo generosa conmigo, encontré un gran amor. Alfonso se llamaba, y aunque tuve la desgracia de enviudar pocos años más tarde, me quedan nuestras hijas. Supongo que no sorprenderé a nadie si digo que se llaman Trinidad y Cayetana. A ellas dediqué mis devociones hasta que comenzaron a volar solas. Ahora mis desvelos se reparten entre la escritura y media docena de nietos. Para poner fin a este relato sólo me falta dar respuesta a una pregunta: ¿murió Cayetana de Alba envenenada? Espero que Dios me dé vida suficiente para un día resolver el enigma.

Nota de la autora

Exactamente cien años después de que María Luz se hiciera tal pregunta, la ciencia lograba al fin darle respuesta. A instancias de Jacobo Fitz-James Stuart, XVII duque de Alba, en 1945 el doctor Blanco Soler realizó una investigación destinada a averiguar las causas de la muerte de la duquesa. El análisis de los restos demostró, aparte de una leve escoliosis y de viejas y cicatrizadas lesiones en riñón y pulmón, que el fallecimiento se produjo por una encefalitis letárgica, algo que encaja con la descripción de los síntomas que presentaba la enferma en sus últimos días de vida. Explica a continuación el doctor Blanco Soler que por esas fechas en España hubo una epidemia de fiebres a las que llamaban pútridas, especie de cajón de sastre en el que cabe todo tipo de enfermedades infecciosas que se cebaban con virulencia en los más desfavorecidos, como podían ser los integrantes del campamento de negros. ¿Murió la duquesa de Alba por un beso, tal como le profetizaron aquel día que junto a Godoy se dejó echar los caracoles? Dejo al lector que responda a esta pregunta como juzgue conveniente. Lo que sí se sabe es que no fue envenenada, como tampoco posó nunca para *La maja desnuda*. A lo largo de estas páginas he intentado ceñirme lo más posible a la realidad. Obviamente, yo no estaba ahí la noche que Godoy y Cayetana se amaron bajo *La Venus del espejo,* ni he tenido la fortuna de escuchar sus conversaciones con Goya mientras la pintaba. Pero todo lo referente a la vida de la duquesa está construido sobre las evidencias que he encontrado sin dejarme llevar por la fácil tentación de adornar la realidad.

La historia de María Luz en cambio requirió más imaginación. A pesar de que aparezca en dos obras de Goya y de que muchos contemporáneos hablan de ella en sus memorias, se sabe muy poco de sus orígenes y menos aún de su vida una vez desaparecida la duquesa. Me he permitido por tanto fantasear aunque moviéndome siempre dentro de los límites que marca la realidad mientras trataba de recrear un capítulo desconocido y oscuro de la Historia, la presencia de esclavos en la Península. Sólo en el siglo XVIII más de seis millones de ellos fueron apresados en la costa occidental de África y llevados a América. Se calcula que la edad media de los cautivos era de unos trece años. La razón es sencilla, los jóvenes son más fáciles de capturar, de domesticar y encima duran más. Tal como se cuenta en el libro, las mujeres eran sistemáticamente violadas durante la travesía. Así, no sólo se contentaba a la marinería, sino que una esclava preñada podía usarse como ama de cría mientras que su hijo pasaba a engrosar, gratis, el número de mano de obra. A los cuatro años ya se los ponía a recoger algodón, por ejemplo. Menos conocida es la historia de los esclavos en España. Siempre los hubo, en especial venidos del norte de África, pero en el siglo XVIII se habían convertido en objetos de lujo. Los llamaban «gentes de placer» y tener un negro con librea o una doncella mulata vestida a la criolla se consideraba un signo de estatus. Se calcula que, entre 1450 y 1750, unos ochocientos mil esclavos negros fueron traídos a la Península, a los que habría que añadir unos trescientos mil moros, berberiscos, turcos, etcétera. Tal era su número que hubo un tiempo en que el diez por ciento de la población de Sevilla era de color, hasta el punto que Cervantes retrata la ciudad como *un tablero de ajedrez o juego de damas*. ¿Qué fue de ellos? ¿Se asimilaron al resto de la población? ¿Por qué no hay vestigios como los hay de otras etnias? He aquí un misterio para el que los muchos libros que leí mientras escribía esta novela no tienen respuesta. Me sentiría muy honrada si esta novela sirve para despertar el interés de algún estudioso dispuesto a desentrañarlo.

Agradecimientos

La hija de Cayetana tiene varios padres y madres a los que quiero dar las gracias. Las primeras, Ana Rosa Semprún y Miryam Galaz, ellas me regalaron la idea. La investigación sobre el tema de la esclavitud en España, que fue muy laboriosa, contó con la inapreciable ayuda de Reyes Fernández Durán y Alessandro Stela, dos expertos en tan apasionante como desconocida materia. Mención especial merecen también el teniente coronel José Antonio Fuentes y el comandante José Carballo, así como Miguel Renuncio. Ellos me abrieron las puertas del palacio de Buenavista, convertido ahora en Cuartel General del Ejército, permitiéndome recorrer su fascinante interior. Mi gran amigo, el doctor José Manuel García Verdugo, me ayudó a traer de nuevo a la vida a Manuel Godoy, también a conocer aspectos inesperados de Cayetana de Alba gracias a sus libros y a su entusiasmo. Luis Mollá por su parte me ayudó a navegar por las procelosas aguas de las descripciones marinas y a evitar (espero) naufragar en no pocos escollos y bajuras. Juan Pedro Cosano me regaló la profesión perfecta para Hugo de Santillán. Él y su libro *El abogado de pobres* vinieron a mi rescate cuando más lo necesitaba. Gudrun Maurer, del Museo del Prado, hizo interesantes precisiones sobre Goya. A José Pedro Pérez Llorca debo la recreación de la extraordinaria ciudad de Cádiz. Y a José Luis Rodríguez Sampedro Escolar muchos detalles curiosos e inéditos de la época. Gracias también a mi familia por aguantarme cuando me ponía dramática (y pesadísima) con la escritura. Y gracias por fin a Mercedes Casanovas y a Mariángeles Fernández, mis dos ángeles tutelares que desde hace tantos años han estado siempre conmigo, ayudándome en este viejo, maldito y maravilloso oficio de juntar palabras.

ÍNDICE

TERCERA PARTE

¡Encuentra aquí tu próxima lectura!

Escanea el código con tu teléfono móvil o tableta.
Te invitamos a leer los primeros capítulos
de la mejor selección de obras.